岩 波 文 庫

30-015-18

源　氏　物　語

(九)

蜻蛉―夢浮橋／索引

柳 井　滋・室 伏 信 助
大 朝 雄 二・鈴木日出男
藤 井 貞 和・今西祐一郎
校注

岩 波 書 店

編集協力

今井久代
陣野英則
松岡智之
田村隆

凡例

一　本書は、新日本古典文学大系『源氏物語』（柳井滋・室伏信助・大朝雄二・鈴木日出男・藤井貞和・今西祐一郎校注、全五冊・別巻一冊、一九九三―九九年、岩波書店刊、以下「新大系版」と略記）に基づき、全五十四帖の本文と注を文庫版（全九冊）として刊行する。新たに今井久代・陣野英則・松岡智之・田村隆を編集協力者として加え、本文の表記・注を一部改編する。

二　底本には、新大系版と同じく、古代学協会蔵、大島雅太郎氏旧蔵、（通称）大島本を用い、大島本が欠く浮舟巻の底本には、東海大学付属図書館蔵明融本を用いる。

三　本文は、柳井・室伏の整定した新大系版を踏襲しつつ、以下の方針で作製する。

1　漢字は、現在通行の字体を使用し、必要に応じて読みがなを（　）に入れて付す。

当て字の類は底本のままとする。

楊貴妃（やうきひ）　御子（みこ）　覚（おぼ）す　夕附夜（ゆふづくよ）　木丁（きちやう）

2　かなには必要に応じて漢字を当て、もとのかなを振りがなとしてのこす。

宮仕(みやづか)へ　もてなやみ種(ぐさ)　目(め)を側(そば)め　宣旨(せむじ)　本意(ほい)

3　原則として歴史的かな遣いに統一し、語の清濁を示す濁点を付す。音便は通行の表記にする。送りがなは通行の表記を採用する。「む」「ん」の類別、反復記号（ゝ・ゞ・〳〵）は原則、底本のままとする。

おの子→をの子　けう／けふ→きよう（興）

けらう→げらふ　かひさくり→かい探(さぐ)り　給て→給ひて

4　内容に即して句読点および改行を施す。会話文は「　」で、会話文中の会話文は「　」でくくり、末尾に句点を付し改行する。和歌・消息文は行頭から二字（消息文中の和歌は三字）下げる。

5　本文を他本によって補入する場合は〔　〕で示す。本文を改訂する場合は注に明記する。

6　各巻末にある「奥入」は省略する。新大系版を見られたい。

7　底本の様態については、新大系版に掲げてある詳細なメモを参照されたい。

四　本文の下欄に、内容の切れ目を示す節番号をアラビア数字で記し、注の該当個所にその番号を小見出しとともに示す。なお、㊀、㊁などは、本文庫の分冊数を示す。

五　本文の下欄に、池田亀鑑編著『源氏物語大成』（中央公論社）の頁数を漢数字で示す。

六　各巻の冒頭に梗概を、末尾に系図を掲げる。系図中の人物の呼称は、通行の呼称に拠り、その巻での他の呼称は（　）内に示す。［　］はその巻に登場しない人物を、■は故人を示す。各巻の扉に入れた図版は、「源氏香之図」（部分、国文学研究資料館蔵 DOI: 10.20730/200014999）による。

七　各冊の末尾に、新たに地図などの図版と解説を付す。

八　第九冊に、年立、作中和歌一覧・初句索引および作中人物索引を付す。

九　注・解説などで利用した諸本の略号は以下の通り。多く複製・影印に拠る。

定家本　伝藤原定家筆本（八木書店）／**明融本（東海）**　伝明融筆、東海大学付属図書館蔵本（東海大学蔵桃園文庫影印叢書）／**明融本（実践）**　同、実践女子大学図書館山岸文庫蔵本／**穂久邇本**　穂久邇文庫蔵本（日本古典文学影印叢刊）／**陽明本**　陽明文庫蔵本（陽明叢書）／**伏見天皇本**　吉田幸一氏蔵本（旧称、吉田本）（古典文庫）／**書陵部本**　三条西実隆等筆、宮内庁書陵部蔵本（新典社）／**三条西本**　日本大学蔵本（八木書店）／**尾州本**　名古屋市蓬左文庫蔵本（尾州徳川家旧蔵）（八木書店）／**高松宮本**　高松宮御蔵（臨川書店）／**中山本**　国立歴史民俗博物館蔵（中山輔親氏旧蔵）（複刻日本古典文学館）／**各筆本**　東山御文庫蔵本（貴重本刊行会）／**承応板本**　承応三年（一六五四）版／**首書本**　『首書源氏物語』寛文十三年（一六七三）版／**湖月抄本**　延宝三年

（一六七五）版

以上のほか、『源氏物語大成』の採用する諸本を利用する。

なお、「青表紙他本」は底本を除く青表紙本系の諸本、「青表紙本」は底本を含む青表紙本をさす。「河内本」は尾州本などをさし、「別本」については大成のほか、多く『源氏物語別本集成』正・続（おうふう）を参照する。

活字本の略称は以下の通り。

大成　『源氏物語大成』／**大系**　日本古典文学大系『源氏物語』（岩波書店）／**対校**　『対校源氏物語新釈』（平凡社）／**評釈**　『源氏物語評釈』（角川書店）／**全集**　日本古典文学全集『源氏物語』（小学館）／**新編全集**　新編日本古典文学全集『源氏物語』（小学館）／**集成**　新潮日本古典集成『源氏物語』（新潮社）／**完訳**　完訳日本の古典『源氏物語』（小学館）

十　第九冊の分担は左記の通り。（　）内は新大系版での分担である。

「蜻蛉」（今西祐一郎）　今西祐一郎

「手習」（室伏信助）　今井久代

「夢浮橋」（室伏信助）　藤井貞和

目次

全巻の構成

桐壺　帚木　空蟬　夕顔　若紫　末摘花　（以上、本文庫第一分冊）
紅葉賀　花宴　葵　賢木　花散里　須磨　明石　（第二分冊）
澪標　蓬生　関屋　絵合　松風　薄雲　朝顔　少女　（第三分冊）
玉鬘　初音　胡蝶　蛍　常夏　篝火　野分　行幸　藤袴　真木柱　（第四分冊）
梅枝　藤裏葉　若菜上　若菜下　（第五分冊）
柏木　横笛　鈴虫　夕霧　御法　幻　（第六分冊）
匂兵部卿　紅梅　竹河　橋姫　椎本　総角　（第七分冊）
早蕨　宿木　東屋　浮舟　（第八分冊）
蜻蛉　手習　夢浮橋　（第九分冊）

源氏物語（九）

蜻蛉―夢浮橋／索引

蜻蛉(かげろふ)

蜻蛉（かげろふ）

亡き大君（おおいぎみ）、中君（なかのきみ）、浮舟（うきふね）の宇治八宮（はちのみや）ゆかりの女性とのあやにくな縁を回想して、薫（かおる）が「かげろふのものはかなげに飛びちがふを」見て詠んだ歌、「ありと見て手には取られず見れば又ゆくへも知らず消えしかげろふ」（一五八頁）に巻名が詠まれている。「かげろふ」はトンボに似て小さな虫。底本の題簽は「かけろふ」。

〈薫二十七歳春―秋（以下、通行の年立（としだて）による）〉

1 宇治では浮舟の姿がどこを捜しても見当たらないので大騒ぎである。匂宮（におうみや）と薫の板挟みになった浮舟の内情を知る右近（うこん）と侍従（じじゅう）は、浮舟が宇治川へ身を投げたのではないかと思う。

2 匂宮はいつもと違った浮舟の返事を見て胸騒ぎをおぼえ、宇治へ使者を遣わす。到着した使者は浮舟失踪で大騒ぎの八宮邸で手紙も差し出せず、京へ戻って浮舟急死を報告。にわかに信じられない匂宮は腹心の時方（ときかた）を派遣。

3 宇治に到着した時方はまず右近に面会を求めるが右近は応じず、侍従と会う。

4 遺骸すらないと嘆く乳母の言葉を耳に挟み不審を抱いた時方は、侍従に真相を問い質す。侍従は隠してもいずれ匂宮方の耳に入ることだろうと観念し、浮舟入水をほのめかす。

5 雨に紛れて浮舟の母も宇治に到着。浮舟の悩みを知らぬ母は、身投げなど思いもよらず、鬼に喰われたか狐にさらわれたかと嘆く。

6 侍従、右近の両人は、真相が世間に漏れる前にと、悲しみさめやらぬ母に浮舟の入水を明かし、二人で浮舟の火葬を装う。向かいの山の麓での遺骸のない火葬はあっけなく終った。

7 侍従と右近は匂宮や薫に真相が漏れるのを恐れて、八宮邸の下人たちにも火葬の実際を知る者に口外を禁じ、他の者には知らせないよう策を巡らした。

8 折しも薫は母女三宮(おんなさんのみや)の病平癒の祈願のため、参籠の最中であった。石山で事態を知った薫は、早々と自分抜きで火葬が執り行われたことに不快を表明。

9 薫は今まで浮舟を宇治に放置したことを後悔、悲しみに沈む。浮舟の死は道心を起こさせようという仏の方便かと観念して、勤行に専念する薫。

10 匂宮も茫然自失の体で、重病と称して籠りきりである。薫は匂宮の様子を聞き知って、浮舟の死に匂宮が関わりあることを推察。

11 そのころ薫の叔父にあたる式部卿宮(しきぶきょうのみや)が死去、服喪する。薫、匂宮を見舞い、匂宮の涙に浮舟への思いを看破する。宮は今となっては薫を浮舟の形見と思う。薫は宇治に隠し置いた愛人(つまり浮舟)の急死を匂宮に報告する。

12 薫の取り乱した顔つきを見て匂宮は同情するが、素知らぬ体で応対。

薫は、匂宮のような貴人に思われた浮舟の宿世の高さを思う。

13 四月になり、浮舟を京に迎えるはずであった日の夕暮れ、薫は北の宮(二条院)に滞在中の匂宮に歌を贈る。浮舟のことをにおわせた薫の歌を、匂宮は中君の手前、面倒に思うが、中君は浮舟をめぐる事情は先刻承知であった。

14 匂宮は詳しい事情を知ろうと、右近を迎えに時方を遣わす。右近は同道をためらったので、時方は匂宮の心痛の様子を語って侍従を連れ帰った。

15 中君には内緒で、匂宮は侍従を迎え入れ、失踪直前の浮舟の様子を聞く。翌朝帰る侍従に匂宮は、浮舟のために用意された櫛の箱と衣箱を贈った。

16 薫、宇治を訪問。右近を呼び出して事情を尋ねる。薫の真剣な態度に圧されて、右近は事実を打ち明けた。

17 浮舟の入水を聞いた薫は絶句。さらに詳細を問い質す薫に、右近は浮舟と匂宮二人の仲を泣く泣く認めた。

18 薫のきびしい追及に抗しきれず、右近は浮舟と匂宮との最初からのいきさつを語る。それを聞くにつけ薫は浮舟を宇治に放置したことを悔やむ。

19 今は律師になっている阿闍梨(あざり)に浮舟の供養を命じた薫は、弁尼(べんのあま)との対面も叶わないまま、道中浮舟をしのびながら帰京。

20 浮舟の母を案じて、薫は弔問の手紙を三条の家に遣わし将来の世話を約束する。使者は腹心の大蔵大輔(おおくらのたいふ)。大輔は返事を持って帰参し、浮舟の母の口上を伝えた。

21 浮舟の母の滞在する三条の家に顔を出した夫の常陸介(ひたちのすけ)は、薫の手紙を見て恐懼。妻から浮舟と薫とのあいだがらを初めて知らされて、自分の手の届かない上流社会と交渉のあった継娘の死を悼んだ。

22 浮舟の四十九日の法事が薫の援助で宇治の律師の山寺において営まれた。薫や匂宮から寄せられた供物の豪華さに、常陸介はあらためて浮舟の宿世の比類なさを思う。

23 薫同様、明石中宮(あかしのちゅうぐう)も叔父の喪に服して六条院に滞在。匂宮と睦まじい仲で、同じ明石中宮腹の女一宮(おんないちのみや)のもとに、薫が密かに情を交わしていた小宰相君(こざいしょうのきみ)という女房がいた。その小宰相が浮舟を失って傷心の薫に贈歌、薫も返歌をしがてら、小宰相を訪う。

24 夏、蓮の花盛りの頃、六条院で法華八講が催された。講果てて小宰相君の局を訪れようとした薫は、屋内のいつもと違った様子に、馬道に面した障子の隙間から西の渡殿を垣間見する。

25 薫の目に映ったのは、蓋に載せた氷を割ろうとして騒ぐ女房三人と童、それに白い薄物姿の女一宮であった。

26 女一宮の面影が忘れられぬ薫は、翌日妻女二宮(おんなにのみや)に昨日垣間見た女一宮と同じ装束をさせ、氷を持たせなどして、女一宮への執心を紛らわす。

27 その翌日、六条院に明石中宮を訪ねた薫は、絵が話題になった折に、女一宮から女二宮へ絵を賜りたい旨、中宮に訴える。ついで一昨日垣間見した渡殿で女一宮をしのぶ。

28 女一宮の女房大納言君が、明石中宮に浮舟の身元や、浮舟が薫、匂宮と三角関係にあったことを告げる。驚いた中宮は匂宮を案じ口外を禁じる。

29 その後、女一宮から女二宮へ手紙とともに多くの絵が贈られてきた。その手紙を見るにつけ女一宮への思慕募る薫は、大君存命ならこういうこともあるまいにと恨めしく、さらに中君、亡き浮舟へ思いを馳せる。

30 匂宮も浮舟を忘れられず、浮舟の女房侍従を呼び寄せたが、侍従は中君のいる二条院での宮仕えを避け、明石中宮に出仕することになった。

31 この年の春亡くなった式部卿宮の娘で、継母から不本意な結婚を迫られていた姫君が、女一宮のもとに出仕して宮の君と呼ばれていた。はやくも宮の君に目を付けていた匂宮は、浮舟事件の心痛がやわらいできたこの頃、宮の君に夢中である。

32 六条院滞在中の中宮が内裏へ戻る日が近くなった。中宮に仕える侍従は、ある日、そろって中宮に参上した薫と匂宮を物陰からのぞき見る。

33 中宮の御前を退いた薫は、**東の渡殿**の戸口にいた弁のおもとを中心とする中宮女房たちと言葉を交わし、歌を詠み合う。

34 薫は寝殿の東面の高欄にもたれて前栽の花々を眺めながら、美しい女房に取り巻かれてすごす匂宮の境遇をうらやむ。

35 その日もまた、**西の渡殿**にわざわざ立ち寄った薫は、そこで談笑する女房たちに声をかける。折しも聞こえていた箏の琴を、『遊仙窟』もじりで話題にした薫の言葉に、同じく『遊仙窟』で応える女房がいる。それは先日歌を詠み交わした中将君(ちゅうじょうのきみ)であった。

36 薫は**西の対**に渡り、そこに局する宮の君を訪問。父親王の死によって宮仕えの分際に身を落とした高貴な姫君宮の君の境遇に同情し、また宇治の大君、中君、浮舟との縁に思いを巡らす。

1 一九三 [1]かしこには、人[2]ゝ、おはせぬを求めさわげどかひなし。[3]物語の姫君の人に盗まれたらむあしたの様(やう)なれば、くはしくも言ひつゞけず。

[4]京より、ありし使の帰らずなりにしかば、おぼつかなしとて、また人おこせたり。

「[5]まだ鶏の鳴くになむ、出だし立てさせ給へる。」

と使の言ふに、[6]いかに聞こえんと、乳母よりはじめて、あわてまどふこと限りなし。思ひやる方なくてたゞさわぎあへるを、[7]かの心知れるどちなん、いみじく物を思ひ給へりしさまを思ひ出づるに、[8]身を投げたまへるかとは思ひ寄りける。

泣く〳〵この文を開けたれば、

[9]いとおぼつかなさにまどろまれ侍らぬけにや、こよひは夢にだにうちとけても見えず、物におそはれつゝ心地も例ならずうたて侍るを、猶(なほ)[10]いとおそろしく、[11]ものへ渡らせ給はん事は近かなれど、[12]その程こゝに迎へたてまつりてむ。けふ

1　浮舟失踪

1　（語り手のいる京から見て）あちら、すなわち宇治では、の意。

2　周りの者たち（女房）が、浮舟（うきふね）のいらっしゃらないのを大騒ぎして捜したが（浮舟は）見当たらない。

3　まるで、物語の姫君がさらわれたことが分かった翌朝の騒ぎのような有様なので、くどくどとは言わない。「いと恐ろしきことをこそ聞き侍りつれ。二の宮の越後の乳母は、宰相の中将に盗ませ奉らむとたばかりて、多くの物賜はりにけるは」（うつほ・国譲下）。

4　京にいる浮舟の母（中将君）から、前に遣わした使者が戻ってこなかったので、心配だというわけで、再度使者をよこしてきた。前の使者は宇治に泊まった。四浮舟六四九頁注5。

5　後の使者の言。（浮舟の母は）まだ暗いうちに（使者を）出発させなさった。「鶏鳴　アカツキ　晨夜分　ケイメイ」（黒川本色葉字類抄）。

6　浮舟の失踪を（浮舟の母に）どう申し上げようかと。

7　（浮舟が薫（かおる）と匂宮（におうみや）との板挟みになっていたという）内情を知っていた（右近と侍従の）二人。

8　（浮舟は宇治川に）身投げをなさったのかということは、思い当たるのであった。

9　浮舟の母の手紙。（浮舟のことが）心配でうとうともできぬせいか、今夜は夢の中でさえ落ち着いて会うこともなく、何度もうなされて嫌な予感がしますが。

10　薫の本妻（女二宮（おんなにのみや））がわの呪詛の可能性などがあるのではないかという恐れの気持。

11　薫の用意した京の家への転居は近々のことと聞いているが。四月十日の予定であった。四浮舟五八四頁。

12　その前後に（一旦）この（京の母の）家へお越しいただこう。

は雨降り侍りぬべければ。

などあり。

[1]よべの御返りをも開けて見て、右近いみじう泣く。[2]さればよ、心ぼそきことは聞こえ給ひけり、我に、などかいさゝかの給ふことのなかりけむ、[3]幼かりし程より、つゆ心おかれたてまつる事なく、塵ばかり隔てなくてならひたるに、いまは限りの道にしも我をおくらかし、けしきをだに見せたまはざりけるがつらき事、と思ふに、一九三
[4]足摺りといふ事をして泣くさま、若き子どものやうなり。[5]いみじくおぼしたる御けしきは見たてまつりわたれど、かけても、かくなべてならずおどろ〳〵しきこと、おぼし寄らむものとは見えざりつる人の御心ざまを、猶いかにしつる事にかとおぼつかなくいみじ。乳母は、[6]中〳〵物もおぼえで、たゞ、

「いかさまにせむ、いかさまにせん。」

とぞ言はれける。

[7]宮にも、[8]いと例ならぬけしきありし御返り、[9]いかに思ふならん、我をさすがにあ

1　失踪前夜に浮舟が書いた母への返事。浮舟は「のちに又会ひ見むことを思はなむこの世の夢に心まどはで」「鐘の音の絶ゆる響きに音(ね)を添へてわが世つきぬと君に伝へよ」の二首の歌だけを書いた。浮舟の返事は母からの使者が宇治に泊まったので、まだ浮舟の手許にあった。四浮舟六四八頁。

2　右近の心内。危惧していた通りだ、（浮舟はこのような）心細い歌を（母に）申し上げておられたのだった。

3　幼少の時から、つゆほども他人行儀なお扱いを受け申したことなく、ほんの少しの隔て心もなく過ごしてきたのに、よりによってこの世を去る時に私を置き去りにして、そぶりをさえお見せにならなかった薄情さよ、と。

4　身もだえして泣く有様は、幼い子供のようだ。「手ヲ打テ妬ガリ、足摺ヲシテ極気(じいみげ)ナル顔ニ貝ヲ作テ泣ケレバ」（今昔物語集二十四ノ八）。七総角五八三頁注6。

5　（浮舟が）ひどく悩んでおられたご様子はずっと拝見していたが、夢にも、こうして（身投げなどという）常軌を逸した恐ろしいことを、思い立たれようとはお見受けしなかった浮舟のご性格なのに、一体どうしたことなのだろうかと、訳が分からず途方に暮れる。

6　（あまりのことに）かえって頭も働かず。

2　匂宮より使者

7　匂宮におかれても。

8　まったくいつもとは様子の違った（浮舟からの）ご返事（をご覧になって）。四浮舟六四四頁の「骸(から)をだにうき世の中にとゞめずはいづこをはかと君もうらみむ」の歌をさす。

9　匂宮の心内。（浮舟は）どういう考えなのだろう、私に対しても何だかんだというものの好意を抱いているようだが、私の気持を浮気心だと疑ってばかりいたので、他の場所に姿を隠そうというつもりなのであろうか。匂宮は浮舟の歌を、怨みの歌と見る。

24

ひ思ひたるさまながら、あだなる心なりとのみ深く疑ひたれば、ほかへ行き隠れんとにやあらむ、とおぼしさわぎ、[1]御使あり。ある限り泣きまどふ程に来て、御文もえたてまつらず。

「[2]いかなるぞ。」

と下種女に問へば、

「[3]上の、こよひにはかに亡せ給ひにければ、物もおぼえ給はず。[4]頼もしき人もおはしまさぬをりなれば、さぶらひ給ふ人〴〵は、たゞ[5]物に当たりてなむまどひ給ふ。」

と言ふ。[6]心も深く知らぬ男にて、くはしう問はでまゐりぬ。

[7]かくなんと申させたるに、夢とおぼえて、[8]いとあやし、いたくわづらふとも聞かず、日ごろなやましとのみありしかど、[9]きのふの返り事はさりげもなくて、常よりもをかしげなりし物を、と[10]おぼしやる方なければ、

「[11]時方、行きてけしき見、たしかなる事問ひ聞け。」

1　匂宮から浮舟への使者。八宮(はちのみや)邸は混乱の最中で、使者は匂宮の手紙も渡せない。

2　どういうことなのだ。匂宮の使者が八宮邸の下仕えの女に尋ねた言葉。「下種女」、四玉鬘五〇頁。「短くてありぬべき物…下種女の髪」（枕草子）。

3　下種女の言。ご主人様が、今夜急にお亡くなりになったので、（お屋敷の方々は）動転しておられるのです。「上」は浮舟。

4　頼りになる方もいらっしゃらない時なので、お仕えしている者たちは。「頼もしき人」は浮舟の母をさすか。一説に薫のことかという。

5　右往左往してどうしていいか分からなくなっておられる。「あさましければ、殿の内の人、物にぞ当たる」（二葵一七六頁）。

6　（匂宮の使者は、浮舟をめぐる匂宮と薫の）込み入った事情を知らない男なので、詳しいことを尋ねずに（匂宮のもとへ）帰参した。

7　こうこうと（使者が取り次ぎの女房を通して浮舟の死を）ご報告申し上げると、（匂宮は）夢ではないかと思えて。

8　匂宮の心内。まったく変だ、重病とも聞いていないし、ここしばらく気分がすぐれないとばかり聞いていたが。

9　昨日の浮舟の返事（「骸(から)をだに」の歌）は、そのような（命にかかわるような）気配も感じられず、普段よりも胸のときめくような返事であったものを。八浮舟六四四頁。

10　（匂宮は、どういうことなのか）想像するすべもなくて。

11　匂宮の言。時方よ、宇治に行って様子を見て、精確な情報を尋ねてこい。「時方」は匂宮の乳母子、蔵人を経て五位に叙せられ出雲の権の守（八浮舟六〇四頁）、匂宮家の家司を務める。「御乳母子の蔵人よりかうぶり得たる若き人」（同四九六頁）。浮舟巻では他に五一四・五四四・五五八・六三六頁などにも登場し、匂宮と浮舟との逢瀬のために奔走する。

との給へば、

「[1]かの大将殿、いかなることか聞き給ふ事侍りけん、宿直する者おろかなりなどいましめ仰せらるゝとて、下人のまかり出づるをも見咎め問ひはべるなれば、[2]言つくることなくて時方まかりたらんを、ものの聞こえ侍らば、おぼし合はすることなどや侍らむ。[3]さてにはかに人の亡せ給へらん所は、論なうさわがしう人しげく侍らむを。」

と聞こゆ。

「[4]さりとては、いとおぼつかなくてやあらむ。猶とかくさるべきさまに構へて、[5]例の心知れる侍従などに会ひて、いかなることをかく言ふぞと案内せよ。[6]下種はひがことも言ふなり。」

との給へば、いとほしき御けしきもかたじけなくて、夕つ方行く。

[7]かやすき人は、とく行き着きぬ。雨すこし降りやみたれど、[8]わりなき道に、やつれて下種のさまにて来たれば、人多く立ちさわぎて、

1　時方の言。大将殿（薫）が、何かお聞きになることがあったのでしょうか、（八宮邸の）宿直警護の者を怠慢だと叱責なさるということで、（八宮邸では）下人がお屋敷から出るのに対してまでも問い質しておりますので、の意。薫は随身から、匂宮が時方に仕える男が匂宮の文を宇治に届けたこと、浮舟からは赤い色紙の返事が匂宮のもとに届けられたという報告を受けていた（㈣浮舟六〇四頁）。

2　口実もなくて私時方が出向いて、それが薫の耳に入ったりしましたら、（薫は）お気づきになることがあるかも知れません。

3　そのように人が急死した家は、きっと大騒ぎで人々が立て込んでいる（ので詳しい事情など聞くことはできない）でしょうに。「ろなう」の「ろ」は「論」の撥音便無表記。「論なく中宿りし給はむを」（㈦総角五一八頁）。「ろんなう、さやうにぞあらんと推し量らるれど」（蜻蛉日記上）。「此軍ノ中ニ論無ク其ノ道知タル者有ラム」（今昔物語集二十五ノ九）。

4　匂宮の言。そうだからといって、まったく事情が分からないままでいられようか。やはり何とかうまい具合に取り計らって。

5　いつものように事情をわきまえている侍従にでも会って、どんなことになって、このように言っているのか尋ねて来い。「侍従」は時方と懇意な浮舟の侍女。「侍従、色めかしき若人の心ちに、いとをかしと思ひて、この大夫（時方）とぞもの語りして暮しける」（㈣浮舟五六六頁）、「まづ時方入りて、侍従に会ひて、さるべきさまにたばかれ」（同六三六頁）。

6　下人の言うことはあてにならぬことも多い。

3　時方、宇治へ

7　（匂宮とは違って時方のような位が低く）身軽な者は、早々と宇治に到着した。

8　（宇治への道中は）大変な悪路ゆえ、粗末な服装をして下人の格好で来てみると、（八宮邸は）大勢の人が入り乱れて。

「こ[1]よひやがてをさめたてまつるなり。」

など言ふを聞く心ちも、あさましくおぼゆ。[2]右近に消息したれども、え会はず。

「た[3]ゞいまものおぼえず、起き上がらん心地もせでなむ。[4]さるは、こよひばかりこそかくも立ち寄り給はめ、え聞こえぬ事。」

と言はせたり。

「さ[5]りとて、かくおぼつかなくてはいかゞ帰りまゐり侍らむ。[6]いま一所だに。」

とせちに言ひたれば、侍従ぞ会ひたりける。

「い[7]とあさまし。おぼしもあへぬさまにて亡せ給ひにたれば、いみじと言ふにも
一九三四
飽かず、夢のやうにて、たれも〳〵まどひ侍るよしを申させ給へ。[8]すこしも心地のどめ侍りてなむ、日ごろものおぼしたりつるさま、[9]一夜いと心ぐるしと思ひきこえさせ給へりしありさまなども、聞こえさせ侍るべき。[10]この穢らひなど、人の忌みはべるほど過ぐして、いま一たび立ち寄り給へ。」

と言ひて泣くことといみじ。

1　八宮邸の人々の言。今夜ただちにご葬送と のこと。「をさむ」は葬儀のために亡骸を処置することをいう。「限りあれば例のさほふにをさめたてまつるを」(一桐壺二六頁、桐壺更衣の葬儀)、「をさめたてまつるにも、世中響きてかなしと思はぬ人なし」(三薄雲三一八頁、藤壺の葬儀)、「やがてその日、とかくをさめたてまつる」(四御法四一八頁、紫上の葬儀)。

2　浮舟の乳母子。宇治で薫を装って浮舟を訪れた匂宮を、それと気づかずに導き入れた女房(四浮舟五〇八頁)。

3　右近の言。今はまったく茫然として、起き上がる気力もありません。

4　それにしても、こうして宇治へお立ち寄り下さるのも(浮舟が亡くなったので)今夜限りであろうに、お話し申すこともできぬとは。

5　時方の言。とはいえ、このように事情が分からないままではどうして(匂宮のもとへ)帰参できようか。

6　(右近と話ができないのなら)せめてもう一人のお方だけでも(会っていただきたい)。「いま一所」は、右近とともに匂宮と浮舟の関係を承知している女房、侍従のこと。

7　侍従の言。言葉もありません。(浮舟は)熟慮なさる余裕もない状態でお亡くなりになったので、つらいなどという言葉では言い表せず、現実のこととは思えなくて、皆動転しております旨を(匂宮に)申し上げて下さい。

8　少しでも気持を静めてから、(浮舟が)これまで悩んでいらした有様。

9　先夜(匂宮が浮舟に逢えないで帰ったことを浮舟が)お気の毒にお思い申しておられた様子なども、ご報告申し上げるつもりです。「右近は、言ひ切りつるよし言ひゐたるに、君はいよ〳〵思ひ乱るゝこと多くて、臥したまへるに」(四浮舟六四二頁)。

10　浮舟の死穢(えしょう)。葬送の日より三十日間という(延喜式)。

内[1]にも泣く声〴〵のみして、乳母なるべし、
「あ[2]が君や、いづ方にかおはしましぬる。帰り給へ。む[3]なしき骸をだに見たてま
つらぬが、かひなくかなしくもあるかな。明[4]け暮れ見たてまつりても飽かずおぼえ
給ひ、い[5]つしかかひある御さまを見たてまつらむと、あした夕べに頼みきこえつる
にこそ命も延び侍りつれ、うち捨て給ひて、かく行くへも知らせ給はぬ事。鬼[6]神も
あが君をばえ領[7]じたてまつらじ。人のいみじくをしむ人をば、帝[8]釈も返し給ふなり。
あが君を取りたてまつりたらむ、人にまれ鬼にまれ、返したてまつれ。亡き御骸を
も見たてまつらん。」
と言ひつゞくるが、心[9]得ぬことどもまじるを、あやしと思ひて、
「猶[10]の給へ。もし人の隠しきこえ給へるか。た[11]しかに聞こしめさんと、御身の代
はりに出だし立てさせ給へる御使なり。い[12]まはとてもかくてもかひなきことなれど、 一九三五
のちにも聞こしめし合はすることの侍らんに、たがふことまじらば、まゐりたらむ
御使の罪なるべし。ま[13]たさりともと頼ませ給ひて、君たちに対面せよと仰せられつ

4 乳母の悲嘆

1　八宮家の邸内。

2　乳母の言。わが君よ、どこへ行っておしまいになったのか。戻ってきて下さい。

3　亡骸すら拝見できないのが。

4　四六時中お側にいても見飽きることのないすばらしいお方で。「おぼえ給ひ」は、(他から)思われなさり、の意。〔一〕夕顔三三四頁一三行、〔三〕朝顔三五八頁一一行、〔七〕橋姫二三八頁四行。

5　はやく立派な縁組が成就するのを拝見したいと、朝に晩にそれをあてにし申してきたからこそ今日まで命も続きましたのに。

6　漢語「鬼神」の訓読。

7　(浮舟を)奪い申すことはできまい。

8　忉利天(とうりてん)の主である善神、帝釈天。帝釈天が、狩猟中の国王の矢に射られて死んだ孝子施无(むせ)を蘇らせたという、仏説睒子(しせん)経による説話が、三宝絵上巻に見える(評釈)。

9　先に今夜葬送という(二八頁一行)一方で、乳母は亡骸すら見ることができないと嘆くなど、納得のいかないことをさす。

10　時方の言。もっと(詳しく)話して下さい。もしやどなたかが(浮舟を)お隠し申しなさったのか。暗に薫を疑う言。

11　事情をはっきりお知りになりたいとて、(匂宮は私を)ご自身の代わりにお遣しになったお使いである。

12　この期に及んではどうであれ詮のないことではあるが、後になって何か匂宮のお耳に入るようなことがあって、(私の報告と)相違することがあれば、こちらへ参上した使者である私の落ち度となりましょう。

13　いくらなんでも(浮舟頓死というようなことはあるまい)と望みをお持ちになって、あなたがたに会って来いとお命じになった(匂宮の)ご配慮ももったいないこととはお思いにならないのか。

る御心ばへもかたじけなしとはおぼされずや。[1]女の道にまどひ給ふことは、[2]人のみかどにも古きためしどもありけれど、またかゝること、この世にはあらじとなん見たてまつる。」

と言ふに、[3]げにいとあはれなる御使にこそあれ、隠すとすとも、かくて例ならぬことのさま、おのづから聞こえなむと思ひて、

[4]「などか、いさゝかにても、人や隠いたてまつり給ふらんと思ひ寄るべきことあらむには、かくしもある限りまどひ侍らむ。[5]日ごろいといみじくものをおぼし入るめりしかば、[6]かの殿のわづらはしげにほのめかし聞こえ給ふことなどもありき。御母にものし給ふ人も、かくのゝしる乳母なども、[7]はじめより知りそめたりし方に渡り給はんとなんいそぎ立ちて、[8]この御事をば人知れぬさまにのみ、かたじけなくあはれと[9]思ひき〔こ〕えさせ給へりしに、御心乱れけるなるべし。あさましう、[10]心と身を亡くなし給へるやうなれば、[11]かく心のまどひにひが〳〵しく言ひつゞけらるゝなめり。」

1　女性のことで分別を失いなさることは。

2　李夫人に対する漢の武帝や、楊貴妃に対する唐の玄宗皇帝の古い先例。「人の国にありけむ香の煙ぞ、いと得まほしくおぼさるゝ」(七総角五五四頁)、「唐土にもかゝることの起こりにこそ世も乱れあしかりけれ、と…楊貴妃のためしも引き出でつべくなり行くに」(一桐壺一四頁)。「人のみかど」は、他国の朝廷、の意。「古きためし」、三条西本・尾州本・各筆本・湖月抄本など「ふかきためし」。「ふるき、ふかき両説、ふかき面白也」(孟津抄)。仮名の「る」と「か(可)」は字体が似て紛れやすい。

3　侍従の心内。時方のいうとおりまったくありがたい(匂宮の)お使いであることよ。

4　侍従の言。どうして、ちょっとでも、どなたかが(浮舟を)お隠し申しなさっているのだろうと思い当たる節があったなら、このように皆で大騒ぎいたしましょうか。

5　ここしばらく(浮舟が)たいそう悩み事に沈んでおられたようなので。

6　薫が浮舟を疑うような口調でそれとなく申し上げなさることなどもあった。薫が浮舟に「波越ゆるころとも知らず」の歌(四浮舟六一二頁)を送ったことをさす。

7　(浮舟が)先に縁のあった(薫の)所に転居なさるのだろうと用意をして。

8　こちら(匂宮)の事はひたすら周りの者に知られないように、もったいなくすばらしいお方だとお思い申し上げていたのが原因で、(浮舟は)どうしていいか分からなくなられたのだろう。

9　底本「思ひきえ」。諸本により「こ」を補う。

10　(浮舟は)ご自分からわが身をお捨てなさったようなので。

11　(乳母は)このように、気も動転して、筋の通らぬことを立て続けについ口に出してしまうのだろう。

と、[1]さすがにまほならずほのめかす。

心[2]得がたくおぼえて、

「[3]さらば、のどかにまゐらむ。立[4]ちながら侍るも、いとことそぎたるやうなり。いま御身づからもおはしましなん。」

と言へば、

「[5]あなかたじけな、[6]いまさら人の知りきこえさせむも、亡き御ためは、中〳〵めでたき御宿世見ゆべき事なれど、[7]忍び給ひしことなれば、また漏らさせ給はでやませ給はむなん、御心ざしに侍る[8]べき。[9]こゝにはかく世づかず亡せ給へるよしを人に聞かせじ。」

とよろづに紛らはすを、[10]自然に事どものけしきもこそ見ゆれと思へば、かくそゝのかしやりつ。

雨[11]のいみじかりつる紛れに、母君も渡り給へり。さらに言はむ方もなく、

「[12]目の前に亡くなしたらむかなしさは、いみじうとも、世の常にてたぐひあるこ

一九三六

1　はっきりとではないものの、それとなく浮舟の自殺をほのめかす。「自害などのやうにいひなす也。さすがに入水とはいはぬなるべし」(湖月抄)。

2　時方は事情がよくのみ込めなくて。

3　時方の言。では(日をあらためて)ゆっくり参上しよう。

4　着座せず話を伺うのも、はなはだ意を尽くせないようだ。近く匂宮ご自身も来訪されるであろう。「立ちながら」は、死穢、産穢などのけがれをさけるため、訪問しても着座しないこと。㊀夕顔三二一頁注9。

5　侍従の言。(匂宮みずからお越しとは)ああ、もったいない。

6　今になって世間の人が(匂宮と浮舟の関係を)知り申すのも、亡き浮舟のためには、かえって立派なご運の持ち主であったと知られる(名誉な)ことであるが。

7　(匂宮との仲は、浮舟が)お隠しになっていたことゆえ、これ以上他言なさらないでいて下さるのが、(浮舟に対する)ご好意でございましょう。

8　「侍るべき」は高松宮本「侍へきといふ」、陽明本「侍へきといひて」。

9　こちら(宇治の邸)ではこのように(入水という)普通とは違った形で浮舟がお亡くなりになったことを世間に知らせまいと(あれこれ取り繕っているが)。

10　(浮舟失踪の経緯が)おのずから明らかになるのを危惧するので、(侍従は)こう言って(時方に)帰りを促した。

5　浮舟の母、宇治へ

11　「けふは雨降り侍りぬべければ」(二一〇頁)。

12　浮舟の母の言。自分の目の前で死なせてしまう悲しさというものは、どんなに耐え難くても、この世のならいでよくあることだ。(それに対して亡骸も留めない)浮舟の死は一体どうしたことなのだ。

となり。これはいかにしつる事ぞ。」

とまどふ。[1]かゝる事どもの紛れありて、いみじうもの思ひ給ふらんとも知らねば、身を投げ給へらんとも思ひも寄らず、[2]鬼や食ひつらん、[3]狐めくものや取りもて去ぬらん、いと[4]昔物語のあやしきもののことのたとひにか、さやうなる事も言ふなりしと思ひ出づ。[5]さては、かのおそろしと思ひきこゆるあたりに、心などあしき御乳母やうの者や、[6]かう迎へ給ふべしと聞きて、めざましがりてたばかりたる人もやあらむと、下種などを疑ひ、

「[7]いままゐりの心知らぬやある。」

と問へば、

「[8]いと世離れたりとて、ありならはぬ人は、こゝにてはかなきこともえせず、「いまとくまゐらむ」と言ひてなむ、みなそのいそぐべきものどもなど取り具しつゝ、返り出で侍りにし。」

とて、[9]もとよりある人だにかたへはなくて、いと人少ななるをりになんありける。

1　（母は、浮舟が）薫、匂宮との三角関係のもつれでひどくなやんでおられようとも知らないので、（浮舟が宇治川に）身投げなさったなどということには思いいたらず。

2　「あばらなる蔵に、女をば奥におし入れて…はや夜も明けなむと思ひつゝゐたりけるに、鬼はや一口に食ひてけり」（伊勢六段）。鬼が人を取る話は、『今昔物語集』巻二十七本朝付霊鬼の、「近江国の安義の橋の鬼、人を噉（らく）ふ語第十三」「正親大夫□、若き時鬼に値（あ）ふ語第十六」「東人、川原院に宿りて妻を取らるる語第十七」などにも見える。

3　狐の変化譚は『今昔物語集』巻二十七第三十七—四十一話に見える。

4　昔話で言われているとんでもない化け物の事例などでは、そんなこともあるということだと思い出す。

5　その他には、あの恐ろしいとお思い申し上げている方（薫の正室女二宮）のまわりに、意地悪な（女二宮の）乳母のような者が。

6　（薫が）こうして（浮舟を京に）お迎えになると聞いて、不快に思って（浮舟の失踪を）画策した者がいるのではないかと、（浮舟の失踪に加担したかもしれぬと、宇治の）下人を疑い。

7　浮舟の母の言。気心の知れぬ新参の者はいないか。「新参者　イママイリノモノ」（文明本節用集）。

8　女房の言。ひどい田舎だといって、住み慣れない女房たちは、この宇治では（京への引っ越しのための）ちょっとした支度もよくできず、「すぐに帰参しますから」と言って、皆各々の支度の品などを持って、（里へ）帰ってしまいました。「世離れ」は、人の世から隔絶した、の意。「深き山里、世離れたる海づら」（□帚木一〇〇頁）。

9　（浮舟の京への転居のために新規採用された女房ではなく）以前から仕えている女房でさえその一部はいなくて。

[1]侍従などこそ、日ごろの御けしき思ひ出で、「[2]身を失ひてばや」など泣き入り給ひしをり〳〵のありさま、[3]書きおき給へる文をも見るに、「[4]亡き影に」と書きすさび給へるものゝ、硯の下にありけるを見つけて、[5]川の方を見やりつゝ、響きのゝしる水のおとを聞くにも、うとましくかなしと思ひつゝ、

「[6]さて亡せ給ひけむ人を、とかく言ひさわぎて、いづくにも〳〵いかなる方になり給ひにけむとおぼし疑はんもいとほしきこと。」

と言ひ合はせて、

「[7]忍びたる事とても、御心より起こりてありし事ならず。親にて、亡きのちに聞き給へりとも、いとやさしき程ならぬを、ありのまゝに聞こえて、[8]かくいみじくおぼつかなきことどもをさへ、かた〴〵思ひまどひ給ふさまは、すこし明らめさせたてまつらん。」

「亡くなり給へる人とても、[9]骸をおきてもてあつかふこそ世の常なれ、世づかぬけしきにて日ごろも経ば、さらに隠れあらじ。[10]猶、聞こえていまは世の聞こえをだ

6　侍従ら、葬送を装う

1　（普通の女房と違って事情を知っている）侍従などは、このところの浮舟のご様子を思い出して。

2　（浮舟が）死んでしまいたい、と。「猶わが身をうしなひてばや」（四浮舟五九二頁）、「我身ひとつの亡くなりなんのみこそめやすからめ」（同六二六頁）。

3　浮舟が書き置きなさった手紙。

4　「嘆きわび身をば捨つとも亡き影にうき名流さむことをこそ思へ」（四浮舟六四四頁）の歌。

5　事情を知る侍従と右近とは、浮舟の宇治川への身投げの可能性を考えている。「かの心知れるどちなん、いみじく物を思ひ給へりしさまを思ひ出づるに、身を投げたまへるかとは思ひ寄りける」（二〇頁）。

6　侍従、右近などの言。こうしてお亡くなりになったと思われる人のことを、あれこれ取り沙汰して、いろいろな人がいったい浮舟はどうおなりになったのだろうと疑心暗鬼になられるのもお気の毒なことよ（と相談して）。

7　侍従、右近などの言。（匂宮との関係は）秘め事であったとしても、浮舟がご自身で引き起こしたことではない。親として、（浮舟の）死後にお聞きになったとしても、さほどみっともなく思うことでもないのだから、（入水を）ありのままに（浮舟の母に）申し上げて。

8　このように（浮舟失踪につき）ひどく不審に思っておられることまでを、あれこれと思って動転しておられる（母君の）お気持は、多少は晴らしてさしあげよう。

9　亡骸を安置して葬儀をするのが世間の習わしだ。（亡骸がないという）異常な状態のままで何日も経てば、必ずや真相が露顕するであろう。

10　やはり、（母君に真相を）打ち明け申して今となってはせめて世間体だけでも取り繕おう。

につくろはむ。」

と語らひて、忍びてありしさまを聞こゆるに、[1]言ふ人も消え入り、え言ひやらず、聞く心地もまどひつゝ、[2]さはこのいと荒ましと思ふ川に流れ亡せ給ひにけりと思ふに、いとゞ我も落ち入りぬべき心地して、

「[3]おはしましにけむ方を尋ねて、骸をだにはかぐ〳〵しくをさめむ。」

との給へど、

「[4]さらに何のかひ侍らじ。行くへも知らぬ大海の原にこそおはしましにけめ。」

「[5]さるものから、人の言ひ伝へん事はいと聞きにくし。」

と聞こゆれば、[6]とさまかくさまに思ふに、胸のせき上る心地して、いかにも〳〵すべき方もおぼえ給はぬを、[7]この人ゝ二人して、車寄せさせて、[8]御座ども、け近う使ひ給ひし御調度ども、みながら脱ぎおき給へる御衾などやうのものを取り入れて、[9]乳母子の大徳、それがをぢの阿闍梨、その弟子のむつましきなど、もとより知りたる老いほふしなど、[10]御忌に籠るべき限りして、[11]人の亡くなりたるけはひにまねびて、

1 真相を告げる方(侍従、右近など)も正気を失って、最後まで言うことができず、聞く方(母君)の気持も動転して。

2 浮舟の母の心内。それでは(浮舟は)この見るからに荒々しい宇治川に呑み込まれてお亡くなりになったのだったと思うと、いよいよ自分も(この川に)転落してしまいそうな気がして。

3 浮舟の母の言。浮舟が流れて行かれた所を探し求めて、せめて亡骸だけでもきちんと葬りたい。

4 侍従、右近などの言。もはやそれは無駄なことでしょう。(浮舟の亡骸は)広大無辺の大海に流れて行かれたことだろう。

5 そうであるのに、(捜索しては)浮舟入水の噂が世間に広まったりしては大層みっともない。

6 (浮舟の母は)あれこれ思いをめぐらすにつけ、胸の詰まる思いがして、どうにもこうにも何も手に付かない状態でいらっしゃるのを。「せきのぼる」は五十四帖中にこの一例のみ、普通は「せきあぐる」を用いる。「御胸せき上ぐる心ちし給(たま)ふ」(㈠夕顔三一〇頁)、「胸をせき上げつゝ、いみじう耐へがたげにまどふわざをし給へば」(㈢葵一五二頁)、「胸のせき上ぐるぞ耐へがたかりける」(㈥御法四二〇頁)。

7 侍従、右近の二人で。

8 浮舟ご使用の敷物、身近にお使いになっていらした調度類、すっかりお脱ぎ捨てになった夜具などの類を(車に)積み込んで。

9 浮舟の乳母の子で僧になっている者。「それがをぢの阿闍梨」は、浮舟の乳母の兄弟になる。いずれも初出の人物。

10 浮舟の喪に服する必要のある関係者だけで。「時々まゐり仕うまつりし人々の、御忌に籠りたる限りは、あはれにおこなひて過ぐす」(㈦椎本三三八頁)。

11 死者を送り出す様子とそっくりにして。浮舟の亡骸もその車に納められているように偽装する。

42

出だし立つるを、乳母、母君は、いといみじくゆゝしと臥しまろぶ。

大夫[1]、内舎人など、おどしきこえし者[2]どもゝまゐりて、

「御葬送[3]の事は、殿に事のよしも申させ給ひて、日定められ、いかめしうこそ仕うまつらめ。」

など言ひけれど、

「ことさら[4]、こよひ過ぐすまじ、いと忍びて、と思ふやうあればなん。」 一九三九

とて、この車を向かひ[5]の山の前なる原にやりて、人も近うも寄せず、この案内[6]知りたるほふしの限りして焼かす。いとはかなくて、煙は果てぬ。[7]ゐ中人[8]どもは、中中かゝる事をことゝゝしくなし、言忌など深くするものなりければ、

「いとあやしう[9]、例のさほふなどあることども知らず、下種下種しくあへなくせられぬる事かな。」

と譏りければ、

「かたへ[10]おはする人は、ことさらにかくなむ、京の人はし給ふ[11]。」

1　「大夫」は浮舟巻に登場していた右近大夫。「内舎人」は中務省の官吏で、薫の宇治の荘園の管理人を務めている。大夫はその婿。「おほかたこの山城、大和に殿の両じたまふ所〳〵の人なむ、みなこの内舎人といふ物のゆかりかけつゝ侍なる。それが婿の右近のたいふといふ物をもととして、よろづのことをおきておほせられたるななり」(四浮舟六一八頁)。

2　浮舟を怖がらせ申した(薫の配下の)者たち。

3　大夫、内舎人などの言。浮舟のご葬儀のことは、薫に事の子細をもご報告なさって、日をお選びになり、おごそかに執り行うのがよかろう。

4　侍従、右近などの言。格別に、今夜の内に(火葬を済ませたい)と思うのです。人目を避けて、と思う子細があるので。浮舟の亡骸がないことが露顕しないための方策。

5　宇治の阿闍梨の寺のある山の麓。「向かひの山にも、時〻の御念仏に籠り給ひしゆゑこそ、人もまゐり通ひしか」(七椎本三六〇頁)。「原」は高く平らな場所。「原は　みかの原、あしたの原、園原」(枕草子)。

6　(乳母子の大徳やそのおじの阿闍梨など)事情を知っている僧だけで火葬に付す。

7　(亡骸がないので)まことにあっけなく、火葬を装った煙は消えてしまう。

8　宇治の田舎者たちは、(京の人よりも)かえってこのようなことを大げさに行い、縁起担ぎなども深刻にするものなので。

9　田舎人の言。何とも不可解だ、通常の儀式などいつもすることなどもせず、身分の卑しい者に対してのように(葬儀を)簡略にお済ませになったことよ。「(あることども)知らず」、諸本「し給(また)はず」。

10　大夫、内舎人などの言。きょうだいある人は、の意か(孟津抄、細流抄)。「はらからあるはなど、さやうの人は言ふ事あんなるを思ひて、ことそぐなりけんかし」(六〇頁)。

11　「し給ふ」、諸本多く「し給なる」。

などぞさまざまになんやすからず言ひける。

[1]かゝる人どもの言ひ思ふことだにつゝましきを、ましてものの聞こえ隠れなき世の中に、[2]大将殿わたりに、骸もなく亡せ給ひにけりと聞かせ給はば、かならず思ほし疑ふこともあらむを、[3]宮はた、同じ御仲らひにて、[4]さる人のおはしおはせず、しばしこそ忍ぶともおぼさめ、つひには隠れあらじ、また、[5]定めて宮をしも疑ひきこえ給はじ、いかなる人か率て隠しけんなどぞ、おぼし寄せむかし、[6]生き給ひての御宿世はいとけ高くおはせし人の、げに亡き影にいみじきことをや疑はれ給はん、と思へば、[7]こゝの内なる下人どもにも、[8]けさのあわたゝしかりつるまどひにけしきも見聞きつるには口固め、案内知らぬには聞かせじなどぞたばかりける。

「[9]ながらへては、たれにも静かにありしさまをも聞こえてん。たゞいまは、[10]かなしささめぬべきこと、ふと人づてに聞こしめさむは、猶いといとほしかるべきことなるべし。」

と、[11]この人二人ぞ深く心の鬼添ひたれば、もて隠しける。

一九〇

7 真相を隠す

1 宇治の者（田舎人）たちが（浮舟の死について）言ったり思ったりすることでさえ気になるのに、まして風聞はすぐ世間に広まるので。以下、七行「疑はれ給はん」まで、侍従、右近の心内。

2 薫などが、亡骸もないありさまで（浮舟が）お亡くなりになったとお聞きあそばすなら、きっと疑わしくお思いになることもあろうし。

3 匂宮も（薫と）同じご一族（の親しいあいだがら）で。匂宮は源氏の孫（明石中宮腹）、薫は（表向きは）源氏の子。

4 そのような人（浮舟）が（匂宮のもとに）匿われているのか否か、当座は（匂宮が）隠しているとお思いにもなろうが、結局は（浮舟がいないことが）はっきりするに違いない。

5 （薫は）かならずしも匂宮をお疑い申すとは限るまい、どのような者が（浮舟を）連れ出して隠したのであろうなどと、思案を巡らしなさるだろうよ。

6 ご存命中は（薫、匂宮の二人に思われるという）高貴なご縁に恵まれたお方だったのに、（「亡き影にうき名流さむ」の歌の通り）本当に死後にひどいことを疑われなさることになるかもしれぬ。四浮舟六四四頁。

7 宇治の邸の下仕えの者たち。

8 （浮舟の姿が消えた）今朝のどたばた騒ぎで様子を察知した者に対しては口止めし、事情を知らぬ者には（浮舟失踪を）知らせまいなどと策を巡らすのであった。

9 侍従、右近の言。時が経てば、（薫、匂宮の）どちらにも落ち着いて浮舟の生前の様子をもご報告申し上げよう。

10 哀傷の悲しみも醒めてしまうに違いない（浮舟失踪の）件を。

11 右近と侍従の二人は内心自分たちに責任があるのではないかと恐れていたので、（浮舟失踪の事実を）ひた隠しにするのであった。

8 大将殿は、[1]にふだうの宮のなやみ給ひければ、[2]石山に籠り給ひて、さわぎ給ふころなりけり。[3]さて、いとゞかしこをおぼつかなうおぼしけれど、はか〴〵しう、「さなむ」と言ふ人はなかりければ、かゝるいみじきことにも、まづ御使のなきを、人目も心うしと思ふに、[4]御荘の人なんまゐりて、しか〳〵と申させければ、[5]あさましき心ちし給ひて、御使、そのまたの日まだつとめてまゐりたり。

「[6]いみじきことは、聞くまゝに身づからものすべきに、かくなやみ給ふ御事によりつゝしみて、かゝる所[7]に日を限りて籠りたればなむ。[8]よべのことはなどか、[9]こゝに消息して日を延べてもさる事はする物を、いと[10]かろらかなるさまにて急ぎせられにける。[11]とてもかくても、同じ言ふかひなさなれど、[12]とぢめの事をしも、山がつの識りをさへ負ふなむ、こゝのためもからき。」

など、かの[13]むつましき大蔵の大輔しての給へり。御使の来たるにつけても、いとゞいみじきに、[14]聞こえん方なきことどもなれば、たゞ涙におぼほれたるばかりをかことにて、はか〴〵しうもいらへやらずなりぬ。

8 薫、石山で報に接す

1　入道の宮。薫の母、女三宮。
2　（女三宮の平癒祈願のために）石山寺に参籠なさって、お取り込み中であった。
3　そういう状況で、（薫は）ふだんにもまして宇治（にいる浮舟）のことを気がかりに思っておられたが、きちんと、「これこれこういうことがありました」と知らせる者はいなかったので（薫は浮舟の失踪を知らず）、このような一大事にも、何はさておき薫からの（弔問の）使者がないのを、（宇治では）世間に顔向けもできないと思っていたのであるが。
4　（薫の）荘園の者が（石山に）参上して。
5　（薫は）寝耳に水の心境で、薫からの使者が、その翌日のまだ朝早くに（宇治に）参上した。
6　使者の伝える薫の言。大変なことゆえ、聞いてすぐ私自身がそちらへ伺うべきところであるが、母女三宮のご病気ゆえ、謹慎して。
7　寺社への参籠は、三日、七日など期日を定めて行う。
8　昨夜の（葬儀の）件はどうして。次行「急がせられにける」に掛かる。
9　私に知らせて日を延ばして（私も行って）そういうことはするものであるのに。
10　粗略な形で。
11　どちらにせよ、（浮舟が亡くなったのなら）どうしようもない点では同じであるが。
12　（粗略にしたため）よりによって浮舟の最後の作法に対して、田舎人の非難をまで蒙るのは、（浮舟にとってはいうまでもなく）私にとってもつらい。
13　腹心の大蔵大輔。薫の家司で、名は仲信（四浮舟五〇八・六一〇頁）。「大蔵大輔なる者に、むつましく心やすきまゝにのたまひつけたりければ」（四浮舟五八二頁）。
14　（薫に対して）申し上げようもないことがいろいろあるので、（右近や侍従は）ひたすら泣いてばかりいることを言い訳にして。

9 殿[1]は、猶いとあへなくいみじと聞き給ふにも、[2]心うかりける所かな、鬼などや住むらむ、などていままでさる所に据ゑたりつらむ、[3]思はずなる筋の紛れあるやうなりしも、かく放ちおきたるに心やすくて、人も言ひをかし給ふなりけむかし、と思ふにも、[4]わがたゆく世づかぬ心のみくやしく、御胸いたくおぼえ給ふ。[5]なやませ給ふあたりに、かゝる事おぼし乱るゝもうたてあれば、京におはしぬ。

[6]宮の御方にも渡り給はず、

「[7]こと〳〵しきほどにも侍らねど、ゆゝしき事を近う聞きつれば、心の乱れ侍るほどもいまいましうて。」

など聞こえ給ひて、尽きせずはかなくいみじき世を嘆き給ふ。[8]ありしさまかたち、いと愛敬づき、をかしかりしけはひなどのいみじく恋しくかなしければ、[9]うつゝの世には、などかくしも思はれずのどかにて過ぐしけむ、たゞいまはさらに思ひしづめん方なきまゝに、くやしきことの数知らず、[10]かゝることの筋につけて、いみじうものすべき宿世なりけり、[11]さま異に心ざしたりし身の、思ひのほかにかく例の人に

9 薫の後悔

1 薫は、何ともまったくあっけなく悲しいこととお聞きなさるにつけても。

2 (宇治の邸は)つらい思いをする所なのだな、鬼でも棲んでいるのだろうか。鬼が浮舟を襲ったかとの疑い。

3 (匂宮が割り込んできて、浮舟との間に)予想外の男女のもつれがあったらしいのも、こうして自分が(浮舟を宇治に)放っておいたのでそれにつけ込んで、匂宮も(浮舟に)無理に言い寄られたということなのであろうよ。

4 (薫は)自分の間抜けで世間知らずな心構えが口惜しく、胸が痛くおなりになる。

5 ご病気でいらっしゃる(母女三宮の)まわりで、浮舟のことで心を乱すのも不謹慎なので、京(三条宮)にお帰りになった。

6 女二宮の居室。女二宮は㊃宿木、宮中での藤花の宴(54節)のあと、薫の三条宮に移り居住している。

7 薫の言。たいしたことではありませんが、身近な者の凶事を耳にしましたので、心乱れております間は(お目にかかるのも)縁起が悪くて。

8 浮舟の容姿、人柄を回想して悲しむ薫。

9 薫の心内。浮舟の存命中には、どうしてこれほど熱中する気にもならず、漫然と過ごしていたのだろう、この期に及んでは、まったく悲しみをおさめるすべもなく、後悔されることが次から次へと思われ。

10 (自分は)こうした方面(女性関係)で、ひどい目に遭う運命なのだった。「ものすべき」、諸本多く「もの思(おもふ)へき」。書陵部本は底本に同じ。

11 世間の人とは違う道(仏道)に進むことを願った自分が、意に反してこのように俗人のままでいるのを、仏などがけしからぬとお考えなのであろうか。

てながらふるを、仏などのにくしと見給ふにや、[1]人の心を起こさせむとて、仏のし給ふ方便は、慈悲をも隠して、かやうにこそはあなれ、と思ひつゞけ給ひつゝ、[2]おこなひをのみし給ふ。 一九四二

[3]かの宮はた、まして、二三日は物もおぼえ給はず、[4]うつし心もなきさまにて、いかなる御物のけならんなどさわぐに、やう〳〵[5]涙尽くし給ひて、おぼししづまるにしもぞ、ありしさまは恋しういみじく思ひ出でられ給ひける。[6]人には、たゞ御やまひのおもきさまをのみ見せて、[7]かくすぞろなるいや目のけしき知らせじと、かしこくもて隠すとおぼしけれど、おのづからいとしるかりければ、

「[8]いかなることにかくおぼしまどひ、御命もあやふきまで沈み給ふらん。」

と言ふ人もありければ、[9]かの殿にも、いとよくこの御けしきを聞き給ふに、[10]さればよ、なほよその文通はしのみにはあらぬなりけり、[11]見給ひてはかならずさおぼしぬべかりし人ぞかし、[12]ながらへましかば、たゞなるよりぞ、我ためにをこなる事も出で来なましとおぼすになむ、焦がるゝ胸もすこしさむる心ちし給ひける。

1 人に道心を起こさせようとして、仏がお使いになる手段は、慈悲を表には出さず、このような(つらい)ものなのであろう。

2 浮舟の冥福を祈る勤行。

10 匂宮、悲しみに籠る

3 (薫と同様)匂宮もまた。

4 正気も失せた様子で、どのようなもののけ(が匂宮にとりついているの)であろうかと(女房たちが)危ぶんでいるうちに。

5 涙を流し尽くして、お気持が落ち着くとかえって、ありし日の(浮舟の)様子は。

6 周囲の者(女房)に対しては、たんに普通の病気が重いというだけのふりをして。

7 こうしてわけもなく泣いてばかりいる顔を見せまいと、うまく隠しているおつもりであったが、おのずから(匂宮の悲嘆の)有様は目立つので。「すぞろなる」、諸本多く「すゝろなる」。陽明本は「そゝろなる」、書陵部本は底本に同じ。なお「すぞろ」の語形の出現は底本では九蜻蛉、手習両巻に限られる。「いや目」は、涙がちな、あるいは泣き出しそうな目つき、顔つき。「なぞかくいや目なると、にくゝをこにも思ふ。老いたる者は、すゞろに涙もろにあるものぞ」(八東屋四四八頁)。

8 匂宮に仕える者の言。

9 薫におかれても、こまかにこうした匂宮のご様子をお聞きなさるにつけ。

10 薫の心内。案の定、(匂宮と浮舟は)やはり他人行儀の手紙のやり取りだけではないのだった。

11 (浮舟は匂宮が)お会いなさればきっと気に入られたに違いない女であるよ。

12 (匂宮と恋仲の)浮舟が生き続けていたならば、(自分が浮舟と)何の関わりもない場合よりも、自分にとってみっともない事態にもなったことであろうとお思いになることで、(亡くなった浮舟に)恋い焦がれる胸中も幾分醒める気持がなさるのであった。

宮[1]の御とぶらひに、日ゝにまゐり給はぬ人なく、世のさわぎとなれるころ、[2]こ 11
と〳〵しき際ならぬ思ひに籠りゐて、まゐらざらんもひがみたるべしとおぼしてま
ゐり給ふ。そのころ、[3]式部卿宮と聞こゆるも亡せ給ひにければ、[4]御をぢの服にて
薄鈍なるも、[5]心の内にあはれに思ひよそへられて、つきづきしく見ゆ。すこし面痩 一九四三
せて、いとゞなまめかしきことまさり給へり。
[6]人ゝまかり出でて、しめやかなる夕暮れなり。宮、[7]臥し沈みてはなき御心ちなれ
ば、疎き人にこそ会ひ給はね、[8]御簾の内にも例入り給ふ人には、対面し給はずもあ
らず。[9]見え給はむもあいなくつゝまし、見給ふにつけても、いとゞ涙のまづせきが
たさをおぼせど、思ひしづめて、
[10]「おどろ〳〵しき心ちにも侍らぬを、[11]みな人つゝしむべきやまひのさまなりとの
みものすれば、[12]内にも宮にもおぼしさわぐがいと苦しく、げに世の中の常なきをも、
心ぼそく思ひ侍る。」
との給ひて、[13]おしのごひ紛らはし給ふとおぼす涙の、やがてとゞこほらず降り落つ

11 薫、匂宮を訪う

1　匂宮の病気見舞いに。
2　薫の心内。大した身分でもない浮舟の喪で自邸に籠っていて、（匂宮の見舞いに）参上しないのもひねくれているようだと。
3　以前、自分の娘に薫との縁組を望んだ親王。「式部卿の宮などのいとねんごろにほのめかし給ひけれど」（四東屋三三四頁）。「御をぢ」の語で薫の叔父、つまり源氏の異母弟であることが知られる。古系図以来、「蜻蛉宮」と通称。
4　叔父の服喪は軽服（きょうぶく）で、期間は三か月。「薄鈍」は軽服の色。
5　（薫は）心中ではその軽服を浮舟のために着ているのだとしみじみ思われて、いかにもそれらしく見える、の意。
6　（薫が訪問したのは匂宮邸から）見舞客が退去して、静かな夕暮れであった。
7　寝込んでいるというのではないご容態なので、疎遠な人にはお会いにならないが。「（臥し沈み）てはなき」、三条西本・河内本・首書本「てのみはあらぬ」、承応板本・湖月抄本「てのみはなき」、陽明本「給へらぬ（御なやみ）」。書陵部本は底本に同じ。
8　御簾の内にまで普段からお入りになる親しいお方。薫をさす。
9　（匂宮は薫に）見られなさるのもわけもなく気が引け、（また薫を）ご覧になるにつけても、（浮舟を思い出して）いっそう涙を何はさておき押さえることのむずかしさを危惧なさるが、気持を静めて。
10　匂宮の言。大した病ではありませんが。
11　周囲の者が謹慎の必要な病状（もののけ。五一頁注4）だとしきりに案じるので。
12　父帝におかれても母（明石）中宮におかれても。
13　押さえ拭って隠すおつもりの涙が、そのままはらはらとこぼれ落ちるので、とてもきまり悪く。

れば、いとはしたなけれど、[1]かならずしもいかでか心得ん、たゞめゝしく心よわきとや見ゆらんとおぼすも、[2]さりや、たゞこの事をのみおぼすなりけり、いつよりなりけむ、我をいかにをかしとものの笑ひし給ふ心地に、月ごろおぼしわたりつらむと思ふに、[3]この君は、かなしさは忘れ給へるを、[4]こよなくもおろかなるかな、ものゝせちにおぼゆる時は、いとかゝらぬ事につけてだに、空飛ぶ鳥の鳴きわたるにも、もよほされてこそかなしけれ、[5]わがかくすぞろに心よわきにつけても、もし心得た
一九四
らむに、さ言ふばかりものゝあはれも知らぬ人にもあらず、[6]世の中の常なき事を染みて思へる人しもつれなきと、うらやましくも心にくゝもおぼさるゝ物から、[7]真木柱はあはれなり、[8]これに向かひたらむさまもおぼしやるに、形見ぞかしともうちまもり給ふ。

[9]やう〳〵世の物語り聞こえ給ふに、いと籠めてしもはあらじとおぼして、「[10]むかしより心に籠めて、しばしも聞こえさせぬこと残し侍る限りは、いといぶせくのみ思ひ給へられしを、[11]いまは中〳〵上らふになりにて侍り、まして御暇なき

1　匂宮の心内。（涙をこぼしたからとて）かならずしも（浮舟ゆえの涙であるとは）どうして（薫に）分かろうか、たんに涙もろく柔弱に見えるだけではなかろうか。

2　薫の心内。やはりそうか、（匂宮は）浮舟のことばかりを思っておられるのだった、（二人の関係は）いつからだったのだろう、私のことをどんなに間抜けな奴よと心中あざ笑って、これまで思い続けてこられたことであろう。

3　薫の方は、（興ざめで）悲しさなどお忘れであるのを。

4　匂宮の心内。（薫は）何とも冷淡な人であることよ、物思いの痛切なときは、これほどではないことにつけてさえ、空飛ぶ鳥の鳴いて渡る情景にも誘われて悲しくなるものなのに。

5　匂宮の心内。自分がこうわけもなく悲しがっているにしても、もし（薫が）その事情を知ったなら、（薫は）それほど人情も分からぬ人ではない。「すぞろ」、諸本多く「すゝろ」。高松宮本「そゝろ」、書陵部本は底本に同じ。五一頁注7参照。

6　世間の無常を身にしみて分かっている（薫のような）人の方が（悲しみに対しては）平気なのだと、（薫を）うらやましくも見上げたものだともお思いになるものの。

7　「わぎもこが来ても（は）寄り立つ真木柱そもむつましやゆかりと思へば」（『源氏釈』以下の古注に引く出典未詳歌）により、薫を浮舟が寄り添った真木柱にたとえて、なつかしく思う。「物のゆかりなとをも、まきはしらといふ也」（八雲御抄）。

8　（浮舟が）この薫と一緒にいたであろう有様を想像して、（薫が浮舟の）忘れ形見なのだと（匂宮は薫を）見つめなさる。

9　（薫は）徐々に世間話を申し上げなさるうちに、（浮舟のことを）そんなに隠しておく必要はあるまいとお思いになって。

10　薫の言。

11　今ではそれなりに（私も）高い官位の身とな

御ありさまにて、心のどかにおはしますをりも侍らねば、宿直[1]などにその事となくてはえさぶらはず、そこはかとなくて過ぐし侍るをなん。[2]むかし御覧ぜし山里に、はかなくて亡せ侍りにし人の同じゆかりなる人、おぼえぬ所に侍りと聞きつけ侍りて、時〴〵[3]さて見つべくやと思ひ給へしに、[4]あいなく人の譏りも侍りぬべかりしをりなりしかば、[5]このあやしき所におきて侍りしを、をさ〴〵まかりて見る事もなく、又[6]かれもなにがし一人をあひ頼む心もことになくてやありけむとは見給へつれど、[7]やむごとなくもの〴〵しき筋に思ひ給へばこそあらめ、[8]見るにはた、ことなる咎も侍らずなどして、心やすくらうたしと思ひ給へつる人の、いとはかなくて亡くなり侍りにける。[9]なべて世のありさまを思ひ給へつゞけ侍るに、かなしくなん。[10]聞こしめすやうも侍るらむかし。」

一九五

とて、いまぞ泣き給ふ。[11]これも、いとかうは見えたてまつらじ、[12]をこなりと思ひつれど、こぼれそめてはいととめがたし。

[13]けしきのいさゝか乱り顔なるを、[14]あやしくいとほしとおぼせど、[15]つれなくて、

りまして、(あなたも)以前よりお忙しいご様子で。「上らふ」は「上臈」で、身分の高いこと、またその人。

1　禁中や貴人宅の警護のための夜間勤務、転じて貴人の夜の話し相手を務めること。

2　以前お出かけになった宇治の山荘で、あっけなく亡くなりました人(大君)と同じ血筋の者(浮舟)が、思いがけない所にいると聞き及びまして。

3　宇治で大君の身代わりといった趣の囲い者として世話をしようかと思っておりましたが、の意。

4　具合の悪いことに(そんなことをしたら)人から非難されかねないころだったので。薫が浮舟に接近する(四宿木59節)のは、女二宮との結婚(同51節)直後。

5　辺鄙な宇治に住ませておいたのですが、めったに出かけて会う機会もなく。

6　先方(浮舟)も私一人を頼りにするつもりも特になかったのだろうとは思いましたが。

7　大切で重々しく考えねばならない(正妻のような)場合でしたらそうも行きますまいが。

8　(囲い者として)世話をする分には、これといった欠点もなくて、気軽でかわいい女と思っておりました者が。

9　(それがきっかけで)すべてこの世の(無常の)有様を身にしみて感じまして。

10　あなた(匂宮)もお聞きになったかもしれませんね。

11　薫も、こんな泣き顔は(匂宮に)お見せ申すまい。

12　匂宮が手出しをした浮舟のことを匂宮の前で悲しむのは物笑いだ、の意。

12　人、木石にあらざれば

13　薫が幾分取り乱しているようなのを。

14　匂宮の心内。いつもの薫と違って(浮舟の死のせいであろうか、それなら)気の毒だと。

15　匂宮は知らぬふりをして。

「[1]いとあはれなることにこそ。きのふほのかに聞き侍りき。[2]いかにとも聞こゆべく思ひ侍りながら、わざと人に聞かせ給はぬ事と聞き侍りしかばなむ。」

と、[3]つれなくの給へど、いと耐へがたければ、言少なにておはします。

「[4]さる方にても御覧ぜさせばやと思ひ給へりし人になん。[5]おのづからさもや侍りけむ、宮にもまゐり通ふべきゆゑ侍りしかば。」

など、[6]すこしづつけしきばみて、

「[7]御心ち例ならぬほどは、すぞろなる世のこと聞こしめし入れ、御耳おどろくもあいなきことになむ。よくつゝしませおはしませ。」

など聞こえおきて出で給ひぬ。

[8]いみじくもおぼしたりつるかな、いとはかなかりけれど、さすがに高き人の宿世なりけり、[9]当時のみかど、后のさばかりかしづきたてまつり給ふ親王、顔かたちよりはじめて、たゞいまの世にはたぐひおはせざめり、[10]見給ふ人とてもなのめならず、さまぐ\につけて限りなき人をおきて、これに御心を尽くし、世の人立ちさわぎて、

1　匂宮の言。それはおいたわしいことで。（その件は）昨日ちょっと耳にしました。実際には、浮舟からの歌に不審を抱いた匂宮は腹心の時方を宇治に遣わして事情を探らせていた（2節）。

2　どんなに（お悲しみか）とお見舞いでも申し上げるべきところですが、特別内密になさっておられたことと聞いておりましたので。

3　（匂宮は）冷静を装っておっしゃるが、（心中では）とてもつらいので、言葉数は少なくていらっしゃる。

4　薫の言。（死んだ女人は、匂宮の）お相手としてでもお目に掛けたいと思っておりました者です。

5　（あるいは）成り行きで（すでに）お会いになっておられるかもしれません、そちらのお邸にもお伺いしてよい縁故がありましたので。浮舟が二条院に迎えられた中君の異母妹であることをいう。匂宮と浮舟の関係を知った上での皮肉がこもる言。

6　（薫は）小出しに自分が匂宮と浮舟との仲に気づいていることを匂わせながら。

7　薫の言。ご病気中は、くだらない世間の噂をお聞きになったり、動揺なさるのも無用なことです。療養に専念なさいませ。「すぞろ」は「すずろ」の転。青表紙他本「すゝろ」。五一頁注7参照。

8　以下、六〇頁四行「かゝらじ」まで薫の心内。（匂宮は）大変なお悲しみぶりだったなあ、（浮舟は）まことにあっけなく死んでしまったが、そうはいうものの（匂宮のようなお人から それほどまで思われるとは）優れた宿縁を持った女人だったのだ。

9　（匂宮は）現在の帝と后がご寵愛の親王で。

10　妻になさった方（六の君、中君）も並み一通りではなく、それぞれにつけてこの上ないご夫人をさしおいて、（匂宮が）浮舟に心のかぎりを傾け、（その結果）世間では大騒ぎをして。

[1]すほふ、読経、祭、祓と道〳〵にさわぐは、[2]この人をおぼすゆかりの御心地のあやまりにこそはありけれ、[3]われもかばかりの身にて、時のみかどの御むすめを持ちたてまつりながら、この人のらうたくおぼゆる方はおとりやはしつる、まして[4]いまはとおぼゆるには、心をのどめん方なくもあるかな、[5]さるはをこなり、かゝらじ、と思ひ忍ぶれど、さま〴〵に思ひ乱れて、

「[6]人木石にあらざればみな情あり。」

と、うち誦じて臥し給へり。

[7]のちのしたゝめなどもいとはかなくしてけるを、[8]宮にもいかゞ聞き給ふらむと、いとほしくあへなく、[9]母のなほ〳〵しくて、はらからあるはなど、さやうの人は言ふ事あんなるを思ひて、ことそぐなりけんかしなど心づきなくおぼす。[10]おぼつかなさも限りなきを、ありけむさまも身づから聞かまほしとおぼせど、[11]長籠りし給はむも便なし、[12]行きと行きて立ち返らむも心ぐるし、などおぼしわづらふ。

13 [13]月立ちて、[14]けふぞ渡らましとおぼし出で給ふ日の夕暮れ、いとものあはれなり。

1　修法、読経は仏教、祭、祓は陰陽道、それぞれの方面において。

2　（匂宮が）この浮舟に夢中になられたゆえのご病状なのであった。

3　自分もこれほどの地位で、今上帝の内親王を妻にいただきながら、この浮舟をいとしく思う点では（匂宮に）負けたことがあろうか。

4　今となっては（浮舟はこの世にいないのだ）と思うと、悲しみの静めようもないことよ。

5　しかしこんなことでは愚かしい、もうこのように悲しむまい、と我慢するけれども。

6　白楽天「新楽府　李夫人」中の句。打消の助動詞の已然形「ざれ」は漢文訓読語で、物語中ではこの一例のみ。他ではすべて「ね」を用いる。「あはれなる御心ざまを、岩木ならねば思ほし知る」（四東屋三六四頁）。

7　浮舟失踪後の始末、すなわち葬儀。

8　匂宮。

9　（浮舟の）母が凡俗で、きょうだいのいる者は（葬儀を簡素にするものだ）などと、その階層の者は言うらしいのに従って、（葬儀を）簡素にしたのだろうなどと（薫は）不快にお思いになる。四三頁注10。「あんなる」は「あるなる」の転。

10　浮舟の死についての不審も一向に晴れず謎だらけなので、（薫は）失踪前の浮舟の様子も自分で聞きたいとお思いになるが。

11　宇治の邸へ行けば浮舟の死穢に触れ、何日も忌に籠らなければならないが、それは困る、の意。

12　行くだけ行って（着座しない立ちながらの弔問で）すぐ引き返すのも気の毒。訪問先で着座しなければ、穢れない。三五頁注4。

13　薫、匂宮、歌を贈答

13　四月になる。

14　（生きていたら、浮舟は）今日、宇治から移って来るはずであったものをと。薫は四月十日に浮舟を京に迎える予定であった。四浮舟五八四頁。

62

御前近き橘の香のなつかしきに、ほとゝぎすの二声ばかり鳴きて渡る。

「[1]宿に通はゞ。」

とひとりごち給ふも飽かねば、[2]北の宮に、[3]こゝに渡り給ふ日なりければ、立花(たちばな)ををらせて聞こえ[4]賜ふ。

[5]忍び音や君もなくらむかひもなき死出の田をさに心通はゞ

宮は、[6]女君の御さまのいとよく似たるを、あはれとおぼして、[7]二所ながめ給ふをりなりけり。[8]けしきある文かなと見給ひて、

[9]橘のかをるあたりは郭公(ほととぎす)心してこそなくべかりけれ

[10]わづらはし。

と書き給ふ。

[11]女君、このことのけしきは、みな見知り給ひてけり。[12]あはれにあさましきはかなさの、さま〴〵につけて心深きなかに、われ一人もの思ひ知らねば、いまゝでながらふるにや、それもいつまで、と心ぼそくおぼす。[13]宮も、隠れなきものから、隔て

1　「なき人の宿に通はばほととぎすかけて音(ね)にのみなくと告げなむ」（古今集・哀傷・読人しらず）。

2　薫の三条邸から北にあたる、匂宮の二条院。「北の院」とも（四宿木九八頁）。

3　匂宮が（六の君のいる六条院から）こちら（二条院）にお越しの日だったので。

4　「たまふ」に「賜」字を当てるのは稀。三少女四六〇・四六二頁に見える。

5　薫の歌。ほととぎす同様あなたも忍び音をもらして泣いていることであろう、嘆いても仕方のない亡き浮舟のことを思っているならば。「忍び音」は四月のほととぎすの鳴き声をいう。「死出の田をさ」はほととぎすの異名、ここでは死んだ（と思われている）浮舟をたとえる。「かひもなき」にほととぎすの縁語「卵(かひ)」を響かす。河内本・陽明本などでは初句「はかもなき」。

6　中君のご様子が浮舟にそっくりなのを。

7　お二人（匂宮と中君）で悲しみに沈んでおられる時だった。

8　当てこすりの感じられる手紙だな。

9　匂宮の歌。亡き人を思い出させるという花橘の薫るあたりでは、ほととぎすも注意して鳴く必要があるのだった（さもないと亡き人との仲を疑われるので）。橘の花の香は昔の旧知の人をしのぶよすが。「五月待つ花橘の香をかげば昔の人の袖の香ぞする」（古今集・夏・読人しらず）。

10　（浮舟のことで疑われるのは）迷惑だ。

11　中君は、浮舟をめぐるこのたびの事情については。

12　何ともあっけなく亡くなった（姉大君と妹浮舟が）、それぞれ悩み事を抱えていたなかで、自分一人がそのような悩みもないので、今日まで生き延びてきたのだろうか、（しかし）それもいつまでのことやら、と。

13　匂宮も、（浮舟の一件が）中君に知られはしたものの、（そのことを中君に）黙っているのも申し訳ないので。

給ふもいと心ぐるしければ、[1]ありしさまなど、すこしは取りなほしつゝ語りきこえ給ふ。

「[2]隠し給ひしがつらかりし。」

など、泣きみ笑ひみ聞こえ給ふにも、[3]異人よりはむつましくあはれなり。[4]こと〳〵しくうるはしくて、例ならぬ御事のさまもおどろきまどひ給ふ所にては、[5]御とぶらひの人しげく、父おとゞ、せうとの君たちひまなきもいとうるさきに、[6]こゝはいと心やすくて、なつかしくぞおぼされける。

[7]いと夢のやうにのみ、猶いかでいとにはかなりけることにかはとのみいぶせければ、[8]例の人ゝ召して、[9]右近を迎へに遣はす。[10]母君も、さらにこの水のおと、けはひを聞くに、われもまろび入りぬべく、かなしく心うきことのどまるべくもあらねば、いとわびしうて帰り給ひにけり。[11]念仏の僧どもを頼もしきものにて、いとかすかなるに入り来たれば、[12]こと〳〵しくにはかに立ちめぐりし宿直人どもも見咎めず。[13]あやにくに限りのたびしも入れたてまつらずなりにしよ、と思ひ出づるもいとほし。

1　浮舟とのいきさつなどを、多少は取り繕って説明申し上げなさる。

2　匂宮の言。（中君が浮舟の身元を）隠しておられたのが恨めしい。

3　（話す相手として、浮舟と血のつながりのない）他人よりは（浮舟の異母姉である中君は）親しみが湧いて心に染みる。

4　おおげさに形式張り、（匂宮の）ご病気にも大騒ぎをする（本妻六の君の夕霧）邸では。

5　（匂宮の病気の）お見舞いの人が立て込み、父大臣（夕霧）や兄君たちがいつもいて煩わしいので。

6　（中君のいる）二条院はまったく気兼ねせずに、居心地良くお思いなのだった。

14 匂宮、右近へ使者

7　（匂宮は浮舟の死が）まったく夢の中の出来事のようで、それにしてもどうして急に（あのようなことになったのか）と思われるばかりで、不審が晴れないので。

8　匂宮の宇治通いに従っていた、乳母子の時方や大内記道定。「御供に、むかしもかしこの案内知れりし物二三人、この内記、さては御乳母子の蔵人よりかうぶり得たる若き人、むつましき限りを選りたまひて」（四浮舟四九六頁）。

9　浮舟の乳母子。

10　浮舟の母も、このうえ宇治川の水音や気配に接すると、自分も（川に）倒れ込んでしまいそうで。

11　頼りになるのは念仏の僧くらいで、ひっそりとした宇治の邸に（匂宮からの使者が）入ってくると。「念仏の僧」は、四〇頁の「乳母子の大徳」や「をぢの阿闍梨」。

12　（前回の匂宮の訪問の折）ものものしく突如八宮邸を取り囲んで警護していた夜番の者たちも（今回は）尋問しない。四浮舟六三四頁。

13　匂宮の使者の心内。あいにくなことにより によって最後の訪問の時に（匂宮を）邸内にお入れ申さなかったことよ。四浮舟57節。

66

[1]さるまじきことを思ほし焦がるゝことと見ぐるしく見たてまつれど、[2]こゝに来ては、おはしまし夜な〳〵のありさま、[3]抱かれたてまつり給ひて舟に乗り給ひしけはひの、あてにうつくしかりしことなどを思ひ出づるに、[4]心づよき人なくあはれなり。右近会ひて、いみじう泣くもことわりなり。

「[5]かくの給はせて、御使になむまゐりつる。」

と言へば、

「[6]いまさらに、人もあやしと言ひ思はむもつゝましく、まゐりてもはか〴〵しく聞こしめし明らむばかりもの聞こえさすべき心ちもし侍らず。[7]この御忌果てて、あからさまにもなんと人に言ひなさんも、すこし似つかはしかりぬべき程になしてこそ。[8]心よりほかの命侍らば、いさゝか思ひしづまらむをりになん、仰せ事なくともまゐりて、げにいと[9]夢のやうなりしことども、語りきこえまほしき。」

と言ひて、[10]けふは動くべくもあらず。

[11]大夫も泣きて、

1 (使者たちは匂宮の浮舟への執心を)あるまじきことに胸を焦がしなさることよと批判がましくお思い申しているのであるが。

2 宇治の邸に来てみると、匂宮がご滞在の夜毎のご様子。

3 (浮舟が匂宮に)抱きかかえられ申して小舟にお乗りになった様子の、上品で美しかったことなどを思い出すにつけ。匂宮が浮舟を抱く場面は、「かき抱きて出で給ひぬ」(四浮舟五五八頁)、「かの岸にさし着きて下り給ふに、人に抱かせ給はむはいと心ぐるしければ、抱きたまひて」(同五六〇頁)、「夜深く率て帰り給ふ。例の、抱き給ふ」(同五六八頁)と語られている。

4 使者たちは皆気丈ではいられず、しんみりとなるのであった。

5 使者の言。(匂宮が)こうこう仰せあそばすので、(お迎えの)使者として参上した。「まゐりつる」、諸本多く「まいりきつる」。書陵部本は底本に同じ。

6 右近の言。この期に及んで、周りの者が(浮舟の死について)おかしいと言ったり思ったりするのが憚られ、(また、匂宮へ報告に)参上してもはかばかしくお聞きいただき不審をお晴らしになるようにも申し上げられる心境でもありませんので。

7 浮舟の忌が終って、ちょっと(他所へ)と周囲の者に口実を作っても、おかしくない時期を待った上で。「あからさまにも」、諸本「あからさまにもの(物)に」。

8 (その時まで)思いがけず生きながらえておりましたなら、少し気持も落ち着いた頃に。

9 実際にあったこととは思えないような浮舟の一件のいろいろも、ご報告申し上げたい。「(語りきこえ)まほしき」、諸本多く「させはへ(侍)らまほしき」。

10 (右近は)今日の迎えには応じる気配を見せない。六四頁に「例の人ゝ召して、右近を迎へに遣はす」とあった。

11 使者の左衛門大夫時方。

「[1]さらにこの御中(なか)のこと、こまかに知りきこえさせ侍らず。[2]物の心知り侍らずながら、たぐひなき御心ざしを見たてまつり侍りしかば、[3]君たちをも、何かは急ぎてしも聞こえうけ給はらむ、つひには仕うまつるべきあたりにこそと思ひ給へしを、[4]言ふかひなくかなしき御事ののちは、私の御心ざしも中〱深さまさりてなむ。」

と[5]語らふ。

「[6]わざと御車などおぼしめぐらして、たてまつれ給へるを、むなしくてはいといとほしうなむ。[7]いま一所にてもまゐり給へ。」

と言へば、侍従の君呼び出でて、

「[8]さは、まゐり給へ。」

と言へば、

「[9]まして何事をかは聞こえさせむ。さても猶(なほ)この御忌の程には、いかでか。[10]忌ませ給はぬか。」

と言へば、

1　時方の言。まったく（匂宮と浮舟との）ご関係の詳細は存じ上げません。

2　（私は）無骨者ではありますが、比類ない匂宮の（浮舟への）ご愛情を拝見しておりましたので。「物の心」は、物事の道理や情趣。「ものの心知らぬ下種（すげ）さへ泣かぬなかりけり」（㈥御法四一八頁）、「物の心得ぬゐ中人ども」（㈧浮舟六二〇頁）。

3　（浮舟の侍女である）あなた方に対しても、何でせっかちにお近づきになる必要があろうか、結局はお仕え申すことになるお邸なのだからと思っておりましたのに。「聞こえうけ給はらむ」は、こちらからお話を申し上げ、またそちらのお話をお聞きする、の意で、親しく言葉を交わすあいだがらになることをいう。

4　言ってもかいのないご主人様（浮舟）の悲しい出来事の後は、（あなたへの）個人的な気持もかえって深いものになりまして。

5　親密に話す。「語らふ」は、「言ふ」に較べて、より説明、説得、勧誘などの思いを込めた言語行動。三条西本・万水一露本など「かたらひ」。

6　時方の言。（匂宮が）特別に（迎えの）車のことなどご配慮下さって、さしあげさせなさったのを、（あなたをお連れせず）空のまま（二条院へ戻るの）ではまことに申し訳ない。

7　（右近が無理ならば）もう一人のお方（侍従）にでも（匂宮のいる二条院へ）参上していただきましょう。「一所」は「一人」よりも敬意を込めた言い方。

8　右近の言。では、あなた（侍従）が参上なされよ。

9　侍従の言。（私ごとき者が）まして何を（匂宮に）申し上げられようか。それにやはり浮舟の忌中には、とても（出かけるわけにはいかない）。死穢の身で匂宮に会うことなどできない、の意。

10　（匂宮は）死穢に触れることをお避けにならないのか。

「[1]なやませ給ふ御ひゞきに、さま〴〵の御つゝしみどもはべめれど、忌みあへさせ給ふまじき御けしきになん。また、[2]かく深き御契りにては、籠らせ給ひてもこそおはしまさめ、残りの日いくばくならず、猶一所まゐり給へ。」

と責むれば、侍従ぞ、[3]ありし御さまもいと恋しう思ひきこゆるに、いかならむ世にかは見たてまつらむ、かゝるをりに、と思ひなしてまゐりける。

[4]黒き衣ども着て、引きつくろひたるかたちもいときよげなり。[5]裳は、たゞいまわれより上なる人なきにうちたゆみて、[6]色も変へざりければ、薄色なるを持たせてまゐる。[7]おはせましかば、この道にぞ忍びて出で給はまし、人知れず心寄せきこえしものを、など思ふにもあはれなり。道すがら泣く〳〵なむ来ける。

[8]宮は、この人まゐれりと聞こしめすもあはれなり。[9]女君には、あまりうたてあれば、聞こえ給はず。[10]寝殿におはしまして、渡殿に下ろし給へり。[11]ありけんさまなどくはしう問はせ給ふに、

「[12]日ごろおぼし嘆きしさま、その夜泣き給ひしさま、あやしきまで言少なに、お[13]

一九五〇

15

1　時方の言。（匂宮は）ご病気騒ぎで、種々の物忌をなさったようですが、とても（浮舟の）忌に籠ることまではできかねるご様子で。

2　（浮舟とは）このように深い仲でいらしたので、その忌にお籠りであるかもしれぬが、もう忌中の残りの日数も幾日もない（のだから）、やはりお一人は（今日二条院へ）参られよ。

3　以前拝見した（匂宮の）お姿も又お目にかかりたい気持がとても強くて、（浮舟亡き後は）どんな時に（匂宮を）拝見できようか、このような機会に、と思いを決して。侍従は「宮をいみじくめできこゆる」（四浮舟六一八頁）匂宮びいきであった。

15 侍従、匂宮邸へ

4　喪服。

5　裳は上位者の前で着用する。主人浮舟亡き宇治の邸では着用する必要はないが、匂宮に拝謁の際には必要。

6　裳を喪服の色に変えていなかったので。「薄色」は、薄紫、それを鈍色の代用にした。

7　侍従の心内。浮舟ご存命なら、この道を通って（匂宮のもとへ）こっそり出発なさったであろう、（自分は）ひそかに（浮舟の結婚相手として匂宮に）お味方していたのに。

8　匂宮。

9　中君には、（浮舟の侍女を匂宮が召したりするのは）あまりに変なことなので。

10　（匂宮は）寝殿にお出ましになって、侍従を（寝殿に続く）渡殿にお下ろしになる。「下ろし」、諸本多く「おろさせ」。中君の住居は西の対（七総角六〇四頁）、ここの渡殿は中君の目を避けた東の対との間のそれであろう。

11　（匂宮が）浮舟生前の様子などを事細かにお尋ねになるのに対し。

12　侍従の言。（浮舟が）ずっと悩んでおられた様子、失踪当夜泣いておられた姿。

13　ひたすら優柔不断でいらして、切実なことも侍女に打ち明けたりはめったになさらず、いつも引っ込み思案でいらしたせいか。

72

ぼおぼとのみものし給ひて、いみじとおぼすことをも人にうち出で給ふ事はかたく、ものづゝみをのみし給ひしけにや、[1]の給ひおくことも侍らず。[2]夢にもかく心づよきさまにおぼしかくらむとは思ひ給へずなむ侍りし。」

など、くはしう聞こゆれば、ましていといみじう、[3]さるべきにても、ともかくもあらましよりも、[4]いかばかりものを思ひ立ちて、さる水に溺れけんとおぼしやるに、[5]これを見つけてせきとめたらましかばと、わき返る心地し給へどかひなし。

「[6]御文を焼き失ひ給ひしなどに、などて目を立て侍らざりけん。」

など、[7]夜一夜語らひ給ふに、聞こえ明かす。[8]かの巻数に書きつけ給へりし、[9]母君の返り事などを聞こゆ。

[10]何ばかりのものとも御覧ぜざりし人も、むつましくあはれにおぼさるれば、

「[11]我もとにあれかし。あなたももて離るべくやは。」

との給へば、

「[12]さてさぶらはんにつけても、もののみかなしからんを思ひ給[13]へれば、いまこの

1　(失踪に先立って)言い残しておかれた言葉もありません。

2　よもやこのような(宇治川に投身といった)大胆なことを思い立たれようとは。

3　逃れることのできぬ理由で、死ぬなり苦しむなりするような場合よりも。

4　(浮舟は)どんな(つらい)決心をして、あのような(恐ろしい)宇治川の水に。

5　入水する浮舟を見つけて引き止めていたならばと、(匂宮は)口惜しさに胸が沸騰する思いでいらっしゃるがどうにもならない。

6　侍従の言。(浮舟が匂宮からの)お手紙を焼いて処分なさったことなどに、(自分は)どうして気づかなかったのでございましょう。㈧浮舟六二八頁。

7　(匂宮が)夜通し話の相手をさせなさるので、(侍従も)お相手をして夜を明かした。

8　浮舟の母から届けられた巻数。㈣浮舟六四八頁。「巻数」は、読誦した経文、陀羅尼の名や度数を記して僧侶から願主へ渡す文書。

9　母親への浮舟の返事(歌)「のちに又会ひ見むことを思はなむこの世の夢に心まどはで」「鐘の音の絶ゆる響きに音を添へてわが世つきぬと君に伝へよ」(㈣浮舟六四八頁)のこと。

10　(これまで)取るに足りぬ一介の侍女としかお思いにならなかった侍従でも、(浮舟の関係者だと思うと匂宮には)なつかしくしみじみと思われなさるので。

11　匂宮の言。私に仕えよ。(浮舟に仕えた侍従はその異母姉である)あちら(中君)にも縁がないわけではないのだから。

12　侍従の言。仰せに従ってお仕えするにしても、(今は)ただ悲しいばかりだと思いますので、いずれ浮舟の一周忌なりとすませてから。

13　「給へ」は話し手(侍従)の動作に付いているので、謙譲をあらわす下二段活用の「給ふ」。ここは三条西本・穂久邇本・首書本のごとく「たま(給)ふれば」とあるべきか。

御果てなど過ぐして。」

と聞こゆ。

「[1]又もまゐれ。」

など、[2]この人をさへ飽かずおぼす。[3]あか月帰るに、[4]かの御料にとてまうけさせ給ひける櫛の箱一よろひ、衣箱一よろひ、おくり物にせさせ給ふ。[5]さま〴〵にせさせ給ふことは多かりけれど、おどろ〴〵しかりぬべければ、たゞこの人におほせたる程なりけり。[6]何心もなくまゐりて、かゝることどものあるを、人はいかゞ見ん、すゞろにむつかしきわざかなと思ひわぶれど、いかゞは聞こえ返さむ。[7]右近と二人、忍びて見つゝ、[8]つれ〴〵なるまゝに、こまかにいまめかしうし集めたることどもを見ても、いみじう泣く。装束もいとうるはしうし集めたる物どもなれば、[9]かゝる御服に、これをばいかでか隠さむなど、もてわづらひける。

16

[10]大将殿も、猶いとおぼつかなきに、おぼしあまりておはしたり。[11]道の程より、むかしのことどもかき集めつゝ、[12]いかなる契りにて、この父親王の御もとに来そめけ

1　匂宮の言。（今回は宇治へ帰るとしても）また参上せよ。

2　（亡き浮舟だけでなく）侍従までいなくなるのを物足りなくお思いになる。

3　諸本多く「あかつきに」。書陵部本・承応板本・湖月抄本は底本に同じ。

4　浮舟がお使いになるために（匂宮が）用意させなさっていた櫛の箱一式、衣箱一式を（侍従への）贈り物になさる。

5　（匂宮が浮舟のために）あれこれ用意させなさったことは多かったけれど、（それらをすべて贈るのは）仰々しくなりそうなので、侍従に持たせる程度の贈り物なのであった。「おほす」は、牛馬また下男などに荷物を背負わせること。ここは侍従に贈り物として持たせる、の意。「米も炭も御厩の草刈り、馬人召しておほせて」（うつほ・蔵開下）。

6　侍従の心内。深い考えもなく（二条院へ）参上して、このような頂き物をしたことを、（宇治邸の）他の女房はどう思うであろう、思いがけず面倒なことになったことよと弱ったが、どうしてご辞退申せようか。

7　（宇治に帰った侍従は）右近と二人で（匂宮からの贈り物を）こっそり見て。

8　（喪中の）所在なさに、どれも念入りに華やかに調えられた品々を見るにつけても。

9　浮舟の喪中に、この（華美な）頂き物をどうして隠しておくことができようかなどと、持て余すのであった。「服」は喪に服すること、またその期間。

16　薫、宇治を訪う

10　薫も、まだ事の経緯がよく分からないので、思案に余って（宇治へ）お越しになった。

11　（宇治への）道すがら（八宮在世以来の）昔のことがいろいろ思い出されて。

12　（自分は）どのような前世からの因縁で、宇治の（大君、中君、浮舟）姉妹の父八宮のもとに伺いはじめたのだろうか。

む、[1]かゝる思ひかけぬ果てまで思ひあつかひ、[2]このゆかりにつけては物をのみ思ふよ、[3]いとたふとくおはせしあたりに、仏をしるべにて、後の世をのみ契りしに、[4]心ぎたなき末のたがひ目に、思ひ知らするなめり、とぞおぼゆる。 一九二

右近召し出でて、

「[5]ありけんさまもはか〴〵しう聞かず、猶尽きせずあさましうはかなければ、忌の残りも少なくなりぬ。[6]過ぐしてと思ひつれど、静めあへずものしつるなり。[7]いかなる心ちにてか、はかなくなり給ひにし。」

と問ひ給ふに、[8]尼君などもけしきは見てければ、[9]つひに聞き合はせ給はんを、中〳〵隠しても事たがひて聞こえんに、損はれぬべし、[10]あやしき事の筋にこそ、そらごとも思ひめぐらしつゝならひしか、[11]かくまめやかなる御けしきにさしむかひきこえては、[12]かねてと言はむかく言はむとまうけし言葉をも忘れ、わづらはしうおぼえければ、[13]ありしさまのことどもを聞こえつ。

[14]あさましうおぼしかけぬ筋なるに、物もとばかりの給はず。[15]さらにあらじとおぼ

17

1　浮舟のような思いも寄らない八宮の庶子の世話までして、の意。

2　（大君、浮舟など）八宮の縁では物思いの尽きないことよ。

3　たいそう敬虔でいらした八宮のお側で、仏を導きとして、もっぱら後世往生の誓いをしたのに。

4　（大君や浮舟への愛執ゆえに）道心を濁らせた不心得に対して、（仏が）それを思い知らせようとするのであろう。

5　薫の言。（浮舟が）どんな状況にあったのかもはっきりとは聞かず、（その死が）いつまでも言葉にならないほどあっけなく感じているうちに、忌の残りの日数も少なくなってしまった。

6　忌の期間を過ごしてから（訪問しよう）と思っていたが。

7　（浮舟は）どのような病気で、お亡くなりになったのか。

8　弁尼。薫とは㊀橋姫以来、懇意な仲である。

9　右近の心内。結局は（薫も）聞いてお知りになることだろうから、中途半端に隠し立てをしても、それと違ったことが（薫の）耳に入った場合には、まずいことになるだろう。

10　けしからぬ（匂宮との）ことでは、（やむを得ず）嘘を考え出してはつき続けてきたが。

11　このように真剣な薫の態度を直接拝見すると。

12　前もってこう言おうああ言おうと用意して置いた（ごまかしの）言葉も忘れて、（嘘をつくのが）やっかいに思えて。

13　実際にあった（浮舟についての）一連の経緯を（薫に）申し上げた。

17　薫、真相を聞き質す

14　（浮舟の入水など）夢想だにしなかったことなので、（薫は）ものもしばらくはおっしゃらない。

15　薫の心内。よもやそんなことはあるまいと思われることよ。

ゆるかな、[1]なべての人の思ひ言ふことをも、こよなく言少なにおほどかなりし人は、いかでかさるおどろ〳〵しきことは思ひ立つべきぞ、[2]いかなるさまに、この人〻もてなして言ふにかと、御心も乱れまさり給へど、[3]宮もおぼし嘆きたるけしきいとしるし、[4]事のありさまも、しかつれなしづくりたらむけはひはおのづから見えぬべきを、[5]かくおはしましたるにつけてもかなしくいみじきことを、上下の人集ひて泣き
一九三
さわぐをと聞き給へば、

「[6]御供に具して失せたる人やある。猶ありけんさまをたしかに言へ。[7]われをおろかに思ひて背き給ふことはよもあらじとなむ思ふ。[8]いかやうなる、たちまちに言ひ知らぬことありてか、さるわざはし給はむ。われなむえ信ずまじき。」

との給へば、[9]いとゞしく、さればよとわづらはしくて、

「[10]おのづから聞こしめしけむ。[11]もとよりおぼすさまならで生ひ出で給へりし人の、[12]世離れたる御住まひののちは、いつとなく物をのみおぼすめりしかど、[13]たまさかにもかく渡りおはしますを、待ちきこえさせ給ふに、もとよりの御身の嘆きをさへ慰

1　だれもが思ったり言ったりすることをも（口に出さず）、この上なく口数の少なくおっとりとしていた浮舟には、どうして（入水なкакいう）そんな大胆なことを決意することができようか。

2　どんなふうに、この侍女たちは取り繕ってごまかすつもりなのかと。侍従、右近などが加担して匂宮が浮舟を隠しているのではないかという疑念。「言ふにか」、諸本多く「いふにかあらん」。

3　匂宮も（浮舟の件で）お嘆きの様子は明らかだ。

4　事の成り行きとしても、そのように（嘘をついて）知らぬ顔をしていると（そのことは）自然に分かってくるはずなのに。「事のありさま」、青表紙他本の多くと板本は「こゝのありさま」。その場合は宇治の邸の様子。

5　こうして（薫が）お越しになったにつけても悲しくたまらない浮舟の死去を、身分の上下なく集まって泣き騒いでいるのだからとご覧になるので。

6　薫の言。浮舟のお供をして一緒にいなくなった女房はいるか。

7　私を冷淡な者と思って裏切りなさることなどよもやあるまいと思う。「おろかに」、諸本多く「お（を）ろかなりと」。

8　どのような、急に予想外の事態が起これば、そのような行動をなさるのであろうか。

9　右近の心内。一段と、やはり心配していた通りだと困惑して。「いとゞしく」、諸本「いと〳〵お（を）しく」。その場合は、（薫に）申し訳なく、の意。

10　右近の言。

11　（浮舟は）幼い時から（父八宮に認知されず）不幸な境遇でお育ちになった方で。

12　宇治での暮らしをいう。

13　たまにでもこうして（薫が宇治に）お越しになるのを、お待ち申し上げなさることで、生まれながらのご自身の悲しみまでを和らげなさって。

め給ひつゝ、[1]心のどかなるさまにて時〳〵も見たてまつらせ給ふべきやうには、いつしかとのみ、言に出でてはの給はねど、おぼしわたるめりしを、その[2]御本意かなふべきさまにうけ給はる事ども侍りしに、かくてさぶらふ人どもも、うれしきことに思ひたまへいそぎ、[3]かの筑波山もからうして心ゆきたるけしきにて、渡らせ給はんことをいとなみ思ひ給へしに、[4]心得ぬ御消息侍りけるに、[5]この宿直仕うまつる者どもも、[6]女房たちらうがはしかなりなど、いましめ仰せらるゝことなど申して、[7]ものの心得ず荒〳〵しきは、[8]ゐ中人どものあやしきさまにとりなしきこゆることども
一九四
侍りしを、そののち久しう[9]御消息なども侍らざりしに、[10]心うき身なりとのみ、いはけなかりし程より思ひ知るを、人数にいかで見なさんとのみよろづに思ひあつかひ給ふ母君の、[11]中〳〵なることの人笑はれになりては、いかに思ひ嘆かんなどおもむけてなん、常に嘆き給ひし。その筋よりほかに、何ごとをかと思ひ給へ寄るに、耐へ侍らずなむ。[12]鬼などの隠しきこゆとも、いさゝか残るところも侍なる物を。」とて、泣くさまもいみじければ、[13]いかなることにかと紛れつる御心も失せて、せき

1　落ち着いた境遇で折に触れ（薫に）お目にかかれるようには、早くなりたいとばかり、口に出してはおっしゃらないが、ずっとそう思っておられるようにみえたが。「やうには」、諸本「は」なし。

2　その（浮舟の）ご念願が叶うようにお聞きすることもありましたので、こうして（浮舟に）お仕えする者どもも、嬉しく存じまして（転居の）準備をし。

3　浮舟の母もやっと満足した様子で。「筑波山」は、母が常陸介の妻であることにちなんだ呼称。「筑波山を分け見まほしき御心はありながら」という東屋巻冒頭（四三〇〇頁）では、常陸介の継娘になる浮舟を指す。

4　理解に苦しむ（薫の）お手紙。「波越ゆるころとも知らず…人に笑はせたまふな」（四浮舟六一二頁）をさす。

5　この（宇治の）邸の夜番を務める者たち。

6　（浮舟の）侍女たちが不届きなことをしでかしているようだなど、（薫から）厳重なお達しがあるなどと申して。「女房の御もとに知らぬところの人通ふやうになん聞こしめす事ある、たいぐしき事なり、とのゐに候ふ物どもは、その案内聞きたらん」（四浮舟六二四頁）。

7　わけの分からぬ粗野なことで、田舎者たちが変なふうに騒ぎ立て申すことがいろいろありましたが。四浮舟六三四頁。

8　諸本「は」なし。

9　薫から浮舟への手紙。「「…御消息も侍らぬよ」と嘆く」（四浮舟六二六頁）。

10　「いかに思ひ嘆かん」まで、浮舟の心内。

11　なまじ薫とのご縁が世間の物笑いになっては、（母君が）どんなに嘆き悲しむであろうなどと気を回して。

12　鬼などが（浮舟を）お隠し申したとしても、少しはその痕跡もありましょうものを。

13　（薫は）悲しみを差し置いて浮舟失踪の原因究明に熱中していたお気持も醒めて、の意。

あへ給はず。

「[1]われは心に身をもまかせず、顕証なるさまにもてなされたるありさまなれば、[2]おぼつかなしと思ふをりも、いま近くて人の心おくまじくめやすきさまにもてなして、行く末長くをと思ひのどめつゝ過ぐしつるを、[3]おろかに見なし給ひつらんこそ、中〳〵分くる方ありけるとおぼゆれ。[4]いまはかくだに言はじと思へど、また人の聞かばこそあらめ、宮の御事よ、いつよりありそめけん。[5]さやうなるにつけてや、いとかたはに人の心をまどはし給ふ宮なれば、[6]常にあひ見たてまつらぬ嘆きに、身をも失ひ給へるとなむ思ふ。[7]なほ言へ。われにはさらにな隠しそ。」

との給へば、[8]たしかにこそは聞き給ひてけれといといとほしくて、

「[9]いと心うきことを聞こしめしけるにこそは侍なれ。右近もさぶらはぬをりは侍らぬものを。」

と[10]ながめやすらひて、

「[11]おのづから聞こしめしけん。[12]この宮の上の御方に忍びて渡らせ給へりしを、あ

18 匂宮と浮舟の仲

1 薫の言。私は（身分柄）自由な行動ができず、（何をしても）世間の注目を集めるような身の上なので。

2 （浮舟のことを）気がかりに思う時も、間もなく（京の）近い所に迎えて（浮舟が）あれこれ思い悩むことがなく角が立たぬように世話をして。

3 （浮舟が薫のそのような態度を）いい加減だとお思いになったのは、かえって（浮舟には）心を分けた男が（薫以外に）いたのだったと思われる。

4 この期に及んでこんなことは言うまいとは思うが、あなた以外の人が聞くのなら困るが（あなたなら差し支えなかろう）、匂宮のことだよ、いつから（浮舟との関係は）始まったのか。

5 そのような（色事の）方面ではもう、無茶苦茶に女の心を惑わせなさる宮様なので。

6 （浮舟は匂宮に）たまにしかお目にかかれないのを嘆いて、自殺なさったのではないかと思う。

7 もっと（詳しく）話せ。私には決して隠し事をするな。

8 （右近は、薫が浮舟失踪について）確かなことをお聞きになったことだと、ひどく困惑して。

9 右近の言。まったく情けないことをお聞きあそばしたことでございましょう。私右近も（浮舟の）お側に付きっきりでおりましたものを。

10 （右近は）思案にふけって。

11 右近の言。

12 （浮舟が）匂宮の奥様（中君）の所にこっそりお越しになったが、（その時に）あきれたことに突然（匂宮が）押し入ってこられたけれども、（周囲の者が）きついことを申し上げまして、（匂宮は）出て行かれたことがあった。四東屋26節。

84 さましく思ひかけぬほどに入りおはしたりしかど、いみじきことを聞こえさせ侍りて、出でさせ給ひにき。[1]それにおぢ給ひて、かのあやしく侍りし所には渡らせ給へりしなり。[2]そののち、おとにも聞こえじとおぼしてやみにしを、[3]いかでか聞かせ給ひけん、たゞこのきさらぎばかりより、おとづれきこえ給ふべし。御文はいとたび〲[4]侍りしかど、御覧じ入るゝことも侍らざりき。[5]いとかたじけなく[6]うたてあるやうになどぞ、右近など聞こえさせしかば、一たび二たびや聞こえさせ給ひけむ。[7]それよりほかの事は見給へず。」

と聞こえさす。

[8]かうぞ言はむかし、しひて問はむもいとほしくて、つく〲とうちながめつゝ、[9]宮をめづらしくあはれと思ひきこえても、わが方をさすがにおろかに思はざりけるほどに、いと明らむるところなく、はかなげなりし心にて、[10]この水の近きをたよりにて、思ひ寄るなりけんかし、[11]わがこゝにさし放ち据ゑざらましかば、いみじくうき世に経とも、いかでかかならず深き谷をも求め出でましと、[12]いみじううき水の契

1 （浮舟は）そのことで怖くおなりになって、あのみすぼらしゅうございました（三条の）家にお移りになったのでした。三条の家は、浮舟の母が方違えの場所として用意していた小家。四東屋34節。

2 それ以後は、（浮舟は）噂にも（匂宮の）お耳に入るまいとお思いになって沙汰止みになったのでしたが。

3 （匂宮は）どうしてお聞きあそばしたのか。

4 諸本多く「侍めりしかと」。「めり」を用いるのは責任を回避した言い方。書陵部本・承応板本・湖月抄本は底本に同じ。

5 （匂宮に返事をさしあげないのは）まことに畏れ多く失礼に当たろうなどと、私右近が申し上げたので、一、二度は（匂宮へ）ご返事申し上げたかもしれません。

6 諸本「なか〳〵うたてあるやうに」。書陵部本は底本に同じ。

7 それ以外のことは存じません。右近はあくまで浮舟と匂宮とのあいだに深い関係はなかったと言い張る。

8 薫の心内。（右近が）こう言うのは当然だ。（それ以上）無理に問い質すのもかわいそうなので。

9 薫の心内。（浮舟は）匂宮を魅力的で好きだとお思い申しても、私（薫）のことをそうはいうもののいい加減に考えはしなかったので、優柔不断で、物事を決断できない性格から。

10 身近に宇治川があるのを幸いと、（入水を）思い付いたのであろう。

11 私が（浮舟を）一人で宇治に放っておかなかったなら、どんなにつらい目にあっても、どうして必ずしも自分から身投げを考えたりしようか。「深き谷をも求め出で」は、「世の中の憂きたびごとに身を投げば深き谷こそあさくなりなめ」（古今集・誹諧歌・読人しらず）により、身投げすることをいう。

12 この上なくつらい宇治川との縁であるよと、心底から宇治川を疎ましくお思いになる。

りかなと、この川のうとましうおぼさるゝこといと深し。年ごろ、[1]あはれと思ひそめたりし方にて、荒き山路を行き帰りしも、いまはまた心うくて、[2]この里の名をだにえ聞くまじき心地し給ふ。

[3]宮の上ののたまひはじめし、人形とつけそめたりしさへゆゝしう、たゞわがあやまちに失ひつる人なりと思ひもてゆくには、[4]母のなほかろびたるほどにて、のちの後見もいとあやしくことそぎてしなしけるなめりと心ゆかず思ひつるを、[5]くはしう聞き給ふになむ、[6]いかに思ふらむ、さばかりの人の子にてはいとめでたかりし人を、[7]忍びたる事はかならずしもえ知らで、わがゆかりにいかなることのありけるならむとぞ[8]思ふなるらむかしなど、よろづにいとほしくおぼす。[9]穢らひといふことはあるまじけれど、[10]御供の人目もあれば、[11]上り給はで、御車の榻を召して、妻戸の前にぞゐ給ひけるも見ぐるしければ、いとしげき木の下に、[12]苔を御座にてとばかりゐ給へり。いまはこゝを来て見むことも心うかるべし、とのみ見めぐらしたまひて、

[13]われも又うきふる里をあれ果てばたれ宿り木の陰をしのばむ　一九五七

1　（大君、中君、浮舟を）いとしいと心に深く思った気持から、険しい山道を往来したことも、今となってはもうつらい思い出で。

2　（「憂し」に通じる）「宇治」というこの里の名をさえ聞きたくないという気持になられる。「「うらめし」と言ふ人もありける里の名の、なべてむつましうおぼさるゝゆゑも」（七椎本二九八頁）

19　宿り木の陰

3　匂宮の奥方（中君）が初めて（浮舟のことを）お話し下さり、（その時、浮舟を）「人形」と言い始めたことさえ不吉に感じられて。「人形」、四宿木二〇二・二〇六頁。

4　浮舟の母が所詮身分の低い者なので、死後の始末もたいそう風変わりに簡単にすませたのであろうと不満に思っていたが。

5　（浮舟入水の経緯を）詳しくお聞きになって（はじめて）。

6　薫の心内。（浮舟の母は）どんなに悲しんでいるであろう。

7　（母親は、匂宮との）秘密はおそらく知り得ないままに、私との関係で（浮舟に）どんなことがあったのだろうと。

8　諸本多く「おもふ（思）らん（む）かしなと」。

9　（入水ゆえ、浮舟はこの邸で死んだことにはならず、薫が室内に入って着座しても）穢にふれるということはありえないが。

10　供人は浮舟入水のことは知らず、邸内で亡くなったと思っている。

11　薫は室内には上がらず、榻に腰かける。「榻」は牛車の轅（ながえ）を載せる四足の台。

12　苔を敷物にして。「水のほとりの石に苔を筵にてながめゐ給へり」（七竹河一五〇頁）。

13　薫の歌。私までがこのつらい宇治の邸に立ち寄らなくなって荒廃してしまったら、だれが馴染み深いこの家を思い出すのであろうか。「離（あ）れ果て」に「荒れ果て」を響かす。八早蕨四三頁注5。

[1]阿闍梨、いまは律師なりけり。召して、[2]この法事のことおきてさせ給ふ。念仏僧の数添へなどせさせ給ふ。[3]罪いと深かなるわざとおぼせば、[4]かろむべきことをぞすべき、[5]七日〳〵に、経、仏供養ずべきよしなどこまかにの給ひて、いと暗うなりぬるに帰り給ふも、[6]あらましかばこよひ帰らましやはとのみなん。

[7]尼君に消息せさせ給へれど、

「[8]いとも〳〵ゆゝしき身をのみ思ひ給へ沈みて、いとゞものも思ひ給へられずほれ侍りてなむ、うつぶし伏して侍る。」

と聞こえて出で来ねば、しひても立ち寄り給はず。[9]道すがら、とく迎へ取り給はずなりにけることくやしう、[10]水のおとの聞こゆる限りは心のみさわぎ給ひて、[11]骸をだに尋ねず、あさましくてもやみぬるかな、いかなるさまにて、いづれの底の[12]うつせにまじりけむなど、やる方なくおぼす。

[13]かの母君は、京に子生むべきむすめのことによりつゝしみさわげば、[14]例のいへにもえ行かず、[15]すゞろなる旅居のみして、思ひ慰むをりもなきに、[16]またこれもいかな

1　八宮の仏道の師、宇治山の阿闍梨。「律師」は、阿闍梨より上の僧位で、僧正、僧都に次ぐ。

2　浮舟の法事。

3　入水（自殺）は罪深いということ。「先に立つ涙の川に身を投げば人におくれぬ命ならまし…それもいと罪深くなることにこそ」（四早蕨四〇頁）。

4　浮舟の罪障が軽減するような追善を。

5　（初七日から七七日まで）七日ごとに。

6　浮舟が生きていたら今晩（京に）帰ったりしようか。

7　（薫は）弁尼にも挨拶をおさせになったが。

8　弁尼の言。生きながらえて、次から次へと悲しい目に遭う、忌まわしいわが身に気が滅入りまして、の意。

9　（薫は、京への）道中、（浮舟を）さっさと（京に）お引き取りになれなかったことが悔やまれ。

10　宇治川の水音が聞こえているあいだじゅう、心は動揺するばかりで。

11　薫の心内。亡骸をさえ見つけることができず、とんでもない結果になってしまった。

12　「うつせ」は「うつせ貝」（身のない貝、貝殻）の略で、「今日今日と我が待つ君は石川の貝に交じりてありといはずやも」（万葉集二・二二四・依羅娘子）の影響があるか（弄花抄）。

20　薫、母君に消息

13　浮舟の母。「むすめ」は左近少将と結婚した、母と常陸介のあいだの子。浮舟の異父妹。「少将の妻、子生むべきほど近くなりぬとて」（四浮舟五八四頁）。

14　（浮舟の死穢に触れたので）夫常陸介の家にも帰ることができず。

15　浮舟を匿うために用意した三条の小家（四東屋34節）での仮住まいをいうか（湖月抄）。

16　（浮舟に加えて）この娘（左近少将の妻）もどうなることかと案じたが。

らむと思へど、たひらかに生みてけり。[1]ゆゝしければえ寄らず、[2]残りの人ゝの上も 一九五八
おぼえずほれまどひて過ぐすに、[3]大将殿より御使忍びてあり。ものおぼえぬ心ちにも、いとうれしくあはれなり。

[4]あさましきことは、まづ聞こえむと思ひ給へしを、心ものどまらず、目も暗き心地して、[5]まいていかなる闇にかまどはれ給ふらんと、[6]そのほどを過ぐしつるに、はかなくて日ごろも経にけることをなん。[7]世の常なさも、いとゞ思ひのどめむ方なくのみ侍るを、[8]思ひのほかにもながらへば、過ぎにしなごりとは、かならずさるべきことにも尋ね給へ。

など、こまかに書き給ひて、御使には、かの[9]大蔵の大夫をぞ給へりける。

「[10]心のどかによろづを思ひつゝ、年ごろにさへなりにけるほど、かならずしも心ざしあるやうには見給はざりけむ。されど、いまよりのち、何ごとにつけても、かならず忘れきこえじ。また、[11]さやうにを人知れず思ひおき給へ。[12]幼き人どももあなるを、[13]おほやけに仕うまつらむにも、かならず後見思ふべくなむ。」

1　死穢に触れた身ゆえ（産婦の）そばにも近づけず。

2　他の子供たちのことも念頭から失せて正気もない状態で過ごしているところに。浮舟の異父きょうだいについては、「守の子どもは、母亡くなりにけるなどあまた、この腹にも姫君とつけてかしづくあり」（四東屋三〇〇頁）とある。

3　薫からの使者が人目を忍んでやって来た。

4　薫の手紙。（浮舟の失踪という）あきれた事件については、何はさておきお見舞いをと思っておりましたが、気持も静まらず、目も涙にくれて。

5　まして（浮舟の母であるあなたは）どんなにか亡き浮舟を思って苦しまれたことであろう。「人の親の心は闇にあらねども子を思ふ道にまどひぬるかな」（後撰集・雑一・藤原兼輔）による。

6　（浮舟の母の悲嘆の）時をやり過ごしているうちに、あっけなく日が経ってしまったことを（嘆かしく思っている）。

7　この世の無常も、一段と切実に感じられるばかりですが。

8　予想外に（私が）生き長らえることになれば、亡き浮舟との縁だと思って、きっとしかるべき場合にも連絡して下さい。

9　薫の腹心。「かのむつましき大蔵の大輔」、名は仲信（四七頁注13）。

10　使者が伝える薫の言。気長に（浮舟のことを含め）何事をも考えて、（いたずらに）年月を重ねるまでになりましたので、（私のことを）必ずしも（浮舟に対して）愛情があるようにはご覧にならなかったかもしれません。

11　そのようにあなたお一人の心に留めておいて下さい。「を」は間投助詞。

12　（常陸介には）幼いお子たちもいると聞いているので。

13　朝廷に出仕するような場合にも、必ず（私が）世話をするつもりだ。

など、[1]言葉にもの給へり。

[2]いたくしも忌むまじき穢らひなれば、

「[3]深うしも触れ侍らず。」

など言ひなして、[4]せめて呼び据ゑたり。御返り泣く〳〵書く。

[5]いみじきことに死なれ侍らぬ命を心うく思う給へ嘆き侍るに、[6]かゝる仰せ事見侍るべかりけるにやとなん。年ごろは[7]心ぼそきありさまを見給へながら、それは数ならぬ身のおこたりに思う給へなしつゝ、かたじけなき御一言を、行く末長く頼みきこえ侍りしに、[8]言ふかひなく見給へ果てては、里の契りもいと心う 一九五九 くかなしくなん。[9]さま〴〵にうれしき仰せ言に命延び侍りて、いましばしながらへ侍らば、なほ[10]頼みきこえ侍るべきにこそと思う給ふるにつけても、目の前の涙に[11]暮れて、え聞こえさせやらずなむ。

など書きたり。御使に、[12]なべての禄などは見ぐるしきほどなり、飽かぬ心ちもすべければ、[13]かの君にたてまつらむと心ざして持たりけるよき[14]斑犀の帯、太刀のをかし

1　（書面だけではなく）使者の口上としても。

2　厳重に謹慎する必要のない死穢なので。浮舟の死は亡骸のない死なので、母の死穢は軽いという判断。

3　母の言。問題にするほどの穢れに触れたわけではありません。

4　無理矢理に使者（大蔵大輔）を（室内に）招き入れた。

5　薫への母の返事。（浮舟の死という）ひどい目にあっても死ねませぬ（自分の）命をつらく思って嘆いておりましたが。

6　（死ねないでいたのは）このような（薫の、ありがたい）お言葉を拝見することになっていたからであろうかと。

7　（浮舟の）頼りない境遇を目にしながら、それは卑しいわが身の不徳の致すところと常々観念いたして、（京に迎えようという）もったいないあなた様の一言を、末長くお頼り申しておりましたのに。「頼みきこえ」、諸本多く「たのみきこえさせ」。

8　いまさら言っても始まらない結果（浮舟の死）を目にしましては、（「憂し」に通じる）宇治の里との縁もいとわしく悲しい。

9　いろいろとありがたいお言葉を力に命が延びまして、もうしばらく生きながらえましたら。「うれしき仰せ言」は、常陸介の子への出仕の世話のことなど（九〇頁）。

10　諸本多く「きこえさせ侍」。

11　諸本多く「くれはへり（侍）て」。

12　通常の禄を与えるのは（喪中につき）不作法な折であり、（さりとて何も与えないのは）物足りぬ気がしそうなので。

13　薫。浮舟とする説もある（集成）が、それは、斑犀の帯が四位、五位常用の帯ゆえ、大将（三位相当）の薫への献上ではないとの判断であろう。

14　犀の角を用いた石帯の一種。「斑犀帯四位五位の人、常に用之」（花鳥余情）。「斑犀〈帯分〉　ハンザイ」（色葉字類抄）。石帯は[二]紅葉賀三七頁注6参照。

きなど袋に入れて、車に乗るほど、

「[1]これはむかしの人の御心ざしなり。」

とて、[2]おくらせてけり。

殿[3]に御覧ぜさすれば、

「[4]いとすぞろなるわざかな。」

との給ふ。[5]言葉には、

「[6]身づから会ひ侍りたうびて、いみじく泣く〳〵よろづの事のたまひて、[7]幼き者どものことまで仰せられたるがいともかしこきに、また[8]数ならぬほどは、なか〳〵いとはづかしう、[9]人に何ゆゑなどは知らせ侍らで、あやしきさまどもをもみなまゐらせ侍りて、さぶらはせんと[10]なむものし侍りつる。」

と聞こゆ。[11]げにことなることなきゆかりむつびにぞあるべけれど、[12]みかどにもさばかりの人のむすめたてまつらずやはある、[13]それにさるべきにて、時めかしおぼさんは、人の識るべきことかは、[14]たゞ人はた、あやしき女、世に古りたるなどを持ち

1　母の言。これは故人（浮舟）からのお気持の品です。

2　禄ではなく贈り物として使者（大蔵大輔）のもとに届けさせた。

3　（帰参した大蔵大輔が、贈り物を）薫にお見せ申し上げると。

4　薫の言。無用なことをするものよ。斑犀の帯をはじめ、薫にとっては取るに足らない品であることへの評言か。「すぞろ」、五一頁注7。

5　使者（大蔵大輔）が述べる浮舟の母の口上。

6　大蔵大輔の言。（浮舟の母は）親しく（私に）お会い下さりまして。「たうび」は「たまひ」の転、重々しく堅苦しい感じを与える敬語。「はなはだ非常也（なり）。座を退（ひ）きて立ちたうびなん」（㊂少女四三二頁）、㊃常夏三一七頁注12。

7　常陸介の子についての薫の言をさす。「幼き人どももあなるを、おほやけに仕うまつらむにも、かならず後見思ふべくなむ」（九〇頁）。

8　（私どものような）取るに足らぬ身分の者は、（薫の世話になるのも）かえって身の縮む思いで。「はづかしう」、諸本多く「はつかしう（く）なん」。

9　（それゆえ）世間には（浮舟の縁であるという）その訳は知らせないで、みすぼらしいわが子たちをも皆（薫のもとに）参上させまして、お仕えさせよう。ここまで母の口上。

10　と（浮舟の母は）申しておりました。

11　薫の心内。まったくみばえのしない縁故付き合いというべきだが。

12　帝にもその程度の身分の者の娘をさしあげないことはない。

13　その上、前世の因縁で、帝が（その娘を）ご寵愛なさるのなら、だれも非難することはできないのだ。

14　（帝でさえそうなのだから）臣下の者はまた、素性いやしき女、すでに結婚経験のある女などを妻にしている者たちは多い。

ゐるたぐひ多かり、[1]かの守のむすめなりけりと人の言ひなさんにも、[2]わがもてなしの、それにけがるべくありそめたらばこそあらめ、一人の子をいたづらになして思ふらん親の心に、猶[3]このゆかりこそ面立たしかりけれと思ひ知るばかり、用意はかならず見すべきこととおぼす。

[4]かしこには、常陸の守、[5]立ちながら来て、

「[6]をりしもかくてゐ給へることなむ。」

と腹立つ。年ごろ、[7]いづくになむおはするなど、ありのまゝにも知らせざりければ、はかなきさまにておはすらむと思ひ言ひけるを、[8]京になど迎へ給ひてのち、[9]面目ありてなど知らせむと思ひけるほどに、かゝれば、いまは隠さんもあいなくて、ありしさま泣く〳〵語る。[10]大将殿の御文も取り出でて見すれば、[11]よき人かしこくして、鄙びものめでする人にて、おどろきおくして、うち返し〳〵、

「[12]いとめでたき御幸ひを捨てて亡せ給ひにける人かな。[13]おのれも殿人にてまゐり仕うまつれども、近く召し使ふこともなく、いとけ高く思はする殿なり。[14]若き者ど

21

1　（浮舟は）あの（常陸）守の娘なのだったと世間が噂しても。常陸介を守と称すること、四東屋三〇一頁注9。

2　自分の（浮舟に対する）扱いが、そのことで自分の汚点になるような形で始まったのならば問題であろうが（そうではないのだから気にする必要はない）。浮舟とは正式の結婚ではないから、薫の不名誉にはならないという考え。

3　浮舟の縁で（一族の者が薫に引き立てられるという）名誉なこともあるのだったと思い知るほど、（遺族に対する）配慮はきっとしなければならぬと（薫は）お思いになる。

21　常陸守、浮舟を悼む

4　浮舟の母がいる三条の家。八九頁注15。

5　三五頁注4。

6　常陸介の言。（娘の出産という）大事な折も折こうして家を離れておられることよ。八八頁一二行。

7　（浮舟が）どこにいらっしゃるなどと、（浮舟の母は常陸介に）本当のことを知らせていなかったので、（介は浮舟が）みじめな有様で暮らしておられるのだろうと。

8　（母は、薫が浮舟を）京になりとお迎えなさった後で。

9　（浮舟が）立派になってなどと言って（夫常陸介に）知らせようと。

10　薫からのお手紙。九〇頁四行以下。

11　（常陸介は）貴人をありがたがって、田舎者らしく感動する者なので、驚き神妙になって、（薫の手紙を）繰り返し見て。

12　常陸介の言。何ともすばらしい幸運を捨ててお亡くなりになったお方であるよ。

13　自分も家人として（薫の邸に）参上してお仕えしているが、直接仰せを承ることもなく、まことに近付きがたくていらっしゃる殿だ。「思はする」、諸本「おはする」。

14　幼い子供のことまでお言葉を賜ったのは。九〇頁一二行以下。

ものこと仰せられたるは、頼もしきことになん。」

などよろこぶを見るにも、ましておはせましかばと思ふに、臥しまろびて泣かる。[1]

[2]守も、いまなんうち泣きける。

[3]さるは、おはせし世には、中〳〵かゝるたぐひの人しも、尋ね給ふべきにしもあらずかし。[4]わがあやまちにて失ひつるもいとほし、慰めむとおぼすよりなむ、人の譏りねんごろに尋ねじとおぼしける。

四十九日のわざなどせさせ給ふにも、[5]いかなりけんことにかはとおぼせば、とてもかくても罪得まじきことなれば、いと忍びて、かの律師[6]の寺にてせさせ給ひける。[7]六十僧の布施など、[8]大きにおきてられたり。母君も来ゐて、[9]事ども添へたり。[10]宮よりは、右近がもとに、銀の壺に黄金入れて給へり。[11]人見咎むばかり大きなるわざはえし給はず、右近が心ざしにてしたりければ、心知らぬ人は、

「いかでかくなむ。」

など言ひける。[12]殿の人ども、むつましき限りあまた給へり。

1 （母は）浮舟がご存命であったならと思うと、（悲しみのあまり）身を投げ出し転げ回らんばかりに泣けてくる。

2 常陸介も、（浮舟と薫との関係を知った）今になって、（継子の浮舟の死に）涙するのであった。

3 実を言えば、（薫は）浮舟ご存命のときには、かえってこのような常陸介一族の者に対しては、気に懸けておやりになるはずもなかった。

4 自分の過失で（浮舟を）死なせてしまったのもかわいそうだ、（せめて母親を）慰めてやろうというお気持から、（浮舟の身内の面倒を見ることへの）世間の非難はいちいち気にすまいとお思いなのであった。

22 浮舟四十九日の法事

5 浮舟の生死は依然明らかでないので、（法事は）生死いずれにせよ悪いことではないゆえ。

6 宇治の山寺。律師はかつての阿闍梨。八九頁注1。

7 大がかりな法事に請ぜられる六十人の僧。「大宮より七僧の布施幷びに六十僧に絹を給ふ」（御堂関白記・寛仁三年正月二十四日、敦康親王の法事、原漢文）。

8 盛大な法事を行うように指示なさった。

9 布施の品々。

10 匂宮からは右近のところへ。右近は当初から浮舟と匂宮とのいきさつを知っており、匂宮方と親密な関係にあった。

11 人が変だと思うほど大袈裟な布施はなさることはできず、右近からの供養という形でしたので、その事情を知らない者は「どうして（右近風情が）こんなに（豪勢な供養をするのか）」などと。

12 （薫も）家人たちで、腹心の者ばかりを（法事の奉仕に）大勢お遣わしになった。

「[1]あやしく、おともせざりつる人の果てを、かくあつかはせ給ふ、たれならむ。」
と、いまおどろく人のみ多かるに、[2]常陸の守来て、あるじがりをるなん、あやしと
人ゝ見ける。[3]少将の子生ませて、いかめしきことせさせむとまどひ、いへの内に、
なきものは少なく、唐土、新羅の飾りをもしつべきに、限りあればいとあやしかり
けり。[4]この御ほふじの、忍びたるやうにおぼしたれど、けはひこよなきを見るに、
[5]生きたらましかば、わが身を並ぶべくもあらぬ人の御宿世なりけりと思ふ。[6]宮の上 一九六二
も誦経し給ひ、[7]七僧の前の事せさせ給ひけり。[8]いまなむかゝる人持たまへりけりと、
みかどまでも聞こしめして、[9]おろかにもあらざりける人を、宮にかしこまりきこえ
て隠しおき給ひたりける、いとほしとおぼしける。
[10]二人の人の御心の内、[11]古りずかなしく、あやにくなりし御思ひの盛りにかき絶え
ては、[12]いといみじければ、[13]あだなる御心は、慰むやなど心み給ふことも、やう〳〵
ありけり。[14]かの殿は、かく取りもちて何やかやとおぼして、残りの人をはぐくませ
給ひても、猶言ふかひなき事を忘れがたくおぼす。

1 薫の家人の言。不思議なことだ、風の便りにも聞かなかった人の四十九日の法事を、このようになさるとは、一体だれなのだろう。

2 (浮舟の義父の)常陸介がやって来て、主人顔をしているのを、居合わせた者たちは(浮舟の素性を知らないので)変だと思った。「あるじがり」、諸本多く「心もなくあるしかり」。「心もなく」は、不躾に、の意。

3 (常陸介は娘に)左近少将の子を生ませたところで、豪華な祝儀をさせようと大騒ぎをして、家中を、ありとあらゆる物、中国、新羅の舶来品で飾り立てるつもりだったが、受領の分際とて大したことはなかった。

4 (それに対して)浮舟の法事は、(薫が)内々に目立たないようにと配慮なさったのであるが、較べ物にならないほど立派な有様であるのを見るにつけ。

5 常陸介の心内。生きていたならば、(浮舟は)自分とは比較にならぬ運勢の持ち主なのだったと。

6 中君。「誦経」は、「誦経の料」の意。

7 講師、読師以下、法事の際の七種の役職につく僧。「前の事」は食事。

8 この期に及んで(薫が)このような思い人を持っておられたのだったと。

9 帝の心内。(浮舟は薫が)いい加減に思っていた人ではないのに、(薫は妻の)女二宮に悪いと思い申して(浮舟のことを)内密にしておかれたのだった、気の毒に、と。

10 匂宮と薫。

11 いつまでも悲しく、(匂宮は)無理無体な恋慕の最中に(浮舟との)仲が途切れて。

12 諸本「いみしけれと」。

13 多情な匂宮は、(浮舟への恋慕が)紛れるかなどと試しに(他の女に)気持をお向けになることも、徐々になさるのであった。

14 薫は、こうしてみずからあれこれご配慮なさり、遺族の面倒を見なさるにつけても、依然として言ってもかいのない浮舟のことを忘れられず思っておられる。

102

后[1]の宮の、御軽服[2]のほどはなほかくて[3]おはしますに、二の宮[4]なむ式部卿になり給ひにける。おもく\しうて、常にしも[5]まゐり給はず。[6]この宮は、さうぐ\しくものあはれなるまゝに、[7]一品の宮の御方を慰めどころにし給ふ。[8]よき人の、かたちをもえまほに見給はぬ、残り多かり。[9]大将殿の、からうしていと忍びて語らはせ給ふ小宰相の君といふ人の、かたちなどもきよげなり、[10]心ばせある方の人とおぼされたり。同じ琴を掻き鳴らす爪おと、撥おとも人にはまさり、文を書き、ものうち言ひたるも、よしあるふしをなむ添へたりける。[11]この宮も、年ごろいとたき物にし給ひて、例の言ひやぶり給へど、[12]などかさしもめづらしげなくはあらむと、[13]心づよくねたきさまなるを、[14]まめ人はすこし人よりことなりとおぼすになんありける。[15]かくものおぼしたるも見知りければ、忍びあまりて聞こえたり。

[16]あはれ知る心は人におくれねど数ならぬ身に消えつゝぞ経る

[17]変へたらば。

と、ゆゑある紙に書きたり。ものあはれなる夕暮れ、[18]しめやかなるほどを、いとよ

23 小宰相の君

1 明石中宮。
2 父母の喪である重服（ちょうぶく）に対して、父母以外の親族の喪をいう。中宮も薫同様、叔父式部卿宮の喪に服している。五二頁三行。
3 中宮は服喪のため、里の六条院に滞在。
4 匂宮（三宮）の同腹（明石中宮腹）の兄。叔父式部卿の後任。式部卿は、八省の卿（長官）でもっとも格式が高い。
5 （母中宮のもとには）参上なさらない。
6 匂宮。
7 匂宮と同腹（明石中宮腹）の女一宮。「品（ほん）」は親王の位を示す。一品は最高位。
8 （女一宮に仕える）美しい女房で、（匂宮が）その美貌を十分にご覧になれない者も、多く残っている。
9 薫が、やっとのことで極秘に言い寄っておられる小宰相君という女房。
10 心遣いのすぐれた女房。
11 匂宮も年来（小宰相を）とびきりの女房とご覧になって、浮舟の時と同じように強引に言い寄りなさるが。
12 小宰相の心内。どうして皆と同じように（匂宮の言いなりに）なれようか。
13 （小宰相は）気丈夫に（匂宮が）いまいましく思うような態度を取っているのを。
14 まじめな薫は（小宰相を）少しは他の女より見所があると。
15 （小宰相は薫が）浮舟のことでお悲しみなのも見知っていたので、思いあまって。
16 小宰相の歌。（薫の）悲しみを察する心は人に劣らないが、取るにも足らぬ私ゆえ、ずっと黙って過ごしておりました。
17 自分が浮舟の替わりになったら（あなたの悲しみも薄らぐであろう）の意。「草枕紅葉むしろにかへたらば心を砕く物ならましや」（後撰集・羇旅・亭子院御製）によるか（弄花抄）。
18 人少なの頃合を、巧みに見計らって。

くおしはかりて言ひたるも、にくからず。

「[1]つねなしとこゝら世を見るうき身だに人の知るまで嘆きやはする

[2]このよろこび、あはれなりしをりからも、いとゞなむ。」

など言[3]ひに立ち寄りたまへり。いと[4]はづかしげにもの〱しげにて、なべてかやうになどもならし給はぬ、人からもやむごとなきに、いと[5]ものはかなき住まひなりかし。局などいひてせばくほどなき遣戸口に寄りゐ給へる、かたはらいたくおぼゆれど、さすがにあまり卑下してもあらで、いとよきほどにものなども聞こゆ。[6]見し人よりも、これは心にくきけ添ひてもあるかな、などてかく出で立ちけん、[7]さるものにて我も置いたらましものを、とおぼす。人知れぬ筋は、かけても見せ給はず。

24 一九六四

[8]蓮の花の盛りに、[9]御八講せらる。六条院の御ため、紫の上などみなおぼし分けつゝ、御経、仏など供養ぜさせ給ひて、いかめしくたふとくなんありける。[10]五巻の日などはいみじき見物なりければ、[11]こなたかなた、女房につきてまゐりて、もの見る人多かりけり。

1　薫の歌。この世の無常を多く経験している悲しいわが身でさえ、他人にそれと分かるほど嘆いたりはしようか（そのように自分は悲しみを押さえ隠しているが、よくぞそれを察してお見舞い下さった）。三条西本・湖月抄本、初句「つれなしと」。

2　感謝の気持は、悲しみに沈んでいた折ゆえ、ひとしおだ。

3　（弔問の歌の礼を）言いに、（薫は小宰相の局に）お立ち寄りになった。

4　（薫は）とても立派で貫禄があり、ふだんはこのような（女房の所に立ち寄る）ことはなさらなくて、人となりも重々しいお方なのに。

5　（小宰相の局は、そのような薫には不似合いな）まったく粗末な部屋なのだった。局と称して間口も狭く奥行きもない居室の引き戸口に（薫が）もたれて座っておられるのは。

6　薫の心内。亡き浮舟よりも、小宰相は奥ゆかしいところがあるな、どうして宮仕えに出たりすることになったのか。「見し人」、底本「みえし人」。諸本により改める。

7　しかるべき思い人として自分も囲っておけたら、とお思いになる。（しかし薫は、そのような）秘かな心中は、まったくお見せにならない。

24　六条院の御八講

8　蓮花の盛りは夏。「夏ごろ、蓮の花の盛りに」（㊁鈴虫一六八頁）。

9　法華八講。法華経八巻を朝夕二座四回（計八座）にわたって説経する法会。主催は明石中宮、場所は六条院（の寝殿）。

10　法華経第五巻が講ぜられる日で、華やかな儀式が行われる。㊂賢木三二六頁。「五巻の日は御遊あるべう、船の楽などよろづその御用意かねてよりあるに」（栄花物語・あさみどり）。

11　あちらこちらから女房のつてをたよって参上し。

五日[1]といふ朝座に果てゝ、御堂[2]の飾り取りさけ、御しつらひあらたむるに、北[3]の廂も障子ども放ちたりしかば、みな入り立ちてつくろふほど、西[4]の渡殿に姫宮[5]おはしましけり。もの聞き極じて[6]、女房もおの〳〵局にありつゝ、御前はいと人少ななる夕暮れに、大将殿[7]なほし着替へて、けふ[8]まかづる僧の中に、かならずの給ふべきことあるにより、釣殿[9]の方におはしたるに、みな[10]まかでぬれば、いけの方に涼み給ひて、人少ななるに、かく[11]いふさい将の君など、かりそめにき丁などばかり立てゝ、うちやすむ上局にしたり。こゝ[12]にやあらむ、人の衣のおとすとおぼして、馬道[13]の方の障子の細く開きたるより、やをら見給へば、例[14]さやうの人のゐたるけはひには似ず、はれ〴〵しくしつらひたれば、中〳〵[15]き丁どもの立てちがへたるあはひより見とほされて、あらはなり。

氷[16]を物の蓋におきて割るとて、もてさわぐ人〻、大人三人ばかり、童とゐたり。

一九六五 25

唐衣[17]も汗衫も着ず、みなうちとけたれば、御前とは見給はぬに、白き[18]薄物の御衣着[19]替へ給へる人の、手[20]に氷を持ちながら、かくあらそふをすこし笑み給へる御顔、言

1　五日めの朝座で八講は終る。
2　八講の行われた寝殿。
3　（八講のため）北の廂も母屋とのあいだの襖障子を取りはずしてあったので。
4　寝殿と西の対をつなぐ建物。
5　女一宮は滞在しておられたのだった。
6　（八講の）説経を聞き疲れて、（女一宮の）女房たちもめいめい自室に引きこもって。
7　薫が（八講のあいだ着用していた束帯を）直衣に着替えて。
8　八講が終って今日退出する僧。
9　対屋（たいのや）の南、池に臨んで建てられた建物。対屋とは廊でつながる。
10　（僧たちは）皆退出した後だったので。
11　（西の渡殿は）さきほどの小宰相などが、一時的に几帳程度を立てて、一休みする控え室にしていた。「上局」は主人の前に伺候した際の休息所。
12　薫の心内。（小宰相は）ここにいるのだろうか。
13　西の対の馬道に面した側の、渡殿の襖障子。「馬道」は建物内を貫く通路。
14　いつも女房が局にして控えているのとは様子が違って、広々と居室が作られていたので。
15　かえって几帳を互い違いに立ててある隙間から（室内が）見通せて、丸見えである。

25　薫、女一宮を垣間見

16　以下、垣間見する薫の目に映った情景。
17　（正装の）裳や汗衫も着用せず、皆がくつろいでいるので、（薫はそこが）女一宮の御前とはお思いにならずにいたところ。「唐衣」は女房（大人）が、「汗衫」は童が、主人の前に出る際に着用する。
18　女一宮の姿。
19　諸本「き給へる」。底本「かへ」を補入。
20　（大人や童が）手に氷を持ったままで、こうして騒いでいるのをほほえみながらご覧になっておられる（女一宮の）お顔は。

はむ方なくうつくしげなり。いと暑さの耐へがたき日なれば、こちたき御髪の苦しうおぼさるゝにやあらむ、すこし[1]こなたになびかして引かれたるほど、たとへんものなし。[2]こゝらよき人を見集むれど、似るべくもあらざりけりとおぼゆ。[3]御前なる人は、まことに土などの心ちぞするを、[4]思ひしづめて見れば、黄なる[5]生絹の単衣、薄色なる裳着たる人の、扇うち使ひたるなど、[6]用意あらむはや、とふと見えて、

「[7]なか〳〵ものあつかひに、いと苦しげなり。たゞさながら見給へかし。」

とて、[8]笑ひたるまみ、あい行づきたり。[9]声聞くにぞ、この心ざしの人とは知りぬる。[10]心づよく割りて、手ごとに持たり。[11]頭にうちおき、胸にさし当てなど、さまあしうする人もあるべし。[12]異人は紙に包みて、御前にもかくてまゐらせたれど、いとうつくしき御手をさしやり給ひて、のごはせ給ふ。

「[13]いな、持たらじ。雫むつかし。」

との給ふ御声いとほのかに聞くも、限りもなくうれし。[14]まだいとちひさくおはしましほどに、われもものの心も知らで見たてまつりし時、めでたの児の御さまやと

1　薫のいる方向に長く垂れている具合は。

2　（これまで）多くの美しい女人を見てきたが、（女一宮の美しさとは）似ても似つかぬものだったと。

3　（美しい）女一宮の御前では、女房たちはまるで土のように見えるのを。妍を競って付き従う女官たちを、玄宗皇帝が「左右前後を顧みるに、粉色土の如し」と見たという、「長恨歌伝」に由来する表現か。「貴妃のまへにてはそのほかの宮女は、みなつち（土）のごとくみゆるといへる也」（細流抄）。「同じ所にて見くらべ給はば、土と玉とのごとくこそあらめ」（うつほ・国譲下）。

4　（薫が）冷静に見ると。

5　練らない絹布。夏の衣料に用いる。「黄なる生絹の単（ひとへ）袴」（㈠夕顔二三六頁）。

6　たしなみのある女房だな、とすぐに分かるような者で。

7　小宰相の言。かえって氷の始末で、暑苦しそうだ。そのままご覧になればいいのに。

8　にこにこしている目もとは魅力的だ。「あい行」は愛敬の当て字。

9　その声を聞いて、（薫はその言葉の主が）お目当ての人（小宰相）だと分かった。

10　氷を割らないでそのまま見よ（注7）という小宰相の忠告に従わず、強引に割って、の意。

11　頭の上に乗せたり、胸元に押し付けたりなど、はしたないことをする者もいるようだ。

12　別の女房は（氷を）紙に包んで、女一宮のところにも。「異人」、河内本・高松宮本・陽明本・板本は「この人」。その場合は小宰相をさす。

13　女一宮の言。いやだ、（手に）持ちたくない。雫（で濡れるの）が気持悪い。

14　（女一宮が）まだほんの小さくていらした頃に、自分も（幼くて）何も分からずにお目にかかった時、すばらしいご様子のお子だこと、と拝見した。

110

見たてまつりし。そののち、絶えてこの御けはひをだに聞かざりつるものを、[1]いかなる神仏のかゝるをり見せ給へるならむ、[2]例のやすからずもの思はせむとするにやあらむと、[3]かつは静心なくてまもり立ちたるほどに、[4]こなたの対の北面に住みけるげらふ女房の、[5]この障子はとみのことにて開けながら下りにけるを思ひ出でて、[6]人もこそ見つけてさわがるれと思ひければ、まどひ入る。[7]このなほし姿を見つくるに、たれならんと心さわぎて、[8]おのがさま見えんことも知らず、簀子よりたゞ来に来れば、[9]ふと立ち去りて、たれとも見えじ、すき〴〵しきやうなりと思ひて隠れ給ひぬ。

[10]このおもとは、[11]いみじきわざかな、御き丁をさへあらはに引きなしてけるよ、[12]右の大殿の君たちならん、疎き人はた、こゝまで来べきにもあらず、[13]ものの聞こえあらば、たれか障子開けたりしとかならず出で来なん、[14]単衣も袴も生絹なめりと見えつる人の御姿なれば、[15]え人も聞きつけ給はぬならんかし、[16]と思ひ極じてをり。[17]かの人は、やう〴〵聖になりし心を、ひとふしたがへそめて、さま〴〵なるもの思ふ人ともなるかな、[18]そのかみ世を背きなましかば、いまは深き山に住み果てて、かく心

1　どんな神仏がこのような機会を与えて下さったのだろう。

2　これまでのように（自分の）心を動揺させようというのであろうかと。薫は大君の死に際して「世中をことさらにいとひ離れねとすゝめ給ふ仏などの、いとかくいみじき物は思はせ給ふにやあらむ」（七総角五八二頁）と思い、浮舟の場合にも同様の思いを抱いた（七六頁一行）。

3　（うれしい）一方では（女一宮を）見つめ続けていると。

4　西の対。「げらふ」は「下臈」。

5　「馬道の方の障子」（一〇六頁七行）は急用で開けたまま（北面に）下がってしまったのを思い出して。

6　（開いたままの障子を）だれかが見つけて騒がれては困ると思ったので、あわてて（障子の方へ）やって来る。

7　（北面の女房が）薫の直衣姿を見つけて。

8　自分の姿が人に見られることにも気づかず、簀子を通って。

9　（薫は）ひょいと（襖障子のそばから）立ち退いて。

10　北面の女房。

11　女房の心内。大変だ、（障子だけでなく）几帳まで、奥が覗けるように引きのけてあるではないか。

12　（さきほどの直衣姿は）右大臣（夕霧）家のご子息の一人であろう、よそ者は、とてもここまで侵入してくるとは思えない。

13　このことが知れたら。

14　障子の所で垣間見をしていた薫の服装。

15　周囲の人も（薫の気配を）お気づきにならなかったのであろう。生絹は軽いので衣擦れの音がしない。

16　途方に暮れている。「をり」、四宿木二七三頁注12。

17　薫の方は、（八宮を師と仰ぎ）だんだんと仏道に専念していたのに、ちょっとした心得違いをきっかけに、あれこれ悩みの多い人間と

[1]乱れましやは、などおぼしつゞくるもやすからず。[2]などて年ごろ見たてまつらばやと思ひつらん、なか〳〵苦しうかひなかるべきわざにこそ、と思ふ。

[3]つとめて、起き給へる[4]女宮の御かたち、いとをかしげなめるは、[5]これよりかならずまさるべきことかは、と見えながら、さらに似給はずこそありけれ、[6]あさましきまであてにえも言はざりし御さまかな、[7]かたへは思ひなしか、をりからかとおぼして、

「[8]いと暑しや。これより薄き御衣たてまつれ。女は、例ならぬもの着たるこそ、時〳〵につけてをかしけれ。」

とて、

「[9]あなたにまゐりて、[10]大弐に薄物の単衣の御衣縫ひてまゐれと言へ。」

との給ふ。[11]御前なる人は、この御かたちのいみじき盛りにおはしますを、もてはやしきこえ給ふ、とをかしう思へり。

[12]例の、念誦し給ふわが御方におはしましなどして、昼つ方渡り給へれば、[13]の給ひ

なることよ。「大君の事よりおこりて浮舟の事、又小宰相まで、今又一品宮をみたてまつりて薫の思ふ心なり」(岷江入楚)。

18 その当時、すなわち大君と死別した時。

---

1 諸本多く「みたらましや(は)」(心を乱そうか)。

2 どうして長年(女一宮の)お姿を拝見したいなどと思っていたのだろう。

26 薫と女二宮

3 自邸に帰った翌朝の薫。

4 薫の妻、女二宮。女一宮とは腹違い。

5 (女一宮が)この女二宮より必ず優れているとは限るまい。

6 (女一宮は)びっくりするほど高貴で何とも形容しがたいお姿よ。「あてに」、諸本多く「あてにかほ(を)り」。承応板本は底本に同じ。

7 幾分は気のせいか、機会のせいかと(薫は)お思いになって。

8 薫の言。とても暑い。もっと薄い着物をお召しなされよ。薫は女二宮に女一宮と同じ薄物を着せようとする。昨日、薫が見た女一宮は「白き薄物の御衣」(一〇六頁)を着ていた。

9 三条宮に同居する薫の母、女三宮。

10 女三宮方の女房。「大弐」は縁者(父や夫)が大宰大弐であることに因む女房名。

11 女二宮付きの女房は(女一宮のまねをさせようという薫の意図を知らないので、薫が)女二宮の美しい盛りでいらっしゃるのを、ますます美しくしてさしあげなさる、と。

12 (薫は)日課の仏前の勤行をなさる自室へお出ましになり、昼頃(女二宮のいる寝殿に)、お越しになると。「…給ふわが御方…」と続けるのは、承応板本・湖月抄本による。各筆本「たまひてわか御かた」、高松宮本「給に我御かた」。

13 (朝)お命じになった(薄物の単衣の)お召し物が(仕立てられて)。

つる御衣、御き丁にうち掛けたり。
「[1]なぞ、こはたてまつらぬ。人多く見る時なむ、透きたるもの着るははうぞくに
おぼゆる。[2]たゞいまはあへ侍りなん。」
とて、手づから着せたてまつり給ふ。御袴も、[3]きのふの同じ紅なり。御髪のおほさ、
裾などはおとり給はねど、[4]なほさまぐ〜なるにや、似るべくもあらず。[5]氷召して、 一九六八
人ゝに割らせ給ふ。[6]取りて一つたてまつりなどし給ふ心の内もをかし。[7]絵にかきて、
恋しき人見る人はなくやはありける、まして[8]これは、慰めむに似げなからぬ御ほど
ぞかしと思へど、[9]きのふかやうにて、われまじりゐ、心にまかせて見たてまつらま
しかばとおぼゆるに、心にもあらずうち嘆かれぬ。

「[10]一品宮に御文はたてまつり給ふや。」

と聞こえ給へば、

「[11]内にありし時、上のさの給ひしかば聞こえしかど、久しうさもあらず。」

との給ふ。

1　薫の言。どうして、これはお召しにならないのか。人目の多い場合は、下の透けて見える薄物を着るのはだらしなく感じられる。「はうぞく」は「凡俗」または「放俗」の字音かという。「紅の腰引き結へる際まで胸あらはに、はうぞくなるもてなしなり」(㈠空蟬二〇四頁)。

2　(人目の少ない)いまは差し支えありますまい。「あへ侍りなん」は、「あへなん」の丁寧な表現。「平中がやうに色どり添へ給ふな。赤からむはあへなむ」(㈠末摘花五八〇頁)。三条西本・承応板本・湖月抄本・各筆本「あえ(へ)なん(む)」。

3　昨日(女一宮が穿いていたの)と同じ紅。ただし女一宮の紅の袴のこと、前に言及なし。

4　それ以外にいろいろ違いがあるからだろうか、(女二宮は一宮に)似ていると言うにはほど遠い。

5　これも昨日の情景の模倣、再現。

6　(薫は)氷のかけらを手に取って(女二宮に)一つさしあげたりなさる(薫の)心理はおもしろい。「をかし」は語り手の評言。

7　恋しい人の姿を絵に描いて、それを見(て心を慰め)る人もいるではないか。「むかしおぼゆる人形をもつくり、絵にもかきとりて、おこなひ侍らむとなん」(㈣宿木二〇〇頁、二〇一頁注10参照)。

8　女二宮は、(薫が女一宮への叶わぬ思いを)慰めるのに似つかわしいお相手であることよと思うが。

9　昨日このように、(女一宮の御前に)自分も一緒にいて、心ゆくまで女一宮を拝見できていたならばとお思いになるにつけ、思わずため息が出る。

10　薫の言。女一宮。一〇三頁注7。

11　女二宮の言。宮中で暮らしていた頃、父帝がそうおっしゃったので(お手紙を)さしあげたが、(その後は)長いことさしあげていません。

116

「[1]たゞ人にならせ給ひにたりとて、[2]かれよりも聞こえさせ給はぬにこそは、心うかなれ。いま大宮の御前にて、うらみきこえさせ給ふと啓せん。」

との給ふ。

「[3]いかゞうらみきこえん。うたて。」

との給へば、

「[4]下種になりにたりとて、おぼし落とすなめりと見れば、おどろかしきこえぬとこそは聞こえめ。」

との給ふ。

その日は暮らして、またのあしたに[5]大宮にまゐり給ふ。[6]例の、宮もおはしけり。[7]丁子に深く染めたる薄物の単衣をこまやかなるなほしに着給へる、[8]いとこのましげなる女の御身なりのめでたかりしにもおとらず、白くきよらにて、[9]猶ありしよりは面痩せ給へる、いと見るかひあり。[10]おぼえ給へりと見るにも、まづ恋しきを、いとあるまじきことと静むるぞ、たゞなりしよりは苦しき。[11]絵をいと多く持たせてま

1　薫の言。(薫と結婚して女二宮が)臣下の身になられたというわけで。

2　女一宮の方からも(あなたに)お手紙をさしあげなさらないのは、情けないことだ。「心うかなれ」は「心う(憂)かるなれ」の転。

3　女二宮の言。どうして(女一宮を)恨み申したりしようか。いやなことを。

4　薫の言。(降嫁して)身分が卑しくなったというわけで、(女一宮があなたを)見下しなさるように思えるので、こちらからはお便りをさしあげないのだと申し上げよう。「おどろかす」は、声をかける、(手紙などで)注意を促す意。

27　薫、明石中宮に対面

5　(薫は)明石中宮のもとへ参上なさる。

6　いつものように、匂宮も(中宮のもとへ)お越しになった。

7　匂宮の服装。濃い丁子染めの薄物の単衣を濃い色の直衣の下に。「こまやか」は濃い、の意。「こまやかなるなをしとは、なつの直衣」(花鳥余情)。「すこし色深き御なほしに、丁子染の焦がるゝまで染(し)める」(国藤裏葉九〇頁)。

8　とても洗練された女一宮のお姿のすばらしかったのにも劣らず、色が白く美しくて。

9　(浮舟の一件で)やはり以前よりは痩せた顔つきをしておられるのが。「(このましげ)なる」、諸本「なり」。

10　(匂宮が女一宮に)似ておられると見るにつけ、(薫は)何はさておき(女一宮を)恋しく思うが、それはならぬことと気持を静めるのは、何もなかった(女一宮の姿を見る)以前よりは苦しい。

11　(匂宮は)絵をたくさん(供の者に)持たせて参上しておられた、その絵を女房に命じてあちら(女一宮)にさしあげなさり、(自分もそちらへ)お越しになった。「渡らせ」、諸本「われ(我)もわたらせ」、陽明本「われもわたり」。

ゐり給へりける、女房してあなたにまゐらせ給ひて、渡らせ給ひぬ。

[1]大将も近くまゐり寄り給ひて、[2]御八講のたふとく侍りしこと、いにしへの御事、すこし聞こえつゝ、[3]残りたる絵見給ふついでに、

[4]「この里にものし給ふ御子の、雲の上離れて思ひ屈し給へるこそ、いとほしう見給ふれ。[5]姫宮の御方より御消息も侍らぬを、[6]かく品定まり給へるにおぼし捨てさせ給へるやうに思ひて、心ゆかぬけしきのみ侍るを、[7]かやうのもの、時〴〵ものせさせ〔給〕はなむ。[8]なにがしが下ろして持てまからんはた、見るかひも侍らじかし。」

[9]との給へば、

[10]「あやしく。などてか捨てきこえ給はむ。内にては、近かりしにつきて、時〴〵も聞こえ給ふめりしを、所〴〵になり給ひしをりに、と絶え給へるにこそあらめ。[11]いまそゝのかしきこえん。それよりもなどかは。」

と聞こえ給ふ。

[12]「かれよりはいかでかは。もとより数まへさせ給はざらむをも、かく親しくてさ

1　薫も(中宮の)御前に近侍なさって。

2　先日、明石中宮が催した法華八講。一〇五頁注9。

3　匂宮が女一宮にさしあげた残りの絵。

4　薫の言。私の家にいらっしゃる女二宮が、宮中からお出になって塞ぎ込んでいらっしゃるのを、お気の毒に思っています。

5　女一宮からお手紙もございませんが。

6　(女二宮は)このように(私ごとき臣下の妻という)身分が定まりなさったので(女一宮が)お見捨てなさったようにお思いになって、ご不満のようにお見受けしておりますが。

7　このようなもの(絵)を、時々(女二宮に)見せてやっていただきたい。底本「せさせはなむ」。諸本により「給」を補う。

8　私が頂戴して持って帰るのでは、見ても有難味がないでしょう。女一宮から直接戴いてこそ値打ちがある、の意。

9　諸本多く「きこ(聞)え給へは」。書陵部本・承応板本は底本に同じ。

10　中宮の言。妙なことを(おっしゃる)。(女一宮が)どうして(妹の女二宮を)お見捨て申したりなさろうか。宮中では、近くにいらした関係で、時折お手紙をさしあげておられたようだが、(女二宮の降嫁で)別々になられてから。「聞こえ給ふめりし」、諸本「きこえかよひ給ふめりし」。「と絶え」、諸本「とたへ(え)そめ」。

11　さっそく(女二宮に手紙をさしあげるように、女一宮に)お勧め申そう。

12　薫の言。あちらからはとても(お便りはできますまい)。もともと人並みには思っていただけない女二宮ではあるが、こうして私が近侍するご縁に免じて、人並みに扱っていただければ。女二宮は明石中宮には継子、薫は中宮の弟(一二三頁注11)なので、姉弟の仲に免じて継子をよろしく、の意。女二宮は藤壺女御腹(四宿木六八頁)。「給はんをこそ」、諸本多く「を」なし。

ぶらふべきゆかりに寄せて、おぼしめし数まへさせ給はんをこそ、うれしくは侍るべけれ。まして[1]さも聞こえ馴れ給ひにけむを、いま捨てさせ給はんは、からきことに侍り。」

と[2]啓せさせ給ふを、[3]すきばみたるけしきあるかとは、おぼしかけざりけり。

[4]立ち出でゝ、一夜の心ざしの人にあはん、ありし渡殿も慰めに見むかしとおぼし 一九七〇
て、[5]御前を歩み渡りて、西ざまにおはするを、[6]御簾の内の人は心ことに用意す。[7]げにいとさまよく、限りなきもてなしにて、渡殿の方は、[8]左の大殿の君たちなどゐて、もの言ふけはひすれば、[9]妻戸の前にゐ給ひて、

「[10]大方にはまゐりながら、この御方の見参に入ることのかたく侍れば、いとおぼえなく翁び果てにたる心ちし侍るを、[11]いまよりはと思ひおこし侍りてなん。[12]ありつかず、若き人どもぞ思ふらんかし。」

と、[13]をひの君たちの方を見やり給ふ。

「[14]いまよりならはせ給ふこそ、げに若くならせ給ふならめ。」

1　（女二宮は女一宮に）そのように仲良くさせていただいておられたようなのに、これから先お見捨てなさるのは、つらいことです。

2　諸本多く「けいし給ふを」。書陵部本・承応板本・湖月抄本は底本に同じ。「啓す」は、院、皇后、皇太子への言上。「啓せさせ」は、他に四野分三七〇頁に見える。

3　（薫に、女一宮に対する）懸想めいた気持があるのかとは、（中宮は）夢にもお思いにならなかった。

4　（薫は中宮の御前から）退いて、先夜見たお目当ての人（小宰相）に逢おう、先日（女一宮がいらした、西）の渡殿も（恋しさの）慰めに見ようよと。

5　薫が歩むのは寝殿の南面から西面への簀子、女一宮の居所は西面。

6　簀子とは御簾で仕切られた廂の間にいる女房。

7　女一宮の女房の様子。「もてなし」は、振舞い方、態度。

8　夕霧の息子たち。夕霧を左大臣とすること、七竹河一七八頁に見えるが、七椎本、八宿木、八東屋では踏襲されず、右大臣で登場。七総角では一転左大臣となって（五一四・五三四・五五八頁など）混乱を示す。一一〇頁八行でも右大臣とされている。

9　寝殿の西面の妻戸。

10　薫の言。普通の用では（六条院へ）参上していながら、女一宮に拝謁することは難しいので、まったくいつのまにかすっかり年寄りになった気がしますが。

11　これからは（折に触れ拝謁したい）と気持を奮い起こして（参上した）。

12　（いい年をして）不似合いに、若い者たちは思っていることだろうよ。諸本多く「ありつかずと」。

13　甥に当たる夕霧家の君達。薫は夕霧の弟。

14　女一宮の女房の言。これからいつもそうなさるのなら、本当に若返りなさることであろう。

など、[1]はかなきことを言ふ人ゝのけはひも、あやしうみやびかにをかしき御方のありさまにぞある。[2]その事となけれど、世の中の物語りなどしつゝ、しめやかに、例よりはゐ給へり。

[3]姫宮は、あなたに渡らせ給ひにけり。大宮、

「[4]大将のそなたにまゐりつるは。」

と問ひ給ふ。[5]御供にまゐりたる大納言の君、

「[6]小宰将の君に、ものの給はんとにこそはべめりつれ。」

と[7]聞こゆるに、

「[8]例、[9]まめ人のさすがに人に心とゞめて物語りするこそ、心ちおくれたらむ人は苦しけれ。[10]心の程も見ゆらんかし。小宰将などはいとうしろやすし。」

との給ひて、[11]御はらからなれど、[12]この君をば猶はづかしく、人も用意なくて見えざらむかしとおぼいたり。

「[13]人よりは心寄せ給ひて、局などに立ち寄り給ふべし。物語りこまやかにし給ひ

1　他愛もないことをいう女房たちの雰囲気も、不思議に優雅ですばらしい女一宮方の様子である。

2　これといった用事があるわけではないが、（薫は女房たちと）世間話をして、物静かに、いつもよりは着座していらっしゃる。

28　中宮、三角関係を知る

3　女一宮はあちら（の中宮の居所）に。

4　中宮の言。薫大将がそちらへ参上したのだが。

5　女一宮に御供をして参上した大納言の君という女房が。

6　大納言君の言。（薫は）小宰相の君にお話しなさろうというおつもりのようでした。

7　諸本「きこゆれは」。

8　諸本「れい」なし。底本は直前の「きこゆるに」の「るに」に付された異本注記「れハ」が、「れい」に誤られ、本文に取り入れられた形か。

9　中宮の言。まめ人とはいえ、（薫が）やはり女人に関心を持って語り合うのは、（その相手が）気の利かない者だと苦労することだろう。

10　（その人の）考えの程度も知られるだろうよ。小宰相などはとても安心だ。

11　（中宮と薫は）御きょうだいであるが。中宮は源氏の娘、薫も表向きは源氏と女三宮の間の子。

12　（中宮は）この薫にいつまでも一目置いて、女房たちも軽率なところを（薫に）見られないようにとお思いであった。「見えざらむかし」、三条西本・尾州本・各筆本・高松宮本・首書本・湖月抄本など「みえさらなむ」、陽明本・承応板本「みえさらん」。

13　大納言君の言。（薫は）他の女房に対してよりも（小宰相に）好意をお寄せになって、（小宰相の）局などにもいらしているはずです。

て、夜[1]ふけていで給ふをり〳〵も侍れど、[2]例の目馴れたる筋には侍らぬにや。[3]宮をこそ、いとなさけなくおはしますと思ひて、御いらへをだに聞こえず侍めれ。[4]かたじけなきこと。」

と言ひて笑へば、宮も笑はせ給ひて、

「[5]いと見ぐるしき御さまを、思ひ知るこそをかしけれ。いかでかゝる御癖やめたてまつらん。はづかしや、[6]この人〻も。」

との給ふ。

「[7]いとあやしきことをこそ聞き侍りしか。[8]この大将の亡くなし給ひてし人は、宮の御二条の北の方の御おとうとなりけり。異腹なるべし。[9]常陸の前の守なにがしが妻は、をばとも母とも言ひ侍なるは、いかなるにか。その女君に、[10]宮こそいと忍びておはしましけれ。[11]大将殿や聞きつけ給ひたりけむ、にはかに迎へ給はんとて、[12]守り目添へなど、こと〳〵しくし給ひけるほどに、[13]宮もいと忍びておはしましながら、[14]え入らせ給はず、あやしきさまに御馬ながら立たせ給ひつゝぞ帰らせ給ひける。女[15]

1　（薫は小宰相の局から）夜遅くなってお帰りになる時もちょいちょいございますが。

2　世間によくある月並みな男女の仲ではございませんようで。気を許して女のもとに泊まったりはしない、の意。

3　（小宰相は）匂宮のことを、心底思いやりのないお方だと思って、ご返事をさえ申し上げないようでございます。

4　何とも畏れ多いことで。匂宮の母中宮を意識した言葉。

5　中宮の言。（匂宮の）本当にみっともない（好色な）ご性分を、（小宰相が）よく分かっているのがおもしろい。なんとかしてそのような（匂宮の）性癖をやめさせ申したい。

6　私の女房たちの手前も。

7　大納言君の言。たいそう妙なことを聞きました。

8　薫がお亡くしになった方（浮舟）は、匂宮の二条の奥方様（中君）の妹御なのでした。「御二条の北の方」の「御」は「二条の北の方」全体にかかる。類例に「御迦陵頻伽の声」（㊁紅葉賀一四頁）、「宮の御侍従の乳母」（㊄若菜下四九八頁）など。

9　常陸の守某の妻は、（浮舟の）おばであるとも母であるとも（世間で）噂しているということですが、どういうことなのでしょう。

10　よりによって匂宮が極秘で通っておられた。

11　薫が匂宮の秘密を聞き出しなさったのだろうか、急に（浮舟をご自分のもとに）迎えなさろうと。

12　監視の者、見張り役。㊃浮舟六三四・六四〇頁参照。

13　匂宮も人目を忍んで（浮舟のもとへ）お越しになりながら。

14　（浮舟のいた宇治の邸に）お入りになれず、不格好に馬に乗ったままでお下りになることもできないでお戻りになったということです。㊃浮舟57節参照。

15　浮舟も匂宮をお慕い申していたからであろうか。

も宮を思ひきこえさせけるにや、[1]にはかに消え失せにけるを、身投げたるなめりとてこそ、乳母などやうの人どもは、泣きまどひ侍りけれ。」

と聞こゆ。

[2]宮もいとあさましとおぼして、

一九二

「[3]たれか、さることは言ふとよ。いとほしく心うきことかな。[4]さばかりめづらかならむことは、おのづから聞こえありぬべきを、[5]大将もさやうには言はで、[6]世の中のはかなくいみじきこと、[7]かく宇治の宮の族の命短かりけることをこそ、いみじうかなしと思ひての給ひしか。」

との給ふ。

「[8]いさや、下種はたしかならぬことをも言ひ侍るものをと思ひ侍れど、[9]かしこに侍りける下童の、たゞこのごろ、さい将が里に出でまうで来て、[10]たしかなるやうにこそ言ひ侍りけれ。[11]かくあやしうて亡せ給へること、人に聞かせじ、おどろ〳〵しくおぞきやうなりとて、[12]いみじく隠しける事どもとて、[13]さてくはしくは聞かせたて

1 （浮舟は）急に姿を消したので、（宇治川に）身投げをしたらしいと、（浮舟の）乳母のような者たちは、泣き惑っていたとのことです。

2 中宮も（匂宮の行状に）まったくあきれたこととお思いになり。

3 中宮の言。だれがそんなことを言っているのか。まったく難儀で情けないことよ。「とよ」は疑問を強調する語。「「こと〳〵しげなるさまして、何しにいましつるぞとよ」とむつかり給へど」（四宿木二四〇頁）。

4 それほどの大事件なら、自然に噂が耳に入って来そうなものだが。

5 薫も、浮舟が匂宮との関係で浮舟が身投げしたようには言わず、の意。

6 この世が無常でつらいこと。

7 （浮舟のように、八宮、大君など）宇治の八宮の一族の短命であったことをもっぱら、ひどく悲しいと思っておっしゃっていたことだ。中君の言に「いみじく命短き族なれば」（四宿木一三八頁）とあった。

8 大納言君の言。さあ、下々の者はいい加減なことでも申すものだと思いますが。

9 宇治の邸に仕えていました下仕えの童が、つい最近、小宰相の実家に帰って参って。

10 （浮舟が入水で亡くなったことを）確かであるように言っておりました。

11 （浮舟が入水という）このような常軌を逸した形でお亡くなりになったことを、（周りの者たちが）他人に聞かせまい、人騒がせで恐ろしく思われるだろうからと。「おぞし」は、「おずし」の転。浮舟の入水は、浮舟巻でも、「け高う世のありさまをも知る方少なくて生ほし立てたる人にしあれば、すこしおずかるべきことを思ひ寄るなりけむかし」（四六二八頁）と語られていた。

12 厳重に隠していたことなので、それで（宇治の者たちは薫にも）詳細はお話し申し上げていないのでしょう。六行の「大将もさやうには言はで」という中宮の発言に対する答え。

13 諸本「とや」。書陵部本は底本に同じ。

まつらぬにやありけん。」

と聞こゆれば、

「[1]さらにかゝること、又まねぶなと言はせよ。かゝる筋に、御身をもて損ひ、人に[2]軽く心づきなき物に思はれ[3]ぬべきなめり。」

といみじうおぼいたり。

そののち、[4]姫宮の御方より、二の宮に御消息ありけり。[5]御手などのいみじううつくしげなるを見るにもいとうれしく、[6]かくてこそとく見るべかりけれとおぼす。あまたをかしき絵ども多く、[7]大宮もたてまつらせ給へり。[8]大将殿、うちまさりてをかしきども集めて、まゐらせ給ふ。[9]芹川の大将のとを君の、女[10]一の宮思ひかけたる秋の夕暮れに、思ひわびて出でて行きたる[11]かたをかしうかきたるを、[12]いとよく思ひ寄せらるかし。[13]かばかりおぼしなびく人のあらましかば、と思ふ身ぞくちをしき。

[14]荻の葉に露吹き結ぶ秋風も夕べぞわきて身には染みける

と[15]書きても添へまほしくおぼせど、さやうなる露ばかりのけしきにても漏りたらば、

1 中宮の言。決してこのようなことを、これ以上他言するなと(下童に)伝えさせよ。(そういう噂が広まると)このような方面で、(匂宮が)だらしなく、人から軽薄でいやな者と思われるに違いなかろう。

2 諸本「かろく」。承応板本・湖月抄本なし。

3 諸本「給へきなめり」。底本および書陵部本の本文は字形が「ぬ」に類似する「給」の崩し字を誤読したものか。

29 女一宮の手紙

4 女一宮から女二宮へ。

5 女一宮の筆跡。「見る」のは薫。

6 こうしてもっと早くから(女一宮の筆跡を)見ていればよかったものを。

7 中宮も(女二宮に)。一一八頁六行の薫の言に応じた中宮の贈り物。

8 薫は、もっとすばらしい絵を集めて、(女一宮に)献上なさる。

9 「芹川の大将」は散逸物語の名。「とを君」はその主人公の幼名か。「源氏の五十余巻、櫃に入りながら、ざい中将、とをぎみ、せりかは、しらら、あさうづなど云ふ物語ども、一袋にとりいれて、えてかへる心地のうれしさぞいみじきや」(更級日記)。

10 「芹川の大将」の女主人公か。「とを君」が女一宮を慕っている。

11 絵。

12 (薫は)切実に(今の自分の心境に)ぴったりだとお感じなさるのであった。

13 薫の心内。(「芹川の大将」の女一宮のように)自分に思いを寄せてくれる女性がいたならば、と。

14 薫の歌。荻の葉に露の玉を結ばせる秋風も夕暮れは格別に身にしみて感じられることだ。

15 (献上する絵に歌を)書き添えたいともお思いになるが、そのような(懸想じみた)ちょっとした気配でも漏れ出たならば、いろいろ面倒なことになりそうな(女一宮との)あいだがらなので。

いとわづらはしげなる世なれば、[1]はかなきことも、えほのめかし出づまじ、[2]かくよろづに何やかやとものを思ひの果ては、[3]むかしの人のものし給はましかば、いかにも〳〵ほかざまに心分けましや、[4]時のみかどの御むすめを給ふとも、得たてまつらざらまし、また、[5]さ思ふ人ありと聞こしめしながらは、かゝることもなからましを、[6]なほ心うく、わが心乱り給ひける橋姫かなと思ひあまりては、[7]又宮の上にとりかゝりて、恋しうもつらくも、わりなきことぞをこがましきまでくやしき。

[8]これに思ひわびてさしつぎには、あさましくて亡せにし人の、いと心をさなく、
とゞこほるところなかりけるかろ〴〵しさをば思ひながら、[9]さすがにいみじともの
を思ひ入りけんほど、わがけしき例ならずと、心の鬼に嘆き沈みてゐたりけんあり
さまを聞き給ひしも、思ひ出でられつゝ、[10]おもりかなる方ならで、たゞ心やすくら
うたき語らひ人にてあらせむと思ひしには、いとらうたかりし人を、[11]思ひもていけ 一九四
ば、宮をも思ひきこえじ、女をもうしと思はじ、たゞわがありさまの世づかぬおこ
たりぞ、などながめ入り給ふ時〳〵多かり。

1　(女一宮への思いは)ちょっとしたことでも、匂わすことはできまい。

2　こうして(小宰相や女一宮などのことで)いろいろ悩ましい思いをしたあげくに思うには。

3　亡き大君が生きておられたならば、どんなことがあろうとも他の女性に心を移したりしようか。

4　今上帝が内親王を妻に下さるとしても、お受け申さないであろう。

5　(自分に)そのように深く思いを寄せる人がいると一方でお聞きあそばしておられたなら、このような(女二宮降嫁の)こともなかったであろうに。

6　いつまでもつらい思いをさせ、私の心をお乱しになる宇治の姫君よと思いを持て余した果てには。

7　またぞろ匂宮の奥方(中君)への思いに取り憑かれて、(中君を)恋しくも恨めしくも、どうにもならないことが、(わがことながら)愚かしく情けない。

8　中君のことを思ってどうにもならないその次には、とんでもない有様で亡くなった浮舟の、まったく思慮浅く、直情的な考えの浅さを勘定に入れながら。「(思ひ)わびて」、三条西本・河内本・首書本「わひての」。

9　そうはいえ(浮舟が)大変なことになったと物思いに沈んでいたという苦しみ、(そして)私の態度がただならぬものであると、内心忸怩たる思いで嘆きふさぎ込んでいたという様子をお聞きになったことも。

10　重々しい扱いではなくて、たんに気楽なかわいい思い者にしておこうと思い、その意味では、なかなかかわいらしい人であったのに。

11　さまざまに考え合わせると、(今さら)匂宮をもお恨み申すまい、浮舟をもいやな女だと思うまい、もっぱら自分の身の処し方が浮き世離れしていたゆえの失敗だ、などと(薫は)沈み込んでおられる折々が多い。

[1]心のどかにさまよくおはする人だに、かゝる筋には身も苦しき事おのづからまじるを、[2]宮はまして慰めかねつゝ、かの形見に、飽かぬかなしさをもの給ひ出づべき人さへなきを、[3]対の御方ばかりこそは、あはれなどの給へど、[4]深くも見馴れ給はざりけるうちつけのむつびなれば、いと深くしもいかでかはあらむ、また[5]おぼすまゝに、「恋しやいみじや」などの給はんには、かたはらいたければ、[6]かしこにありし侍従をぞ、例の、迎へさせ給ひける。

[7]みな人どもは行き散りて、乳母とこの人二人なん、とりわきておぼしたりしも忘れがたくて、[8]侍従はよそ人なれど、[9]なほ語らひてあり経るに、[10]世づかぬ川のおとも、うれしき瀬もやあると頼みしほどこそ慰めけれ、心うくいみじくものおそろしくのみおぼえて、京になん、あやしき所に、このごろ来てゐたりける、[11]尋ね給ひて、

「[12]かくてさぶらへ。」

と[13]の給へば、[14]御心はさるものにて、人々の言はむことも、[15]さる筋の事まじりぬるあたりは聞きにくきこともあらむと思へば、[16]うけひききこえず、后の宮にまゐらむと

30 侍従、中宮に出仕

1 落ち着いて取り乱したりしない（薫のような）人でさえ。
2 （多情な）匂宮はまして（浮舟の死の悲しみを）慰めかねて。
3 中君。二条院の西の対に住む。
4 （中君も、浮舟とはこれまで）深い付き合いのなかった、最近始まったばかりの姉妹の仲なので。
5 （匂宮が中君の前で）胸中をありのままに、「（浮舟が）恋しいよ、たまらないよ」などとおっしゃったりするのは、憚られるので。
6 宇治の邸で（浮舟に）仕えていた侍従を。侍従を迎えたこと、七〇頁。
7 （浮舟の）女房たちも皆散り散りになって、（浮舟の）乳母とこの（侍従、右近の）二人が、（浮舟が生前）特別に目をかけて下さったことも忘れられなくて。
8 侍従は乳母子の右近のように、浮舟と身内同様の女房ではないが、の意。
9 その後も、乳母、右近の相談相手になって。
10 この世のものとも思えぬ宇治川の水音も、（いつの日か）うれしい機会がめぐってくるであろうと期待していたあいだは、（その期待で）心を慰めていたが。「祈りつゝたのみぞわたる初瀬川うれしき瀬にも流れあふやと」（古今六帖三）を踏まえる。
11 （その、京に出て来ていた侍従を、匂宮は）お捜しになって。「尋ね」、諸本「たつねいて（尋出）」。
12 匂宮の言。私に仕えよ。
13 諸本「のたま（給）へと」。
14 匂宮のお気持はそれはそれとして、（二条院の）女房たちがあれこれ言うであろうことも。
15 （匂宮の浮気相手の浮舟が中君の妹であるなど）事情が複雑に絡み合っている所は。
16 （侍従は匂宮の誘いを）承知し申さず、中宮にお仕えしたいと希望を伝えたところ。

なんおもむけたれば、

「[1]いとよかなり。さて人知れずおぼし使はん。」

との給はせけり。[2]心ぼそく寄るべなきも慰むやとて、知るたより求めまゐりぬ。[3]きたなげなくてよろしきげらふなりとゆるして、人も譏らず。[4]大将殿も常にまゐり給ふを、見るたびごとに、もののみあはれなり。[5]いとやむごとなきものの姫君のみまゐり集ひたる宮と人も言ふを、やう〳〵目とゞめて見れど、[6]見たてまつりし人に似たるはなかりけりと思ひありく。

[7]この春亡せ給ひぬる式部卿の宮の御むすめを、[8]まゝ母の北の方ことにあひ思はで、せうとの馬の頭にて人がらもことなることなき、心かけたるを、[9]いとほしうなども思ひたらで、さるべきさまになん契ると[10]聞こしめすたよりありて、

「[11]いとほしう、父宮のいみじくかしづき給ひける女君を、いたづらなるやうにもてなさんこと。」

などの給はせければ、[12]いと心ぼそくのみ思ひ嘆き給ふありさまにて、

1　(使者が伝えた)匂宮の言。結構だ、そうしておいてこっそり召し使おう。使者経由の言ゆえ敬語「おぼし」が用いられる。

2　(侍従は、京で)心細く頼る者もいない気持も紛れるかと思って、つてを求めて(中宮に)宮仕えに上がった。

3　(侍従は)こざっぱりして見た目も悪くない下級女房だと認められて、同僚の女房も(侍従の)悪口は言わない。「げらふ」は「下臈」で、身分の低いこと。

4　薫も(中宮のもとへ)いつも参上なさるのを、(侍従は薫の姿を)見るたびにいつも。

5　とても立派な家柄の姫君ばかりが参上し集まって女房として出仕している御所と世間でも評判だが。「(姫君)のみ」、諸本多く「のみおほく」。

6　前にお仕えしていた浮舟に匹敵するような(美しい)人はいないのだったと(侍従は)思って過ごしている。

31　宮の君

7　五二頁三行。式部卿宮については、五三頁注3参照。

8　継母である故式部卿の北の方はとくに親身になって世話もせず、自分の兄弟で馬頭をつとめていて人品もどうということのない男が、(継子の姫君に)懸想しているのを。

9　(姫君のために)かわいそうだなどとも考えないで、適当に結婚の許しを与えた。馬頭は馬寮(うまづかさ/めりょう)の長官で、従五位上相当の中級官。

10　中宮がある筋からお聞きあそばして。

11　中宮の言。お気の毒に、父式部卿宮が手塩に掛けてお育てになったお嬢様を、そのかいもないように扱うことよ。

12　(式部卿宮の姫君は)まったくより所のないことをお悩みになっている境遇で。

「[1]なつかしう、かく尋ねの給はするを。」

など[2]御せうとの侍従も言ひて、[3]このごろ迎へ取らせ給ひてけり。[4]姫宮の御具にて、いとこよなからぬ御ほどの人なれば、やむ事なく心ことにてさぶらひ給ふ。[5]限りあれば、「宮の君」などうち言ひて、[6]裳ばかり引きかけ給ふぞ、いとあはれなりける。 一九六

兵部卿宮(ひやうぶきやうのみや)、[7]この君ばかりや、恋しき人に思ひよそへつべきさましたらむ、[8]父親王はらからぞかしなど、例の御心は、人を恋ひ給ふにつけても、人ゆかしき御癖やまで、いつしかと御心かけ給ひてけり。[9]大将、もどかしきまでもあるわざかな、[10]きのふけふといふばかり、春宮(とうぐう)にやなどおぼし、我にもけしきばませ給ひきかし、[11]かくはかなき世の衰へを見るには、水の底に身を沈めても、もどかしからぬわざにこそ、など思ひつゝ、人よりは心寄せきこえ給へり。

[12]この院におはしますをば、内よりも広くおもしろく住みよきものにして、常にしもさぶらはぬども、みなうちとけ住みつゝ、[13]はる〴〵と多かる対ども、廊、渡殿に満ちたり。[14]左大臣殿、[15]むかしの御けはひにも劣らず、すべて限りもなくいとなみ

1　姫君の兄弟の侍従の言。（中宮が）ご親切に、このようにわざわざおっしゃって下さるのだから。

2　式部卿宮の息子ゆえ、北の方の「せうと」にはなかった「御」が付く。

3　最近（中宮が女房として姫君を）お召し抱えになった。

4　女一宮のお相手として、まことにこの上ないご身分の人なので、重々しい特別待遇でお仕えなさる。

5　（とはいえ女房としての）けじめがあるので、「宮の君」という女房名を名乗り。

6　（中宮の御前では）裳だけを着用なさるのは（式部卿宮の姫君という身分を考えると）、とてもいたわしいことである。唐衣を着用するのが女房としての服装。宮の君は身分が高いので唐衣を略して裳だけを着ける。

7　匂宮の心内。この宮の君ぐらいが、恋しい亡き浮舟の身代わりに思うことができそうな容姿の持ち主であろうか。

8　（宮の君の）父式部卿宮は（浮舟の父、宇治の八宮とは）兄弟であるよ。

9　薫。以下、薫の心内。（親王家の姫君である宮の君の出仕は）非難に値することだ。

10　（亡くなった式部卿宮は）つい先日まで（宮の君を）東宮にさしあげようかなどお考えになり、自分（薫）にも（宮の君との縁組を）それとなくおっしゃったことだった。四東屋三三四頁参照。

11　このようなあっという間の自家の没落を目の当たりにしては、（浮舟のように）水の底に身を投げても、非難はされないだろう。

12　（中宮が叔父式部卿宮の喪に服して）六条院に里下がりしておられる（一〇三頁注3）のを、宮中よりも広々と景色もよく快適な御殿として。

13　遠くまで続く対屋、廊、渡殿に（女房たちは）満ちあふれている。廊、渡殿は女房の局に当てられる。

14　夕霧。現在の六条院の主。他本多く「右大

仕うまつり給ふ。[1]いかめしうなりたる御族なれば、なか〳〵いにしへよりもいまめかしきことはまさりてさへなむありける。[2]この宮、例の御心ならば、月ごろのほどにいかなるすきごとどもをし出で給はまし、[3]こよなく静まり給ひて、人目にすこしおひなほり給ふかなと見ゆるを、[4]このごろぞ又、宮の君に本上あらはれてかゝづらひありき給ひける。

涼しくなりぬとて、[5]宮、内にまゐらせ給ひなんとすれば、秋の盛り、紅葉のころを見ざらんこそなど、[6]若き人〻はくちをしがりて、みなまゐり集ひたるころなり。[7]水に馴れ月をめでて御遊び絶えず、常よりもいまめかしければ、[8]この宮ぞ、かゝる筋はいとこよなくもてはやし給ふ。朝夕目馴れても、[9]なほいま見む初花のさまし給へるに、[10]大将の君は、いとさしも入り立ちなどし給はぬほどにて、はづかしう心ゆるひなきものにみな思ひたり。[11]例の、二所まゐり給ひて、[12]御前におはするほどに、かの侍従は物よりのぞきたてまつるに、[13]いづ方にも〳〵よりて、めでたき御宿世見えたるさまにて、世にぞおはせましかし。あさましくはかなく心うかりける御心か

臣殿」。一二一頁注8。
15　源氏在世中の（六条院の）有様。

1　（夕霧家は）ご繁盛の一族なので、かえって（光源氏在世の）むかしよりも華やかな点はまさってさえいるのだった。
2　匂宮は、いつもの調子なら、（中宮里下がりの）この月の間に、どのような情事でもしでかしなさるところだが。
3　（浮舟の一件で）めずらしい程おとなしくおなりになって、よそ目には幾分改心なさったことよと見えるのだが。「おひなほり」、諸本「おひなをりし」。
4　最近はまた、宮の君に対して（多情な）本性を発揮なさり言い寄ってまわっておられるのであった。「本上」は「本性」の当て字。

32　侍従、薫と匂宮を覗く

5　中宮は内裏に還御のご予定なので。
6　中宮の若い女房たちは残念がって、（六条院の名残を惜しんで）誰も彼も（中宮の御前に）参り集まっている時分である。
7　池水のほとりで月を賞美する秋の遊宴のさま。「御遊び」は管絃の遊び。
8　匂宮は、このようなことは（自分も参加して）この上なく盛り上げなさる。
9　今初めて目にする初花のような（新鮮な）美しさ。「春の初花」（古今集）、「梅の初花」（後撰集）。「それもがとけさひらけたる初花におとらぬ君がにほひをぞ見る」（㊂賢木三四八頁）。
10　薫は、さほど積極的には参加なさらないので、気おくれして緊張の解けない人と（女房たちは）みな思っている。
11　いつものように、匂宮、薫のお二人が。
12　中宮の御前。
13　侍従の心内。（浮舟が匂宮、薫の）どちらにせよ縁付いて、すばらしいご運であると分かるような境遇で、生きていて下さればよかったものを。

ななど、人[1]にはそのわたりの事かけて知り顔にも言はぬことなれば、心ひとつに飽かず胸いたく思ふ。宮[2]は、内の御物語りなどこまやかに聞こえさせ給へば、いま一所は立ち出で給ふ。見[3]つけられたてまつらじ、しばし、御果てをも過ぐさず心あさしと見えたてまつらじ、と思へば隠れぬ。

東の渡殿[4]に開きあひたる戸口に人〻あまたゐて、もの語りなどする所におはして、

「なにがし[5]をぞ、女房はむつましとおぼすべき。女[6]だにかく心やすくはよもあらじかし。さ[7]すがにさるべからんこと、教へきこえぬべくもあり。や[8]う〳〵見知り給ふべかめれば、いとなんうれしき。」

との給へば、い[9]といらへにくゝのみ思ふなかに、弁[10]のおもとゝて馴れたる大人、

「そ[11]もむつましく思ひきこゆべきゆゑなき人の、はぢきこえ侍らぬにや。[12]ものはさこそは、なか〳〵侍めれ。[13]かならずそのゆゑ尋ねて、うちとけ御覧ぜらるゝにしも侍らねど、かばかりおもなくつくりそめてける身に負はさざらんも、かたはらいたくてなむ。」

1　同僚の女房には浮舟のことなど一切知っているふうには言わないことにしているので。

2　匂宮は、(里下がり中の中宮に)帝のご様子などを詳しくご報告申し上げなさるので、もうお一方(薫)は(御前から)退出なさる。

3　(覗き見をしていた侍従は、薫に)見つけられ申すまい、今しばらくのあいだ、(浮舟の)一周忌をも待たずに(中宮に出仕して)軽薄な者と思われ申すまい、と。

33 弁のおもと

4　一〇七頁注4。(薫の歩む寝殿の簀子に面した)渡殿のちょうど開いていた戸口に女房たちが大勢いて、話をしているところに(薫は)いらして。「開きあひたる」、四常夏三一二頁。「(物語など)する」、諸本「しのひやかにする」。

5　薫の言。(匂宮よりも)私の方を、あなたがた女房は親しい者とお思いになるがよい。「なにがし」は男が使用する謙遜の自称。

6　女の人でさえ(私ほど)気楽に接することはよもやおできになりますまい。

7　(男ではあるが)そうはいえ(男だからこそ)お役に立ちそうなことを、教えてさしあげることもできそうです。

8　やっと私をお見知りおきいただけそうなので、とてもうれしく存じます。

9　(女房たちが)何とも返事に困っている中に。

10　(中宮の女房で)「弁のおもと」という名の、場馴れした年配の者が。

11　弁のおもとの言。(薫の「見知り給ふべかめれば」の言を承けて)それは(薫を)親しくお思い申し上げる理由もない者が、臆面もなく出しゃばり申しているのではありますまいか、の意。

12　物事とは、かえってそういうふうなものでございます。

13　必ずしも理由を見つけてから、親しくお相手をするというものでもありませんが、これほど生まれつき厚かましい私が(薫への返答

と聞こゆれば、

「[1]はづべきゆゑあらじと思ひ定め給ひてけるこそくちをしけれ。」

などの給ひつゝ見れば、[2]唐衣は脱ぎすべしおしやり、うちとけて手習しけるなるべし、[3]硯の蓋に据ゑて、心もとなき花の末たをりて、もて遊びけりと見ゆ。[4]かたへはき丁のあるにすべり隠れ、あるはうち背き、押し開けたる戸の方に、紛らはしつゝゐたる、頭つきどももをかしと見わたし給ひて、硯引き寄せて、

[5]女郎花乱るゝ野辺にまじるとも露のあだ名をわれにかけめや

[6]心やすくはおぼさで。

と、たゞ[7]この障子にうしろしたる人に見せ給へば、[8]うちみじろきなどもせず、のどやかにいとゝく、

[9]花といへば名こそあだなれをみなへしなべての露に乱れやはする

と[10]書きたる手、たゞ片そばなれどよしづきて、大方めやすければ、たれならむと見給ふ。[11]いま参う上りける道に、ふたげられてとゞこほりゐたるなるべしと見ゆ。弁

の）役目から逃げるのも、無責任かと思いまして。面識もないのに、薫への返答をしたことの言い訳。「負はさざらん」、諸本「お（を）はさらん」。

---

1 薫の言。（私には）遠慮する必要はあるまいとお決めになったとは悔しいことだ。

2 （弁のおもとは）唐衣は脱ぎ捨てて傍らへ押しのけ、くつろいで何かを書いているようだ。主人（中宮）の前ではないので唐衣を脱いでいる。一三七頁注6。

3 硯の蓋に置いて、吹けば飛ぶような花の先端を摘んできて楽しんでいる様子だ。「据ゑ」、諸本「すゑ（え）〳〵」。

4 他の女房はそばの几帳の陰に滑り込んで身を隠し、ある者は（薫に）背を向け、押し開けている（渡殿の）戸の方を向いて、顔を見られないようにしている。

5 薫の歌。美人が大勢いるこの御殿に参上しても、（私に）浮気者という烙印を押すことはできないだろう（私は匂宮とは違って、まじめな男だ）。「女郎花多かる野辺に宿りせばあやなくあだの名をや立ちなむ」（古今集・秋上・小野美材）による。

6 （まじめな私をあなた方は）警戒なさって。

7 渡殿の襖障子を背に座っている女房、の意か。

8 あわてて身動きしたりもせず、落ち着いてすばやく（返歌を詠んだ）。すばやく返歌をするのは、望ましい能力。

9 女房の歌。花というと移ろいやすい、浮気なものの代名詞と思われているが、あなたが女郎花に譬えた私（たち）は普通に置く露に乱れたりはしない。薫の歌の初・二句を承けて、それに反駁する。

10 筆跡は、わずか（歌一首）しか書かれていないが品があって、これといって難がないので。

11 （この女房は）ちょうど今こちらに参上の途中で、通路を（薫に）塞がれて移動できなくなった女房らしく見える。

のおもとは、

「[1]いとけざやかなる翁言、にくゝ侍り。」

とて、

「[2]旅寝して猶心みよをみなへしさかりの色に移り移らず

[3]さてのち定めきこえさせん。」

と言へば、

[4]宿貸さば一夜は寝なん大方の花に移らぬ心なりとも

とあれば、

「[5]何か、はづかしめさせ給ふ。[6]大方の野辺のさかしらをこそ聞こえさすれ。」

と言ふ。[7]はかなきことをたゞすこしのたまふも、人は残り聞かまほしくのみ思ひきこえたり。

「[8]心なし。道開けはべりなんよ。[9]わきても、かの御もの恥のゆゑ、かならずありぬべきをりにぞあめる。」

1　あまりにも露骨な老人言葉は、憎らしうございます。中宮方の女房に心動かされないと詠んだ、一四二頁の薫の歌「女郎花乱るゝ野辺にまじるとも…」を「翁言」と揶揄した。

2　弁のおもとの歌。こちらに一夜泊まって本当にそうか試されよ、花盛りの女郎花のようなこちらの美女に気持が移るか移らないか。「旅寝」は自宅以外で寝ること。

3　そうした後で（薫の言葉の真偽を）お決め申そう。

4　薫の歌。宿を貸してくれるなら、一晩くらいは泊まろう、並みの女には心移りしない私ではあるが。弁のおもとの歌「旅寝してなほ心みよ」に対して「一夜は寝なん」と応じた。

5　弁のおもとの言。どうして、（こちらの女房に心が移らないなどと）恥をかかせなさるのか。

6　通り一遍の、（「女郎花」からの連想で）「野辺（に旅寝して）」などと余計なことを申し上げたまでです。薫に対して「旅寝して猶心みよ」などと詠んだのは、薫が女房たちを女郎花にたとえたので、古今集歌（一四三頁注5）に「女郎花多かる野辺に宿りせば」と詠まれているような一般的な連想から、さし出たことを申し上げたのだ、という釈明。

7　（薫が）他愛ないことをほんの少しおっしゃっても、女房たちはもっと（薫の言葉を）聞きたいとひたすらお思い申し上げていた。

8　薫の言。（ここに足を止めて）申し訳ないことをした。（女房が出入りする）通路を開けましょう。一四二頁に「いま参う上りける道に、ふたげられてとゞこほりゐたる」とあった。

9　何よりも、先ほどの（女房たちの）恥ずかしがりの理由は、（私ゆえではなく別に）きっと何かあるに違いない場合だと見える。匂宮が参上の折だから恥ずかしがっているのだろう、の意。

34 とて、立ち出で給へば、[1]おしなべてかく残りなからむと思ひやり給ふこそ心うけれ、
と思へる人もあり。

[2]東の高欄におしかゝりて、夕影になるまゝに、[3]花の紐とく御前の草むらを見わたし給ふ。もののみあはれなるに、[4]「中に就いて腸断ゆるは秋の天」といふ事を、いと忍びやかに誦じつゝゐ給へり。[5]ありつる衣のおとなひしるきけはひして、[6]母屋の御障子より通りて、あなたに入るなり。[7]宮のあゆみおはして、

「[8]これよりあなたにまゐりつるは、たそ。」

と問ひ給へば、

「[9]かの御方の中将の君。」

と聞こゆなり。[10]なほ、あやしのわざや、たれにかと、かりそめにもうち思ふ人に、やがてかくゆかしげなく聞こゆる名ざしよといとほしく、[11]この宮には、みな目馴れてのみおぼえたてまつるべかめるもくちをし。[12]下り立ちてあながちなる御もてなしに、女はさもこそ負けたてまつらめ、[13]わが、さもくちをしう、この御ゆかりには、

1　（薫が）こちらの女房は皆弁のおもとのようにあけすけなのだろうと想像なさるのは情けないことだ、と思っている女房もいる。

34　中将のおもと

2　（薫は）寝殿の東面の高欄にもたれて。

3　花が満開の前栽を。「紐とく」は花が開く意。「前栽どもこそ残りなく紐とき侍りにけれ」（㊂薄雲三三八頁）。「もゝ草の花のひもとく秋の野に思ひたはれむ人なとがめそ」（古今集・秋上・読人しらず）。

4　「大底（おほむね）四時心惣（すべ）て苦し　中に就きて腸（はらわた）の断ゆることは是れ秋の天」（和漢朗詠集・上・秋興、読みは集註による）。白楽天・暮立の句。陽明本「なかんつくにはらわたのたゆるはこれ秋天と」。

5　さきほどの女房の衣擦れの音がはっきり聞こえて。一四三注11の女房。

6　寝殿の母屋を東西に仕切る「中の障子」か。「あなた」は、女一宮の居所。

7　（先ほどまで中宮の御前に伺候していた）匂宮が（廂の間を渡殿の方に）歩いて来られて。

8　匂宮の言。ここを通ってあちら（女一宮）へ参上したのは、だれか。

9　女一宮にお仕えする中将君です。「中将君」は一五〇頁に「中将のおもと」。

10　薫の心内。どう考えても、おかしなことだ、だれだろうと、仮にも関心を抱いた男（匂宮）に、そのままあけすけに名指しでお教え申し上げることよと（中将君が）気の毒で。

11　匂宮に対しては、（女房たち）だれもがお馴染みの態度をお取り申すようなのが（薫には）妬ましい。

12　（匂宮の）積極的で強引ななさりように、女はやはり（匂宮を）お許し申してしまうのであろう。「下り立ち」は熱心に事を行う意。

13　（それに較べて）自分は、まったくふがいないことに、（明石中宮腹の匂宮、女一宮の）ごきょうだいには、妬ましくつらい思いばかりさせられることだ。

ねたく心うくのみあるかな、[1]いかでこのわたりにもめづらしからむ人の、例の心入れてさわぎ給はんを語らひ取りて、[2]わが思ひしやうに、やすからずとだにも思はせたてまつらん、[3]まことに心ばせあらむ人は、わが方にぞ寄るべきや、されどかたいものかな、人の心は、と思ふにつけて、[4]対の御方の、かの御ありさまをば、ふさはしからぬものに思ひきこえて、[5]いと便なきむつびになりゆくが、大方のおぼえをば苦しと思ひながら、[6]猶さし放ちがたきものにおぼし知りたるぞ、ありがたくあはれなりける。さやうなる心ばせある人、こゝらの中にあらむや、入り立ちて深く見ねば知らぬぞかし、[7]寝覚めがちにつれづれなるを、すこしはすきもならはばや、など 〔一九八〕
思ふに、[8]いまはなほつきなし。

35 例の、[9]西の渡殿を、[10]ありしにならひてわざとおはしたるもあやし。[11]姫宮、夜はあなたに渡らせ給ひければ、[12]人ゝ月見るとて、この渡殿にうちとけてもの語りするほどなりけり。箏の琴いとなつかしう弾きすさむ爪おとをかしう聞こゆ。[13]思ひかけぬに寄りおはして、

1　何とかして、女一宮にお仕えする中でもすばらしい女房で、例によって(匂宮が)夢中になって騒ぎ立てなさるような女房に言い寄って、それを自分の思い人にして。

2　(浮舟の時に)自分が感じたように、(匂宮に)せめて不安な思いだけでも味わわせ申したい。薫の匂宮への意趣返しの思いをいう。

3　本当に物を分かっている人なら、私の方に心を寄せるはずなのに、しかし厄介なものだな、人の心というものは。

4　(匂宮の妻の)中君が、匂宮の(浮気っぽい)行状を、よろしくないこととお思い申して。

5　(薫との仲が恋仲めいた)はなはだ具合の悪い関係になって行くのを、周囲の人目を気にしながらも。薫と中君の関係は、宿木巻では、匂宮に「かくにくきけしきもなき御むつびなめりと見給ひながら、我御心ならひに、たゞならじとおぼすがやすからぬ」(四二三二頁)と思われていた。

6　(中君が)それでも(薫を)捨て置けない者としてお認め下さっているのは、たぐい稀なありがたいことなのであった。

7　(独り寝のさびしさで)目が覚めることも多く所在ないので、少しは恋の練習でもしよう、などと(薫は)お思いになるにつけて。

8　(浮舟を失ったばかりの)現在はまだそういう気持になれない。

35　『遊仙窟』問答

9　以前、薫が女一宮の姿を垣間見した場所。一〇七頁注4。

10　(薫は、恋をする気持にはなれないといいながら)先日と同じように(用もないのに)ことさらお越しになるのも変なことだ。

11　女一宮は、夜は中宮のおられる寝殿に移られ(てお休みにな)るので。

12　女一宮の女房たち。

13　だしぬけに(薫が琴を弾く女房の)そばにいらして。

「[1]などかくねたまし顔に掻き鳴らし給ふ。」

との給ふに、みなおどろかるべけれど、[2]すこし上げたる簾うち下ろしなどもせず、[3]起き上がりて、

「[4]似るべきこのかみやは侍るべき。」

といらふる声、[5]中将のおもとゝか言ひつるなりけり。

「[6]まろこそ御母方のをぢなれ。」

[7]とはかなきことをの給ひて、

「[8]例の、あなたにおはしますべかめりな。何わざをかこの御里住みの程にせさせ給ふ。」

など、[9]あぢきなく問ひ給ふ。

「[10]いづくにても、何ごとをかは。たゞかやうにてこそは過ぐさせ給ふめれ。」

と言ふに、[11]をかしの御身の程やと思ふに、すゞろなる嘆きのうち忘れてしつるも、あやしと思ひ寄る人もこそと紛らはしに、[12]さし出でたる和琴を、たゞさながら掻き

1　薫の言。どうしてこのように思わせぶりに琴をお弾きになるのか。この言は「ねたまし顔」の語によって、唐の小説『遊仙窟』の「故故将繊手　時時弄小絃（こゝにねたましかほにしてほそやかなるてをもてよりよりにほそをゝかきならす）」（醍醐寺本古訓）を踏まえた言であることがわかる。「ねたまし顔」は『遊仙窟』古訓が「故故」に施した意訳で、以後、古辞書にも登録された語。「故々　ネタマシガホ　ネタイカナ」（名義抄）。

2　諸本「へかめれと」。

3　（琴を弾いていた女房が）上体を起こして。

4　中将のおもとの言。私に似たような兄でもおりますのでしょうか。薫の言が『遊仙窟』によることに気づき、みずからも『遊仙窟』中の「容貌（かほばせ）は舅（をぢ）に似たり　潘安仁が外甥（ははかたのめひ）なれば　気調（いきざし）は兄（このかみ）の如し　崔季珪が小妹（おとうと）なれば」（琴を弾く十娘の容姿性格を述べる箇所。和漢朗詠集・下・妓女に載る）によって、「私の琴の音がねたまし顔に聞こえるというのなら、私に似た崔季珪のような人がいるというのか」と応酬した。潘安仁、崔季珪はそれぞれ晋、魏の才知美貌の人。

5　女一宮の女房。一四六頁に、「かの御方の中将の君」。

6　薫の言。注4の言を承け、同じく『遊仙窟』の「容貌は…外甥」を踏まえて、私は（女一宮の）母方の叔父だ、と応じる。

7　他愛ない冗談をおっしゃって。

8　薫の言。（女一宮は）いつものように、あちら（中宮の所）にいらっしゃるのだろうね。

9　（女一宮の不在を）つまらなく思って。

10　中将君の言。（女一宮は）どこにいらしても、いつもと同じでいらっしゃいます、の意。

11　薫の心内。結構なご身分であるよと思うにつけ、説明しようのない溜息がうっかり出てしまったのも、変だと気づく人がいては困ると思って（それを）ごまかすために。

12　（女房が）差し出した和琴を、調子を整えずそのまま（の調子）で。

鳴らし給ふ。律[1]の調べは、あやしくをりに合ふと聞く声なれば、聞きにくゝもあら
ねど、弾[2]き果て給はぬを、なか〱なりと、心入れたる人は消え返り思ふ。わが母[3]
宮も劣り給ふべき人かは、后腹と聞こゆばかりの隔てこそあれ、みかど〱のおぼ 一九八二
しかしづきたるさま、異事ならざりけるを、猶[4]この御あたりはいとことなりける
こそあやしけれ、明石[5]の浦は心にくかりける所かな、など思ひつゞくる事どもに、
[6]わが宿世はいとやむごとなしかし、まして並べて持ちたてまつらばと思ふぞいとか
たきや。

[7]宮の君は、この西[8]の対にぞ御方したりける。若き人〻のけはひあまたして、月め
であへり。[9]いで、あはれ、これもまた同じ人ぞかし、と思ひ出できこえて、親王[10]の、
むかし心寄せたまひしものをと言ひ[11]なして、そなたへおはしぬ。童のをかしき宿直
姿にて、二三人出でてありきなどしけり。見[12]つけて入るさまどもかゝやかし。[13]これ
ぞ世の常と思ふ。南面[14]の隅の間に寄りて[15]うち声づくり給へば、すこしおとなびたる
人出で来たり。

1　呂が春の調べであるのに対して、律は秋の調べだという。〔五〕若菜下四五九頁上段注10。

2　（薫が）曲の最後までお弾きにならないのを、もっと聞きたいのにと、音楽好きの女房は死なんばかりに残念がる。

3　薫の心内。自分の母女三宮も（女一宮に）引けを取るお方であろうか。（女一宮が）后のお子であるという差はあるが。女三宮は后腹ではなく藤壺女御腹。

4　女一宮の周辺は違って感じられるのは不思議だ。

5　（宮中の栄華を独り占めにする）中宮誕生の地明石とは、心惹かれる場所であることよ。明石中宮の誕生は、〔三〕澪標5節。

6　（女二宮を妻にもつ）私の運勢は大したものなのだ、それに加えて女一宮を妻にお迎え申すことができたならと（薫が）思うのは、それは無理というものである。

36　薫と宮の君

7　父宮没後に出仕した式部卿宮の姫君。一三四頁八行以下参照。

8　西の対に局を持っているのであった。

9　薫の心内。いや、お気の毒に、この宮の君も（女一宮や女三宮と）同じ血筋の人なのだ。

10　故式部卿宮が、生前（自分を婿にと）好意を示して下さったものをと。「式部卿の宮などのいとねんごろに（結婚を）ほのめかし給ひけれど」（〔四〕東屋三三四頁）。

11　好都合に考えて、宮の君のいる西の対へ。

12　（女童たちが薫に）気づいて（御簾の内に）姿を隠す様子は恥ずかしそうだ。「かゝやかし」は、恥ずかしくて赤面するさま。

13　（薫は）これが普通（の侍女の姿）なのだと思う。前の中将のおもとの「簾うち下ろしなどもせず」（一五〇頁二行）という態度との対比。

14　西の対の南面の東端の間。「間」は柱と柱の間。

15　（薫が）軽く咳払いをなさると、やや年輩の女房が。「声づくり」は、合図の咳払い。

「[1]人知れぬ心寄せなど聞こえさせ侍れば、[2]中〳〵みな人聞こえさせ古しつらむことを、うひ〳〵しきさまにて、まねぶやうになり侍り。[3]まめやかになむ、言よりほかを求められ侍る。」

との給へば、[4]君にも言ひ伝へず、さかしだちて、

「[5]いと思ほしかけざりし御ありさまにつけても、[6]故宮の思ひきこえさせ給へりしことなど、思ひ給へ出でられてなむ。かくのみ、をり〳〵[7]聞こえさせ給ふなり。御 一九三
しりう言をも、よろこびきこえ給ふめる。」

と言ふ。

[8]並み〳〵の人めきて心ちなのさまやとものうければ、

「[9]もとよりおぼし捨つまじき筋よりも、[10]いまはまして、さるべきことにつけても、思ほし尋ねんなんうれしかるべき。[11]うとうとしう、人づてなどにてもてなさせ給はば、えこそ。」

との給ふに、[12]げにと思ひさわぎて、[13]君を引きゆるがすめれば、

1　薫の言。心秘かに（宮の君に）好意を寄せているなどと申し上げますと。

2　かえって多くの人が言い古した（懸想の）言葉を、不慣れな態度で、口真似するようなことになります。

3　冗談抜きに、「思う」という言葉以外に（自分の気持を伝える）言葉がほしいものです。「思ふてふ言よりほかにまたもがな君ひとりをばわきて偲ばむ」（古今六帖五）による。

4　（女房は薫の言を）宮の君に取り次がないで、さし出がましく。

5　女房の言。まったく思いも寄らなかった宮の君の（宮仕えの）ご境遇。宮の君は父式部卿宮没後、継母によってその兄弟の馬頭との結婚が画策されたが、それに同情した明石中宮が、女一宮の女房として迎えた（31節）。

6　亡き父式部卿宮が（宮の君を薫と結婚させようと）お思い申しておられたことなどが。一五三頁注10。

7　諸本多く「（聞こえさせ給）なる」で、（折に触れ薫が宮の君について）申し上げておられるという陰ながらのお言葉をも（宮の君は）感謝申していらっしゃるようです、の意。「しりう言」は当人の居ないところで言われる当人についての言葉、転じて陰口、悪口の意になるが、ここは前者。

8　薫の心内。（宮の君本人ではなく女房の応対とは）並みの身分の者に対するようで、礼を欠いた扱いよと気が進まないので。

9　薫の言。元来（私を）お見捨てになるはずのない血縁以上に。薫と宮の君はいとこの関係。

10　（宮仕えに出た）今はまして、必要な際には、私におっしゃって下さればうれしく思う。

11　他人行儀に、女房を介してのお扱いなどをなさったら、とても（お話など申し上げられませぬ）。

12　（女房は）薫の言う通りだと慌てふためいて。

13　宮の君。「引きゆるがす」は返事を言うように強く働きかけるさま。

「松[1]もむかしの」とのみながめらるゝにも、「[2]もとより」などの給ふ筋は、まめやかに頼もしうこそは。」と[3]人づてともなく言ひなし給へる声、いと若やかにあい行づき、やさしき所添ひたり。[4]たゞ、なべてのかゝる住みかの人と思はゞ、いとをかしかるべきを、[5]たゞいまは、いかでかばかりも人に声聞かすべきものとならひ給ひけん、となまうしろめたし。かたちもいとなまめかしからむかしと、見まほしきけはひのしたるを、[6]この人ぞ、また例の、かの御心乱るべきつまなめると、[7]をかしうもありがたの世や、と思ひゐ給へり。

[8]これこそは、限りなき人のかしづき生ほし立て給へる姫君、又かばかりぞ多くはあるべき、[9]あやしかりけることは、さる聖の御あたりに、山の懐より出で来たる人との、かたほなるはなかりけるこそ、[10]このはかなしや、かろ〴〵しや、など思ひなす人も、[11]かやうのうち見るけしきは、いみじうこそをかしかりしか、と何ごとにつけても、[12]たゞかの一つゆかりをぞ思ひ出で給ひける。[13]あやしうつらかりける契り

1　宮の君の言。（宮仕えに出て）だれも知った人がいないと沈んでばかりおります身には、の意。「誰をかも知る人にせむ高砂の松も昔の友ならなくに」（古今集・雑上・藤原興風）の第四句を口に出して、初句「誰をかも知る人にせむ」の意をほのめかす。

2　一五四頁「もとよりおぼし捨つまじき筋よりも」の薫の言を承けて言う。

3　取り次ぎの女房に言わせるようにではなく、薫に直接話しかけるようにおっしゃる（宮の君の）声。「あい行」は「愛敬」の当て字。

4　薫の心内。（宮の君を）たんに、普通のこのような御殿に仕える女房と思うのなら、まことに好ましいといえそうであるが。

5　（深窓の姫君であるはずの宮の君が）なんと今は、どうしてこれほどまでも他人に自分の声を聞かせるような立場に甘んじるようにおなりになったのか、と（薫は宮の君の無防備ぶりが）何だか心配だ。

6　この宮の君が、またいつものように、（多情な）匂宮のお心を虜にするきっかけになりそうだと。

7　興味深くも（また）男女の仲とはむずかしいものだと。

8　薫の心内。この宮の君はまさしく高貴な親が大切に養育なさった姫君で、他にもこのような人は多くいることであろう。

9　（それにつけても）不思議なことは、あのような仏道一筋の八宮のお膝下で、宇治の山里に育った大君、中君姉妹の、いずれもが欠点のないお人であったこと。

10　何と頼りない、軽率な、などと見なしている浮舟にしても。

11　このようなちょっと見の様子は、とてもすばらしかったことだ、と。

12　ひたすらあの同じ八宮の血を分けた三姉妹を思い出しなさるのであった。

13　不思議にも苦しい思いをした（三姉妹との）縁を、ぽつねんと思い続けて物思いに耽っておられる夕暮れに。

どもを、つく〳〵と思ひつゞけながめ給ふ夕暮れ、[1]かげろふのものはかなげに飛びちがふを、

「[2]ありと見て手には取られず見れば又ゆくへも知らず消えしかげろふ

[3]あるかなきかの。」

と、[4]例の、ひとりごち給ふとかや。

1　トンボの一種。蜉蝣。「蜻蛉　セイレイ カケロフ」(色葉字類抄)。「かげろふ、くろき虫なり」(能因歌枕)。

2　薫の歌。(眼前に)あると見えても手につかむことはできず、見ているうちにどこへとも知れず消えてしまったかげろうだ。大君、浮舟などがあっけなく死去したことを思い続けて、その有様をはかない命の蜻蛉に思いなぞらえて詠んだ歌(湖月抄)。「ありと見てたのむぞかたきかげろふのいつとも知らぬ身とは知る〳〵」(古今六帖一・かげろふ)。「手に取れどたえて取られぬかげろふのうつろひやすき君が心よ」(同)。ただし古今六帖の「かげろふ」は虫部ではなく、雲、霞、煙などとともに天部に配す。

3　「世の中と思ひしものをかげろふのあるかなきかの世にこそありけれ」(古今六帖一・かげろふ)、「世の中と言ひつる物かかげろふのあるかなきかのほどにぞ有ける」(後撰集・雑四・読人しらず)、「あはれとも憂しとも言はじかげろふのあるかなきかに消ぬる世なれば」(後撰集・雑二・読人しらず)。「あるかなきかなる物をば、かげろふといふ」(能因歌枕)。「あるかなきかのと」、三条西本・河内本・陽明本など「あるかなきかと」、高松宮本「あるかなきかとのみ」。

4　(薫は)いつものように、独り言を口になさるとか(いうことだ)。「ひとりごち」は「ひとりごと」を動詞として活用させた語。「ひとりごつ」薫の姿は、「「…何の契りにて、かうやすからぬ思ひ添ひたる身にしもなり出でけん…」とぞひとりごたれ給ひける」(〔七〕匂兵部卿二四頁)、「「今朝のまの色にやめでんおく露の消えぬにかゝる花と見る〳〵　はかな」とひとりごちて」(〔八〕宿木九八頁)をはじめ、〔八〕早蕨五二頁、〔八〕宿木二二八頁、〔八〕東屋四五〇頁その他に繰り返し語られている。

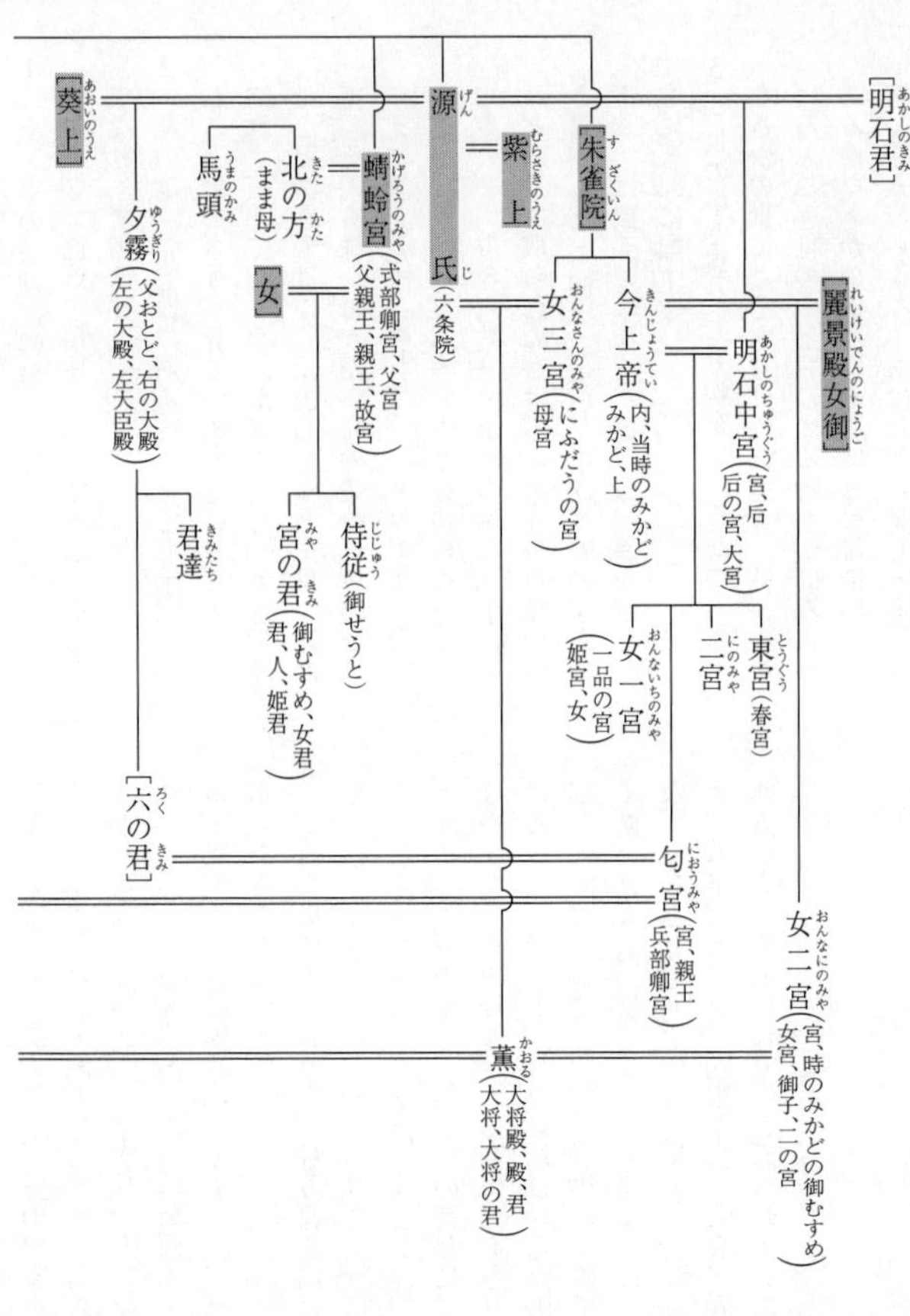

明石君
あかしのきみ
麗景殿女御
れいけいでんのにょうご
朱雀院
すざくいん
源氏
げんじ
（六条院）
紫上
むらさきのうえ
蜻蛉宮
かげろうのみや
（式部卿宮、父宮
父親王、親王、故宮）
北の方
きたのかた
（まま母）
馬頭
うまのかみ
葵上
あおいのうえ
夕霧
ゆうぎり
（父おとど、右の大殿
左の大殿、左大臣殿）
女
今上帝
きんじょうてい
（内、当時のみかど
みかど、上）
女三宮
おんなさんのみや
（にふだうの宮
母宮）
明石中宮
あかしのちゅうぐう
（宮、后
后の宮、大宮）
東宮
とうぐう
（春宮）
二宮
にのみや
女一宮
おんないちのみや
（一品の宮
姫宮、女）
侍従
じじゅう
（御せうと）
宮の君
みやのきみ
（御むすめ、女君
君、人、姫君）
君達
きみたち
六の君
ろくのきみ
匂宮
におうみや
（宮、親王
兵部卿宮）
女二宮
おんなにのみや
（宮、時のみかどの御むすめ
女宮、御子、二の宮）
薫
かおる
（大将殿、殿、君
大将、大将の君）

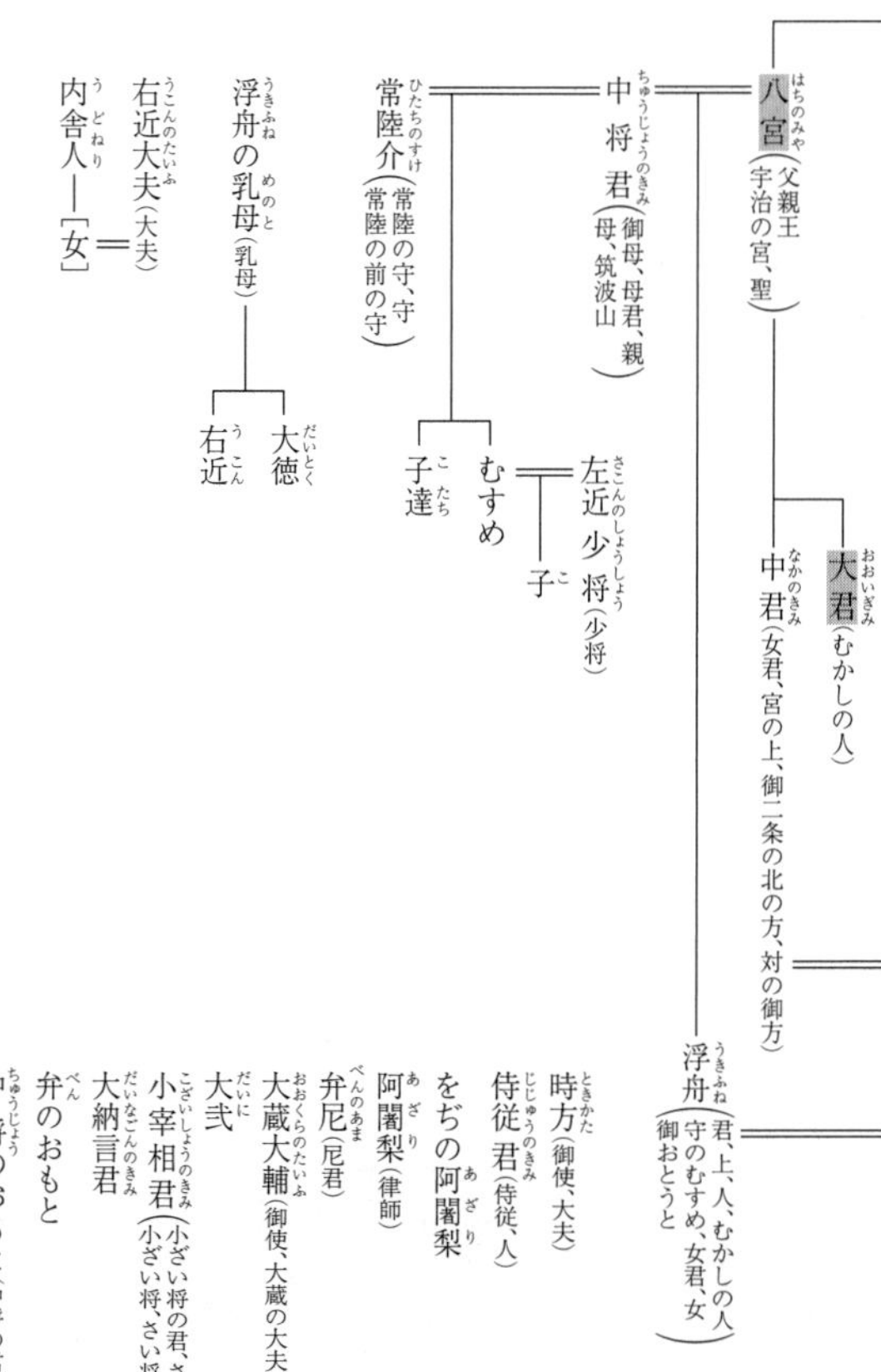

時方(ときかた)（御使、大夫）
侍従君(じじゅうのきみ)（侍従、人）
をぢの阿闍梨(あざり)
阿闍梨(あざり)（律師）
弁尼(べんのあま)（尼君）
大蔵大輔(おおくらのたいふ)（御使、大蔵の大夫）
大弐(だいに)
小宰相君(こざいしょうのきみ)（小ざい将の君、さい将の君 小ざい将、さい将）
大納言君(だいなごんのきみ)
弁(べん)のおもと
中将(ちゅうじょう)のおもと（中将の君）
匂宮(におうみや)の御使(つかい)（男）

手て

習ならひ

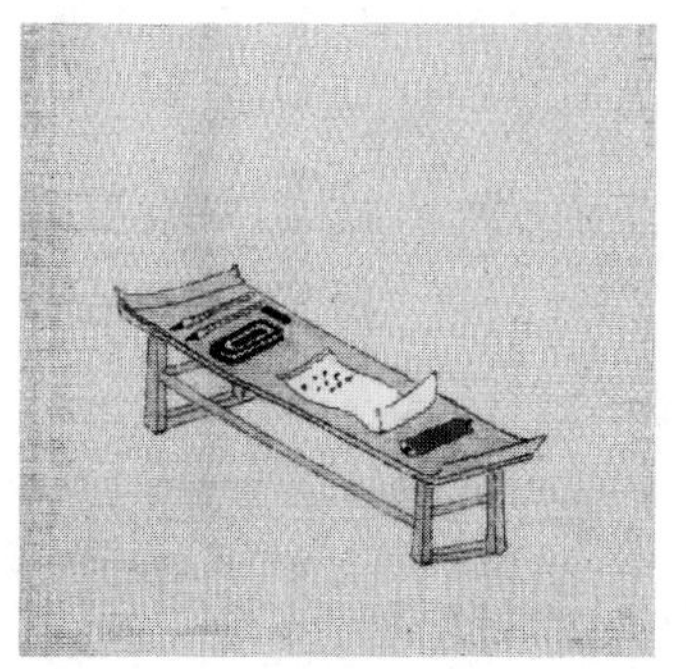

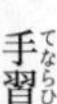

手習(てならひ)

小野の山里でつれづれにまかせて浮舟(うきふね)は手習の時を過ごす。薫(かおる)のこと、匂宮(におうみや)のこと、母のこと、浮舟はひとり、心の奥底を手習に象る。本文中に五例現れる「手習」の語(二一六・二六二・二九四・二九六・三二〇頁)をもって巻名とする。底本の題簽は「てならひ」。

〈薫二十七歳春―二十八歳夏〉

1 横川(よかわ)の何がし僧都の母尼(ははあま)は八十歳あまり、五十歳ほどの僧都の妹尼(いもうとあま)と初瀬(はつせ)詣での帰途、奈良坂を越えたあたりで急病をわずらう。僧都は山籠りを中断して下山。病人を宇治院へ移すことにする。

2 僧都、宇治院を検分。大木の下に何者かがうずくまっているのを発見する。

3 怪しい者の正体は若い女であることを確認し、僧都は救出を命ずる。弟子たちは病人のもとへ穢れを持ち込むことになるのではと危惧する。

4 僧都の妹尼は、僧都が弟子に若い女の様子をたずねるのを聞き、詳しい話を求める。僧都は六十何年生きてきて初めてのことだと、詳しく語り、妹尼は長谷寺での霊夢を思い合わせ、亡き娘の代わりであると、若い女を介抱する。

5 二日ほど病人の加持のためにとどまっていると、宇治の里人が僧都のもとに挨拶に来て、故八宮(はちのみや)の姫君が亡くなり、昨夜が葬送であったと語る。

6 母尼は回復した。女を連れ、尼君らは比叡坂本(ひえさかもと)の小野の里に帰る。母尼の様子を見届けて僧都は帰山する。

7 妹尼は女の身元を忖度する。女は一言「河に流して」と言うだけで意識は戻らない。

8 四月、五月と経過しても女は回復せず、妹尼の要請で僧都は再び横川から小野へと下山する。

9 僧都の加持によりもののけが現れる。女にとり憑いた経緯を語って去る。

10 女は浮舟であった。意識を回復した浮舟は、失跡前後のことをおぼろげに回想する。死を果たせなかったことを嘆き、いっそう弱ってゆく。

11 取りとめた命はねばり強く、結局浮舟は快方へ向かうが、ひたすら出家を望むので、五戒だけを受けた。

12 妹尼は美しい浮舟を得て喜び慈しむ。浮舟は素性をひたすらに隠し、妹尼はそのことを恨む。

13 妹尼は上達部の北の方であったが、夫の死後一人娘も亡くして出家し、この山里に住み始めたのだった。小野の山里の風情は宇治よりもおだやかで、秋ともなればいっそうひっそりとしている。所在なくただ勤行に精を出す暮らしぶりであった。

14 月夜には妹尼たちは琴などを弾き、歌をよみ、物語りなどして過ごす。浮舟は音楽をのどかに楽しむこともなかった半生を回想する。ただ手習をして、母君、乳母、右近(うこん)のことを思う。

15 都からの客人の目に触れぬよう、妹尼のつけてくれた侍従とこもきの二人だけを相手に暮らすのが浮舟の日常であった。

16 妹尼の昔の婿君の中将(ちゅうじょう)が、僧都の弟子である兄弟の禅師の君を横川に訪ねる途中、妹尼を訪ねる。二人は亡き娘をしのび語りあう。二十七、八歳で容姿も整い、分別も備わったこの婿君を他人と見なすことも、妹尼の悲しみのひとつである。

17 むら雨が降り出し、中将は足どめされる。浮舟と中将が似合いだと話す女房たちの声に、浮舟は昔を思い出させる俗世のことは考えまいと知らぬふりをする。

18 中将は、浮舟の後ろ姿を見て心が動く。妹尼は素性を隠す浮舟を恨めしく思い、愚痴をこぼすが、浮舟は依然として何も語らない。

19 中将は横川へ到り、管絃の遊びをし僧都らと語る。兄弟の禅師の君に浮舟のことを尋ねる。

20 翌日、浮舟を忘れ難く思う中将は小野に立ち寄り、浮舟に贈歌する。返事はないが、今回は最初だから仕方ないと思い、許して中将は帰京。

21 浮舟に心惹かれる中将は八月十余日、小鷹狩のついでに三たび来訪する。頑として応えぬ浮舟に代わり、妹尼が応対する。

22 返事のない浮舟に諦めて帰ろうとする中将を引きとめるべく、妹尼は独断で代作をする。中将は心ときめかせてとどまる。

23 中将の笛の音に母尼現れ、中将と妹尼は笛と琴(きん)の琴とを合奏する。

24 母尼は得意げに和琴を弾き、傍若無人な演奏に座は白ける。

25 翌朝、中将から手紙がある。浮舟は少しずつ昔を思い出し、出家を願いつつ経を習い読む。

26 九月、妹尼は初瀬にお礼参りに出立。浮舟は留守居を願い、少人数で小野に残る。

27 妹尼の不在を心細く思う浮舟は、少将尼(しょうしょうのあま)と碁を打つ。少将尼は思いがけない浮舟の強さに驚き、面白がる。

28 月夜の美しい頃、中将が来訪する。隠れる浮舟に中将は恨み言を訴える。

29 応えたくない浮舟は母尼の居室に逃げ隠れる。中将は少将尼に浮舟の事情を問い質す。

30 尼君たちのいびきに浮舟はひたすら怖れながら一夜を明かす。

31 寝入られぬ浮舟は、落ち着く先なくさすらい続けてきたこれまでを思い、悲運のわが身を想いやる。

32 翌朝、一品宮(女一宮(おんないちのみや))のもののけの修法に召されて僧都が下山する旨の知らせが届く。浮舟はこの機会に髪を下ろしてもらおうと決意する。

33 浮舟は小野に立ち寄った僧都に出家を懇願する。僧都は思い留まらせようと説得するが、浮舟の決心は固く、泣きながら半生の悲運を話す。

34 僧都はもののけに憑かれた浮舟の姿を思い起こし、ついに出家を果たさせてやる。浮舟の髪の美しさに、髪を下ろす阿闍梨(あざり)もしばしためらう。

35 少将尼は浮舟の出家を知り気も動転するが、もはや止めることもままならない。戒を授けられ、浮舟ははじめて心の安らぎを覚える。

36 翌日、浮舟はただひとり、手習に心を託す。

37 浮舟の出家を聞いた中将は落胆し、前にほの見た髪の美しさを思う。浮舟は初めて中将に、自分の手習歌を渡す。

38 物詣でから帰邸した妹尼は悲嘆にくれながらも浮舟の尼衣を用意する。

39 一品宮の病は僧都の加持で平癒した。僧都は宮の夜居に伺候し、明石中宮(あかしのちゅうぐう)と語り合う。

40 僧都はもののけにまつわる話から、浮舟発見の経緯を語る。明石中宮は浮舟のことを思い合わせたが、確証のないこととてそのままにする。

41 僧都は帰山の途中、小野に立ち寄る。妹尼から恨み言を言われるが、尼姿になった浮舟を励ます。

42 人影も稀な小野の山里に色とりどりの狩衣姿が見えた。中将の来訪であった。

43 中将は尼姿なりとも浮舟を見ることを望む。少将尼の手びきで垣間見た浮舟の美しさは、尼姿にしておくのはあまりに惜しいものであった。

44 これほど美しい浮舟の素性をほのめかす噂も聞こえてこないことに中将は疑念を抱く。

45 中将は浮舟にも手紙を送り、なお親しく語り合うことを求めるが、浮舟はそれには応えない。出家の意志を貫いた浮舟は少し気持も晴れ、雪深い里で仏道に精進する。

46 新年、浮舟は昔を思い手習を慰めにする。雪間の若菜に互いに相手の寿福を祈る歌を、妹尼と詠みかわす。

47 母尼の孫にあたる紀伊守(きのかみ)が来訪。宇治で薫が執り行う八宮の姫君の一周忌法要のための装束の仕立てを依頼する。自分のための法要と聞いて感慨が胸に迫る浮舟。

48 紀伊守は薫の悲嘆のさま、夕霧(ゆうぎり)や匂宮の噂を語り、去ってゆく。しみじみとして聞く浮舟は改めてわが身に起こったこととは信じられない思いである。

49 薫の噂に昔を想う浮舟は母を恋う。自身の法要の衣裳の調製に誘われ、思い乱れる。具合が悪いとうつ臥す浮舟を世話する妹尼に、浮舟はこうした衣裳に縁があったことを示唆する。衣裳にまつわり、妹尼の母心にふれる。

50 **一周忌**も終り、静かな雨の夜、明石中宮を訪ねた薫は浮舟のことを言葉少なに語る。中宮は僧都に聞いた話を教えるよう小宰相(こざいしょう)に命じる。

51 小宰相は僧都の話を薫に語る。薫は驚きさまざまに思い乱れ、もう一度明石中宮に尋ねたく思う。

52 薫は中宮に対面し、この話は匂宮がまだ知らないことを確かめる。浮舟に再び会う方策を寝ても覚めても思案する。

53 毎月八日は、薬師仏の縁日で、薫は比叡山の**中堂**に参詣することがある。それにことよせて、浮舟との再会を実現すべく、浮舟の弟小君(こぎみ)を伴い**横川**へ赴く。

1 一九八九

[1]そのころ、[2]横川に、[3]なにがし僧都とかいひて、いとたふとき人住みけり。八十あまりの母、五十ばかりのいもうとありけり。[4]古き願ありて、[5]初瀬に詣でたりけり。[6]むつましうやむごとなく思ふ弟子の阿闍梨を添へて、[7]仏経供養ずることおこなひけり。[8]事ども多くして帰る道に、[9]奈良坂といふ山越えける程より、この母の尼君、心ちあしうしければ、かくては、[10]いかでか残りの道をもおはし着かむともてさわぎて、宇治のわたりに知りたりける人のいへありけるにとゞめて、けふばかり休めたてまつるに、なほいたうわづらへば、横川に消息したり。[11]山籠りの本意深く、ことしは出でじと思ひけれど、[12]限りのさまなる親の、道の空にて亡くやならむとおどろきて、急ぎ物し給へり。

[13]をしむべくもあらぬ人ざまを、[14]身づからも、弟子のなかにも験あるして加持しさわぐを、いへ主聞きて、

1　横川僧都の母、急病

1　巻頭の常套表現の一つ(㊆紅梅、㊆橋姫、㊇宿木)。時間の流れとしては㊇浮舟を直接承け、㊈蜻蛉とは時期が重なる、表裏の関係。

2　比叡山の北谷(きただに)にある三塔の一。最も奥にあり超俗の趣が深い。修行に適した空間。

3　某僧都とか言って、大変尊い僧が住んでいた。横川の恵心院に隠棲し『往生要集』を著した源信を思わせる設定。母、妹の願西(願証尼・安養尼)ともに説話多数。「僧都」は㊀若紫三六九頁注1。

4　のちに「母の願」(三〇二頁)。説話では、母が男子を望んで高尾寺に祈願し、源信が生まれたとする(今昔物語集十二ノ三十二)。

5　長谷寺。㊃玉鬘16節参照。長谷観音は、特に女性に福徳をもたらすとされた。

6　(僧都が)親しくもまた尊くも思う弟子の阿闍梨を(母尼たちに)同行させて。「阿闍梨」は、㊆橋姫二一五頁注12参照。

7　仏像・経巻を寺に奉納する儀式。願ほどき。

8　儀式を数々行って戻る途中。

9　大和・山城の国境にある坂。現、奈良市の北部。歌姫越え、ここを過ぎるころ母尼は体調を崩したが、ここは道中の半分程度。

10　どうして残りの道中を無事に帰り着けようと(周囲は)大騒ぎして、宇治の辺りに知人の家があったのに逗留させて、今日ぐらい休ませ申したところ、やはりたいそう具合が悪いので、横川(にいる僧都)に手紙を送った。

11　(僧都は)横川に籠って修行したいというかねてからの志が深く、今年は山を出るまいと思っていたが。現在は三月。

12　危篤だと聞く母親が、旅の途中で亡くなったら大変だと、急いで下山なさる。

13　死を惜しむほどではない老齢なのを。語り手の評。青表紙他本「人のさま」。

14　僧都自身も、弟子のなかで効験のある者に命じて加持祈禱し騒ぐのを、(母尼が休んでいる)家の主人が聞いて。

「[1]御嶽精進しけるを、[2]いたう老い給へる人のおもくなやみ給ふは、いかゞ。」

とうしろめたげに思ひて言ひければ、[3]さも言ふべきことぞ、いとほしう思ひて、い
[4]とせばくむつかしうもあれば、[5]やう〳〵ゐてたてまつるべきに、[6]中神ふたがりて、
一九〇 [7]例住み給ふ方は[8]忌むべかりければ、[9]故朱雀院の[10]御両にて宇治の院といひし所、こ
のわたりならむと思ひ出でて、[11]院守、僧都知り給へりければ、一二日宿らんと言
ひにやり給へりければ、
「[12]初瀬になん、きのふみなまゐりにける。」
とて、[13]いとあやしき宿守の翁を呼びて率て来たり。
「[14]おはしまさば、はや。いたづらなる院の寝殿にこそ侍めれ。物詣での人は常に
ぞ宿り給ふ。」
と言へば、
「[15]いとよかなり。おほやけ所なれど、人もなく心やすきを。」
とて、[16]見せにやり給ふ。この翁、例もかく宿る人を見ならひたりければ、おろそか

1 家主の言。吉野の金峰山に詣でるため精進を続けてきたのに。㊁夕顔二七七頁注11。「しける」、青表紙他本「し侍／侍る」など。

2 重病の老人が亡くなったら、精進が無駄になると不安がる。他人が邸の内がわで死ぬと穢れになる。垣の外がわに出そうとした（一八三頁注3）のも同じ発想。

3 もっともな言い分だ、（僧都は）すまなく思い。家主と逆に、僧都は他者（家主）の事情を考慮。底本「ことそ」、青表紙他本「ことゝ」。

4 （その家は）狭くむさくるしくもあるし。

5 （やや回復したので宇治から住まいに）徐々に連れ帰り申し上げるはずなのに。

6 陰陽道でいう天一神（てんいちじん）。この神のいる方角はふさがる。㊀帚木一四九頁注1。

7 いつも（母尼が）お住まいの方角は避けねばならないので。住まいは比叡山のふもと、西坂本の小野の里にある（一九六頁）。

8 青表紙他本「ところはいむへかりけるを」。

9 光源氏の兄。㊃宿木51節で故人と判明。歴史上の朱雀院と見ても矛盾しない。

10 御所領で。「両」は「領」の当て字。八宮邸と同じく都がわ（宇治川北岸）にある。

11 宇治の院の管理人（を）、僧都はご存じであるので、一日二日泊まろうと言いに（使者を）遣わしなさったところ。方角を変えるために、宇治院に中宿りをもくろむ。

12 使者の報告。初瀬に、昨日、宇治院の管理人の一家はみな詣でました。底本「まいり」、青表紙他本「まうて」。

13 たいそうみすぼらしい留守番の老人を。

14 宿守翁の言。おいでなさるなら、すぐにも。だれも住まない院の寝殿のようです。物詣での人はいつもお泊まりで。『蜻蛉日記』の作者も初瀬詣での際宇治院を利用（上巻）。

15 僧都の言。それは都合がよさそうだ。皇室の所有だが、だれも居なくて気楽だから。

16 （僧都は宇治院の様子を）見せに（人を）遣わしなさる。この留守番の老人は、いつもこうして宿泊する人を世話し慣れているので、簡

なるしつらひなどして来たり。

[1]まづ、僧都渡り給ふ。いといたく荒れて、おそろしげなる所かなと見給ふ。

「[2]大徳たち、経読め。」

などの給ふ。この[3]初瀬に添ひたりし阿闍梨と、同じやうなる、何ごとのあるにか、つき〴〵しきほどのげらふほふしに火ともさせて、人も寄らぬうしろの方に行きたり。[4]森かと見ゆる木の下を、[5]うとましげのわたりやと見入れたるに、白き物のひろごりたるぞ見ゆる。

「[6]かれは何ぞ。」

[7]と立ちとまりて、火を明かくなして見れば、もののゐたる姿なり。

「[8]狐の変化したる、にくし。見あらはさむ。」

とて、[9]一人は今すこし歩み寄る。いま一人は、

「[10]あな用な。よからぬものならむ。」

と言ひて、[11]さやうの物退くべき印をつくりつゝ、[12]さすがに猶まもる。[13]頭の髪あらば

略な居室の設備を整えなどして(迎えに)来た。

2 僧都、宇治院を検分

1 まず、僧都が(宇治院に)お渡りになる。たいそう荒れ果てて、恐ろしそうな場所だなとご覧になる。魔物の存在を危惧。底本「み給」、青表紙他本「み給て」。

2 僧都の言。「大徳」は僧の敬称。呼びかけ。魔物を追い払うため読経せよと命ずる。

3 長谷寺に同行した阿闍梨と、同じような(身分の)僧が、(読経もせず)どうしたことか、お供にふさわしい程度の年功の浅い法師(下﨟法師)に火を点させて、人も近寄らない裏手に行く。ここでの灯りは松明(たいまつ)。「げらふほふし」、底本「けらうほうし」。

4 森かと見える巨木の根もとを。

5 気味悪そうな所だと思ってのぞき込むと、白いものが広がっているのが見える。

6 下﨟法師の言。あれは何だ。

7 立ち止まって、火を明るくして見ると、何かがうずくまっている恰好である。

8 片方の僧の言。狐が化けているのだ、憎らしい。化けの皮をはいでやろう。

9 (発言した)片方の僧はもう少し(白いものの方へ)歩み寄る。もう一人(の僧)は。

10 もう一人の僧の言。まあやめた方がよい。魔性のものだろうに。

11 魔性のものが退散するはずの印を結んでは。「印」は、仏や菩薩などの悟りの内容を示す、手指で作った種々の形。密教では、僧が本尊を念ずる表象として印を結び、呪文を唱える。

12 さすがに(印を結びつつ)やはり様子をじっと見る。

13 頭髪がもし僧にあったら(恐怖で)きっと太るに違いない気持がするのに。「頭ノ毛太リテ、心地モ悪ク思エケレバ」(今昔物語集二十七ノ十六)。頭髪のない僧たちの恐怖感を諧謔的に表現。

太りぬべき心ちするに、此[1]火ともしたる大徳、憚りもなくあふなきさまにて、近く寄りてそのさまを見れば、髪は長くつや〳〵として、大きなる木のいと荒〳〵しきに寄りゐて、いみじう泣く。

「[2]めづらしきことにも侍るかな。僧都の御坊に御覧ぜさせたてまつらばや。」

と言へば、[3]げにあやしきことなりとて、一人は参うでて、かゝる事なむと申す。

「[4]狐の人に変化するとはむかしより聞けど、まだ見ぬもの也。」

とて、[5]わざと下りておはす。

[6]かの渡り給はんとする事によりて、下種どもみなはか〴〵しきは、御厨子所などあるべかしきことどもを、かゝるわたりにはいそぐ物なりければ、[7]ゐしづまりなどしたるに、[8]たゞ四五人してこゝなる物を見るに、変はることもなし。あやしうて、時の移るまで見る。[9]とく夜も明け果てなん、人か何ぞと見あらはさむと、心にさるべき[10]真言を読み、印をつくりて心みるに、[11]しるくや思ふらん、

「[12]これは人なり。さらに非常のけしからぬ物にあらず。寄りて問へ。亡くなりた

1　この灯りを持つ下臈法師が、何の気がねもせず軽率な態度で近くに寄ってその様子を見ると、髪は長くつやつやとして、大きい木のたいそうごつごつしているのにもたれかかって座り、ひどく泣く。青表紙他本多く「木のねの」。髪の感じは高貴な女性のもの。

2　下臈法師の言。珍しいこともあるものでございます。僧都さまにご覧に入れさせ申し上げたい。「御坊」は僧の敬称。

3　なるほど奇怪なことと、僧の一人は（僧都のもとへ）参って、こんなことがと申す。

4　僧都の言。狐が人に化けるとは昔から聞くが、まだ見たことがない。女が物寂しい場所に一人でいる奇怪さから、人ではない可能性を推測した。機敏で好奇心旺盛な反応。

5　寝殿から裏庭へ下りておいでになる。

3　若い女を確認、救出

6　母尼の一行が宇治院へ移って来られるので、宇治院の下人で頼もしい者はみな、調理場などで当然しなければならない食事のまかないなどを、こうした（突然の）来客には用意することになっていたので。

7　（そちらに）居て（こちらは）静まりかえってなどしていて。

8　ただ（僧都を含め）四、五人で大木の下の白い物を見るに、（女の姿のまま狐に）変わることもない。不思議に思って、時刻が変わるまで（二時間ほど）見る。

9　早く夜もすっかり明けてほしい。人間かどうか正体を見破ろう。夜は魔物の時間で、人を脅かすという。「はや夜も明けなむと思ひつつゐたりけるに」（伊勢六段）。

10　梵語の原音で唱える呪文。印と同じく魔物退散のための行為。㊂薄雲三二三頁注8。

11　（正体が）はっきりしたと思うのだろう。

12　僧都の言。これは人間だ。絶対にそのような奇怪な魔物ではない。近づいて（事情を）尋ねてみよ。死んでいる人ではないだろう。「非常」は男性語。異形（いぎょう）の意。

る人にはあらぬにこそあめれ。もし[1]死にたりける人を捨てたりけるが、よみがへりたるか。」

と言ふ。

「何[2]のさる人をか、この院の内に捨て侍らむ。たと[3]ひまことに人なりとも、狐、木霊やうの物の、あざ[4]むきて取りもて来たるにこそ侍らめと、不便にも侍りけるかな。穢[5]らひあるべき所にこそ侍べめれ。」 一九二

と言ひて、あり[6]つる宿守の男を呼ぶ。山[7]彦のこたふるもいとおそろし。あ[8]やしのさまにひたひ押し上げて出で来たり。

「こ[9]ゝには若き女などや住み給ふ。かゝることなんある。」

[10]とて見すれば、

「狐[11]の仕うまつるなり。この木のもとになん、時〻あやしきわざなむし侍る。を[12]とゝしの秋も、こゝに侍る人の子の、二ばかりにはべしを取りて参うで来たりしかど、見おどろかずはべりき。」

1 もしや、死んでいる人を捨てたのが、息を吹き返したのか。息のある美しい女性が恐ろしい場所にいる理由を推測。貴族層は火葬や土葬などして葬送するが、庶民はただ死体を遺棄することも多かった。底本「しにたりける」、青表紙他本「しにたる」。

2 供の僧の言。どうしてそうした(死んだ)人を、この院の内に捨てましょうか。空き家ではあるが、皇室の所領ゆえ、死体の捨て場所に選ぶはずがないとする。

3 たとえ(狐でなく)本当に人間だとしても、狐か木霊のような物が。「木霊」は荒廃した邸などに棲む樹木の精霊。「樹神　和名古多万」(和名抄)。㊂蓬生2節参照。

4 (その人を)だまして連れて来たのでございましょうと、不都合でもございますな。女が結局ここで死ぬという予測から、不都合と言う。底本「と(ふひん)」、青表紙他本「いと」。

5 (死ぬから)当然穢れがある場所だということになるようですが。先には母尼が家で死ぬと御嶽精進が穢れる、と宇治に住む知人は危惧して迷惑がった(一七二頁)。

6 先ほどの留守番の男を呼ぶ。「宿守の翁」(一七二頁)をさす。

7 男を呼ぶ声がこだまするのもとても恐ろしい。「山彦は樹神也。又は山神也」(古今集註)。「山彦」、㊀夕顔二九一頁注10。

8 (留守番の老人は)見苦しい恰好で(烏帽子(えぼし)を)額の上方へ押しあげて出て来る。

9 僧の言。ここには若い女性などが住んでおいでか。このようなことがある。

10 と言って(木のもとの女を)見せると。

11 宿守の言。狐がいたしますことです。この木のもとで、時々不思議のことをいたします。底本「つかうまつる」「わさなむ」、青表紙他本「つかまつる」「わさ」。

12 一昨年の秋も、ここにおります人の子の、二歳ほどでありますのを(狐が)くわえて(この木のもとに)やって参りましたが、見ても(だれも)驚きませんでした。底本「まうてき

[1]「さて其児は死にやしにし。」

と言へば、

[2]「生きて侍り。狐は、さこそは人をおびやかせど、ことにもあらぬ奴。」

[3]と言ふさま、いと馴れたり。かの夜深きまゐり物の所に、心を寄せたるなるべし。

僧都、

[4]「さらば、さやうの物のしたるわざか、猶よく見よ。」

とて、[5]此ものおぢせぬ法師を寄せたれば、

[6]「鬼か、神か、狐か、木霊か。かばかりの天の下の験者のおはしますには、え隠れたてまつらじ。名のり給へ〳〵。」

と、[7]衣を取りて引けば、顔を引き入れていよ〳〵泣く。

[8]「いで、あなさがなの木霊の鬼や。まさに隠れなんや。」

[9]と言ひつゝ、顔を見んとするに、昔ありけむ目も鼻もなかりける女鬼にやあらんとむくつけきを、[10]頼もしういかきさまを人に見せむと思ひて、衣を引き脱がせんとす

たりしかと」、青表紙他本「まうてきたりしかとも」。

1　僧の言。ところでその子は死にでもしたのか。狐などが連れて来たらしい先の女が、死ぬのか推測しようとする。死の穢れをこうむるのを危惧しての発言。

2　宿守の言。生きております。狐はそうも人を脅かすが、たいしたこともない奴で。底本「人を」、青表紙他本「人は」。

3　と言う様子はとても馴れている。あの夜更けの食事を支度している所に(留守番の老人は)気をとられているのだろう。老人は小さな怪異ぐらいには馴れてしまっており、見慣れない人間が倒れていても動じない。

4　僧都の言。それならば、そのような(狐などの)しわざなのか、やはりよく見よ。

5　このおじけづかない法師を近づけると。灯りを持っている年功の浅い下﨟法師のこと。

6　下﨟法師の言。鬼か、神か、狐か、木霊か。この僧都ほどの天下一の修験者がおいでになるからには、正体を隠し申すことはできまい。名乗りなさいませ、名乗りなさいませ。女の姿のものに、正体を明かせと問い尋ねる。狐に化かされ連れて来られた人間ではなく、鬼などの異形のものが人の姿に化けているかと疑う。「木霊」は一七九頁注3。

7　装束をつかんで引っ張ると、(女は)顔を(懐に)引き入れてますます泣く。

8　下﨟法師の言。いやもう、性悪な木の精の魔物よ。どうして正体を隠し切れようぞ。

9　と言いながら、顔を見ようとするとき、(顔を見たら)昔居たとかいう目も鼻もない(のっぺらぼうの)女鬼であろうかと気味が悪いのに。顔なし鬼の話は出典未詳。底本「なかりける」、青表紙他本「なかりけん」。

10　頼りになる剛気な態度を人に見せようと思って、(下﨟法師は女の)装束を引っ張って脱がせようとするが、(女は)ますます突っ伏して、声を立てるほどに泣く。

れば、うつぶして声立つばかり泣く。[1]何にまれ、かくあやしきこと、なべて世にあらじとて、見果てんと思ふに、[2]雨いたく降りぬべし。

[3]「かくておいたらば、死に果て侍りぬべし。垣のもとにこそ出ださめ。」

と言ふ。僧都、

[4]「まことの人のかたちなり。その命絶えぬを見る〳〵捨てんこと、いといみじきことなり。池におよぐ魚、[5]山に鳴く鹿をだに、人にとらへられて死なむとするを見て助けざらむは、いとかなしかるべし。[6]人の命久しかるまじき物なれど、残りの命一二日をもをしまずはあるべからず。[7]鬼にも神にもりやうぜられ、人におはれ、人にはかりごたれても、これ横さまの死にをすべき物にこそあんめれ、仏のかならず救ひ給ふべき際なり。[8]なほ心みに、しばし湯を飲ませなどして助け心みむ。つひに死なば、言ふ限りにあらず。」

[9]との給ひて、この大徳して抱き入れさせ給ふを、弟子ども、

[10]「たい〴〵しきわざかな。いたうわづらひ給ふ人の御あたりに、よからぬ物を取

1　何者にもせよ、こんなに不思議なことは、およそこの世にあるまいというので、正体を見届けてやろうと思うところに。

2　雨がひどく降ってきそうだ。浮舟失踪が判明した朝に届いた母の手紙の「けふは雨降り侍りぬべければ」(九蜻蛉1節)に符合。離れた場所や情況の同時性を天象で結ぶ構成。

3　僧の言。このままで置いたならば、本当に死にましょう。(我々が死穢(えし)に触れないよう女を宇治院の)垣のもとの外がわに出そう。

4　僧都の言。真実、人間の姿をしている。その命がまだ絶えていないのにみすみす捨ておくのは、大変な罪だ。底本「いといみしき」、青表紙他本「いみしき」。

5　山で鳴く鹿でさえ、人に捕まり死のうとするのを見て助けないのは、哀れだろう。底本「みて」、青表紙他本「みつゝ」。

6　人の命ははかないものだが、残りの命は一日二日でも惜しまなければならない。

7　鬼にも神にも取り憑かれ、だれかに追い出され、騙されたとしても、それは非業の死を遂げるはずの定めであろうが、仏が必ずお救い下さるその時なのだ。『往生要集』には、念仏で邪見の女・凡夫・極悪人らが救済されるとある。「りやうぜられ」、底本「りようせられ」、「領ぜられ」の意。底本「こそあんめれ」、青表紙他本「こそはあめれ」。

8　やはり試しに、しばらく薬湯を飲ませるなどして助かるか試みよう。(それでも)結局死ぬならば仕方がない。見知らぬ女の命を軽視し、死穢の予測から早々に見捨てようとした僧たちとは対照的に、僧都は命を惜しむ個々の心に寄り添い、その命運に委ねようとする。生ある限り、救いの機縁があるとする。

9　(僧都は)おっしゃって、この下臈法師に命じて(女を邸の中に)抱き入れさせなさると、弟子の僧たちは。

10　僧たちの言。もってのほかのなさりようだ。とても具合が悪くておいでの母尼のおそばに、良くないものを引き込んで。

り入れて、穢[1]らひかならず出で来なんとす。」

と、[2]もどくもあり。又、

「物[3]の変化にもあれ、目に見す〳〵生ける人を、かゝる雨にうち失はせんは、いみじきことなれば。」

など、心[4]〳〵に言ふ。下種[5]などは、いとさわがしく、物をうたて言ひなす物なれば、人[6]さわがしからぬ隠れの方になん臥せたりける。

御[7]車寄せて下り給ふ程[8]いたう苦しがり給ふとてのゝしる。すこし静まりて、僧都、

「[9]ありつる人、いかゞなりぬる。」

と問ひ給ふ。

「な[10]よ〳〵として物言はず、息もし侍らず。何[11]か、物にけどられにける人にこそ。」

と言ふを、い[12]もうとの尼君聞き給ひて、

「何[13]事ぞ。」

一九四

4

1 （結局死んで）穢れが必ず生ずるようになるだろう。死穢の恐れ。死は伝染するから、母尼の病に悪影響を与えると考える。

2 非難する弟子もいる。また。

3 別の僧の言。魔性の化身であっても、目の前で生きている人を、こんな（ひどい）雨で死なせるとしたら、とても残酷なことだから。

4 （弟子たちは）思い思いに意見を述べる。僧都の意見に賛成する。

5 身分卑しい者などは、ひどく騒ぎ立てて、何でも不快な感じに言い立てる連中だから。

6 （女を）人目につかない陰の方に寝かせておいた。僧都の判断に従って女を建物の内がわに入れたものの、僧が身近に若い女を置いていたという噂が立つのを恐れ、物陰に放置する。

4 妹尼、女を介抱

7 （尼君たちの乗る）車を（宇治院の寝殿に直接）寄せて下車なさるあいだ。本来は門の傍らの車宿（くるまやどり）で下車すべきであるが、宇治院が今は無人であり、母尼の体調もあって、寝殿に直接乗り入れる。

8 母尼がたいそう苦しがりなさるというので、大騒ぎになる。（それが）少し静まって。

9 僧都の言。先刻の人は、どうなったか。倒れていた女を心配する。僧都は女を救うよう命じたまま母尼のもとに戻り、詳しい状況は把握していなかったか。「ありつる人」、青表紙他本「ありつる人は」。

10 弟子の僧の言。ぐったりとしてものも言いません。息もしておりません。「息もせず。…なよ〳〵としてわれにもあらぬさまなれば」（㊀夕顔二九六頁）。底本「物いはす」、青表紙他本「物もいはす」。

11 何の、もののけにとりつかれた人ですよ。どうせ死ぬと僧都の心配を軽くあしらう。

12 「五十ばかりのいもうと」（一七〇頁）。

13 妹尼の言。何ごとですか。妹尼は母尼と居たので、ここで初めて女の話を耳にする。

と問ふ。

「[1]しか〳〵のことなむ。六十にあまる年、めづらかなる物を見給へつる。」

との給ふ。うち聞くまゝに、

「[2]おのが、寺にて見し夢ありき。いかやうなる人ぞ。まづそのさま見ん。」

と泣きての給ふ。

「[3]たゞこの東の遣戸になん侍る。はや御覧ぜよ。」

と言へば、[4]急ぎ行きて見るに、人も寄りつかでぞ捨ておきたりける。[5]いと若ううつくしげなる女の、白き綾の衣一かさね、くれなゐの袴ぞ着たる。香はいみじうかうばしくて、あてなるけはひ限りなし。

「[6]たゞ我恋ひかなしむむすめの帰りおはしたるなめり。」

とて、[7]泣く〳〵御達を出だして、抱き入れさす。[8]いかなりつらむともありさま見ぬ人は、おそろしがらで抱き入れつ。[9]生けるやうにもあらで、さすがに目をほのかに見あけたるに、

1　僧都の言。こうこうのことが(あった)。六十を過ぎた年で、めったにない不思議のものを見ました。倒れていた女のことを言う。「ことなむ」、青表紙他本「ことをなむ」。

2　妹尼の言。自分が長谷寺で見た夢があった。どのような人なのか。まずその様子を見よう。心に願を抱いて寺院で参籠中に見る夢は、神仏のお告げとされた。少し聞くにつれ泣きながら述べる妹尼には、確信があるらしい。

3　弟子の僧の言。すぐその東の遣戸の所におります。早くご覧下さい。「遣戸」は引き違いの戸。[一]夕顔2・13節、[八]東屋42節、[八]浮舟30節、[九]蜻蛉23節に見える。

4　急いで(妹尼が)行って見ると、人も寄りつかないまま捨て置いていたのだった。宇治院の裏手に倒れている姿を見た僧たちは恐怖感が拭えず、若い女を僧が親しく助けたという醜聞に対する恐れもあって、建物内に入れたものの世話もせず、放置している。

5　とても若く愛らしそうな女が、(表着(うわぎ)のないまま)白い綾織りの袿(うちき)一襲に紅の袴を着けている。香りはたいそう芳しく、高貴な様子がこのうえない。綾は斜線模様を織り出した上等な絹織物。焚きしめた香も上質なもの。寝殿内に横たわる女が身にまとうものから、妹尼は高貴な姫君と見当をつける。

6　妹尼の言。ただもう私の恋い悲しむ娘が生き返って来られたのでしょう。亡き娘については、後文(13・16節)で徐々に明らかにされる。娘を忘れられなかった妹尼は、長谷寺で何らかの夢の知らせを得たと推定される。

7　泣きながら女房たちを(遣戸のところへ)出して、(女を母屋内に)抱き入れさせる。

8　(発見された時)どんな様子だったか見ていない女房は、恐ろしくは思わずに、抱き入れる。女を放置していた先の僧たちとは対照的に、女房たちは親身に女を扱う。

9　(女は)生きているようでもなく、とはいえ目をわずかに開いているので。

「[1]物のたまへや。いかなる人か、かくては物し給へる。」

と言へど、[2]ものおぼえぬさま也。[3]湯取りて手づからすくひ入れなどするに、たゞよわりに絶え入るやうなりければ、

「[4]中〳〵いみじきわざかな。」

とて、

「[5]この人亡くなりぬべし。加持し給へ。」

と[6]験者の阿闍梨に言ふ。

「[7]さればこそ。あやしき御ものあつかひ。」

とは言へど、[8]神などのために経読みつゝ祈る。

僧都もさしのぞきて、

「[9]いかにぞ。何のしわざぞと、よく調じて問へ。」

との給へど、[10]いとよわげに消えもていくやうなれば、

「[11]え生き侍らじ。[12]すゞろなる穢らひに籠りて、わづらふべきこと。[13]さすがにいと

1　妹尼の言。何かおっしゃいませ。どのような人が、こうして（宇治院に正気を失って）はいらっしゃるのでしょう。

2　（女は）ものも分からない様子である。

3　薬湯を取って（妹尼が）手ずから（さじで）すくって（女の口に）入れなどすると、（女は）ただもう弱って息が絶えそうなので。女は薬湯にむせて悪化したか。

4　妹尼の言。（素人が助けようと手当てして）かえって大変なことになったよ。

5　妹尼の言。この人が死にそうです。加持祈禱をなさって下さい。加持祈禱は、病人を救う有効な手当と考えられていた。

6　長谷寺に付き添った阿闍梨。「むつましうやむごとなく思ふ弟子」「弟子の中にも験ある」（一七〇頁）、「この初瀬に添ひたりし」（一七四頁）とあった。

7　阿闍梨の言。だから思った通り（言わぬことではない）。おかしなお世話よ。妹尼が不慣れなのに手ずから手当てした、特別な待遇ぶりを暗に批判する。どうせ助からないという批判もある。「御ものあつかひ」、青表紙他本「御ものあつかひなり」。

8　加持祈禱の前に神分（じんぶん）といってその土地の神を勧請し加護を願うため、般若心経を読む。「ために」、青表紙他本「御ために」。

9　僧都の言。どんな様子か。何物のしわざかと、もののけをよく調伏して尋ねよ。

10　（女は）たいそう弱々しくだんだん意識が遠のいていくようなので。

11　僧たちの言。とても生きられまい。以下一九〇頁の「見ぐるしきわざかな」まで、僧が口々に言う発話であろうが、区分が不確かのため一括して示す。

12　関係もない穢れでここに足止めされ、難儀せねばならぬとは。死穢が発生すれば三十日間忌み籠ることになる。青表紙他本「すゝろなる」。㊈蜻蛉五一頁注7。

13　とはいえ、大変身分の高い方でしょう。妹尼も、衣や香の様子から高貴さを感じ取った。

やむごとなき人にこそ侍めれ。死に[1]果つとも、たゞにやは捨てさせ給はん。見ぐるしきわざかな。」

と言ひあへり。

「[2]あなかま。人に聞かすな。わづらはしきこともぞある。」

など[3]口固めつゝ、尼君は、親のわづらひ給ふよりも、此人を生け果てて見まほしうをしみて、うちつけに添ひゐたり。[4]知らぬ人なれど、みめのこよなうをかしげなれば、いたづらになさじと、見る限りあつかひさわぎけり。

[5]さすがに、時ゝ目見あけなどしつゝ、涙の尽きせず流るゝを、

「[6]あな心うや。いみじくかなしと思ふ人の代はりに、仏の導き給へると思ひきこゆるを、[7]かひなくなり給はゞ、中〳〵なることをや思はん。[8]さるべき契りにてこそ、かく見たてまつらめ。猶いさゝか物の給へ。」

と言ひつゞくれど、からうして、

「[9]生き出でたりとも、あやしき不用の人なり。人に見せで、夜、この川に落とし

1　完全に死んだとしても、（妹尼たちが）そのまま捨てさせなさるはずはあるまい。見るに耐えないことだ。どこのだれとも知らぬ無関係な若い女を、僧たちが手厚く火葬などして葬るはめになる不都合さを憂慮する。

2　妹尼の言。しーっ、静かに。人に聞かせるな。面倒なことになったら困る。妹尼は女を手元に置きたく思い、だれかが探しに来ないよう、外聞をはばかる。

3　口止めしながら、妹尼は、母親が具合が悪くていらっしゃるよりも、この女をすっかり生き返らせてみたいと愛着して、ぶしつけに（ぴったり）そばに座っている。

4　知らない他人だが、容貌がこのうえなく美しそうなので、死なせるまいと、（女を）世話する妹尼と女房たちは全員、一生懸命看病するのだった。青表紙他本「をかしけれは」。

5　（妹尼たちの必死の看病で）そうは言っても、（女は）時々目を開けなどしては、涙が尽きることなく流れるのを。意識がもうろうとしつつも、わずかに反応する。

6　妹尼の言。ああつらい。ひどく悲しいと思う亡き娘の代わりに、仏様が連れて来て下さった人だと思い申しているのに。長谷観音に祈願したお陰で、授けられた娘と思う。

7　もし亡くなったら、（お逢いしたために）かえってつらい思いをするのか。娘と死に別れる悲しみを再び味わうようなもの、の意。

8　しかるべき宿縁があればこそ、こうしてお目にかかれたのでしょう。やはりほんの少しものをおっしゃいませ。底本「みたてまつらめ」、青表紙他本「みたてまつるらめ」。

9　女の言。生き返ったとしても、見苦しい、生きる意味もない者です。他人には見せないで、夜、この（宇治）川に（私を）落とし入れなさって下さいませ。長谷観音のご利益でめぐり会ったと歓喜する妹尼とは対照的な、生きることを諦めた女の姿。

入れ給ひてよ。」

と、[1]息の下に言ふ。

「[2]まれ〳〵物の給ふをうれしと思ふに、あないみじや。いかなればかくはの給ふ 一九六
ぞ。いかにしてさるところにはおはしつるぞ。」

[3]と問へども、物も言はずなりぬ。身にもし疵などやあらんとて見れど、こゝはと見ゆる所なくうつくしければ、[4]あさましくかなしく、まことに人の心まどはさむとて出で来たる仮の物にやと疑ふ。

[5]二日ばかり籠りゐて、二人の人を祈り、加持する声絶えず、あやしきことを思ひさわぐ。[6]そのわたりの下種などの僧都に仕まつりける、[7]かくておはしますなりとてとぶらひ出で来るも、物語りなどして言ふを聞けば、

「[8]古八の宮の御むすめ、右大将殿の通ひ給ひし、ことに悩み給ふこともなくてにはかに隠れ給へりとてさわぎ侍る、[9]その御葬送のざふじども仕うまつり侍りとて、昨日はえまゐり侍らざりし。」

1　（女はかろうじて）かすかな声で言う。

2　妹尼の言。珍しく口をお利きになってうれしいと思えば、まあひどいことを。どうしてこうはおっしゃるのか。どうやってあのようなところにはいらしたのか。

3　（妹尼が）尋ねるが、（女は）ものも言わなくなった。身体に万一怪我などがあろうかと思い、見るが、ここはと見える箇所もなく美しいので。なかなか回復しないのは身体的要因ではないかと確かめたが、どこにも問題はない。

4　（妹尼は）驚きあきれて悲しく、本当に、人の心をたぶらかそうとして現れた妖怪変化かと疑う。身分の高そうな若く美しい女がひたすら死を願う異様さに、妹尼はこうも思う。

5　里人、葬送を語る

5　二日ほど（宇治院に）籠って過ごして、母尼とこの女のことを祈り、加持する声が途絶えることなく、（妹尼は、長谷寺以来の）不思議な前後の経緯などを思って（心が）静まらない。

6　宇治近辺の里人などで僧都にお仕えしていた者どもが。宇治の龍泉寺は源信によって再興され、以後恵心院と呼ばれた。

7　（僧都が）こうして（宇治に）お越しであるというので、挨拶に出かけてくる者も（居て）、世間話などしてしゃべるのを聞くと。以下、浮舟の死の噂が語られる。

8　宇治の里人の言。故八宮のおん娘で、右大将殿（薫）がかつて通われた（方が）、さほど体調を崩されることもなくて急にお亡くなりになったというので、（八宮の邸の人々が）騒いでおります。「古」は「故」の当て字。

9　そのご葬儀の雑事をいたしますというので、昨日は（こちらに）参上することができませんでした。浮舟失踪が判明した日の夜に、遺骸のないままごく簡略に葬送が行われた（㊈蜻蛉6節）。「ざふじ」は底本「さうし」、「雑事」のこと。底本「（つかうまつり）侍りとて」、青表紙他本「侍（る）とて」。

と言ふ。[1]さやうの人の玉しひを、鬼の取りもて来たるにやと思ふにも、かつ見る〳〵、ある物ともおぼえず、あやふくおそろしとおぼす。人ゝ、

「[2]よべ見やられし火は、しかこと〳〵しきけしきも見えざりしを。」

と言ふ。

「[3]ことさら事そぎて、いかめしうも侍らざりし。」

と言ふ。[4]穢らひたる人とて、立ちながらおひ返しつ。

「[5]大将殿は、宮の御むすめ持ち給へりしは、亡せ給ひて年ごろになりぬる物を、
たれを言ふにかあらん。[6]姫宮をおきたてまつり給ひて、よに異心おはせじ。」 一九七

など言ふ。

[7]尼君よろしくなり給ひぬ。方も明きぬれば、[8]かくうたてある所に久しうおはせん 6
も便なし、とて帰る。

「[9]此人は猶いとよわげなり。道の程もいかゞ物し給はん。」

と、[10]

1　（恐ろしげな宇治院に女がいたのは）そのような死者の魂を鬼が持ち運んできたのかと（妹尼は）思うにつけても、一方では目の前に女の姿を見ていながら、実在のものとも思えず、今にも消えてなくなるかと気がかりで恐ろしいとお思いになる。

2　人々の言。昨夜向こうに見えた火は、そのように仰々しいようにも見えなかったのに。遺骸を焼いたにしては、たいして煙も出ず、すぐ終ったのを不審がる。

3　宇治の里人の言。わざと簡略にして、（葬儀は）盛大でもありませんでした。

4　（この里人らは葬送の手伝いをして）死穢に触れた人だからというので、外に立たせたままで追い返した。「立ちながら」は㈨蜻蛉三五頁注4を参照。

5　人々の言。大将殿（薫）は、八宮の姫君（大君）を奥様にしていらしたが、それは亡くなられてから数年経ったのに、ではだれを言うのだろう。大君の死は二年数か月前。浮舟が宇治に身を寄せたのは半年ほど前の去年の秋で、人々にその存在は知られていなかった。

6　（今上帝の）女二宮をさしおき申しなさって、まさか別（の女性）に分ける心は（薫には）おありになるまい。

6　尼君ら小野に帰る

7　母尼の体調がもと通りになられた。方塞（ふたが）りも解けたので。「中神ふたがりて、例住み給ふ方は忌むべかりければ」（一七二頁）。

8　こんな気味わるい所に長居なさるのは無用、というので（小野に）帰る。僧たちの判断。

9　人々の言。この人はまだやはりたいそう弱々しげだ。道中もどうなさろうか。女の回復が不十分なのに出立しては、小野まで無事たどり着けまいと危惧する。宇治院の裏庭に女が倒れていた姿を知らない妹尼たちの判断。

10　「と」は青表紙他本「いと」。底本は「言ひあへり」の内容を「と」の並立で表す。

「[1]心ぐるしきこと。」

と言ひあへり。[2]車二つして、老い人乗り給へるには、仕うまつる尼二人、次のには、この人を臥せて、かたはらに今一人乗り添ひて、[3]道すがら行きもやらず、車とめて[4]湯まゐりなどし給ふ。[5]比叡坂本に、小野といふ所にぞ住み給ひける。[6]そこにおはし着くほど、いととほし。

「[7]中宿りをまうくべかりける。」

など言ひて、[8]夜ふけておはし着きぬ。僧都は親をあつかひ、むすめの尼君は、この知らぬ人をはぐゝみて、みな抱き下ろしつゝ休む。[9]老いのやまひのいつともなきが、苦しと思ひ給ふべし、とほ道のなごりこそしばしわづらひ給ひけれ、やうやうよろしうなり給ひにければ、僧都は登り給ひぬ。

[10]かゝる人なん率て来たるなど、ほふしのあたりにはよからぬことなれば、見ざりし人にはまねばず、[11]尼君もみな口固めさせつゝ、もし尋ね来る人もやあると思ふも、静心なし。[12]いかで、さるゐなか人の住むあたりに、かゝる人落ちあぶれけん、[13]物詣

1　人々の言。(女が)おいたわしいこと。

2　牛車は二両で、母尼の乗られた車には、奉仕の尼が二人、次の車にはこの女を寝かせ、傍に(妹尼のほか)もう一人女房が添乗して。

3　道中は進行がはかどらず、車を止めて。

4　薬湯をさしあげなど(妹尼は)なさる。

5　比叡山麓の西坂本に、小野という所にお住まいでいらっしゃる。西坂本は、京都がわの比叡山への登り口。小野は、現在の一乗寺北辺から八瀬大原の一帯。三一〇頁によれば、黒谷道の南がわの八瀬付近。高野川の近く。

6　そこに到着なさるまではとても遠い。宇治から小野まで約二十五キロ、一日の行程。

7　人々の言。途中で泊る宿を用意すべきだった。休み休み進むので時間がかかる。

8　夜更けになってご到着になった。僧都は母尼を世話し、妹尼はこの知らぬ女を介抱して、病人二人とも車から抱き下ろして休む。

9　(母尼は)老齢ゆえの病のいつともなく具合が悪いのが、苦しいとお思いなのだろう、長旅の影響もあってしばらく不調でいらしたが、だんだんと快方に向かわれなさったので、僧都は(横川に)お登りになられた。

7　女、意識戻らず

10　こういう若い女を連れて来たなどというのは、法師のあいだでは善からぬ(噂が立つ)ことなので、宇治院での出来事を見なかった僧たちには教えず。僧の場合、女色に迷うことを「女犯」と言い、特に重い罪とする。

11　妹尼も召使全員に口止めさせては、万が一(女を)探しに訪れる人でもいたら大変と、気が休まらない。自分の娘として扱うつもり。

12　以下、妹尼の心内。どうしてそんな田舎者の住む辺りに、こんな(高貴な美しい)人が落ちぶれさすらっていたのだろうか。

13　寺社に参詣などしていた人で、病気になったような人を、継母などといった人がたくさんで置き去りにさせたのか、などと思い及んだ。捨てられたので誰も探しに来ないと推察。

でなどしたりける人の、心ちなどわづらひけんを、まゝ母などやうの人のたばかりて置かせたるにや、などぞ思ひ寄りける。「[1]河に流してよ」と言ひし一言よりほかに、物もさらにの給はねば、[2]いとおぼつかなく思ひて、いつしか人にもなしてみんと思ふに、つく〴〵として起き上がる世もなく、いとあやしうのみ物し給へば、つひに生くまじき人にやと思ひながら、うち捨てむもいとほしういみじ。[3]夢語りもし出でて、はじめより祈らせし阿闍梨にも、忍びやかに芥子焼くことせさせ給ふ。[4]うちはへ、かくあつかふほどに、四五月も過ぎぬ。いとわびしうかひなきことを思ひわびて、僧都の御もとに、

[5]猶下り給へ。この人助け給へ。さすがにけふまでもあるは、死ぬまじかりける人を、憑き染み領じたる物の去らぬにこそあめれ。[6]あが仏、京に出で給はばこそはあらめ、こゝまではあへなん。

など、[7]いみじきことを書きつゞけてたてまつり給へれば、

「[8]いとあやしきことかな。かくまでもありける人の命を、やがて取り捨てまし

1 「河に流して」と言ったひと言の他に、ものもまったくおっしゃらないので。「生き出でたりとも…」（一九〇頁）の言をさす。女の動作に地の文で初めて尊敬語が使われる。

2 （妹尼は）とても不安に思って、早く（女を）人並の状態にしてみたいと思うのに、ぼんやりとしていつ起き上がれるか分からず、とても異様な様子でばかりいらっしゃるので、結局は生きられそうもない人なのかと思いながら、見捨てるのもいたわしくつらい。

3 長谷寺で見た夢（一八六頁）の話も語って、最初から祈禱に当らせた（長谷寺に同行した）阿闍梨にも、こっそりと護摩（まご）を焚かせなさる。夢を不用意に語ると吉夢に疵がつく（大鏡・帥輔伝）と考え、黙っていた妹尼だが、すべてを明かし協力を求めた。僧は一切の罪業が消滅する護摩を焚き、修法を行った。

8 僧都、再び下山

4 ひき続いて、こうして世話をするうちに四月五月も過ぎた。どうにもすべがなく無力なのに思い悩んで、僧都のもとに。

5 妹尼の手紙。やはり下山して下さい。この人をお助け下さい。意識不明ながら今日まで（二か月も）生きているのは、寿命でまだ死ぬはずもなかった人に、深くとり憑いて正気を失わせた魔物がまだ離れないのでしょう。「両じ」は「領じ」の当て字。

6 どうか、あなた様、京においでになるならば無理でしょうが、ここ（横川のふもとの小野）までなら差し支えないでしょう。「こそは」、青表紙他本「こそ」。

7 切ない気持を綿々と書いて（僧都に手紙を）さしあげなさると。「たてまつり」、青表紙他本「たてまつれ」。

8 僧都の言。不思議なことよ。ここまでも生き延びた人の命を、（あの時）そのままに捨て置いたなら。「ましかば」は反実仮想。あのままますぐ死んでしまったろう、を略した形。底本「とりすて」、青表紙他本「うちすて」。

かば、[1]さるべき契りありてこそは、われしも見つけけめ、心みに助け果てむかし。[2]それにとゞまらずは、ごふ尽きにけりと思はん。」

とて下り給ひけり。

[3]よろこびをがみて、月比の有りさまを語る。

「[4]かく久しうわづらふ人は、むつかしきことおのづからあるべきを、いさゝか衰へず、いときよげに、ねぢけたる所なくのみ物し給ひて、[5]限りと見えながらも、かくて生きたるわざなりけり。」

など、[6]おほな〱泣く〱の給へば、

「[7]見つけしより、めづらかなる人の御ありさまかな。いで。」

とて、[8]さしのぞきて見給ひて、

「[9]げにいときやうさくなりける人の御容面かな。[10]功徳の報いにこそ、かゝるかたちにも生ひ出で給ひけめ。[11]いかなるたがひ目にて損はれ給ひけん。もしさにや、と聞き合はせらるゝ事もなしや。」

1　しかるべき宿縁があってこそ、外ならぬこの私が（あの女を）見つけたのだろうが、（それならば）ためしに最後まで助けてみることにしようぞ。僧都は、狐などに謀られて横死するはずだった命を長らえさせた奇縁を思う。

2　それでも助からなければ、もはや寿命が尽きたのだと諦めよう。「ごふ（業）」（底本「こう」）は、ここでは前世の応報としての寿命。すでに僧都は、年内は横川に籠り修行するという誓いを母尼のために破ったが（一七〇頁）、今回は肉親でもない若い女のために山を下りる。底本「とゝまらす」「給けり」、青表紙他本「とまらす」「給へり」。

3　（妹尼は兄僧都の姿に）喜び拝んで、ここ数か月の（女の）ありさまを語る。

4　妹尼の言。このように長く患う人は、不快なことが姿かたちにおのずと現れてくるはずなのに、少しも（容貌は）衰えず、とても清楚で、ゆがんだ所も全くなくいらっしゃって。

5　これが最期だと見えながらも、こうやって生きているありさまなのだった。

6　（妹尼が）精いっぱい泣く泣くおっしゃると。「おほな〳〵」、㊀桐壺七一頁注3参照。

7　僧都の言。最初に自分が見つけた時から、これまで見たこともないすぐれたご様子の人よ。どれ。

8　几帳の上から覗きこむようにご覧になって。「女郎花のいみじう盛りなるを…几帳の上よりさしのぞかせ給へる」（紫式部日記）。

9　なるほど優れたご容貌の人よ。「きやうさく」は「警策」、優れている意。「ようめい」は「ようめん（容面）」の仮名表記。男性語。

10　前世に積んだ功徳の報いで、このような（美しい）容貌にもお生まれになったのだろう。

11　どんなまちがいで幸運を損われなさったのだろう。もしそうではないか、とお聞き合わせになることでもありませぬか。前世の善行の応報でこれほどの美貌に生まれながら、尋常でない状況にあるのをいぶかる。底本「そこなはれ」、青表紙他本「かくそこなはれ」。

と問ひ給ふ。

「[1]さらに聞こゆることもなし。何か。初瀬のくわんおむの給へる人なり。」

との給へば、

「[2]何か。それ、縁にしたがひてこそ導き給はめ、種なきことはいかでか。」

など[3]の給ふが、あやしがり給ひて、[4]すほふ始めたり。

[5]おほやけの召しにだにしたがはず、深く籠りたる山を出で給ひて、[6]すゞろにかゝる人のためになむおこなひさわぎ給ふと、物の聞こえあらん、いと聞きにくかるべしとおぼし、弟子どもも言ひて、人に聞かせじと隠す。僧都、

「[7]いであなかま、大徳たち、われ無慚のほふしにて、[8]忌むことの中に破る戒は多からめど、[9]女の筋につけて、まだ譏り取らず、あやまつことなし。六十にあまりて、今さらに人のもどき負はむは、さるべきにこそはあらめ。」

との給へば、

「[10]よからぬ人の、物を便なく言ひなし侍る時には、仏ほふの疵となり侍ること

1　妹尼の言。（女の身元については）一向に耳にすることもない。いや、何の。これは長谷観音が下さった人です。妹尼は僧都とは対照的に、一貫して自分の事情から宿縁を考え、亡き娘の代わりに授かったとする。「くわんおむ」、底本「くわんをむ」。

2　僧都の言。いや、何の。いったい、仏は因縁あってこそお引合せ下さるが、その種がなくてはどうして（出会うことがあろう）。「種」を「仏種（ぶっしゅ）」とみれば、仏となる種子がこの女にあるから出会ったという論理。「仏のかならず救ひ給ふべき際なり」（一八二頁）。

3　底本「の給かあやしかり給て」、青表紙他本「の給あやしかりて」。

4　修法。底本「すほう」。

9　もののけ現れて去る

5　（僧都は）朝廷のお召しでさえ応じず、深く籠っている山（横川）をお出になって。

6　わけもなくこんな女のために祈禱を大騒ぎでなさると、噂が立つとしたら、たいそう聞きにくかろうと（妹尼は）お思いになり、弟子たちも言って、人に聴かせまいと（事態を）隠す。僧が若く美しい女に関わること自体が噂を呼ぶとする。青表紙他本「すゝろに」。

7　僧都の言。いやもう、あれこれ言うまい、御坊たちよ。私は不徳の法師で。「造る所の罪を自ら観じて恥無きを名づけて無慚といふ」（俱舎論）。「ほふし」、底本「ほうし」。

8　慎むべき戒律の中でも破る戒は多かろうが。「戒律」は修行者の守るべき日常生活の規則。

9　女人に関する面では、まだそしりを受けず、過ちを犯したことはない。（それなのに）六十を過ぎて今さらに人の非難を受けるとしたら、それも前世の宿縁というべきだろう。「六十に」、青表紙他本「よはひ六十に」。

10　弟子の言。つまらぬ連中が、噂などを不都合に言い散らします場合には、（僧都お一人のことに止まらず）仏法の不名誉となるのです。「仏ほふ」、底本「仏ほう」。

也。」

と、[1]心よからず思ひて言ふ。

「[2]このすほふのほどに、験見えずは。」

と、[3]いみじきことどもを誓ひ給ひて、夜一夜、加持し給へるあかつきに、人に駆り移して、何やうのもの、かく人をまどはしたるぞと、有りさまばかり言はせまほしうて、弟子の阿闍梨とり〴〵に加持し給ふ。[4]月比いさゝかもあらはれざりつる物のけ、調ぜられて、

「[5]おのれは、こゝまで参うで来て、かく調ぜられたてまつるべき身にもあらず。[6]むかしは、おこなひせし法師の、いさゝかなる世にうらみをとゞめて漂ひありきしほどに、よき女のあまた住み給ひし所に住みつきて、かたへは失ひてしに、[7]この人は、心と世を恨み給ひて、われいかで死なんといふことを、夜昼の給ひしにたよりを得て、いと暗き夜、ひとり物し給ひしを取りてしなり。[8]されど観音とさまかうざまにはぐくみ給ひければ、此僧都に負けたてまつりぬ。[9]今はまかりなん。」

1 (弟子は)不快に思って言う。弟子にとって女は尊敬する師僧に悪い噂を呼びかねない厄介の種、わざわざ救う価値のない他人である。

2 僧都の言。この修法の間に、もし効験があらわれないなら。二度と修法はすまいの覚悟。弟子や妹尼の危惧をよそに、僧都はいつもの修行の成果を女の救命に賭ける。

3 たいそうなことを誓いなさって、一晩中、加持祈禱なさっている明け方に、(もののけを)憑坐(よりまし)に追い出し移して、どのような魔性のものが、こう人を惑わしているのかと、(女がこうなった)事情くらいは憑坐の口を借りて言わせたくて、弟子の阿闍梨があれこれ手を尽して加持祈禱なさる。底本「なにやうのもの」、青表紙他本「なにやうのもの〻」。

4 何か月かのあいだ少しも正体を見せなかったもののけが、調伏されて。

5 もののけの言。吾はここまで迷い参り来て、このように調伏され申すはずの身でもない。

6 昔は、修行を積んだ僧で、少しの恨みをこの世に残して中有(ちゅうう)をさまよいめぐっていたうちに、高貴な美女が大勢お住みになった所(八宮邸)に棲(す)みついて、一人(大君)は取り殺したが。

7 この人は、自分から世を恨みなさって、私は何とかして死のうということを、夜昼おっしゃったのに手がかりを得て、たいそう暗い夜に、ひとりでおいでだったのを(とり憑いて正気を)奪い取ったのだ。時間の合致から推察された通り、この女性が浮舟だったことが、ここで明確になる。使者が泊まった(〔八〕浮舟六四九頁注5)夜、もののけが憑いた。

8 しかしながら(長谷寺の)観音があれやこれやとこの人を包み守っておられたので、この僧都に負け申した。薫が浮舟を初めて見たのは浮舟の初瀬詣での帰り(〔八〕宿木57節)。「(母や乳母が初瀬に)たび〳〵詣でさせし」(二六〇頁)とも。

9 今はもう退散いたそう。悪霊退散時の決まり文句。〔六〕柏木五五頁注13。

との〻[1]しる。

「かく[2]言ふは何ぞ。」

と問へば、つき[3]たる人、物はかなきけにや、はか〴〵しうも言はず。

正身[4]の心ちはさはやかに、いさゝかものおぼえて見まはしたれば、一人見し人の顔はなくて、みな老いほふし、ゆがみ衰へたる物のみ多かれば、知らぬ国に来にける心ちしていとかなし。[5]ありし世のこと思ひ出づれど、住みけむ所、たれといひし人とだにたしかにはか〴〵しうもおぼえず。たゞわれは[6]限りとて身を投げし人ぞかし、[7]いづくに来にたるにかとせめて思ひ出づれば、[8]いといみじとものを思ひ嘆きて、みな人の寝たりしに、妻戸を放ちて出でたりしに、風ははげしう、河浪も荒う聞こえしを、ひとり物おそろしかりしかば、[9]来し方行く先もおぼえで、簀子の端に足をさし下ろしながら、行くべき方もまどはれて、帰り入らむも中空にて、心つよく、此世に亡せなんと思ひ立ちしを、[10]をこがましうて人に見つけられむよりは鬼も何も食ひ失へと言ひつゝ、つく〴〵とゐたりしを、いときよげなるをとこの寄り来て、

1 （憑坐に憑いたもののけは）大声でわめく。

2 僧の言。そう言うお前は何者か。

3 （もののけが）憑いている憑坐（の力）が何とも頼りないためか、ちゃんとした返答はない。

10 浮舟、意識回復

4 浮舟本人の気分はさっぱりとして、多少意識を取り戻して見回すと、一人も見知った顔はなく、みな老いた法師で、背も曲って老い衰えた者ばかりが多いので、知らない国に来てしまった気分で実に悲しい。「物のみ」、青表紙他本「物とものみ」。

5 自分の過去を思い出してみるが、住んでいたろう場所や自分の名さえ確実には思い出せない。以下、回想の助動詞「き」を多用し、現在につながる過去をたどり直す浮舟を描く。

6 私はこれが最期だと思って身を投げた人間だ。真っ先に明確に蘇る意識は自己否定の念。

7 （身を投げたはずなのに）いまどこに来てしまっているのかと無理やりに記憶を探ると。

8 とてもつらいと思い嘆いて、皆が寝ていたので、妻戸（寝殿の隅の開き戸）を明け放って（外に）出た時に、風は激しく、（宇治川の）川波も荒々しく聞こえたのが、一人ぼっちで何となく恐ろしかったので。「いと暗き夜、ひとり物し給ひし」（二〇四頁）と符合する。

9 前後の分別も失い、簀子（建物の外の濡れ縁）の端に座って足を下ろしつつ、どちらへ行ったらよいのか心が乱れて、居室へ戻るとしたらそうも決めきれず、気強く、この世から消え失せようと決心したが。以下明らかになるように、結局浮舟は身投げできなかった。青表紙他本「ゆくすゑも」。

10 死にそこなったみっともない姿で人に見つけられるよりは、鬼でも何でも食い殺してほしいとつぶやきながら、放心の体で座っていた時、とてもさっぱりとした男が寄ってきて。匂宮の形容に使われる「きよら」ではないものの、好ましい感じの男の幻。青表紙他本「くひ（て）うしなひてよ」。

「[1]いざ給へ、おのがもとへ」と言ひて、抱く心ちのせしを、宮と聞こえし人のしたまふとおぼえし程より、心ちまどひにけるなめり、[2]知らぬ所に据ゑおきて、此男は消え失せぬと見しを、つひにかく本意のこともせずなりぬると思ひつゝ、いみじう泣くと思ひしほどに、その後のことは、絶えていかにも〳〵おぼえず、[3]人の言ふを聞けば、多くの日比も経にけり、[4]いかにうきさまを知らぬ人にあつかはれ見えつらんとはづかしう、つひにかくて生き返りぬるかと思ふもくちをしければ、いみじうおぼえて、[5]中〳〵沈み給ひつる日比は、うつし心もなきさまにて、物いさゝかまゐることもありつるを、露許の湯をだにまゐらず。

「[6]いかなれば、かく頼もしげなくのみはおはするぞ。うちはへぬるみなどし給へることはさめ給ひて、さはやかに見え給へば、うれしう思ひきこゆるを。」

と、泣く〳〵[7]たゆむをりなく、添ひゐてあつかひきこえ給ふ。[8]ある人ゝも、あたらしき御さまかたちを見れば、心を尽くしてぞをしみまもりける。[9]心には猶いかで死なんとぞ思ひわたり給へど、さばかりにて生きとまりたる人の命なれば、いとしふ

1 「さあいらっしゃい、私の所へ」と(幻の男が)言って(私を)抱く感じがしたのを、宮と申し上げた方がなさると思ったときから、正気をなくしてしまったのだろう。かつて匂宮が浮舟を連れ出し宇治川を渡ったときの記憶(四浮舟29節)に重ねて、浮舟は匂宮と認識したか。ただしおぼろな形で断定はされない。

2 見知らぬ所に(私を)座らせておいて、この男は消え失せたと見たのを、ついにもとからの願い(入水)もせずじまいになったと思いながら、ひどく泣くと思ったうちに、その後のことはまったくどうにも思い出せない。泣く記憶も「いみじう泣く」(一七六頁)と符合。

3 人が言うのを聞くと、多くの月日も経った。

4 どんなに情けない姿を見知らぬ他人に介抱されてお目にかけたことだろうと身がすくむ思いで、結局こうして生き返ったかと思うのも残念なので、ひどくつらい思いがして。

5 重く患っておられた日々は、正気もない有様ながら、かえって何か少し召し上がることもあったのに、(今は)わずかばかりの薬湯さえ召し上がらない。底本「しつみ給ひつる」「まいること」、青表紙他本「しつみ給へりつる」「まいるをり」。「露」は当て字。

11 浮舟、五戒を受く

6 妹尼の言。どういうわけで、こうして頼りなさそうにばかりしておいでか。ずっと熱など続いておられたのは(熱が)下がられて、心地よさげにお見えになるので、うれしく思い申していたのに。食事もとらぬ不安を訴える。

7 (妹尼は)油断なく、付き添って介抱なさる。

8 ここにいる尼や女房たちも、(浮舟の)もったいないほど美しいご容姿を見ると、心を尽くして惜しみ見守るのだった。

9 (浮舟は)内心ではやはり何としても死にたいとずっと思っていらしたが、あれほど(二か月も意識不明)の重態で生きとどまった生命なので、とてもねばり強くて。「しふねく」、底本「しうねく」。「執念(しふねん)」の形容詞化。

ねくて、やう〳〵[1]頭もたげ給へば、物まゐりなどし給ふにぞ、中〳〵面痩せもていく。[2]いつしかとうれしう思ひきこゆるに、

「[3]尼になし給ひてよ。さてのみなん生くやうもあるべき。」

とのたまへば、

「[4]いとほしげなる御さまを、いかでか、さはなしたてまつらむ。」

とて、たゞ[5]頂許を削ぎ、五戒ばかりを受けさせたてまつる。[6]心もとなけれど、もとよりおれ〳〵しき人の心にて、えさかしくしひてもの給はず。僧都は、

「[7]今は、かばかりにて、いたはりやめたてまつり給へ。」

と[8]言ひおきて、登り給ひぬ。

12

[9]夢のやうなる人を見たてまつる哉と尼君はよろこびて、せめて起こし据ゑつゝ、御髪手づから梳り給ふ。[10]さばかりあさましう引き結ひてうちやりたりつれど、いたうも乱れず、[11]とき果てたれば、つや〳〵とけうらなり。[12]一年足らぬつくも髪多かる所にて、[13]目もあやに、いみじき天人の天降れるを見たらむやうに思ふも、あやふき

二〇三

1　だんだんと病床から起き上がりなさると、食事などなさるうちに、かえって顔つきがほっそりひきしまってゆく。心は死を望んでも命は食を欲し、回復につれむくみも取れる。

2　早く(全快を)と(妹尼は)うれしく思うが。

3　浮舟の言。(私を)尼にして下さいませ。出家してこそ生きる道もあるというものです。

4　妹尼の言。いじらしいお姿を、どうしてそう(尼に)はしてさしあげられましょう。

5　頭の頂の髪だけを少し切って、五戒だけを受けさせ申し上げる。「五戒」は在家信者のための戒律で、「殺・盗・婬・妄語・酤酒(飲酒のこと)」を戒める。物語中ではほかに紫上が受けた(㊄若菜下五四三頁注3)。

6　(五戒だけでは)落ち着かないが、(浮舟は)もともとぼんやりした性質なので、こざかしく強引にお願いもおできにならない。

7　僧都の言。今はこれ(五戒を受ける)ぐらいで、介抱して病気を直しておあげなさい。

8　言い置いて(比叡山横川に)登りなさった。

12　浮舟、素性を隠す

9　現実とは思われないような(美しい)人をお世話申すことよと尼君は喜んで、無理やり起して座らせては、(浮舟の)お髪を(妹尼が)手づからくしけずりなさる。

10　(病中)あれほど手入れもせず引き結んで投げ出してあったが、さして乱れておらず。臥床の時に髪は結んで枕上に置く。㊂葵20節。

11　梳き終ってみると、つやつやと美しい。

12　老女ばかり多い所なので。「百年に一とせ足らぬつくも髪われを恋ふらし面影に見ゆ」(伊勢六十三段)。百に一画足りない白から、老女の白髪を言う。「つくも(江浦草)」は水草の名(和名抄)で、老女の髪に似る。

13　(浮舟の姿は)目もくらむほどで、すばらしい天女が天から下っているのを見ているように思うにつけ、(いつ昇天するか)危うい気がするが。二一二頁に「かぐや姫」とある。妹尼はかぐや姫を子として得た翁の心境にある。

心ちすれど、

「[1]などか、いと心うく、かばかりいみじく思ひきこゆるに、御心を立てては見え給ふ。[2]いづくにたれと聞こえし人の、さる所にはいかでおはせしぞ。」

と、[3]せめて問ふを、いとはづかしと思ひて、

「[4]あやしかりしほどに、みな忘れたるにやあらむ、ありけんさまなどもさらにおぼえ侍らず。[5]たゞほのかに思ひ出づることとては、たゞいかでこの世にあらじと思ひつゝ、夕暮れごとに端近くてながめし程に、[6]前近く大きなる木のありし下より人の出で来て率て行く心ちなむせし。[7]それより外のことは、われながらたれともえ思ひ出でられ侍らず。」

と、[8]いとらうたげに言ひなして、

「[9]世中になほありけりと、いかで人に知られじ。聞きつくる人もあらば、いといみじくこそ。」

とて[10]泣い給ふ。あまり問ふをば、苦しとおぼしたれば、え問はず。[11]かぐや姫を見つ

1　妹尼の言。どうして、（私が）とてもつらく、こんなに深くご心配申しているのに、（あなたは尼にして下さいと言うばかりで心を開かず）我意を押し通してはおいでなのか。

2　どこにお住いの何と申したお方で、どうしてあんな所にいらしたのか。

3　しつこく（妹尼が）尋ねるのを、（浮舟は）とても恥ずかしいと思って。浮舟は「おれ〳〵しき人の心」（二一〇頁）。

4　浮舟の言。みっともなかった（意識を失っていた）あいだに、みな忘れたのやら、かつての様子などまったく覚えていません。

5　ただぼんやりと思い出すことと言えば、ただ何とかしてこの世に居るまいと思っては、夕暮れのたびに外の近くでぼんやりしていたところに。かぐや姫の昇天の場面の、廂（ひさし）の際に出て外をながめて嘆く姿に擬した表現。「簀子の端」（二〇六頁）と違い建物の内がわ。

6　（私の居室の）前の近くに大きい木があった、その下から人が出てきて（私を）連れて行く感じがした。大木は回想部分（10節）にはない。

7　それ以外のことは、自分自身のことながらだれとも思い出すことができません。

8　いかにも愛らしい口ぶりで言いつくろって。この世から居なくなりたかったこと、途中で正気を失ったことなどの事実を交えつつ、何も覚えていないと浮舟は嘘を語る。気弱で自己主張できないものの、本心は隠し通す。

9　浮舟の言。この世にまだ生きていたのだと、何とかして人に知られないように。（私のことを）聞きつける人がいたら、とてもつらく。

10　（浮舟は）お泣きになる。あまり（詳しく）尋ねるのは、つらいと（浮舟は）お思いなので、（妹尼は）尋ねられない。

11　かぐや姫を見つけたろう竹取の翁よりもめったにないすばらしい思いがするのに。罪を得て地上に流離するかぐや姫に浮舟、裏山で姫を見つけた翁に僧都、姫を愛育する嫗（おうな）に妹尼をなずらえ、浮舟を得た喜びを描く。妹尼としては浮舟の身元にさほど関心はない。

けたりけん竹取の翁よりもめづらしき心ちするに、[1]いかなる物のひまに消え失せんとすらむと、静心なくぞおぼしける。

[2]此あるじも、あてなる人なりけり。むすめの尼君は、上達部の北の方にてありけるが、[3]その人亡く成り給ひて後、むすめたゞ一人をいみじくかしづきて、よき君達を婿にして思ひあつかひけるを、そのむすめの君の亡くなりにければ、[4]心うし、いみじと思ひ入りて、かたちをも変へ、かゝる山里には住みはじめたりける也。[5]世とともに恋ひわたる人の形見にも、思ひよそへつべからむ人をだに見出でてしかな、[6]つれ〴〵も心ぼそきまゝに思ひ嘆きけるを、かくおぼえぬ人のかたちけはひもまさりざまなるを得たれば、うつゝのことともおぼえず、[7]あやしき心ちしながらうれしと思ふ。[8]ねびにたれど、いときよげによしありて、有りさまもあてはかなり。

[9]むかしの山里よりは、水のおともなごやかなり。[10]造りざまゆゑある所、木立おもしろく、前栽もをかしく、ゆゑを尽くしたり。秋になり行けば、空のけしきもあはれなり。[11]門田の稲刈るとて、所につけたる物まねびしつゝ、若き女どもは歌うたひ

1　（しかし）どういう隙に（浮舟が）消え失せようとするかと、（妹尼は）心安まらぬ思いがなさる。かぐや姫の昇天になずらえ危ぶむ気持。

13 小野の山里の風情

2　この主人（母尼）も、高貴な人なのだった。娘の妹尼は、公卿の正妻であったのが。「上達部（公卿）」は三位以上の上流貴族。後文に「衛門の督」（三〇二頁）。源信との違い。

3　その夫が亡くなられた後、ひとり娘を大事に愛育して、身分ある家柄の子弟を婿にして心を込めて世話していたのに、娘は亡くなったので。婿は「中将」（二二〇頁）。

4　つらい、実に悲しいと深く思って、出家して、この（小野の）ような山里には住み始めたのだった。底本「すみはしめたりける也」、青表紙他本「すみはしめたるなりけり」。

5　生きる限りずっと恋しい亡き娘の形見にも、思いなずらえられそうな人をせめて見つけたい。「てしかな」、青表紙他本「てしかなと」。

6　（ひとり物思いを）もてあます生活も心細いままに（亡き娘を）思い嘆いていたところ、このように思いがけない人で容貌も感じも亡き娘以上の人を得たので、現実とも思えず。

7　素性の分からなさからくる不安な気持。

8　（妹尼は五十ほどで）年をとっているが、とても清楚で教養があり、雰囲気も上品である。

9　昔、住んでいた宇治の山里よりは。以下、浮舟の目と心に即した描写。高野川は穏やか。

10　建物の造り、木立、前栽（庭の植込）すべてに趣があり、風情を尽くしている。底本「所」「せむさいも」「あはれなり」、青表紙他本「ところの」「せむさいなとも」「あはれなるを」。

11　門前や家の近くの田を刈るというので小野という土地にふさわしい、稲刈の仕方をまねては、若い女たちは歌を歌いふざけあっている。「門田」は歌ことば。「田植うとて女の新しき折敷のやうなるものを笠に着て、いと多う立ちて歌をうたふ」（枕草子・賀茂へまゐる道に）。「きようじ（興じ）」は底本「けうし」。

きようじあへり。引[1]板引き鳴らすおともをかしく、見[2]し東路のことなども思ひ出でられて、かの夕霧の宮す所のおはせし山里よりは、今すこし入りて、山に片[3]かけたる家なれば、松風しげく、風の音もいと心ぼそきに、つ[4]れづれにおこなひをのみしつゝ、いつとなくしめやかなり。

尼[5]君ぞ、月など明かき夜は、琴など弾き給ふ。少[6]将の尼君などいふ人は、琵琶弾きなどしつゝ遊ぶ。

「か[7]ゝるわざはし給ふや。つれづれなるに。」

など言ふ。む[8]かしもあやしかりける身にて、心のどかにさやうの事すべき程もなか 二〇五
りしかば、いさゝかをかしきさまならずも生ひ出でにける哉と、か[9]くさだすぎにける人の、心をやるめるをりをりにつけては思ひ出づるを、あさましく物はかなかりけると、われながらくちをしければ、手[10]習に、

　身[11]を投げし涙の河のはやき瀬をしがらみかけてたれかとゞめし

思[12]ひの外に心うければ、行く末もうしろめたく、うとましきまで思ひやらる。

14

1　引板を鳴らす音も風情があり。「引板」は板二枚を紐につけ田につるし、鳴らして鳥を追い払う。青表紙他本「をかし」。

2　（浮舟は）かつて住んでいた常陸国なども思い出されて、あの夕霧の御息所がお住まいだった山里よりは、（ここは）いま少し奥まっていて。「夕霧」を巻名または人物呼称として使用。御息所は落葉宮の母、一条御息所。

3　山の斜面に片がわが接するように建てられた家なので、松風が激しく、風の音もとても心細いのに。「松風」はここでは松の木に吹く風の意。青表紙他本では「まつかけ」。

4　手持ち無沙汰なので勤行ばかりして。「いつとなく」、青表紙他本「いつともなく」。

14 浮舟の述懐

5　妹尼が、月などの明るい夜は、七絃の琴などをお弾きになる。この物語では、「琴(きん)」は源氏・八宮など王統の人々が多く弾く。

6　妹尼に仕える尼女房の一人。琵琶を弾く。

7　妹尼の浮舟への言。音楽などはなさいますか。手持ち無沙汰なところに。

8　浮舟の心内。昔も（私は）卑しい身の上で、のんびりと音楽を教わる時間もなかったから、少しの優雅な嗜みもなく成長してしまったよ。

9　こんなに盛りを過ぎた尼たちが、気晴らしをするらしい時々につけては（自分の生い立ちを）思い出すが、あきれるほどつまらない生まれだったと我ながら（自分が）悔しくて。浮舟の育ちの卑しさは音楽に象徴され（四東屋49節）、上流貴族の妹尼と対照的。底本「思ひいつるを」、青表紙他本「思ひいつなを」。

10　手すさびに。「手習」はこの巻に五例あり、巻名になる（一六四頁）。孤独の表れの営為。

11　浮舟の歌。悲しくて涙ながらに身を投げたあの河の急流に誰が柵を設けて私を引きとめ救い上げたのか。死ねば良かったという気持。

12　（浮舟は助けられたのが）不本意で厭わしいので、この先も気がかりで、（わが身が）疎ましいとまでお思いになる。

月[1]の明かき夜な〳〵、老い人どもは艶に歌よみ、いにしへ思ひ出でつゝ、さま〴〵物語りなどするに、いらふ[2]べき方もなければ、つく〴〵と打ちながめて、

　われかくて[3]うき世の中にめぐるともたれかは知らむ月の都に

今[4]は限りと思ひし程は、恋しき人多かりしかど、異人〻はさしも思ひ出でられず、たゞ、親いかにまどひ給ひけん、乳母、よろづにいかで人なみ〳〵になさむと思ひ焦られしを、いかにあへなき心ちしけん、いづくにあらむ、われ世にある物とはいかでか知らむ、同じ心[5]なる人もなかりしまゝに、よろづ隔つることなく語らひ見馴れたりし右近なども、をり〳〵は思ひ出でらる。

若き[6]人の、かゝる山里に今はと思ひ絶え籠るは、かたきわざなりければ、たゞいたく年経にける尼七八人ぞ、常の人にてはありける、それら[7]がむすめ、孫やうの物ども、京に宮仕へするも、異ざまにてあるも、時〳〵ぞ来通ひける。かやう[8]の人につけて、見しわたりに行き通ひ、おのづから世にありけり、とたれにも〳〵聞かれたてまつらむこと、いみじくはづかしかるべし。いかなるさまにてさすらへけんな

二〇六

1　月の明るい夜ごとに、(妹尼など)老人たちはしゃれて歌を詠み、昔を思い出しながらいろいろ世間話をするのに。底本「さま〳〵」、青表紙他本「さま〳〵の」。

2　(浮舟は)話に加わるすべもないので、つくねんと外をながめて。浮舟の孤独が際立つ。

3　浮舟の歌。私がこうしてつらいこの世をさすらい続けても、遠く隔たった都ではだれがそのことを知っていよう。

4　浮舟の心内。もうこれが最期と決心した時は、恋しい人が多かったが、他の人たちはそれほど思い出されず、ただ、母がどんなに悲しみもだえなさっただろう、乳母は万事につけて(私を)何とか人並に結婚させようと気をもまずにはいられなかったが、どんなに張合いのない気がしたろう、(母たちは)どこにいるのだろう、私がこの世に生きているとは分かるはずもない。四浮舟58・59節の回想。母への思いが強調。底本「思(おもひ)し」「いつくに」、青表紙他本「思はてし」「いつこに」。

5　同じ心をもつ人も居なかったままに、万事相談して馴れ親しんでいた右近なども、時折は思い出される。自己体験の回想を表す「し」を重ねつつ、結びは自発の「らる」を用いて浮舟の心内を地の文に収束させる。

15　浮舟の日常

6　若い女が、このような山里に今はと決心して都に戻らず籠るのは、むずかしいことなので、(若い女房はおらず)ただとても年老いた尼七八人が、いつも住む人ではあったが。

7　それら(老女房)の娘、孫といった者たち、都で宮仕えする者も、違った暮らしの者も、時々(この小野の里に)通って来るのだった。

8　こういった若い人々をきっかけに、(薫や匂宮など)見知ったあたりに行き来して、自然と(浮舟が)生きていた、とだれであっても聞かれ申し上げるのは、とても恥ずかしいに違いない。どんな姿でさすらったのだろうかなど。肉親以外に知られるのを浮舟は恥じる。

ど、[1]思ひやり世づかずあやしかるべきを思へば、かゝる人〻にかけても見えず。たゞ[2]侍従、こもきとて、尼君のわが人にしたりける二人をのみぞ、此御方に言ひ分けたりける。[3]みめも心ざまも、むかし見し宮こ鳥に似たるはなし。[4]何ごとにつけても、「世中にあらぬ所」はこれにやとぞ、かつは思ひなされける。[5]かくのみ人に知られじと忍び給へば、まことにわづらはしかるべきゆゑある人にも物し給ふらんとて、くはしきこと、[6]ある人〻にも知らせず。

尼君の[7]むかしの婿の君、今は中将にて物し給ひける、おとうとの禅師の君、僧都の御もとに物し給ひける、山籠りしたるをとぶらひに、はらからの君たち常に登りけり。横川に通ふ道のたよりによせて、中将こゝにおはしたり。前駆うちおひて、[8]あてやかなるをとこの入り来るを見出だして、忍びやかにおはせし人の御さまけはひぞ、さやかに思ひ出でらるゝ。[9]これもいと心ぼそき住まひのつれ〴〵なれど、住みつきたる人〻は、物きよげにをかしうなして、垣ほに植ゑたるなでしこもおもしろく、女郎花、[10]き経など咲きはじめたるに、[11]色〻の狩衣姿の男どもの若きあまた

1　想像するに（自分は）ふつうと違っていて変に違いないのを思うので、こうした（京から来る）人たちに絶対に姿を見せない。入水決意以降、浮舟は自分を「世づかぬ」と認識。

2　侍従（女房）とこもき（女童（めのわらわ））と言って、妹尼が自分の召使にしている二人だけを、浮舟付きに申し付けたのだった。底本「わか人にしたりける」「いひわけたりける」、青表紙他本「わか人にしたる」「いひわきたる」。

3　顔立ちも人柄も昔知っていた都の侍女たちに似る者はいない。「名にし負はばいざ事問はむ都鳥わが思ふ人はありやなしやと」（古今集・羇旅・在原業平、伊勢九段）。青表紙他本「にたること」。

4　何につけても「この世と違う別の世界」とはここなのかと、一方では（うれしく）思い込まれもするのだった。かつて浮舟は「ひたふるにうれしからまし世の中にあらぬ所と思はましかば」と詠んだ（四東屋四二四頁）。青表紙他本「これにやあらん」。

5　このように（浮舟は）他人に知られるまいと身を潜めているので、本当に面倒な事情がある人でいらっしゃるのだろうというので。

6　（妹尼は）そこに住む人たちにも知らせない。

16　昔の婿君、来訪

7　昔（亡き娘の生前）の婿君、現在は近衛中将でおいでだが、その弟の禅師の君が横川僧都のもとで弟子になっておいでで、（僧都とともに）山籠りしているのを訪ねて、（中将ら）兄弟の貴公子たちはいつも（比叡山に）登るのだった。「禅師」は一般に高徳の僧の尊称。

8　貴人めいた男性が（門の内がわに）入って来るのを（浮舟は室内から）見て、人目を忍んで通ってこられた人（薫）の姿やふるまいが、ありありと思い出される。「大将殿…例の、忍びておはしたり」（四浮舟五四四頁）。底本「しのひやかに」、青表紙他本「しのひやかにて」。

9　この小野の里も（宇治などと同じく）とても心細い暮らしで手持ち無沙汰であるが、（小

して、君も同じ装束にて、[1]南おもてに呼び据ゑたれば、うちながめてゐたり。[2]年廿七八の程にて、ねびとゝのひ、心ちなからぬさまもてつけたり。

[3]尼君、障子口にき丁立てて対面し給ふ。まづうち泣きて、

「[4]年ごろの積るには、過ぎにし方いとゞけどほくのみなん侍べるを、[5]山里の光に猶待ちきこえさすることの、うち忘れずやみ侍らぬを、[6]かつはあやしく思ひ給ふる。」

との給へば、

「[7]心の内あはれに、過ぎにし方のことども、思ひ給へられぬをりなきを、あながちに住み離れ顔なる御ありさまに、おこたりつゝなん。[8]山籠りもうら山しう、常に出で立ち侍るを、同じくはなど、慕ひまとはさるゝ人ゝに、さまたげらるゝやうに侍りてなん。けふはみなはぶき捨てて物し給へる。」

との給ふ。

「[9]山籠りの御うらやみは、中〳〵今様だちたる御物まねびになむ。[10]むかしをおぼ

野に）住み着いている人々（妹尼など）は、こざっぱりと趣深く整えて。

10 桔梗。「経」は当て字。秋の花が列挙。

11 様々な色の狩衣を着た従者たちの若いのが多く、君（中将）も同じ（狩衣姿）で。「をのこ」は「をとこ」より身分の劣る男性。また狩衣は袍（うえのきぬ）と異なり、色に身分の定めはない。

---

1 （正客を通す）寝殿の南廂に呼び座らせると、（中将は）ぼんやり外をながめて座っている。

2 （中将は、薫と同年齢の）二十七、八歳で、成熟し整った容姿、分別ありげにふるまっている。身分はやや劣るが、薫に似た印象。

3 妹尼は、自分のいる母屋と廂の間とのあいだの襖障子を開け、几帳を立てて対面する。

4 妹尼の言。年月がたつにつれ、昔のことがいよいよ縁遠くなるばかりですが。底本「つもるには」、青表紙他本「つもりには」。

5 この山里の光として今もお待ち申す気持が、少しも忘れずに続いておりますのが。

6 考えてみると不思議に思われるのです。

7 中将の言。内心ではしみじみと昔のことが多く思われませぬ折とてないのですが、ことさら俗世を避けたお暮しぶりなので、つい無沙汰を重ねております。俗世にまみれた自分を寄せ付けない、「あながちに」清浄なお暮らしぶり、とやや恨みがましい言い方。

8 （弟禅師の）山籠りもうらやましく、いつも訪問しているのですが、どうせ行くなら連れていってなどと、あとを慕ってまといつかれる人々に、妨げられるようなわけでして（訪問できずにおりました）。今日はすべてを捨てて、こちらに参りました。底本「物し給へる」、青表紙他本「物し侍つる」。

9 妹尼の言。山籠りをおうらやみになるのは、かえって当世風の人真似で。仏道修行に惹かれるのは、道心ではなく、形だけを競う軽薄な時流に乗ったものかと、軽くからかう。

10 （亡き娘が生きていた）昔をお忘れにならないお心のありようも。

し忘れぬ御心ばへも、[1]世になびかせ給はざりけると、おろかならず思ひ給へらるゝをり多く。」

など言ふ。

17 二〇八 [2]人ゝに水飯などやうの物食はせ、君にも[3]蓮の実などやうの物出だしたれば、[4]馴れにしあたりにて、さやうのこともつゝみなき心ちして、むら雨の降り出づるにとめられて、物語りしめやかにし給ふ。[5]言ふかひなく成りにし人よりも、此君の御心ばへなどのいと思ふやうなりしを、[6]よその物に思ひなしたるなんいとかなしき、な[7]ど忘れがたみをだにとゞめ給はずなりにけんと、恋ひしのぶ心なりければ、たまさかにかく物し給へるにつけても、[8]めづらしくあはれにおぼゆべかめる問はず語りもし出でつべし。

[9]姫君は、「われは[10]我」と思ひ出づる方多くて、ながめ出だし給へるさまいとうつくし。[11]白き単衣の、いとなさけなくあざやぎたるに、袴も檜皮色にならひたるにや、光も見えず黒きを着せたてまつりたれば、[12]かゝることどもゝ、見しには変はりてあ

1　時流になびきなさらぬお方だと、深く感じ入りますことが多く。前言を和らげて、亡き娘への中将の篤実（とくじつ）さに深謝する。

17　浮舟の思い

2　従者に飯や乾飯を水にひたしたものを食べさせ。夏の食物だが、まだ暑さが残るか。

3　酒の肴に供する軽食。「くだもの」の一で初秋に収穫。滋養があり、山歩きをねぎらう。

4　馴れた（亡妻の）里で、食事なども遠慮もいらない気持で、にわか雨が降り出したのに足をとめられて、（中将は妹尼と）しんみり世間話をなさる。青表紙他本「とゝめられて」。

5　妹尼の心内。むなしく死んだ娘よりも、この婿君の気立てがとても好ましかったのに。

6　（娘の死後、中将を）自分とは関係ない他人だときめこんでいたのはとても悲しい。

7　どうして（娘は中将とのあいだの）忘れ形見の子だけでもお残しにならなかったのだろうと、恋しく思い出す心なので、ごくまれにこうして（中将が）おいでになるにつけても。

8　すばらしくしみじみと思われるに違いない問わず語り（浮舟の話）も、（妹尼は）自分から進んで話してしまいそうだ。語り手の批評。

9　語り手が浮舟を「姫君」と呼ぶ初出。意識を取り戻したのち敬語が多用されるなど、小野の里では浮舟は高貴な女性に据え直される。

10　自分は自分（他とは違う）と思い出されることが多くて、ぼんやり外をながめておいでの姿がたいそうかわいらしい。孤独な自己を見つめる浮舟の外見を語り手が批評し語る。「我はわれ」、㊂澪標三九頁注5参照。

11　（その浮舟は）白い単衣（裏地のない肌着）の風情もなく目立っているのに、袴も（尼がはく）赤みをおびた黒っぽい色に馴れているせいか、光沢もなく黒ずんだのをお着せ申しているので。通常、既婚者は紅の袴。全体として貴婦人らしからぬ装束。「光もなく黒き掻練」（㊃初音一五〇頁）は末摘花の衣裳。

12　こんな装束のあれこれも、昔とは一変して

やしうもあるかなと思ひつゝ、[1]こは〴〵しういらゝぎたる物ども着給へるしも、いとをかしき姿なり。御前なる人ゝ、

「[2]故姫君のおはしたる心ちのみし侍りつるに、[3]中将殿をさへ見たてまつれば、いとあはれにこそ。[4]同じくは、昔のさまにておはしまさせばや。[5]いとよき御あはひならむかし。」

と言ひあへるを、[6]あないみじや、世にありて、いかにもいかにも人に見えんこそ、それにつけてぞむかしのこと思ひ出でらるべき、さやうの筋は思ひ絶えて忘れなん、 二〇九

と思ふ。

[7]尼君、入り給へる間に、[8]客人、雨のけしきを見わづらひて、[9]少将といひし人の声を聞き知りて、呼び寄せ給へり。

「[10]昔見し人ゝは、みなこゝに物せらるらんやと思ひながらも、かうまゐり来ることもかたくなりにたるを、[11]心あさきにやたれもたれも見なし給ふらん。」

などの給ふ。[12]仕うまつり馴れにし人にて、あはれなりし昔のことゞもゝ思ひ出でた

異常ではないかと思いながら。

---

1 ごわごわと角立つ装束をまとっておられる姿がかえって美しい。地味で粗末な僧衣めいた衣裳に、浮舟の美しさが際立つ。「いらゝぐ」は㈦橋姫二六一頁上段注12参照。

2 浮舟や妹尼の御前の女房たちの言。（この姫君がここにこうしておいでだと）故姫君（妹尼の亡き娘）が生きていらっしゃる気持ばかりしますのに。底本「おはしたる」「し侍つる」、青表紙他本「をはしまいたる」「し侍」。

3 （加えてもとの夫君だった）中将殿までを拝し申し上げて、とてもしみじみとしますね。

4 同じことなら、昔のように（今度は浮舟の婿君として）中将殿をお通わせしたいもの。

5 たいそうお似合いのご夫婦でいらっしゃいましょう。

6 以下、浮舟の心内。まあとんでもない、このまま生きて、どの道だれかと結婚するなんて、それにつけても（つらかった）昔のことが思い出されそうな、そんなむきのこと（男女の交情）は心から捨て去り忘れてしまいたい。

18 中将、浮舟を見る

7 妹尼が（奥へ）お入りになったあいまに。

8 中将。雨の降りやまぬ様子に困って。大君との交流で薫はしばしば「客人」と呼ばれた（㈦橋姫22節、㈦総角2・9・13・15・51節）。

9 出家前は少将という名だった人。「少将の尼君」（二一六頁）。声でそうと分かったので、中将はこの尼を呼び寄せて話し相手にする。

10 中将の言。昔知っていた人々（女房）は、みなここ（小野）においでなのだろうなと思いながらも、このように参り来ることもむずかしくなっているのを。

11 薄情だからとどなたもお思いでしょう。

12 （少将尼は）昔中将にも親しく仕えてくれた女房なので、（亡妻を）愛しんだ昔のことも思い出されるついでに。浮舟と中将や妹尼とが、それぞれに違う「昔」を思う構図に注意。

るついでに、

「かの[1]廊のつま入りつる程、風のさわがしかりつる紛れに、簾の隙より、なべてのさまにはあるまじかりつる人の、うち垂れ髪の見えつるは、世を背き給へるあたりに、たれぞとなん見おどろかれつる。」

との給ふ。

[2]姫君の[3]立ち出で給へる後手を見給へりけるなめりと思ひ出でゝ、[4]ましてこまかに見せたらば、心とまり給ひなんかし、[5]むかし人はいとこよなうおとり給へりしをだに、まだ忘れがたくし給ふめるをと、心ひとつに思ひて、

「[6]過ぎにし御事を忘れがたく慰めかね給ふめりし程に、[7]おぼえぬ人を得たてまつり給ひて、明け暮れの見物に思ひきこえ給ふめるを、[8]うちとけ給へる御有りさまを、いかで御覧じつらん。」

と言ふ。[9]かゝることこそはありけれとをかしくて、何人ならむ、げにいとをかしかりつと、ほのかなりつるを、中〳〵思ひ出づ。こまかに問へど、そのまゝにも言は

1　中将の言。あの廊の端から（寝殿の南廂へ）入った時に、風が強く吹いたどさくさに、簾が乱れた隙間から、並の人ではあるはずのない人の、後ろに長く垂れた髪が見えたのは、出家された方々の中に、いったいどなたやらと、見て驚いてしまった。中将には浮舟が並々ならず高貴な美しい姫君と見えた。

2　浮舟。少将尼も浮舟を身分ある姫君と見る。

3　ちょっと端近（はしぢか）に出ておいでの後ろ姿を（中将は）ご覧になったのだろうと（少将尼は）思い出して。先に浮舟は「あてやかなるをとこの入り来るを見出だして」（二二〇頁）いた。「風の吹き上げたりつる隙より、髪いと長く、をかしげなる人こそ見えつれ」（二三四頁）。底本「たちいて給へる」「おもひいてゝ」、青表紙他本「たちいて給へりつる」「思て」。

4　ましてやこまごまと（浮舟の姿を）見せたら、心惹きつけられなさるに違いない。

5　妹尼の亡き娘は（浮舟に比べ）もっとずっと劣っておられたが、それでさえまだ忘れかねておられるらしいのにと、ひとり合点して。

6　少将尼の言。（尼君は）亡き姫君のことが忘れがたく傷心を慰めかねておいでのようだったところに。

7　思いがけない人を手に入れ申されて、毎日の見るかいあるものと思い申しておいでのようなのを。浮舟との奇妙な邂逅を誤魔化し、遠縁の姫君を引き取ったかのように言う。

8　くつろいでおいでの（浮舟の）お姿を、どうしてご覧になったのやら。底本「いかて」、青表紙他本「いかてか」。

9　（中将は）こんな思いがけないこともあるものだ、と興味がわいて、だれなのだろう、たしかにたいそうな美人だったと、ちらりと見ただけにかえって思い出す。こまごまと（少将尼に）たずねるが、ありのままにも言わず。このあたり、『伊勢物語』初段にも似て、鄙（ひな）に埋もれた美女との思いがけない出会い。こうした物語的出会いは、薫にとっての宇治の地のイメージでもある。

ず、

「[1]おのづから聞こしめしてん。」

と[2]のみ言へば、うちつけに問ひ尋ねむもさまあしき心ちして、

「[3]雨もやみぬ。日も暮れぬべし。」

と[4]言ふにそゝのかされて、出で給ふ。

[5]前近き女郎花をりて、

「[6]何匂ふらん。」

と[7]口ずさびて、ひとりごち立てり。

「[8]人の物言ひを、さすがにおぼし咎むるこそ。」

など、[9]古体の人どもは物めでをしあへり。[10]いときよげに、あらまほしくもねびまさり給ひにけるかな、同じくは、昔のやうにても見たてまつらばやとて、

「[11]藤中納言の御あたりには、絶えず通ひ給ふやうなれど、心もとゞめ給はず、親の殿がちになん物し給ふとこそ言ふなれ。」

1　少将尼の言。いずれそのうちお分かりになりましょう。

2　とだけ（少将尼は）言うので、（中将は）突然に問い質すようなのもみっともないという気持になって。

3　供人の言。雨もやんだ、日も暮れてしまいそうだ。

4　と（供人が）言うのにうながされて、（中将は）出立なさる。

5　（中将は）庭前近くの女郎花を手折って。先に「出で給ふ」とした後に、出発前の時間に戻って、詳しく語る。小野は「なでしこもおもしろく、女郎花、き経など」（二二〇頁）もあった。初秋は草花の美しいころである。

6　中将の言。（このような所に）どうして美しく咲いているのか。尼ばかりの住まいにどうして美女が、といぶかる心を「ここにしもなに匂ふらむ女郎花人の物言ひさがにくき世に」（拾遺集・雑秋・遍照）を口ずさむことで示唆する。女郎花は「をみな」という響きから、よく女性に喩えられる。

7　中将は浮舟への関心をさりげなく歌に言い込め、思わせぶりにたたずむ。

8　尼たちの言。人の噂をさすがに気になさるとは（奥ゆかしい）。尼たちは中将の感慨とは別に、「人の物言ひさがにくき世」という注6の歌の下の句の意をうけて、その深慮をほめた。

9　古風な尼たちは中将を讃えあっている。

10　妹尼の心内。（中将は）とても美々しく、年とともに理想的になられたことよ、同じことなら、昔のように（婿と）して通わせ申したい。

11　妹尼の言。（中将の現在の妻の父である）藤中納言のお邸には、絶えずお通いなさるようですが、（中将は新しい妻に）思いも留めなさらないで、両親の邸においでになることが多いと、世間では噂しているようだ。少将尼に応対をまかせ、妹尼は奥で女房たちとともに、中将に聞こえないよう噂話をする。わが娘を忘れない中将に、満足の体。

と尼君もの給ひて、

「[1]心うく、物をのみおぼし隔てたるなむいとつらき。[2]今は、猶さるべきなめりとおぼしなして、はれ〴〵しくもてなし給へ。[3]この五年六年、時の間も忘れず、恋しくかなしと思ひつる人の上も、かく見たてまつりて後よりは、こよなく思ひ忘れにて侍る。[4]思ひきこえ給ふべき人〻世におはすとも、今は世に亡き物にこそ、やう〳〵おぼしなりぬらめ。[5]よろづのこと、さしあたりたるやうには、えしもあらぬわざになむ。」

と言ふにつけても、[6]いとゞ涙ぐみて、

「[7]隔てきこゆる心は侍らねど、あやしくて生き返りける程に、よろづのこと夢の世にたどられて。[8]あらぬ世に生まれたらん人は、かゝる心ちやすらんとおぼえ侍れば、[9]今は知るべき人世にあらんとも思ひ出でず、ひたみちにこそむつましく思ひきこゆれ。」

[10]との給ふさまも、げに何心なくうつくしく、うち笑みてぞまもりゐ給へる。

1 妹尼の言。情けないことに、(あなた、浮舟は)物思いにのみふけって(私を)うとんじておいでなのがひどいことで。中将との仲を取り持ちたくて、そばの浮舟に聞こえるよう中将を褒めるうちに、浮舟への愚痴になる。

2 いまは、やはり前世からの宿縁のようだと覚悟なさって、明るくおふるまいなさいませ。

3 この五、六年、片時も忘れず、恋しく愛しいと思っていた亡き娘のことも、こうしてあなたをお世話し申してからは、すっかり忘れた気持でおります。

4 (親兄弟など、あなたを)心にかけておいでに違いない方々がこの世にいらっしゃるにしても、(四か月も経った)いまは(あなたを)もうこの世に亡いものとだんだん思うようになられているでしょう。妹尼としては、浮舟は本当に以前のことを忘れてしまっているが、思い出したいと過去に囚われていて、いつまでもよそよそしいのかと考えて言う。

5 万事、その当時のようには必ずしも思わないものです。時とともに忘れ去るのが世の常。

6 (浮舟は)ますます涙ぐんで。母が自分を忘れたかと思うと、浮舟の胸はつまる。

7 浮舟の言。(妹尼に対し)よそよそしく思い申し上げる心はありませんが、(もののけが憑くという)見苦しい姿で生き返ったそのあいだに、(昔のことは)すべて夢の中をとまどうような思いがして(現実感がなく、思い出せません)。底本「心は侍らねと」「夢の世に」、青表紙他本「心も侍らねと」「ゆめのやうに」。

8 別世界に蘇ったような人は、こんな気持がするのかという感じがしますので。「「世中にあらぬ所」はこれにや」(二二〇頁)の心境。

9 いまは(私を)知っているはずの人がこの世にいようとも思い出さず、ひたすら(あなただけを)頼りに思い申しております。

10 と(浮舟が)おっしゃる様子が、なるほど隠しだてするようにも見えずかわいらしいので、(妹尼は)つい笑みを浮かべて(浮舟を)見守り

19 [1]中将は、山におはしつきて、僧都もめづらしがりて、世中の物語りし給ふ。[2]その夜はとまりて、声たふとき人に経など読ませて、[3]夜一夜遊び給ふ。[4]禅師の君、こまかなる物語りなどするついでに、

「[5]小野に立ち寄りて、物あはれにも有りしかな。世を捨てたれど、猶さばかりの心ばせある人は、かたうこそ。」

[6]などあるついでに、

「[7]風の吹き上げたりつる隙より、髪いと長く、をかしげなる人こそ見えつれ。[8]あらはなりとや思ひつらん、立ちてあなたに入りつる後手、なべての人とは見えざりつ。[9]さやうの所に、よき女はおきたるまじき物にこそあめれ。明け暮れ見る物は、ほふしなり。[10]おのづから目馴れておぼゆらん。不便なることぞかし。」

との給ふ。禅師の君、

「[11]この春、初瀬に詣でて、あやしくて見出でたる人となむ聞き侍りし。」

とて、[12]見ぬことなれば、こまかには言はず。

座っていらっしゃる。実のところ浮舟は本心を隠しており、過去に戻ることはもちろん、「世の中にあらぬ所」である現在の暮らしになじむことも、拒み続けている。

---

19 中将、横川で語る

1 中将は比叡山の横川に到着なさり、僧都も(中将の来訪を)珍しがって世間話をなさる。

2 夜は泊まって、声の厳かな僧に経など読ませて。声明(しょうみょう)として経を謡うこと。底本「人」、青表紙他本「人〱」。

3 一晩中管絃の遊びをなさる。寺院で世俗の奏楽は異例。僧都の配慮による。北山での管絃の遊びを思わせる場面(㈠若紫15節)。

4 中将の弟の禅師が詳しく話し込むついでに。

5 中将の言。小野に立ち寄って、しみじみと胸に沁みる感じでもあったなあ。(妹尼は)出家はしたが、それでもあれほどの思慮深い人は、めったに居ないよ。

6 底本「なとある」、青表紙他本「なとの給」。

7 中将の言。風が(簾を)吹きあげた隙間から、髪がとても長く、美しそうな人が見えた。

8 (私たちが到着したため)外からすっかり見えると思ったのか、立ち上がってあちら(母屋)の方に入った後ろ姿が、ふつうの人とは見えなかった。

9 あのような(尼たちの多い)所に、身分ある女は置いてはならぬものだと思われるが。明け暮れ見るものは出家者であるし。

10 いつのまにか見馴れてそれ(尼姿)が当り前と思うようになろう。(若い女らしさを失うのが)不都合なことだ。底本「ことそかし」、青表紙他本「ことなりかし」。

11 禅師の言。この春、長谷寺に参詣して、不思議な縁で発見した人と聞いています。

12 (初瀬詣での一行には加わらず、宇治院での一件は話に聞いただけで)見ていないので、(禅師は)詳しくは言わない。

「[1]あはれなりけること哉。いかなる人にかあらむ。[2]世中をうしとてぞ、さる所には隠れゐけむかし。[3]昔物語の心ちもするかな。」

との給ふ。

又の日、帰り給ふにも、

「[4]過ぎがたくなむ。」

とておはしたり。[5]さるべき心づかひしたりければ、[6]昔思ひ出でたる御まかなひの少将の尼なども、袖口さまことなれどもをかし。[7]いとゞいや目に、尼君は物し給ふ。 二〇三

物語りのついでに、

「[8]忍びたるさまに物し給ふらんは、たれにか。」

と問ひ給ふ。[9]わづらはしけれど、ほのかにも見つけてけるを、隠し顔ならむもあやしとて、

「[10]忘れわび侍りて、いとゞ罪深うのみおぼえ侍りつる慰めに、この月ごろ見給ふる人になむ。[11]いかなるにか、いと物思ひしげきさまにて、世にありと人に知られん

1　中将の言。胸を打つ話であるな。いったいどういう人なのだろうか。

2　人間世界をつらいと思って、そのような所（宇治院）に隠れていたのだろう。「うし（憂し）」に宇治を響かせる。

3　高貴な女がわけあって山里に隠れ住むのを男が発見し、恋におちるといった、昔物語の一類型。『伊勢物語』初段、『うつほ』俊蔭巻など。大君と薫の恋は肯定的にも否定的にも「昔物語」と比較されたが（七橋姫14節、七総角12・22節）、身分の低さが強調されてきた浮舟は、「昔物語」とはされなかった。

20 中将、浮舟に贈歌

4　中将の言。（このまま）素通りにしにくくて。「浮舟の事下心にあるなるべし」（岷江入楚）。

5　妹尼は、帰途、中将が立ち寄るだろうと思い、食事の用意などをしていた。

6　昔（故姫君の在世中）を思い出させる給仕役の少将尼なども、袖口は昔と違うさま（尼衣の鈍色）であるが風情がある。几帳を隔てて給仕などするので、袖口が目に入る。

7　いつもより涙ぐんだ目で、妹尼はいらっしゃる。昔を思わせる中将の姿に感動する。

8　中将の言。人目を忍んだ様子でおいでの方はどなたですか。素性を尋ねる。

9　面倒ではあるが、（中将が）ちらっとでも浮舟を見つけてしまったのに、知らぬ顔でいようのもおかしいだろうというので。妹尼は、中将が女（浮舟）の素性を詮索することで、都にまで噂が流れるのを危惧する。底本「みつけてける」、青表紙他本「みつけ給てける」。

10　妹尼の言。（亡き娘が）どうにも忘れられずに、ますます（妄執の）罪が深いと思わずにはいられなかった心の慰安に、ここ何か月か、お世話させていただいている人で。

11　いったいどうしたことか、とても悩みが多い様子で、この世に生きていると人に知られるようなのを苦しそうに思っておいでなので。暗にこの件を口外しないよう、求める。

ことを苦しげに思ひて物せらるれば、[1]かゝる谷の底にはたれかは尋ね聞かんと思ひつゝ侍るを、[2]いかでかは聞きあらはさせ給へらん。」

といらふ。

「[3]うちつけ心ありてまゐり来むにだに、山深き道のかことは聞こえつべし。[4]ましておぼしよそふらん方につけては、こと〴〵に隔て給ふまじきことにこそは。[5]いかなる筋に世をうらみ給ふ人にか。慰めきこえばや。」

など、[6]ゆかしげにの給ふ。[7]出で給ふとて、畳紙に、

[8]あだし野の風になびくな女郎花われ標結はん道遠くとも

と書きて、[9]少将の尼して入れたり。尼君も見給ひて、

「[10]此御返し書かせ給へ。いと心にくきけつき給へる人なれば、うしろめたくもあらじ。」

[11]とそゝのかせば、

「[12]いとあやしき手をば、いかでか。」

1　こんな谷底のような辺境の地にだれが探し求めてきましょうと思いながらいますのに。「春やくる花や咲くとも知らざりき谷の底なる埋れ木なれば」（和泉式部集）。底本「たにのそこには」「尋きかん」、青表紙他本多く「たひのそらには」「たつねきこえん」。

2　（中将は）どのようにお聞きになって見つけられたのでしょうか。

3　中将の言。突然の出来心でお伺いした場合でさえ、山深い道を尋ねてきた（誠意を無にされたという）恨み言くらい申し上げてもいいでしょう。

4　まして（亡妻代わりに）その方を思っておられるからには、私を無縁の者と退けることはおできになれないはず。自分は亡妻を慕ってここまで来ているのだから、亡妻代わりの女性とは縁があると強弁。「ことゞゝ」は異事。

5　どんな事情でこの世を恨んでおいでの人なのか。お慰め申したい。

6　（中将は）子細を知りたそうにおっしゃる。

7　お帰りになろうとして、懐紙に。

8　中将の歌。ほかの浮気男になびかないでおくれ、美しい姫君よ。たとえ道は遠くても私が通ってきてあなたを独占したい。「あだし野」は京の西北の歌枕、現在の念仏寺の辺で、「あだ」は不実・浮気の意に、別の・異なるの意の「あだし」を重ねる。「しめ」は注連縄で、占有を示すもの。庭前の女郎花に浮舟をたとえる。求愛の歌。

9　少将尼を仲介に（和歌を簾中に）入れた。

10　妹尼の言。このご返歌をお書きなさいませ。（中将は）とても奥ゆかしいところがおありになる人なので、不安に思うこともないでしょう。一時の浮気心で女性を傷つけるような男性ではないと強調する。

11　（妹尼が浮舟に）返歌を促すと。

12　浮舟の言。とてもまずい字を、どうして（書けましょう）。自らを卑下しつつ拒む。以後も、自分の拙さを断りの理由とする（二四四頁の返事。二六八頁の返歌でも卑下する）。

240

とて、[1]さらに聞き給はねば、

「[2]はしたなきことなり。」

とて、尼君、

「[3]聞こえさせつるやうに、世づかず、人に似ぬ人にてなむ。

[4]移し植ゑて思ひ乱れぬ女郎花うき世を背く草の庵に。」

とあり。[5]こたみはさもありぬべし、と思ひゆるして帰りぬ。

[6]文などわざとやらんは、さすがにうひ〳〵しう、ほのかに見しさまは忘れず、物思ふらん筋何ごとと知らねど、あはれなれば、八月十余日のほどに、[7]小鷹狩のついでにおはしたり。[8]例の尼呼び出でて、

「[9]一目見しより、静心なくてなむ。」

との給へり。[10]いらへ給ふべくもあらねば、尼君、

「[11]「待乳の山」となん見給ふる。」

と[12]言ひ出だし給ふ。対面し給へるにも、

1 （浮舟が）まったく聞き入れなさらないので。

2 妹尼の浮舟への言。それ（返歌しない）は心ないことです。身分ある男性に対して失礼。

3 妹尼の手紙文。申し上げたように、世馴れず、普通とちがった人で。「いかで死なばや。世づかず心うかりける身」（㈦浮舟51節）以来、浮舟は繰り返し自分をそう考え（15・33節）、「世づか」ない人とされる（20・28節）。

4 妹尼の歌。美しい姫君をお連れして、どうしたらよいか思い悩んでいます。憂き世を捨てた私どもの草庵に。「移し植ゑて」は「やまがつのかきほながらにうつしうゑていつとなく見むとこなつの花」（宣耀殿女御瞿麦合（せんようでんのにょうごなでしこあわせ））にも見られる。

5 （初めて歌を贈った）今回はそう（代筆の返事）も仕方あるまいと（中将は）許して帰った。姫君（浮舟）の返歌は次のこととする。

21 中将、三たび来訪

6 手紙などをことさらに送るのは、さすがにうぶで恥ずかしく、（しかし）ほんのちらりと見た（女性の）様子は忘れず、思い悩んでいよう趣きは何とも知らないが、しみじみいたわしいので、八月十余日のころに。中秋のころ。

7 隼など小形の鷹を用いて小鳥をとる狩。小野に立ち寄る口実。「御狩の行幸し給はむやうにて（かぐや姫を）見てむや」（竹取物語）。

8 いつもの（応対役の）少将尼を呼び出して。

9 中将の言。ひと目見たときから、（女性に心惹かれて）心が騒がしくて。

10 （浮舟は）お答えになりそうもないから。

11 妹尼の言。（浮舟は）他に誰か思う人がいるのかと拝しております。「誰をかも待乳の山の女郎花秋と契れる人ぞあるらし」（小町集）。「待乳の山」は、大和国宇智郡五条（現、奈良県五條市）から紀伊国に至る国境の山。青表紙他本「まつちのやまのとなん」。

12 妹尼が（少将尼を介して）簾外の中将に（返事を）差し出しなさる。（妹尼が中将と）対面なさるにつけても。

「[1]心ぐるしきさまにて物し給ふと聞き侍りし人の御上なん、残りゆかしく侍りつる。何ごとも心にかなはぬ心ちのみし侍れば、山住みもし侍らまほしき心ありながら、[2]ゆるい給ふまじき人ゝに、思ひ障りてなむ過ぐし侍る。[3]世に心ちよげなる人の上は、[4]かく屈じたる人の心からにや、ふさはしからずなん。物思ひ給ふらん人に、思ふことを聞こえばや。」

など、いと心とゞめたるさまに語らひ給ふ。

「[5]心ちよげならぬ御願ひは、聞こえかはし給はんに、つきなからぬさまになむ見
え侍れど、例の人にてはあらじと、[6]いとうたゝあるまで世をうらみ給ふめれば。[7]残 二〇四
り少なき齢どもだに、今はと背きはべる時は、いと物心ぼそくおぼえ侍りし物を、
世をこめたる盛りには、つひにいかゞとなん見給へ侍る。」

と、[8]親がりて言ふ。

[9]入りても、

[10]「なさけなし。猶いさゝかにても聞こえ給へ。かゝる御住まひは、すゞろなるこ

1　中将の言。おいたわしいご様子でおいでだと聞きました人(浮舟)のお身の上の話の残りを聞きとうございます。(妻に先立たれ)何ごとも思いかなわない気持ばかりしますので、山住み(出家)もしたく思う心もありますが。底本「侍つる」、青表紙他本「侍」。

2　許して下さりそうもない人々(親たち)のために、決意もためらわれて過ごしております。「ゆるい」は「ゆるし」のイ音便。

3　いかにも気持よさそうに暮している人については。暗に今の妻(藤中納言の娘)をいう。

4　このように沈みがちな私の性分からか、(妻は)どうも私には似合わしくなくて。物思いに沈んでおいでだろう人に、思うことを申し上げたい。身近な女性になじめず、憂愁を理解する女性を求めるという、薫の言(㈦総角3節)を想起させる訴え。底本「くんしたる」、青表紙他本「くしたる」。

5　妹尼の言。(奥様とは違う)悩みをもった人と話したいというご希望は、お話し合いなされば、(浮舟は)不似合ではないように見えますが、世俗の生活はしたくない(出家したい)と。「人にては」、青表紙他本「人にて」。

6　ほんにいやだと思うまで、俗世をうとましく思っておいでのようなので(語り合うまい)。

7　余命いくばくもない私のような老人でも、いまはと世を捨てます(出家する)時は、とても心細く思えましたものですのに、将来ある妙齢では、結局はどうなるかと見ております。浮舟が出家を望んでいるのを紹介しつつ、貫き通せるか危ぶみ、中将に託そうとする。底本「よはひともたに」「さかりには」、青表紙他本「よはひの人たに」「さかりにては」。

8　(妹尼は)親めいた口ぶりで言う。

9　(妹尼は浮舟のいる奥の居室へ)入っても。

10　妹尼の言。(浮舟自身が返歌しないのは)失礼なことです。やはりほんの少しでも(中将へご返事を)さしあげなさいませ。このような住まいでは、何ということもないことにもあわれが分かるのがふつうのことなのです。

とも、あはれ知るこそ世の常のことなれ。」

など、[1]こしらへても言へど、

「[2]人に物聞こゆらん方も知らず、何ごとも言ふかひなくのみこそ。」

と、[3]いとつれなくて臥し給へり。客人は、

「[4]いづら。あな心う。秋を契れるは、すかし給ふにこそ有りけれ。」

など、恨みつゝ、

[5]松虫の声を尋ねて来つれどもまた萩原の露にまどひぬ

「[6]あないとほし。これをだに。」

など責むれば、[7]さやうに世づいたらむこと言ひ出でんもいと心うく、又言ひそめては、かやうのをり〳〵に責められむもむつかしうおぼゆれば、[8]いらへをだにしたまはねば、あまり言ふかひなく思ひあへり。[9]尼君、はやうはいまめきたる人にぞありけるなごりなるべし。

「[10]秋の野の露わけきたる狩衣葎しげれる宿にかこつな

1　（尼君は浮舟を）なだめすかしても言うが。
2　浮舟の言。他人（ここでは中将）にものを申し上げるようなことも分かりません。何につけても（私は）つまらないばかりの人間で。自らを愚かと卑下し、話し相手になれぬと拒む。
3　とりつくしまもなく、（浮舟は）突っ伏していらっしゃる。「臥す」は拒絶のしぐさ。
4　客人（中将）の言。どうしたのか。なんと情けない。秋になったらとの約束は（さては）私をだましなさったか。「いづら」は相手を促す感動詞。浮舟からいつまでも返事がないのにしびれを切らし、先の妹尼の引歌（二四一頁注11）の下の句「秋と契れる人」の「人」を自分にとりなして恨む。中将は、大君に相対する薫と同じく「客人」と呼ばれる（二二七頁注8）。
5　中将の歌。松虫ならぬ妹尼の待つという声を尋ねて来ましたが、また萩原の、思う人のつれなさの涙にくれています。「松虫」「松」の掛詞。底本「萩はら」、青表紙他本「をきはら」、この場合「荻」「招（を）ぎ」の掛詞。
6　妹尼の言。まあ、お気の毒に。せめて返歌だけでも。先日の妹尼の引歌をきっかけとする中将の恨み言であるが、棚にあげて浮舟に返事を強要する。底本「これをたにと」、青表紙他本「これをたになと」。
7　そのように世間一般に従った（色恋めいた）歌を返すようなのも実に情けなく、また一度返歌したら、こういう度に（返歌を）責められるのも（浮舟には）不快に思われるので。
8　（中将への返歌はむろんのこと）妹尼への返事さえ（浮舟は）なさらないので、（妹尼たちは）あまりにもつまらなく思い合っている。
9　妹尼は、出家前は当世風の機知に富む人であったその名残からだろう。中将と浮舟のなかだちに躍起になる理由を語り手が推測。
10　妹尼の歌。秋の野の露を踏み分けて濡れた狩衣を葎の茂った宿のせいだとおっしゃいますな。「来たる」「着たる」の掛詞、「狩衣」は小鷹狩の縁でいう。

となん、わづらはしがりきこえ給ふめる。」[1]

と言ふを、内にも、[2]猶かく心より外に世にありと知られはじむるを、いと苦しとおぼす心の内をば知らで、をとこ君をも飽かず思ひ出でつゝ恋ひわたる人ゝなれば、

「[3]かくはかなきついでにも、うち語らひきこえ給はんに、心より外に、世にうしろめたくは見え給はぬ物を。[4]世の常なる筋にはおぼしかけずとも、なさけなからぬ程に、御いらへばかりは聞こえ給へかし。」

など、[5]引き動かしつべく言ふ。

[6]さすがに、かゝる古体の心どもにはありつかずいまめきつゝ、腰をれ歌このましげに若やぐけしきどもは、いとうしろめたうおぼゆ。[7]限りなくうき身なりけりと見果てゝし命さへ、あさましう長くて、いかなるさまにさすらふべきならむ、ひたふるに亡き物と人に見聞き捨てられてもやみなばや、と思ひ臥し給へるに、[8]中将は、大方物思はしきことのあるにや、いといたう打ち嘆き、忍びやかにふえを吹き鳴らして、

1　妹尼の歌に続くことば。（浮舟は言いがかりを）迷惑がり申しておいでの様子です。

2　簾中でも、やはりこのように不本意にも生きていると（中将のような都に住む人にも）知られ始めるのを、とてもつらいとお思いの（浮舟の）心の内を察しないで、（尼たちは、亡き姫君だけでなく）もと婿君だった中将をもいつも思い出しては慕い続ける人たちなので。御簾の外に同調し、簾中の尼たちも浮舟に返事を勧める。

3　尼たちの言。こんなちょっとした機会にでも、少しお話し申し上げなさるのに、不本意だと、決して（浮舟が）心配するには及ばないお方ですから。中将のきまじめさを強調。「給はんに」、青表紙他本「給へらんに」。

4　世間によくある色恋めいた方面にはお気持はなくても、思いやりがないわけでもない程度に、ご返事ぐらいは申し上げなさいませ。底本「すちには」、青表紙他本「すちに」。

5　（浮舟を）揺さぶらんばかりに言う。

22　中将を引きとめる

6　そうは言っても、こうした昔気質には不似合いなほど当世風にふるまっては、下手な歌を詠みたがってはしゃいでいる（尼たちの）様子は、（浮舟には）とても気が許せなく思われる。妹尼たちの親切は分かるが、中将を手引きせぬかと不安で、やはり心は許せない。

7　このうえなく嫌なわが身なのだったとすっかり見切ってしまった命までも、あきれるほどに長くて（死ねず）、どんな様子でさすらうことになろう、ただもうこの世に亡い人だとだれからも見捨てられたまま終ってしまいたい、と思って（浮舟が）横になっていらっしゃると。㊆浮舟51節以来の、強い自己否定。

8　中将は、総じて悩みごとでもあるのだろうか、実にたいそうため息をつき、しめやかに横笛を吹き鳴らして。浮舟の深い憂愁に比べて戯画的な語り。底本「打なけき」、青表紙他本「うちなけきつゝ」。

「鹿[1]の鳴く音に。」

などひとりごつけはひ、まことに[2]心ちなくはあるまじ。

「過[3]ぎにし方の思ひ出でらるゝにも、中〳〵心づくしに、今[4]はじめてあはれとおぼすべき人はた、かたげなれば、見えぬ山路にも、え思ひなすまじうなん。」

と、[5]うらめしげにて出でなむとするに、尼君、

「[6]など、あたら夜を御覧じさしつる。」

とて、ゐざり出で給へり。

「何[7]か。をちなる里も、心み侍れば。」

など言[8]ひすさみて、いたうすきがましからんも、さすがに便なし、いとほのかに見えしさまの、目とまりしばかり、つれ〴〵なる心慰めに思ひ出づるを、あまり[9]もて離れ、奥深なるけはひも所のさまに合はずすさまじ、と思へば、帰[10]りなむとするを、

笛の音さへ飽かずいとゞおぼえて、

　深[11]き夜の月をあはれと見ぬ人や山の端近き宿にとまらぬ

1 中将の独り言。「山里は秋こそ殊にわびしけれ鹿の鳴く音に目を覚ましつつ」(古今集・秋上・壬生忠岑)により、寂しさを訴える。

2 なるほど思慮が浅くはないだろう。妹尼の言「いと心にくきけつき給へる人なれば」(二三八頁)を受けた語り手の皮肉。

3 中将の言。亡き妻のことが思い出されるにつけても、(訪問し)かえって心乱れたうえに。

4 今初めて思いを寄せてくれそうな人は一方で、居そうにないので、ここを愁えのない山里にも、思い込むことができそうになく。「世の憂き目見えぬ山路へ入らむには思ふ人こそ絆(ほだし)なりけれ」(古今集・雑下・物部吉名)に拠り、思いがかなわぬ憂愁を言う。

5 恨めしそうに(中将が)立ち去ろうとすると。底本「いてなむ」、青表紙他本「いて給なん」。

6 どうしてせっかくのすばらしい夜をご覧にならず中途でお帰りなのか。「あたら夜の月と花とを同じくはあはれ知れらん人に見せばや」(後撰集・春下・源信明)。㊂明石20節。

7 中将の言。いやなに、月の出が遅いあちらの里の様子なのも、もう分かりましたから。「ここに又わがあかぬ月を山の端のをちの里には遅しとや待つ」(古今六帖一)を引き、冷淡な浮舟ゆえ賞美する月などないとする。底本「侍れはなと」、青表紙他本「侍ぬれはと」。

8 (中将は)たわむれて言って、本当に好色めくようなのも、(尼たちの居場所で)さすがに不都合だ、ほんの少し見えた姿が、目を惹きつけられたそのぐらいに、(妻を亡くし)物寂しい気持の慰めに思い出すのだが。底本「思出つる」、青表紙他本「おもひいてつる」。

9 (浮舟が)あまりによそよそしく、引込み思案な態度も(しんみり語らうに適した)場所がらに合わずしらける、と(中将は)思うので。

10 帰ろうとするのを、(妹尼は中将ばかりか)笛の音まで名残惜しくますます感じられて。

11 妹尼の歌。深夜の月を賞美しない人は(月の入る)山の端に近いこの宿には泊らないのか。前の「あたら夜」を受け、「月」に浮舟

と、[1]なまかたはなることを、

「[2]かくなん聞こえ給ふ。」

[3]と言ふに、心ときめきして、

[4]山の端に入るまで月をながめ見ん閨の板間もしるしありやと

など言ふに、[5]この大尼君、笛の音をほのかに聞きつけたりければ、さすがにめでて出で来たり。

[6]こゝかしこうちしはぶき、あさましきわなゝき声にて、[7]中〳〵むかしのことなどもかけて言はず、たれとも思ひ分かぬなるべし。

「[8]いで、その琴の琴弾き給へ。横笛は、月にはいとをかしき物ぞかし。[9]いづら、御達、琴取りてまゐれ。」

と言ふに、[10]それなめりとおしはかりに聞けど、いかなる所にかゝる人、いかで籠りゐたらむ、[11]定めなき世ぞ、これにつけてあはれなる。[12]盤渉調をいとをかしう吹きて、

「[13]いづら。さらば。」

を喩え、ここは「をちの里」でないとする。

1 余りうまくない歌を。
2 妹尼の言。(姫君は)こう申し上げなさる。二行前「深き夜の…」を浮舟の気持だと偽る。
3 と(妹尼が)言うと(中将は)心がはずんで。
4 中将の歌。山の端に入るまで月を眺め見よう、そのかいあって(浮舟に)お逢いできるかと。「閨の板間」は寝室の屋根を葺いてある板の隙間。月光の漏れ入る縁で逢う瀬を願う。
5 この母尼は、(中将の)笛の音をほのかに聞きつけたものだから、(老齢で出家の身とはいえ)さすがに笛の音を賞美して(妹尼の住む東の方に)出てきた。

23 母尼、現れる

6 話のあちこちで咳をし、ひどい震え声で。母尼の声の描写。老人らしい声である。
7 (声は老人だが)かえって昔(妹尼の娘)のことをおくびにも出さず、(それというのも)相手がだれだとも分からないからなのだろう。
8 母尼の言。さあ、その琴の琴をお弾きなされ。横笛は、月夜にはまことに趣きのあるものぞ。「琴」は七絃琴。二一七頁注5参照。
9 どうじゃ、皆さん、琴を持って参れよ。周囲の女房たちに命ずる。底本「こたち」、青表紙他本「くそたち」。二五五頁注6参照。
10 (中将は亡妻の祖母にあたる)母尼のようだと当て推量に思うが、どのような場所にこのような人が、どうやって籠っていたのだろう。この老婆が妹尼と同居していることに、これまで気づかなかったのを言う。底本「それなめり」、青表紙他本「それなゝり」。
11 命の定めなさが、この出会いにつけてもしみじみと思われる。母尼は八十余歳、孫のわが妻は早世していて、と中将は感慨にふける。
12 雅楽の六調子の一。十二律の盤渉を基音とする調子。秋から冬にかけてのもの。
13 中将の言。どうです。それでは。感慨に誘われるまま帰るのをやめ、妹尼に弾琴を促す。

二〇一七 とのたまふ。[1]むすめ尼君、これもよき程のすき物にて、

「[2]むかし聞き侍りしよりも、こよなくおぼえ侍るは、山風をのみ聞きなれ侍りにける耳からにや。」

とて、

「[3]いでや、これもひがことに成りて侍らむ。」

と言ひながら弾く。[4]今様は、をさ〳〵なべての人の今は好まず成り行く物なれば、中〳〵めづらしくあはれに聞こゆ。[5]松風もいとよくもてはやす。[6]吹きて合はせたる笛の音に、月も通ひて澄める心ちすれば、いよ〳〵めでられて、よひまどひもせず起きゐたり。

24 「[7]女は、むかしは[8]あづま琴をこそは、こともなく弾きはべりしかど、今の世には変はりにたるにやあらむ、[9]この僧都の、聞きにくし、念仏より外のあだわざなせそとはしたなめられしかば、[10]何かはとて弾き侍らぬなり。さるは、いとよく鳴る琴も侍り。」

1　娘の妹尼は、この人も相当な風流人で。

2　妹尼の言。昔（娘の存命中に）聞きましたときよりも、このうえなくみごとに思えますのは、（小野住まいで）山風ばかり聞き馴れてしまった耳のせいでしょうか。中将の笛に賛嘆。

3　妹尼の言。いやもう、私の琴も調子外れになっておりましょう。都から遠ざかり、耳も琴も不調法（ぶちょうほう）になったとする。「これも」、青表紙他本「これは」。

4　当世は、（七絃琴は）ほとんど一般の人が今では好まなくなった琴なので、（調子の合った箏よりも）かえって珍しく胸に沁みるさまに聞こえる。琴については[五]若菜下31節。

5　「琴の音に峰の松風かよふらしいづれの緒（を）より調べそめけむ」（拾遺集・雑上・斎宮女御）による表現。琴の音色に松風の響きも調和し、琴を引き立てる。

6　（その琴に）吹いて合わせる笛の音色に、月光もどこか似通って清澄な気持がするので、（母尼は）ますます愛でずにはいられなくて、（老齢なのに）眠気も催さずに起きている。自分が勧めた管絃の遊びに母尼は満足する。青表紙他本「ふきあはせ」。

24　母尼の弾琴で白ける

7　母尼の言。婆めは、昔は。「女（をむな）」は正しくは「媼（おむな）」で老女の意、母尼の自称。「おむな」を誤って「女」と表記した例。「むかしは」、青表紙他本「むかし」。

8　和琴は巧みに弾きましたが、当世では（奏法が）異なったのやら。和琴は大和琴とも。日本古来の楽器で六絃。決まった奏法がなく、真髄を究めにくい（[四]常夏4節、[五]若菜下四四四頁）。「律の調べ」を得意とする。

9　この（横川）僧都が、耳障りだ、念仏の他の無意味なことをするなと厳しく言われたものだから。『往生要集』は念仏以外の余業を禁止。

10　何の、弾くものかと思って弾かないのです。ですが実を言えば、とても響きのよい琴もありますぞ。

と言ひつゞけて、いと[1]弾かまほしと思ひたれば、いと忍びやかにうち笑ひて、

「[2]いとあやしきことをも制しきこえ給ひける僧都かな。極楽といふなる所には、
菩[3]薩などもみなかゝることをして、天人なども舞ひ遊ぶこそたふとかなれ。[4]おこな
ひ紛れ、罪得べきことかは。こよひ聞き侍らばや。」

と[5]すかせば、いとよしと思ひて、

「[6]いで、殿守のくそ。あづま取りて。」

と言ふにも、[7]しはぶきは絶えず、人々は見ぐるしと思へど、僧都をさへうらめしげ
に愁へて言ひ聞かすれば、いとほしくてまかせたり。[8]取り寄せて、たゞ今の笛の音
をも尋ねず、たゞおのが心をやりて、あづまの調べを爪さはやかに調ぶ。みな[9]異物 二〇八
は声をやめつるを、これをのみめでたると思ひて、

「[10]たけふ、ちゝり〳〵、たりたんな。」

など[11]掻き返しはやりかに弾きたる、言葉ども、わりなく古めきたり。

「[12]いとをかしう、今の世に聞こえぬ言葉こそは弾き給ひけれ。」

1　（母尼が）たいそう弾きたそうにしているので、（中将は）声を立てずに少し笑って。

2　中将の言。全く妙なことをとどめ申された僧都ですな。極楽とか言う場所では。極楽は西方十万億土のかなたにある阿弥陀仏の浄土。

3　菩提薩埵（ぼだいさった）などもみな楽を奏して、天人なども舞い遊ぶのが尊いことだと聞いています。菩薩は菩提薩埵の略。悟りを求め衆生を教化する、仏（如来とも。正覚（しょうがく）者を言う）の前段階に至った修行者。菩薩像には平等院鳳凰堂の二十五菩薩小像など、音楽を楽しむものが多い。

4　（楽を奏して）勤行に気が散っても、罪つくりになるはずもない。今夜は聞きましょう。

5　おだてると、（母尼は）しめたと思って。

6　母尼の言。さあ、殿守さん。和琴を取って来て。「殿守」は侍女の呼び名。親などが殿司（とのもりづかさ）に仕えていたための呼称か。「くそ」は敬意や親しみをこめて呼びかける語。

7　咳ばかりで、女房たちは見苦しいと思うが、僧都のことまで恨めしそうに（中将に）嘆き訴えるので、哀れでもあり困り切って。

8　（和琴を）取り寄せて、先ほどの（中将の）笛の音（盤渉調、一五〇頁）を考え合せもせず、ただ心のおもむくままに、和琴独特の調子をへら状の爪ではっきり弾く。「あづまの調べ」、㈣真木柱五九四頁。「律の調べ」に同じか。

9　他の楽器は演奏をやめたのを、（母尼は）この和琴だけをほめていると思って。底本「こゑを」「これを」、青表紙他本「こゑ」「これに」。

10　母尼の謡。「たけふ（武生）」は催馬楽「道の口」（㈣浮舟五九七頁注9）の歌詞の一部。「ちゝり〱、たりたんな」は和琴に合わせ笛の旋律を歌う唱歌（しょうが）か。「道の口」の旋律は、浮舟巻の母中将君の「武生のこふに移ろひ給ふとも」の言葉を想起させるか。

11　琴爪の裏で絃をはじいてはなやかに弾いている、（それに合わせて口にする催馬楽の）唱歌は言いようもなく古めかしい。

とほむれば、[1]耳ほの〴〵しく、かたはらなる人に問ひ聞きて、

「[2]今様の若き人は、かやうなることをぞ好まれざりける。[3]こゝに月ごろ物し給ふめる姫君、かたちいとけうらに物し給ふめれど、[4]もはら、[5]かやうなるあだわざなどし給はず、埋もれてなん物し給ふめる。」

と[6]我かしこにうちあざ笑ひて語るを、尼君などはかたはらいたしとおぼす。[7]これに事みなさめて帰り給ふ程も、山おろし吹きて、聞こえ来る笛の音いとをかしう聞こえて、[8]起き明かしたるつとめて、

[9]よべは、かた〴〵心乱れ侍りしかば、急ぎまかで侍りし。

[10]忘られぬ昔のことも笛竹のつらきふしにも音ぞ泣かれける

[11]猶すこしおぼし知るばかり教へなさせ給へ。忍ばれぬべくは、すき〴〵しきまでも、何かは。

とあるを、[12]いとゞわびたるは、涙とゞめがたげなるけしきにて、書き給ふ。

[13]笛の音に昔のこともしのばれて帰りし程も袖ぞ濡れにし

12　中将の言。とてもおもしろく、当節には聞けない歌をお弾きになったよ。

1　(母尼は)耳も遠くなっているので、傍らの女房に(中将が何と言ったかを)問い尋ねて。

2　母尼の言。当世の若い人は、このような音楽などを好まれないのだった。

3　ここに数か月ご滞在らしい姫君(浮舟)は、お顔だちはとてもお美しくておいでのようだが。青表紙他本「かたちはいときよらに」。

4　全然。男性語。物語中他四例は男性の例。

5　このようなつまらぬ遊び事をなさらず、閉じこもっておいでのようで。「かやうなる」、青表紙他本「かゝる」。

6　自分一人が偉そうに(他人の気持など構わず)大声で笑って話すのを、妹尼などは聞き苦しいと思っていらっしゃる。

7　母尼の和琴ですっかり興ざめして(中将が)お帰りになるあいだも、山から激しい風が吹いて、中将の(道中吹き鳴らす)笛の音が風に乗って趣深く聞えてきて。

8　(尼君たちが亡き娘の居たころを懐かしんで)寝ずに夜を明かした早朝に。

25　翌朝、中将の消息

9　中将の手紙と歌。昨夜は、あれこれ思い心乱れましたので、早々に退散いたしました。

10　忘れられない亡き妻のことも浮舟の冷淡な折節にも、声をあげて泣かずにはいられなかった。「事」「琴」の掛詞、中将が吹いた「笛竹」は、竹の縁語の「ふし(節)」を導く。

11　やはり少し(私の心が)お分かりになるくらい、(浮舟を)教え導いて下さい。(亡妻への思いを)我慢できるくらいなら、何で色めかしい言動にまで及ぼうか(すべて亡妻を思うゆえ)。

12　以前にもまして物悲しい思いの妹尼は、涙を止められぬ様子で、(返事を)お書きになる。

13　妹尼の歌。あなたの笛の音に亡き娘が恋しく思い出されて、帰られたあとも袖が涙で濡れたことです。「こと」に「琴」を響かす。

[1]あやしう、物思ひ知らぬにやとまで見侍るありさまは、老い人の問はず語りに聞こしめしけむかし。

とあり。[2]めづらしからぬも見所なき心ちして、[3]うちおかれけん。[4]をぎの葉におとらぬほど〳〵におとづれわたる、[5]いとむつかしうもあるかな、人の心はあながちなる物なりけり、と見知りにしをり〳〵も、やう〳〵思ひ出づるまゝに、

「[6]猶かゝる筋のこと、人にも思ひ放たすべきさまにとくなし給ひてよ。」

とて、[7]経ならひて読み給ふ。心の内にも念じ給へり。[8]かくよろづにつけて、世中を思ひ捨つれば、若き人とてをかしやかなることもことになく、結ぼほれたる本上なめりと思ふ。[9]かたちの見るかひ有り、うつくしきに、よろづの咎見ゆるして、明け暮れの見物にしたり。[10]すこしうちわらひ給ふをりは、めづらしくめでたき物に思へり。

[11]九月になりて、[12]此尼君、初瀬に詣づ。[13]年ごろいと心ぼそき身に、恋しき人の上

1　妹尼の手紙。奇妙なほど、ものの風情がお分りでないのかとまで見えます浮舟の様子は、母尼の問わず語りでお分りになったでしょう。

2　珍しくもない（浮舟本人ではない、いつもの妹尼からの）返歌も見がいのない気がして。

3　（中将は）そのまま捨て置かれたろう。語り手の評。青表紙他本「うちおかれけんかし」。

4　秋風に荻がそよぐ葉ずれの音にも劣らぬほど便りが頻繁なのは。「秋風の吹くにつけても訪はぬかな荻の葉ならば音はしてまし」（後撰集・恋四・中務）。

5　とてもわずらしくいやなことだ、男の気持は無理無体なものだったよ、と、かつて思い知った折々のことも、だんだんと思い出すにつれて。「あながちなりし人」（四浮舟五四四頁）匂宮の執心を懲り懲りだと思い出す。

6　浮舟のひとり言。やはりこういう（恋愛の）方面を、他人にも諦めさせるような（出家）姿に早く（私を）して下さい。ここでの「人」は中将や、妹尼たち周囲の人を言う。蘇生以来の「尼になし給ひてよ」（二一〇頁）の願い。

7　（妹尼から）経典を習って声を出してお読みになる。心中でも（仏を）念じなさる。

8　万事につけ（浮舟は）俗世のことを思い捨てているので、若い人でもはなやかなことも特になく、憂鬱な性格なのだろう、と（妹尼は）思っている。「本上」は「本性」の当て字。

9　容貌が見がいがあってかわいいので、（妹尼は浮舟の）他のすべての欠点は大目に見て、明け暮れの見る楽しみとしている。

10　（浮舟が）微笑なさるときは、珍しくすばらしいものに（妹尼たちは）思っている。

26 妹尼、初瀬に出立

11　浮舟が小野に来たのは四月で、半年経過。

12　半年前は母尼の願で長谷寺に詣でたが、今回は妹尼の願であり、母尼は残る。

13　数年来（夫に先立たれて）とても心細い思いで過ごしてきた身の上で、恋しい亡き娘のことも忘れられなかったが。

も思ひやまれざりしを、かく[1]あらぬ人ともおぼえ給はぬ慰めを得たれば、くわんおんの御験うれしとて、[2]返り申しだちて詣で給ふなりけり。

「[3]いざ給へ。人やは知らむとする。同じ仏なれど、さやうの所におこなひたるなむ験ありてよきためし多かる。」

と言ひて、[4]そゝのかし立つれど、むかし、母君、乳母などの、かやうに言ひ知らせ 二〇二〇
つゝ、たび〳〵詣でさせしを、かひなきにこそあめれ、[5]命さへ心にかなはず、たぐひなきいみじき目を見るは、といと心うきうちにも、[6]知らぬ人に具して、さる道のありきをしたらんよと、空おそろしくおぼゆ。

[7]心ごはききさまには言ひもなさで、

「[8]心ちのいとあしうのみ侍れば、さやうならん道の程にもいかゞなど、つゝましうなむ。」

との給ふ。物[9]おぢは、さもし給ふべき人ぞかしと思ひて、しひてもいざなはず。

[10]はかなくて世にふる河のうき瀬には尋ねもゆかじ二本の杉

1　他人とは思えない、悲しみを慰めてくれる人(浮舟)を得たので、長谷観音のご霊験がうれしい。「くわんおん」、底本「くわんをん」。

2　お礼参りの思いで初瀬に詣でる。

3　妹尼の言。さあご一緒に。途中、他の人が(あなたのことに)気づくはずもない。同じ仏だが、長谷寺のような尊い仏の霊場で勤行すると霊験があって幸運に恵まれる例が多い。長谷寺の本尊は観世音菩薩だが、仏という。

4　(妹尼は)せき立てて勧めるが、(浮舟は)昔、母上や乳母がこのように(私に)説き聞かせては、何度も(長谷寺に)詣でさせたけれども、効験などなかったではないか。二人の男に挟まれ苦しみ、入水を思った過去を言う。

5　加えて命まで思うにまかせず(入水できず)、このうえなくつらい目に遭うのは、と本当につらいなかでも。「あらぬ所」に生まれ変ったはずの小野の暮らしも、やはりつらい。

6　知らない人(妹尼)と一緒に、(初瀬までの)そんな遠い道中の旅をしたらどうなるかと、何となく恐ろしく思われる。素性が明らかになり、もとに戻るのを危惧するか。

7　(とはいえ)強情に拒むふうには言いもしないで。浮舟は「おれ〳〵しき人」(二一〇頁)。

8　浮舟の言。具合もたいそう悪うございますので、そんな遠出もどうかと遠慮されまして。

9　浮舟は宇治でもののけにとり憑かれたことがあるから、宇治を通って初瀬に行くのに恐怖心を抱くのも当然と、妹尼も引き下がる。

10　浮舟の手習歌。頼りなくこの世に生きている私にはつらい思い出しかない古河(初瀬川)ですので、そのほとりにある二本の杉を尋ねようとは思いません。「古」「経る」の掛詞、「瀬」は「河」の縁語。「初瀬川古川の辺(へ)に二本ある杉　年を経て又も逢ひ見む二本ある杉」(古今集・雑体・旋頭歌・読人しらず)。原歌は、別れた恋人が再会を祈念する心を託した。浮舟は長谷寺に霊験などない、つらいだけだった自分は初瀬を尋ねまいと詠むが、その初瀬の象徴に「二本の杉」を思う。

と[1]手習にまじりたるを、尼君見つけて、

「[2]二本は、またも逢ひきこえんと思ひ給ふ人あるべし。」

とたはぶれ言を言ひ当てたるに、[3]胸つぶれて面赤め給へる、いとあい行づきうつくしげなり。

[4]ふる河の杉の本だち知らねども過ぎにし人によそへてぞ見る

[5]ことなることなきいらへを、口とく言ふ。[6]忍びてと言へど、みな人慕ひつゝ、こゝには人少なにておはせんを心ぐるしがりて、[7]心ばせある少将の尼、[8]左衛門とてあるおとなしき人、童ばかりぞとゞめたりける。

[9]みな出で立ちけるをながめ出でて、[10]あさましきことを思ひながらも、[11]今はいかゞせむと、頼もし人に思ふ人一人物し給はぬは心ぼそくもあるかなと、[12]いとつれ〴〵なるに、中将の御文あり。

「[13]御覧ぜよ。」

と言へど、[14]聞きゝも入れ給はず。いとゞ人も見えず、つれ〴〵と来し方行く先を思ひ

1　（と浮舟がひとり書き付けた歌が）手習の反故にまじっていたのを、妹尼は見つけて。

2　妹尼の言。二本とは、またお逢いしたいと思い申し上げる人がいるのでしょう。二六一頁注10の古今集・旋頭歌「またもあひ見む」をそのまま口にした冗談言。21節と同じ発想。

3　浮舟はどきっとして顔を赤らめる。妹尼の何気ない「二」に鋭く反応したものか。「あい行」は「愛敬」の当て字。青表紙他本「おもてあかめ給へるも」。

4　妹尼の歌。古河の杉ならぬあなたの素性は知らないが、亡き娘によそえて見ています。「本だち」は「杉」の縁語。「杉」「過ぎ」の繰り返し。浮舟の核心を言い当てた言を発しながらも、妹尼の心はすでに浮舟の外見に向けられ、素性への関心は薄れている。

5　格別すぐれたところもない返歌を即座に。

6　目立たぬように小人数でと言いながら、皆が初瀬に行きたがり、小野では人少なで（浮舟が）おいでなのを（妹尼は）気の毒がって。

7　気転のきく少将尼。妹尼の娘が生きていたころから、中将とは懇意だった（二二六頁）。

8　左衛門という年配の女房（初出）と女童（こもき）ぐらいを残した。

27　浮舟、碁を打つ

9　皆が出立したのを（浮舟は）ぼんやり外を眺めて。「ける」、青表紙他本「ぬる」。

10　あまりにも情けない身の上を思いながらも。

11　いまはどうしようか、頼もしい人に思う人（妹尼）が一人おいでではないのは心細くもあるものよと。浮舟は沈黙を続けながらも、内心では妹尼を頼っている。青表紙他本「いかゝはせんと」。

12　実に物寂しく所在ないときに、中将の手紙が来る。妹尼不在時に手紙が来たのは初めて。

13　少将尼の言。（中将の手紙を）ご覧下さい。

14　（浮舟は）聞き入れもしない。妹尼一行が出かけたのでいよいよ人に会わず、物寂しく所在なく、今までこの先を思い沈んでおられる。

屈じ給ふ。

「[1]苦しきまでもながめさせ給ふかな。[2]御五を打たせ給へ。」

と言ふ。

「[3]いとあやしうこそはありしか。」

[4]とはの給へど、打たむとおぼしたれば、盤取りにやりて、[5]われはと思ひて先ぜさせたてまつりたるに、[6]いとこよなければ、又手なほして打つ。

「[7]尼上とう帰らせ給はなん。此御五見せたてまつらむ。[8]かの御五ぞいと強かりし。[9]僧都の君、はやうよりいみじう好ませ給ひて、けしうはあらずとおぼしたりしを、いと[10]棋聖大徳になりて、[11]さし出でてこそ打たざらめ、御五には負けじかしと聞こえ給ひしに、[12]つひに僧都なん、二つ負け給ひし。[13]棋聖が五にはまさらせ給ふべきなめり。あないみじ。」

と[14]きようずれば、[15]さだすぎたる尼びたひの見つかぬに、[16]物好みするにむつかしきこともしそめてける哉と思ひて、心ちあしとて臥し給ひぬ。

1 少将尼の言。（私どもまでが）つらいほどうち沈んでおいでですね。「いとつれぐ〵なる」「つれぐ〵と」（二六二頁）の浮舟を懸念。

2 碁の当て字。「つれづれ慰むもの　碁・双六・物語」（枕草子）。

3 浮舟の言。（碁は）とても下手だったけれど。

4 とは（浮舟は）おっしゃるが、碁を打とうとお思いなので、碁盤を取りに遣わして。

5 （少将尼が）自分の方が強かろうと浮舟に先手をお譲りしたところ。碁は弱い方が先手。

6 （浮舟は）すばらしく上手なので、もう一度、手を改めて打つ。

7 少将尼の言。妹尼さまが早くお帰りになってほしい。この碁をお目にかけましょう。

8 妹尼の碁はたいそうお強いのですよ。

9 （横川の）僧都さまが、ずっと以前から碁がとてもお好きでいらして、ご自分ではかなりの腕前と思っていらっしゃって。

10 碁の名人を気取って。「備前掾橘良利…出家して寛蓮と名づく。…碁の上手なるによりて碁聖と名づく」（花鳥余情）。

11 自分から進んでは打たないが、（妹の）碁には負けるまいぞと申し上げなさったのに。

12 結局は僧都が、三番勝負で二敗なさった。

13 （浮舟はその名人を自称する）僧都の碁よりお強いに違いない。まあすごい。少将尼は、思いもかけない浮舟の才を面白がる。

14 「きょうず」は底本「けうす」。興ず、の意。

15 年老いた尼削ぎの額の見慣れないのに。

16 碁などを好む（少将尼の）様子に、やっかいなことに手をつけてしまったよと（浮舟は）思って、具合が悪いというので、横になってしまわれた。内心頼っていた妹尼の不在の寂しさから、ついつい碁を打ったために、なじみではない他人の少将尼に急に親しげにふるまわれて、浮舟は殻に閉じこもる。周囲をつねに警戒し、他人と距離をおきたがるさまは、死や出家を願う自己否定の念とともに、蘇生以来の浮舟の一貫した態度。

「時[1]〳〵はれ〴〵しうもてなしておはしませ。あたら御身を、[2]いみじう沈みてもてなさせ給ふこそくちをしう、玉に瑕あらん心ちし侍れ。」

と言ふ。[3]夕暮れの風の音もあはれなるに、思ひ出づることも多くて、

[4]心には秋の夕を分かねどもながむる袖に露ぞ乱るゝ

[5]月さし出でてをかしき程に、昼、文ありつる中将おはしたり。[6]あなうたて、こは何ぞ、とおぼえ給へば、奥深く入り給ふを、

「[7]さもあまりにもおはします物かな。御心ざしのほどもあはれまさるをりにこそ侍めれ。[8]ほのかにも、聞こえ給はんことも聞かせ給へ。[9]染みつかんことのやうにおぼしめしたるこそ。」

など言ふに、[10]いとはしたなくおぼゆ。[11]おはせぬよしを言へど、昼の使の、一所など問ひ聞きたるなるべし、いと言多くうらみて、

「[12]御声も聞き侍らじ。たゞけ近くて聞こえんことを、聞きにくしともいかにともおぼしことわれ。」

1　少将尼の言。時には晴れやかにお暮らしなさいませ。もったいない若いおん身なのに。

2　ひどく沈みこんで暮らしておいでなのはいかにも残念、玉に瑕がある感じがします。

3　夕暮れの風の音もしみじみと胸に迫るようで、(浮舟には)思い出すことも多くて。底本「こともおほく」、青表紙他本「ことおほく」。

4　浮舟の歌。自分には秋の情趣が格別分かるわけではないが、物思いにふけると自然に涙の露が乱れ落ちて袖が濡れることだ。参考「いつとても恋しからずはあらねども秋の夕べはあやしかりけり」(古今集・恋一・読人しらず)。浮舟が母中将君と別れて三条の小家に住み、薫に見いだされて宇治に移ったのは昨年の秋。少将尼の的外れながら真摯に思いやる言に接するにつけ、浮舟は「世中にあらぬ所」(二二〇頁)にいる自分を思う。

28　月夜に中将来訪

5　夕闇に月が上った趣深いころ、昼に手紙を寄越した中将が来訪する。夕月夜は恋の予感。

6　まあいやな、これは何ということか、と(浮舟には)思われるので、奥深くお入りになるのに。底本「なにそ」、青表紙他本「なそ」。

7　少将尼の言。それはあまりのなさりようで。(中将の)ご厚志もひとしお身にしむ折でございましょう。秋は人恋しい折。「おはします物かな」、青表紙他本「おはしますかな」。

8　かすかにでも、(中将の)申しなされようもお聞きなさいませ。近くに寄るよう勧める。

9　(中将の話を聞くだけで)深い仲になるかのように気になさるのは(思い過ごしです)。

10　(浮舟は)落ち着かない思いがする。青表紙他本「うしろめたく」。不安な思い、の意。

11　(少将尼が浮舟は)ご不在の由を言うが、昼間来た使から(浮舟)一人残ってなどの事情を問い聞いているのだろう、多々恨み言を言い。

12　中将の言。(浮舟の)お声も聞きますまい。ただおそば近くで私の申すことを、それが聞きづらいともどうともご判断下さい。青表紙

と[1]よろづに言ひわびて、

「[2]いと心うく。所につけてこそ、物のあはれもまされ。あまりかゝるは。」

など[3]あはめつゝ、

「[4]山里の秋の夜深きあはれをもの思ふ人は思ひこそ知れ

[5]おのづから御心も通ひぬべきを。」

などあれば、

「[6]尼君おはせで、紛らはしきこゆべき人も侍らず。[7]いと世づかぬやうならむ。」

と[8]責むれば、

[9]憂き物と思ひも知らで過ぐす身を物思ふ人と人は知りけり

二〇三 *29*

[10]わざといらへともなきを、聞きて伝へきこゆれば、いとあはれと思ひて、

「[11]猶たゞいさゝか出で給へと聞こえ動かせ。」

と、[12]この人ゝをわりなきまでうらみ給ふ。

「[13]あやしきまでつれなくぞ見え給ふや。」

他本「いかにとも」無し。返事は不要、の意。

1　(中将は)いろいろ説得しきれずに。
2　中将の言。とてもがっかりです。場所それぞれに応じて、もののあわれもまさるというもの(こういう寂しい山里などはまさに「あわれ」なのに)。これではあまりに情けない。
3　何度もなじっては。
4　中将の歌。山里の秋の夜更けの情趣も、物思いを知る人ならよくお分りのはず。二六七頁注4の歌の、秋の夜は人を不思議なほど人恋しく、物思いに沈ませるという発想による。
5　(お互い物思う同士ゆえ)自然と心が通い合うはずです。
6　少将尼の浮舟への言。妹尼さまがご不在で、うまくお取りなし申すような人もおりません。返歌を代作できる人も居ないと言う。
7　(返事をしないのは)いかにも世間知らずのようだ。中将のような身分の方に失礼がないように、少将尼のような女房でなく、主人格の浮舟がお相手するのが世間並という主張。浮舟は妹尼の養女のように扱われている。
8　(浮舟を)責めるので。
9　浮舟の歌。つらい身の上とも知らず過ごしている(愚かな私な)のに、物思いする人だと、人は思うのだった。勝手に「同じ心」の相手だと幻想を持たないでほしい、の心。

29　浮舟、母尼の居室に

10　とくに返歌というわけではないが(口ずさんだのを)、(少将尼が中将へ)伝えて申し上げると、(中将は)しみじみと心惹かれて。底本「いらへとも」、青表紙他本「いふとも」。
11　中将の言。やはりほんの少しでも出て来て下さいと(浮舟に)申し上げお勧め下さい。
12　ここにいる少将尼たちをむちゃくちゃなまでお恨みになる。相手が女房なので高圧的。
13　少将尼の言。(浮舟は)不思議なほど冷淡でおいでして。中将に向かって、自分としてもどうしようもないと愚痴をこぼす。

とて、入[1]りて見れば、例はかりそめにもさしのぞき給はぬ老い人の御方に入り給ひにけり。[2]あさましう思ひて、かくなんと聞こゆれば、

「[3]かゝる所にながめ給ふらん心の内のあはれに、大方のありさまなどもなさけなかるまじき人の、いとあまり思ひ知らぬ人よりも、けにもてなし給ふめるこそ。[4]それ物懲りし給へるか。[5]猶いかなるさまに世をうらみて、いつまでおはすべき人ぞ。」

などありさま問ひて、いとゆかしげにのみおぼいたれど、[6]こまかなることは、いかでかは言ひ聞かせん。たゞ、

「[7]知りきこえ給ふべき人の、年比はうと〳〵しきやうにて過ぐし給ひしを、[8]初瀬に詣であひ給ひて、尋ねきこえ給ひつる。」

とぞ言ふ。

[9]姫君は、いとむつかしとのみ聞く老い人のあたりにうつぶし臥して、寝も寝られず。[10]よひまどひは、えも言はずおどろ〳〵しきいびきしつゝ、[11]前にもうちすがひたる尼ども二人臥して、おとらじといびき合はせたり。[12]いとおそろしう、こよひこの

1 （少将尼が奥に）入って見ると、ふだんは仮にものぞいたりなさらない老人（母尼）の居室に（浮舟は）入っていらっしゃるのだった。

2 少将尼はあきれて状況を中将に報告する。

3 中将の言。こんな山里にわびしく過ごしておいでという心情に心ひかれ、（そのうえ）おおよその様子などから、情けの分からぬはずもない人が、実にあまりにも情けの分からぬ人よりも、いちだんと冷淡な態度をとられるのは（実に心外だ）。自分が不心得な男と誤解されての冷淡さかと、とてもつらい、の意。

4 それは（何か男性関係などで）懲り懲りなさったのか。浮舟の過去の男性関係に興味。青表紙他本「それも物こりし給へるか」。

5 やはりどんな事情で世を恨んで、またいつまで（こうして）おいでの人か、など様子をたずねて、たいそう知りたそうにばかり（中将は）お思いになるが。

6 こまごまとした事情は、（浮舟の心を何も知らない少将尼には）どうして話し聞かせられよう。

7 少将尼の言。（妹尼が）お世話申される筋の人で、長年疎遠な感じでお過ごしになったが。

8 初瀬詣でめぐりあい、探し出し申された方です。長谷寺の観音の霊験だとする。底本「給つる」、青表紙他本「給へる」。

30 尼君たちのいびき

9 姫君（浮舟）は、たいそう気味が悪いとばかり聞く老母尼の居室でうつ伏せで寄りかかるが、まったく眠れない。母尼の老耄（ろうもう）ぶりについて、周囲から浮舟も聞き知っていたか。

10 宵のうちから眠たがる癖の母尼は、（早々と熟睡していて）言いようもなく仰々しい高いびきをかき続け。

11 その前にも（母尼に）似た老齢の尼たちが二人横たわって、劣るものかと、いびきをかき合わせていた。戯画的な情景。

12 （浮舟は）とても恐ろしく、今夜（私は）この人々にきっと食べられるのだろうと思うのも。

人ゝにや食はれなんと思ふも、[1]をしからぬ身なれど、例の心よわさは、一つ橋あやふがりて帰り来たりけん物のやうに、わびしくおぼゆ。[2]こもき、供に率ておはしつれど、[3]色めきて、このめづらしきをとこの艶だちゐたる方に帰りいにけり。[4]今や来る〳〵(今や来る)と待ちゐたまへれど、いとはかなき頼もし人なりや。

[5]中将、言ひわづらひて帰りにければ、

[6]「いとなさけなく、埋もれてもおはしますかな。あたら御かたちを。」

など[7]譏りて、みな一所に寝ぬ。

[8]夜中ばかりにやなりぬらんと思ふほどに、尼君しはぶきおぼほれて起きにたり。[9]火影に、頭つきはいと白きに、黒き物をかづきて、この君の臥し給へる、[10]あやしがりて、鼬とかいふなる物がさるわざする、額に手を当てゝ、

[11]「あやし。これはたれぞ。」

と[12]執念げなる声にて見おこせたる。[13]さらにたゞいま食ひてむとするとぞおぼゆる。鬼の取りもて来けん程は、物のおぼえざりければ、中〳〵心やすし。いかさまにせ

1 （死んでも）惜しくない身であるが、いつもの（浮舟の）気弱さは、丸木橋を怖がって戻ってきただろう者のように、つらくやりきれない。「一つ橋」の話の出典未詳。落ちそうな丸木橋に足がすくんで渡れなかった話か。

2 女童のこもきを（浮舟が）供に連れて母尼の居室にいらしたが。「こもき」は二一〇頁。

3 （こもきは）色気づいて、この小野には珍しい男（中将）が気取って座っている方に帰って去ってしまった。中将を戯画的に叙述する。

4 今か今かと帰ってくるのを（浮舟は）待って座っていらっしゃったが、（こもきは）何とも頼りにならない付き人であるよ。語り手の評。

5 中将が何とも言いあぐねて立ち去ったので。

6 少将尼の言。まったく思いやりがなく、引っ込み思案なお方ですね。もったいないお顔なのに。美女は結婚すべきとの考え。

7 少将尼は非難して、向こうの皆と共に寝た。

8 夜中ばかりになったろうかと（一人残された浮舟が）思うころに、母尼がひどく咳きこみながら起き出した。

9 灯りに（照らし出されたのは）、頭のあたりは真っ白なのに黒い物（頭巾）をかぶって、この浮舟の君がうつ伏せていらっしゃるのを。

10 （黒頭巾姿の母尼は浮舟を）変だと思って、鼬とかいうものがそうするらしい、額に手を当てた格好で。額に手を当てて見るしぐさ（「まかげ」）は鼬の疑い深い性質によるしぐさと理解されていた。

11 母尼の言。おかしい。こいつはだれじゃ。

12 疑い深そうな声をあげてこちらを見つめている。「おこす」は視線をなげかける意。

13 まったくもって（母尼が自分を）今すぐ食らおうとすると感ずる。鬼が（自分を宇治から）取り持って来ただろうあいだは、意識がなくて、かえって気は楽だった。（一方いまは）どうなるのだろうと感ずる不快な心地につけても。「鬼も何も食ひ失へ」（二〇六頁）と言ううちに正気を失い、気づいたら小野にいた過去と比較。底本「物の」、青表紙他本「もの」。

んとおぼゆるむつかしさにも、[1]いみじきさまにて生き返り、人になりて、又ありし色〳〵のうきことを思ひ乱れ、むつかしともおそろしとも、物を思ふよ、死[2]なましかばこれよりもおそろしげなる物の中にこそはあらましか、と思ひやらる。

[3]昔よりのことを、まどろまれぬまゝに、常よりも思ひつゞくるに、いと心うく、親と聞こえけん人の御かたちも見たてまつらず、[4]はるかなる東をかへる〳〵年月をゆきて、[5]たまさかに尋ね寄りて、うれし頼もしと思ひきこえしはらからの御あたりをも思はずにて絶えすぎ、[6]さる方に思ひ定め給ひし人につけて、やう〳〵身のうさをも慰めつべききはめに、あさましうもて損ひたる身を思ひもてゆけば、[7]宮をすこしもあはれと思ひきこえけん心ぞいとけしからぬ、[8]たゞこの人の御ゆかりにさすらへぬるぞと思へば、[9]小島の色をためしに契り給ひしを、[10]などてをかしと思ひきこえけんと、こよなく飽きにたる心ちす。[11]はじめより、薄きながらものどやかに物し給ひし人は、このをりかのをりなど思ひ出づるぞこよなかりける。[12]かくてこそありけれと聞きつけられたてまつらむはづかしさは、人よりまさりぬべし。さすがにこの

1　(現在は将来が不安な)実にみじめな有様で蘇生し、人並に回復して、再び昔と同じさまざまなつらいことを思い乱れて、不快だとか恐ろしいとか、ものを思うことだ。「むつかし」は、中将をめぐる叙述にもあった。

2　もし自分が死んでいたら、老尼たちよりも恐ろしい鬼の中で責め苛まれたことだろう。自殺の仏罰で地獄に堕ちるのを言う。㈨蜻蛉八九頁注3。

31　悲運の身を想う

3　(浮舟は)昔以来のことを、眠れないままに、いつもよりも多く思い続けると、まことに情けなく、父親と申したのだろう人(宇治の八宮)のお顔も拝したことがなく。「けん」は母からの伝聞過去という距離感を示す。

4　遥か遠い東国を長い歳月行き来して。養父が陸奥守、常陸介を歴任したのに同行した。

5　たまたま尋ねてお近づきとなり、うれしい頼もしいと思い申したきょうだい(中君)とも、思いがけぬ件で縁が切れたままになり。匂宮の件で三条の小家に移居(㈧東屋34節)。青表紙他本「御あたりも」。

6　(私を)相応の身分にと心にお決めになった人(薫)のおかげで、少しずつ不幸な身の上から脱け出せそうな矢先に、すべて持ち崩してしまったわが身のつたなさをつらつら考えるに。薫は浮舟を妻の一人とするつもりだった。底本「給し人」、青表紙他本「給へりし人」。

7　匂宮を少しでも恋しいと思い申したのだろうわが心はたいそう不届きだ。浮舟自身の感情について「けん」とする。過去の自分が遠く感じられ、道に外れて感心できないとする。

8　ただもうこの人(匂宮)とめぐり会ったご縁で流浪の身となったのだと思うので。

9　(匂宮が)橘の小島の常磐木を例にして変らぬ愛を誓う歌を詠んだのを。㈧浮舟五六〇頁。

10　どうして素敵だと思い申したのだろうと、(恋愛にのぼせた過去が)すっかり嫌になってしまった気分である。懲り懲りした、の意。

世には、[1]ありし御さまを、よそながらだにいつか見んずるとうち思ふ、猶わろの心や、かくだに思はじなど、心ひとつをかへさふ。

[2]からうして鳥の鳴くを聞きて、いとうれし。[3]母の御声を聞きたらむは、ましていかならむと思ひ明かして、心ちもいとあし。[4]供にて渡るべき人もとみに来ねば、猶臥し給ひつるに、いびきの人はいととく起きて、[5]粥などむつかしきことどもをもてはやして、

「[6]御前にとくきこしめせ。」

など[7]寄り来て言へど、まかなひもいとゞ心づきなく、うたて見知らぬ心ちして、

「[8]なやましくなん。」

と[9]ことなしび給ふを、しひて言ふもいとこちなし。

[10]下種〳〵しきほふしばらなどあまた来て、

「[11]僧都、けふ下りさせ給ふべし。」

「[12]などにはかには。」

11 最初から、深い思いではないがおだやかな愛情で気長に接して下さった人（薫）は、この時あの時など思い出すに、比べようもないほどすばらしいのだった。「夏衣薄きながらも頼まるる一重なるしも身に近ければ」（拾遺・恋三・読人しらず）。

12 こうして生きていたのだと（薫に）聞きつけられ申したら、その恥ずかしさは他のだれよりも深いものがあろう。さすがにこの世では。

---

1 かつての（薫の）お姿を、せめてよそながらでも拝見することがあろうかと一瞬思うのを、やはりいけない未練だ、こんなことさえ思ってはならないと、（浮舟は）ひとりで何度も思い直す。「いつか」、青表紙他本「いつかは」。

2 ようやく鳥が鳴く声が聞こえてとてもうれしい。魔物の支配する夜から解放された歓喜。

3 （同じ喜びなら）母のお声を聞いたのなら、ましてやどんなにうれしかろうと思いつつ夜を明かして、気分もとても悪い。参考「山鳥のほろほろと鳴く声聞けば父かとぞ思ふ母かとぞ思ふ」（玉葉集・釈教・行基）。

4 供に連れて居室に帰るはずの人（こもき）もすぐに来ないので、やはり横になっていると、いびきの人（母尼）はとても早く起きて。底本「ふし給つるに」、青表紙他本「ふし給へるに」。

5 粥など不快な食事をいろいろもてなして。

6 母尼の言。姫君（浮舟）も早く召し上がれ。

7 そばに来て言うが、（母尼の）給仕もますます気が進まず、経験のない不快な気持がして。底本「いとゝ」、青表紙他本「いと」。

8 浮舟の言。気分が悪くて。

9 （浮舟が）さりげなくお断りになるのに、（母尼は）無理に勧めるのも、とても無作法だ。

32 僧都、下山の知らせ

10 下役ふうの品のない法師たちが大勢来て。

11 下種法師の言。僧都は、今日下山されます。

12 母尼付き女房の言。なぜ突然に。

と[1]問ふなれば、

「[2]一品宮の御物のけに悩ませ給ひける、山の座主御すほふ仕まつらせ給へど、猶僧都まゐらせ給はでは験なしとて、昨日二たびなん召し侍りし。[3]右大臣殿の四位の少将、[4]よべ夜ふけてなん登りおはしまして、后の宮の御文など侍りければ、下りさせ給ふなり。」

[5]など、いとはなやかに言ひなす。[6]はづかしうとも、会ひて尼になし給ひてよと言はん、さかしら人少なくてよきをりにこそと思へば、起きて、

「[7]心ちのいとあしうのみ侍るを、僧都の下りさせ給へらんに、忌むこと受け侍らんとなむ思ひ侍るを、さやうに聞こえ給へ。」

と[8]語らひ給へば、ほけ〳〵しう打ちうなづく。

[9]例の方におはして、髪は尼君のみ梳り給ふを、異人に手触れさせんもうたておぼゆるに、手づからはた、えせぬことなれば、たゞすこしとき下して、[10]親に今一たびかうながらのさまを見えずなりなむこそ、人やりならずいとかなしけれ。[11]いたうわ

1　びっくりして尋ねる声が聞える。

2　法師の言。一品宮（明石中宮腹今上女一宮）がもののけにお苦しみになり、延暦寺の天台座主が御修法（祈禱）をいたしなさったが、やはり（横川）僧都が参りなさらないでは効験がないと、昨日二度お召しがありました。「すほふ」、底本「すほう」。底本「まいらせ給はて」、青表紙他本「まいり給はて」。

3　夕霧の子息。明石中宮の甥。少将は正五位下相当官だが、権門にふさわしく位は四位。

4　昨夜、遅くに（横川に）登っていらして、后の宮（明石中宮）のお手紙などありましたので、（僧都は）下山なさるそうです。

5　など、実に得意げに吹聴する。底本「なと」、青表紙他本多く「と」。

6　（浮舟は）恥ずかしくとも、（僧都に）会って尼にして下さいませと言おう、（もっともらしく出家に反対しそうな）賢ぶった人が少なくて良い機会と思って、起き出して。自己主張をためらう浮舟としては一大決心。

7　浮舟の言。体調がたいそう悪いばかりなので、僧都が下山なさろう折に、受戒しようと思いまして、そのようにお伝え下さいませ。「忌むこと」は出家者の戒律の意。蘇生直後、在家信者用の五戒は受けたが不満足（11節）。

8　（浮舟が）相談すると、（母尼は）ぼけた様子で（何も考えずに）ただうなずく。底本「打うなつく」、青表紙他本「うなつく」。

9　いつもの自室に（浮舟は）いらして、髪は平素は妹尼だけが梳（と）かしなさるので、他の人に（髪を）いじらせるのもいやだと思われるが、一方で自分ではできないことだから、ただ少し（手の届く範囲だけを）くしけずって。女性の長く美しい黒髪は、大切に世話されてきた証であり、自分一人では身を始末できないことの象徴でもある。

10　母にもう一度このままの姿を見せずにきっと終りそうなのが、自分から望んだこととはいえとても悲しい。

11　長く病んだせいか。11節でようやく回復。

づらひしけにや、[1]髪もすこし落ち細りたる心ちすれど、[2]何ばかりも衰へず、いと多 二〇七
くて、六尺ばかりなる末などぞいとうつくしかりける。[3]筋などもいとこまかに、うつくしげなり。

「[4]かゝれとてしも。」

とひとりごちゐ給へり。

[5]暮れ方に、僧都ものし給へり。南面払ひしつらひて、まろなる頭つき行きちがひさわぎたるも、例に変はりていとおそろしき心ちす。[6]母の御方にまゐり給ひて、

「[7]いかにぞ、月比は。」

など言ふ。

「[8]東の御方は物詣でし給ひにきとか。このおはせし人は、なほものし給ふや。」

など問ひ給ふ。

「[9]しか。こゝにとまりてなん。心ちあしとこそ物し給ひて、忌むこと受けたてまつらんとの給ひつる。」

1　髪も少し抜け落ちて細くなっている感じがするが。髪がたっぷりあるのは美人の証であるのに、物思いのなか体調をくずしたために全体に量が少なくなった。青表紙他本「おちほそりにたる」。

2　ほんの少しも（髪の美しさは）衰えず、量もたっぷりあって、六尺ぐらいの長さの裾など、たいそう美しいのだった。六尺は約一メートル八〇センチ。底本「いとうつくしかりける」、青表紙他本「うつくしかりける」。

3　毛筋なども繊細でかわいらしいようすだ。このあたりまで、自ら髪を梳かし、自立を志向する浮舟のさまを描く一方で、その髪の様子を語り手の視点で賛美し、病んでも少しも衰えない、生来の美貌の貴人と位置づける。

4　浮舟のひとり言。（母は）まさか尼になれとことさら思って撫ではされなかったろうに。「たらちめはかかれとてしもむばたまのわが黒髪を撫でずやありけむ」（後撰集・雑三・遍照）。母親が期待を込めて愛育してきた象徴である黒髪を、切り捨てる意味を思う。

5　日の暮れるころ、僧都がお越しになった。（正客を迎える）寝殿の南廂を掃除して整えて、剃髪した丸い頭の僧が、右往左往して騒がしいのも、ふだんとは違っていて何やら恐ろしい気分になる。気弱な浮舟らしい反応。青表紙他本「かしらつきとも」。

6　（僧都が）母尼のもとに参上して。

7　僧都の言。どうですか、ここのところ。

8　僧都の言。東に住む妹尼は（初瀬に）物詣でにいらしたとか。こちらにおいでになった人（浮舟）は、やはり（ここに）いらっしゃるのか。母尼たちは妹尼たちとは離れ、西がわに住んでいたらしい。僧都は浮舟を救ったあとも、丁重な態度で、ずっと心にかけていた。

9　母尼の言。いかにも。ここに居残っておいでで。具合が悪いとおっしゃって、僧都から戒をお受け申したいとおっしゃっている。母尼は自分の言っていることの意味を深く案ずることなく、浮舟に言われた通りに伝える。

と語る。

立[1]ちてこなたにいまして、

「[2]こゝにやおはします。」

とて、[3]き丁のもとについゐ給へば、[4]つゝましけれど、ゐざり寄りていらへし給ふ。

「[5]不意にて見たてまつりそめてしも、さるべき昔の契りありけるにこそと思ひ給へて、御祈りなどもねんごろに仕うまつりしを、[6]ほふしはその事となくて御文聞こえうけ給はらむも便なければ、自然になんおろかなるやうになり侍りぬる。[7]いとあやしきさまに、世を背き給へる人の御あたり、いかでおはしますらん。」

との給ふ。

「[8]世中に侍らじと思ひ立ち侍りし身の、いとあやしくていまゝで侍りつるを、心うしと思ひ侍る物から、よろづにせさせ給ひける御心ばへをなむ、言ふかひなき心ちにも思ひ給へ知らるゝを、[9]猶世づかずのみ、つひにえとまるまじく思ひ給へらるゝを、尼になさせ給ひてよ。[10]世中に侍るとも、例の人にてながらふべくも侍らぬ

33 浮舟、出家を懇願

1　（僧都は）立ち上がってこちら（浮舟の居室）にいらっしゃり。

2　僧都の言。こちらにおいでですか。

3　几帳のもとに（僧都は）ひざまずかれるので。「き丁」は「几帳」の当て字。

4　（浮舟は）きまりが悪いけれども、膝行して（几帳に）寄り、お返事なさる。

5　僧都の言。思いがけず（宇治院で）初めてお目にかかったのも、しかるべき前世の因縁があったのだったと思いまして、（浮舟のための）ご祈禱なども熱心にいたしておりますが。「不意」は男性語。

6　法師は格別の用件もなくて（血のつながらない女人と）手紙をやり取りするのも不都合なので、おのずから疎遠なふうになってしまった次第です。

7　たいそう奇妙なさまで、世を捨てておいでの人（母尼）の御あたりで、どうしてお過ごしでしょう。母尼の老いた姿を「あやし」と自虐的に卑下し、浮舟が話しやすいような雰囲気を心がける。青表紙他本「御あたりに」。

8　浮舟の言。この世に生きているまいと思い立ちましたこの身で、不思議に今まで生きていましたのを、情けないと思いますものの、万事につけてお世話下さったご厚志を、とるに足らない私の気持にもありがたく存じますが。命を救ってもらったことを深謝しながらも、自分は生をあきらめた身であるのを強調する。底本「侍つるを」「せさせ給ける」、青表紙他本「侍るを」「ものせさせ給ける」。

9　やはり世俗にはどうしてもなじまず、結局は生きていけそうもない気がいたしますので、尼にして下さいませ。

10　この世に生きておりましても、世俗の人として生きながらえるはずもない身なのです。「世づかずのみ」、結婚など通常の暮らしのできない不用な自分だとする。正気を取り戻してからはじめて、浮舟は自己を主張する。

身になむ。」

と聞こえ給ふ。

「[1]まだいと行く先とほげなる御程に、いかでか、ひたみちにしかはおぼし立ゝむ。[2]かへりて罪ある事也。思ひ立ちて、心を起こし給ふほどは強くおぼせど、年月経れば、[3]女の御身といふ物いとたい〴〵しき物になん。」

とのたまへば、

「[4]幼く侍りしほどより、物をのみ思ふべき有りさまにて、[5]親なども尼になしてや見ましなどなむ思ひの給ひし。[6]まして、すこしもの思ひ知りて後は、例の人ざまならで、後の世をだにと思ふ心深かりしを、[7]亡くなるべき程のやう〳〵近くなり侍るにや、心ちのいとよわくのみなり侍るを、猶いかで。」

とて、うち泣きつゝの給ふ。

[8]あやしく、かゝるかたちありさまを、などて身をいとはしく思ひはじめ給ひけん、物のけもさこそ言ふなりしか、と思ひ合はするに、[9]さるやうこそはあらめ、[10]いまま

1 僧都の言。まだたいそう将来が長そうなご年齢で、どうして、一途に出家しようとはご決心になったのか。

2 （前途ある身の出家は）かえって罪深いこと。思い立って、発心の当座は道心が堅固でも、年月がたてば（先行き平穏でなく厄介になり）。

3 女のおん身というものは、罪障が深い。女人往生を説く『法華経』でも、女人には仏（正覚者）になれないなどの五障があり、『法華経』信仰により男子に変成（へんじょう）し、仏となるとする（五巻・提婆達多品）。㊆匂兵部卿二六頁。また男子の道心を妨げる点で、「女の身はみな同じ罪深きもとゐ」（㊄若菜下五四二頁）。「たいゞし」は㊀桐壺四九頁注6。

4 浮舟の言。幼うございましたころから、ものをばかり思うはずの（不孝な）ありさまで。

5 親なども（私を）尼にして世話しようかなど思い口にされていました。㊇東屋三五六頁。

6 ましてや、少しものが分かるようになってからは、世俗の生活でなく（出家し）、せめて後世の安楽だけでもと思う心が深かったのが。底本「もの思しりて」「心ふかゝりし」、青表紙他本「もの思しり侍て」「心ふかく侍しを」。

7 死期が段々近づいたせいか、気持がとても弱くばかりなりますのを、やはり何とかして（出家させて下さい）。浮舟は泣きながら懇願。

34 浮舟、ついに出家

8 奇妙なことよ、このような（美しい）容貌や様子なのに、どうして身を厭わしく思いはじめなさったのだろう、もののけもそのように（一人世を恨み何とかして死のうとしていたと）言ったそうだが、と（僧都は）考え合わせるにつけ。二〇四頁のもののけの言を想起。

9 （若い女性が出家を望む）しかるべき因縁があるのだろう。浮舟の思いも、自分と出会ったことにも、仏の導きがあったとする。「さるやうこそは」、青表紙他本「さるやうこそ」。

10 （そもそもあの時放置されていたら）今までとても生きていられないはず。

でも生きたるべき人かは、[1]あしき物の見つけそめたるに、いとおそろしくあやふきことなり、とおぼして、

「[2]とまれかくまれ、おぼし立ちての給ふを、三宝のいとかしこくほめ給ふこと也、ほふしにて聞こえ返すべきことにあらず。[3]御忌むことは、いとやすく授けたてまつるべきを、急なることにまかんでたれば、こよひかの宮にまゐるべく侍り。あすよりや御すほふ始まるべく侍らん。[4]七日果てゝまかでむに仕まつらむ。」

との給へば、[5]かの尼君おはしなば、かならず言ひさまたげてんといとくちをしくて、

「[6]乱り心ちのあしかりし程に、乱るやうにていと苦しう侍れば、[7]おもくならば、忌むことかひなくや侍らん。猶けふはうれしきをりとこそ思ひ侍れ。」

とて、いみじう泣き給へば、[8]聖心にいと〱ほしく思ひて、

「[9]夜やふけ侍りぬらん。山より下り侍ること、昔はことゝもおぼえ給はざりしを、[10]年の生ふるまゝには、耐へがたく侍りければ、[11]うち休みて内にはまゐらんと思ひ侍るを、しかおぼし急ぐことなれば、けふ仕うまつりてん。」

1　もののけが目をつけ初めているのに、（このままでは再び憑依され）とても恐ろしく危険なことだ、と（僧都は）お考えになり。

2　僧都の言。ともかくも、決心なさっておっしゃるのを、（出家は）仏が至極尊いと称賛なさることであり、法師として反対はできない。「三宝」は仏法僧を言い、ここでは仏。底本「ことにあらす」、青表紙他本「ことならす」。

3　ご戒律は、至極簡単にお授け申そうが、急なこと（明石中宮の懇願）で下山いたしたので、今夜のうちにあの（女一）宮のもとに参らねばなりませぬ。明日から（病気平癒の）御修法が始まる手はずです。底本「ことにまかんて」、青表紙他本「事にてまかて」。

4　七日間の御修法が終って（宮のもとを）退出しましたときに（授戒）いたしましょう。戒律を授けられることで、浮舟は修行者になる。

5　七日後、妹尼が戻ったら、必ずや反対して出家させないだろうと浮舟は悔しく思う。

6　浮舟の言。かつて取り乱した心がひどかった時には心が乱れるようでたいそう苦しうございますので。底本「みたる」、諸本「したる」「にたる」など異文が多く、解釈も不定。

7　重態になれば、（正気を保てないほどつらくなり）受戒もむだになりましょう。やはり今日は（受戒する）喜ばしい機会だと思います。「思ひ侍れ」、青表紙他本「おもふ給へつれ」。

8　聖僧の気持としてまことに不憫に思われて。もののけに憑かれた浮舟を見捨てて、苦悩の淵に放置するのはすまないことと考え直す。

9　僧都の言。夜は更けましたな。山から下りますこと、昔は何とも思いませんでしたが。話題を転じて浮舟の心を静める。「おもしろきかきざまなり」（明星抄）。底本「おほえ給はさりし」、青表紙他本「思給へられさりし」。

10　年をとるにつれて、（疲れて）耐えがたく感じますので。「生ふ」は次第に成長する意。

11　（ここで）一休みしてから宮中には参内しようと思いますが、それほどお急ぎのことだから、今日（授戒を）いたそうと思います。

との給ふに、[1]いとうれしくなりぬ。

[2]鋏取りて、櫛の箱の蓋さし出でたれば、

「[3]いづら、大徳たち。こゝに。」

と呼ぶ。[4]はじめ見つけたてまつりし二人ながら、供にありければ、呼び入れて、

「[5]御髪下ろしたてまつれ。」

と言ふ。[6]げにいみじかりし人の御有りさまなれば、うつし人にては、世におはせんもうたてこそあらめと、この阿闍梨もことわりに思ふに、[7]き丁のかたびらのほころびより、御髪をかき出だし給ひつるが、[8]いとあたらしくをかしげなるになむ、しばし鋏をもてやすらひける。

[9]かゝるほど、少将の尼は、せうとの阿闍梨の来たるに会ひて、下にゐたり。[10]左衛門は、[11]この私の知りたる人にあひしらふとて、[12]かゝる所にとりては、みなとり〴〵に、心寄せの人ゝめづらしうて出で来たるにはかなき事しける、見入れなどしけるほどに、[13]こもき独して、[14]かゝることなんと少将の尼に告げたりければ、まどひて来

35

二〇三〇

1　浮舟は自分の願いが叶ったのに歓喜する。
2　浮舟は僧都の気が変わらぬうちにと、自ら髪を切る道具を差し出す。「櫛の箱の蓋」に切った髪を入れる。
3　僧都の言。さあさあ。弟子たちに呼びかけ、こちらに来るように促す。
4　最初（宇治院で浮舟を）発見した僧たちが二人とも同行していたので、呼び寄せて。一七四頁によれば、阿闍梨くらいの僧が二人いた。
5　僧都の言。尼削ぎにしてさしあげよ。
6　なるほど（発見時）異様なお姿だった方だから、世俗の人としては、生活なさるのもいやであろうと、髪を切る役の阿闍梨も（浮舟が出家を望むのを）道理だと思っていると。
7　几帳の帷子の縫い合せていない部分から、（浮舟が）髪をたばねてお出しになるのが。几帳を隔てに置いて、姿を隠したまま、髪だけを僧たちのがわに投げ出す。「き丁」は「几帳」の当て字。底本「給つるか」、青表紙他本「給へるか」。
8　たいそうもったいなくも美しそうな髪であるのに、一瞬鋏を持ってためらうのだった。

35 少将尼、気も動転

9　こうしているあいだ、少将尼は、（僧都の供として）兄弟の阿闍梨が来ているので対面して、局にいた。おん前から勝手に下がり、浮舟のことは放置していた。
10　もう一人の留守居の侍女。二六二頁。
11　個人的な知人に応対するというので。底本「あいしらふ」、青表紙他本「あへしらふ」。
12　このような所（来客のほとんどない山里）にとっては、皆それぞれに、懇意の人たちが珍しくもやってきたのに簡単なもてなし（夜食をする、（その）世話などしていたあいだに。
13　女童のこもきが一人で（浮舟のそばにいて）。「とりては」、青表紙他本「つけては」。
14　このようなことがと少将尼に告げたので、驚きあわててやってきて見ると。こもきが告げるまで、誰も浮舟の受戒に気づかなかった。

て見るに、[1]わが御上の衣、袈裟などをことさら許(ばかり)とて着せたてまつりて、

「[2]親の御方をがみたてまつり給へ。」

と言ふに、[3]いづ方とも知らぬほどなむ、え忍びあへ給はで泣き給ひにける。

「[4]あなあさましや。などかくあうなきわざはせさせ給ふ。上、帰りおはしては、いかなることをの給はせむ。」

と言へど、[5]かばかりにしそめつるを、言ひ乱るも物しと思ひて、僧都諫め給へば、寄りてもえさまたげず。

「[6]流転三界ちゆう。」

など言ふにも、[7]断ち果てゝし物をと思ひ出づるもさすがなりけり。御髪も削ぎわづらひて、

「[8]のどやかに、尼君たちしてなほさせ給へ。」

と言ふ。[9]額は僧都ぞ削ぎ給ふ。

「[10]かゝる御かたちやつし給ひて、悔い給ふな。」

1　僧都がご自分の衣や袈裟などを、ことさらこれぐらいをというので(浮舟に)お着せ申して。急なことで尼衣や袈裟もないが、受戒という特別な時にふさわしく、僧衣めいたものをというので、僧都のものぐらいで代用する。

2　僧都の言。親のおわす方を拝み申されよ。出家に先立って、四方(東南西北)および聖朝、内外、氏神、父母に拝礼する(出家授戒作法)。

3　母のいる方角も分からない今、我慢しきれずに(浮舟は)お泣きになるのだった。その受戒の儀式のさなかに、少将尼はやってくる。

4　少将尼の言。まあ、呆れたこと。どうしてこんな無分別なことをなさるのですか。お方さま(妹尼)がお帰りになっては、何とおっしゃいましょう。「あうなき」は「奥なき」、底本「あふなき」、浅慮の意。保護者である妹尼の意向を無視しての出家を、強く非難する。「おはして」、青表紙他本「おはしまして」。

5　これぐらいにも(出家の儀式を)進行しはじめたのを、はたからとやかく言ってかき乱すのも見苦しいと思って、僧都は(少将尼を)お諫めになるので、少将尼は(浮舟のそばに)寄っても(出家を)止めることができない。

6　僧都の言。剃髪の際、字音で唱える偈(げ)。「流転三界中、恩愛不能断、棄恩入無為、真実報恩者」(出家授戒作法)。俗世を生きるあいだは恩愛の絆を断ち得ないが、恩愛を捨て不生不滅の悟りに入ることこそ、真に恩に報いる道だ、の意。「ちゅう」、底本「ちう」。

7　(浮舟は)自分はとうに恩愛を断って入水を決意したのにと思い出すにつけても、さすがに悲しい。ことごとく親の恩愛を裏切って、今ここで出家する自分を悲しく思う。

8　阿闍梨の言。あとでゆっくり尼君たちに直してもらって下さい。浮舟の美しい黒髪を惜しみ、きちんと鋏を入れられなかった。

9　額髪は僧都が鋏をお入れになる。

10　僧都の言。このような(尼)姿になられて、後悔召されるな。仏縁を信じて修行にいそしめば必ず救われる、と励ます。

など[1]たふときことども説き聞かせ給ふ。[2]とみにせさすべくもあらず、みな言ひ知らせ給へることを、うれしくもしつるかなと、これのみぞ仏は生けるしるしありてとおぼえ給ひける。

[3]みな人ゝ出でしづまりぬ。夜の風のおとに、[4]この人ゝは、

「[5]心ぼそき御住まひもしばしの事ぞ、今いとめでたくなり給ひなん、と頼みきこえつる御身を、[6]かくしなさせ給ひて、残り多かる御世の末を、いかにせさせ給はん 二〇三
とするぞ。[7]老い衰へたる人だに、今は限りと思ひ果てられて、いとかなしきわざに侍り。」

と言ひ知らすれど、[8]猶たゞ今は、心やすくうれし、世に経べき物とは思ひかけずなりぬるこそはいとめでたきことなれと、胸のあきたる心ちぞし給ひける。

36

[9]つとめては、さすがに人のゆるさぬことなれば、変はりたらむさま見えんもいとはづかしく、[10]髪の裾のにはかにおぼとれたるやうに、しどけなくさへ削がれたるを、むつかしきことども言はでつくろはん人もがなと、何事につけてもつゝましくて、

1　剃髪後、師僧は三帰の功徳を説き、十重禁戒などの教えを授ける。「三帰」は仏法僧への帰依。「十重禁戒」は五戒(二一〇頁)および説過罪(せっかざい)、自讃毀他(じさんきた)、慳(けん)、瞋(しん)、謗三宝(ほうさんぼう)を禁ずる戒律(出家授戒作法)。

2　すぐに許してくれそうもなく、皆が思いとどまるように言い聞かせた出家を、うれしくもやり遂げたことよなど、これ(出家)だけは仏は生きていた効験があって(ありがたい)と(浮舟は)お感じになるのだった。底本「あらす」「仏はいけるしるしありてと」、青表紙他本「なく」「いけるしるしありて」。

3　僧都一行は京へ出立して静かになった。

4　少将尼や左衛門ら。夜風にしんみりする。

5　少将尼たちの言。心細い(小野の里の)お暮らしもしばらくのこと、そのうち(中将との結婚で)たいそう喜ばしく(幸福に)おなりになろう、とお頼り申してきたおん身を。浮舟の将来への期待が老いの身の張り合いだった。

6　このように出家なさって、残り多い人生のこの先を、どうなさろうとするのやら。

7　老い衰えた者でさえ、(出家のときは)これが生涯の最後かと見切った気持で、とても悲しいことなのでした。体験から言い募る。

8　やはり今は、安心でうれしい、俗世で人妻として暮らさねばならぬと考えずにすむのは何よりすばらしいことだと、(浮舟は)胸がすっとする気持がなさるのだった。少将尼と対照的。底本「心ちそ」、青表紙他本「心ち」。

36　手習に心を託す

9　翌朝は、(浮舟には宿望の出家だが)さすがに周囲が許すはずがないので、今までとは変ったわが尼姿を人に見られるのも恥ずかしく。

10　髪の裾が急にばらばらに乱れたような感じで、しかも不揃いに削がれているのを、うるさいことなど言わずに整えてくれる人がいてほしい、と何につけても遠慮されて。髪形は在俗と出家それぞれの象徴。浮舟にすれば、どちらの自分も無条件に受け容れてほしい。

暗[1]うなしておはす。思ふ事を人に言ひつゞけん言の葉は、[2]もとよりだにはか〴〵しからぬ身を、まいてなつかしうことわるべき人さへなければ、たゞ硯に向かひて、[3]思ひあまるをりには、手習をのみたけきことゝは書きつけ給ふ。

[4]亡きものに身をも人をも思ひつゝ捨ててし世をぞさらに捨てつる

[5]今は、かくて限りつるぞかし。

と[6]書きても、猶身づからいとあはれと見たまふ。

[7]限りぞと思ひなりにし世間を返〳〵も背きぬるかな

[8]同じ筋のことを、とかく書きすさびゐ給へるに、中将の御文あり。[9]物さわがしう 37
あきれたる心ちしあへる程にて、かゝることなど言ひてけり。[10]いとあへなしと思ひ 三〇三
て、[11]かゝる心の深くありける人なりければ、はかなきいらへをもしそめじと思ひ離るゝ成りけり、[12]さてもあへなきわざかな、いとをかしく見えし髪のほどを、たしかに見せよ、と一夜も語らひしかば、さるべからむをりにと言ひしものを、といとくちをしうて、[13]立ち返り、

1 （浮舟は）灯火も暗くしていらっしゃる。自分に失望する周囲のまなざしを恐れる。

2 思うことを人に言い続ける言葉は、（出家前の）もとからでさえはっきり言えない性分で、ましてや慕わしく事情を説き明かし得る相手までいないので。周囲の人に出家が必然だったと説明したいが、浮舟は「おれ〳〵しき」（二一〇頁）性分で、寄り添って聞いてくれる人もない今、思うことを言い出せない。

3 思いあまる時には、手習をだけ精いっぱいの仕事として書き付ける。「をりには」「ことは」、青表紙他本「をりは」「ことにて」。

4 浮舟の歌。亡いものに自分も人々も思ってすべて捨てたこの世を、いま再び出家によって捨てたのだ。「亡きもの」二三二・二四六頁。

5 今は、こうしてすべてを終りにしたのだ。

6 （恩愛を断ったと）書いても、やはり（断ち切れぬ思いで）ご自身感無量にご覧になる。

7 浮舟の歌。これが最期と入水を決意し捨てた俗世を尼になることで重ね重ね捨てたのだ。惑いをさらに払おうと重ねて自分に言い聞かせる歌。他人に語るより前に、実は浮舟自身が、自分の出家の必然を納得できていない。

37 中将に返歌

8 同じ内容のことを、あれこれ手慰みに書き連ねておいでのところに、中将の手紙が来る。

9 （浮舟の出家で）人々が動転し呆然となっているさなかで、（手紙を持ってきた使者に）こうだ（浮舟が出家した）と言ってしまった。

10 （伝え聞いた中将は）とてもがっかりして。

11 このような心（出家の願い）が深くあった人だったのだな、だからちょっとした返事も返すまいと世間から心が離れていたのだった。

12 それにしてもあっけないことよ。実に美しく見えた髪の様子なのを、確かに見せよ、と先日の夜も（少将尼に）相談をもちかけたところ、折をみて手引きすると約束したのにと、とても残念でたまらず。

13 （浮舟出家の件を聞いて）折返し。

[1]聞こえん方なきは、

　[2]岸遠く漕ぎ離るらむあま舟に乗りおくれじと急がるゝかな

[3]例ならず取りて見給ふ。[4]物のあはれなるをりに、いまはと思ふもあはれなる物から、いかゞおぼさるらん、いとはかなきものの端に、

　[5]心こそうき世の岸を離るれど行くへも知らぬあまのうき木を

と、[6]例の手習にし給へるを包みてたてまつる。

「[7]書き写してだにこそ。」

との給へど、

「[8]中〳〵書き損ひ侍りなん。」

とてやりつ。[9]めづらしきにも、言ふ方なくかなしうなむおぼえける。

[10]物詣での人帰り給ひて、思ひさわぎ給ふこと限りなし。

「[11]かゝる身にては、すゝめきこえんこそはと思ひなし侍れど、[12]残り多かる御身を、いかで経たまはむとすらむ。[13]おのれは世に侍らんこと、けふあすとも知りがたきに、

1　中将の手紙。何とも申し上げようもないご出家の方は。そのまま歌に続く。

2　中将の歌。彼岸に向かって遠くこの世を漕ぎ離れようとするあなたを追って私も後れまいと気がせかれます。「海人」と「尼」、「乗り」と「法」の掛詞、「岸」「漕ぎ離る」「乗り」が縁語。多様な修辞に、浮舟出家への無念の思いを託す。

3　浮舟はいつもと違い、中将の手紙に見入る。

4　しみじみと物事が胸にしみるときに、今はこれまで（中将とも縁が切れる）と思うと万感がこみあげるものの、（浮舟は）どうお思いでいらしたのか、ちょっとした紙の端に。

5　浮舟の歌。心だけはつらいこの世の岸を離れても行く先も分からぬ海人のうき木のような頼りない尼の自分なのに。「うき木」は水に漂う木。「憂き」「浮き」が響き合う。

6　いつものように手習にしていらっしゃる歌を（少将尼は中将に）包んでさしあげる。

7　浮舟の言。（手すさびに書いたものは見苦しいから）せめて清書してさしあげて下さい。

8　少将尼の言。書き直せばかえって見苦しくなります。勝手に浮舟の歌を中将に渡す。

9　（直筆の歌が）珍しいにつけても、（いまさらそれを手に入れても何にもならず）言いようもなく悲しく（中将には）感じられた。

38　妹尼、悲嘆にくれる

10　初瀬詣でをした妹尼たちがお戻りになり、（浮舟が留守中出家してしまったのを知って）動転して大騒ぎなさること、このうえない。

11　妹尼の言。尼の身としては、出家を勧めるのが本意だとは、思い込もうとしていますが。

12　これから先の長い（あなたの）若いおん身を、どうやってお過ごしになるのでしょう。

13　私はこの世に命がありますのも、今日明日（まで か）とも分かりようがないのに。巻頭に「五十ばかり」とあった。「翁、年七十に余りぬ。けふともあすとも知らず」「翁、今年は五十ばかりなりけれども」（竹取物語）。

[1]いかでうしろやすく見(み)たてまつらむと、[2]よろづに思ひ給へてこそ、仏にも祈りきこえつれ。」

と、臥(ふ)[3]しまろびつゝ、いといみじげに思ひ給へるに、[4]まことの親(おや)の、やがて骸(から)もなき物と思ひまどひ給ひけんほどおしはからるゝぞ、まづいとかなしかりける。[5]例のいらへもせで背(そむ)きゐ給へるさま、いと若(わか)くうつくしげなれば、いと物はかなくぞおはしける御心なれど、泣(な)く〳〵御衣(ぞ)のことなどいそぎ給ふ。[6]鈍色(にび)は手馴(てな)れにしことなれば、小袿(こうちき)、袈裟(けさ)などしたり。[7]ある人〻も、かゝる色を縫(ぬ)ひ着(き)せたてまつるにつけても、

「[8]いとおぼえず、うれしき山里の光(ひかり)と明(あ)け暮(く)れ見(み)たてまつりつる物を、口をしきわざかな。」

と、[9]あたらしがりつゝ、僧都をうらみ譏(そし)りけり。

[10]一品宮(いつぽんのみや)の御なやみ、げにかの弟子の言(い)ひしもしるく、いちしるきことゞもありておこたらせ給ひにければ、いよ〳〵いとたふとき物に言(い)ひのゝしる。[11]名残もおそろ

1　何とかして（浮舟を）安心できるようにして拝したてまつろうと。少将尼も中将との結婚を「今いとめでたくなり給ひなん」と期待を込めた（二九二頁）。底本「みたてまつらむ」、青表紙他本「みをきたてまつらん」。

2　あれこれ思案しましたからこそ、（長谷寺の）観音様にもお祈り申したのに。

3　（妹尼が）転げ回るほどに、たいそうつらそうに思っておられるその姿に。

4　（他人でさえそうなのにまして）実の母が、行方不明のまま遺骸もないと悲嘆にくれなさっただろうことがつい想像されるにつけ、まずは実に悲しいのだった。底本「おしはかるゝそ」、青表紙他本「おしはかるそ」。

5　いつものように返事もせずに顔を背けて座っておいでの（浮舟の）様子が、たいそう若く愛らしい感じなので、（思えば）何とも頼りなくていらした（浮舟の）ご性質ではあるが、（妹尼は）泣く泣く（浮舟の）お召し物のことなど準備なさる。無分別な浮舟の出家は恨めしいが、悲しげに恥じ入って顔を背けた姿の愛らしさに、妹尼は世話を焼かずにいられない。

6　（尼衣の）濃いねずみ色は手慣れたことであるから、表着（うわぎ）の上に着る小袿（小さめに仕立てた袿）や袈裟などを仕立てた。

7　一緒にいる尼たちも、このような色を（浮舟に）縫い着せ申し上げるにつけても。

8　尼たちの言。ほんに思いもかけず、（浮舟を）うれしい山里の光明と明け暮れ拝してきたというのに、残念なことよ。

9　もったいながっては、僧都を恨み非難する。

39 僧都、一品宮に伺候

10　一品宮のご病気は、あの弟子の僧が言った通り、はっきりした効験が現れて（もののけが退散し）本復なさったので、ますます実に高徳の僧と評判になられる。やはり横川僧都を、と招かれていた（二七八頁）。

11　治ったあとも油断できぬと。天台座主でも調伏できなかったもののけゆえ安心できない。

しとて、御[1]すほふ延べさせ給へば、とみにもえ帰り入らでさぶらひ給ふに、雨[2]など降りてしめやかなる夜、召して夜居にさぶらはせ給ふ。日[3]ごろいたうさぶらひ極じたる人はみな休みなどして、御前に人少なにて、近く起きたる人少なきをりに、同じ御丁におはしまして、

「昔[4]より頼ませ給ふ中にも、此たびなん、いよ〳〵[5]後の世もかくこそはと頼もしきことまさりぬる。」

などの給はす。

「世[6]の中に久しうはべるまじきさまに、仏なども教へ給へることども侍るうちに、ことし来年過ぐしがたきやうになむ侍れば、仏[7]を紛れなく念じ勤め侍らんとて、深く籠り侍るを、か[8]ゝる仰せ言にてまかり出で侍りにし。」

など啓し給ふ。

御[9]ものゝけの執念きことを、さま〴〵に名のるがおそろしきことなどの給ふついでに、

1　（明石中宮は）ご祈禱を延期させなさるので、（僧都は）すぐにも（横川に）帰山できずに宮中に伺候していらっしゃるころ。

2　雨などが降ってしんみり静かな夜、中宮は僧都をお召しになり、一品宮（女一宮）の寝所近くに終夜侍る僧として伺候させなさる。

3　この幾日か、（女一宮の看病で）ひどく疲れた女房たちはみな休みなどして、（女一宮の）おん前には女房が少なめで、近くで起きている女房も少ないときに、（中宮は女一宮と）同じ御帳台にいらして。御丁は御帳の当て字。

4　明石中宮の言。昔から（私はそなたを）頼りにしている、そのなかでも、今回のことは。「頼ませ給ふ」は、中宮の発話部分に語り手からの最高敬語が混入した形。

5　（僧都のはっきりした効験に接するにつけ）来世もこのように救ってくれるものと頼む心もさらに募った。僧都の導きで極楽往生も疑いなしとする。中宮は僧都に深く帰依する。

6　僧都の言。この世に（私が）長く居られますまいということ、仏なども教え下さることがございますうち、今年来年まで生きながらえるのがむずかしいようですので。高僧は自らの死期を仏から予示されるらしい（「横川源信僧都語」今昔物語集十二ノ三十二など）。浮舟の一番の理解者である横川僧都の死は、浮舟の出家生活を揺るがす事態となろう。僧都はそうした自覚のもと浮舟を出家させた。底本「侍れは」、青表紙他本「侍けれは」。

7　余念なく仏に祈り勤行しようと、長く山に籠っておりましたのを。

8　このような（再三の）お召しによって山を出でつかまつりました。二七八頁の弟子僧の言。

40　僧都、浮舟を語る

9　女一宮についたもののけがしつこいことを、さまざまに（憑坐に憑いたもののけが正体を）名乗るのが恐ろしいことなど、（僧都は）お話しになるついでに。底本「しふねきことを」、青表紙他本「しふねきこと」。

「[1]いとあやしう、希有のことをなん見給へし。[2]この三月に、年老いて侍る母の願有りて、初瀬に詣でて侍りしかへさの中宿りに、宇治の院といひ侍る所にまかり宿りしを、かくのごと、人住まで年経ぬる大きなる所は、よからぬ物かならず通ひ住みて、[3]重き病者のためあしき事どもと思ひ給へしもしるく。」

とて、[4]かの見つけたりしことどもを語りきこえ給ふ。

「[5]げにいとめづらかなることかな。」

とて、[6]近くさぶらふ人〻みな寝入りたるを、おそろしくおぼされて、おどろかさせ給ふ。[7]大将の語らひ給ふさい将の君しも、このことを聞きけり。[8]おどろかさせ給ふ人〻は、何とも聞かず。[9]僧都、おぢさせ給へる御けしきを、心もなきこと啓してけりと思ひて、くはしくもその程のことをば言ひさしつ。

「[10]その女人、このたびまかり出で侍りつるたよりに、小野に侍りつる尼どもあひ問ひ侍らんとてまかり寄りたりしに、[11]泣く〳〵出家の心ざし深きよし、ねん比に語 二〇三五
らひ侍りしかば、頭下ろし侍りにき。[12]なにがしがいもうと、故衛門の督の妻に侍り

1　僧都の言。たいそう不思議でめったにない体験をしました。「希有」は男性語、物語中、唯一の例。

2　この三月に、年老いております母の願がありまして、初瀬へ詣でました帰途、途中で休む宿として、宇治院と言います所に宿泊しましたのですが、このような、人が居住せずに長年経った大きな建物は、たちの悪い魔性の物が必ずやってきて住み着いて。宇治院で行き倒れた女(浮舟)に法師は「鬼か、神か、狐か、木霊か」(一八〇頁)と尋問した。

3　(母のような)重い病人のため悪いことがあってはと思いました通りに(不思議なことが)。底本「事とも」、青表紙他本「事ともや」。

4　浮舟を発見した折の様子を語る。

5　中宮の言。なるほど実に珍しいことよ。

6　近くに控えている女一宮付きの女房が皆寝入っているのを、(中宮は)恐ろしくお思いになり、(女房を)お起こしになる。

7　薫と深い仲の宰相君(小宰相。㊈蜻蛉28節)が、寝入っておらずこの話を聞いた。小宰相は明石中宮付き女房で薫の愛人(召人(めしうど))。「さい将」は「宰相」の当て字。

8　(中宮が)お起こしになった女房たちは、(話もよく分からず)格別の関心を示さない。

9　僧都は、(中宮が)恐ろしがっておいでのご様子に、考えも至らぬことを申してしまったものと思って、くわしくもその折の様子は言わずに途中で話をやめてしまった。

10　僧都の言。その女性に、今回下山いたしますついでに、小野におります尼を訪問しようというので寄りましたところ。「女人」は僧など男性の用語。㊁若紫9節、㊅夕霧12節。

11　泣き泣き出家の素懐の深いことを、熱心に頼みこんできましたので、落飾してやりました。底本「心さし」、青表紙他本「ほい」。

12　拙僧の妹の、故衛門督の妻でありました尼が。衛門府の長官。従四位下相当官。前に「上達部の北の方」(二一四頁)。「左衛門督者、為中納言参議之人兼任之」(職原抄)。

し尼なん、亡[1]せにし女子の代はりにと、思ひよろこび侍りて、随分[2]にいたはり[3]かしづき侍りけるを、かくなりたれば、うらみ侍なり。げに[4]ぞ、かたちはいとうるはしくけうらにて、おこなひやつれんもいとほしげになむ侍りし。何人[5]にか侍りけん。」

と、[6]ものよく言ふ僧都にて、語りつゞけ申し給へば、

「[7]いかでさる所に、よき人をしもとりもて行きけん。さりとも[8]、今は知られぬらむ。」

など、この宰相の君ぞ問ふ。

「知ら[9]ず。さもや語らひ給ふらん。まこと[10]にやむごとなき人ならば、何か、隠れも侍らじをや。ゐ中人のむすめも、さるさましたるこそは侍らめ。りゆう[11]の中より仏生まれ給はずはこそ侍らめ、たゞ[12]人にてはいと罪かろきさまの人になん侍りける。」

など聞こえ給ふ。

その[13]ころ、かのわたりに、消え失せにけむ人をおぼし出づ。この[14]御前なる人も、

1　亡くなった娘の代りにと、思い喜びまして。
2　それ相応に。男性語。
3　いたわり大切に世話しましたのに、（浮舟が）出家したので、（妹尼は）恨んでおるそうです。僧都は妹尼にまだ会っていないため、伝聞の助動詞「なり」。「なりたれは」、青表紙他本「なりにたれは」。
4　なるほど顔立ちはよく整っていて清らかに美しく、勤行のために墨染の衣に身をやつすというのも、いたわしげに見えました。
5　何者だったのでしょう。素性は知らぬの意。
6　能弁な僧都で、語り続け申し上げなさると。
7　小宰相の言。どうしてそんな所に、身分のある女を（魔性の物が）さらって行ったのか。底本「いかて」、青表紙他本「いかてか」。
8　とはいえ、今では（素性も）知れていよう。
9　僧都の言。知りません。素性を今ごろ妹尼に打ち明けておいでかもしれません。青表紙他本「かたらひ侍らん」の方が通りがよい。
10　本当に高貴な人ならば、いやいや、知られずにはおりますまいな。田舎の人の娘でも、そんな（美しい）容姿の者はおりましょう。「よき人」と考える小宰相に対し、素性を突き止められず、その必要もない卑しい女である可能性を強調する。
11　竜の中から仏がお生まれにならないならともかく（実際は生まれるから）。竜女が男子に変わり成仏した話（法華経・提婆達多品）を引き合いに、卑しい生まれの中にも美しく上品な女性もいよう、の意。小宰相が興味を持つような身分の女性ではない、と「なま隠すけしき」（三〇六頁）。「りゆう」、底本「りう」。
12　並の身分の女としてはとても前世の罪障の軽い人でございます。最後は前世の功徳で美しく生まれた女人、と浮舟の美質を褒める。
13　その（三月）ころ、宇治の辺りで、行方不明になったという人を（中宮は）思い出された。浮舟失踪の噂（九蜻蛉28節）を想起。
14　小宰相も。

姉[1]の君の伝へに、あやしくて失せたる人とは聞きおきたれば、それにやあらんとは思ひけれど、[2]定めなきこと也、僧都も、

「[3]かゝる人、[4]世にある物とも知られじと、よくもあらぬかたきだちたる人もあるやうにおもむけて、隠し忍び侍るを、事のさまのあやしければ啓し侍るなり。」

と、[5]なま隠すけしきなれば、人にも語らず。宮は、

「[6]それにもこそあれ。大将に聞かせばや。」

と、[7]此人にその給はすれど、いづ方にも隠すべきことを、定めてさならむとも知らずながら、はづかしげなる人に、うち出での給はせむもつゝましくおぼして、やみにけり。

[8]姫宮おこたり果てさせ給ひて、僧都も登りぬ。[9]かしこに寄り給へれば、いみじううらみて、

「[10]中〳〵、かゝる御ありさまにて罪も得ぬべきことを、[11]の給ひも合はせずなりにけることをなむ。[12]いとあやしき。」

1　（小宰相の）姉君からの聞き伝えで、不思議な居なくなり方をした人とは聞き置いていたので、それであろうと（小宰相も）思ったが。「さい将が里」に「下童」が来て語った（九蜻蛉28節）のを、小宰相はあとで姉から聞いた形か。青表紙他本「あねきみ」。
2　はっきり決められることでもなし、僧都も。
3　僧都の言。青表紙他本「かの人」。
4　この世に生きているとも知られまいと、よからぬ敵がいるかのようにほのめかして、隠れ潜んでおりまして、事情がどうも腑に落ちないので（中宮に）申し上げるのです。女（浮舟）は継母などの迫害を恐れて身元を隠しているふうで、詮索したくないと示唆。
5　（僧都が女の心を汲んで）どことなく隠す様子なので、（小宰相は推測を）人にも言わない。小宰相は沈黙し、次の中宮の言も聞き流す。
6　中宮の言。その人（浮舟）やも知れぬ（そうだったら大変）、大将（薫）に聞かせたい。
7　まさにこの小宰相に（中宮は）おっしゃるが、だれにも秘密裏にすべきことゆえ、はっきりそうだろうとも分からないまま、気の置けそうな人（薫）に、口に出しおっしゃるのも遠慮なさって、沙汰止みになった。これ以上事情を聞き出すと僧都や女房から不審がられ、匂宮の詮索も引き起こしかねない。よって真相は解明できず、立派な薫には話せない。

41　僧都、小野へ立寄る

8　女一宮が全快なさり、僧都も山に登った。青表紙他本「のほり給ぬ」。
9　あちら（小野の山里）にお立ち寄りになると、（妹尼は僧都を）たいそう恨んで。
10　妹尼の言。こんな（若い女の）身で出家するのはかえって罪を作るに相違ないのに。先は長く心も弱く、男の好色心をそそる罪をいう。既に僧都も同じ危惧を述べた（33節）。
11　（私に）何のご相談もなさらずに（浮舟が尼に）なってしまったことを（恨む）。
12　平素の思慮深い僧都らしくないと不審がる。

などの給へど、[1]かひもなし。

「[2]今は、たゞ御おこなひをし給へ。老いたる、若き、定めなき世なり。[3]はかなき物におぼし取りたるも、ことわりなる御身をや。」

との給ふにも、[4]いとはづかしうなむおぼえける。

「[5]御ほふぶくあたらしくし給へ。」

とて、[6]綾、薄物、絹などいふ物たてまつりおき給ふ。

「[7]なにがしが侍らん限りは、仕うまつりなん。何かおぼしわづらふべき。[8]常の世に生ひ出でて、世間のえいぐわに願ひまつはるゝ限りなん、所せく捨てがたく、われも人もおぼすべかめることなめる。[9]かゝる林の中におこなひ勤め給はん身は、何ごとかはうらめしくもはづかしくもおぼすべき。[10]このあらん命は、葉の薄きが如し。」

と言ひ知らせて、

「[11]松門に暁到りて月徘徊す。」

1　僧都は妹尼の恨み言にまったく動じない。

2　僧都の言。（出家した）今は、ただもう勤行なさいませ。（この世は）老少不定である。人の寿命がいつ尽きるか定めはなく、若さも仏の永遠から見れば一瞬でしかないとし、ただ一心に仏の真理を求めるよう、浮舟に諭す。

3　（この世を）頼りないものと悟られたのも、もっともなお身の上よ。「われいかで死なん」と深く思った苦悩や、そのためもののけに憑かれて意識を失い、宇治院に倒れていたなどの、浮舟のこれまでを言う。

4　浮舟は、意識不明の自分を他人の目にすべてさらしてきたこれまでを、深く恥じる。

5　僧都の言。「法服」は尼衣や袈裟。「ほふぶく」、底本「ほうふく」。新調するよう促す。

6　中宮から与えられた布施の品々を浮舟に。

7　僧都の言。拙僧の存命中はずっと、お世話いたしましょう。何の、悩まれることはない。ただし僧都は自らの死期の近さを自覚（三二〇頁）。この暮らしが保証される期間は短い。底本「なにかしか」、青表紙他本「なにかし」。

8　娑婆（ばしゃ）に生まれ、俗世の栄華を願い囚われているあいだは、不自由でこの世を捨てがたいと、誰しもお思いのようだ。「えいぐわ」、底本「ゑいくわ」。底本「おほすへかめるこ となめる」、青表紙他本「おほすへかめる」。

9　（一方で）このような（人里離れた）林の中で祈り勤行なさろう身は、何一つ不満に思ったり引け目を感じたりする必要はないのだ。孤独は、浮舟を苛んできた「恨めし」「恥づかし」の迷妄を払い、仏道の真理へ誘うとする。

10　寿命というものは、葉の薄いのと同じで頼りないもの。「命は葉の如く薄し、将に奈何せん」（白楽天・陵園妾）。

11　前注の陵園妾の一節。僧都が口にしたのは孤絶した暮らしを叙情的に描く一節。詩全体の主題は、唐代に宮女が讒言によって帝王の陵墓を守る身となり、世間から忘れられ虚しく美貌も朽ちる無慙（むざん）を哀れむもの。僧都は浮舟に仏道を説きつつ、未来を哀れむ。

と、[1]ほふしなれど、いとよし〳〵しくはづかしげなるさまにての給ふことどもを、[2]思ふやうにも言ひ聞かせ給ふかな、と聞きゐたり。

[3]けふは、ひねもすに吹く風の音もいと心ぼそきに、おはしたる人も、

「あはれ、[4]山臥はかゝる日にぞ、音は泣かるなるかし。」

と言ふを聞きて、[5]我も今は山臥ぞかし、ことわりにとまらぬ涙なりけり、と思ひつゝ、[6]端の方に立ち出でて見れば、はるかなる軒端より、狩衣姿色〻に立ちまじりて見ゆ。[7]山へ登る人なりとても、こなたの道には、通ふ人もいとたまさかなり。[8]黒谷とかいふ方よりありくほふしの跡のみ、まれ〳〵は見ゆるを、[9]例の姿見つけたるは、あいなくめづらしきに、このうらみわびし中将なりけり。[10]かひなきことも言はむとて物したりけるを、紅葉のいとおもしろく、ほかの紅に染めましたる色〻なれば、入り来るよりぞ物あはれなりける。[11]こゝに、いと心ちよげなる人を見つけたらば、あやしくぞおぼゆべき、など思ひて、

「[12]暇ありて、つれ〴〵なる心ちし侍るに、紅葉もいかにと思ひ給へてなむ。[13]猶立

1 （漢詩には縁遠いはずの）法師なのに、実に風情があり立派な様子でおっしゃる数々を。文学は狂言綺語（きょうげんきご）ゆえ、僧は親しまない。
2 （浮舟は）望む通りにも言い聞かせ下さること、と聞き座っている。厭離穢土の法話は、浮舟の出家生活への不安や迷い（36節）を拭う。

42　中将来訪

3 今日は終日吹く秋風の音も実に心細いのに、立ち寄られた僧都も。陵園妾の「松門に…」に続く「柏城尽日風蕭瑟たり」による描写。
4 僧都の言。山籠りの僧はこんな日こそ声をあげて泣かずにはいられないそうだよ。厭離穢土と知りつつも孤絶の悲愁は逃れられないと吐露し、浮舟の孤独を優しく肯定する。
5 私も（同じく）今は山籠りの尼、道理で涙も止まらないのだ、と（浮舟は）思いながら。僧都の言に共感的に感動する。
6 （僧都一行を見送ろうと）簀子に出て見ると、遠く見渡される軒端から、狩衣姿がさまざまな色合で立ち交じって見える。
7 比叡山に登る人だとしても、こちらの登山道には、行き交う人もほんの時たまである。
8 比叡山の西麓で小野の里の北がわ、後に黒谷別所といわれた所。ここでは、黒谷の方から歩く法師がごくたまに見える程度なのに。
9 世俗の人の姿（狩衣）を見つけたのは、わけもなく珍しいのだが、（実は）この（かつて浮舟を）恨みあぐねていた中将なのだった。
10 今さら言っても詮ない恨みも言おうとやって来たのだが、小野の紅葉は実に趣深く、よその紅葉よりひとしお深く染まった色なので、小野に入った瞬間からしみじみとする。
11 この地に屈託なさそうな人を見つけたら、奇妙に感じよう、などと（中将は）思って。
12 中将の言。時間がありまして、物寂しい気持がしますのに、紅葉もどうなっているかと（見たくなって）やって来ました。
13 やはり昔に立ち返った気持で。青表紙他本「たちかへり」。

ち返りて旅寝[1]もしつべき木のもとにこそ。」

とて、見出[2]だし給へり。尼君、例の涙もろにて、

　木枯[3]の吹きにし山のふもとには立ち隠すべき陰だにぞなき

との給へば、

　待つ[4]人もあらじと思ふ山里の梢を見つゝ猶ぞ過ぎうき

言ふ[5]かひなき人の御事を、なほ尽きせずの給ひて、

「さま[6]変はり給へらんさまを、いさゝか見せよ。」

と、少将の尼にの給ふ。

「それ[7]をだに、契りしるしにせよ。」

と責め[8]給へば、入りて見るに、ことさら人にも見せまほしきさましてぞおはする。薄き[9]鈍色の綾、なかには萱草など澄みたる色を着て、[10]いとさゝやかに、やうだいをかしく、いまめきたるかたちに、髪[11]は五重の扇を広げたるやうに、こちたき末つき也。[12]こまかにうつくしき面様の、化粧をいみじくしたらむやうに、あかく匂ひたり。お[13]

1　泊まりもしてしまいそうな木の下ですね。

2　（中将は）戸外の紅葉を見やっておられる。妹尼は、いつもの涙もろいふうで。

3　妹尼の歌。木枯しの吹き過ぎた（浮舟の出家後の）山里には身を隠せる木陰（中将を泊めるよすが）さえもない（まして娘は亡い）。中将との縁の絶たれた悲しみをいう。底本「立ちかくす」、青表紙他本「たちかくる」。

4　中将の歌。私を待つ人もあるまいと思いながら、この山里の紅葉した梢を見ると、やはり通り過ぎるのはつらい。「梢」に家族や恋人への愛着をこめ、「あらじ」に嵐を響かせ、前歌の「木枯」に応ずる。

43　中将の垣間見

5　言っても仕方ない人（浮舟）のことを、（中将は）やはり尽きることなくおっしゃって。

6　中将の言。（浮舟の）尼になられたというお姿をほんの少し見せよ。少将尼に願う。

7　中将の言。せめてそれ（見る）だけでも、前の約束の証としてほしい。以前の約束は「いさゝか出で給へと聞こえ動かせ」（二六八頁）で、直接対話するぐらいの近さだった。

8　（中将が少将尼を）お責めになるので、（少将尼が居室に）入って（浮舟を）見ると、格別人にも見せたいほどの（美しい）姿でいらっしゃる。「ことさら人にも」、青表紙他本「ことさらにも人に」。

9　薄墨色の綾の表着に、中には萱草（黄色がかった薄いだいだい色）などの落ち着いた感じのを着て。青表紙他本「うすにひいろ」。

10　とても小柄で姿が美しく、華やかな顔立ちに。「やうだい（容体）」、底本「やうたひ」。

11　髪は五重の檜扇を広げたようにうるさいほど豊かな裾のあたりだ。「三重がさねの扇、五重はあまり厚くなりて、もとなどにくげなり」（枕草子・なまめかしきもの）。

12　繊細で美しくかわいらしい顔つきで、化粧を入念にしたかのように薄紅に輝いている。

13　勤行などをなさるのも。

こなひなどをしたまふも、[1]猶数珠は近き几帳にうち掛けて、経に心を入れて読み給へるさま、絵にもかゝまほし。[2]うち見るごとに涙のとめがたき心ちするを、まいて心かけ給はんをとこは、いかに見たてまつり給はんと思ひて、[3]さるべきをりにや有りけむ、障子の掛け金のもとに開きたる穴を教へて、紛るべき木丁など押しやりたり。[4]いとかくは思はずこそ有りしか、いみじく思ふさまなりける人をと、我したらむあやまちのやうに、をしくゝやしうかなしければ、つゝみもあへず、[5]物ぐるはしきまでけはひも聞こえぬべければ、退きぬ。

[6]かばかりのさましたる人を失ひて、尋ねぬ人ありけんや、又その人かの人のむすめなん行くへも知らず隠れにたる、もしは物ゑんじして世を背きにけるなど、おのづから隠れなかるべきをなど、あやしう返ゝ思ふ。[7]尼なりとも、かゝるさましたらむ人は、うたてもおぼえじなど、中〳〵見所まさりて心ぐるしかるべきを、[8]忍びたるさまに猶語らひ取りてんと思へば、まめやかに語らふ。

「[9]世の常のさまにはおぼし憚ることも有りけんを、かゝるさまになり給ひにたる

1　やはり数珠は近くの几帳にちょっと掛けて、経を熱心に読んでいる姿は絵にも描きたい。

2　（少将尼自身でさえ）ふと見るたびに涙を止めがたい気分がするのを、まして思いを懸けておられよう男（中将）は、どうご覧になろうかと（少将尼は）思って。

3　絶好の機会でもあったのだろう、（少将尼は）襖障子の戸締りの掛金のもとの穴を（中将に）教えて、（よく見えるよう）妨げになる几帳など脇にのけた。「木丁」は几帳の当て字。底本「おしやり」、青表紙他本「ひきやり」。

4　まったくこれほど（美しい）とは思ってもいなかった、すばらしく理想的だった人を、（浮舟の出家を）自分が犯した過ちのように、惜しく悔しく悲しいので、こらえきれず。

5　気も狂わんばかりの気配が（浮舟に）気づかれそうなので、（中将は）退いた。青表紙他本「ものくるをしき」。

44　中将の疑念

6　これほど美しい人を失って、捜さぬ人がいたろうか、また（一方で）だれそれの娘が行方も分からず身を隠したとか、あるいは嫉妬して世を捨てたなど、（ある程度の身分ならば）自然と世間には知られてしまうのになどと、不思議で何度も何度も（中将は）思う。女が嫉妬の余り身を隠す話、㊀帚木8節。

7　たとえ尼でもこれほどの美人なら嫌にも思うまいなどと、かえって（俗体より）見栄えが増して悩ましいに違いないから。

8　隠れ妻としてやはりうまく語らって手に入れてしまおうと思うので、（場所を変え妹尼を相手に）真剣に話をもちかける。尼を相手に、仏罰も顧みず、異常なほどに高まる中将の思い。

9　中将の言。俗人だった頃は気兼ねなさることもあったろうが、このような尼姿になられたからこそ。浮舟がふつうの女性だったときは、中将の真心こめた訪問が、色恋と誤解され警戒されたと残念がる。

なん、[1]心やすう聞こえつべく侍る。さやうに教へきこえ給へ。[2]来し方の忘れがたくて、かやうにまゐり来るに、又今ひとつ心ざしを添へてこそ。」

などの給ふ。

「[3]いと行く末心ぼそく、うしろめたき有りさまに侍るに、[4]まめやかなるさまにおぼし忘れずとはせ給はん、いとうれしうこそ思ひ給へおかめ。[5]侍らざらむ後なん、あはれに思ひ給へらるべき。」

とて、泣き給ふに、[6]この尼君も離れぬ人なるべし、たれならむと心得がたし。

「[7]行く末の御後見は、命も知りがたく頼もしげなき身なれど、さ聞こえそめ侍るなれば、さらに変はり侍べらじ。[8]尋ねきこえ給ふべき人は、まことにものし給はぬか。さやうのことのおぼつかなきになん、憚るべきことには侍らねど、なほ隔てある心ち侍るべき。」

との給へば、

「[9]人に知らるべきさまにて世に経たまはば、さもや尋ね出づる人も侍らん。今は、

1　気やすくお話し申すことができそうです。そのように教え申し上げ下さい。

2　亡き妻のことが忘れられず、こうやって来るのですが、もう一つ、浮舟への思いを加えて。「いとど忘れがたく参り来め」を省略した形。中将は下心を隠し、尼に対し恋心などないから、警戒を解き親しくするよう求める。

3　妹尼の言。（浮舟は）将来がとても心細く、気がかりな身の上でございますので。自分や僧都以外に頼れる相手が居ないことを言う。青表紙他本「侍めるに」。

4　色恋ぬきに（浮舟を）お忘れなく訪れ下さるなら、とてもうれしく心に留めましょう。

5　私が居りませぬような後が、いかにも悲しく存ぜられるに違いなく。残された浮舟の、頼る者のない悲惨な境遇が確信される、の意。余命の短さを僧都は確信し（三〇〇頁）、妹尼も危惧（二九六頁）。妹尼は、ゆえに中将との縁組を望んだ。

6　この妹尼も（浮舟と）深いつながりをもつ人なのだろう、（浮舟は）だれなのだろう、と（中将には）よく分からない。

7　中将の言。将来のお世話は、（私も）寿命もよく分からず頼りない身ですが、そのように（亡き妻の縁に加えてこの女性を大事に思うと）いったん（尼君に）申し出るからには、決して変ることはありますまい。このあたり八宮と薫の会話に似る（㈦橋姫22節、㈦椎本8節）。底本「侍なれは」、諸本すべて「侍なは」。

8　（浮舟の行方を）尋ね申しなさる方は、本当にいらっしゃらないのか。そうした（捜し出そうとする男の）ことが気がかりなので、気にすべきことではありませんが、やはり（妹尼たちには）隔てがある気持がするのです。女の身元を執拗に知りたがる言に、浮舟をわが物にしたい中将の下心がにじむ。

9　妹尼の言。人に知られても良いように（浮舟が）過ごされるなら、おっしゃるように尋ね出す人もございましょう。浮舟自身が過去を含め、世俗との縁を絶とうしているとする。

[1]かゝる方に思ひ切りつる有りさまになん。[2]心のおもむけもさのみ見え侍りつるを。」

など語らひ給ふ。

[3]こなたにも消息し給へり。

[4]大かたの世を背きける君なれどいとふによせて身こそつらけれ

[5]ねん比に深く聞こえ給ふことなど言ひ伝ふ。

「[6]はらからとおぼしなせ。はかなき世の物語りなども聞こえて慰めむ。」

など言ひつゞく。

「[7]心深からむ御物語りなど、聞き分くべくもあらぬこそ口をしけれ。」

といらへて、[8]このいとふにつけたるいらへはし給はず。

[9]思ひ寄らずあさましきこともありし身なれば、いとうとまし、すべて朽木などのやうにて、人に見捨てられてやみなむともてなし給ふ。[10]されば、月ごろたゆみなく結ぼほれ、物をのみおぼしたりしも、この本意の事し給ひてよりのち、[11]すこしはれぐ〜しうなりて、尼君とはかなくたはぶれもしかはし、五打ちなどしてぞ明かし

1　(今は)このような方に思い断ち切ったありさまで。諸本すべて「思かきり」。

2　(浮舟の)意向も道心一途に見えますのに。今さら過去の世俗の縁は知るつもりはない、の心。底本「侍つるを」、青表紙他本「侍を」。

45　浮舟に消息

3　こちら(浮舟)にも(中将は)手紙を贈られる。

4　中将の歌。世俗すべてを捨てたあなたですが、私を嫌っての出家かとも思うとつらくてなりません。「厭ふ」は「世」か私かと問う。

5　(中将が)思いやり深く申しなさることなどを(女房は)伝える。歌以外の中将のことばをそのまま伝えたか。底本「いひつたふ」、青表紙他本「おほくいひつたふ」。

6　中将の言。実の兄妹とお思い下さい。無常のこの世の話なども申して(私の心を)慰めよう。寿命を思う妹尼の「まめやかなるさま」の支援依頼に応えたもの。㊆総角3節の、薫の大君への思いにも似る。むろん実際はきょうだいではないから、下心がある。

7　浮舟の言。心深いお話など、理解できそうもないのが残念です。自分は愚かで軽薄だとして、中将など他人と距離を置く。

8　この「厭ふ」に引っかけた返事はなさらない。中将の歌の、私怨を響かせた歌意をかわす。女房に取り次がせての返答。

9　思いもかけない情けない体験をした身の上だから、(男との関係は)実に嫌だ、何もかも朽木のごとく、だれからも見捨てられたまま生涯を閉じようと(浮舟は考え)ふるまわれる。妹尼も「思ひ切りつる有りさま」と見た。

10　そういうわけで、今までは絶えず塞ぎこみ、物思いにばかりふけっていらしたのが、この本来の望みだった出家を果たされてからは。「よりのち」、青表紙他本「のちより」。

11　少し晴れ晴れしい気持になって、妹尼とちょっとした冗談も言いかわし、碁を打つなどして明け暮れ過ごされる。浮舟は碁が強かったが、褒められると興ざめた(二六四頁)。

暮らし給ふ。おこなひもいとよくして、[1]法華経はさら也、ことほふもんなども、いと多く読み給ふ。[2]雪深く降り積み、人目絶えたる比ぞ、げに思ひやる方なかりける。

[3]年も返りぬ。春のしるしも見えず、凍りわたれる水の音せぬさへ心ぼそくて、[4]「君にぞまどふ」との給ひし人は、心うしと思ひ果てにたれど、猶そのをりなどのことは忘れず、

[5]かきくらす野山の雪をながめてもふりにしことぞけふもかなしき　二〇四

など、例の慰めの手習を、おこなひのひまにはし給ふ。[6]われ世になくて年隔たりぬるを、思ひ出づる人もあらむかしなど、思ひ出づる時も多かり。[7]若菜をおろそかなる籠に入れて、人の持て来たりけるを、尼君見て、

[8]山里の雪間の若菜つみはやし猶おひ先の頼まるゝかな

とて、[9]こなたにたてまつれ給へりければ、

[10]雪深き野辺の若菜も今よりは君がためにぞ年もつむべき

とあるを、[11]さぞおぼすらんとあはれなるにも、[12]見るかひ有るべき御さまと思はまし

1 勤行も熱心に励んで、法華経はもちろん、他の法文（経文）なども、実に多く読みなさる。法華経は天台宗の根本経典、女人成仏も説く。

2 （小野に）雪が深く降り積もり人の出入りも絶えた候は、なるほど気を晴らす術がないのだった。「小野にまうでたるに、比叡の山の麓なれば、雪いと高し」（伊勢八十三段）。「雪降りて人も通はぬ道なれやあとはかもなく思ひ消ゆらむ」（古今集・冬・凡河内躬恒）。

46 雪間の若菜

3 新年が来た。春の予兆も見えず、一面に凍っている水の音がしないのまで心細くて。

4 「あなたに惑う」と歌を詠まれた人（匂宮。四浮舟五六六頁）は、いとわしいとすっかり思い切ってしまっているのに、やはりその時あの時のこと（四浮舟29—31節）は忘れず。匂宮は浮気性だが正面から浮舟に愛を語った。

5 浮舟の勤行中の手習歌。空を暗くして降る野山の雪をじっと見るにつけても昔となったあの日のことが今日も悲しく胸に迫る。「降り」「古り」の掛詞。「降り」は「雪」の縁語。

6 私が居なくなって年も変わったが、（私を）思い出す人もきっと居ようなどと、（浮舟が過去を）思い出す時も多い。失踪は昨年三月。

7 （子の日に）若菜をちょっとした籠に入れて人が持ってきたのを。五若菜上一九九頁注4。

8 妹尼の歌。山里の雪の間から摘みとった若菜でお祝いしてさらに長い寿が期待されるのです。出家した浮舟の寿福を祈る意をこめる。

9 老齢の妹尼なのに、まずは浮舟に献上する。

10 浮舟の歌。雪深い野辺に生えた若菜も、今後はあなたの長寿のために摘みましょう、同時に私も年を重ねて生き永らえます。「摘む」「積む」の掛詞、「積む」は「雪」の縁語。「君がため春の野に出でて若菜摘むわが衣手に雪は降りつつ」（古今集・春上・光孝天皇）。

11 （妹尼のために生き永らえると約束した浮舟を）そうお思いだろうと感激するが。

12 お世話しがいのある俗体でいらしたなら。

かばと、[1]まめやかにうち泣い給ふ。

[2]閨のつま近き紅梅の色も香も変はらぬを、「春や昔の」と、こと花よりもこれに心寄せのあるは、[3]飽かざりし匂ひの染みにけるにや。[4]後夜に閼伽たてまつらせ給ふ。[5]げらふの尼のすこし若きがある、召し出でて、花をらすれば、かことがましく散るに、いとゞ匂ひ来れば、

[6]袖触れし人こそ見えね花の香のそれかと匂ふ春の明けぼの　二〇四三

47

[7]大尼君の孫の紀伊の守なりける、この比上りて来たり。三十ばかりにて、かたちきよげに誇りかなるさましたり。

「[8]何ごとか、こぞをとゝし。」

など問ふに、[9]ほけ〳〵しきさまなれば、こなたに来て、

「[10]いとこよなくこそひがみ給ひにけれ。あはれにもはべるかな。残りなき御さまを見たてまつることかたくて、とほき程に年月を過ぐし侍るよ。親たち物し給はで後は、一所をこそ御代はりに思ひきこえ侍りつれ。常陸の北の方はおとづれきこえ

1　妹尼は、自分や僧都の亡きあと、夫もなく孤立無援だろう浮舟を思い、心から涙ぐむ。

2　寝室の軒先近くの紅梅の色も香も昔と変らないのに、春は去年の春と同じではないか、と他の花より心を寄せるのは。「月やあらぬ春や昔の春ならぬわが身ひとつはもとの身にして」（古今集・恋五・在原業平、伊勢四段）。八宮邸にも紅梅があった（㈣早蕨6節）。

3　飽きることのなかった袖の香が深くしみついたせいなのか。「ねや」「つま」の恋愛の記憶なら匂宮、「宿」での暮らしの記憶なら薫への心寄せをえぐる語り手の評。「飽かざりし君が匂ひの恋しさに梅の花をぞ今朝は折りつる」（拾遺集・雑春・具平親王）。注6参照。

4　夜半から明け方にかけての勤行に、仏前に供える水を、（浮舟は）さしあげなさる。

5　身分低い尼で少し若い尼がいるのを召し出して花を折らせると、手折ったから散ると言わんばかりに散るにつけ、ますます匂いが深く立つのに。「かこと」は言い訳、口実。

6　浮舟の歌。袖のふれた人の姿は見えないが、花の香がその人の袖の香かと思うほど漂う春の曙だ。「色よりも香こそあはれと思ほゆれたが袖触れし宿の梅ぞも」（古今集・春上・読人しらず）。㈦匂兵部卿8節でも引用。

47　紀伊守、来訪

7　母尼の孫の紀伊守が上京。三十ぐらいで、容貌もさわやかで（上国の国守で）得意げである。「なりける」、青表紙他本「なりけるか」。

8　紀伊守の言。無事でしたか、昨年一昨年は。

9　母尼は老いぼけた様子なので、妹尼の方に。

10　紀伊守の言。（母尼は）とてもひどく耄碌（もうろく）してしまわれた。しみじみ切ないことです。寿命の残り少ないお姿をなかなか拝せぬまま、遠い紀伊国で過ごしているとは。両親が亡くなられた後は、（祖母上）お一人を親代りに思い申し上げてきたのでした。常陸介の北の方はお便りをさしあげなさいますか。この「常陸の北の方」は浮舟の母とは別人。

給ふや。」

と言ふは、[1]いもうとなるべし。

「[2]年月に添へては、つれ〳〵にあはれなることのみまさりてなむ。常陸[3]は久しうおとづれきこえ給はざめり。え待ちつけ給ふまじきさまになむ見え給ふ。」

との給ふに、[4]わが親の名とあいなく耳とまれるに、又言ふやう、

「[5]まかり上りて日比になり侍りぬるを、公事のいとしげく、むつかしうのみ侍るに、かゝづらひてなん。[6]きのふもさぶらはんと思ひ給へしを、右大将殿の宇治におはせし御供に仕うまつりて、故八の宮の住み給ひし所におはして、日暮らし給ひし。[7]故宮の御むすめに通ひ給ひしを、まづ一所は一年亡せ給ひにき。[8]その御おとうと、又忍びて据ゑたてまつり給へりけるを、こぞの春、又亡せ給ひにければ、[9]その御果てのわざせさせ給はんこと、かの寺の律師になん、さるべきことの給はせて、なにがしも、[10]かの女の装束一くだり調じ侍るべきを、せさせ給ひてんや。おらすべき物はいそぎせさせ侍りなん。」

二〇四三

1　（常陸の北の方は）紀伊守の姉妹なのだろう。

2　妹尼の言。年を取るにつれ、物寂しく悲しいことばかりが増えまして。夫や娘に先立たれ、甥姪は遠ざかり、母は老いぼけた。

3　常陸介の北の方は長いこと便りはさしあげなさらぬようです。（母尼は八十で孫娘の帰京を）待ち切れなさらないだろうと見えます。任期が終り上京する前に母尼の寿命は尽きる。青表紙他本「いとひさしく」。

4　（浮舟は）自分の母親と同じ呼び名だと他人ごとながら耳がとまるが。四東屋20・25節。

5　紀伊守の言。（紀伊国より）上京して数日経っておりますが、公務多端で、わずらわしいことばかり多うございまして、それにかまけて（お伺いもままならずにおりました）。

6　昨日もこちらに伺おうと思っておりましたが、右大将殿（薫）が宇治にいらしたお供をいたしておりまして（こちらには伺えず）、（薫は）亡き八宮がお住まいでいらした所にお出でになり、一日を過ごされました。

7　亡き八宮のご息女に（薫は）通っていらしたが、まずお一方（大君）は先年亡くなられた。大君が亡くなり三年余り経過。

8　その妹君（浮舟）を、またこっそり（宇治に）置き申しなさっていらしたのだが、去年の春、またお亡くなりになったので。

9　その一周忌の法要をおさせになることを、宇治山の寺の律師に、しかるべき法要の準備を（薫は）指示なさって。八宮が師事していた阿闍梨。律師への昇進は九蜻蛉19節。

10　私も、あの布施のための女装束一揃いを調製しなければなりませんが、仕立てて下さいませんか。織らせねばならぬ物はこちらで。綾錦など織物は紀伊守が用意する。一時は憔悴したものの、昨年秋には浮気性に戻った匂宮（九蜻蛉31節）に対し、薫は簡素だった葬送（同6節）を取り戻すべく、四十九日（同19節）と同様に一周忌を立派に行うことを企図。紀伊守は主の意向に応えるため、丁重な布施を調達すべく、おばの妹尼に依頼した。

と[1]言ふを聞くに、いかでかあはれならざらむ。[2]人やあやしと見むとつゝましうて、奥にむかひてゐ給へり。尼君、

「[3]かの聖の親王の御むすめは、二人と聞きしを、兵部卿宮の北の方は、いづれぞ。」

との給へば、

「[4]この大将殿の御後のは劣り腹なるべし。[5]こと〳〵しうもてなし給はざりけるを、いみじうかなしび給ふなり。[6]はじめのはた、いみじかりき。ほと〳〵出家もし給ひつべかりきかし。」

など語る。

[7]かのわたりの親しき人なりけり、と見るにも、さすがおそろし。

「[8]あやしく、やうの物と、かしこにてしも亡せ給ひけること。きのふもいと不便に侍りしかな。[9]河近き所にて、水をのぞき給ひて、いみじう泣き給ひき。[10]上に上り給ひて、[11]柱に書きつけ給ひし、

1　（紀伊守が）言うのを聞いて、（浮舟は）どうして心を揺さぶられずにいられようか。自分の一周忌と聞き感慨胸に迫る。語り手の言。青表紙他本「いかてかは」。

2　（そんな自分を）女房が奇妙と見ようと遠慮されて、（浮舟は）奥に向かい座っておられる。

3　妹尼の言。あの聖の宮（八宮）のご息女は、二人と聞いたのに、兵部卿宮（匂宮）の北の方は、どちらか。二人とも薫の愛人として死去と聞き、不審に思い尋ねた。妹尼は、もう一人の八宮の娘（浮舟）が存在するのを知らない。

4　紀伊守の言。この大将殿（薫）の後の愛人は妾腹なのだろう。母の身分が卑しいため、世にその存在が知られていなかったと推察する。

5　きちんとした待遇はお与えにならなかったが、（薫は女の死後）たいそう悲しまれたそうで。紀伊守は任国にいて、直接は見ていないため、「けり」や「なり」（伝聞）を使用。

6　最初の（大君の死去の悲嘆）は一方で、たいそう深いものでした。すんでの事で出家もなさりそうなところでしたよ。大君の場合、直接体験の「き」を使用。浮舟との関係は、生前は一部の者しか関わらせていなかったか。

48　薫の噂など

7　浮舟は紀伊守が薫の親しい家人と気づき、自分の身元が明らかになるかと恐れる。

8　紀伊守の言。不思議なことに、同じようなものというのか、まさにあの宇治でお亡くなりになるとは。昨日も（薫の取り乱しようは）何ともいたわしうございました。

9　川に近い所で水面を見おろしなさり、激しくお泣きになった。八宮邸には「水にのぞきたる廊」（㈦椎本三〇四頁）があり、薫はこの辺から浮舟が身を投げたと考えたらしい。

10　廊から寝殿に上って。廊のほか「造り下ろしたる階」（㈦椎本三〇四頁）がある。

11　寝殿の柱に書きつけなさった（歌には）。今回の宇治行きの話では、実際に同行したので「き」を使用。

見[1]し人は影もとまらぬ水の上に落ちそふ涙いとゞせきあへず

となむ侍りし。言[2]にあらはしての給ふことは少なけれど、たゞ気色にはいとあはれなる御さまになん見え給ひし。女[3]は、いみじくめでたてまつりぬべくなん。[4]わかく侍りし時より、優におはしますと見たてまつり染みにしかば、世中[5]の一の所も何とも思ひ侍らず、たゞこの殿を頼みきこえてなん過ぐし侍りぬる。」 二〇四

と語るに、[6]ことに深き心もなげなるかやうの人だに、御有[7]りさまは見知りにけりと思ふ。尼君、

「光[8]君と聞こえけん故院の御有りさまには並び給はじとおぼゆるを、たゞ今の世に、この[9]御族ぞめでられ給ふなる。右の大殿と。」

との給へば、

「それ[10]は、かたちもいとうるはしうけうらに、宿徳にて、際ことなるさまぞし給へる。兵[11]部卿宮ぞいといみじうおはするや。女にて馴れ仕うまつらばやとなんおぼえ侍る。」

1　薫の歌。昔愛した浮舟は面影さえ残さない水面に落ちて、落ち加わる私の涙はいよいよ堰きとめることもできない。「涙」に「波」を響かせ「せき」は「水」の縁語。

2　口に出しておっしゃることは少ないが、ただ雰囲気では、たいそう(その女を)愛しく思っているご様子にお見えになりました。

3　女ならだれしもほんにすてきとおほめ申すに違いない(薫のご様子でした)。

4　私は若うございました時から(薫が)優美ですばらしいお方だと拝見し身に染みたので。「おはします」、諸本すべて「おはす」。

5　世間の当代最高の権力者の所も何とも思っておりませず、ただこの殿をお頼り申して過ごしているのです。紀伊守の言う「一の所」は夕霧か。青表紙他本「たのみきこえさせて」。

6　特に深い思慮もなさそうな、こんな紀伊守でも。主人の私生活を軽率に語る守を評す。

7　薫のすばらしさは分かっていたのだ、と(浮舟は)思う。匂宮に揺らいだ自分を省みる。

8　妹尼の言。光君と申し上げたと聞く亡き六条院のお姿には、比肩しなさるまいと思われますが。光君は光源氏の愛称。㊀桐壺17・21節、㊁須磨34節、㊆匂兵部卿7節。母尼は光君を間近に見た世代。妹尼は母から聞かされたか。㊆匂兵部卿に同じく薫を光源氏に及ばないと評し、薫の屈折を逆照する形。青表紙他本「えならひ給はし」。

9　源氏のご一門だけがすばらしいと讃えられておいでだそうで。右大臣(夕霧)と。「右大臣とこの殿といづれぞと云詞なり」(花鳥余情)。かつての左右大臣家は話題にならない。

10　紀伊守の言。夕霧は、容貌もしごく端正美麗で、威厳があり、身分も格別の様子でおいでだ。でもただの権力者に過ぎず薫には及ばない、の心。「けうら」、青表紙他本「きよら」。

11　匂宮こそたいそうすばらしくていらっしゃる。こちらが女になって親しくお仕えしたいとお見えになる。「女にて」は絶賛の常套句。

など、教[1]へたらんやうに言ひつゞく。あはれにもをかしくも聞くに、身の上もこの世のことゝもおぼえず。とゞこほることなく語りおきて出でぬ。

[2]忘れ給はぬにこそはとあはれに思ふにも、いとゞ母君の御心の内おしはかられど、中〱言ふかひなきさまを見えきこえたてまつらむは、猶(なほ)つゝましくぞ有りける。[3]かの人の言ひつけし事どもを、染めいそぐを見るにつけても、[4]あやしうめづらかなる心(ここ)ちすれど、かけても言ひ出でられず。裁ち縫ひなどするを、

「[5]これ御覧じ入れよ。物をいとうつくしうひねらせ給へば。」

とて、[6]小袿の単衣たてまつるを、[7]うたておぼゆれば、心(ここ)ちあしとて手も触れず臥し給へり。尼君、いそぐことをうち捨てゝ、いかゞおぼさるゝなど思ひ乱れ給ふ。

[8]紅(くれなゐ)に桜のおり物の袿重ねて、

「[9]御前にはかゝるをこそたてまつらすべけれ。あさましき墨染なりや。」

と言ふ人あり。

[10]尼衣変はれる身にやありし世のかたみに袖をかけてしのばん

二〇四五

49

1　だれかが（浮舟に聞かせるよう）教えたかのように（紀伊守は）言い続ける。胸打たれるとも可笑しいとも聞くにつけ、（浮舟には）今の自分の境遇もこの世のことと思えない。（紀伊守は）止めどなくすべて語って立ち去った。

49 法要の衣裳

2　（薫は私を）お忘れでなかったのだと胸を打たれるにつけ、ますます母（中将君）のお胸の内（の悲嘆の深さ）が想像されるが、生きるかいのない（尼）姿を見せ聞かせ申してはかえって（母を悲しませるだけだと）やはり遠慮されるのだった。底本「あはれに」「猶つゝましくそ」、青表紙他本「あはれと」「猶いとつゝましくそ」。

3　あの紀伊守が言いつけたこと（衣裳の調製）を、染めるよう準備するのを見るにつけ。底本「事ともを」、青表紙他本「事なと」。

4　奇怪でめったにない気がするが、（浮舟は）ほんの少しでも（心中の思いは）口に出せない。

5　妹尼の言。この裁縫を手伝って下さい。物をたいそう巧みにおひねりになるから。「ひねる」は、反物の縁を折り曲げて絎（く）けずにおくこと。妹尼は、浮舟を人々の輪に誘う。

6　裏地のない小袿。表着の上に着る略礼装。

7　（知らぬ顔で自分の葬儀の装束を縫うのは）不快に思われるので、（浮舟は）気分が悪いと手も触れずにうつぶせになられる。（何も知らない）妹尼は、装束の準備をうっちゃって、どんなご気分かなどと（浮舟を）心配なさる。

8　紅色の単衣（肌着として着用）に、桜色の織物の袿を重ねて。織物は表着用の袿か。

9　女房の言。お方さま（浮舟）にはこんな衣裳をこそお召しいただくのが良い。（それなのに）あきれた墨染ではないか。

10　浮舟の手習歌。尼衣をまとい変わった私なのだろうか、昔の形見としてこの華やかな衣裳の片身の上にわが墨染の袖を覆いかけてしのぼう。「形見」「片身」の掛詞。周囲の思いを裏切って尼になった自分を見つめる。

と書きて、[1]いとほしく、亡くもなりなん後に、物の隠れなき世なりければ、聞き合はせなどして、[2]うとましきまでに隠しけるなどや思はんなど、さま〴〵思ひつゝ、

「[3]過ぎにし方のことは、絶えて忘れ侍りにしを、かやうなることをおぼしいそぐにつけてこそ、ほのかにあはれなれ。」

と[4]おほどかにの給ふ。

「[5]さりとも、おぼし出づることは多からんを、尽きせず隔て給ふこそ心うけれ。[6]身にはかゝる世の常の色あひなど、久しく忘れにければ、なほ〴〵しく侍るにつけても、昔の人あらましかばなど思ひ出で侍る。[7]しかあつかひきこえ給ひけん人、世におはすらん。やがて亡くなして見侍りしだに、[8]猶いづこにあらむ、そことだに尋ね聞かまほしくおぼえ侍るを、[9]行くへ知らで、思ひきこえ給ふ人と侍らむかし。」

との給へば、

「[10]見し程までは、一人は物し給ひき。この月比亡せやし給ひぬらん。」

とて、[11]涙の落つるを紛らはして、

1　（妹尼たちに）すまなく、（自分が）死にもしたあとに、何でもすぐ知れわたる世の中だから、（自分の身元を）聞き合わせなどして。

2　無気味なまで（身元を）ひた隠しにしていたことよなど（妹尼たちが）思うだろうなど、いろいろ（浮舟は）思いながら。青表紙他本「うとましきまてかくしけるとや」。

3　浮舟の言。昔のことは、すっかり忘れてしまいましたが、このようなこと（衣裳の調製）をご準備なさるにつけても、ほんのり胸が揺さぶられます。浮舟は、沈黙を続ける自分を妹尼への裏切りと自省し、少し記憶を語る。

4　おっとり、心の動揺を抑えておっしゃる。

5　妹尼の言。そうは言っても、（浮舟には）思い出されることは多いだろうに、いつまでも（私に）隔てをお置きになるのがつらい。

6　私はこうした世俗の人の着る華やかな色合いなど、長いこと忘れてしまって、上手に仕立てられませんのにつけても、娘が生きていたら（仕立て続けていたのに）と思い出します。底本「身には」、青表紙他本「こゝには」。

7　衣裳を調えあなたをお世話申しなさったろう人（浮舟の母）は、この世においででしょう。（私のように）そのまま亡くして（この目で娘の死を）見た母でさえ。底本「よにおはすらんやかて」、青表紙他本「よにおはすらんかく」。

8　やはりどこにいるのか、せめてそことだけでも尋ね聞きたく思いますのに。「尋ねゆくまぼろしもがなつてにても玉のありかをそこと知るべく」（㈠桐壺四四頁）。仙界であっても尋ね当てて娘に会いたい、の母心を訴える。

9　（ましてあなたの場合）行方が分からなくて、（どこかできっと生きているのではと）思い申しなさる人々がおりましょう。

10　浮舟の言。以前会った時までは、（親は）一人はいらっしゃいました。この数か月で亡くなっておられるやら。妹尼の言に実母の心を思うにつけ、音信不通の不孝を切なく思う。

11　（浮舟は）涙が落ちるのを誤魔化して。

「中[1]〳〵思ひ出づるにつけて、うたて侍ればこそ、え聞こえ出でね。隔ては何ご
とにか残し侍らむ。」
と、言少なにの給ひなしつ。
大[2]将は、この果てのわざなどせさせ給ひて、はかなくてやみぬるかなとあはれに 二四六 50
おぼす。か[3]の常陸の子どもは、かうぶりしたりしは蔵人になして、わが御司の将監
になしなど、いたはり給ひけり。童[4]なるが、中にきよげなるをば、近く使ひ馴らさ
むとぞおぼしたりける。
雨[5]など降りてしめやかなる夜、きさいの宮にまゐり給へり。御前のどやかなる日
にて、御物語りなど聞こえ給ふついでに、
「[6]あやしき山里に年ごろまかり通ひ見給へしを、人の譏り侍りしも、さるべきに
こそはあらめ、たれも心の寄る方のことはさなむあると思ひ給へなしつゝ、猶時〻
見たまへしを、所[7]のさがにやと心うく思ひ給へなりにし後は、道[8]もはるけき心ちし
侍りて、久しう物し侍らぬを、先つ比、物のたよりにまかりて、はかなき世の有り

1　浮舟の言。なまじ思い出すといやな気がして、口に出して申し上げられず。（でも）隔て心など何も残しておりません。妹尼の「尽きせず隔て給ふ」に応える。結局浮舟は言葉少なに話を途中で打ち切り、核心は言えない。

50　一周忌後、薫語る

2　薫は、この浮舟の一周忌の法要などをさせなさって、あっけなく終ってしまったことよと物悲しく思われる。浮舟と三条の小家で会ったのは一昨年の秋、昨年三月末には失踪。もはや浮舟が居なくなってからの方が長い。青表紙他本「はかなくても」。

3　常陸介（浮舟の継父）の子は、元服した子は六位の蔵人にして、自分の所属する右近衛府の将監にするなど、面倒を見なさった。㊈蜻蛉20節の約束の実現。「めでたきもの。…六位の蔵人」（枕草子）。底本「くら人になして」、青表紙他本「くら人になし」。

4　元服前で、子のなかで見目良いのを、近くで使い馴らそうとお思いである。のちの小君。

5　雨などが降ってしんみりする夜、薫は明石中宮のもとに参上なさる。御前に侍女たちが少ないころで、世間話など申し上げるときに。

6　薫の言。鄙びた宇治の山里に、長年通って面倒を見ましたのを、（正妻の女二宮周辺の）人からの非難がありましたのも、しかるべき前世の因縁なのだろう、だれでも気持のひかれるむきのことはそうなのだと思い込むように致しながら、時々は（宇治に通って浮舟の）面倒を見ましたが。「年ごろ」は大君の記憶も含む。浮舟と大君の記憶は一体化している。

7　（「憂し」に通う名の宇治という）場所のせいかとすっかりつらく思うようになってからは。大君、浮舟を共に失ったこと。浮舟失踪は匂宮との恋愛が契機だが、結局は自分が宇治に住まわせたせいとする（㊈蜻蛉19節）。

8　道も遠い気がして長いこと訪ねずにおりましたが、先日、ちょっとした機会（浮舟一周忌）に参って、はかないこの世のさまを。

さまとり重ねて思ひ給へしに、[2]ことさら道心おこすべく造(つく)りおきたりける聖(ひじり)の栖(すみか)
[1]となんおぼえ侍りし。」
と啓(けい)し給ふに、[3]かのことおぼし出(い)でていと〳〵ほしければ、
「[4]そこにはおそろしき物や住(す)むらん。いかやうにてか、彼人(かの)は亡(な)くなりにし。」
と問(と)はせ給ふを、[5]なほつゞきをおぼし寄(よ)る方と思ひて、
「[6]さも侍らん。さやうの人離(はな)れたる所は、よからぬ物なんかならず住(す)みつき侍る
を、亡(う)せ侍りにしさまもなんいとあやしく侍る。」
とて、くはしくは聞(き)こえ給はず。[7]猶(なほ)かく忍(しの)ぶる筋(すぢ)を聞(き)きあらはしけりと思ひ給はん 二〇四七
がいとほしくおぼされ、[8]宮の物をのみおぼして、その比(ころ)はやまひになり給ひしをお
ぼし合(あ)はするにも、さすがに心ぐるしうて、[9]かた〴〵に口入(くちい)れにくき人の上(うへ)とおぼ
しとゞめつ。
[10]小宰相(こざいしやう)に、忍びて、
「[11]大将、かの人のことを、いとあはれと思ひての給ひしに、いとほしうてうち出(い)

1　大君と浮舟の喪失を重ねて思うにつけ。

2　（八宮邸は）特別に仏道に帰依し悟りを求める心を喚起するように造っておいた聖の住まいと思いました。八宮は不遇な人生の憂愁により道心を深めた（㈦橋姫3・5・10節など）。底本「道心」、青表紙他本「たうしんを」。

3　あの（僧都が噂した浮舟の）ことを（中宮は）思い出されてとてもすまなくいたわしくて。

4　中宮の言。そこ（八宮邸）には恐ろしい物が住んでいるのだろうか。どんなふうにその（一周忌の）人は亡くなったのか。中宮は僧都から経緯を聞いた（三〇二頁）。

5　やはり（薫は）二人の死が続いたのに思い当たられたお尋ねと思って。肖柏本・三条西本「うちつゝきたるをおほしよる方」、河内本・別本「うちつゝきたるをおほしよるか」。

6　薫の言。そうもございましょう。そうした人気のない場所は、よくない魔物が必ずや住みつきますもので、亡くなりました様子も実に不思議でございまして。中宮の言を肯定しつつも、浮舟の死の内情を詳しくは語らない。

7　（もう少し聞きたかったが）やはりこれほど（薫が）隠している内情を（僧都から）全部聞いてしまったと（薫が）お気づきになろうのが（中宮は）すまなく恥ずかしくお思いになり。

8　匂宮が悩みに悩んで、（浮舟が失踪した）その頃は病気になられたことを思い合わされるにつけても、（匂宮が悪いとはいえ）さすがに（自分が宮に黙っているのは）かわいそうで。

9　（薫と匂宮）双方のために口出ししにくい人（浮舟）の身の上と思われてそのままにした。中宮自身が介入するのは回避してしまう。

10　宰相君とも。㈨蜻蛉28節、㈨手習40節。

11　明石中宮の、小宰相への言。大将（薫）があの人（浮舟）のことを、しみじみ愛おしいと思っておっしゃったのに、すまなくて打ち明けてしまおうかと思ったが。薫を前にした時に「いとほし」ゆえに打ち明けられなかったが、実は「いとほし」ゆえに打ち明けたくもあったという、中宮の複雑な心情。

でつべかりしかど、それ[1]にもあらざらむ物ゆゑとつゝましうてなん。君[2]ぞ、こと〴〵聞き合はせける。かた[3]はならむことは取り隠して、さることなんありけると、大方の物語りのついでに、僧都の言ひしことを語れ。」

との給はす。

「御前[4]にだにつゝませ給はむことを、まして異人はいかでか。」

と聞こえさすれど、

「さま〴〵[5]なることにこそ。又[6]まろはいとほしきことぞあるや。」

とのたまはするも、心得[7]て、をかしと見たてまつる。

立ち寄り[8]て物語りなどし給ふついでに、言ひ出でたり。めづらかにあやしと、いかでかおどろかれ給はざらむ。宮[9]の問はせ給ひしも、かゝることをほのおぼし寄りてなりけり、などかのたまはせ果つまじき、とつらけれど、われも又はじめよりありしさまのこと聞こえそめざりしかば。聞きて[10]後も猶をこがましき心ちして、人[11]にすべて漏らさぬを、中〴〵外には聞こゆることもあらむかし、うつゝの人ゝの中に

1　その人かどうかも分からぬからと遠慮されて(口には出せなかった)。

2　そなたは、(姉君からも僧都からも)それぞれ事情を聞き込んでいるのだったな。また薫の愛人でもあるため、浮舟が亡くなった表向きの話も薫から聞かされていると判断。

3　具合の悪いことは言わずに、こんなことがあったとかと、ふつうの世間話のついでに、僧都が言ったことを話しなさい。詳しい内情を明石中宮が知りつつ黙っていたなどを薫に悟られないように伝えてくれ、の心。底本「いひしことを」、青表紙他本「いひしこと」。

4　小宰相の言。中宮様でさえご遠慮なさるような話題を、まして他の者がどうして(口に出せましょう)。

5　中宮の言。物事は時と場合で異なるもの。

6　また私はすまなく思うこともあるし。匂宮が浮舟を奪って、失踪の原因にもなったこと。

7　(明石中宮の思いを小宰相は)心得て、おもしろく拝見する。母としての中宮の弱さや立派な弟である薫への遠慮などを察する。

51 小宰相、薫に語る

8　(薫が小宰相のもとに)立ち寄ってお話などなさるついでに、(浮舟生存のことを)話題に出した。めったにない奇怪な話だと、(薫が)どうして驚きなさらずにいられよう。

9　中宮が(浮舟のことを)お尋ねになったのも、こんな事情をそれとなくお気づきになってのことだったのだ、どうして残らずお話し下さらなかったか、と(薫は)恨めしいが、自分もまた最初から浮舟との経緯を中宮に申し上げなかったので。お話し下さらなかったのもやむを得まい、といった心情が省略された形。

10　小宰相から聞いた後も、やはり自分の愚かさが自覚されて。浮舟が生存しているとも知らず、盛大な一周忌を行い、身分卑しい浮舟の親族とも交流した。

11　他人に完全に隠しているが、かえってよそでは耳にすることもあろうよ。俗世の人々の

忍ぶることだに隠れある世の中かは、など思ひ入りて、[1]此人にもさなむありしなど 二〇四八
明かし給はんことは、猶口おもき心ちして、

「[2]猶あやしと思ひし人のことに、似ても有りける人のありさまかな。さて其人は猶あらんや。」

との給へば、

「[3]かの僧都の山より出でし日なむ、尼になしつる。いみじうわづらひし程にも、見る人をしみてせさせざりしを、正身の本意深きよしを言ひてなりぬるとこそ侍なりしか。」

と言ふ。

[4]所も変はらず、そのころの有りさまと思ひ合はするにたがふふしなければ、[5]まことにそれと尋ね出でたらん、いとあさましき心ちもすべきかな、[6]いかでかはたしかに聞くべき、[7]下り立ちて尋ねありかんもかたくなしなどや人言ひなさん、又、[8]彼宮も聞きつけ給へらんには、かならずおぼし出でて、思ひ入りにけん道もさまたげ給

中で秘密にしていることでさえも隠しきれる世の中ではない、などと考え込んで。

1　小宰相にもそんなことがあったと打ち明けなさろうことは、（すべてを知っていそうだが）やはり言いにくい感じがして。常に他人からどう見えるかを気にする薫は、先日以来の自分が「をこ」に見えるのがまず気になり、本心を明かそうとしない。

2　薫の言。やはり不思議だと思った女のことに、よく似てもいた人の話ですね。ところでその人は無事でいるのか。先日中宮に「亡せ侍りにしさまもなんいとあやしく侍る」と語ったのを踏まえ、曖昧な説明にする。

3　小宰相の言。その（もののけに憑かれて倒れていた女を救った）僧都が山を降りた日に、尼にしました。ひどく（女の）具合が悪かった時にも、まわりの人が惜しがって出家させなかったのに、本人（浮舟）が意志の深いわけを僧都に訴えて（尼に）なったということです。

4　場所も同じ宇治で、当時の情況を思い合せると相違する点がないので。

5　以下、三四二頁六行「又つかはじ」まで薫の心内。本当にその女が浮舟だと捜し当てたら、とても驚き呆れる気持もするだろうよ。

6　どうしたら確かなことが聞けるだろうか。

7　自分が直接乗り出して調べ回るのも馬鹿げていて見苦しいなどと人は噂しよう。浮舟生存がうれしくて、もっと詳しく知りたいと思うにつけ、探し回る自分が他人からどう見られるかを考えてしまう。

8　また、あの宮（匂宮）が（浮舟生存の話を）聞きつけなさった場合には、必ずやあの時の気持を思い出されて、せっかく浮舟が決意して入ったという仏道をも妨げなさるに違いない。自分が探し回ることで、匂宮の耳に入ることに思いが至り、匂宮の動向を鋭く意識する。浮舟の道心を尊重せずに恋情を押しつける匂宮を非難するふうだが、以下明らかなように、要は匂宮に寝取られた悔しさによる非難。

ひてんかし、[1]さて、さなの給ひそなど聞こえおき給ひければや、われにはさること なん聞きしと、さるめづらしきことを聞こしめしながら、の給はせぬにやありけん、[2]宮もかゝづらひ給ふにては、いみじうあはれと思ひながらも、さらにやがて亡せにし物と思ひなしてをやみなん、[3]うつし人になりて、[4]末の世には、黄なる泉のほとりばかりを、おのづから語らひ寄る風の紛れもありなん、[5]我ものに取り返しみんの心ち又つかはじなど、思ひ乱れて、[6]猶のたまはずやあらんとおぼゆれど、御けしきのゆかしければ、大宮にさるべきついでつくり出だしてぞ啓し給ふ。

「[7]あさましうて失ひ侍りぬと思ひ給へし人、世に落ちあぶれてあるやうに、人のまねび侍りしかな。[8]いかでかさることは侍らんと思ひ給ふれど、心とおどろ〳〵しうもて離るゝことは侍らずやと、思ひわたり侍る人のありさまにはべれば、[9]人の語り侍べしやうにては、さるやうもや侍らむと、似つかはしく思ひ給へらるゝ。」とて、[10]今すこし聞こえ出で給ふ。宮の御事を、いとはづかしげに、さすがにうらみたるさまには言ひなし給はで、

1　さては、薫に何もおっしゃるな、など（匂宮が中宮に）申しおきなさったからか、私には浮舟存命と聞いたと、そんなすばらしい話を耳にされながら、仰せ下さらなかったのだろうか。匂宮に遅れを取った可能性を思う。

2　匂宮も深く関わって（浮舟に）執着しておいであるからには、（私は浮舟を）とても愛しいと思いながらも、きっぱりとそのまま死んだものと思い込んでこのまま終りにしよう。

3　この世の人となって。薫の浮舟の捉え方に沿った表現。これまで浮舟を死者と思っていたが、生きていると知った、つまり薫のなかで「現（うつ）し世」の人になった。

4　遠い将来には、あの世でまた逢おうくらいのことを、話し合うふとした機会も自然にあろう。「黄なる泉」は黄泉（冥土）の訓読。

5　（浮舟を）自分のものとして取り返してみようという気持は二度と持つまいなどと（薫は）思い乱れて。「心ち」、青表紙他本「心は」。

6　やはり（自分には中宮は）おっしゃらないだろうかと思われるが、お気持が知りたいので、中宮にしかるべき機会を作り出して（薫は）申しなさる。「大宮」は、匂宮の母宮、明石中宮。底本「おほゆれと」「つくりいたしてそ」、青表紙他本「思へと」「つくりいてゝそ」。

52　薫、中宮に対面

7　薫の言。意外なことで死なせてしまったと存じておりました人が、この世に零落して生きているとか、人が語り伝えてくれました。

8　どうしてそんなことがございましょうと思っておりますが、自分から驚くようなこと（入水）までして世を捨てることはあるまいにと、思い続けておりますす人の様子ですので。

9　人の語りましたようには、そういうこともあろうかと、似つかわしく思われるのです。浮舟の人柄を思うと、入水したというよりは、もののけに取り憑かれてさまよったという話の方が信じられる、の意。底本「かたり侍しやう」、青表紙他本「かたり侍へしやう」。

「[1]かのこと、またさなんと聞きつけ給へらば、かたくなにすき〲しうもおぼされぬべし。[2]更に、さてありけりとも、知らず顔にて過ぐし侍りなん。」

と啓し給へば、

「[3]僧都の語りしに、いとものおそろしかりし夜のことにて、耳もとゞめざりしことにこそ。[4]宮はいかでか聞き給はむ。[5]聞こえん方なかりける御心のほどかなと聞けば、まして聞きつけ給はんこそいと苦しかるべけれ。[6]かゝる筋につけて、いとかろくうき物にのみ世に知られ給ひぬめれば心うく。」

などの給はす。[7]いとおもき御心なれば、かならずしも、うちとけ世語りにても、人の忍びて啓しけんことを漏らさせ給はじなどおぼす。

[8]住むらん山里はいづこにかはあらむ、いかにしてさまあしからず尋ね寄らむ、僧都に会ひてこそは、たしかなる有りさまも聞き合はせなどして、ともかくも問ふべかめれなど、たゞ此事を起き臥しおぼす。

二五〇

[9]月ごとの八日は、[10]かならずたふときわざせさせ給へば、薬師仏に寄せたてまつる

10　もう少し事情をお話しになる。匂宮についても、聞き手が気がひけるほど堂々と、それでもことさら恨んでいるふうにはおっしゃらず。

1　薫の言。あのこと（浮舟生存）を、またそうだ（薫が聞き知って浮舟に会いに行った）と（匂宮が）聞きつけなさったら、私を愚かで好色なやつだともお思いになるでしょう。

2　絶対に、浮舟が生きていたのだとも、知らぬ顔をして過ごしたいものです。匂宮が既に知っているか探りを入れ、中宮の口も封じる。

3　中宮の言。（それは）僧都が語ったが、とても恐ろしかった夜のことなので、耳も止めなかった話。薫の自尊心に配慮し、自分は詳しいことは知らない、と弁解する。

4　（自分もよく知らないのに）匂宮がどうしてお耳になさることがありましょう。

5　何とも申し上げようもない（匂宮の）お考えぶりと聞くので、ましてや（匂宮が浮舟の生存を）聞きつけなさったら実に（私は）つらいことでしょう。母の立場から匂宮の怪しからぬ好色ぶりを陳謝し、薫の味方だと暗示する。

6　このような（女性関係）方面で、とても軽率で困った人だとばかり（匂宮が）知られているようなのがつらくて。底本「心うくなと」、青表紙他本「心うくなんと」。

7　（中宮は）実に慎重なご性格だから、必ずや、うちとけた世間話でも、人が内々に（中宮に）申し上げたようなことを他人に漏らしたりはなさるまいなどと（薫は）お考えになる。「かならずしも」の「し」「も」は強意。「かならず」に同じ。

8　（浮舟が）住んでいるという山里はどこなのか、何とかして体裁よく捜し当てたい、僧都に会ってこそ、確かな様子なども聞き合わせて、何はともあれ聞いてみるのがよさそうだなど、（薫は）寝ても起きてもお考えである。青表紙他本「いつこにかあらむ」。

53　薫、横川に赴く

にもてなし[1]給ひつるたよりに、[2]中堂（だう）に時〲まゐり給ひけり。[3]それより、やがて横川におはせんとおぼして、[4]かのせうとの童（わらは）なる率（ゐ）ておはす。[5]その人ゝには、とみに知（し）らせじ、有りさまにぞしたがはんとおぼせど、うち見（み）む夢の心（ここ）ちにも、あはれをも加（くは）へむとにやありけん。[6]さすがに、その人とは見（み）つけながら、あやしきさまに、かたち異（こと）なる人のなかにて、うきことを聞（きゝ）きつけたらんこそいみじかるべけれと、[7]よろづに道（みち）すがらおぼし乱（みだ）れけるにや。

9　毎月八日は。八日は六斎日（八日・十四日・十五日・二十三日・二十九日・三十日）の初日で、薬師如来が本尊である。特に身をつつしみ持戒清浄であるべきとされる。薬師如来は衆生の病苦を救うという、現世利益を与える仏。

10　ありがたい供養をおさせになるので、薬師仏に寄進申し上げるために。

1　物事を執り行いなさるついでに。底本「給つる」、青表紙他本「給へる」。

2　（薫は）比叡山の根本中堂（本尊は薬師如来）に時々参詣なさっていたのだった。底本「中たうに」、青表紙他本「中たうには」。

3　中堂から、そのまま横川に（僧都に会うため）いらっしゃろうとお思いになり。突然横川僧都を訪ねると人目に立つため、毎月の薬師仏供養という、時には直接比叡山に赴く時もあった機会を利用する。外聞を気にする薫。

4　浮舟の弟で召使の童である小君を連れる。

5　浮舟の家族には、すぐには知らせまい、その時の情況によることにしようとお考えだが、（浮舟に逢うかも知れない）ふと見る夢のような気持にも、さらに情趣を添えようとでもあったのだろうか。家族に知らせまいというのに、小君だけは連れてゆく薫の意図を語り手が推測。大君の心を求めつつ中君をあいだにはさんだ薫らしい言動。

6　（再会を期待しながら）そうはいっても、浮舟だと突きとめながら、みすぼらしい姿で、見馴れぬ尼姿の人の中にいて、嫌な噂をもし聞きつけたならば、それこそつらいことだろうと。ほかの男が通っていたなどの噂を聞かされるかもしれないと、薫は危ぶむ。男心を惹きつける美しさゆえ、三角関係になって入水に至ったと考える薫は、死にたいと思い続けた浮舟の自己否定の深さを知るよしもない。

7　あれこれと道すがら思い乱れなさったことだろう。巻を閉じる語り手の言。「にや」、青表紙他本「とや」の形も。

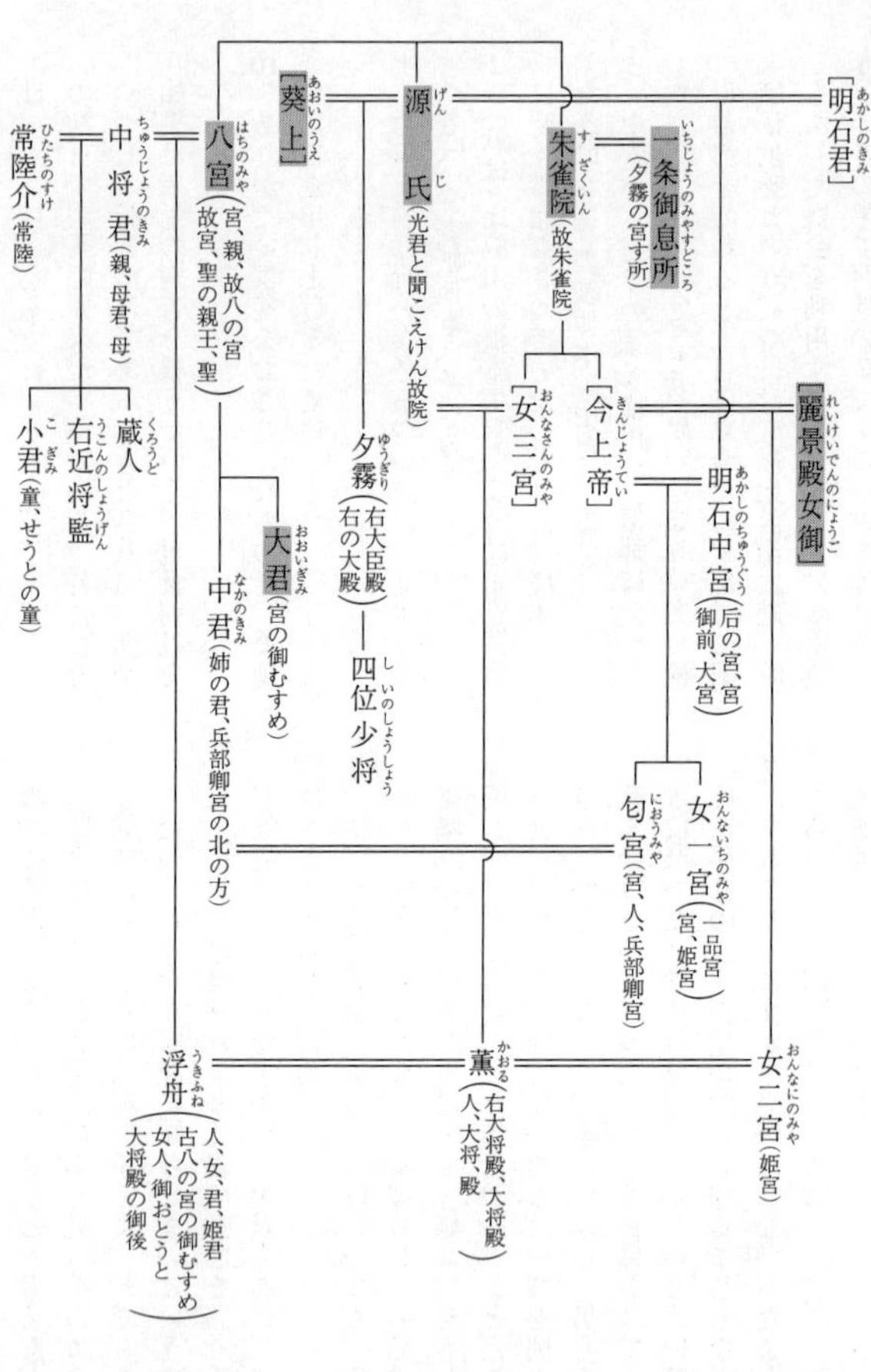
明石君
一条御息所（夕霧の宮す所）
朱雀院（故朱雀院）
源氏（光君と聞こえけん故院）
葵上
八宮（宮、親、故八の宮、故宮、聖の親王、聖）
中将君（親、母君、母）
常陸介（常陸）
麗景殿女御
今上帝
女三宮
夕霧（右大臣殿、右の大殿）
大君（宮の御むすめ）
中君（姉の君、兵部卿宮の北の方）
蔵人
右近将監
小君（童、せうとの童）
明石中宮（后の宮、宮、御前、大宮）
四位少将
女一宮（一品宮、宮、姫宮）
匂宮（宮、人、兵部卿宮）
女二宮（姫宮）
薫（右大将殿、大将殿、人、大将、殿）
浮舟（人、女、君、姫君、古八の宮の御むすめ、女人、御おとうと、大将殿の御後）

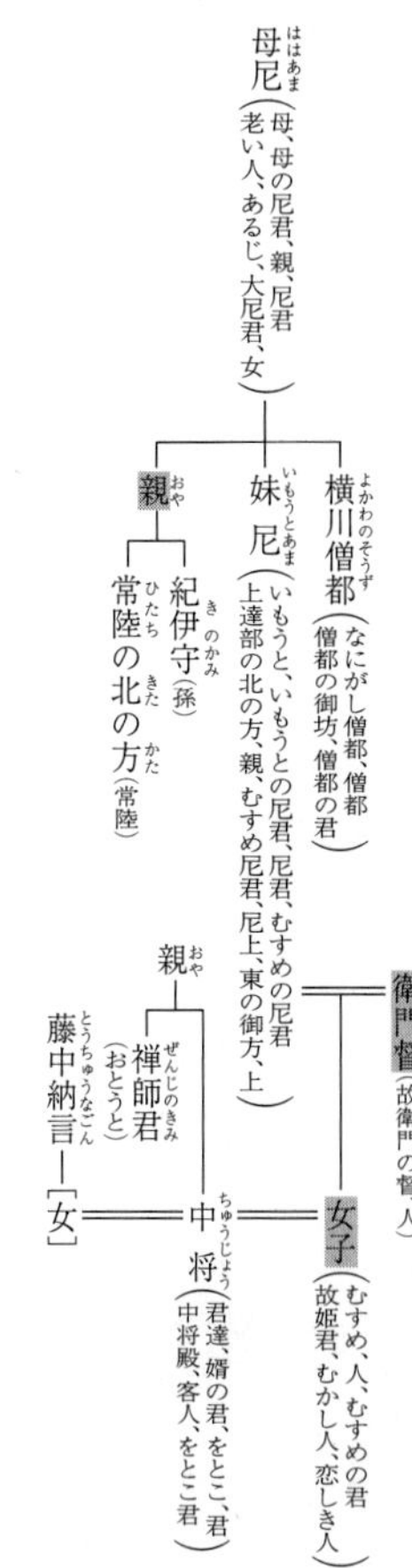

阿闍梨（せうと）

少将尼（少将の尼君
少将、尼）

浮舟の乳母（乳母）――右近

弟子の阿闍梨（阿闍梨
験者の阿闍梨）

侍従

いへ主

こもき

院守

殿守

宿守の翁（翁、宿守の男）

左衛門

大徳（げらふほふし、法師）

山の座主

小宰相（さい将の君
宰相の君、人、君）

律師

夢浮橋

夢浮橋(ゆめのうきはし)

本巻に「夢浮橋」の語は現れないが、「夢語り」を含め「夢」の語が五例見られる(三六二・三六六・三八二・三九〇・三九二頁)。底本の題簽は「夢のうき橋」。

〈薫二十八歳夏〉

1 比叡山に登り仏事を済ませたあと、薫(かおる)は横川(よかわ)に赴き僧都を訪ねる。小野あたりに知り合いは、と切り出して、浮舟(うきふね)の噂の真相を確かめる。

2 僧都は浮舟と薫との関わりを聞いて、浮舟を出家させたことを後悔しつつ、発見時のいきさつを薫に語る。薫は夢かと驚きつつも、浮舟に会う手引きを頼むが、僧都は今日明日の下山は無理と案内を渋る。

3 薫は小君(こぎみ)に託す浮舟への手紙を書くように僧都に依頼し、浮舟に他意を持っていないこと、昔より道心が深かったことを弁明する。

4 僧都は小君に目を留め、浮舟への手紙をしたためて小君に託す。

5 小野の里では蛍をながめていた浮舟が薫一行の松明の光を見る。尼君たちが薫の噂をするが浮舟は念仏に心を紛らせる。

6 薫は人目を憚って翌日、小君を小野へ遣わす。小君は幼な心に亡きものと思っていた姉君に会えることを喜ぶ。

7 小野には早朝、僧都からの文が届き、妹尼(いもうとあま)は薫と浮舟との関係を不明瞭ながら知る。

8 小君は小野を訪問し、僧都から託された手紙を差し出す。手紙には浮舟の還俗を勧める意がほのめかしてあった。

9 妹尼は小君との関係を問う。浮舟は小君を見て母の様子を尋ねたいと思うが、薫には会わないと決意し、小君にも人違いと伝えてくれるよう妹尼に頼む。

10 対面を拒まれ不満に思う小君は、しいて浮舟を几帳近くへ呼んでもらい、薫の手紙を渡す。

11 薫の手紙は昔に変わらぬ筆跡でたきしめた香の香りも例によってよく染みていた。深い情のこもる言葉が書き連ねてある。

12 浮舟は今の姿を薫には見せられないと思案にくれながらも、こらえきれずに泣き出すが、あくまでも人違いと返事を拒み通す。小君は姉に会うことも、返事をもらうこともできずにむなしく帰る。薫は浮舟の心をはかりかねて、だれか別の男に匿われているのではとまで疑う。

二〇五 1 [1]山におはして、例せさせ給ふやうに、[2]経、仏など供養ぜさせ給ふ。またの日は、[3]横川におはしたれば、[4]僧都おどろきかしこまりきこえ給ふ。[5]年ごろ、御祈りなど、つけ語らひ給ひけれど、ことにいと親しきことはなかりけるを、此たび[6]一品の宮の御心ちの程に[7]さぶらひ給へるに、[8]すぐれ給へる験、物し給ひけりと見たまひてより、こよなうたふとび給ひて、[9]いますこし深き契り加へ給ひてければ、[10]おもおもしうおはする殿のかくわざとおはしましたることと、[11]もてさわぎきこえ給ふ。[12]御物語りなどこまやかにしておはすれば、[13]御湯漬などまゐり給ふ。

すこし人々静まりぬるに、

「[14]小野のわたりに知り給へる宿りや侍る。」

と問ひ給へば、

「[15]しか侍る。いと異やうなる所になむ。[16]なにがしが母なる朽尼の侍るを、[17]京には

1　薫、横川に赴く

1　比叡山延暦寺。薫は浮舟の行方を知ろうと、寺にのぼる。翌朝、横川僧都を訪ねて訊くひそかな心づもりをしている。
2　経典や仏像など。薫は供養にかこつけて寺にやってきた。
3　前巻末に、「それより、やがて横川におはせんとおぼして」(九手習三四六頁)。
4　僧都は驚いて恐縮し申す。
5　長年、ご祈禱などを依頼して懇意にしておられたが、格別に親しいことはなかったのに。僧都はこれまで薫の相談あいてという程度だったとする設定。
6　女一宮のご病気の折に。「一品宮の御なやみ」(九手習二九八頁)。
7　(僧都が)そばにお仕えになっての折に。「とみにもえ帰り入らでさぶらひ給ふに」(九手習三〇〇頁)。
8　ぬきん出ておられる霊験がおありだったとご覧になってから。
9　以前よりも多くの深い仏縁をお加えになったので。後世のために僧都の徳を慕う心が増す趣。
10　重々しい地位でおられる薫がかようにわざわざいらしていることよと。薫は右大将。
11　僧都はあわただしくもてなし申し上げる。
12　ご雑談などをねんごろに。
13　湯を注いだ飯。おかずが引干(ひきぼし)であることは、三七五頁注8。
14　薫の言。小野の辺に領知しておられる泊り所がおありでは。用件を切り出す薫。さきに僧都は宇治院で見いだして尼にした女が小野の里にいる次第を中宮に語り、それを小宰相(宰相君)も聞いていた(九手習三〇三頁注7)。小宰相は薫にそのことを告げる(同三三九頁注8)。薫はその女が浮舟ではないかと疑う。
15　僧都の言。さようでございます。まことに普通でない(むさくるしい)所で。
16　拙僧の母である老いぼれた尼が。

か〳〵しからぬ住みかも侍らぬうちに、[1]かくて籠り侍るあひだは、夜中、暁にもあひとぶらはむと思ひ給へおきて侍る。」

など申し給ふ。

「[2]そのわたりには、たゞ近きところほひまで、人多う住み侍りけるを、いまはいとかすかにこそなりゆくめれ。」

などの給ひて、[3]いますこし近くゐ寄りて、忍びやかに、

「[4]いと浮きたる心ちもし侍る、また尋ねきこえむにつけては、いかなりけることにかと心得ずおぼされぬべきに、かた〳〵憚られ侍れど、[5]かの山里に知るべき人の、 二〇五六
隠ろへて侍るやうに聞き侍りしを、[6]たしかにてこそは、いかなるさまにてなども、漏らしきこえめ、など思ひたまふるほどに、[7]御弟子になりて、忌むことなど授け給ひてけりと聞き侍るは、まことか。まだ年も若く、[8]親などもありし人なれば、こゝに失ひたるやうにかことかくる人なん侍るを。」

などのたまふ。

17　頼りにならない住みかさえございません中でも。「うちに」は、その中でも特に。

1　かようにして（拙僧が）山籠りをしております期間は、夜中、暁にも互いに見舞いをいたそうと心にきめておるのでございます。高齢の母をいたわる気持。

2　薫の言。あのあたり（小野の山里）には、つい最近まで人がおおぜい住んでおりましたが、現在はたいそう人少なになってゆくように見える。話題をしだいに小野にしぼってゆく。一条御息所（落葉宮の母）の山荘が近くにあったことを念頭に置く言い方かもしれない。九手習二一六頁。

3　薫は僧都の近くに膝を進めて。

4　薫の言。まことに根拠のない話という感じもいたしますし、またお尋ね申し上げようとするについては、どのような事情だったのかと納得しがたくお思いになるに違いないと、あれこれ遠慮いたされるものの。「かたぐ憚られ」るとは、不確かな話で、かつ事情を説明しないので僧都に対して非礼だとする。

5　あの小野の里に私が面倒を見なければならぬ人が、身を隠しておりますように噂を耳にしましたのに対し。

6　確かにそれと聞いた上で、どのように（身を隠したのか）なども、そっと打ち明け申し上げよう、など存じおりますあいだに。

7　貴僧のおん弟子になって、戒などをお授けになってしまわれたと聞きますのは、ほんとうか。「忌むこと」は、受戒（九手習二七九頁注7ほか）。僧都がその女人の素性を知らないままに出家させた次第については、九手習三〇二頁。薫の言い方はそのことを咎める語調になっている。

8　親御なども存命だった人なので、私が（その女を）死なせたというように言いがかりをつける者がございますから…。「こゝに」は、私が（自称）。「かこと」をかけるとは、非難する、苦情を言う、の意。

僧都、[1]さればよ、たゞ人と見えざりし人のさまぞかし、かくまでの給ふは、かろぐしくはおぼされざりける人にこそあめれ、と思ふに、[2]ほふしといひながら、心もなくたちまちにかたちをやつしてけること、と胸つぶれて、[3]いらへきこえむやう思ひまはさる。[4]たしかに聞き給へるにこそあめれ、かばかり心得たまひて、うかゞひ尋ね給はむに、隠れあるべきことにもあらず、中〳〵あらがひ隠さむにあいなかるべしなど、と[5]ばかり思ひ得て、

「[6]いかなることにか侍りけむ。この月ごろ、[7]うち〳〵にあやしみ思う給ふる人の御ことにや。」

とて、

「[8]かしこに侍る尼どもの、[9]初瀬に願侍りて、詣でて帰りける道に、[10]宇治の院といふ所にとゞまりて侍りけるに、母の尼の[11]労気にはかにおこりて、いたくなむわづらふと告げに、ひとの参うで来たりしかば、[12]まかり向かひたりしに、まづあやしきことなむ。」

2 僧都語り、薫驚く

1 僧都の心内。やはりそうなのか、並の身分とは見えなかったその女人の様子であるよ、(薫が)そんなにまでおっしゃるのは、軽くは思っていらっしゃらなかった人だと見られる。

2 法師とはいえ、思慮もなく即座に(浮舟を)尼姿に変えてしまったことよと、どきりとして。底本「ほうし」。

3 どうお答えしようか、思案をめぐらす。

4 僧都の心内。確かなこと(浮舟の消息)を聞いておられるに違いない、それほど事情をご承知でおられて様子をお尋ねになるのだから、隠しおおせることでもなく、隠そうとしてはかえって具合が悪かろう。

5 しばらく思案して腹をきめると。「思ひ得(う)」は、考えて結論を出す。

6 僧都の言。どういうことだったのでございましょうか。用心深い物言いをする僧都。

7 内々に不審に存じおります方のおんことでは。

8 僧都の言。あちら(小野の里)に住みおります尼たち(母尼や妹尼)が。

9 長谷観音。「古き願ありて、初瀬に詣でたりけり」(㊈手習一七〇頁)。

10 宇治にあった古い公領。「故朱雀院の御両にて宇治の院といひし所」(㊈手習一七二頁)。㊈手習冒頭の書き方では母尼の急病で宇治院に宿泊することになり、僧都がかけつける。

11 疲労による病気が急に起こって、たいそう苦しむと、使者が僧都に急を告げにやって参ったので。「なほいたうわづらへば、横川に消息したり」(㊈手習一七〇頁)。

12 (私が宇治へ)出向いたところ、さっそく奇怪なことが(起きまして)。㊈手習冒頭で母尼・妹尼の初瀬参詣の帰途、浮舟を見いだしたさまは省略される。宇治院で女性を見つけた次第はさきに明石中宮にも語っており、それが小宰相を通して薫の知るところとなった(㊈手習二二八頁)。

二〇五七 とさゝめきて、
[1]「[2]親の死に返るをばさしおきて、もてあつかひ嘆きてなむ侍りし。[3]この人も、亡くなり給へるさまながら、さすがに息は通ひておはしければ、[4]昔物語に[5]魂殿におきたりけむ人のたとひを思ひ出でて、さやうなることにやとめづらしがり侍りて、[6]弟子ばらのなかに験ある物どもを呼び寄せつゝ、[7]かはりがはりに加持せさせなどなむし侍りける。[8]なにがしは、[9]をしむべき齢ならねど、母の旅の空にて病おもきを助けて、[10]念仏をも心乱れずせさせむと、仏を念じたてまつり思うたまへし程に、その人のありさま[11]くはしうも見たまへずなむはべりし。[12]事の心おしはかり思うたまふるに、[13]天狗、木霊などやうのものゝ、あざむきゐてたてまつりたりけるにやとなむうけ給はりし。助けて[14]京に率てたてまつりてのちも、[15]三月ばかりは亡き人にてなむものし給ひけるを、[16]なにがしがいもうと、故衛門の督の北の方にて侍りしが、尼になりて侍るなむ、一人持ちてはべりし女子を失ひてのち、月日は多く隔て侍りしかど、悲しび絶えず嘆き思ひ[17]給へ侍るに、[18]同じ年の程と見ゆる人の、かくかたちいとうる

1 声をひそめて。

2 僧都の言。母親が今にも死にそうなのを後回しにして、嘆きながら世話をいたしました。

3 この方(浮舟)にしても、亡くなっておられるも同然ながら、それでも息はかよっておられたので。

4 「昔…」で始まる作り物語。

5 骸を安置する所に(亡骸を)置いてあったとかいう人の例を思い出して。昔物語に亡骸の蘇った話があったか。「たとひ」は昔物語に例話があったとする。「南殿(なでん)の鬼のなにがしのおとゞおびやかしけるたとひ」([一]夕顔二九八頁)。「昔物語の心ちもするかな」([九]手習二三六頁)。

6 僧都の弟子たち。

7 「二日ばかり籠りゐて、二人の人を祈り、加持する声絶えず」([九]手習一九二頁)。

8 拙僧は。後の「助けて」に続く。

9 母は死んでも惜しくない老齢だが。八十余歳。

10 (臨終の)念仏をも一心不乱にさせようと。後の「思うたまへし」に続く。

11 詳細に拝見しなかったことです。

12 その事情を推察し愚考いたすと。

13 天狗、木霊などのようなものが、だましてお連れ申したのではと。さきにも「狐、木霊やうの物の、あざむきて取りもて来たる」([九]手習一七八頁)とあった。天狗は物語中にこの一例のみ。山に棲む妖怪の一。「天ぐのするにこそあらめ」(うつほ・俊蔭)。

14 小野。

15 三か月は死んだ人同然で。「四五月も過ぎぬ」([九]手習一九八頁)。

16 拙僧の姉妹。妹尼。亡くなった衛門督の北の方でありましたのが、尼になって。[九]手習に「故衛門の督の妻(め)に侍りし尼」(三〇二頁)。

17 底本「給へるに」。「侍」が「流」の草体との類似で「る」と誤って表記されたと見て改める。池田本(大成の底本)「給へ侍に」、明融本(実践)「給へ侍るに」。

はしきよらなるを見出でたてまつりて、[1]くわんおむの給へるとよろこび思ひて、[2]この人いたづらになしたてまつらじとまどひ焦られて、泣く〳〵[3]いみじきことどもを申されしかば、のちになむ、かの[4]坂本にみづから下り侍りて、[5]護身など仕まつりしに、[6]やう〳〵生き出でて人となり給へりけれど、「[7]猶この領じたりけるものの、身に離れぬ心ちなむする、[8]このあしきもののさまたげをのがれて、後の世を思はん」など、[9]かなしげにの給ふことどものはべりしかば、[10]ほふしにては勧めも申しつべきことにこそはとて、まことに[11]出家せしめたてまつりてしになむ侍る。[12]さらにしろしめすべきこととは、いかでかそらにさとり侍らん。めづらしき事のさまにもあるを、[13]世語りにもし侍りぬべかりしかど、[14]聞こえありてわづらはしかるべきことにもこそと、[15]この老い人どものとかく申して、この月ごろおとなくて侍りつるになむ。」と申し給へば、[16]さてこそあなれとほの聞きて、[17]かくまでも問ひ出で給へることなれど、[18]むげに亡き人と思ひ果てにし人を、さはまことにあるにこそはとおぼす程、[19]夢の心ちしてあさましければ、つゝみもあへず涙ぐまれ給ひぬるを、[20]僧都のはづかし

18 (妹尼の亡き娘と)同じ年頃と見られる人が、あのように容姿の整って美しいのを見つけ出し申して。「かくおぼえぬ人のかたちけはひもまさりざまなるを得たれば」(㊈手習二一四頁)。

---

1 長谷観音がお授けになると。底本「くはんをむ」。「何か。初瀬のくわんおむの給へる人なり」(㊈手習二〇二頁)。

2 この人を死なせ申してはなるまいとおろおろ気をもんで。

3 (妹尼から)切々と嘆願して寄越しましたから。前にも「いみじきことを書きつゞけて」(㊈手習一九八頁)とあった。「申され」の「れ」は受身。

4 比叡山の西坂本。「比叡坂本に、小野といふ所に」(㊈手習一九六頁)。妹尼の「猶下り給へ」(同一九八頁)という懇願に応じて、山を下りたことを言う。

5 護身の修法。印を結び陀羅尼を唱える。「護身まゐらせ給ふ」(㊀若紫四〇八頁)。

6 しだいに蘇って正気の人と。

7 浮舟の言葉。まだ私に取り憑いた何か霊が、身から離れない気がする。

8 (浮舟の言葉、続き)この悪い霊の妨害から逃れて、後生を願いたい。

9 悲しそうにおっしゃる訴えがあれこれございましたので。

10 法師としては、こちらからこそ(出家を)勧めも申すべきこととて。底本「ほうし」。

11 出家をさせ申してしまったのでございます。

12 まったく薫のお知り合いであられるとは、どうして手がかりもなくて悟れましょうか。「しろしめす」は「知る」の高い尊敬。

13 世間の噂にもなってしまいそうでしたが。「うちとけ世語りにても」(㊈手習二四四頁)。

14 評判が立って面倒になりそうなのでは困ると。

15 母尼や妹尼があれやこれや申して、この何か月かは黙ってございましたので。

げなるに、[1]かくまで見ゆべきことかはと思ひ返して、つれなくもてなし給へど、[2]かくおぼしけることを、この世には亡き人と同じやうになしたることと、[3]あやまちしたる心ちして罪深ければ、

「[4]あしき物に領ぜられ給ひけむも、さるべき先の世の契りなり。[5]思ふに高きいへの子にこそものし給ひけめ、[6]いかなるあやまりにて、かくまではふれ給ひけむにか。」

と問ひ申したまへば、

「[7]なまわかむどほりなどいふべき筋にやありけん。[8]こゝにも、もとよりわざと思ひしことにも侍らず、[9]ものはかなくて見つけそめては侍りしかど、又いとかくまで落ちあぶるべき際と思ひ給へざりしを、[10]めづらかに跡もなく消え失せにしかば、[11]身を投げたるにやなど、さま〴〵に疑ひ多くて、[12]たしかなることはえ聞き侍らざりつるになむ。[13]罪かろめてものすなれば、[14]いとよしと心やすくなんみづからは思ひたまへなりぬるを、[15]母なる人なむいみじく恋ひ悲しぶなるを、[16]かくなむ聞き出でたると

16　その通りのようだ。浮舟の生存を小宰相からちらっと聞いたことに同じ。
17　そんなにまでして僧都からじかに問い質しなさることではあるけれど。
18　すっかり死んだ人と思いこんでしまった人なのに、それでは本当に生きているのだと。
19　夢のなかにいる感じがしてあまりのことなので。
20　こちらが気がひけそうな立派な態度に。

1　かようなまで気弱な姿を見られてはならぬと思い返して、平然と構えておられるが。
2　僧都の心内。薫がかほどに深くお思いだったのに、現世では死者も同然の尼になしたこと。
3　過失を犯した気持がして罪深く思うので。
4　僧都の言。魔性のものに取り憑かれなさったらしいのも、そうあるべき前世の約束である。
5　思うに良家の子女でいらしたのだろう。㊂少女四二六頁一二行。
6　どんなあやまりでかようにさすらっておられたのだろうか。
7　薫の言。ちょっとした皇族など言うべき筋だったのでは。浮舟は親王(八宮)の子だが、劣り腹のため、ぼかして言うか。
8　私にも、特に妻になどと思ったことでもございませぬ。
9　ちょっとした機会で見始めてはございましたけれど、またそんなに零落してよい身分だとは思ったこともございませぬのを。「あさましうて失ひ侍りぬと思ひ給へし人、世に落ちあぶれてあるやうに、人のまねび侍りしかな」(㊈手習三四二頁)。
10　めったにないことで跡かたもなく姿を消してしまったので。
11　身投げをしたのではと。「身を投げたまへるか」(㊈蜻蛉二〇頁)。
12　確実なところは今まで聞きつけることができなかったのです。

告げ知らせまほしくはべれど、[1]月ごろ隠させ給ひける本意たがふやうに、ものさわがしくや侍らん。[2]親子の仲の思ひ絶えず、悲しびに耐へで、とぶらひものしなどし侍りなんかし。」

などの給ひて、さて、

「[3]いと便なきしるべとはおぼすとも、かの坂本に下りたまへ。[4]かばかり聞きて、なのめに思ひ過ぐすべくは思ひ侍らざりし人なるを、夢のやうなることどもゝ、いまだに語り合はせんとなむ思ひたまふる。」

とのたまふけしき、[5]いとあはれと思ひたまへれば、[6]かたちを変へ、世を背きにきとおぼえたれど、髪、鬚を剃りたるほふしだに、あやしき心は失せぬもあなり、[7]まして女の御身はいかゞあらむ、いとほしう、罪得ぬべきわざにもあるべきかなと、[8]あぢきなく心乱れぬ。

「[9]まかり下りむこと、けふあすは障り侍り。[10]月立ちての程に御消息を申させ侍らん。」

13　罪障を軽くして住むと聞くので。出家して尼になっていることを言う。

14　たいそうよいことと安心に自分は考えてしまいますが。本音をずらす。

15　中将君。浮舟の母。

16　かように(浮舟の生存を)聞き出したと告げ知らせたく思うのですが。

1　この何か月も内密にしていらっしゃった意向に背くようで、(母親に知らせると)一騒動になりますのでは。

2　親子の仲の思いが絶えなくて、悲しみにがまんできずに訪ねていったりなどきっとするに違いありませぬよ。自分の執心を母の悲嘆にすりかえた上で、依頼の件を持ち出す。

3　薫の言。はなはだ不都合な案内役とはお思いになるとも、その坂本(小野の山里)へ下りて下され。「便なきしるべ」は、男女の再会に僧を煩わすこと。

4　あれだけ聞いて、よい加減に思って(知らぬ顔で)過ごすことはできないと思っておりました人のことであるから、夢のなかのような出来事のあれこれをも、せめて今なりと語り合いたく存ずるのです。「夢のやうなることども」は、入水に至るさまざまなことを夢のなかになぞらえる。

5　(薫が)感に耐えない表情をなさると。

6　二行あとの「罪得ぬべきわざにもあるべきかな」まで、僧都の心内。俗体を変え、世間を捨ててしまったと思われたのに、髪や鬚を剃った法師でさえ、あらぬ(愛欲の)心は失われないとも聞く。底本「ほうし」。

7　その上、女のおん身であってはどうだろう、いたわしいこと、(いま薫に逢えば)きっと罪を作ることになるに違いないよな。「罪得ぬべきわざ」は、僧体の女が男に通じる行為。「女の御身といふ物いとたい〴〵しき物になん」(㊈手習二八四頁)。

8　(僧都は)おもしろからず心が乱れてしまう。どう処置したらよいか、即断しかねる僧都。

と申し給ふ。[1]いと心もとなけれど、なほ〳〵とうちつけに焦られむもさまあしければ、さらばとて帰り給ふ。

[2]かの御せうとの童、[3]御供にゐておはしたりけり。[4]異はらからどもよりは、かたちもきよげなるを呼び出で給ひて、

「[5]これなむその人の近きゆかりなるを、これをかつ〴〵ものせん。[6]御文一くだりたまへ。[7]その人とはなくて、たゞ尋ねきこゆる人なむあるとばかりの心を知らせ給へ。」

との給へば、

「[8]なにがし、このしるべにて、かならず罪得侍りなん。[9]事のありさまはくはしく執り申しつ。[10]いまは御みづから立ち寄らせ給ひて、あるべからむことは物せさせ給はむに、何の咎かはべらむ。」

と申し給へば、うち笑ひて、

「[11]罪得ぬべきしるべと思ひなしたまふらんこそはづかしけれ。[12]こゝには、俗のか

9 僧都の言。(小野へ赴くため)下山いたすとすると、きょう明日は支障がございます。

10 月が改まっての頃にご案内を差し上げさせましょう。月が立ってからとは、だいぶさきのことになる。

---

1 たいそう気がかりであるけれど、ぜひにぜひにと性急にあせらざるをえないとしたら、それも体裁が悪いので、それならばとて(薫は)お帰りになる。以下、帰るに際して、僧都は手紙を書いて小君に託すなどの記事がさらに続く。

3 薫、手紙を依頼

2 浮舟の弟にあたる小君。常陸介の子。

3 薫はお供として連れておいでなのだった。九手習巻末に「かのせうとの童なる率ておはす」(三四六頁)。

4 ほかの兄弟たちよりは。

5 薫の言。この子がその女(浮舟)の近い縁戚なので、この人をとりあえず何しよう(遣わそう)。

6 (貴僧の)お手紙を一筆たまわりたい。

7 だれそれとは名を示さずに、ただお探し申している人がいるとの趣旨ばかりを(先方に)お知らせ下され。薫のなまえは出さないように、の意。

8 僧都の言。拙僧はこの手引によって、必ず(自分もまた)破戒の罪を作ってしまうでしょう。三六六頁にも「罪得ぬべきわざ」とあった。僧体の女性に男を導く罪。

9 ことの次第、いきさつは詳細に説明申したところです。「執り申す」は、取りたてて申し上げる。

10 こんどは薫ご自身でお立ち寄りあそばして、よろしいようになさるとしても、何の過失がございましょう。

11 薫の言。罪を作るに違いない手引だとあえてお考えになるとしたら、たいそう気が引けます。

たちにていままで過ぐすなむいとあやしき。[1]いはけなかりしより、思ふ心ざし深く侍るを、[2]三条の宮の心ぼそげにて、[3]頼もしげなき身一つをよすがにおぼしたるが、[4]避りがたき絆におぼえ侍りて、[5]かゝづらひ侍りつる程に、おのづから位などいふことも高くなり、[6]身のおきても心にかなひがたくなどして、思ひながら過ぎ侍るには、[7]又え避らぬことも数のみ添ひつゝは過ぐせど、[8]公私にのがれがたきことにつけてこそさも侍らめ、[9]さらでは仏の制し給ふ方のことを、わづかにも聞きおよばむは、いかであやまたじとつゝしみて、心の内は[10]聖に劣り侍らぬものを、[11]ましていとはかなきことにつけてしも、おもき罪得べきことは、などてか思ひたまへむ。[12]さらにあるまじきことに侍り。疑ひおぼすまじ。[13]たゞいとほしき親の思ひなどを、聞き明らめ侍らんばかりなむ、うれしう心やすかるべき。」

など、むかしより深かりし方の[14]心を語り給ふ。

僧都も、げにとうなづきて、

[15]「いとゞたふときこと。」

4

12　私は、俗人の姿で今まで過ごしているのが不思議なくらいです。以下、自分が道心を持つことを強調してみせる薫。

1　幼少だった時から、出家を思う志が深くございますのに対して。

2　女三宮がいかにも不安げで。母の女三宮は尼姿で三条宮に薫と同居している。

3　頼りがいのなさそうな私（薫）の身一つを拠り所にお思いになっているのが。

4　（私にとり）避けられぬ出家の妨げだと思われまして。

5　（世事に）かかずらっておりましたあいだに、自然と（私の）位階ということも高くなり。

6　身の処し方も思うようにならなくなどして、（出家を）願いながら過ぎてゆきますうちには。

7　避けがたい事情も多くなるばかりで過ごすけれど。女二宮を正室としたことなどをいう。

8　公私につけて余儀ない場合にはそんなこともございましょうが。「さ」は二行前の「心にかなひがたく」を受ける。

9　それ以外では仏が制止なさる方面のことを、少しでも聞き知るような場合には。

10　在家の修行者。「俗聖」「俗ながら聖」（㊆橋姫二一八頁）に同じ。

11　取り立てて言うほどでもない男女関係だからと言って、（僧体の女に通じるような）重い罪を作るに違いないことは、どうして考えいたそうか。「清浄の優婆夷（うばい）（女性の在家信者）を犯せる者」は大焦熱地獄の別所に堕ちる（往生要集・大文第一・厭離穢土）。

12　まったく考えられないことでございます。お疑いなさいますな。

13　かわいそうな母親の心配などを、（貴僧から）聞いて晴らすことになれば、それだけをうれしく安心できるでしょう。

14　仏道を信じる心。道心。

4　僧都、手紙を書く

15　僧都の言。薫の道心への深まりを殊勝だと

など聞こえたまふほどに、日も暮れぬれば、[1]中宿りもいとよかりぬべけれど、[2]うはの空にてものしたらんこそ、なほ便なかるべけれ、と思ひわづらひて[3]帰り給ふに、このせうとの童を、僧都、目とめてほめたまふ。

「[4]これにつけて、まづほのめかし給へ。」

と聞こえ給へば、文[5]書きて取らせ給ふ。

「[6]時〳〵は、山におはして遊びたまへよ。」　二〇六三

[7]と、

「[8]すゞろなるやうにはおぼすまじきゆゑもありけり。」

とうち語らひたまふ。[9]この子は心も得ねど、文取りて御供に出づ。[10]坂本になれば、御前の人〻すこし立ちあかれて、

「[11]忍びやかにを。」

との給ふ。

[12]小野には、いと深くしげりたる[13]青葉の山にむかひて、[14]紛るゝことなく、[15]遣水の蛍

する。

1　帰途の小野での滞在もよいかもしれないけれど。僧都からは小野に直接に訪ねてもよいと言われていた。

2　不確かな気持で訪れるとしたら、やはり具合が悪かろう。

3　いよいよ帰途につく際に。

4　薫の言。この子に託して、最初に小野にそれとなくご一報下され。

5　小君に託す僧都から浮舟への手紙。

6　僧都の言。時々はお寺にいらっしゃって気晴らしなされよ。

7　底本「と」、青表紙本の肖柏本・三条西本、河内本・別本なし。

8　続けて僧都の言。何の関わりもないようにはお思いになれないわけもあったのです。自分は浮舟を出家させた師僧だ、の意をこめるか。

9　小君は事情も解さないものの、僧都の手紙を受け取って（薫の一行の）おん供として出発する。

10　坂本に近づくと、（薫の一行の）前駆の人々が少し離れ離れになって。

11　薫の言。目立たぬようにせよ。小野の里を通るので気遣いする薫。「を」は間投助詞。

5　浮舟、薫一行を見る

12　視点が変わり、薫の一行を小野の里の人々が眺めやる。浮舟の眺める風景は現在の心象を窺わせる。

13　夏の風物。「青葉の山」は、㈤若菜上二六〇頁。

14　浮舟は気持を紛らすことなく。

15　遣水に飛ぶ蛍ぐらいを、昔を思い出す慰めとして。ただし浮舟が宇治にいたのは晩秋から三月のあいだで、蛍の季節ではなかった。浮舟が物語内に登場したのは「常陸の前司殿の姫君」として初瀬参詣した時の帰途で（㈧宿木二七二頁）、その時は四月下旬。「遣水の

ばかりを、むかしおぼゆる慰めにて、[1]ながめゐたまへるに、[2]例のはるかに見やらるゝ谷の、軒端より[3]前駆、心ことにおひて、いと多うともしたる火の、のどかならぬ光を見るとて、[4]尼君たちも端に出でゐたり。

「[5]たがおはするにかあらん。[6]御前などいと多くこそ見ゆれ。」

「[7]昼あなたに[8]ひきぼしたてまつれたりつる返りことに、[9]大将殿おはしまして、御[10]あるじのことにはかにするを、いとよきをりなりとこそありつれ。」

「大将殿とは、この女二宮の[11]御をとこにやおはしつらん。」

など言ふも、いと[12]この世とほくゐ中びにたりや。[13]まことにさにやあらん、時〳〵かゝる山路分けおはせし時、いとしるかりし随身の声も、うちつけにまじりて聞こゆ。[14]月日の過ぎゆくまゝに、むかしのことのかく思ひ忘れぬも、いまは何にすべきことぞ、と心うければ、[15]阿弥陀仏に思ひ紛らはして、いとゞ物も言はでゐたり。

[16]横川に通ふ人のみなむ、このわたりには[17]近きたよりなりける。

[18]かの殿は、この子をやがてやらんとおぼしけれど、人目多くて便なければ、殿に

蛍」は、㊂薄雲三五二頁。

1 (浮舟が)思いにふけっておられると。
2 いつものように遥か遠くに眺められる谷のほう、軒のはしから。
3 先払いを格別重々しくして、たいそう多く灯した松明の火の、揺れ動く光を見るとて。
4 (浮舟のほか)尼君たちも。以下の尼たちの会話を浮舟は聞いている。
5 尼たちの会話。どなたがいらっしゃるのでしょうか。
6 ご前駆。先払い。
7 横川僧都の在所。
8 海藻を乾燥させた食品。僧都へ引干を贈ったその返状に、薫が来合わせていて饗応に引干をちょうどよい折にいただいたと書いてあった。
9 薫。
10 食膳を急に用意するのに。
11 ご夫君。
12 なんと浮世離れして田舎らしくなってしまったことよ。浮舟の心内に即した表現。
13 本当に薫かもしれない、(薫が)時々こうした山路を分けていらっしゃった時、たいそうはっきりした随身の声も、唐突に中にまじって聞こえる。「宇治へ薫のおはせし事也」(孟津抄)。
14 月日が過ぎてゆくにつれて、昔のことがこうして忘れられないにしても、(出家した)今は何にすることができるのか(どうなるものでもない)と。
15 阿弥陀仏(の称名)に気を紛らして、いよいよ何も言わずに座している。寡黙になる浮舟。
16 根本中堂へのぼる坂と別に横川へ直接のぼる道が小野を通る。「横川に通ふ道のたよりによせて」(㊈手習二二〇頁)。
17 親しく目にする人。

6 薫、小君を遣わす

18 薫は、小君を途中からまっすぐ小野の山荘

帰り給ひて、[1]またの日、ことさらにぞ出だし立て給ふ。[2]むつましくおぼす人の、こと〳〵しからぬ二三人おくりにて、[3]むかしも常に遣はしし随身添へ給へり。[4]人聞かぬ間に呼び寄せ給ひて、

「[5]吾子が亡せにしいもうとの顔はおぼゆや。[6]いまは世に亡き人と思ひ果てにしを、いとたしかにこそものし給ふなれ。[7]疎き人には聞かせじと思ふを、行きて尋ねよ。[8]母に、いまだしきに言ふな。[9]中〳〵おどろきさわがむほどに、知るまじき人も知りなむ。[10]その親のみ思ひのいとほしさにこそ、かくも尋ぬれ。」

と、[11]まだきにいと口固め給ふを、幼き心ちにも、[12]はらからは多かれど、[13]この君のかたちをば似る物なしと思ひ染みたりしに、亡せ給ひにけりと聞きて、いとかなしと思ひわたるに、[14]かくの給へば、うれしきにも涙の落つるを、はづかしと思ひて、

「[15]を〻。」

と、[16]荒らかに聞こえゐたり。

[17]かしこには、[18]又つとめて、僧都の御もとより、

に遣わそうとお思いになったけれど。

---

1 翌日、特別に（小君を使者として小野に）お遣わしになる。
2 （薫が）親しくお思いの人で、あまりものものしくない二、三人が送り役で。
3 以前にも常に（宇治に）遣わしたことのある随身を。四浮舟五九八頁六行、六一〇頁七行。
4 だれも聞かない時に薫は小君をお呼び寄せになって。
5 薫の言。お前の亡くなった姉の顔はおぼえているよな。「吾子」は年少者を親しんで呼ぶ語。「いもうと」は姉妹。
6 亡き人と思い込んでおったところ、確かに生きておられると聞くのだ。
7 他人には聞かせまいと思うから、（お前が）行って様子を見てくれ。ここに書かれていないが、薫は浮舟に宛てた手紙をここで小君に託している。
8 母（中将君）に、まだはっきりしないうちに言わないように。
9 かえって驚き騒いだりしようあいだに、知ってはならない人まで知ってしまおう。匂宮を念頭に置くか。
10 その親のお嘆きがいたわしいからこそ、こんなにも探すのだよ。
11 事前に固く口止めなさるのに対して。
12 兄弟姉妹は多いけれど。「すぎ〳〵に五六人ありければ」（四東屋三〇〇頁）。
13 浮舟の顔立ちを並ぶものがないと心に深く思い込んでいたのに。
14 かように（生きていると）おっしゃるから。
15 おうおう。小君の返辞。
16 （涙を隠そうと）声を荒っぽく申して。

7　僧都の手紙届く

17 小野の山荘では。
18 まだ朝早く。底本「又」は「まだ」の当て字、「まだ」の意。他本すべて「また」。

[1]よべ、大将殿の御使にて、小君や参うでたまへりし。[2]事の心うけ給はりしに、あぢきなく、かへりて臆し侍りてなむと、姫君に聞こえ給へ。[3]みづから聞こえさすべきことも多かれど、けふあす過ぐしてさぶらふべし。 二〇六四

と書き給へり。これは何ごとぞと、[4]尼君おどろきて、こなたへ持て渡りて、見せたてまつり給へば、[5]面うち赤みて、[6]ものの聞こえのあるにやと苦しう、[7]物隠しけるとうらみられんを思ひつゞくるに、いらへむ方なくてゐ給へるに、

「[8]猶のたまはせよ。心うくおぼし隔つること。」

といみじくうらみて、[9]事の心を知らねば、あわたゝしきまで思ひたる程に、

「[10]山より、僧都の御消息にて、まゐりたる人なむある。」

と言ひ入れたり。

8 [11]あやしけれど、[12]これこそはさはたしかなる御消息ならめとて、

「[13]こなたに。」

と言はせたれば、[14]いときよげにしなやかなる童の、えならず装束きたるぞ歩み来た

1　僧都の妹尼に宛てた手紙。昨夜、大将殿(薫)のご使者として、小君が(そちらに)参っておられたのでは。昨夜のうちに小君が小野を訪れたかと推測しての手紙の内容である。

2　(薫から)事情を承ったところ、おもしろからず、かえって気後れいたしてと、姫君に申して下され。浮舟を「姫君」と言う。「あぢきなく」は、自分のしたことに困惑し、不快に思う。

3　自分から申し上げねばならぬことも多いけれど、一両日過ごしておそばにまいるつもりです。

4　妹尼は仰天して、浮舟の居室へ(手紙を)持ってやって来て、(僧都の手紙を)お見せ申されると。

5　(浮舟の)顔が赤くなって。

6　何か自分のことが噂になっているのではと苦しくなり。

7　(妹尼から)隠しごとをしてきたと恨まれるとしたら(どうしようかと)考え続けて、答えよう方法がなくて座っていらっしゃると。

8　妹尼の言。やはり(隠さずに)おっしゃれ。情けなく分け隔てなさるとは。不快感を隠さない妹尼。

9　(妹尼は)事情を知らないから、じっとしていられないほど悩んでいるうちに。

10　取次ぎの人の言。横川から、僧都のお手紙を持って参上した人がいる。小君が僧都から預けられた手紙を持ってやってくる。三七二頁の、僧都から浮舟に宛てた手紙。

8　小君、小野訪問

11　不審がる妹尼。少し前に僧都の使者がやって来て、また手紙が届けられるのを怪しむ。

12　今度はそれならば確実なお手紙であろうとて。

13　妹尼の言。こちらへお通しせよ。

14　とてもきれいで上品な感じの子供で、何ともいえず美しく着飾ったのが歩みやって来る。「しなやかなり」は物語中に一例のみ。

る。[1]わらふださし出でたれば、簾のもとに[2]ついゐて、

「[3]かやうにてはさぶらふまじくこそは、僧都はの給ひしか。」

と言へば、[4]尼君ぞいらへなどし給ふ。[5]文取り入れて見れば、

[6]入道の姫君の御方に、山より

とて、[7]名書き給へり。[8]あらじなど、あらがふべきやうもなし。[9]いとはしたなくおぼえて、いよ〳〵引き入られて、人に顔も見あはせず。

「[10]常に、誇りかならずものし給ふ人がらなれど、いとうたて心うし。」

など言ひて、僧都の御文見れば、

[11]けさ、こゝに大将殿のものし給ひて、御ありさま尋ね問ひ給ふに、[12]はじめよりありしやうくはしく聞こえ侍りぬ。[13]御心ざし深かりける御中を背き給ひて、あやしき山がつの中に出家し給へること、[14]かへりては仏の責め添ふべきことなるをなむ、うけたまはりおどろき侍る。[15]いかゞはせむ、もとの御契りあやまち給はで、愛執の罪を晴るかしきこえ給ひて、[16]一日の出家の功徳ははかりなきもの

1　藁(わら)などでうず巻き状に円く編んだ敷物。円座。底本「わらうた」。

2　(簀子(すのこ)に)ひざまずいて。

3　小君の言。かようなお扱いではお目にかかるはずがないように、僧都はおっしゃいました。簀子の座という扱いを不満とする。

4　妹尼が(人を介さず直接に)返答などをなさる。

5　手紙を取り入れて(浮舟が)見ると。

6　浮舟のこと。「姫君」(㈨手習二二四頁ほか)。「山より」は差出人。

7　僧都の法名、署名してある。

8　人違いだなど、抗弁のしようもない。

9　(浮舟は)とても身の置き所もなく思われて、いっそう奥の方へ引き込まずにいられなくなって、だれとも顔を見あわせない。

10　妹尼の言。(あなたは)いつも、自信がなくて(内気で)いらっしゃる人柄ですが、(それが私には)とてもいやで情けない。

11　僧都から浮舟に宛てた手紙。今朝、こちらに薫殿がお越しになって、(あなたの)ご様子をご質問なさるので。手紙は昨夜のうちに書かれたから、「けさ」というのは昨日の朝のことになる。

12　(宇治であなたを発見した)当初より、あった通り(一部始終を)詳細に申し上げたところです。

13　ご情愛の深かったおん仲に背をお向けになって、身分の低い山里住まいの人たちの中で出家なさるということは。

14　かえって仏の責めを受けるに違いないことであると、(薫から)お話を伺って驚愕の至りでございます。

15　どうすべきか、もとからの(薫との)ご縁をそこなわず、(薫の浮舟を思う)愛執の罪を晴らしてさしあげなさって。還俗(げんぞく)して(俗体にもどって)男との関係を回復するようにとの提言である。「愛執の罪」は愛欲に縛られて自由にならない煩悩の一つ。

16　ただの一日だけでも出家の功徳は量り知れ

なれば、[1]なほ頼ませ給へとなむ。[2]ことごとにはみづからさぶらひて申し侍らん。

[3]かつ〴〵この小君聞こえ給ひてん。

と書いたり。[4]まがふべくもあらず書き明らめたまへれど、異人は心も得ず。

「[5]この君はたれにかおはすらん。なほいと心うし。[6]いまさへかくあながちに隔てさせ給ふ。」

と責められて、すこし[7]外ざまに向きて見給へば、この子は、[8]いまはと世を思ひなりし夕暮れに、いと恋しと思ひし人なりけり。[9]同じ所にて見し程は、[10]いとさがなくあやにくにおごりてにくかりしかど、[11]母のいとかなしくして、宇治にも時〴〵率ておはせしかば、[12]すこしおよすげしまゝに、かたみに思へり。[13]童心を思ひ出づるにも夢のやうなり。まづ母のありさまいと問はまほしく、[14]異人〻の上は、おのづから、[15]やう〴〵と聞けど、[16]親のおはすらむやうは、ほのかにもえ聞かずかしと、中〳〵これを見るにいとかなしくて、ほろ〳〵と泣かれぬ。

ない大きいものだから。「功徳」はこの世で積む善行で後世の果報を期待する。出家授戒作法（源信撰）に、「一日一夜出家功徳」。「一日一夜、忌むことのしるしこそはむなしからずは侍なれ」（因御法四一四頁）。

1　（還俗はしても）やはり（その功徳を）頼みになさいませ。
2　個別には私が参上して申し上げましょう。
3　とりあえずこの小君がきっとお話し申すことだろう。

9　浮舟、小君を拒む

4　疑う余地もなく（僧都は）明瞭に書いておられるけれど、浮舟以外には理解もできない。
5　妹尼の言。「この君」は小君。
6　今になってもかように強情に隠しあそばす。
7　そとを振り向いてご覧になると。
8　いよいよ今はと死を覚悟した夕暮れに、たいそう恋しいと思った人であった。四浮舟六四四頁では、「親もいと恋しく、例はことに思ひ出でぬはらからの、みにくやかなるも恋し」。
9　常陸介の家で顔を合わせた頃は。以下、浮舟の回想。
10　意地悪で、むやみに威張っていて憎らしかったが。
11　母がじつにかわいがって、宇治にも時おり連れていらっしゃったから。
12　少し成長したのにつれて、互いに（姉弟どうし）だいじに思っている。青表紙他本は「思へりし」と続いてゆく。
13　子供心を思い出すと夢の（なかにいるかの）ようである。幼時を思い出す。
14　母以外の人々。薫、匂宮などについては。
15　段々と聞くけれど。底本「やう〳〵と」、青表紙他本多く「やう〳〵」。
16　母がどうしておられるか、様子をかすかにも聞くことができないよと、小君を見るとかえってたいそう悲しくて。

[1]いとをかしげにて、すこしうちおぼえ給へる心ちもすれば、

「[2]御はらからにこそおはすめれ。[3]聞こえまほしくおぼすこともあらむ。[4]内に入れたてまつらん。」

と言ふを、[5]何か、いまは世にある物とも思はざらむに、あやしきさまに面変はりしてふと見えむもはづかし、と思へば、と[6]計ためらひて、

「[7]げに隔てありとおぼしなすらんが苦しさに、ものも言はれでなむ。[8]あさましかりけんありさまは、めづらかなることと見給ひてけんを、[9]うつし心も失せ、[10]魂などいふらむ物もあらぬさまになりにけるにやあらん、いかにも〳〵、過ぎにし方のことを、われながらさらにえ思ひ出でぬに、[11]紀伊の守とかありし人の、世の物語りすめりしなかになむ、[12]見しあたりのことにやと、ほのかに思ひ出でらるゝことある心ちせし。そののち、[13]とさまかうざまに思ひつゞくれど、さらにはか〴〵しくもおぼえぬに、[14]たゞ一人ものし給ひし人の、[15]いかでとおろかならず思ひためりしを、[16]まだや世におはすらんと、そればかりなむ心に離れずかなしきをり〳〵侍るに、けふ見

1　（小君が）とても愛らしげで、少々（女君に）似ている気もするので。妹尼の受けた印象。

2　妹尼の言。ごきょうだいでいらっしゃるように見える。

3　（小君は）申し上げたいとお思いのこともあろう。さきに僧都の手紙に「かつ〴〵この小君聞こえ給ひてん」（三八二頁）とあった。

4　簀子から廂の間へ。後に「母屋の際に木丁立てて入れたり」（三八六頁）とある。

5　浮舟の心内。何の、今は私が生きているとも（小君は）思わないだろうに、見苦しいさまかたち（尼姿）に見た目が変わって突然（小君に）見られるというのも恥ずかしい。

6　少し心を静めてから。

7　浮舟の言。たしかに（私が）隠し立てしていると思い込んでおられるとしたら、（それが）苦しくて口も利けませぬ。

8　あまりのひどさだったろう自分の様子は、めったにないこととご覧になったでしょうが。宇治院で発見された時のさまを想像する。

9　正気もなくなり。青表紙他本多く「さてうつし心もうせ」。

10　魂などいうらしいものも普通でなくなってしまったのかしら、どのようにもどのようにも、過ぎてしまった方面のことを、自分のことながらまったく思い出すことができないのに。

11　紀伊守（きのかみ）とかいった人が、世間話をするのを見た、そのなかに。紀伊守は小野を訪ねた妹尼の甥で、母尼の孫。[九]手習三二二頁。妹尼はその時に聞いた話を思い合わせて、浮舟の素性を次第に知る。

12　もと住んでいた辺りのことではと、ほのかに思い出される心地がした。

13　あれやこれやと思い続けるけれど、一向にはっきりとは思い出せない（なか）に。

14　たったひとり。母のこと。

15　何とか（私をしあわせに）と一方ならず心を砕いていたようだが。

16　今もこの世に無事でおられるかしらと、母

れば、この童の顔は、[1]ちひさくて見し心ちするにも、いと忍びがたけれど、[2]いまさらに、かゝる人にもありとは知られでやみなむとなん思ひ侍る。[3]かの人もし世に物し給はば、それ一人になむ対面せまほしく思ひはべる。[4]この僧都のの給へる人などには、さらに知られたてまつらじとこそ思ひ侍りつれ。[5]かまへて、ひがことなりけりと聞こえなして、もて隠し給へ。」 二〇七

との給へば、

「[6]いとかたいことかな。僧都の御心は、聖といふなかにも、[7]あまりくまなくものし給へば、まさに残いては聞こえ給ひてんや。[8]のちに隠れあらじ。[9]なのめにかろ〲しき御程にもおはしまさず。」

など言ひさわぎて、

「[10]世に知らず心づよくおはしますこそ。」

と、[11]みな言ひ合はせて、母屋の際に木丁立てて入れたり。

10 [12]この子もさは聞きつれど、幼ければ、[13]ふと言ひ寄らむもつゝましけれど、

の身の上ばかりが心に離れず。

1　幼少の時に見た気がするのにも、まったくこらえられないけれど。母だけでなく弟も懐かしいと思う気持。

2　出家した今にあっては、弟などにも（自分が）生きているとは知られずに済ましたいと思うのです。

3　あの人（母）がもしかしてご存命ならば、その人ひとりには会いたく思うのです。

4　この僧都がおっしゃる人（薫）などには、決して知られ申したくないと思いました。底本「おもひ侍つれ」、池田本（大成の底本）・明融本（実践）「おもひはへれ」。

5　かならず、（それは）間違いだったと申しわけをして、（私を）匿って下さい。「もて隠す」は、かばう、庇護する。

6　妹尼の言。（それは）とてもできない相談ですよな。

7　度が過ぎるほどまっ正直でいらっしゃるから、どうして言い残したりして（全部を語らずに）申し上げなさいましょうぞ。「くまなし」は、隠すところがない。「残いて」は「残して」のイ音便。

8　あとで隠しなどできまい。僧都じしんがさきに「隠れあるべきことにもあらず」（三五八頁）と考えていた。

9　（それに薫は）よい加減な軽々しいご身分でもいらっしゃらない。

10　侍女たちの言。めったにない強情なお方ですこと。

11　相談して、母屋と廂とのさかいに几帳を立てて（小君を）入れる。弟であるとみなで判断して決める。

10　薫の手紙を渡す

12　小君も姉の浮舟がここにいると聞きはしたけれど。薫から聞かされていた。

13　とっさに言葉をかけるのも遠慮させられるけれど。

「[1]又はべる御文、いかでたてまつらん。[2]僧都の御しるべはたしかなるを、[3]かくおぼつかなく侍るこそ。」

と、[4]伏目にて言へば、

「[5]そゝや。あなうつくし。」

など言ひて、

「[6]御文御覧ずべき人は、こゝにものせさせ給ふめり。[7]見証の人なむ、いかなることにかと心得がたく侍るを、[8]猶の給はせよ。[9]幼き御ほどなれど、かゝる御しるべに頼みきこえ給ふやうもあらむ。」

など言へど、

「[10]おぼし隔てて、おぼ〱しくもてなさせ給ふには、何ごとをか聞こえ侍らん。[11]疎くおぼしなりにければ、聞こゆべきことも侍らず。たゞ、[12]この御文を人づてならでたてまつれとて侍りつる、いかでたてまつらむ。」

と言へば、

1　小君の言。もう一通ございますお手紙を、ぜひお渡ししましょう。薫から浮舟に宛てた手紙も携えている。

2　僧都のお導きは確かなのに。浮舟がここにいることは間違いない、の意。

3　かようにはっきりしませぬとは（とても困ります）。

4　視線を落として言うと。自信のなさや不安な思いのときの表情。

5　妹尼の言。まあ驚いた。なんてかわいらしい。「そそや」は「あらまあ」と驚く表現（㈠末摘花五五〇頁、㈢少女四九二頁）。

6　妹尼の言。お手紙をご覧になるはずの人は、こちらにおいであそばすようです。

7　（私ども）見物人はどのようなことかと事情をつかめませぬからね。「見証の人」は勝負事などに立ち合って見届ける人。ここでは傍観者、私ども。「御五（碁）の見証(けんぞ)」、㈦竹河一二一頁注2。以下、浮舟を何とか説得して手紙を受け取らせようとする妹尼と小君とのやりとり。

8　（事情を分かるあなたが）もっとはっきりおっしゃりませ。小君にせかす。

9　子供でおられても、かようなお導きに対して（姫君が）頼みにされ申すこともあろうから。小君に対して浮舟が心をひらくかもしれないと妹尼は期待する。

10　小君の言。私をお隔てになる心で、はっきりしない扱いをなさるのでは、どんなことを申し上げましょうか。妹尼の「猶の給はせよ」に対して応える。小君にとっては姉君が心をひらくと思えない。

11　（私を他人のように）親しくないとお思いになってしまったからには、申し上げるに足ることもございませぬ。「何ごとをか聞こえ侍らん」を繰り返す小君。

12　このお手紙を直接に手渡し申せという仰せで持参したのですから、何とかして差し上げたい。「この御文を」は「いかでたてまつらむ」に続く。

「いとことわりなり[1]。なほいとかくうたてなおはせそ[2]。さすがにむくつけき御心[3]にこそ。」

と聞こえ[4]動かして、木丁(きちやう)のもとにおし寄せたてまつりたれば[5]、あれにもあらでゐ給へる、けはひ異人には似ぬ心(ここ)ちすれば、そこもとに寄りてたてまつりつ。

「御返り[6]とく給ひて、まゐりなむ。」

と、かくうとうとしき[7]を心うしと思ひて、急ぐ。

尼君、御文引き解きて見せ[8]たてまつる。ありしながら[9]の御手にて、紙の香など、例の世づかぬまで染みたり。ほのかに[10]見て、例の物めでのさし過ぎ人、いとありがたくをかしと思ふべし。

さらに[11]聞こえむ方なく、さま〴〵に[12]罪おもき御心をば、僧都に思ひゆるしきこえて、いまは[13]、いかであさましかりし世の夢語り[14]をだにと、急がるゝ[15]心の、われながらもどかしきになん。まして[16]、人目はいかに。

と、書きもやり給はず。

1　妹尼の言。まことにもっともなこと。

2　もうそんなに情けないことはなさらないで。浮舟に向かって言う。

3　そうは言っても気味の悪いお心ですね。人の情けを受けつけない浮舟の態度を非難する言い方。

4　説得し申し上げて（浮舟を）移動させ。

5　（浮舟を）近づけ申したところ、茫然と座っておいでのけはいは、（姉以外の）別の人に似ない感じがするので。小君は几帳の向うがわの人がまぎれもなく姉だと思う。

6　小君の言。お返事を早速（私に）下さって、帰参してしまおう。心内文かもしれない。

7　かように（姉が）冷淡であるのをつらいと思って、（帰りを）急ぐ。

11　薫の手紙

8　薫の手紙を浮舟にお見せ申す。

9　昔のままの薫のご筆蹟で、紙の香りなどは例によって世間並みでないまでに染ませてある。

10　（かたわらから）ちらと見て、例によって何でもすぐ感心する出過ぎ者は、めったになく興趣をそそられると思うようである。妹尼をさす。語り手の評。

11　薫の浮舟に宛てた手紙。改まり申し上げようすべなく。

12　あれこれと罪の重い（あなたの）お心を、僧都（の徳）に（免じ）思い許し申し上げて。「罪おもき御心」は、密通を含む浮舟の心を罪が重たいとする。

13　現在は、何とかして（あの）思いがけなかった世について。「あさましかりし世」は、匂宮のからむ宇治での入水にまで至る苦しかった浮舟との関係。

14　せめて夢のなかでの語りとして。それだけでも語り合いたいと願う気持。「夢語り」（九手習一九八頁）。

15　急がれてならない私の心が、自分ながら歯がゆいことです。「急がるゝ心」はいま会い

　法[1]の師と尋ぬる道をしるべにて思はぬ山に踏みまどふかな

[2]この人は見や忘れ給ひぬらん。[3]こゝには行くへなき御形見に見る物にてなん。

など[4]こまやかなり。

かく[5]つぶ〳〵と書き給へるさまの、紛らはさむ方なきに、[6]さりとてその人にもあらぬさまを、思ひのほかに見つけられきこえたらん程の、[7]はしたなさなどを思ひ乱れて、いとゞ晴れ〴〵しからぬ心は、言ひやるべき方もなし。[8]さすがにうち泣きてひれ臥したまへれば、いと[9]世づかぬ御ありさまかなと見わづらひぬ。

「[10]いかゞ聞こえん。」

など責められて、

「[11]心ちのかき乱るやうにし侍るほど、ためらひて、いま聞こえむ。[12]むかしのこと思ひ出づれど、さらにおぼゆることなく、あやしう、いかなりける夢にかとのみ心も得ずなむ。[13]すこし静まりてや、この御文なども見知らるゝこともあらむ。[14]けふはなほ持てまゐり給ひね。[15]所たがへにもあらんに、いとかたはらいたかるべし。」

12

二〇六九

たい思い。「もどかし」は、不満に思う、いやになる。

16　なおさら、他人の目はどうだろうか。浮舟と二人だけで語り合いたい、の意。

1　薫の歌。仏道の師を求めて分けいる道なのに、その道しるべで、悩みのない山（出家入山する山）ならぬ、あなたを思う山路に足を踏み入れて迷うことよな。自分も出家を思いつつ、あなたに思い迷う、の意。解説参照。「法の師」は物語中に三例。「法の師の、世のことわり説き聞かせむ所の心ちするも」（㈠帚木一一〇頁）、「たゞかのあえものにしけん法の師」（㈣常夏三一八頁）。

2　この人（小君）は見忘れておしまいかしら。

3　私は（小君を）行方の知れないあなたの忘れ形見として見る者なのです。

4　深い情愛がこもっている。池田本など「いとこまやかなり」。

12 浮舟、返事を拒む

5　こまごまと（薫の）お書きになっている様子が、人違いだなどとごまかしようもない上に。

6　だからと言って昔の浮舟でもない尼姿を、意に反して（薫に）見つけられ申したら。姿を見られると出家の身になったことがはっきりしてしまう。

7　きまり悪さなどを思い煩悶して。

8　じっとこらえてみたものの泣きだして。

9　普通と違うご様子よ、と（妹尼は）困惑してしまう。

10　妹尼の言。何とご返事を申し上げよう。

11　浮舟の言。気分がひどく悪うございますあいだ、静めてから、後で申し上げよう。

12　昔のことを思い出しても、一向に記憶がなく、不思議で、（おっしゃることは）どのようだった夢なのかと、それだけは分かりかねることで。薫の文中の「あさましかりし世の夢語り」を受けて、納得しがたいとする。

とて、[1]広げながら尼君にさしやり給へれば、

「[2]いと見ぐるしき御ことかな。[3]あまりけしからぬは、見たてまつる人も、罪避り所なかるべし。」

など言ひさわぐも、[4]うたて聞きにくゝおぼゆれば、顔も引き入れて臥し給へり。

[5]あるじぞ、この君に物語りすこし聞こえて、

「[6]ものゝけにやおはすらん。[7]例のさまに見え給ふをりなく、なやみわたり給ひて、[8]御かたちも異になりたまへるを、尋ねきこえ給ふ人あらば、いとわづらはしかるべきことゝ、見たてまつり嘆き侍りしもしるく、[9]かくいと哀に心ぐるしき御ことども侍りけるを、[10]いまなむいとかたじけなく思ひはべる。[11]日ごろもうちはへなやませ給ふめるを、[12]いとゞかゝることどもにおぼし乱るゝにや、[13]常よりものおぼえさせ給はぬさまにてなむ。」

と聞こゆ。

[14]所につけて、をかしきあるじなどしたれど、幼き心ちは、[15]そこはかとなくあわて

13　少し気分が落ち着けば、薫のお手紙なども、意味が分かるようになろう。

14　本日のところはやはり（手紙を薫の所へ）持ち帰ってしまわれよ。

15　宛て先違いかもしれないから。四浮舟六一二頁でも「所たがへのやうに見え侍ればなむ」と、浮舟は手紙の受け取りを拒んだことがある。

1　手紙をひろげながら妹尼に差し出しなさると。

2　妹尼の言。えらく見るに耐えないなさりようですね。手紙の受け取りを拒否する無礼を困惑する。

3　あまりぶしつけなのでは、拝見する人（そばの私ども）もまた罪を免れようがないでしょう。手紙を受け取らないことは本来、あってはならない無礼。

4　（浮舟は）いやで聞きづらく思われるので、顔も衣に引きいれて伏していらっしゃる。これを最後として、浮舟の話す言葉は物語からなくなる。

5　あるじ（家の主）がこの君（小君）に少しお話を申し上げて。家の主は五手習二一四頁によれば母尼で、「此あるじも、あてなる人なりけり」とあった。母尼が出てきて少し小君のあいてをする。

6　妹尼の言であろう。もののけでいらっしゃるせいかしら。病気のためかとする。

7　いつもの様子（正気）にお見えの時がなく、ずっとご病気続きで。

8　尼姿になっておられるのを、もしお尋ね申す人があるならば、たいそう困ることになるに違いないと、拝見して心配いたしましたのも案の定。「もし尋ね来る人もやあると思ふも、静心なし」（五手習一九六頁）。

9　そんなにもいたわしく気の毒なご事情がいろいろございましたとは。薫との関係について言う。

10　今となってはたいへんもったいなく存じま

たる心ちして、

「[1]わざとたてまつれさせ給へるしるしに、何ごとをかは聞こえさせむとすらん。[2]たゞ一言をの給はせよかし。」

など言へば、

「[3]げに。」

など言ひて、[4]かくなむと移し語れど、物もの給はねば、かひなくて、

「[5]たゞかくおぼつかなき御ありさまを、聞こえさせ給ふべきなめり。[6]雲のはるかに隔たらぬほどにも侍るめるを、[7]山風吹くとも、又もかならず[8]立ち寄らせ給ひなむかし。」

と言へば、[9]すゞろにゐ暮らさんもあやしかるべければ、帰りなむとす。[10]人知れずゆかしき御ありさまをも、え見ずなりぬるを、おぼつかなくくちをしくて、心ゆかずながらまゐりぬ。

[11]いつしかと待ちおはするに、かく[12]たど〳〵しくて帰り来たれば、[13]すさまじく、

す。よい身分の女性なのに出家したことを言う。

11　このところもずっとご病気でおいでと見える上に。

12　お手紙をいただいていっそうお気持が乱れたためか。

13　いつもより正気も失せたご様子でいらして。取り乱したさま。

14　山里なりに（小君に）風情のあるおもてなしなどをしたけれど。

15　何となく落ちつかない気がして。

1　小君の言。特別に私をお遣わしになる証拠として、どういう内容のご返事を申し上げようとするのだろうか。

2　ほんの一言をおっしゃって下されよな。使者の役目を果たした証拠がほしい、の意。

3　妹尼の言。ごもっとも。小君の言に同意する。

4　かくかくとそっくり取り次いで語るものの、（浮舟は）何もおっしゃらないから。さきの小君の「たゞ一言をの給はせよかし」に対して、ついに言葉はない。「移し語る」は、人の言葉をそのまま伝える。

5　妹尼の言。ただもうあんなはっきりしないご様子を、（薫に）お話し申すのがよいようです。それで「たゞ一言」に代えてほしい、の思いがこもる。

6　京から遠く隔たらない道のりでもあるようですから、の意。池田本（大成の底本）・明融本（実践）「侍めるを」。底本「侍るめる」は「侍(はべ)める」とありたい。解説参照。

7　（秋になり）山から風が吹き下ろすとも。「山風に耐へぬ木ゝの梢も峰の葛葉も、心あわたゝしうあらそひ散る紛れ」（因夕霧三〇四頁）とあるのは九月の小野のさま。今はまだ夏である。

8　立ち寄りあそばしましょうな。

9　わけもなく長居しようのもおかしなことだから、帰ってしまおうとする。

中〳〵なりとおぼすことさま〴〵にて、[1]人の隠し据ゑたるにやあらむと、わが[2]御心の思ひ寄らぬくまなく、落としおきたまへりしならひにとぞ、[3]本にはべめる。

10　人に分からせないで会ってみたい姉のお姿をも、見ることができなくなってしまうのは、不安で残念で、不満のまま帰参してしまう。

11　今か今かと待っておられると。小君の帰りを待ちあぐむ薫。

12　（小君が）要領を得ないままで帰ってきたので。「たど〳〵し」は、浮舟の態度がはっきりつかめない。

13　期待はずれで、かえって（使いなどやらねばよかったと）さんざんお考えになって。

1　だれか（男が浮舟を）隠し住まわせてあるのではと。㊈手習巻末でも薫は「うきことを聞きつけたらんこそいみじかるべけれ」（三四六頁）と思った。

2　ご自分の心が（女に）恋して近寄らないところがなく、（囲って）置いておかれた、その習いに。かつて浮舟を宇治に見置いたままにした経験から、と言いさした終り方。「かく放ちおきたるに心やすくて」（㊈蜻蛉四八頁）。

3　もとの本（写した前の本）にあるようです。池田本（大成の底本）の巻末は「ならひにとそ」。『源氏物語』以前では、次のような例がある。「すゑふさの弁の、むすめにきん（琴）をしへ給ふことなどの、これ一つにてはおほかめれば、なかより分けたるなめりと、ほんにこそ侍めれ」（前田家本うつほ・楼の上 下）、「京のはてなれば、夜（よ）いたう更けてぞたゝき来なる、とぞ本に」（蜻蛉日記下）、「宮の上御文書き、女御殿の御ことば、さしもあらじ、書きなしなめり、と本に」（和泉式部日記）、「左中将…やがて持ておはして、いと久しくありてぞ返りたりし。それより歩きそめたるなめり、とぞ本に」（枕草子・跋文）。

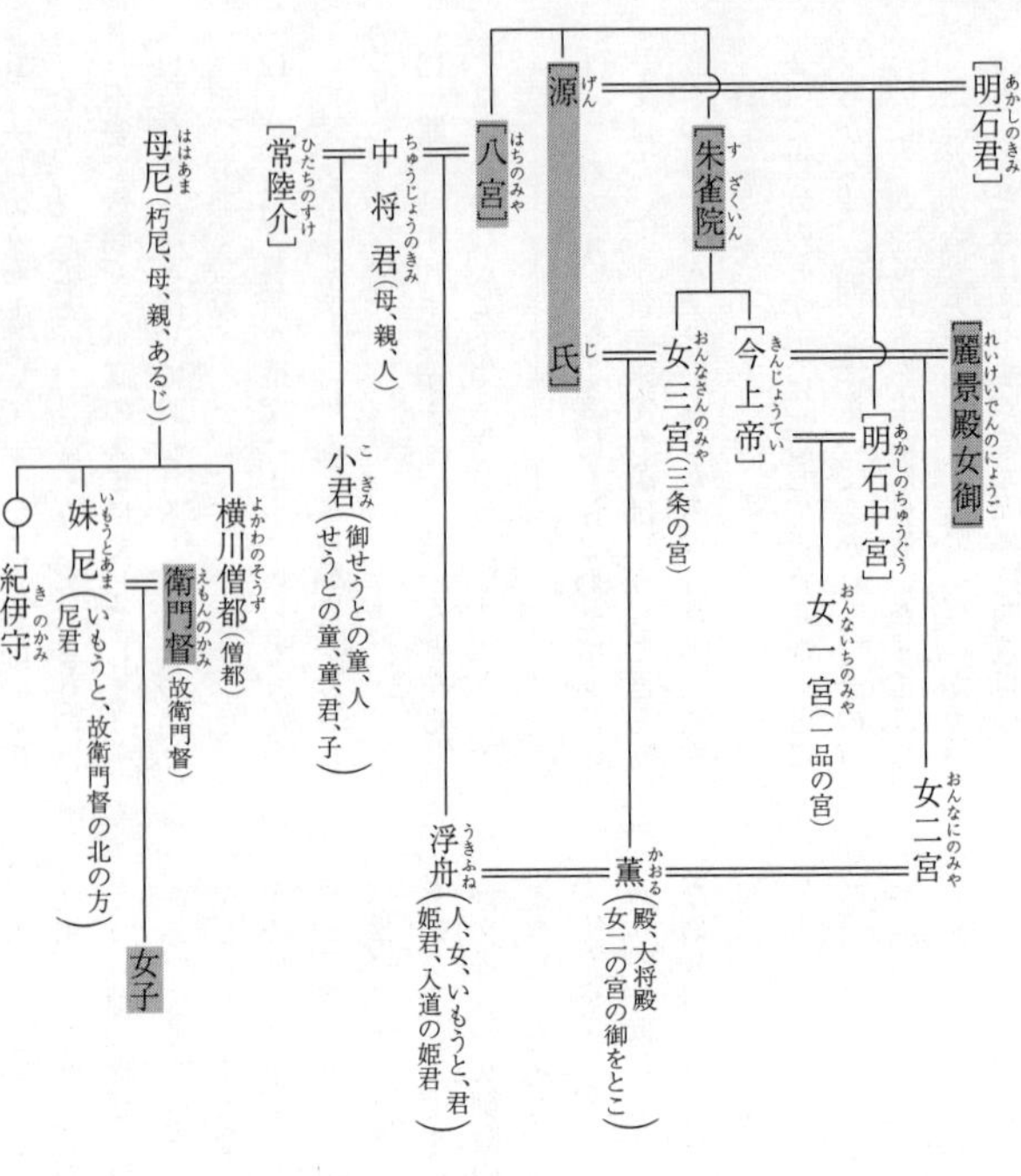
[明石君]
[源氏]
[朱雀院]
[八宮]
[麗景殿女御]
[今上帝]
女三宮(三条の宮)
[明石中宮]
女一宮(一品の宮)
女二宮
薫(殿、大将殿 女二の宮の御をとこ)
浮舟(人、女、いもうと、君 姫君、入道の姫君)
中将君(母、親、人)
[常陸介]
小君(御せうとの童、人 せうとの童、童、君、子)
母尼(朽尼、母、親、あるじ)
横川僧都(僧都)
衛門督(故衛門督)
妹尼(いもうと、故衛門督の北の方 尼君)
紀伊守
女子

随身

［解説］『源氏物語』生成の過程

藤井貞和

一　『源氏物語』最終の歌

薫と匂宮とのあいだで引き裂かれ、宇治川に身を投げようとして救われた浮舟は、横川僧都の手で戒を授けられ、尼の身になっていた。夢浮橋巻の唯一の和歌は男主人公の薫のそれで、

法の師と尋ぬる道をしるべにて思はぬ山に踏みまどふかな　（九夢浮橋三九二頁）

仏道の師を求めて分けいる道なのに、その道しるべで、悩みのない山（出家入山する山）ならぬ、あなたを思う山路に足を踏み入れて迷うことよな。

と、今は小野の里にいる尼姿の浮舟に宛てられる。彼女は薫の文を預かってきた弟の小君との対面を拒み、歌とともに届けられる薫の文の、「いまは、いかであさましかりし世の夢語りをだに」(現在は、何とかして(あの)思いがけなかった世について、せめて夢のなかでの語りとして(それだけでも語り合いたい))とある、その「夢」を「いかなりける夢にか……心も得ず」(どのようだった夢なのか……分かりかねる)として、文そのものを返却する。

歌の前半「法の師と尋ぬる道をしるべにて」の「法の師」は横川僧都のこと。「僧都の道案内であなた(=浮舟)にいま文をさしあげる」の意で、同時に薫自身の出家入山の意をかさねると容易に読み釈ける。後半の「思はぬ山」は手元の注釈のたぐいに見ると「恋の山」とか「恋の山道」とか書かれる。しかし「恋の山」とは何のことか、その意味の用例になかなか出会わない。『後撰和歌集』の一例に「時しもあれ花のさかりにつらければ思はぬ山に入りやしなまし」(藤原朝忠朝臣、巻二〈春中〉、七〇歌)がある。「今まで思いもしなかった山。そこに入ることは出家遁世することにもつながる」の意とする(新大系の脚注)。原義は物思いのない山だろう。

『一条摂政御集』(藤原伊尹)の「身を捨てて心のひとり尋ぬれば思はぬ山も思ひやるかな」(一八四歌)は、「おとゞ」(=伊尹)が夫婦喧嘩で収拾がつかなくなり、横川で法師になろうというさわぎを起こしたという。〝物思いのない山〟の意で、自分は横川で出家しようと詠む。

「思はぬ山」は『斎宮女御集』にも数例あって、「かくばかり思はぬ山に白雲のかゝりそめけむことぞくやしき」（一〇九歌）の注釈に「私を思ってくれない山」の意という。物思いのない山の意の「思ひ」が懸け詞のようにして〝私を思う〟〝あなたを思う〟意につながることは自然だろう。

結句の「踏みまどふ」は何だろうか。ここにぜひ思い出したいのが、薫の隠された父、柏木の手になる、

　妹背山深き道をば尋ねずて緒絶の橋にふみまよひける　（四藤袴四九八頁）

　妹と背と、きょうだいという深い事情を探り当てずに、懸想文を送って緒が絶える橋に踏み迷うことよな。

という歌である。(1) この歌を贈られた、実は柏木の異母姉妹である玉鬘の返歌は「まどひける道をば知らず妹背山たど〳〵しくぞたれもふみみし」（同、五〇〇頁）とある。きょうだいであることを知らず懸想文を送ったという、それだけの歌ながら、〝橋を踏む〟を

転換させれば山踏みになる。いや、転換させなくてもよいだろう、「緒絶の橋」ならぬ〝夢の浮き橋〟を踏むという夢浮橋巻のモチーフが透けて見える。

〝夢の浮き橋〟はこの語じたいを夢浮橋巻に見ないので、一般には㊂薄雲(うすぐも)三〇四頁に引用される「夢のわたりの浮橋(うきはし)か」という古歌の一節を思い合わせ、さらにそこの古注に「世中はゆめのわたりのはしかとようちわたりつゝ物をこそおもへ」（『源氏釈(げんじしゃく)』。奥入(おくいり)〈第二次〉では第三句「うきはしか」）とあるのを思い合わせる読みが行われる。『源氏釈』や奥入に見る歌は引歌(ひきうた)としてみるとぴったりなことが多く、かつ出典未詳が多くて、『源氏物語』のために〝創作〟された可能性も疑えるので、参照程度にしておこう。「橋」であるから〝渡る〟〝絶え〟〝踏む〟などのあやういイメージをあわせ持つこと、薫と浮舟との二人のあいだ（の懸隔）をあらわそうとする〝浮き橋〟であることはほぼ間違いない。

二　三十数年という執筆期間

全五十四巻という、大長篇といってよい、それを書く物語作家の執筆期間を、読者ならば言い当ててみたいもの。一人の作家の生涯かけた大長篇の、途中に改稿し、増補もして、心ゆくままに制作に取り組める歳月の長さとして、三十数年とかぞえよう。むろん確かな証拠はまったくないものの、読みをさまざまに構想してきた一読み手である私の、繰り返してきた試行錯誤の〝結論〟みたいなこと。

紫式部の誕生をいつとするか、今井源衛の『紫式部』[2]は九七〇年（天禄元）のころだと決めていた。『日本古典文学大辞典』は諸説から「一応中間をとって天延元年（九七三）とするのが妥当であろう」とする。ここではいましばらく九七一―九七二年としておこう。

少女時代には漢学者の娘として、志怪小説や伝奇小説に読みふけったり、本邦の物語文学をあらかた自分のものにしたりして、歴史大好き（いわゆる歴女）だったろうし、女友だちと習作を見せっこしていたかもしれないさまも『紫式部日記』からふと受け取れる。

十歳台後半には〈文芸女子〉といった感じで、理想の生き方を求めての短篇習作群が蓄積され出したろう。帚木巻にある「雨夜の品定め」の原型から書き始めるとして、のちに空蟬、夕顔、軒端荻となる女性たち、嫉妬深い女、浮気する女、博士の娘などを書き分け、さらには紫上、末摘花となる女性たちも活躍し始める原『源氏物語』群であり、消されて知られなくなった女性主人公もまたあったに違いない。

桐壺巻の原型は長篇物語の構想が成立した時点で重々しく書き下ろされたろう。二十歳台にはいり、物語に没頭し続けていよう。充実した書き手としての人生が二十歳台を支えたと想像する。紅葉賀巻から須磨巻へ、明石、澪標、絵合巻から少女巻へと、それぞれの原型となる物語をつぎつぎに産み出し、周囲を驚倒させたろう。

その〝周囲〟がうるさくなって、越前から上京すると男を通わせることをし、娘（賢子、のちの大弐三位）を得るものの、まもなくその夫（藤原宣孝）と死別する。その前後はかえってあまり書けなかったかもしれないと心配する。改稿という試みを構想し始めるのはそのころかもしれない。

『紫式部日記』の記事じたいは寛弘五年（一〇〇八）から七年（一〇一〇）にかけて、紫式部三十歳台において見聞する貴重な〝宮廷社会〟の記録となっている。男女関係を見る眼も変わってきたろうし、『源氏物語』の描き方が大きな変化を余儀なくされる時期にまさに際会していたろう。

つまり、それまでの構想や執筆について、ある種の手詰まりのような感じがあって、それの打開を必要とするような、いわば『源氏物語』の執筆前期から執筆後期への展開という時期にさしかかったと考える余地はないだろうか。例えば少女巻に見ると、巻末に近くなって急に、かの豪壮な四町を占める光源氏のお屋敷である六条院が建てられる。

しかし、ある写本では六条院でなく、二条京極の一町に新邸が建築されるかのように読まれるということがある。これを書写過程で起きた「異本の発生」として片づけてよいことだろうか。異本だとしても、むしろ本文庫第一分冊の解説で触れてきた、生成論的な〝成立過程〟研究の一環であるように思われる。節を改めてその改稿問題に突っ込んでみよう。

三　物語の生成としての改稿

『源氏物語』に数多くの写本があることについては第二分冊の解説に述べた。国冬本（くにふゆぼん）（津守国冬（つもりのくにふゆ）の写した巻々〈鎌倉末期写本〉を含む、天理大学図書館蔵）の少女巻には、六条院（六条京極邸を取り込む四町を占めるお屋敷）が出てこない。この不思議な本文について考えていると、それまでの構想に修整を加え、四倍に広げた六条院が新しい『源氏物語』の舞台になろうとしているのではないかとの疑いに至る。

作者による改稿の手つきが見えると言ってよいのではなかろうか。国冬本の少女巻では六条院でなく、二条京極邸が建てられ、そこはまだ一町のようで、紫上と秋好中宮（あきこのむちゅうぐう）とが住まい、明石の君、花散里（はなちるさと）もまた住まわされて、女性たちを集めたお屋敷となり、光源氏一代の栄華を象徴する空間となるもようである。

六条院が建てられる必要性には、その名の通り六条御息所（ろくじょうのみやすどころ）の遺志が作用していよう。御息所の旧宮だった故地を取り込んで六条院は建てられる。故御息所が家霊となって守るべき第一は自分の娘、斎宮女御で、宮中の絵合において決定的な優位に立つと（絵合巻）、少女巻の前半で立后し、秋好中宮となる。もう一人、六条御息所が守護霊となって守るのは明石の姫君だ。六条院は端的に言ってこの姫君の里邸のために建てられたと、第一分冊の解説に述べたところ。

必要性と言えば、玉鬘十帖（玉鬘巻以下、真木柱（まきばしら）までの巻々）はどのように必要だったか。はるかな頭中将（とうのちゅうじょう）物語（「雨夜の品定め」に始まり光源氏の交友そしてライバル関係にある頭中将の物語）に淵源があり、故夕顔と頭中将とのあいだの子、玉鬘を迎えいれて六条院の物語の実質を埋める。それでも、六条院の建てられた当初に玉鬘の座席は用意されていなくて、建てられたあとからの参入である。

もとの少女巻の二条京極邸物語の構想を変更し、六条院構想に達すると、今の若菜（わかな）上下巻へ向かう〝草稿化〟が始まる。草稿化とは聞き慣れないかもしれないが、今の若菜巻が上下あわせて他の巻の五倍ぐらいにふくれあがっているのは、一旦、定稿となったはずなのが、改稿により再び草稿状態と化し始めた証拠だろう。この時、作者三十歳台後半。『源氏物語』は曹司や自宅で新奇な若菜巻以後が延々と書き継がれつつあったろう。

若菜、柏木、横笛、鈴虫の巻々は六条院を主な舞台としつつ、原構想をもそこここに残して時に読者を混乱させているかもしれない。病の紫上は六条院から二条院へ退去する(㊄若菜下四九二頁)。癒えたあと、二条院から六条院へ試楽のために「渡り給」う(同、五九八頁)。その後、六条院に暮らすのか、二条院に暮らすのか、あまりよく分からない。御法巻で匂宮に遺言する(㊅四〇四頁)二条院の紅梅そして桜は、幻巻に見ると六条院に植わっている(㊄四四八・四五〇頁)。作者の思い違いというより、原構想との関係で起きたミスかと見られる。

国冬本の不思議さはこれまでも注目されてきた。伊藤鉄也『『源氏物語』の異本を読む――「鈴虫」の場合』③は、国冬本鈴虫巻が通行本(例えば大島本)にない五百三十九字もの特異な本文があると指摘した。この鈴虫巻でいったん書き上げられた物語を書き直してゆく手口がそこに覗き見えるのかもしれない。越野優子『国冬本源氏物語論』④が研究を精力的に深めて問題提起しつつある。

夕霧巻は無造作に半分に切られて、後半部分が「匂ふ兵部卿」(題簽)に仕立てられているという。したがって国冬本には匂兵部卿巻の実体がない。研究者の〝常識〟では異本や特異な本文があると、後人が書き直したのだろうとか、後代になり乱れに乱れた物語文だろうとか考える。しかし、国冬本をそういう処置で一蹴し去るのでよいかどうか。単なる異本でなく、成立上の生成の現場に深くかかわっているのではなかろうか。国冬本の本文が『源氏物語絵巻』の詞書(ことばがき)にやや近いところがあるとする研究者の意見は重要である。(5)『源氏物語絵巻』の詞書といえば、確実な平安時代の『源氏物語』として唯一の現存最古の物語文である(平安源氏と言いたい)。池田亀鑑(きかん)が別本こそは諸問題を集積する秘密の函だとしたのは、(6)このような本(国冬本)が視野にはいっていたのかとふと思われる。ただし、池田が諸本を集成した『源氏物語大成』には、国冬本が異文であり過ぎるためか、ついにそれの鈴虫巻を採り入れることをしなかった。

四　七十五年という物語の歳月

『源氏物語』五十四巻は、『更級日記(さらしな)』に「五十余巻」とあった。(7)原稿用紙に換算して二千三百〜二千四百枚あると聞いたことがある。なかを七十五年という、四分の三世紀が流れる。光源氏が五十三歳で物語から去り、そのとき薫六歳として、同二十八歳までが物語を流れる時間とみて計算すると、七十五年の年月が『源氏物語』のなかにある。

物語の舞台はいつで、どのような場所なのだろうか。そのような問いは、歴史とフィクションとをかさねることだと、一部の研究者から戒められそうな話題になるかもしれないが、作者による史実への〝取材〟というような限りで見ると、明らかに本邦十世紀代（西暦九〇一―一〇〇〇年）、つまり平安時代前半あたりに取材し、それを舞台とする物語としてある。モデルとか準拠とかいうことではなくて、史上の渤海使が来日する（九一八年）のに合わせるかのように、物語のなかでも高麗の相人が来日したり、平将門の反乱や藤原純友の敗死という承平天慶の乱（九四〇年前後）が、政情不安のなか、須磨・明石へと光源氏が退去するのとかさなったりして、その程度の〝一致〟は考えてよいだろう。

西暦九一二年（延喜十二）を光源氏一歳（誕生）とすると、七十五年が経過して物語の終りは九八六年（寛和二）で、あたかも一条帝（在位九八六―一〇一一年）時代が始まる時節に相当する。あいだに天暦の治（村上天皇時代〈在位九四六―九六七年〉）のような平安文化が咲き乱れる時節を含むし、政治的には中央に食い込む地方社会（武士社会など）が『源氏物語』のなかにも（特に宇治十帖になると）見て取れるようになる。宗教的には貴族層から民間のそれにまで、各種の信仰がかつてない規模で拡散する。

物語のなかにあって光源氏の精魂込めた願文にもかかわらず、阿弥陀仏は故夕顔の霊を受け取らない（夕顔巻）。つまり、彼女をもののけの世界にしばらくさまよわせることをする。現世と「あの世」とのあいだには確乎としてもののけたちの世界＝「中有」が存在していた。実際のところ、幼い玉鬘を現世にのこして夕顔を連れ去るわけに行かないので、彼女をもののけにして中有にさまよわせたのは阿弥陀さまの慈悲だったかと思いたい。

葵上は普賢菩薩の導きで成仏できたようだ（葵巻）。寿命の尽きると思われた紫上を、それでも御法巻までの四年間、延命させたのは不動尊だった（若菜下巻）。薫は善見太子、つまり阿闍世王のコンプレックスに呻吟して（匂兵部卿巻）、道心を吐露しつつ人を愛し切れないでいる。宇治の八宮を成仏させられなかった阿闍梨は、試みに大君の耳に何と十世紀代新興の常不軽仏信仰の祈りの声を聴かせている（総角巻）。浮舟を救済するのは観音で（手習巻）、この人はのちのちシャマニックな力を発揮するかもしれない。シャマニックと言えば賢木巻以下、神域に近づいたために仏罰を恐れる六条御息所は、のちに出家するものの（澪標巻）、それだけでは終わらなかった（最終的に〝悪霊〟になる〈柏木巻〉）。

一人一人の主人公ごとに担当する仏さまや菩薩が付き添う。われわれは『源氏物語』のなかを読むことで、十分に十世紀代平安文化（特に宗教社会）の実態に浸ることができる。宗教的な多様性と言ってよいので、その多様性が平安十世紀そのものであり、『源氏物語』を書かせた正体の一つなのだろう。

宇治十帖と、それに先立つ〈匂兵部卿宮、紅梅、竹河〉薫匂三帖とをあわせて、続篇十三帖（物語全体の約四分の一）を書くのに、物語作家は数年か、おそらく十年近くかけたと思う。光源氏退場後を引き受けて、物語は舞台を宇治世界に設定し（橋姫巻）、八宮の死去（椎本巻）、ついで大君・中君姉妹の一人を死なせる（総角巻）。中君が二条院に移ると（早蕨巻）、物語はさらに長篇化して、宿木巻で異母妹の浮舟が東国世界から姿をあらわし、東屋巻（「東屋」は東国の意）をへたあと、浮舟の苦悩と入水の決意とが描かれる（浮舟巻）。蜻蛉巻の巻末の歌「ありと見て手には取られず見れば又ゆくへも知らず消えしかげろふ」（一五八頁）は、手に取ることができなかった中君と消え去った浮舟とを詠む。尼の身となり「手習の君」として和歌に思いを預ける浮舟のさま（手習巻）、薫の訪れを拒む浮舟の拒絶および沈黙を読者に印象づけて（夢浮橋巻）、宇治十帖は終りを告げる。

続篇十三帖は、長大な巻を次々に繰り出し、構想の苦心や事件の組み立て、人物の配置や設定の仕方、和歌のかずかず、宗教観など、どこを取っても正篇を書き切った物語作家にしてなしうる挑戦と信じられる。四十歳台の十年近くが宇治十帖に費されたろう。薫・浮舟の物語の終りで、紫式部は五十歳になんなんとするというところではなかろうか。まさに三十数年、途中で大きな改稿があったとして無理のない歳月ではないか。

歿年については諸説があるなかで、『西本願寺本三十六人家集』の兼盛集の巻末に別人のものらしい佚名家集(十二首)が混入しており、そこに「しきぶのきみ」が亡くなって「そのむすめ」があとにのこった文を見るというような記事がある。(8) 寛仁年間(一〇一七—一〇二一)の記事かと推定するものの、それ以上のことはなかなか言えない。夢浮橋巻が他巻と比較して短く、また巻名の由来について本文内に明示のない点、作者の身辺に何かが起きたと推定するにとどまる。

五　物語叙述の時間的特徴——「けり」

『源氏物語』を古文の文法によって読むことはその通りだとしても、それ以上に『源氏物語』はわれわれに古文の文法についての、新しい、しかも基礎的な知見をもたらすということがある。つまり、平安時代の代表的な古典である『源氏物語』から多くを学んで、われわれはこれまで古文の文法体系の記述を試みてきたのだし、今もその記述作業は続くのであって、『源氏物語』に取り組むことの魅力の一端はそのような文法上の事実との新たな出会いにこそある。

古文には時間を表わす「き、けり、ぬ、つ、たり、り、けむ」という七つの助動辞（助動詞）があった。当然のことながら平安時代当時には子供でも聞き分け、使い分けができて、まったく不自由しなかった。助動辞は、名詞や動詞などの自立語が意味語であるのに対して、助辞（助詞）とともに機能語で、自立しえない（付属語）。時間が助動辞によってどのように表現されているかは、物語を読む上でのかなめになることではなかろうか。

その時間的表現は、近代、現代語だと、非過去や現在時（活用語の裸形や「だ、である、ている」など）のほかに、わずかに「た、たろう」だけになり、しかも過去と完了とが「た」を共有する。限りなく貧しくなったと称してよかろう。それでも失われた「き、けり、ぬ、つ、たり、り、けむ」が、それらの多様性を失おうと、それらの個々のニュアンスというか、機能語性が文から失われるわけではない。

「き」（〜た）、「けり」（〜たことだ、〜たことがいまにある）、「ぬ」（〜てしまう、さしせまる時）、「つ」（〜たばかりだ、ついさっき）、「たり」（〜てある）、「り」（〜る）、「けむ」（〜たろう）といった言い回しを駆使して、古文の実態に訳文は肉薄したい。

完了時を未来や過去に設定して、「なむ」（なんなんとする）、「てむ」（〜てしまおう）、「にき」（〜てしまった）、「てき」（〜し終わった）を古文は自在に使い回していた。「り」

は「あり」(〜しある、存続)と別物でない。

「けり」は〝未完了過去〟(半過去)であることを押さえたい。物語の始まりなどでは、出来事が起こった過去から、語り手がそれを語る現在へ物語がやってくることの提示だから、「けり」が多用される。

いづれの御時(おほむとき)にか、……すぐれてときめき給ふ有りけり。(一桐壺一四頁)

どちら(の帝)の御代だか、……時勢に遇って栄えておられる、(そういう)方がおったという。

「ありけり」は「おった」(=過去)「という」(=伝承、今へ伝わる)で、語る現在へと話題を持ってくるので「けり」を使用する。

命婦は、まだ大殿籠(おほとのごも)らせ給はざりける、とあはれに見(み)たてまつる。(同、四〇頁)

靫負命婦(ゆげいのみょうぶ)は、まだ(帝が)御寝あそばされなかったことと、感慨深く拝見する。

命婦が帰還する前から帝は起きて待っていた。命婦が「あはれに見たてまつる」という本流の時間に対して、遡る傍流の時間を「ける（↓けり）」であらわす。つまり、事態が進行している物語の流れ（本流）に対して、過去のことや少し前の時間（傍流）が注ぎ込む時、「けり」を使ってその傍流を表現する。物語の本流は基本的に非過去で、傍流などにおいて過去や未完了過去を必要とする。このことはきわめて顕著で、〝未完了過去〟の主要な機能とはそれだろう。あなたなる時間的過去が現在に注ぎ込まれる、と言い換えてよい。(9) 世界の活用する諸言語に〝未完了過去〟は珍しくなくて、古い日本語にもそれが兼備されていることにほかならない。

中世語のあと、近代語（文学史でいう「近代」でなく、近世以後の言語）の時代にはいると、時間のそのような差異が古文としてわからなくなってしまい、近世和歌の創作者や国学者たちが古文の機能をあれこれ忖度するようになって、「けり」を詠嘆だとするような思い込みが学校文法に残存する。（過去から続く時間を今においてはっと気づくことから、「けり」の効果として〝気づき〟を指摘する文法書ならば許容の範囲内だろう。）

六　自然勢および敬語について――「る、らる」「す、さす」

本文庫では必ずしも現代語訳をすべて入れているわけでなく、高い尊敬語と普通の尊敬語、謙譲語、丁寧語の各相の違いについて、スペースの関係から簡略な施注にしたり、触れなかったりという揺れを避けられなかった。だが、底本の漢字表記は古来の敬語意識をよく残しているようで、文庫の本文にもそれは生かしてある。

本動詞や補助動詞の「侍り」「給ふ(四段および下二段)」について「侍、給」字を生かせるし、「の給ふ」(おっしゃる)は「のり給ふ」→ノッタマフ→「の給ふ」だから、通行の教科書の「宣ふ」というようないかめしい表記を避けることができる。「まゐる」(参る)はすべて原文「まいる」で、表記を改めたが、イ音便と見て「まいる」でよかったかもしれない。

「る、らる」「す、さす」には、場合によって敬語性が生じる。「る、らる」の本性は何だろうか。〈自発〉という文法用語がある。もとは「自ら発る」というような語だったろう。それでよいのだが、今日、〝自発的〟(みずから進んで行う)というような語に引きずられて、学習する高校生のなかには正反対の意味に理解する混乱が起きている。国語学者の山田孝雄が言った「自然勢」というような用語ならば誤解はない。

自然勢（＝自発）は、「自然と〜になる」。

可能（＝可能態）は多く否定形としてあらわれ、「〜できない」。自然勢を否定すると不可能を担う機能語になる。

受身（〜れる、〜られる）は自然勢から踏み込んで、なされる状態（受動態）をあらわす。受身をあらわすのに自然勢の「る、らる」を利用した、という当初だったろう。

敬意は他人の行為について自然勢（自然になされる）から「なさる、お〜になる」へと派生して、比較的身分の軽い人々や友人への敬意、親が子に対して持つ敬意などを「る、らる」であらわすようになる。

「す、さす」（〜させる）については、「せ給ふ、させ給ふ」（〜させなさる）という使役の用例とかたちが同じなのに、高い敬語（〜あそばす）になる場合がある。

かくのみおはすれば、中宮、この院にまかでさせ給ふ。（㊃御法四〇〇頁）
（紫上が）ずっとそのようで（病篤くて）いらっしゃるので、明石中宮がこの二条院へ退出しあそばす。

というのは明石中宮その人の宮中から二条院への退去であって、ご自身のことに属する。「す、さす」じたい、使役であって、尊敬の機能が本来あるわけではない（教育の現場ではそう教えるにしても）。中宮にまかでることをさせるのは本人（中宮）で、恐れ多くもご自身のからだを使役して退出させなさる。自身への使役表現を取らせることで高い尊敬を産み出した。

『源氏物語』に三例ある「しむ」は、すべて「しめ給ふ」とあり、男性宗教者や官人の言葉遣いで、「せ給ふ、させ給ふ」に準じて使役か、それとも使役による敬語表現か、ちょっと判断がむずかしい。

七　「か」と「や」との使い分けなど

『源氏物語』にはたしかにあって、その後失われてゆく文法上や表現上の〈差異〉や〈区別〉があるとすると、現代から見て失われた以上、軽視してよいと考えるか、『源氏物語』の特質を見る上では無視し得ないととるか、迷うところだ。

例えば「か」（〜か）と「や」（〜かしらん、〜では）とは別の助辞（助詞）だから二つあるので、『源氏物語』に見ると使い分けられていた。

……忌むことなど授け給ひてけりと聞き侍るは、まことか。（九夢浮橋三五六頁）

……戒などをお授けになってしまわれたと聞きますのは、ほんとうか。

小野のわたりに知り給へる宿りや侍る。（同、三五四頁）

小野の辺に領知しておられる泊り所がおありでは。

また、「が」（格助辞）と「は」（係助辞）とについては、挙例を略すものの、しっかり訳し分けると古文のなりたちがよくわかってくる。原文通り、「は」はけっして「が」とせず、反対に原文の「が」はけっして「は」にできない。訳文に不用意な「は」をいれてはならず、ついでに言えば「も」も勝手にいれるとおかしくなる。「が」には格助辞の「が」と接続助辞の「が」とがあって、もとは一つで、『源氏物語』の時代にその区別が堅持されていたか、通用するようになってきたか、議論の分かれるところだが、用例上は前者つまり「が」の基本としての格助辞性を見てとれる。

これに関連して、「の」を広く同格の「〜で」として〝現代語訳〟する慣習もある。だれが言い出したか、日本語の表現を「主語がない」などと言われるのは、わかりきった「主語」をあまり言わないからかもしれないが、むしろ主格や所有格を独自に持つ日本語の特徴が強調されてよいはずだ。

八 「侍なり」と「侍めり」

写本文化は書き継がれ、さまざまな表記の改変をへてわれわれの手元にもたらされる。その一方で、原態という語を使ってよければ、もとの表記の仕方や癖などの原態を、執拗なほど本文の上に残してきたという側面もまたあるのではなかろうか。原態そのものに触れることは永久に叶わないにせよ、写本に親しみ、古写の実態に沿って底本の在り方に忠実に従うのは、原態のかたわらにふと参入できるような思いをわれわれが捨てられないからだろう。

校注の作成や、訳文の言い回し上、注意を要する一例を取り上げておこう。「侍るなり」と「侍なり」との区別がある。前者の、断定(指定)の「なり」が「侍り」に下接する場合、連体形接続だから、原文が「侍なり」とあっても、本文庫の本文作成上のルールに従い「侍るなり」でよい。

後者は伝聞(推定)の「なり」(〜と聞こえる、〜のようだ)で、活用語の終止形下接だから「侍りなり」となるはずのところ、[10]実際の原文では「侍なり」と書かれる。これは「侍りなり」がハベッナリあるいはハベンナリで、音便の無表記により「侍なり」となったもの。本文作りのルールとして「侍(はべ)なり」とする。

つまり大島本ほかの写本において、「侍り」プラス断定（指定）の「なり」の多くが「侍なり」と書かれ、「侍り」プラス伝聞（推定）の「なり」もまた「侍なり」と書かれるために、同じかたちとなって、われわれの本文作りでは細心の注意を要する。「侍」字を一律に「はべり、はべる」などとかなで字起こしするような教科書式の表記だと、「侍」字に続く貴重な伝聞（推定）の「なり」が断定（指定）のそれと紛れてしまう。

新大系版は原文通りの本文作りを方針としたために、その区別を明らかにすることができた。本文庫でも当然、そこを踏襲してある。写本文化の実態を尊重したいとはそういうところにある。[11]

「侍(はべ)めり」（「めり」は、～みたいだ、～のようだ）も同じことで、「侍りめり」がハベッメリあるいはハベンメリとなり、音便の無表記により「侍めり」となったもの。本文作りのルールとして「侍(はべ)めり」とする。

それでよいのだが、写本の常として、ごくまれに（数例ほど）「侍(はべ)なり」かもしれない場合を「侍るなり」と書かれた辞例、および「侍(はべ)めり」とありたいところを原文で

「侍るめり」と書かれた辞例が見つかる。前者は「侍るなり」(「なり」断定)でよいかもしれず、後者はきわめて数少ない誤写だと見られる。

九　心内文と語り手、読者

『源氏物語』の読者は、読み進めるにつれて、会話文の豊富であること、それに心内(しんない)文が各ページの多くを占めていることに気づく。会話文つまり直接話法が豊富であることは、『源氏物語』に限らず物語文学の特徴と言ってよいが、心内文によって人物たちの内面が自由に語られるさまは『源氏物語』の大きな特徴かもしれない。心内文は〝内話(ないわ)、心中思惟(しんちゅうしい)〟などとも称されてきた。

物語作者は作中世界の隅々をよく知っており、描写にこれ努める。作者は自分の文学的分身である語り手(書き手、女性であろう)を作中に遣わし、彼女をして語らしめる(書かせる)。光源氏なら光源氏のかたわらに語り手は棲む。薫の君がどのような経過でその世に生まれてくるか、しっかり目撃するし、かれが宇治へ向かえば語り手もまた同行して大君に会うし、浮舟の苦悩にはとことんつきあって見届ける。作者の作中に遣わした語り手は、作品のなかの〝もう一つの現実〟にはいり込んでそれらを語る。読者は作者が産み出した、もう一つの現実である物語の世界をつねに生きることができる。

もう少し言うと、語り手は語りのなかを自由に歩き、その成り立ちや興亡を克明に語るとともに、人物たちの行動に付き添って、その内面にはいってゆける。いっしょに悩むこともあれば、突き放して冷やかにもなれる。こうして人物たちの心内が詳しく取り出される。本文庫は「だれそれの心内」とか、「以下、だれそれの心内が長々と続く」とか、しつこくそれらを施注してみた。

会話文をどんどん書き綴るのとおなじで、人物たちの内面にはいって心内文をもたらすことは、物語作家にとってむしろ容易(たやす)いことだったのではなかろうか。表現の苦心にはただならないものがあるにせよ、心理描写とはその人物になってみることだとすると、自然に心内が流露されて不思議はない。人物たちの内面を語るとはそのような語り手を創造したところに生じる。

読者は女性たちも官人たちも、十一世紀初頭の宮廷社会にあって、物語作者(紫式部)の高い教養や文学観を共有でき、大きな文学が作者の筆のしたから生み出されることを期待し、話題に乗せ、書写して行き渡らせた。読者から読者へ、『源氏物語』は各時代に熱く支えられて伝わり、今日にまで続く。諸言語にそれは翻訳されつつあり、文字通り世界文学の一環を占めるようになった。

(1) 末澤明子「「橋」の記憶と成語「夢の浮橋」」(『王朝物語の表現生成——源氏物語と周辺の文学』〈二〇一九年、新典社刊〉所収)。

(2) 今井源衛『紫式部』(一九六六年〈新装版一九八五年〉、吉川弘文館刊)。

(3) 伊藤鉄也『『源氏物語』の異本を読む——「鈴虫」の場合』(二〇〇一年、臨川書店刊)。

(4) 越野優子『国冬本源氏物語論』(二〇一六年、武蔵野書院刊)。

(5) 中村義雄『絵巻物詞書の研究』(一九八二年、角川書店刊)。

(6) 『源氏物語大成』巻七、研究資料篇(一九五六年、中央公論社刊)。

(7) 一〇二一年(寛仁五、治安元)条に「紫のゆかりを見て、つゞきの見まほしくおぼゆれど、……この源氏の物語、一の巻よりして、みな見せ給へ」と、心の内に祈っていると、「をばなる人」から「源氏の五十余巻」を櫃にはいったまま贈られた。

(8) 『西本願寺本三十六人家集——本文と五句末逆引き索引』笠間索引叢刊84(一九八四年、笠間書院刊)。参照、萩谷朴『紫式部日記全注釈』下(一九七三年、角川書店刊)。その佚名家集(十二首)中に見える「ほのかにもしらせやせまし春がすみかすみにこめておもふこゝろを」は『後拾遺和歌集』にみる後朱雀院御製(巻一一〈恋一〉、六〇四歌)で、尚侍藤原嬉子の入内(寛仁五年〈一〇二一〉)の頃の詠作らしい。『更級日記』の記事とあわせ、寛仁年間に『源氏物語』の擱筆ないし作者の身辺に何かが起きたことをつよく暗示する。

(9)　竹岡正夫「助動詞「けり」の本義と機能」(『国文学　言語と文芸』第五巻六号、一九六三年一一月)が「けり」によって「あなたなる」場を示すとしたのは、これを「あなたなる時間的過去(の場)」と読み換えることで、その未完了過去に迫れる。

(10)　学校文法などでの説明では「なり」(伝聞、推定)、「めり」(〜みたいだ、〜のようだ)をラ変型活用語の連体形下接とするものの、根拠がなく誤りと見てよい。「なり」(伝聞、推定)について、時枝誠記『日本文法　文語篇——上代・中古』(一九五四年、岩波全書〈二〇二〇年、講談社学術文庫所収〉)を引用しておく。

○動詞、助動詞の終止形に附く(指定の助動詞の「なり」は、連体形に附く)。四段活用に接続する場合には、終止形連体形が同じであるために、指定の助動詞と区別することが、外形上は出来ないが、指定の「なり」が附く場合は、上の連体形は、体言相当格になる。

○ラ変動詞及び指定の助動詞「あり」に附く場合には、その語尾が撥ねる音になるが、表記の上には表はされない。

　あなり(あり—なり……あンなり)
　ざなり(ず—あり—なり……ざンなり)

(11)　本文庫刊行中の二〇一九年に定家本「若紫」巻が発見されるというニュースに接した(大河内家蔵)。本文庫㈠若紫三七八頁七行「人なくてつれ〴〵なれば」は、次頁注5に「青表紙他本多く「日もいとながきに」、伏見天皇本は底本に同じ」と書いたように、たしかに「日もいとながきにつれ〴〵なれは」とある他本が多くて、教科書などの場合、

「日もいと長きにつれづれなれば」と改定する傾向にある。本文庫は方針通り、底本の大島本によって「人なくてつれ〴〵なれば」とする。しかるに、今回出てきた定家本「若紫」巻は「人なくてつれ〳〵なれは」とあり、大島本に一致する。さらには国冬本にも「人なくてつれ〳〵なれは」と見える。底本をむやみに変更しないほうがよいという好例がここにあると言ってよいだろう。

年立

年齢欄の数字は、桐壺―幻巻では光源氏の年齢を、匂兵部卿―夢浮橋巻では薫の年齢を示す。〔 〕内の数字は、本文庫の節番号を示す。

帝	光源氏年齢	巻	主要事項
桐壺帝	1	1桐壺	帝から溺愛されていた桐壺更衣、第二皇子（若宮、のちの光源氏）を出産。〔*1*・*2*〕
	2		
	3		夏　重態となった桐壺更衣、帝と別れ、そして死去する。〔*4*・*5*〕
	4		弘徽殿女御腹の第一皇子（のちの朱雀帝）の立坊が決定。〔*14*〕
	5		
	6		
	7〜11		若宮について、高麗(こま)の相人、謎めく予言。帝、若宮を源氏にと決める。〔*15*〕 先帝の第四皇女、入内して藤壺に住む。源氏、藤壺を慕う。〔*16*・*17*〕
	12		源氏、元服する。その夜、左大臣の娘（葵上）と結婚。〔*18*―*20*〕
	13〜16		
	17		夏　長雨の続くある夜、源氏、宮中で頭中将、左馬頭、藤式部丞の女性談義（雨

帝	光源氏年齢	巻	主要事項
壺帝	17	2帚木	夜の品定め)につきあう。〔*1*—*21*〕 翌日、左大臣邸へ退出後、方たがえのため紀伊守邸へ移動する。〔*22*・*23*〕 源氏、空蝉を自身の寝所へと連れ出し、一夜を過ごす。〔*27*・*28*〕
		3空蝉	源氏、紀伊守邸で空蝉の寝所へ。空蝉は逃れ出る。源氏、軒端荻と契る。〔*5*—*7*〕
		4夕顔	源氏、六条に住まう女性のもとへ忍び通いをしていたころ、大弐の乳母を見舞うため五条に出かけた折、夕顔の家に関心を寄せる。〔*1*—*6*〕 秋 八月十六日、廃院に連れ出した夕顔の女、急死。〔*14*—*21*〕
	18	5若紫	春 三月末、わらわ病みの源氏、北山で修行者に治癒してもらう。〔*1*〕 夕暮れ、僧坊の美しげな少女(のちの紫上)に目がとまり、執心する。〔*5*—*11*〕 夏 源氏、宮中から退出していた藤壺と密通。藤壺は懐妊する。〔*20*・*21*〕 冬 源氏、少女を二条院に迎える。〔*31*—*36*〕
		6末摘花	春 源氏、乳母子大輔命婦の話を受け、故常陸宮の姫君(末摘花)に懸想。〔*2*—*4*〕 秋 八月二十余日、末摘花と初めて逢瀬を遂げる。〔*9*・*10*〕 冬 雪明かりに照らされた姫君の異様な相貌を知る。〔*16*〕
	19	紅葉賀	冬 十月、朱雀院行幸。源氏、青海波を披露。〔*1*・*3*〕 春 二月十余日、藤壺が皇子(のちの冷泉帝)を出産。〔*11*〕

朱雀帝 | 桐
25 24 23 22 21 20

7 秋 七月、藤壺が中宮となる。源氏も参議に昇進。〔24〕

8花宴

春 二月二十余日、南殿(紫宸殿)で桜の宴。その夜、酔い心地の源氏は弘徽殿の細殿に立ち寄り、朧月夜と契る。〔1―4〕
三月二十余日、右大臣邸で藤の宴。源氏も招かれ、朧月夜と再会。〔9・10〕

9葵

夏 賀茂祭の前日、新斎院の御禊に源氏も供奉。葵上一行と六条御息所方との車争いが起きる。源氏、六条御息所に同情。〔5―11〕
秋 八月、もののけに苦しめられてきた葵上、男子(夕霧)を出産。〔20―22〕
葵上、もののけに襲われて急逝。〔27〕
冬 源氏、紫上と新枕を交わす。三日の夜の餅で内々に結婚を祝う。〔45―48〕
春 元旦、源氏は院御所、宮中に参賀。次いで左大臣邸を訪問。〔52〕

10賢木

秋 九月中旬、六条御息所が娘斎宮とともに伊勢へ下向。〔7―10〕
冬 十月、桐壺院が重態となり、翌月初旬に亡くなる。〔11―13〕
春 朧月夜が尚侍となる。今も源氏と心を通じあっている。〔17〕
源氏は三条宮を訪れ、藤壺に接近を図ろうとする。〔23―26〕
冬 十二月十余日、藤壺主催の法華八講。その結願の日に藤壺が出家。〔39・40〕
春 右大臣方からの藤壺、源氏方への圧迫。左大臣は辞任。〔45・46〕
夏 源氏、右大臣邸で朧月夜と密会。これが右大臣によって露見。弘徽殿大后は源氏追放の画策を開始。〔50―52〕

11花散里

夏 五月、源氏、麗景殿女御とその妹君が住まう花散里を訪ねる。〔3・4〕

帝	光源氏年齢	巻	主要事項
朱雀帝	26	12須磨	春 三月二十日過ぎに都を離れることにして、人々と別れの挨拶。〔3―16〕 須磨へ出立、到着後は隠棲の日々を送る。〔18―33〕
	27		春 三月初旬の巳の日、海辺で祓えをするが、風雨と雷鳴におそわれる。〔36〕
		13明石	亡き桐壺院が源氏の夢に出現し、須磨の浦を去るように告げる。〔5〕 源氏、明石入道に迎えられ、明石へ移る。〔6―8〕 朱雀帝は眼を煩い、太政大臣(もとの右大臣)は死去、大后も病がち。〔18〕 秋 八月十三日の月夜、源氏、明石君と契る。〔20〕
	28		秋 七月二十余日、源氏に帰京の宣旨が下る。〔25〕 八月、源氏、懐妊している明石君と別れ、帰京。権大納言となる。〔27―30〕
		14澪標	冬 十月、桐壺院追善の法華八講。〔1〕
帝	29		春 二月、東宮元服。朱雀帝が譲位し、冷泉帝が即位。源氏は内大臣になる。〔3〕 三月十六日、明石君、女子(明石姫君)を出産。〔5〕 夏 藤壺、太上天皇になずらえた待遇となる。〔12〕 秋 源氏、住吉に参詣。〔14―16〕 上京後の六条御息所、娘の前斎宮
		15蓬生	末摘花、源氏を待ちわびつづけ、窮乏する。〔1―11〕 夏 四月、源氏、末摘花を訪ね、そののち援助する。〔12―18〕
		16関屋	秋 九月、源氏、石山寺へ参詣。逢坂の関で空蟬たちの一行と出会う。〔2・3〕 空蟬は夫常陸介と死別後、

冷泉

30

を源氏に託して亡くなる。〔19—21〕

継子の河内守に懸想されて出家。〔6・7〕

31

17 絵合

春　前斎宮(梅壺女御、のちの秋好中宮)が入内。〔1—4〕
三月、中宮の御前にて、梅壺方と弘徽殿方で絵を競う。〔9・10〕
帝の御前で絵合の決着をつける。梅壺方が勝利。〔12・13〕

18 松風

秋　二条東院の落成。その西の対に花散里を住まわせる。〔1〕
明石君は、姫君、母尼君とともに都からほど近い大堰の山荘へ移る。〔8・9〕

32

19 薄雲

冬　源氏、明石姫君を二条院に引き取り、紫上の養女にする。〔1—9〕
春　太政大臣(もとの左大臣)死去。天変地異が頻発。〔16〕
三月、藤壺が重態に陥り、亡くなる。〔17—19〕
夏　冷泉帝、自身の出生の秘事を知り動揺。源氏に譲位をにおわす。〔22—24〕
秋　源氏、二条院に里下りした斎宮女御(梅壺女御、のちの秋好中宮)に恋着の思いを告白。そののち、春秋優劣論をもちかける。〔27—29〕

20 朝顔

斎院を退下し桃園宮に戻った朝顔姫君に、源氏は懸想する。〔1—6〕
冬　十一月、源氏、再度桃園宮を訪ね姫君に懸想するが、姫君は拒む。〔8—12〕
源氏、紫上に昔の女君たちのことを語ると、その夜、源氏の夢に藤壺が現れ、秘密の広がることが苦しいと恨む。〔15—17〕

33

夏　夕霧、元服し、大学寮に入学。〔3—9〕

帝	光源氏年齢	巻	主要事項
帝	33	21 少女	秋　斎宮女御が中宮となり、源氏は太政大臣となる。〔*10*・*11*〕いとこ同士の夕霧と雲居雁は相思相愛であったが、それを内大臣（雲居雁の父）に知られ、仲を裂かれる。〔*12*―*28*〕
	34	21 少女	春　二月、夕霧は進士(しんじ)（文章生）となり、同年の秋には侍従となる。〔*42*〕
	35	21 少女	秋　八月、六条院が完成。彼岸のころに紫上、花散里など転居。さらに五、六日後に、秋好中宮も六条院に退居。〔*44*―*46*〕 冬　十月、明石君、六条院に転居。〔*47*〕
	34・35	22 玉鬘	夏　四月、玉鬘一行は、大夫監の求婚を逃れ、九州から脱出する。過酷な船旅に耐えつつ、都にたどり着く。〔*11*―*13*〕 秋　九条に仮住まいをする。そののち、玉鬘たちは石清水八幡宮に参詣。〔*14*・*15*〕つづいて初瀬に詣で、右近と再会。〔*16*―*27*〕 冬　十月、源氏、六条院に玉鬘を迎え、その魅力に感動する。〔*35*―*37*〕
	36	23 初音	春　正月、源氏、六条院の女君たちのもとをめぐる。〔*1*―*5*〕二条東院の末摘花、空蟬、さらに他の女君たちをも巡訪。〔*7*―*10*〕

冷泉

37

巻	季	事項
24 胡蝶		三月、六条院春の町で舟の楽が催され、翌日は秋の町で中宮主催の季の御読経が行われる。〔*1*—*6*〕
	夏	四月、玉鬘のもとに多くの懸想文が寄せられるが、源氏も玉鬘を思慕し、本人に告白。玉鬘は困惑する。〔*8*—*18*〕
25 蛍		源氏、兵部卿宮(蛍宮)に蛍の光で玉鬘の姿をちらと見せる。〔*3*〕
		五月五日、六条院の馬場で騎射が催される。〔*8*〕
		源氏、玉鬘、さらには紫上を相手に物語を論ずる。〔*10*—*12*〕
26 常夏		源氏、玉鬘への恋情に苦しみつつ、玉鬘の処遇についても思案。〔*6*〕
		内大臣、落胤近江君の処遇に悩み、娘弘徽殿女御に託す。〔*9*—*13*〕
27 篝火	秋	七月五、六日ごろ、源氏と玉鬘、篝火にこと寄せた歌を贈答。〔*2*〕
28 野分		八月、猛烈な野分が襲来。〔*1*〕
		夕霧、紫上を初めて垣間見て陶然となる。〔*2*〕
		夕霧、源氏と玉鬘の親子とは思えぬ睦み合いを見て仰天する。〔*9*〕
29 行幸		十二月、大原野行幸。行幸見物に出かけた玉鬘は、とりわけ冷泉帝のすばらしさに感銘を受ける。〔*2*・*3*〕
	春	二月、源氏、内大臣に玉鬘の素性を告げる。〔*11*〕
		二月十六日、玉鬘の裳着の儀。〔*14*—*16*〕

帝	光源氏年齢	巻	主要事項
泉帝	37	30 藤袴	秋　八月、源氏、玉鬘の尚侍としての参内を十月と想定。冷泉帝は待ち遠しく思い、求婚者たちは残念に思う。〔5〕
			鬚黒大将、玉鬘への求婚を内大臣にも表明する。〔8〕
		31 真木柱	冬　十月ごろ、鬚黒大将が玉鬘と結ばれる。〔1〕
			鬚黒の北の方、娘真木柱とともに父式部卿宮邸に戻る。〔9—12〕
	38		春　正月、尚侍玉鬘が参内。その後、鬚黒が玉鬘を自邸に退出させる。〔14—18〕
			冬　十一月、玉鬘、男子を出産。〔23〕
	39	32 梅枝	春　二月、明石姫君の裳着の儀。〔5〕
			二月二十余日、東宮の元服の儀。左大臣の三の君が入内。〔6〕
			内大臣、娘雲居雁のことを思ってあせる。〔12〕
		33 藤裏葉	夏　四月、夕霧と雲居雁、結婚。〔3—6〕
			四月二十余日、明石姫君、東宮に入内。〔9・10〕
			秋　源氏、太上天皇になずらう位を得る。内大臣は太政大臣に、また夕霧も中納言に昇進。〔11〕
			冬　十月二十日過ぎ、冷泉帝、朱雀院ともに六条院へ行幸。〔13・14〕
		菜上	朱雀院、出家を決意するとともに、女三宮の行く末を案じ、婿選びに苦慮するも、源氏に託すことを決める。〔1—13〕
			源氏、辞退しながらも女三宮に関心を示す。〔14〕
			歳末、女三宮の裳着の儀、そしてその三日後に朱雀院は出家。〔15—17〕
	40		春　正月、玉鬘、源氏の四十歳を祝い、若菜を献ずる。〔25—29〕

冷	今上帝
41	42〜45 / 46 / 47
34 若	35 若菜下

二月十余日、女三宮、六条院入り。〔30〕
朱雀院、西山に籠る。〔38〕

冬　紫上、秋好中宮、さらに冷泉帝の勅命により夕霧が、それぞれ光源氏の四十を祝い、賀宴を催す。〔49―55〕

春　三月十余日、明石女御、東宮の男御子を出産。〔60〕
三月、六条院の蹴鞠に際し、柏木、女三宮を垣間見る。〔79―82〕

柏木、東宮を通して女三宮の唐猫を預かり、撫で養う。〔2―4〕

冷泉帝、退位。今上帝、即位。明石女御腹の第一皇子が新東宮。〔9〕

冬　十月、源氏、明石女御とともに住吉に詣でる。紫上、明石君、明石尼君をともなう。〔11―14〕

春　正月二十日ごろ、六条院で女楽を催す。〔22―33〕
紫上が発病。回復のきざしもなく、二条院へ移す。〔40―43〕

夏　四月十余日、柏木、六条院で女三宮と密通。〔46―49〕
紫上、一時危篤となり、死去の噂も流れる。〔53―56〕
女三宮、懐妊。〔61〕
源氏、柏木の手紙を見つける。〔66〕
源氏、密通を許せないと思いつつ、昔日の自身のあやまちを思う。〔69〕

冬　十二月、明石女御、東宮の男御子(匂宮)を出産。〔80〕
朱雀院の五十賀の試楽、源氏から皮肉を浴びせられた柏木は惑乱、そのまま病に臥す。〔82―86〕

帝	光源氏年齢	巻	主要事項
上帝	48	36 柏木	春 正月、女三宮は男子（薫）を出産。〔8〕 女三宮、出家を訴え、下山してきた父朱雀院が出家させる。〔10—15〕 柏木、権大納言に昇進。祝いに来訪した夕霧に妻落葉宮のことなどを依頼。〔17—20〕 柏木、泡の消えいるように死去。〔21〕 三月、若君（薫）の五十日（かい）の祝い。〔22—25〕 夕霧、一条宮を訪ね、落葉宮の母御息所と歌を交わす。〔27—29〕 夏 四月、夕霧、一条宮を再訪。〔31〕
	49	37 横笛	秋 夕霧、一条宮を訪問。御息所は、夕霧に柏木遺愛の横笛を贈る。〔6—9〕 夕霧、帰邸。その夜の夢に柏木の亡霊が出現、横笛の行く先が違ったと言う。〔10・11〕
	50	38 鈴虫	夏 女三宮、持仏の開眼供養。〔1—3〕 秋 八月、女三宮方で鈴虫の宴。そこへ冷泉院からの消息があり、源氏は冷泉院へ参上する。〔5—9〕
		39 夕霧	落葉宮の母御息所がもののけの病に苦しみ、加持を受けるため小野の山荘へ。〔1〕 八月中旬、夕霧、小野の落葉宮を訪ね、胸中を訴える。〔3—10〕 母御息所、死去する。〔21〕 九月十余日、夕霧、小野を再訪。〔27—29〕 冬 夕霧、落葉宮を一条宮へ移し、ようやく逢瀬を遂げる。〔35—45〕

帝	今		
薫年齢	51	52	
巻	40御法	41幻	
主要事項	春　三月十日、紫上、二条院で法華経千部供養。〔3〕 秋　八月、紫上が死去する。〔8〕	春　年が改まっても、源氏は悲しみにくれつづける。〔1〕 秋　正日（しょうにち）に曼陀羅の供養を行う。〔13〕 冬　十二月、侍女たちに紫上の手紙などを焼かせる。〔15〕	〈源氏、晩年、出家して嵯峨に隠棲〔宿木13〕〉

帝	今上帝	
薫年齢	14	15
巻	42匂兵部卿	
主要事項	春　薫、元服して侍従となり、秋には右近中将となるが、自身の出生に疑念を抱いている。〔5・6〕	
巻	44竹河	
主要事項	玉鬘、薫に親しみをおぼえ、婿にとも思う。〔4〕	春　正月二十日過ぎ、薫、玉鬘の息子藤侍従を訪ね、蔵人少将とともに酒宴に興ずる。〔7〕 夏　四月九日、玉鬘の大君が冷泉院のもとに参院、院から厚遇される。〔18―20〕

帝	薫年齢	巻	主要事項
帝	16	44竹河	夏 四月、玉鬘の大君、女宮を出産。〔27〕 玉鬘の中君、母玉鬘に代わり尚侍として今上帝に入内。〔28〕
	17〜18		
	19	42匂兵部卿	薫、三位宰相で右近中将を兼ねる。〔10〕
	20	42匂兵部卿	春 正月、夕霧、六条院で賭弓（のりゆみ）の還饗（かえりあるじ）。〔12〕 薫、初めて宇治の八宮を訪問。〔10〕
	21		
	22	45橋姫	秋 薫、宇治の八宮の姫君たちを垣間見る。〔14〕 冬 薫、弁から自身の出生の秘事を聞き、さらに亡き柏木の形見の文反故を受け取る。〔23—25〕
		44竹河	このころに、玉鬘の大君、冷泉院の男御子を出産。〔31〕
	23	45橋姫	春 二月二十日ごろ、匂宮、初瀬詣での帰途、宇治で中宿り。〔1〕 秋 薫、中納言になる。〔7〕
		44竹河	秋 薫、中納言になる。〔33〕

今上 24

46 椎本

八月二十日ごろ、山寺に参籠中の八宮が亡くなる。〔14〕

夏　宇治を訪れた薫、八宮の姫君たちの喪服姿を垣間見る。〔29〕

47 総角

秋　八月、八宮の一周忌を前に宇治を訪れた薫、大君に再三にわたり意中を伝えるが、大君は懸命に拒む。〔1―7〕

八月二十八日、薫が匂宮を宇治へ手引きし、薫を装った匂宮が中君と契りを交す。〔21・22〕

冬　十一月、大君が亡くなる。〔54〕

49 宿木

夏　藤壺女御には皇女が一人いたが（今上帝の女二宮）、女御はもののけにより死去。帝は女二宮を宮中に迎える。〔1・2〕

秋　帝、女二宮を賭物（のりもの）にて、薫と碁の対戦をする。帝は負ける。〔4〕

43 紅梅

春　紅梅大納言の大君、東宮に入内。大納言、中君を匂宮に縁づけようと目ろむ。〔2〕

匂宮、宇治の八宮の姫君のもとに通う。〔11〕

帝	薫年齢	巻	主要事項
帝	25	48早蕨	春 二月七日、中君、匂宮方からの迎えがあり、二条院へ移り住む。〔9・10〕 二月二十日過ぎ、夕霧、娘六の君の裳着を挙行。〔11〕
		49宿木	夏 中君、懐妊している。〔8〕 秋 八月十六日、匂宮、夕霧の六の君と結婚。〔15〕 中君、薫に対して、亡き大君に似る異母妹(浮舟)のことを語る。〔38〕
	26		春 二月、薫、権大納言に昇任し、右大将も兼任。〔49〕 中君、男児を出産。〔50〕 二月二十日過ぎ、女二宮の裳着、そして翌日には薫と結婚する。〔51〕 夏 四月二十日過ぎ、宇治に赴いた薫、浮舟を垣間見る。〔57—59〕
		東屋	

今上 27

50

秋

八月、左近少将、浮舟が常陸介の継子とわかると婚約を破棄。仲人の勧めで常陸介の実の娘をあらためて所望。〔*5*・*6*〕

浮舟の母中将君、中君を頼って浮舟を二条院へ連れ出す。〔*16*〕

匂宮、浮舟を見つけて言い寄る。〔*26*—*28*〕

母中将君、浮舟を三条の小家に移す。〔*34*〕

九月、薫が浮舟の隠れ家を訪れ、浮舟を宇治へ連れ出す。〔*42*—*49*〕

51 浮舟

春

正月、匂宮、宇治へ赴き、薫を装って浮舟と契る。〔*9*—*13*〕

二月、匂宮、再び宇治へ行き、対岸の隠れ家で浮舟と時を過ごす。〔*28*—*31*〕

薫は、匂宮と浮舟の関係を知り、匂宮の裏切りに怒り、また浮舟をうとましく思う。〔*46*〕

浮舟は煩悶した末に死を決意。〔*53*〕

52 蜻蛉

浮舟の失踪に、右近と侍従は宇治川に身投げしたのではないかと思う。〔*1*〕

右近と侍従、浮舟の火葬を装う。〔*6*〕

夏

六条院で法華八講が催される。〔*24*〕

薫、女一宮を垣間見る。〔*25*〕

亡き式部卿宮の姫君(宮の君)が女一宮に出仕。匂宮は宮の君に目を付けて夢中になっている。〔*31*〕

53 手習

横川僧都、浮舟を救出。〔*2*・*3*〕

僧都の妹尼、浮舟を小野の僧庵で介抱する。〔*7*〕

夏

四、五月は、浮舟、意識不明がつづく。〔*8*〕

六月、浮舟、意識を回復するが、素性をひたすらに隠す。〔*10*—*12*〕

帝	今上帝	
薫年齢	27	28
巻	52 蜻蛉	54 夢浮橋
主要事項	53 手習 秋　八月、妹尼の亡き娘の夫中将が、浮舟に懸想する。〔*16*—*25*〕 九月、浮舟、横川僧都に懇願し、出家する。〔*33*・*34*〕 春　薫、浮舟の存命について知る。〔*51*〕	夏　薫、横川僧都を訪れ、事情を聞き出す。〔*1*・*2*〕 薫、浮舟の弟小君を小野に遣わすが、浮舟は対面を拒む。〔*6*—*12*〕

この年立は、本居宣長『源氏物語玉の小櫛』巻三に示された、いわゆる「新年立」にもとづく。

（作成＝陣野英則）

作中和歌一覧

行末の数字は各冊の掲載頁を示す。振りがなは、もとのかなを示すものと、校注者が加えた読みがなとを区別していない。＊は当て字を示す。

第一冊

桐壺巻（9首）

限りとてわかるゝ道のかなしきにいかまほしきは命なりけり　桐壺更衣　22

宮城野の露吹き結ぶ風の音に小萩が本を思ひこそやれ　桐壺帝　34

鈴虫の声の限りを尽くしても長き夜あかずふる涙かな　靫負命婦　40

いとゞしく虫の音しげき浅茅生に露おき添ふる雲の上人　桐壺更衣の母　40

荒き風ふせぎし陰の枯れしより小萩が上ぞ静心なき　桐壺更衣の母　42

尋ねゆくまぼろしもがなつてにても玉＊のありかをそこと知るべく　桐壺帝　44

雲の上も涙に暮るゝ秋の月いかで住むらむ浅茅生の宿　桐壺帝　46

いときなき初元結ひに長き世を契る心は結びこめつや　桐壺帝　66

結びつる心も深き元結ひに濃き紫の色しあせず
は　左大臣　66

帚木巻(14首)

手ををりてあひ見し事をかぞふればこれひとつ
やは君がうきふし　左馬頭　114

うきふしを心ひとつにかぞへきてこや君が手を
わかるべきをり　物怨じの女　114

琴の音も月もえならぬ宿ながらつれなき人を引
きやとめける　殿上人　124

木枯らしに吹き合はすめる笛の音を引きとゞむ
べきことの葉ぞなき　木枯らしの女　124

山がつの垣ほ荒るともをり〳〵にあはれはかけ
よなでしこの露　女(夕顔)　130

咲きまじる色はいづれとわかねども猶常夏にし
くものぞなき　頭中将　130

うちはらふ袖も露けき常夏にあらし吹きそふ秋
も来にけり　女(夕顔)　130

さゝがにのふるまひしるき夕暮れにひるま過ぐ
せと言ふがあやなさ　藤式部丞　140

逢ふことの夜をし隔てぬ中ならばひるまも何か
まばゆからまし　博士の娘　140

つれなきをうらみも果てぬしのゝめにとりあへ
ぬまでおどろかすらむ　光源氏　174

身のうさを嘆くに飽かで明くる夜はとりかさね
てぞねも泣かれける　空蟬　174

見し夢をあふ夜ありやと嘆くまに目さへ合はで
ぞころも経にける　光源氏　180

はゝき木の心を知らで園原の道にあやなくまど
ひぬるかな　光源氏　190

数ならぬ伏屋に生ふる名のうさにあるにもあら
ず消ゆるはゝ木ゝ　空蟬　190

空蟬巻(2首)

空蟬の身を変へてける木のもとになほ人がらの
なつかしきかな　光源氏　224

空蟬の羽におく露の木がくれて忍び〳〵に濡るゝ袖かな　空蟬　226

夕顔巻（19首）

心あてにそれかとぞ見る白露の光添へたる夕顔の花　夕顔　242

寄りてこそそれかとも見めたそかれにほの〴〵見つる花の夕顔　光源氏　246

咲く花にうつるてふ名はつゝめどもをらで過ぎうきけさの朝顔　光源氏　258

朝霧の晴れ間も待たぬけしきにて花に心をとめぬとぞ見る　中将のおもと　258

優婆塞が行ふ道をしるべにて来む世も深き契りたがふな　光源氏　278

先の世の契り知らるゝ身のうさに行く末かねて頼みがたさよ　夕顔　278

いにしへもかくやは人のまどひけん我まだ知らぬ篠の目の道　光源氏　280

山の端の心も知らでゆく月はうはの空にて影や絶えなむ　夕顔　280

夕露に紐とく花は玉鉾のたよりに見えしえにこそありけれ　光源氏　284

光ありと見し夕顔のうは露はたそかれ時のそら目なりけり　夕顔　284

見し人の煙を雲とながむれば夕べの空もむつましきかな　光源氏　344

問はぬをもなどかと問はでほど経るにいかばかりかは思ひ乱るゝ　空蟬　346

空蟬の世はうき物と知りにしをまた言の葉にかゝる命よ　光源氏　346

ほのかにも軒端の荻を結ばずは露のかことを何にかけまし　光源氏　348

ほのめかす風につけても下荻のなかばは霜に結ぼほれつゝ　軒端荻　348

泣く〳〵もけふはわが結ふ下紐をいづれの世にかとけて見るべき　光源氏　350

逢ふまでの形見ばかりと見しほどにひたすら袖の朽ちにけるかな　光源氏　354

蟬の羽もたちかへてける夏衣返すを見ても音は泣かれけり　空蟬　354

過ぎにしもけふ別るゝも二道に行くかた知らぬ秋の暮れかな　光源氏　356

若紫巻（25首）

おひたゝむありかも知らぬ若草をおくらす露ぞ消えん空なき　北山の尼君　384

初草の生ひ行く末も知らぬ間にいかでか露の消えんとすらむ　北山の尼君の侍女　384

初草の若葉の上を見つるより旅寝の袖も露ぞかわかぬ　光源氏　400

枕ゆふこよひばかりの露けさを深山の苔にくらべざらなむ　北山の尼君　402

吹きまよふ深山おろしに夢さめて涙もよほす滝のおとかな　光源氏　408

さしぐみに袖濡らしける山水にすめる心はさわぎやはする　北山の僧都　408

宮人に行きて語らむ山桜風よりさきに来ても見るべく　光源氏　410

優曇華の花待ち得たる心ちして深山桜に目こそ移らね　北山の僧都　410

奥山の松の戸ぼそをまれに明けてまだ見ぬ花の顔を見るかな　北山の聖　410

夕まぐれほのかに花の色を見てけさは霞の立ちぞわづらふ　光源氏　412

まことにや花のあたりは立ちうきと霞むる空のけしきをも見む　北山の尼君　414

面影は身をも離れず山桜心の限りとめて来しかど　光源氏　426

嵐吹くをのへの桜散らぬ間を心とめけるほどのはかなさ　北山の尼君　426

あさか山浅くも人を思はぬになど山の井のかけ離るらむ　光源氏　430

汲みそめてくやしと聞きし山の井の浅きながら
や影を見るべき　北山の尼君　430

見ても又逢ふ夜まれなる夢の内にやがて紛るゝ
わが身ともがな　光源氏　432

世語りに人や伝へんたぐひなくうき身を覚めぬ
夢になしても　藤壺　432

いはけなき鶴の一声聞きしより葦間になづむ舟
ぞえならぬ　光源氏　446

手に摘みていつしかも見む紫の根に通ひける野
辺の若草　光源氏　448

あしわかの浦にみるめはかたくともこは立ちな
がら返る波かは　光源氏　452

寄る波の心も知らでわかの浦に玉藻なびかんほ
どぞ浮きたる　少納言の乳母　452

あさぼらけ霧立つ空のまよひにも行き過ぎがた
き妹が門かな　光源氏　464

立ちとまり霧のまがきの過ぎうくは草の戸ざし
に障りしもせじ　草の戸ざしの女　464

ねは見ねどあはれとぞ思ふ武蔵野の露分けわぶ
る草のゆかりを　光源氏　488

かこつべきゆゑを知らねばおぼつかないかなる
草のゆかりなるらん　紫上　490

末摘花巻（14首）

もろともに大内山は出でつれど入るかた見せぬ
いさよひの月　頭中将　514

さとわかぬかげをば見れどゆく月のいるさの山
をたれか尋ぬる　光源氏　514

いくそたび君がしゞまに負けぬらんものな言ひ
そといはぬたのみに　光源氏　534

鐘つきてとぢめむことはさすがにてこたへまう
きぞかつはあやなき　侍従の君（末摘花の代作）　534

いはぬをもいふにまさると知りながらおしこめ
たるは苦しかりけり　光源氏　536

夕霧のはるゝけしきもまだ見ぬにいぶせさ添ふ
るよひの雨かな　光源氏 540

晴れぬ夜の月まつ里を思ひやれおなじ心になが
めせずとも　侍従の君（末摘花の代作） 542

朝日さす軒の垂氷はとけながらなどかつらゝの
結ぼほるらむ　光源氏 556

ふりにける頭の雪を見る人もおとらずぬらす朝
の袖かな　光源氏 560

唐衣君がこゝろのつらければたもとはかくぞ
そほちつゝのみ　末摘花 564

なつかしき色ともなしになににこの末摘花を袖
に触れけむ　光源氏 568

くれなゐのひと花ごろも薄くともひたすら朽た
す名をしたてずは　大輔命婦 568

あはぬ夜を隔つるなかのころもでに重ねてい
とゞ見もし見よとや　光源氏 572

くれなゐの花ぞあやなくうとまるゝ梅の立枝は
なつかしけれど　光源氏 580

第二冊

紅葉賀巻（17首）

もの思ふに立ち舞ふべくもあらぬ身の袖うちふ
りし心知りきや　光源氏 18

唐人の袖ふることはとほけれど立ち居につけて
あはれとは見き　藤壺 18

いかさまにむかし結べる契りにてこの世にかゝ
る中の隔てぞ　光源氏 42

見ても思ふ見ぬはたいかに嘆くらむこや世の人
のまどふてふ闇　王命婦 44

よそへつゝ見るに心は慰まで露けさまさるなで
しこの花　光源氏 48

袖濡るゝ露のゆかりと思ふにも猶疎まれぬやま
となでしこ　藤壺 48

君し来ば手馴れの駒に刈り飼はむさかり過ぎた
る下葉なりとも　源典侍 62

笹分けば人や咎めむいつとなく駒なつくめる森の木隠れ　光源氏　**62**

立ち濡るゝ人しもあらじ東屋にうたてもかゝる雨そゝきかな　源典侍　**68**

人妻はあなわづらはし東屋の真屋のあまりも馴れじとぞ思ふ　光源氏　**68**

つゝむめる名や漏り出でん引きかはしかくほころぶる中の衣に　頭中将　**74**

隠れなき物と知る〳〵夏衣きたるを薄き心とぞ見る　光源氏　**74**

うらみても言ふかひぞなき立ちかさね引きて返りし波のなごりに　源典侍　**74**

荒だちし浪に心はさわがねど寄せけむ磯をいかゞうらみぬ　光源氏　**74**

なか絶えばかことやおふとあやふさに縹の帯をとりてだに見ず　光源氏　**76**

君にかく引きとられぬる帯なればかくて絶えぬるなかとかこたむ　頭中将　**76**

尽きもせぬ心の闇に暮るゝかな雲井に人を見るにつけても　光源氏　**82**

花宴巻（8首）

大方に花の姿を見ましかば露も心の置かれましやは　藤壺　**94**

深き夜のあはれを知るも入る月のおぼろけならぬ契りとぞおもふ　光源氏　**96**

うき身世にやがて消えなば尋ねても草の原をば問はじとや思ふ　朧月夜君　**98**

いづれぞと露の宿りを分かむ間に小笹が原に風もこそ吹け　光源氏　**100**

世に知らぬ心ちこそすれ有明の月のゆくへを空にまがへて　光源氏　**104**

わが宿の花しなべての色ならば何かはさらに君を待たまし　右大臣　**110**

梓弓いるさの山にまどふ哉ほの見し月の影や見ゆると　光源氏　**114**

心いる方ならませば弓張りの月なき空にまよはましやは　朧月夜君　**116**

葵巻（24首）

影をのみみたらし河のつれなきに身のうきほどぞいとど知らるゝ　六条御息所　**136**

はかりなき千尋の底の海松ぶさの生ひゆく末はわれのみぞ見む　光源氏　**144**

千尋ともいかでか知らむさだめなく満ち干る潮ののどけからぬに　紫上　**144**

はかなしや人のかざせるあふひゆゑ神のゆるしのけふを待ちける　源典侍　**146**

かざしける心ぞあだに思ほゆる八十氏人になべてあふひを　光源氏　**148**

くやしくもかざしけるかな名のみして人頼めなる草葉ばかりを　源典侍　**148**

袖濡るゝ恋ぢとかつは知りながら下り立つ田子の身づからぞうき　六条御息所　**156**

浅みにや人は下り立つわが方は身もそほつまで深き恋ぢを　光源氏　**158**

なげきわび空に乱るゝわが魂を結びとゞめよしたがへのつま　六条御息所（もののけ）　**166**

上りぬる煙はそれとわかねどもなべて雲ゐのあはれなる哉　光源氏　**180**

限りあれば薄墨衣あさけれど涙ぞ袖をふちとなしける　光源氏　**182**

人の世をあはれときくも露けきにおくるゝ袖を思ひこそやれ　六条御息所　**186**

とまる身も消えしも同じ露の世に心おくらむほどぞはかなき　光源氏　**188**

雨となりしぐるゝ空のうき雲をいづれの方と分きてながめむ　三位中将（頭中将）　**194**

見し人の雨となりにし雲井さへいとゞ時雨にかきくらす比　光源氏　**194**

草枯れのまがきに残るなでしこを別れし秋の形見とぞ見る　光源氏　**196**

いまも見てなか〳〵袖を朽たすかな垣ほ荒れにしやまとなでしこ　大宮　196

わきてこの暮れこそ袖は露けゝれ物おもふ秋はあまた経ぬれど　光源氏　196

秋霧にたちおくれぬと聞きしより時雨る空もいかゞとぞ思ふ　朝顔姫君　198

なき玉*ぞいとゞかなしき寝し床のあくがれがたき心ならひに　光源氏　210

君なくて塵積りぬる常夏の露うち払ひいく夜寝ぬらむ　光源氏　212

あやなくも隔てけるかな夜を重ねさすがになれし夜の衣を　光源氏　222

あまた年けふあらためし色ごろも着ては涙ぞふるこゝちする　光源氏　238

新しき年とも言はずふる物は古りぬる人の涙なりけり　大宮　238

賢木巻（33首）

神垣はしるしの杉もなきものをいかにまがへてをれるさか木ぞ　六条御息所　254

少女子があたりと思へばさか木葉の香をなつかしみとめてこそをれ　光源氏　254

あかつきの別れはいつも露けきをこは世に知らぬ秋の空かな　光源氏　256

大方の秋の別れもかなしきになく音な添へそ野辺の松虫　六条御息所　256

やしまもる国つ御神も心あらば飽かぬ別れの中をことわれ　光源氏　260

国つ神空にことわる中ならばなほざりごとをまづやたゞさむ　女別当（斎宮〈秋好中宮〉の代作）　262

そのかみをけふはかけじと忍ぶれど心の内にものぞかなしき　六条御息所　264

ふり捨てけふはゆくとも鈴鹿河八十瀬の浪に袖は濡れじや　光源氏　264

鈴鹿河八十瀬の波に濡れ〳〵ず伊勢までたれか思ひおこせむ　六条御息所　266

行く方をながめもやらむこの秋は逢坂山を霧な隔てそ　光源氏　266

かげ広みたのみし松や枯れにけん下葉散り行く年の暮れ哉　兵部卿宮(式部卿宮)　274

さえわたる池のかゞみのさやけきに見なれしかげを見ぬぞかなしき　光源氏　274

年暮れて岩井の水もこほりとぢ見し人かげのあせも行くかな　王命婦　274

心から方〳〵袖を濡らすかなあくとをしふる声につけても　朧月夜君　284

嘆きつゝわがよはかくて過ぐせとや胸のあくべき時ぞともなく　光源氏　284

逢ふことのかたきをけふに限らずはいまいく世をか嘆きつゝ経ん　光源氏　296

長き世のうらみを人に残してもかつは心をあだと知らなむ　藤壺　296

浅茅生の露の宿りに君をおきてよもの嵐ぞ静心なき　光源氏　306

風吹けばまづぞ乱るゝ色変はる浅茅が露にかゝるさゝがに　紫上　306

かけまくはかしこけれどもその神*の秋思ほゆる木綿襷かな　光源氏　308

その神*やいかゞはありし木綿襷心にかけてしのぶらんゆゑ　朝顔姫君　308

九重に霧や隔つる雲の上の月をはるかに思ひやるかな　藤壺　320

月影は見し夜の秋に変はらぬを隔つる霧のつらくもあるかな　光源氏　322

木枯らしの吹くにつけつゝ待ちしまにおぼつかなさのころも経にけり　朧月夜君　322

あひ見ずて忍ぶるころの涙をもなべての空の時雨とや見る　光源氏　324

別れにしけふは来れども見し人にゆきあふほどをいつと頼まん　光源氏　326

ながらふるほどはうけれどゆきめぐりけふはその世に遇ふ心ちして　藤壺　326

月のすむ雲井をかけて慕ふともこのよの闇に猶やまどはむ　光源氏　332

大方のうきにつけてはいとへどもいつかこの世を背き果つべき　藤壺　332

ながめかるあまの住みかと見るからにまづしほたるゝ松が浦島　光源氏　338

ありし世のなごりだになき浦島に立ち寄る浪のめづらしきかな　藤壺　338

それもがとけさひらけたる初花におとらぬ君がにほひをぞ見る　三位中将(頭中将)　348

時ならでけさ咲く花は夏の雨にしをれにけらしにほふほどなく　光源氏　348

花散里巻(4首)

をち返りえぞ忍ばれぬほとゝぎすほの語らひし宿の垣根に　光源氏　372

ほとゝぎす言問ふ声はそれなれどあなおぼつかなさみだれの空　中河の女　372

たちばなの香をなつかしみほとゝぎす花散る里を尋ねてぞとふ　光源氏　376

人目なく荒れたる宿はたちばなの花こそ軒のつまとなりけれ　麗景殿女御　376

須磨巻(48首)

鳥戸山燃えし煙もまがふやとあまの塩焼く浦見にぞ行く　光源氏　398

なき人の別れやいとゞ隔たらむ煙となりし雲井ならでは　大宮　400

身はかくてさすらへぬとも君があたり去らぬ鏡の影は離れじ　光源氏　408

別れても影だにとまるものならば鏡を見ても慰めてまし　紫上　408

月影の宿れる袖はせばくともとめても見ばや飽かぬ光を　花散里　412

行きめぐりつひにすむべき月影のしばし曇らむ空なながめそ　光源氏　412

逢ふ瀬なき涙の河に沈みしや流るゝみをのはじめなりけむ　光源氏　414

涙河浮かぶみなわも消えぬべし流れてのちの瀬をも待たずて　朧月夜君　416

見しはなくあるはかなしき世の果てを背きしかひもなく／＼ぞ経る　藤壺　418

別れしにかなしき事は尽きにしをまたぞこの世のうさはまされる　光源氏　418

引き連れて葵かざししそのかみを思へばつらし賀茂の瑞垣　右近将監　420

うき世をばいまぞ別るゝとゞまらむ名をばたゞすの神にまかせて　光源氏　420

なき影やいかゞ見るらむよそへつゝながむる月も雲隠れぬる　光源氏　422

いつかまた春のみやこの花を見ん時うしなへる山がつにして　光源氏　422

咲きてとく散るはうけれど行く春は花のみやこを立ち帰り見よ　王命婦　424

生ける世の別れを知らで契りつゝ命を人に限りけるかな　光源氏　428

をしからぬ命に代へて目の前の別れをしばしとゞめてしかな　紫上　430

唐国に名を残しける人よりもゆくへ知られぬ家居をやせむ　光源氏　430

古里を峰の霞は隔つれどながむる空は同じ雲井か　光源氏　432

松島のあまの苫屋もいかならむ須磨の浦人しほたるゝころ　光源氏　434

懲りずまの浦のみるめのゆかしきを塩焼くあまやいかゞ思はん　光源氏　434

しほたるゝことをやくにて松島に年経るあまもなげきをぞ積む　藤壺　438

浦に焚くあまたにつゝむ恋なればくゆる煙よ行く方ぞなき　朧月夜君　440

浦人のしほくむ袖に比べみよ波路隔つる夜のころもを　紫上　440

うきめ刈る伊勢をの海人を思ひやれ藻塩たるてふ須磨の浦にて　六条御息所　442

伊勢島や潮干の潟に漁りてもいふかひなきは我身なりけり　六条御息所　442

伊勢人の浪の上漕ぐ小舟にもうきめは刈らで乗らましものを　光源氏　444

海人が積むなげきのなかにしほたれていつまで須磨の浦にながめむ　光源氏　444

荒れまさる軒のしのぶをながめつゝしげくも露のかゝる袖かな　花散里　446

恋ひわびてなく音にまがふ浦波は思ふ方より風や吹くらん　光源氏　452

初雁は恋しき人のつらなれや旅の空飛ぶ声のかなしき　光源氏　454

かき連ねむかしのことぞ思ほゆる雁はその世の友ならねども　良清　456

心から常世を捨てゝ鳴く雁を雲のよそにも思ひけるかな　民部大輔（惟光）　456

常世出でゝ旅の空なる雁がねもつらにおくれぬほどぞ慰む　右近将監　456

見るほどぞしばし慰むめぐりあはん月のみやこははるかなれども　光源氏　458

うしとのみひとへにものは思ほえでひだりみぎにも濡るゝ袖かな　光源氏　458

琴の音に引きとめらるゝ綱手縄たゆたふ心君知るらめや　筑紫五節　462

心ありて引き手の綱のたゆたはゞうち過ぎましや須磨の浦浪　光源氏　462

山がつのいほりに焚けるしばしばも言問ひ来なん恋ふるさと人　光源氏　466

いづかたの雲路に我もまよひなむ月の見るらむこともはづかし　光源氏　468

友千鳥もろ声に鳴くあか月*はひとり寝覚めの床も頼もし　光源氏　468

いつとなく大宮人の恋しきに桜かざししけふも来にけり　光源氏　476

古里をいづれの春か行きて見んうらやましきは帰る雁がね　光源氏　480

飽かなくにかりの常世を立ち別れ花のみやこに道やまどはむ　三位中将（頭中将）　480

雲近く飛びかふ鶴も空に見よ我は春日のくもりなき身ぞ　光源氏　482

たづかなき雲井にひとりねをぞ泣くつばさ並べし友を恋ひつゝ　三位中将（頭中将）　482

知らざりし大海の原に流れきてひとかたにやはものはかなしき　光源氏　484

やほよろづ神もあはれと思ふらむをかせる罪のそれとなければ　光源氏　484

明石巻（30首）

浦風やいかに吹くらむ思ひやる袖うち濡らし波間なきころ　紫上　500

海にます神の助けにかゝらずは潮のやほあひにさすらへなまし　光源氏　508

はるかにも思ひやるかな知らざりし浦よりをちに浦づたひして　光源氏　522

あはと見る淡路の島のあはれさへ残るくまなく澄める夜の月　光源氏　528

ひとり寝は君も知りぬやつれ〴〵と思ひあかしのうらさびしさを　明石入道　540

旅ごろもうらがなしさに明かしかね草の枕は夢も結ばず　光源氏　542

をちこちも知らぬ雲居にながめわびかすめし宿の木ずゑをぞ問ふ　光源氏　542

ながむらん同じ雲居をながむるは思ひも同じ思ひなるらむ　明石入道　544

いぶせくも心にものをなやむかなやよやいかにと問ふ人もなみ　光源氏　546

思ふらん心のほどややよいかにまだ見ぬ人の聞きかなやまむ　明石君　546

秋の夜の月げの駒よわが恋ふる雲居をかけれ時の間も見ん　光源氏　556

むつごとを語りあはせむ人もがなうき世の夢もなかば覚むやと　光源氏　558

明けぬ夜にやがてまどへる心にはいづれを夢とわきて語らむ　明石君　558

しほ〳〵とまづぞ泣かるゝかりそめのみるめは海人のすさびなれども　光源氏　564

うらなくも思ひけるかな契りしを松より波は越えじ物ぞと　紫上　564

このたびは立ち別るとも藻塩焼く煙は同じ方になびかむ　光源氏　572

かき集めて海人の焚く藻の思ひにもいまはかひなきうらみだにせじ　明石君　572

猶ざりに頼めおくめるひとことを尽きせぬ音にやかけてしのばん　明石君　574

逢ふまでのかたみに契る中の緒の調べはことに変はらざらなむ　光源氏　576

うち捨てて立つもかなしき浦波のなごりいかにと思ひやるかな　光源氏　576

年経つる苫屋も荒れてうき波の返るかたにや身をたぐへまし　明石君　576

寄る波にたちかさねたる旅衣しほどけしとや人のいとはむ　明石君　578

かたみにぞ替ふべかりける逢ふことの日数隔てん中のころもを　光源氏　578

世をうみにこゝらしほじむ身と成りて猶この岸をえこそ離れね　明石入道　580

宮こ出でし春の嘆きにおとらめや年経る浦をわかれぬる秋　光源氏　580

わたつ海にしなえうらぶれ蛭の子の脚立たざりし年は経にけり　光源氏　588

宮柱めぐりあひける時しあれば別れし春のうらみのこすな　朱雀帝　588

嘆きつゝあかしの浦に朝霧の立つやと人を思ひやるかな　光源氏　590

須磨の浦に心を寄せし舟人のやがて朽たせる袖を見せばや　筑紫五節　590

帰りてはかことやせまし寄せたりしなごりに袖の干がたかりしを　光源氏　590

第三冊

澪標巻（17首）

かねてより隔てぬ中とならはねど別れはをしき物にぞありける　光源氏　30

うちつけの別れををしむかことにて思はむ方に慕ひやはせぬ
明石姫君の乳母（宣旨の娘）　30

いつしかも袖うちかけむをとめ子が世を経て撫づる岩の生ひ先　光源氏　32

ひとりして撫づるは袖のほどなきに覆ふばかりの陰をしぞ待つ　明石君　34

思ふどちなびく方にはあらずともわれぞ煙に先立ちなまし　紫上　38

たれにより世をうみ山に行きめぐり絶えぬ涙に浮き沈む身ぞ　光源氏　38

海松や時ぞともなき陰にゐて何のあやめもいかに分くらむ　光源氏　40

数ならぬみ島隠れに鳴く鶴をけふもいかにと問ふ人ぞなき　明石君　44

水鶏だにおどろかさずはいかにして荒れたる宿に月を入れまし　花散里　48

おしなべて叩く水鶏におどろかばうはの空なる月もこそ入れ　光源氏　48

住吉の松こそものはかなしけれ神世のことをかけて思へば　惟光　60

荒かりし波のまよひに住吉の神をばかけて忘れやはする　光源氏　60

みをつくし恋ふるしるしにこゝまでもめぐりあひけるえには深しな　光源氏　62

数ならでなにはのこともかひなきになどみをつくし思ひそめけむ　明石君　62

露けさのむかしに似たる旅ごろも田蓑の島の名には隠れず　光源氏　64

降り乱れ隙なき空に亡き人の天翔るらむ宿ぞかなしき　光源氏　78

消えがてにふるぞかなしきかきくらしわが身それとも思ほえぬ世に　前斎宮（秋好中宮）　80

蓬生巻（6首）

絶ゆまじき筋を頼みし玉かづら思ひのほかにかけ離れぬる　末摘花　128

玉かづら絶えてもやまじゆく道の手向の神もかけて誓はむ　侍従の君　128

亡き人を恋ふる袂のひまなきに荒れたる軒の雫さへ添ふ　末摘花　136

尋ねてもわれこそ問はめ道もなく深き蓬のもとの心を　光源氏　142

藤波のうち過ぎがたく見えつるは松こそ宿のしるしなりけれ　光源氏　146

年を経て待つしるしなきわが宿を花のたよりに過ぎぬばかりか　末摘花　146

関屋巻（3首）

行くと来とせきとめがたき涙をや絶えぬ清水と人は見るらむ　空蟬　164

わくらばに行きあふ道を頼みしも猶かひなしや潮ならぬ海　光源氏　166

逢坂の関やいかなる関なればしげき嘆きの中を分くらん　空蟬　166

絵合巻（9首）

別れ路に添へし小櫛をかことにてはるけき中と神や諫めし　朱雀院　178

別るとてはるかに言ひし一言もかへりてものはいまぞかなしき　前斎宮（秋好中宮）　180

ひとりゐて嘆きしよりは海人の住むかたをかくてぞ見るべかりける　紫上　192

うきめ見しそのをりよりもけふはまた過ぎにしかたに返る涙か　光源氏　192

伊勢の海の深き心をたどらずて古りにしあとゝ波や消つべき　平典侍　198

雲の上に思ひ上れるこゝろにはちひろの底もはるかにぞ見る　大弐典侍　198

みるめこそうら古りぬらめ年経にし伊勢をの海人の名をや沈めむ　藤壺　198

身こそかく標のほかなれそのかみの心の内を忘れしもせず　朱雀院　202

標の内はむかしにあらぬこゝちして神代の事もいまぞ恋しき　斎宮女御（秋好中宮）　202

松風巻（16首）

行く先をはるかに祈る別れ路に絶えぬは老いの涙なりけり　明石入道　234

もろともにみやこは出できこのたびやひとり野中の道にまどはん　明石尼君　234

いきてまたあひ見むことをいつとてか限りも知らぬ世をば頼まむ　明石君　234

かの岸に心寄りにしあま舟の背きしかたに漕ぎ返る哉　明石尼君　240

いく返り行きかふ秋を過ぐしつゝうき木に乗りてわれ返るらん　明石君　240

身を変へてひとり返れる山里に聞きしに似たる松風ぞ吹く　明石尼君　242

古里に見し世の友を恋ひわびてさへづることをたれか分くらん　明石君　242

住みなれし人はかへりてたどれども清水は宿のあるじ顔なる　明石尼君　250

いさらゐははやくのことも忘れじをもとのあるじや面変はりせる　光源氏　250

契りしに変はらぬことの調べにて絶えぬ心のほどは知りきや　光源氏　252

変はらじと契りしことを頼みにて松の響きに音を添へしかな　明石君　252

月のすむ川のをちなる里なれば桂のかげはのどけかるらむ　冷泉帝　262

ひさかたの光に近き名のみしてあさゆふ霧も晴れぬ山里　光源氏　264

めぐり来て手にとるばかりさやけきや淡路の島のあはと見し月　光源氏　264

うき雲にしばしまがひし月かげのすみ果つるよぞのどけかるべき　頭中将　264

雲の上の住みかを捨てゝよはの月いづれの谷に影隠しけむ　左大弁　266

薄雲巻（10首）

雪深み深山の道は晴れずとも猶ふみ通へあと絶えずして　明石君　290

雪間なき吉野の山を尋ねても心の通ふあと絶えめやは　明石姫君の乳母（宣旨の娘）　290

末とほき二葉の松に引きわかれいつか木高き陰を見るべき　明石君　292

生ひそめし根も深ければ武隈の松に小松の千代を並べん　光源氏　294

舟とむるをちかた人のなくはこそあす帰り来むせなと待ちみめ　紫上　302

行きてみてあすもさね来む中〳〵にをちかた人は心おくとも　光源氏　302

入り日さす峰にたなびく薄雲はもの思ふ袖に色やまがへる　光源氏　318

君もさはあはれをかはせ人知れずわが身に染むる秋の夕風　光源氏　344

いざりせし影忘られぬ篝火は身のうき舟や慕ひきにけん　明石君　352

あさからぬ下の思ひを知らねばや猶篝火の影はさわげる　光源氏　352

朝顔巻（13首）

人知れず神のゆるしを待ちしまにこゝらつれなき世を過ぐすかな　光源氏　368

なべて世のあはればかりを問ふからに誓ひしことゝ神や諫めむ　朝顔姫君　368

見しをりの露忘られぬ朝顔の花の盛りは過ぎやしぬらん　光源氏　372

秋果てて霧のまがきに結ぼほれあるかなきかにうつる朝顔　朝顔姫君　372

いつのまに蓬がもとと結ぼほれ雪ふる里と荒れし垣根ぞ　光源氏　382

年ふれどこの契りこそ忘られね親の親とか言ひし一言　源典侍　388

身を変へて後も待ちみよこの世にて親を忘るゝためしありやと　光源氏　388

つれなさをむかしに懲りぬ心こそ人のつらきに添へてつらけれ　光源氏　390

あらためて何かは見えむ人の上にかゝりと聞きし心変はりを　朝顔姫君　390

こほりとぢ石間の水はゆきなやみ空すむ月の影ぞ流るゝ　紫上　406

かき集めてむかし恋しき雪もよにあはれを添ふる鴛鴦の浮き寝か　光源氏　406

とけて寝ぬ寝覚めさびしき冬の夜に結ぼほれつる夢の短さ　光源氏　408

亡き人を慕ふ心にまかせても影見ぬみつの瀬にやまどはむ　光源氏　410

少女巻（16首）

かけきやは川瀬の波も立ち返り君が御禊のふぢのやつれを　光源氏　418

第四冊

玉鬘巻(14首)

舟人もたれを恋ふとか大島のうらがなしげに声の聞こゆる　夕顔の乳母の娘たち(姉おもと、兵部君)　22

来し方も行くへも知らぬ沖に出でてあはれいづくに君を恋ふらん　同右　22

君にもし心たがはば松浦なる鏡の神をかけて誓はむ　大夫監　36

年を経て祈る心のたがひなば鏡の神をつらしとや見む　夕顔の乳母　36

うき嶋を漕ぎ離れても行く方やいづくとまりと知らずもあるかな　兵部君　42

行く先も見えぬ浪路に舟出して風にまかする身こそうきたれ　玉鬘　42

うきことに胸のみさわぐ響きには響の灘もさはらざりけり　夕顔の乳母　42

二本の杉の立ちどを尋ねずは古河のべに君を見ましや　右近　74

初瀬河はやくの事は知らねどもけふの逢ふ瀬に身さへながれぬ　玉鬘　74

知らずとも尋ねて知らむ三島江に生ふる三稜の筋は絶えじを　光源氏　88

数ならぬ三稜や何の筋なればうきにしもかく根をとゞめけむ　玉鬘　92

恋ひわたる身はそれなれど玉かづらいかなる筋を尋ね来つらむ　光源氏　106

着てみればうらみられけり唐衣返しやりてん袖を濡らして　末摘花　116

返さむといふにつけても片敷の夜の衣を思ひこそやれ　光源氏　120

初音巻（6首）

薄氷とけぬる池の鏡には世に曇りなき影ぞ並べる　光源氏　134

曇りなき池の鏡によろづ代をすむべき影ぞしるく見えける　紫上　134

年月をまつに引かれてふる人にけふ鶯の初音聞かせよ　明石君　134

引きわかれ年は経れども鶯の巣立ちし松の根を忘れめや　明石姫君（明石中宮）　136

めづらしや花のねぐらに木伝ひて谷の古巣を問へる鶯　明石君　142

古里の春の梢に尋ねきて世の常ならぬ花を見るかな　光源氏　152

胡蝶巻（14首）

風吹けば波の花さへ色見えてこや名に立てる山吹の崎　秋好中宮方女房　172

春の池や井手の川瀬にかよふらん岸の山吹底もにほへり　同右　174

亀の上の山も尋ねじ舟の内に老いせぬ名をばこゝに残さむ　同右　174

春の日のうらゝにさしてゆく舟はさをの雫も花ぞ散りける　同右　174

紫のゆゑに心を染めたればふちに身投げん名やはをしけき　蛍宮　178

ふちに身を投げつべしやとこの春は花のあたりを立ち去らで見よ　光源氏　178

花園の胡蝶をさへや下草に秋まつ虫は疎く見るらむ　紫上　182

こてふにも誘はれなまし心ありて八重山吹を隔てざりせば　秋好中宮　184

思ふとも君は知らじなわき返り岩漏る水に色し見えねば　柏木　190

籬の内に根深く植ゑし竹の子のおのが世ゝにや生ひわかるべき　光源氏　200

いまさらにいかならむ世か若竹の生ひはじめけ
　む根をば尋ねん　玉鬘　200

橘のかをりし袖によそふれば変はれる身とも
　思ほえぬかな　光源氏　206

袖の香をよそふるからに橘の実さへはかなくな
　りもこそすれ　玉鬘　208

うちとけてねも見ぬものを若草のことあり顔に
　結ぼほるらむ　光源氏　216

蛍巻（8首）

なく声も聞こえぬ虫の思ひだに人の消つには消
　ゆるものかは　蛍宮　234

声はせで身をのみこがす蛍こそ言ふよりまさる
　思ひなるらめ　玉鬘　234

けふさへや引く人もなき水隠れに生ふるあやめ
　のねのみなかれん　蛍宮　240

あらはれていとゞ浅くも見ゆるかなあやめもわ
　かずなかれけるねの　玉鬘　240

その駒もすさめぬ草と名に立てる汀のあやめけ
　ふや引きつる　花散里　248

にほどりに影を並ぶる若駒はいつかあやめに引
　き別るべき　光源氏　248

思ひあまりむかしのあとを尋ぬれど親に背ける
　子ぞたぐひなき　光源氏　258

古きあとを尋ぬれどげになかりけりこの世に
　かゝる親の心は　玉鬘　258

常夏巻（4首）

なでしこのとこなつかしき色を見ばもとの垣根
　を人や尋ねむ　光源氏　294

山がつの垣ほに生ひしなでしこのもとの根ざし
　をたれか尋ねん　玉鬘　296

草若み常陸の浦のいかゞ崎いかであひ見ん田子
　の浦波　近江君　326

常陸なる駿河の海の須磨の浦に波立ち出でよ箱
　崎の松　中納言君（弘徽殿女御の代作）　330

篝火巻（2首）

篝火に立ち添ふ恋の煙こそ世には絶えせぬほのほなりけれ　光源氏　340

行くへなき空に消ちてよ篝火のたよりにたぐふ煙とならば　玉鬘　340

野分巻（4首）

大方にをぎの葉過ぐる風のおともうき身ひとつに染む心ちして　明石君　376

吹き乱る風のけしきにをみなへししをれしぬべき心ちこそすれ　玉鬘　382

下露になびかましかばをみなへし荒き風にはしをれざらまし　光源氏　382

風さわぎむら雲まがふ夕にも忘るゝ間なく忘られぬ君　夕霧　388

行幸巻（9首）

雪深き小塩の山に立つ雉の古き跡をもけふは尋ねよ　冷泉帝　404

小塩山みゆき積れる松原にけふばかりなる跡やなからむ　光源氏　404

うち霧らし朝曇りせしみ雪にはさやかに空の光やは見し　玉鬘　406

あかねさす光は空に曇らぬをなどてみ雪に目を霧らしけむ　光源氏　408

ふた方に言ひもてゆけば玉くしげわが身離れぬ懸籠なりけり　大宮　440

我身こそ恨みられけれ唐衣君が袂に馴れずと思へば　末摘花　446

唐衣又から衣からころもかへす〳〵もから衣なる　光源氏　446

うらめしや興津*玉藻をかづくまで磯隠れける海人の心よ　内大臣（頭中将）　450

寄るべなみかゝる渚にうち寄せて海人も尋ねぬ藻屑とぞ見し　光源氏　450

藤袴巻（8首）

同じ野の露にやつるゝ藤袴あはれはかけよかことばかりも　夕霧　480

尋ぬるにはるけき野辺の露ならば薄紫やかことならまし　玉鬘　482

妹背山深き道をば尋ねずて緒絶の橋にふみまよひける　柏木　498

まどひける道をば知らず妹背山たど〳〵しくぞたれもふみみし　玉鬘　500

数ならばいとひもせまし長月に命をかくるほどぞはかなき　鬚黒　504

朝日さす光を見ても玉笹の葉分けの霜を消たずもあらなむ　蛍宮　504

忘れなむと思ふも物のかなしきをいかさまにしていかさまにせむ　左兵衛督　506

心もて光に向かふ葵だに朝おく霜をおのれやは消つ　玉鬘　506

真木柱巻（21首）

下り立ちて汲みはみねども渡り川人の瀬とはた契らざりしを　光源氏　524

みつせ川渡らぬさきにいかでなほ涙の澪のあわと消えなん　玉鬘　526

心さへ空に乱れし雪もよにひとり冴えつる片敷の袖　鬚黒　548

ひとりゐてこがるゝ胸の苦しきに思ひあまれるほのほとぞ見し　木工の君　550

うきことを思ひさわげばさま〴〵にくゆる煙ぞいとゞ立ち添ふ　鬚黒　550

いまはとて宿離れぬとも馴れ来つる真木の柱はわれを忘るな　真木柱　560

馴れきとは思ひ出づとも何により立ちとまるべき真木の柱ぞ　鬚黒の北の方　560

浅けれど石間の水はすみ果てて宿もる君やかけ離るべき　中将のおもと　560

ともかくも岩間の水の結ぼほれかけとむべくも思ほえぬ世を　木工の君　560

深山木に羽うちかはしゐる鳥のまたなくねたき春にもあるかな　蛍宮　580

などてかく灰あひがたき紫を心に深く思ひそめけむ　冷泉帝　582

いかならん色とも知らぬ紫を心してこそ人は染めけれ　玉鬘　582

九重にかすみ隔てば梅の花たゞかばかりも匂ひ来じとや　冷泉帝　586

かばかりは風にもつてよ花の枝にたち並ぶべきにほひなくとも　玉鬘　586

かきたれてのどけき比の春雨にふるさと人をいかにしのぶや　光源氏　592

ながめする軒の雫に袖濡れてうたかた人をしのばざらめや　玉鬘　592

思はずにゐ手の中道隔つとも言はでぞ恋ふる山吹の花　光源氏　596

同じ巣にかへりしかひの見えぬかないかなる人か手ににぎるらん　光源氏　598

巣隠れて数にもあらぬかりのこをいづ方にかは取り隠すべき　髭黒　600

興津*舟寄るべなみ路にたゞよはばさをさし寄らむとまり教へよ　近江君　606

寄るべなみ風のさわがす舟人も思はぬ方に磯づたひせず　夕霧　608

第五冊

梅枝巻（11首）

花の香は散りにし枝にとまらねど移らむ袖に浅く染まめや　朝顔姫君　20

花の枝にいとゞ心を染むるかな人の咎めん香をばつゝめど　光源氏　20

鶯の声にやいとゞあくがれん心染めつる花の
あたりに　蛍宮　28

色も香も移るばかりにこの春は花咲く宿を離れ
ずもあらなん　光源氏　30

鶯のねぐらの枝もなびくまでなほ吹きとほせ夜
半の笛竹　柏木　30

心ありて風の避くめる花の木にとりあへぬまで
吹きや寄るべき　夕霧　30

霞だに月と花とを隔てずはねぐらの鳥もほころ
びなまし　弁少将（紅梅）　30

花の香をえならぬ袖に移しもてことあやまりと
妹や咎めむ　蛍宮　30

めづらしと古里人も待ちぞ見む花の錦を着て帰
る君　光源氏　32

つれなさはうき世のつねになりゆくを忘れぬ人
や人にことなる　夕霧　58

限りとて忘れがたきを忘るゝもこや世になびく
心なるらむ　雲居雁　58

藤裏葉巻（20首）

わが宿の藤の色濃きたそかれに尋ねやは来ぬ春
のなごりを　内大臣（頭中将）　70

中〳〵に折りやまどはむ藤の花たそかれどきの
たど〳〵しくは　夕霧　70

紫にかことはかけむ藤の花まつより過ぎてうれ
たけれども　内大臣（頭中将）　80

幾返り露けき春を過ぐしきて花の紐とくをりに
遇ふらん　夕霧　80

たをやめの袖にまがへる藤の花見る人からや色
もまさらむ　柏木　80

浅き名を言ひながしける川口はいかゞ漏らしし
関の荒垣　雲居雁　86

もりにけるくきたの関を川口の浅きにのみはお
ほせざらなん　夕霧　86

咎むなよ忍びにしぼる手もたゆみけふあらは
るゝ袖の雫を　夕霧　88

何とかやけふのかざしよかつ見つゝおぼめくまでもなりにけるかな　夕霧　98

かざしてもかつたどらるゝ草の名は桂ををりし人や知るらん　藤典侍　98

浅緑若葉の菊を露にても濃き紫の色とかけきや　夕霧　110

二葉より名立たる園の菊なれば浅き色分く露もなかりき　雲居雁の乳母（大輔乳母）　110

なれこそは岩漏るあるじ見し人のゆくへは知るや宿の真清水　夕霧　112

なき人の影だに見えずつれなくて心をやれるいさらゐの水　雲居雁　112

そのかみの老い木はむべも朽ちぬらむ植ゑし小松も苔生ひにけり　父大臣（頭中将）　114

いづれをも陰とぞ頼む二葉より根ざしかはせる松の末〳〵　夕霧の乳母（宰相の君）　114

色まさるまがきの菊もをり〳〵に袖うちかけし秋を恋ふらし　光源氏　118

紫の雲にまがへる菊の花濁りなき世の星かとぞ見る　太政大臣（頭中将）　118

秋を経て時雨ふりぬる里人もかゝる紅葉のをりをこそ見ね　朱雀院　120

世の常の紅葉とや見るいにしへのためしに引ける庭の錦を　冷泉帝　120

若菜上巻（24首）

さしながらむかしをいまに伝ふれば玉の小櫛ぞ神さびにける　秋好中宮　178

さしつぎに見る物にもがよろづ世をつげの小櫛の神さぶるまで　朱雀院　178

若葉さす野辺の小松を引き連れてもとの岩根を祈るけふかな　玉鬘　202

小松原末の齢に引かれてや野辺の若菜も年をつむべき　光源氏　202

目に近く移れば変はる世の中を行く末とほく頼みけるかな　紫上　214

命こそ絶ゆとも絶えめ定めなき世の常ならぬ中の契りを　光源氏　214
中道を隔つるほどはなけれども心乱るゝけさのあは雪　光源氏　226
はかなくてうはの空にぞ消えぬべき風にたゞよふ春のあは雪　女三宮　228
背きにしこの世にのこる心こそ入る山道の絆なりけれ　朱雀院　234
背く世のうしろめたくはさりがたき絆をしひてかけな離れそ　紫上　234
年月を中に隔てて逢坂のさもせきがたく落つる涙か　光源氏　244
涙のみせきとめがたきに清水にて行きあふ道ははやく絶えにき　朧月夜君　244
沈みしも忘れぬものを懲りずまに身も投げつべき宿の藤波　光源氏　250
身を投げんふちもまことのふちならでかけじやさらに懲りずまの浪　朧月夜君　250

身に近く秋や来ぬらん見るまゝに青葉の山も移ろひにけり　紫上　260
水鳥の青葉は色も変はらぬを萩の下こそけしきことなれ　光源氏　260
老の波かひある浦に立ち出でてしほたるゝあまをたれか咎めむ　明石尼君　290
しほたるゝあまを浪路のしるべにて尋ねも見ばや浜の苫屋を　明石女御(明石中宮)　292
世を捨てて明石の浦にすむ人も心の闇ははるけしもせじ　明石君　292
光出でんあか月近くなりにけりいまぞ見し世の夢語りする　明石入道　304
いかなれば花に木伝ふ鶯の桜を分きてねぐらとはせぬ　柏木　362
深山木にねぐら定むるはこ鳥もいかでか花の色に飽くべき　夕霧　362
よそに見てをらぬ嘆きはしげれどもなごり恋しき花の夕かげ　柏木　364

いまさらに色にな出でそ山桜およばぬ枝に心かけきと　小侍従　368

若菜下巻（18首）

恋ひわぶる人のかたみと手馴らせばなれよ何とて鳴く音なるらむ　柏木　392

たれか又心を知りて住吉の神世を経たる松に言問ふ　光源氏　416

住の江を生けるかひある渚とは年経るあまもけふや知るらん　明石尼君　416

むかしこそまづ忘られね住吉の神のしるしを見るにつけても　明石尼君　416

住の江の松に夜深く置く霜は神のかけたる木綿鬘かも　紫上　418

神人の手に取り持たる榊葉に木綿掛け添ふる深き夜の霜　明石女御（明石中宮）　418

祝り子が木綿うちまがひおく霜はげにいちしるき神のしるしか　中務　418

おきてゆく空も知られぬ明けぐれにいづくの露のかゝる袖なり　柏木　518

明けぐれの空にうき身は消えななん夢なりけりと見てもやむべく　女三宮　520

くやしくぞつみをかしけるあふひ草神のゆるせるかざしならぬに　柏木　524

もろかづら落葉を何に拾ひけむ名はむつましきかざしなれども　柏木　526

わが身こそあらぬさまなれそれながら空おぼれする君は君也　六条御息所（死霊）　532

消えとまるほどやは経べきたまさかに蓮の露のかゝる許を　紫上　548

契りおかむこの世ならでも蓮葉に玉ゐる露の心隔つな　光源氏　548

夕露に袖濡らせとやひぐらしの鳴くを聞く〳〵おきて行くらむ　女三宮　556

待つ里もいかゞ聞くらんかた〳〵に心さわがすひぐらしの声　光源氏　556

あまの世をよそに聞かめや須磨の浦に藻塩たれしもたれならなくに　光源氏 578

あま舟にいかゞは思ひおくれけん明石の浦にいざりせし君　朧月夜君 580

第六冊

柏木巻(11首)

いまはとて燃えむ煙も結ぼほれ絶えぬ思ひのなほや残らむ　柏木 20

立ち添ひて消えやしなましうきことを思ひ乱るゝ煙比べに　女三宮 28

行くへなき空の煙となりぬとも思ふあたりを立ちは離れじ　柏木 30

たが世にか種はまきしと人問はばいかゞいはねの松は答へん　光源氏 82

時しあれば変はらぬ色ににほひけりかたへ枯れにし宿の桜も　夕霧 96

この春は柳の芽にぞ玉はぬく咲き散る花の行くへ知らねば　一条御息所 98

木の下の雫に濡れてさかさまに霞の衣着たる春かな　致仕大臣(頭中将) 102

亡き人も思はざりけんうち捨てて夕べの霞君着たれとは　夕霧 102

うらめしや霞の衣たれ着よと春よりさきに花の散りけん　右大弁(紅梅) 102

ことならば馴らしの枝に馴らさなむ葉守の神のゆるしありきと　夕霧 106

柏木に葉守の神はまさずとも人馴らすべき宿の梢か　落葉宮 106

横笛巻(8首)

世を別れ入りなむ道はおくるとも同じところを君も尋ねよ　朱雀院 120

うき世にはあらぬところのゆかしくて背く山路に思ひこそ入れ　女三宮 122

うき節も忘れずながら呉竹のこは捨てがたき物にぞありける　光源氏 128

ことに出でて言はぬも言ふにまさるとは人にはぢたるけしきをぞ見る　夕霧 136

深き夜のあはればかりは聞き分けどこと寄り顔にえやは弾きける　落葉宮 136

露しげき葎の宿にいにしへの秋に変はらぬ虫の声かな　一条御息所 140

横笛の調べはことに変はらぬをむなしくなりし音こそ尽きせね　夕霧 140

笛竹に吹き寄る風のことならば末の世長き音に伝へなむ　柏木（亡霊） 144

鈴虫巻（6首）

蓮葉を同じ台と契りおきて露の別るゝけふぞかなしき　光源氏 174

隔てなく蓮の宿を契りても君が心やすまじとすらむ　女三宮 174

大方の秋をばうしと知りにしをふり捨てがたき鈴虫の声　女三宮 182

心もて草の宿りをいとへどもなほ鈴虫の声ぞふりせぬ　光源氏 184

雲の上をかけ離れたる住みかにももの忘れせぬ秋の夜の月　冷泉院 188

月影は同じ雲居に見えながらわが宿からの秋ぞ変はれる　光源氏 188

夕霧巻（26首）

山里のあはれを添ふる夕霧に立ち出でん空もなき心ちして　夕霧 224

山がつのまがきをこめて立つ霧も心そらなる人はとゞめず　落葉宮 224

われのみやうき世を知れるためしにて濡れ添ふ袖の名を朽たすべき　落葉宮 234

大方はわれ濡れ衣を着せずとも朽ちにし袖の名やは隠るゝ　夕霧 236

をぎはらや軒端の露にそほちつゝ八重立つ霧を分けぞゆくべき　夕霧　240

分けゆかむ草葉の露をかことにてなほ濡れ衣をかけんとや思ふ　落葉宮　240

たましひをつれなき袖にとゞめおきてわが心からまどはるゝかな　夕霧　246

せくからに浅さぞ見えん山河の流れての名をつゝみ果てずは　夕霧　264

女郎花しをるゝ野辺をいづことて一夜ばかりの宿を借りけむ　一条御息所　266

秋の野の草のしげみは分けしかどかり寝の枕結びやはせし　夕霧　280

あはれをもいかに知りてか慰めむあるや恋しき亡きやかなしき　雲居雁　302

いづれとか分きてながめん消え返る露も草葉の上と見ぬ世を　夕霧　304

里とほみ小野の篠原分けて来てわれもしかこそ声もをしまね　夕霧　312

藤衣露けき秋の山人は鹿の鳴く音に音をぞ添へつる　小少将君　312

見し人の影すみ果てぬ池水にひとり宿もる秋の夜の月　夕霧　314

いつとかはおどろかすべき明けぬ夜の夢覚めてとか言ひし一言　夕霧　316

朝夕に泣く音を立つる小野山は絶えぬ涙やおとなしの滝　落葉宮　318

上りにし峰の煙に立ちまじり思はぬ方になびかずもがな　落葉宮　334

恋しさの慰めがたきかたみにて涙に曇る玉の箱かな　落葉宮　334

うらみわび胸あきがたき冬の夜にまた鎖しまさる関の岩門　夕霧　342

なるゝ身をうらむるよりは松島のあまの衣に裁ちやかへまし　雲居雁　356

松島のあまの濡れ衣なれぬとて脱ぎかへつてふ名を立ためやは　夕霧　356

契りあれや君を心にとゞめおきてあはれと思ふ
うらめしと聞く　致仕大臣（頭中将）　376

なにゆゑか世に数ならぬ身ひとつをうしとも思
ひかなしとも聞く　落葉宮　378

数ならば身に知られまし世のうさを人のために
も濡らす袖かな　藤典侍　380

人の世のうきをあはれと見しかども身に替へん
とは思はざりしを　雲居雁　380

御法巻（12首）

をしからぬこの身ながらも限りとて薪尽きなん
ことのかなしさ　紫上　394

薪こる思ひはけふをはじめにてこの世に願ふ法
ぞはるけき　明石君　394

絶えぬべき御法ながらぞ頼まるゝ世ゝにと結ぶ
中の契りを　紫上　398

結びおく契りは絶えじ大方の残り少なき御法な
りとも　花散里　398

おくと見る程ぞはかなきともすれば風に乱るゝ
萩の上露　紫上　408

やゝもせば消えをあらそふ露の世におくれ先立
つ程経ずもがな　光源氏　408

秋風にしばしとまらぬ露の世をたれか草葉の上
とのみ見ん　明石中宮　408

いにしへの秋の夕の恋しきにいまはと見えし明
けぐれの夢　夕霧　422

いにしへの秋さへいまの心ちして濡れにし袖に
露ぞおき添ふ　致仕大臣（頭中将）　424

露けさはむかしいまとも思ほえず大方秋の夜こ
そつらけれ　光源氏　426

枯れ果つる野辺をうしとや亡き人の秋に心を
とゞめざりけん　秋好中宮　428

上りにし雲居ながらも返り見よ我秋果てぬ常な
らぬ世に　光源氏　428

幻巻(26首)

わが宿は花もてはやす人もなし何にか春の尋ね
来つらん　光源氏　436

香をとめて来つるかひなく大方の花のたよりと
言ひやなすべき　蛍宮　436

うき世には雪消えなんと思ひつゝ思ひのほかに
なほぞ程ふる　光源氏　442

植ゑて見し花のあるじもなき宿に知らず顔にて
来ゐる鶯　光源氏　448

いまはとて荒らしや果てん亡き人の心とどめし
春の垣根を　光源氏　452

なく〳〵も帰りにしかなかりの世はいづこもつ
ひの常世ならぬに　光源氏　462

雁がゐし苗代水の絶えしより映りし花のかげを
だに見ず　明石君　462

夏衣裁ちかへてけるけふばかり古き思ひもすゞ
みやはせぬ　花散里　464

羽衣の薄きに変はるけふよりは空蟬の世ぞい
とゞかなしき　光源氏　464

さもこそは寄るべの水に水草ゐめけふのかざし
よ名さへ忘るゝ　中将君　466

大方は思ひ捨ててし世なれどもあふひは猶やつ
みをかすべき　光源氏　466

亡き人をしのぶるよひのむら雨に濡れてや来つ
る山ほとゝぎす　光源氏　472

ほとゝぎす君につてなんふるさとの花たち花は
いまぞ盛りと　夕霧　472

つれ〳〵と我なき暮らす夏の日をかことがまし
き虫の声哉　光源氏　474

夜を知る蛍を見てもかなしきは時ぞともなき思
ひなりけり　光源氏　474

七夕の逢ふ瀬は雲のよそに見て別れの庭に露ぞ
おき添ふ　光源氏　476

君恋ふる涙はきはもなき物をけふをば何の果て
といふらん　中将君　476

人恋ふる我身も末になりゆけど残り多かる涙なりけり　光源氏　476

もろともにおきゐし菊の白露もひとり袂にかゝる秋かな　光源氏　476

大空をかよふまぼろし夢にだに見えこぬ玉*のゆくへ尋ねよ　光源氏　478

宮人は豊の明と急ぐけふ日影も知らで暮らしつるかな　光源氏　478

死出の山越えにし人を慕ふとて跡を見つゝも猶まどふかな　光源氏　482

かき集めて見るもかひなし藻塩草同じ雲居の煙とをなれ　光源氏　482

春までの命も知らず雪の内に色づく梅をけふかざしてん　光源氏　484

千世の春見るべき花と祈りおきてわが身ぞ雪とともにふりぬる　導師　484

物思ふと過ぐる月日も知らぬまに年もわが世もけふや尽きぬる　光源氏　486

第七冊

匂兵部卿巻（1首）

おぼつかな誰に問はましいかにしてはじめも果ても知らぬ我身ぞ　薫　24

紅梅巻（4首）

心ありて風のにほはす園の梅にまづ鶯の問はずやあるべき　紅梅　68

花の香に誘はれぬべき身なりせば風のたよりを過ぐさましやは　匂宮　74

もとつ香のにほへる君が袖触れば花もえならぬ名をや散らさむ　紅梅　76

花の香をにほはす宿にとめゆかば色にめづとや人の咎めん　匂宮　76

竹河巻(24首)

をりてみばいとゞ匂ひもまさるやとすこし色めけ梅の初花　(玉鬘邸の)宰相の君　106

よそにてはもぎ木なりとや定むらんしたにゝほへる梅の初花　薫　106

人はみな花に心を移すらむひとりぞまどふ春の夜の闇　蔵人少将　114

をりからやあはれも知らむ梅の花たゞかばかりに移りしもせじ　(玉鬘邸の)侍女　114

竹河のはしうちいでし一ふしに深き心の底は知りきや　薫　116

竹河に夜をふかさじといそぎしもいかなるふしを思ひおかまし　藤侍従　116

桜ゆゑ風に心のさわぐかな思ひ隈なき花と見る〳〵　(竹河の)大君　130

咲くと見てかつは散りぬる花なれば負くるを深きうらみともせず　(玉鬘邸の)宰相の君　130

風に散ることは世の常枝ながら移ろふ花をたゞにしも見じ　(竹河の)中君　130

心ありて池の汀に落つる花あわとなりても我方に寄れ　(玉鬘邸の)大輔君　130

大空の風に散れども桜花おのが物とぞかき集めて見る　(玉鬘邸の)童　130

桜花にほひあまたに散らさじと覆ふばかりの袖はありやは　なれき　130

つれなくて過ぐる月日をかぞへつゝ物うらめしき暮れの春かな　薫　136

いでやなぞ数ならぬ身にかなはぬは人に負けじの心なりけり　蔵人少将　138

わりなしや強きによらむ勝ち負けを心ひとつにいかゞまかする　(玉鬘邸の)中将のおもと　140

あはれとて手をゆるせかし生き死にを君にまかする我身とならば　蔵人少将　140

花を見て春は暮らしつけふよりやしげきなげきのしたにまどはむ　蔵人少将　140

けふぞ知る空をながむる気色にて花に心を移しけりとも　中将のおもと（竹河の大君の代作）　142

あはれてふ常ならぬ世の一言もいかなる人にかくる物ぞは　（竹河の）大君　146

生ける世の死には心にまかせねば聞かでややまむ君が一言　蔵人少将　148

手にかくる物にしあらば藤の花松よりまさる色を見ましや　薫　152

紫の色は通へど藤の花心にえこそかゝらざりけれ　藤侍従　152

竹河のその夜のことは思ひ出づやしのぶばかりのふしはなけれど　（玉鬘邸の）侍女　162

流れての頼めむなしき竹河に世はうきものと思ひ知りにき　薫　162

橋姫巻（13首）

うち捨ててつがひ去りにし水鳥のかりのこの世にたちおくれけん　八宮　208

いかでかく巣立ちけるぞと思ふにもうき水鳥の契りをぞ知る　大君　208

なく〳〵も羽うち着する君なくは我ぞ巣守になりは果てまし　中君　210

見し人も宿も煙になりにしをなにとて我身消え残りけん　八宮　214

世をいとふ心は山に通へども八重立つ雲を君や隔つる　冷泉院　222

あと絶えて心すむとはなけれども世をうぢ山に宿をこそ借れ　八宮　222

山おろしに耐へぬ木の葉の露よりもあやなくもろき我涙かな　薫　232

朝ぼらけ家路も見えず尋ね来し槇の尾山は霧こめてけり　薫　256

雲のゐる嶺の懸け路を秋霧のいとゞ隔つるころにもあるかな　大君　256

橋姫の心を汲みて高瀬さすさをの雫に袖ぞ濡れぬる　薫　258

さし返る宇治の河をさ朝夕の雫や袖を朽たし果つらむ　大君　260

目の前にこの世を背く君よりもよそに別るゝ玉*ぞかなしき　柏木（遺書）　288

命あらばそれとも見まし人知れぬ岩根にとめし松の生ひ末　柏木（遺書）　288

椎本巻（21首）

山風に霞吹き解く声はあれど隔てて見ゆるをちの白浪　八宮　304

をちこちの汀に波は隔つともなほ吹きかよへ宇治の河風　匂宮　304

山桜にほふあたりに尋ね来て同じかざしををりてける哉　匂宮　308

かざしをる花のたよりに山がつの垣根を過ぎぬ春の旅人　中君　308

我なくて草の庵りは荒れぬともこのひとことはかれじとぞ思ふ　八宮　320

いかならむ世にかかれせむ長き世の契り結べる草の庵は　薫　320

牡鹿鳴く秋の山里いかならむ小萩が露のかゝる夕暮れ　匂宮　340

涙のみ霧りふたがれる山里はまがきに鹿ぞもろ声に鳴く　大君　342

朝霧に友まどはせる鹿の音を大方にやはあはれとも聞く　匂宮　344

色変はる浅茅を見ても墨染にやつるゝ袖を思ひこそやれ　薫　350

色変はる袖をば露の宿りにてわが身ぞさらにおき所なき　大君　352

秋霧の晴れぬ雲居にいとゞしくこの世をかりと言ひ知らすらむ　薫　358

君なくて岩の懸け道絶えしより松の雪をも何とかは見る　大君　362

奥山の松葉に積る雪とだに消えにし人を思はましかば　中君　364

雪深き山の懸け橋君ならでまたふみ通ふあとを見ぬかな　大君　370

つらゝとぢ駒踏みしだく山川をしるべしがてらまづや渡らむ　薫　370

立ち寄らむ陰と頼みししひが本むなしき床になりにける哉　薫　374

君がをる峰の蕨と見ましかば知られやせまし春のしるしも　大君　378

雪深き汀の小芹たがために摘みかはやさん親なしにして　中君　378

つてに見し宿の桜をこの春は霞隔てずをりてかざさむ　匂宮　378

いづことか尋ねてをらむ墨染に霞みこめたる宿の桜を　中君　378

総角巻（31首）

総角に長き契りを結びこめ同じところによりもあはなむ　薫　396

ぬきもあへずもろき涙の玉の緒に長き契りをいかゞ結ばん　大君　396

山里のあはれ知らるゝ声〳〵にとりあつめたる朝ぼらけかな　薫　422

鳥の音も聞こえぬ山と思ひしを世のうきことは尋ね来にけり　大君　422

同じ枝を分きて染めける山姫にいづれか深き色ととはばや　薫　456

山姫の染むる心は分かねども移ろふ方や深きなるらん　大君　456

をみなへし咲ける大野をふせぎつゝ心せばくや標を結ふらむ　匂宮　460

霧深きあしたの原のをみなへし心を寄せて見る人ぞ見る　薫　462

しるべせし我やかへりてまどふべき心もゆかぬ明けぐれの道　薫　476

かた〴〵にくらす心を思ひやれ人やりならぬ道にまどはゞ　大君　476

世の常に思ひやすらむ露深き道の笹原分けて来つるも　匂宮　480

小夜衣着てなれきとは言はずともかことばかりはかけずしもあらじ　薫　488

隔てなき心ばかりは通ふともなれし袖とはかけじとぞ思ふ　大君　488

中絶えむものならなくに橋姫の片敷く袖や夜半に濡らさん　匂宮　504

絶えせじのわが頼みにや宇治橋のはるけき中を待ちわたるべき　中君　504

いつぞやも花の盛りに一目見し木のもとさへや秋はさびしき　宰相中将(蔵人少将)　526

桜こそ思ひ知らすれ咲きにほふ花も紅葉も常ならぬ世を　薫　526

いづこより秋は行きけむ山里の紅葉のかげは過ぎうきものを　衛門督　526

見し人もなき山里の岩垣に心ながくも這へる葛哉　中宮大夫　526

秋果てゝさびしさまさる木のもとを吹きな過ぐしそ峰の松風　匂宮　526

若草のねみむものとは思はねど結ぼほれたる心ちこそすれ　匂宮　540

ながむるは同じ雲井をいかなればおぼつかなさを添ふる時雨ぞ　匂宮　556

霰ふる深山の里は朝夕にながむる空もかきくらしつゝ　中君　558

霜さゆる汀の千鳥うちわびて鳴く音かなしき朝ぼらけかな　薫　572

あかつきの霜うちはらひ鳴く千鳥もの思ふ人の心をや知る　中君　572

かきくもり日かげも見えぬ奥山に心をくらすころにもある哉　薫　576

くれなゐに落つる涙もかひなきはかたみの色を染めぬなりけり　薫　588

おくれじと空行く月を慕ふかなつひにすむべきこの世ならねば　薫　590

恋ひわびて死ぬる薬のゆかしきに雪の山にや跡を消なまし　薫　590

来し方を思ひいづるもはかなきを行く末かけて何頼むらん　中君　598

行く末を短き物と思ひなば目のまへにだに背かざらなん　匂宮　598

第八冊

早蕨巻（15首）

君にとてあまたの春を摘みしかば常を忘れぬ初蕨なり　宇治の阿闍梨　16

この春はたれにか見せむ亡き人のかたみに摘める嶺の早蕨　中君　16

をる人の心に通ふ花なれや色には出でず下ににほへる　匂宮　20

見る人にかこと寄せける花の枝を心してこそをるべかりけれ　薫　20

はかなしや霞の衣裁ちしまに花の紐とくをりも来にけり　薫　28

見る人もあらしにまよふ山里にむかしおぼゆる花の香ぞする　中君　36

袖ふれし梅は変はらぬにほひにて根ごめ移ろふ宿やことなる　薫　36

先に立つ涙の川に身を投げば人におくれぬ命ならまし　弁尼　40

身を投げむ涙の川に沈みても恋しき瀬ゝに忘れしもせじ　薫　40

人はみないそぎ立つめる袖のうらにひとり藻塩を垂るゝあまかな　弁尼　42

塩垂るゝあまの衣にことなれや浮きたる浪に濡るゝ我袖　中君 42

あり経ればうれしき瀬にも会ひけるを身をうぢ河に投げてましかば　（中君付きの）大輔君 44

過ぎにしが恋しきことも忘れねどけふはたまづも行く心かな　中君の侍女 46

ながむれば山より出でてゆく月も世に住みわびて山にこそ入れ　中君 46

しなてるや鳰のみづうみに漕ぐ舟のまほならねども会ひ見し物を　薫 48

宿木巻（24首）

世の常の垣根ににほふ花ならば心のまゝにをりて見ましを　薫 78

霜にあへず枯れにし園の菊なれど残りの色はあせずもある哉　今上帝 78

今朝のまの色にやめでんおく露の消えぬにかゝる花と見る〳〵　薫 98

よそへてぞ見るべかりける白露の契りかおきし朝顔の花　薫 104

消えぬまに枯れぬる花のはかなさにおくるゝ露は猶ぞまされる　中君 106

大空の月だに宿るわが宿に待つよひ過ぎて見えぬ君かな　夕霧 116

山里の松の陰にもかくばかり身に染む秋の風はなかりき　中君 122

をみなへししをれぞまさる朝露のいかにおきける名残なるらん　落葉宮（六の君の代作） 134

大方に聞かましものを日ぐらしの声うらめしき秋の暮れ哉　中君 138

うちわたし世にゆるしなき関川を見馴れそめけん名こそをしけれ　按察使君 146

深からず上は見ゆれど関川の下のかよひは絶ゆる物かは　薫　146

いたづらに分けつる道の露しげみむかしおぼゆる秋の空哉　薫　170

また人に馴れける袖の移り香をわが身に染めてうらみつる哉　匂宮　178

見馴れぬる中の衣と頼めしをかばかりにてやかけ離れなん　中君　178

結びける契りことなる下紐をたゞひとすぢにうらみやはする　薫　184

宿りきと思ひ出でずは木のもとの旅寝もいかにさびしからまし　薫　228

荒れ果つる朽木のもとを宿りきと思ひおきける程のかなしさ　弁尼　228

穂に出でぬもの思ふらししのすゝき招くたもとの露しげくして　匂宮　232

秋果つる野辺のけしきもしのすゝきほのめく風につけてこそ知れ　中君　234

すべらきのかざしにをると藤の花およばぬ枝に袖かけてけり　薫　266

よろづ世をかけてにほはん花なればけふをも飽かぬ色とこそ見れ　今上帝　266

君がためをれるかざしは紫の雲におとらぬ花のけしきか　夕霧　268

世の常の色とも見えず雲居までたち上りたる藤波の花　紅梅　268

かほ鳥の声も聞きしに通ふやとしげみを分けてけふぞ尋ぬる　薫　288

東屋巻（11首）

見し人の形代ならば身に添へて恋しき瀬ゝの撫で物にせむ　薫　366

御禊川瀬ゝにいださん撫で物を身に添ふ影とたれか頼まん　中君　366

標結ひし小萩がうへもまよはぬにいかなる露に移る下葉ぞ　中将君（浮舟の母）　420

宮城野の小萩がもとと知らませば露も心を分かずぞあらまし　左近少将　420

ひたふるにうれしからまし世の中にあらぬ所と思はましかば　浮舟　424

浮世にはあらぬ所を求めても君が盛りを見るよしもがな　中将君（浮舟の母）　426

絶え果てぬ清水になどか亡き人の面影をだにとゞめざりけん　薫　428

さしとむる葎やしげき東屋のあまりほどふる雨そゝきかな　薫　442

かたみぞと見るにつけては朝露の所せきまで濡るゝ袖哉　薫　450

宿り木は色変はりぬる秋なれどむかしおぼえてすめる月かな　弁尼　460

里の名もむかしながらに見し人の面変はりせる閨の月影　薫　460

浮舟巻（22首）

まだふりぬ物にはあれど君がため深き心にまつと知らなん　浮舟　486

長き世をを頼めても猶かなしきはたゞあす知らぬ命なりけり　匂宮　528

心をば嘆かざらまし命のみ定めなき世と思はましかば　浮舟　528

よに知らずまどふべきかなさきに立つ涙も道をかきくらしつゝ　匂宮　534

涙をもほどなき袖にせきかねていかに別れをとゞむべき身ぞ　浮舟　534

宇治橋の長き契りは朽ちせじをあやぶむかたに心さわぐな　薫　550

絶え間のみ世にはあやふき宇治橋を朽ちせぬものと猶頼めとや　浮舟　550

年経とも変はらむものか橘の小島の崎に契る心は　匂宮　560

たち花の小島の色は変はらじをこのうき舟ぞゆくへ知られぬ　浮舟 560

峰の雪汀の氷踏み分けて君にぞまどふ道はまどはず　匂宮 566

降り乱れ汀に凍る雪よりも中空にてぞわれは消ぬべき　浮舟 566

ながめやるそなたの雲も見えぬまで空さへ暮るゝころのわびしさ　匂宮 572

水まさるをちの里人いかならむ晴れぬながめにかきくらすころ　薫 576

里の名をわが身に知れば山城の宇治のわたりぞいとゞ住みうき　浮舟 578

かきくらし晴れせぬ峰のあま雲に浮きて世をふる身ともなさばや　浮舟 578

つれ〴〵と身を知る雨のをやまねば袖さへいとゞみかさまさりて　浮舟 578

波越ゆるころとも知らず末の松待つらむとのみ思ひけるかな　薫 612

いづくにか身をば捨てむと白雲のかゝらぬ山もなく〳〵ぞゆく　匂宮 642

嘆きわび身をば捨つとも亡き影にうき名流さむことをこそ思へ　浮舟 644

骸をだにうき世の中にとゞめずはいづこをはかと君もうらみむ　浮舟 644

のちに又会ひ見むことを思はなむこの世の夢に心まどはで　浮舟 648

鐘の音の絶ゆる響きに音を添へてわが世つきぬと君に伝へよ　浮舟 648

第九冊

蜻蛉巻(11首)

忍び音や君もなくらむかひもなき死出の田をさに心通はば　薫 62

橘のかをるあたりは郭公心してこそなくべかりけれ　匂宮 62

われも又うきふる里をあれ果てばたれ宿り木の陰をしのばむ　薫　86

あはれ知る心は人におくれねど数ならぬ身に消えつゝぞ経る　小宰相の君　102

つねなしとこゝら世を見るうき身だに人の知るまで嘆きやはする　薫　104

荻の葉に露吹き結ぶ秋風も夕べぞわきて身には染みける　薫　128

女郎花乱るゝ野辺にまじるとも露のあだ名をわれにかけめや　薫　142

花といへば名こそあだなれをみなへしなべての露に乱れやはする　中将のおもと　142

旅寝して猶心みよをみなへしさかりの色に移り移らず　弁のおもと　144

宿貸さば一夜は寝なん大方の花に移らぬ心なりとも　薫　144

ありと見て手には取られず見れば又ゆくへも知らず消えしかげろふ　薫　158

手習巻(28首)

身を投げし涙の河のはやき瀬をしがらみかけてたれかとゞめし　浮舟　216

われかくてうき世の中にめぐるともたれかは知らむ月の都に　浮舟　218

あだし野の風になびくな女郎花われ標結はん道遠くとも　中将　238

移し植ゑて思ひ乱れぬ女郎花うき世を背く草の庵に　小野の妹尼　240

松虫の声を尋ねて来つれどもまた萩原の露にまどひぬ　中将　244

秋の野の露わけきたる狩衣葎しげれる宿にかこつな　小野の妹尼　244

深き夜の月をあはれと見ぬ人や山の端近き宿にとまらぬ　小野の妹尼　248

山の端に入るまで月をながめ見ん閨の板間もしるしありやと　中将　250

忘られぬ昔のことも笛竹のつらきふしにも音ぞ泣かれける　中将　256

笛の音に昔のこともしのばれて帰りし程も袖ぞ濡れにし　小野の妹尼　256

はかなくて世にふる河のうき瀬には尋ねもゆかじ二本の杉　浮舟　260

ふる河の杉の本だち知らねども過ぎにし人によそへてぞ見る　小野の妹尼　262

心には秋の夕を分かねどもながむる袖に露ぞ乱るゝ　浮舟　266

山里の秋の夜深きあはれをももの思ふ人は思ひこそ知れ　中将　268

憂き物と思ひも知らで過ぐす身を物思ふ人と人は知りけり　浮舟　268

亡きものに身をも人をも思ひつゝ捨ててし世をぞさらに捨てつる　浮舟　294

限りぞと思ひなりにし世間を返〱も背きぬるかな　浮舟　294

岸遠く漕ぎ離るらむあま舟に乗りおくれじと急がるゝかな　中将　296

心こそうき世の岸を離るれど行くへも知らぬあまのうき木を　浮舟　296

木枯の吹きにし山のふもとには立ち隠すべき陰だにぞなき　小野の妹尼　312

待つ人もあらじと思ふ山里の梢を見つゝ猶ぞ過ぎうき　中将　312

大かたの世を背きける君なれどいとふによせて身こそつらけれ　中将　318

かきくらす野山の雪をながめてもふりにしことぞけふもかなしき　浮舟　320

山里の雪間の若菜つみはやし猶おひ先の頼まるゝかな　小野の妹尼　320

雪深き野辺の若菜も今よりは君がためにぞ年もつむべき　浮舟　320

袖触れし人こそ見えね花の香のそれかと匂ふ春の明けぼの　浮舟　322

見し人は影もとまらぬ水の上に落ちそふ涙いとゞせきあへず　薫 328

尼衣変はれる身にやありし世のかたみに袖をかけてしのばん　浮舟 330

夢浮橋巻（1首）

法の師と尋ぬる道をしるべにて思はぬ山に踏みまどふかな　薫 392

作中和歌初句索引

配列は歴史的仮名遣いの五十音順による。所在は分冊数(〔一〕〔二〕〔三〕…)、巻名(桐壺・帚木…、三文字以上のものは最初の二文字のみ示す)、各冊の掲載頁により示す。

あ

い

か

さ

し

て

と

な

は

ひ

作中人物索引

1) この索引は、『源氏物語』の本文中に登場する人物のすべてについて、その事蹟を示したものである。新大系版の「作中人物一覧」(作成＝鈴木日出男、今井久代、大井田晴彦、木谷眞理子、松岡智之)を元とし、本文庫の内容を反映して若干の変更を加えた。
2) 見出しは、本文での呼び名の代表的なもの、または通称を用いた。
3) 見出し語につづいてその読みを示し、次に、事蹟を巻の順に示した。
4) 所在を示すには、分冊数(🈩🈔🈪…)、巻名(桐壺、帚木…)、節番号(1、2、3…)の順にした。
5) 本項目のほかに、参照項目をたてて検索の便をはかった。
6) 配列は、現代仮名遣いの五十音順による。
7) 同名の人物については、[123]で区別した。

あ

葵上 あおいのうえ　光源氏の正妻。左大臣[1]の娘。母は大宮　春宮(とうぐう)(朱雀院[1])からの所望もあったが、源氏と結婚(🈩桐壺 19-20)　源氏と不和(🈩桐壺 21 🈩帚木 1·22 🈩夕顔 8 🈩若紫 17·32)　頭中将[1]、雨夜の品定めの際、想起(🈩帚木 9)　葵上のもとへ行く源氏、他の女君を思う(🈩帚木 30 🈔紅葉 5·14 🈔花宴 7)　源氏の若紫(紫上)迎え取りにより一層不和(🈔紅葉 4·9)　少納言の乳母、葵上の存在を思い、若紫の将来を案じる(🈔紅葉 7)　桐壺帝、葵上との不和につき、源氏を諌める(🈔紅葉 17)　同腹は頭中将だけ(🈔紅葉 23)　なおも不和(🈔花宴 8)　懐妊(🈔葵 4)　斎院御禊の日、六条御息所と車争い(🈔葵 6-8)　源氏、車争いを知る(🈔葵 11)　もののけに悩む(🈔葵 15·18-19)　源氏、もののけに対面(🈔葵 20-21)　男子(夕霧)出産(🈔葵 22-23)　なお回復せず、源氏いたわる(🈔葵 24-26)　急死(🈔葵 27-28)　野辺送り(🈔葵 29)　源氏ら、服喪(🈔葵 30-41)　元旦、源氏・左大臣・大宮、改めて追慕(🈔葵 52-53)　この没後、御息所が源氏正妻になるかと世間は思う(🈔賢木 1)　弘徽殿大后、葵上が源氏に嫁したことを根に持つ(🈔賢木 18·52)　須磨へ下る源氏、左大臣家を訪れ、葵上をしのぶ(🈔須磨 4·6)　大宮と太政大臣(左大臣)、夕霧童殿上(わらわてんじょう)につけ追慕(🈔

住吉参詣。来合わせた源氏を見て身の程を痛感。難波に退く(㊂澪標 14–15) 源氏に返歌(㊂澪標 17) あらためて住吉参詣。源氏の上京の要請に躊躇(㊂澪標 18) 常に源氏の念頭にある(㊂絵合 7) なおも上京を躊躇(㊂松風 2) 上京に備え父入道が大堰の旧邸を改築(㊂松風 3) 上京に際し父母と唱和(㊂松風 5–7) 大堰到着。母と故郷を想い、琴を弾く(㊂松風 8–9) 源氏と再会。琴を弾き、歌を贈答(㊂松風 10・12–13) 源氏は姫君の引き取りを紫上に打診。源氏の来訪は月に2度ほど(㊂松風 18) 姫君の処遇に悩む(㊂薄雲 1–2) 尼君の説得で姫君との別離を決意。乳母と歌を贈答(㊂薄雲 3–6) 姫君を源氏に託す(㊂薄雲 7–8) 姫君の女房に歳暮の贈り物(㊂薄雲 10) 源氏の訪問。源氏の筝に琵琶で応じる(㊂薄雲 14–15) 源氏来訪。歌を贈答(㊂薄雲 31) 源氏が紫上にその人柄を批評(㊂朝顔 15) 内大臣(頭中将[1])がその楽才を噂(㊂少女 13) 六条院完成。冬の町に住むことが決定(㊂少女 43–44) 六条院へ移る(㊂少女 47) 紫上は今も嫉妬(㊃玉鬘 34) 源氏が晴着を贈る(㊃玉鬘 39) 姫君と歌の贈答(㊃初音 2) 手習の歌。源氏と一夜を過ごす(㊃初音 5) 姫君に物語絵を贈る(㊃蛍 10) 早々に去る源氏に不満。独詠(㊃野分 7) 薫物合(たきものあわせ)に薫衣香(くのえこう)を調合(㊄梅枝 1・3) 姫君の裳着(もぎ)に列席を遠慮(㊄梅枝 5) 姫君、春宮(とうぐう)(今上帝)入内につき後見役(㊄藤裏 9) 紫上と初めて対面。姫君の成長に感涙(㊄藤裏 10) 宮中を退出した明石女御に付き添う(㊄若上 44) 紫上主催の賀宴で女御担当の装飾に趣向をこらす(㊄若上 50) 出産迫った女御を介護(㊄若上 56) 昔を語る尼君をたしなめつつも、尼君・女御と唱和(㊄若上 58–59) 若宮(春宮[1])誕生。湯殿の世話(㊄若上 60) 紫上と融和(㊄若上 63) 入道からの最後の手紙に泣く(㊄若上 67–68) 入道の願文を女御に託し、源氏と入道について語る(㊄若上 70–72) 源氏の紫上称賛に、卑下して謝意を述べる(㊄若上 73–74) 紫上や女三宮[2]と自分の幸運を比較(㊄若上 75) 若宮皇太子に。陰の世話役(㊄若下 10) 源氏・紫上・尼君と住吉参詣(㊄若下 11) 六条院の女楽(おんながく)で琵琶を演奏(㊄若下 22–27) 源氏が花橘にたとえる(㊄若下 28) 孫の二宮(式部卿宮[3])の楽才を源氏に称賛され光栄に思う(㊄若下 31) 源氏、紫上相手に明石君を語る(㊄若下 39) 二条院の法華経供養で紫上と歌を贈答(㊅御法 2–3) 明石中宮と紫上を見

舞う(六御法5)　源氏と昔を語る。源氏の出家に反対(六幻7)　源氏と歌を贈答(六幻8)　孫宮たちの養育に専念(七匂兵4)

明石君の乳母 あかしのきみのめのと

明石君と源氏を縁づけた入道を非難(三明石29)

明石中宮 あかしのちゅうぐう　今上帝の中宮。光源氏の娘。母は明石君

明石で誕生(三澪標5)　五十日(いか)(三澪標9)　母・祖母(明石尼君)と大堰に移る(三松風8)　源氏は后がねとして二条院での養育を企図(三松風10・12-13・18)　二条院へ。袴着(はかまぎ)。養母紫上が愛育(三薄雲7-9)　内大臣(頭中将[1])と大宮が噂(三少女13-14)　紫上と六条院の春の町に転居(三少女45)　源氏が桜の細長を贈る(四玉鬘39)　明石君に返歌(四初音2)　玉鬘と対面(四初音11)　明石君が物語絵を贈る(四蛍10)　源氏は姫君の読む物語に注意、夕霧と親しくさせようとする(四蛍12-13)　内大臣が源氏の養育ぶりを評する(四常夏7-8)　夕霧が藤の花にたとえる(四野分11-12)　裳着(もぎ)。春宮(とうぐう)(今上帝)に入内決定(五梅枝5-6)　春宮に入内。寵あつい。明石君と対面(五藤裏9-10)　懐妊。六条院に退出(五若上44)　明石君よりも紫上を頼りとする(五若上47)　紫上主催の賀宴で装飾を担当(五若上50)　出産迫り明石君の冬の町に移る(五若上56)　尼君の昔語りに出自を知る。母・祖母と唱和(五若上57-59)　第一皇子(春宮[1])を出産。産養(うぶやしない)(五若上60-61)　明石入道から最後の消息(五若上64-65)　春宮から若宮と参内の催促(五若上69)　明石君が入道の願文を託す(五若上70)　源氏は紫上の恩を説く(五若上73)　今上帝即位。第一皇子が皇太子に。他にも子があり帝寵あつい。立后も近い(五若下9)　紫上を実母の様に慕う(五若下10)　住吉参詣。紫上と同車。紫上や中務[3]と唱和(五若下11・13)　懐妊で退出。源氏の琴をゆかしがる(五若下20)　六条院の女楽(おんながく)で箏を演奏(五若下22-27)　源氏が藤の花にたとえる(五若下28)　源氏が二宮(式部卿宮[3])の楽才をほめる。箏を紫上に渡す(五若下31-32)　紫上の発病を知り、源氏に連絡(五若下41)　二条院で紫上を看護(五若下43)　朱雀院[1]五十賀の試楽を見物。既に皇子(匂宮か)を出産(五若下80)　子の宮たちの可愛らしさも薫には劣る(六柏木24)　夕霧が宮たちを可愛がる(六横笛12-13)　源氏はその栄耀に満足(六鈴虫12)　紫上の法華経供養に尽力。既に中宮(六御法2)　二条院に退出し紫上を見舞う(六御法5-6)　紫上・源氏と唱和。紫上の死をみ

とる（［六］御法 7-8）　紫上を恋慕し忘れず（［六］御法 15）　源氏を慰めるため匂宮を二条院に留める（［六］幻 4）　内裏住みが多い。匂宮を鍾愛（［七］匂兵 1-3）　薫を鍾愛（［七］匂兵 7）　帝寵あつく、紅梅・玉鬘らは娘の入内を躊躇（［七］紅梅 2 ［七］竹河 2）　源氏の遺産分与では筆頭だった（［七］竹河 1）　玉鬘が娘の中君[4]尚侍就任でご機嫌うかがい（［七］竹河 29）　匂宮を次の春宮に期待（［七］椎本 1 ［七］総角 35）　匂宮の忍び歩きを諌める（［七］総角 21・27）　匂宮のことで薫に愚痴（［七］総角 28）　薫は匂宮と中君[3]の件をほのめかそうかと思う（［七］総角 36）　匂宮の宇治の紅葉狩に夕霧の長男らを派遣（［七］総角 37）　匂宮の禁足を厳重にし、夕霧六の君との縁談を進める（［七］総角 40）　匂宮に六の君との結婚を勧め、気に入った女は召人にするよう諭す（［七］総角 47）　中君を二条院に移すよう勧める（［七］総角 61）　夕霧の依頼で六の君との結婚を匂宮に説得（［八］宿木 5）　風邪を病む（［八］宿木 21）　中君に見舞を派遣（［八］宿木 48）　中君に男子誕生。七日の産養を主催（［八］宿木 50）　胸を病みがち（［八］東屋 18・21・28）　匂宮の忍び歩きに苦慮（［八］浮舟 19）　匂宮に見舞の手紙（［八］浮舟 21）　不例のため六条院に退出。匂宮や薫が見舞う（［八］浮舟 43-44）　憔悴した匂宮を憂慮（［九］蜻蛉 11）　六条院で蜻蛉宮の喪に服す（［九］蜻蛉 23）　源氏・紫上追善の法華八講を主催（［九］蜻蛉 24）　女一宮[4]から女二宮[2]への絵の下賜を薫が依頼（［九］蜻蛉 27）　浮舟の噂を聞き、女房に口外を禁じる（［九］蜻蛉 28）　女二宮に絵を贈る（［九］蜻蛉 29）　浮舟の女房侍従の君[2]が出仕（［九］蜻蛉 30）　宮の君を女一宮に出仕させる（［九］蜻蛉 31）　帰参を前に管絃の遊び（［九］蜻蛉 32）　女一宮の加持に横川僧都[2]を召す（［九］手習 32）　僧都から浮舟生存を知らされる（［九］手習 39-40）　浮舟生存を薫に教えるよう小宰相の君に命じる（［九］手習 50-51）　浮舟生存を匂宮が知っているか薫に問われ、否定（［九］手習 52）

明石中宮の乳母[1] あかしのちゅうぐうのめのと　宣旨[1]の娘に加え新たに選抜（［三］薄雲 9）

明石中宮の乳母[2]　→宣旨[1]の娘 せんじのむすめ

明石入道 あかしのにゅうどう　明石君の父良清の噂で話題に。近衛中将を辞し受領となり、一人娘（明石君）の養育に専念（［一］若紫 3-4）　源氏と娘の結婚を企図（［二］須磨 34）　夢告により源氏を明石に迎える。邸の風情は都に劣らない（［二］明石 6-8）　源氏を婿にしたいが言い出せない（［二］明石 10）　源氏の衣更えを調進。源氏の琴に感動し、合奏。

琴談義(二明石 11-13)　問わず語りに源氏と娘の結婚について語る(二明石 14-15)　娘への源氏の消息の返事を代筆(二明石 16)　源氏を娘のもとへ導く(二明石 20)　娘と源氏のなりゆきに心をくだく(二明石 21)　源氏の赦免を知り喜びと不安が交錯(二明石 25)　餞別の宴を盛大に催す(二明石 28)　源氏の出発後、放心(二明石 29)　娘の出産を喜び、源氏の配慮に感謝(三澪標 7・9)　妻(明石尼君)と娘の上京を決断しがたい(三澪標 18)　娘たちを上京させるべく大堰の旧宅を修理(三松風 3)　家族との別離に心を痛める。歌を唱和(三松風 5-7)　しばしば都へ使を通わせる(三薄雲 15)　一族の音楽の才が話題となる(三少女 13)　幸運な人物として惟光が想起(三少女 35)　その存在が尼君から明石女御に語られる(五若上 57)　入山し、最後の消息を送る(五若上 64-66)　願文が女御に託される(五若上 70)　消息を見た源氏は奇しき宿世を思う(五若上 72)　入道の意志を知る源氏は願ほどきに住吉に参詣(五若下 11)　尼君や明石君からしのばれる(五若下 12・14)

明石入道の父大臣(あかしのにゅうどうのちちおとど)　源氏や良清の話題。既に故人(一若紫 3)　入道や源氏の話題(二明石 14)　朝廷に重きをなしたが、行き違いで子孫が没落(五若上 72)

明石入道の弟子(あかしのにゅうどうのでし)　→大徳[3](だいとこ)

明石女御(あかしのにょうご)　→明石中宮(あかしのちゅうぐう)

明石姫君(あかしのひめぎみ)　→明石中宮(あかしのちゅうぐう)

秋好中宮(あきこのむちゅうぐう)　冷泉院中宮。前坊の娘。母は六条御息所　斎宮になる(二葵 2)　まだ里邸に(二葵 11)　ようやく初斎院に入る(二葵 19・32)　野宮に移る(二葵 34)　伊勢下向(二賢木 7-10)　朱雀帝、源氏に伊勢下向の日の感動を語る(二賢木 34)　帰京(三澪標 19)　六条御息所、源氏に娘を託す(三澪標 20)　御息所逝去。源氏弔問(三澪標 22-23)　悲嘆の日々(三澪標 23)　源氏、藤壺にはかり入内を計画(三澪標 23・25-26)　朱雀院[1]も参院を望んだ(三澪標 24)　入内の日、朱雀院より櫛の贈り物(三絵合 1-3)　冷泉帝のもとに入内(三絵合 4)　源氏と朱雀院、この人のことを語る(三絵合 5)　絵を好む帝が寵愛(三絵合 6)　弘徽殿女御と藤壺御前絵合(えあわせ)、勝敗決せず(三絵合 9-10)　朱雀院より年中行事絵巻贈られる(三絵合 11)　内裏絵合に勝利(三絵合 12-13)　紫上、養女として世話(三薄雲 2)　源氏、恋情を訴える(三薄雲 27-30)　立后(三少

女 10)　五節を奉る源氏に装束献上(三少女 29)　六条院秋の町に退出(三少女 44・46)　紫上と春秋争い(三少女 47)　春の町の船楽(ふながく)に侍女を遣わす(四胡蝶 1・3)　秋の町で季の御読経。紫上と春秋争い(四胡蝶 5-6)　源氏、なお執心(四蛍 5)　野分(のわき)襲来。秋盛りの庭も被害(四野分 1)　使者夕霧、また源氏自身、野分見舞(四野分 4-6)　源氏、紫上相手に評する(四野分 6)　玉鬘裳着(もぎ)に贈り物(四行幸 15)　尚侍出仕につき悩む玉鬘、中宮の不興を想像(四藤袴 1)　男踏歌(おとこどうか)、中宮の御方へ巡り来る(四真木 15)　明石姫君裳着に腰結(こしゆい)役(五梅枝 2・5)　源氏、中宮と夕霧に、張り合った母たちの宿世の行末を見る(五藤裏 8　五若上 55)　女三宮[2]裳着に櫛の贈り物(五若上 16)　源氏四十賀主催(五若上 52-53)　明石女御の皇子の産養(うぶやしない)に協力(五若上 61)　源氏の厚志を思う(五若下 9)　御息所の死霊、娘に言及(五若下 55)　薫の産養(六柏木 9)　源氏と対面。御息所を思い、道心深まる(六鈴虫 10-12)　紫上の法華経供養に協力(六御法 2)　紫上逝去。源氏を弔問(六御法 15)　薫を寵遇(七匂兵 5)　男踏歌を見物(七竹河 25)　玉鬘によれば、大君[2]に嫉妬(七竹河 33)

秋好中宮方の侍女たち あきこのむちゅうぐうかたのじじょたち

楽に合わせ舟に乗せられて春の町に向かう。歌を唱和する(四胡蝶 1)

秋好中宮の女別当 あきこのむちゅうぐうのにょべとう

源氏への斎宮の返歌を代作(二賢木 8)　源氏の弔問に応対(三澪標 22-23)　朱雀院[1]の斎宮への贈り物を源氏に見せる(三絵合 1)

秋好中宮の乳母 あきこのむちゅうぐうのめのと

斎宮に源氏への返歌を勧める(三澪標 22)

朝顔姫君 あさがおのひめぎみ　桃園宮の娘

源氏から朝顔の歌を贈られる(一帚木 24)　源氏の懸想に対し志操を持す(二葵 3)　斎院御禊供奉(ぐぶ)の源氏を見る(二葵 10)　葵上の喪に服す源氏と和歌贈答(二葵 37)　女三宮[1]に代わり斎院となる(二賢木 20)　雲林院参籠中の源氏と和歌贈答(二賢木 31)　右大臣[1]、斎院に懸想する源氏を非難(二賢木 52)　父桃園宮薨去(三薄雲 24)　斎院を辞任、故宮邸へ(三朝顔 1)　源氏来訪(三朝顔 1-4)　翌朝、和歌贈答(三朝顔 5)　源氏の執心が世間の噂に(三朝顔 6-7)　源氏来訪。求愛に動じない(三朝顔 11-12)　源氏、紫上相手に評する(三朝顔 15)　源氏と折々交渉するが結婚は拒絶(三少女 1-2)　源氏の依頼で薫物(たきもの)を調進(五梅枝 2-3)　源氏、当代の能筆に数える(五梅枝 7)　源氏の

依頼で草子を書く(五梅枝 10)　源氏の長年の執心が、女三宮[2]婿選びの際話題に(五若上 7)　既に出家。源氏、紫上相手に回想(五若下 75)

阿闍梨(あざり)　→宇治の阿闍梨(うじのあざり)　→小野の律師(おののりし)　→惟光の兄の阿闍梨(これみつのあにのあざり)　→少将の尼の兄弟の阿闍梨(しょうしょうのあまのきょうだいのあざり)　→醍醐阿闍梨(だいごのあざり)　→大徳[6]のおじの阿闍梨(だいとこのおじのあざり)　→横川僧都[2]の弟子たち(よかわのそうずのでしたち)

按察使君[1](あぜちのきみ)　女三宮[2]の侍女

愛人の源中将[1]が来訪、局に下がる(五若下 46)

按察使君[2]　女三宮[2]の侍女

薫と一夜を明かす(八宿木 23)

按察使大納言[1](あぜちのだいなごん)　桐壺更衣の父

既に故人(一桐壺 1)　更衣の出仕に強い意志(一桐壺 9・11)　明石入道は甥(三須磨 34)　明石君と尼君が話題にする(三薄雲 3)

按察使大納言[2]　北山の尼君の夫

既に故人。娘の出仕を希望(一若紫 6・8・23)

按察使大納言[3]

雲居雁(くもいのかり)の母の後夫(三少女 11)　雲居雁の乳母は、この大納言の思惑を絶えず意識(三少女 18・27)　五節の舞姫に外腹の娘(五節[1])を奉る。入内も意図(三少女 29・31・33)

按察使大納言[4]　→紅梅(こうばい)

按察使大納言[1]の北の方(あぜちのだいなごんのきたのかた)　桐壺更衣の母

重態の桐壺更衣を退出させる(一桐壺 4)　更衣の死に悲嘆(一桐壺 5)　靫負命婦(ゆけいのみょうぶ)弔問。故人をしのび歌を贈答(一桐壺 7-11)

若宮(光源氏)立太子かなわず、悲嘆のうちに死去(一桐壺 14)

按察使大納言[2]の北の方　→北山の尼君(きたやまのあまぎみ)

按察使大納言[3]の北の方　雲居雁の母

頭中将[1]との間に雲居雁(くもいのかり)を産む。既に大納言と再婚(三少女 11)　雲居雁と夕霧の結婚を喜ぶ(五藤裏 7)

按察使大納言[2]の娘(あぜちのだいなごんのむすめ)　紫上の母

既に故人(一若紫 6)　父は出仕を希望していたが兵部卿宮(式部卿宮[1])が通う(一若紫 8)　宮の北の方が迫害(一若紫 26)

あてき[1]　葵上の女童

葵上の死に号泣。源氏に慰められる(二葵 38)

あてき[2]　→兵部君(ひょうぶのきみ)

姉おもと(あねおもと)　大宰少弐の娘。母は夕顔の乳母[2]

夕顔死後、玉鬘らと筑紫下向(四玉鬘 2-4)　地元の男と結婚(四玉鬘 7)　玉鬘に求婚する大夫監に狼狽(四玉鬘 8・10)　玉鬘一行と

宮来訪。浮舟を小舟に乗せて連れ出す。橘の小島を見て和歌を贈答。対岸の家でうち解け合い、2日間を過ごす(八浮舟 28–31) 匂宮・薫の板挟みに苦しむ。二人の文に返事(八浮舟 32–35) 薫、女二宮[2]に浮舟のことを語る(八浮舟 36) 薫・匂宮、浮舟を迎える準備(八浮舟 37) 中将君来訪、追いつめられた浮舟は入水を思う(八浮舟 38–41) 薫・匂宮からの文(八浮舟 42) 薫、浮舟と匂宮の関係を知り、浮舟を責める文を寄越す(八浮舟 42–47) 右近・侍従の君[2]の忠告、右近の姉の悲話。死を思う(八浮舟 48–51) 死を決意し、侍従の君がとめるのも聞かず文を処分。匂宮の計略に乗ろうとする右近を制する(八浮舟 53–55) 匂宮、宇治を訪うが、警戒きびしくむなしく帰る(八浮舟 56–57) 死を前に匂宮・薫・肉親を思う(八浮舟 58) 匂宮・中将君に別れの歌を書く(八浮舟 59) 浮舟失踪。右近ら入水を直感(九蜻蛉 1) 侍従の君ら、葬送を装う(九蜻蛉 6) 薫により四十九日の法要が営まれる。匂宮も右近の志として供養(九蜻蛉 22) 宇治院の樹下に失神状態で倒れていたところを横川僧都[2]一行に救出される(九手習 2–3) 小野の妹尼に介抱される(九手習 4) 小野に伴われるが、依然意識戻らず(九手習 6–7) 僧都の修法により意識を回復(九手習 8・10) 五戒を受ける(九手習 11) 素性を隠す(九手習 12) 往時を回想、手習の歌(九手習 13–14) 都人に生存を知られることを避ける(九手習 15) 妹尼の婿であった中将[3]の来訪。浮舟の思い(九手習 16–17) 中将の垣間見、妹尼と浮舟(九手習 18) 中将から歌を贈られるも応じず(九手習 20) 中将来訪。なお応じず(九手習 21–22) 経を習う(九手習 25) 妹尼初瀬に出立。留守居役の少将の尼と碁を打つ(九手習 26–27) 中将来訪、小野の母尼の居室に避難(九手習 28–29) 母尼らのいびきに悩む(九手習 30) 匂宮との関わりを反省、薫を再評価するが、そうした自己をもまた否定する(九手習 31) 僧都下山。出家を懇願(九手習 33) 出家を果たす(九手習 34–35) 手習の歌(九手習 36) 中将に返歌(九手習 37) 妹尼の悲嘆と世話(九手習 38) 僧都、明石中宮に浮舟を語る(九手習 40) 僧都、浮舟の道心を励ます(九手習 41) 尼姿の浮舟に心動かす中将にはすげない返事。出家生活に心晴れる(九手習 42–45) 妹尼と歌を贈答、紅梅の色や香に過去を思う(九手習 46) 紀伊守[2]来訪。薫らの噂話(九手習 47–48) 自分の一周忌に供養する衣裳の準備を

見る(九手習 49)　薫、浮舟の生存を知る(九手習 51)　僧都を訪ねて下山する薫一行を見る(九夢浮 5)　僧都からの連絡、薫の使者として弟小君[2]が来訪(九夢浮 7-8)　小君と話もせず、母との対面のみを願い、薫への返事も拒む(九夢浮 9-12)

浮舟の母 うきふねのはは　→中将君[4] ちゅうじょうのきみ

浮舟の乳母 うきふねのめのと　右近[3]の母か
浮舟の不運を中将君[4]と嘆く(八東屋 11・13)　浮舟と二条院に移る(八東屋 16)　浮舟に言い寄る匂宮に困惑。浮舟を慰める(八東屋 27-29)　右近[2]に陳情(八東屋 30)　浮舟と匂宮の件を中将君に報告(八東屋 33)　薫の好意を喜ぶ(八東屋 41)　薫の来訪に当惑する浮舟を注意(八東屋 42-43)　右近[3]が陰口(八浮舟 10)　宇治に戻る(八浮舟 32)　中将君と語る(八浮舟 38)　右近[3]の姉の失踪を嘆くか(八浮舟 49)　上京の準備(八浮舟 51)　警備が厳重となったのを喜ぶ(八浮舟 52)　浮舟の身を案じる(八浮舟 59)　浮舟失踪に動転(九蜻蛉 1・4)　浮舟を葬送(九蜻蛉 6)　浮舟が回想(九手習 14)

浮舟の乳母の娘 うきふねのめのとのむすめ　右近[3]やその姉とは別人
この人の出産に浮舟の乳母が付き添う(八浮舟 32)

右京大夫 うきょうのかみ　二条院の侍所の別当
薫が匂宮の所在を尋ねる(八宿木 14)

右近[1] うこん　夕顔の乳母[1]の娘
惟光が垣間見(一夕顔 10)　源氏・夕顔と某院に随行(一夕顔 15)　怪異に怯え、夕顔の傍に伏す(一夕顔 19-20)　夕顔の死に号泣(一夕顔 21-23)　夕顔の亡骸を惟光と東山に運ぶ(一夕顔 24)　惟光が慰める(一夕顔 26)　二条院で源氏が世話(一夕顔 28・30)　夕顔の素性を源氏に語る(一夕顔 31-33)　紫上に仕える。夕顔を回想(四玉鬘 1)　初瀬詣で。夕顔の遺児玉鬘と再会(四玉鬘 17-27)　玉鬘との再会を源氏に報告(四玉鬘 28-30)　源氏の消息を玉鬘に伝え、返事を勧める(四玉鬘 31-33)　玉鬘を五条に移す(四玉鬘 35)　源氏と玉鬘を対面させる(四玉鬘 36)　豊後介の配慮に感謝(四玉鬘 38)　玉鬘の求婚者について源氏と語る(四胡蝶 9)　玉鬘に源氏の恩を説く(四篝火 1)　源氏の手紙を玉鬘に渡す(四真木 19)

右近[2]　中君[3]の侍女。大輔君[3]の娘
匂宮と浮舟の件を中君に報告(八東屋 27-28)　浮舟の心中を忖度(八東屋 29)　浮舟の乳母が陳情(八東屋 30)　中君が物語を音読させる(八東屋 31)　女房たちと

浮舟の噂(八東屋 32)　弁尼に浮舟の噂を伝えた(八浮舟 39)

右近[3]　浮舟の乳母子

中君[3]に宇治から卯槌を贈る手紙を書く(八浮舟 4-5)　浮舟に近侍(八浮舟 10-11)　薫を装った匂宮を浮舟の寝所へ案内(八浮舟 12)　翌朝、匂宮と知って驚くが、その場を取り繕う(八浮舟 14-17)　匂宮からの文を旧知の男からと偽る(八浮舟 23)　匂宮再訪の際、侍従の君[2]と協力して対処(八浮舟 28-29・31)　薫の長所を認める(八浮舟 33)　秘密を知った薫からの文を見、東国での姉の悲話を浮舟に語って、薫か匂宮か決断を促す(八浮舟 48-49)　薫の警備強化につけて、浮舟に忠告(八浮舟 50-52)　なお浮舟に忠告(八浮舟 55)　匂宮、忍んで訪れるが、警戒厳重で対面不可能の旨を侍従の君を通して告げる(八浮舟 56)　事態を浮舟に報告(八浮舟 58)　浮舟失踪前夜にも決断を促す(八浮舟 59)　浮舟の入水を直感(九蜻蛉 1)　時方(ときかた)にも会わず(九蜻蛉 3)　侍従の君とともに中将君[4]に事実を打ち明け、葬儀を強行(九蜻蛉 6)　人々には真相を隠す(九蜻蛉 7)　匂宮の召しに応じず(九蜻蛉 14)　薫に浮舟入水の事情を語る(九蜻蛉 16-18)　浮舟の四十九日法要に、匂宮からの供物を右近の名で供養(九蜻蛉 22)　母(浮舟の乳母か)とともに宇治に残る(九蜻蛉 30)　小野の浮舟は右近を思い出すこともある(九手習 14)

右近[3]の姉 うこんのあね

常陸で２人の男から求愛された不幸な身の上が話題となる(八浮舟 49)

右近将監[1] うこんのぞう　伊予介の子

斎院御禊で源氏の随身(二葵 9)　官爵剝奪される。源氏の御陵参拝に随行(二須磨 14)　源氏・良清らと望郷の唱和(二須磨 29)　源氏の住吉参詣に随行。靫負尉(ゆけいのじょう)になり蔵人に復す(三澪標 15)　源氏の厚遇(三関屋 4)　五位になる。明石君の女房と会話(三松風 14)

右近将監[2]　夕霧の家人　〈左近将監[1]と同人か〉

雲居雁(くもいのかり)に後朝(きぬぎぬ)の文を届ける(五藤裏 6)

右近大夫[1] うこんのたいふ　光源氏の家人

篝火をともす(四篝火 2)

右近大夫[2]　薫の宇治の荘園の役人

邸を警備(八浮舟 50)　浮舟の葬儀について意見(九蜻蛉 6)

右近中将 うこんのちゅうじょう　→薫 かおる

宇治の阿闍梨 うじのあざり　八宮の仏道の師、宇治山に住む

八宮、阿闍梨に師事(七橋姫 7)　冷泉院に八宮を語る。薫、八宮へ

の橋渡しを依頼(七橋姫 8)　冷泉院の使者を案内(七橋姫 9)　八宮に薫を語る(七橋姫 10)　八宮、阿闍梨の堂に参籠(七橋姫 12)　八宮邸に招かれる(七橋姫 21)　参籠後発病した八宮を諭す(七椎本 14)　八宮死後、姫君たちを諭し法要を営む(七椎本 14)　薫からの音信(七椎本 15)　折にふれて姫君たちに贈り物など(七椎本 21-22・26)　八宮の一周忌準備(七総角 1)　薫から大君[3]の祈禱を依頼される(七総角 43)　薫に大君加持を再度依頼される(七総角 48)　八宮を夢に見、常不軽を行う(七総角 50)　大君受戒を望むも、阿闍梨には伝えられない(七総角 52)　中君[3]に蕨を贈る(八早蕨 1)　薫に八宮の忌日法要を依頼される(八宿木 14)　薫に八宮の旧邸を寺に改築する相談を受ける(八宿木 42)　薫より贈り物(八宿木 45)　律師となっている。薫に浮舟の供養を依頼される(九蜻蛉 19)　浮舟の四十九日法要を営む(九蜻蛉 22)　薫に浮舟の一周忌法要を依頼される(九手習 47)

宇治の家主 うじのいえあるじ

急病の小野の母尼がここに宿泊(九手習 1)

宇治の院の宿守 うじのいんのやどもり

横川僧都[2]一行が宿泊(九手習 1)　僧都に怪異を語る(九手習 3)

宇治の院守 うじのいんもり

この人の留守中、横川僧都[2]一行が宿泊(九手習 1)

宇治の宿直人[1] うじのとのいびと

薫に八宮の姫君たちの演奏を聞かせる(七橋姫 13)　薫と大君[3]の歌を仲介。薫下賜の衣の芳香に驚く(七橋姫 18-19 七総角 9)　薫と八宮を語る(七椎本 25)　薫が召す(七椎本 29)　薫が荘園の者に後援を命じる(八早蕨 6)

宇治の宿直人[2]

匂宮にとって忍び歩きの障害(八浮舟 9・15)　薫の命で邸を警備(八浮舟 57)　時方(ときかた)らを尋問せず(九蜻蛉 14)

薄雲女院 うすぐもにょういん　→藤壺中宮 ふじつぼのちゅうぐう

右大将[1] うだいしょう　系図不詳

病気で辞任(五若上 54)

右大将[2]　→薫 かおる　→頭中将[1] とうのちゅうじょう　→光源氏 ひかるげんじ　→鬚黒 ひげくろ　→夕霧 ゆうぎり

右大臣[1] うだいじん　弘徽殿大后、朧月夜君(おぼろづきよのきみ)の父。朱雀院[1]の祖父

高麗人の観相を耳にし、孫(朱雀院)の立太子を危ぶむ(一桐壺 15)　娘四の君[1]を左大臣家の蔵人少将(頭中将[1])と結婚させる(一桐壺 20)　娘朧月夜君と逢った源氏、大臣の婿扱いは遠慮したい(二花宴 6)　朧月夜君はまもなく春宮(とうぐう)(朱雀院)入内の予定(二花宴 9)　源氏を自邸の藤花の宴に招く

(㊁花宴 9)　朧月夜君・源氏結婚案、弘徽殿大后の反対にあう(㊁葵 50)　性急で意地悪だという(㊁賢木 13)　桐壺院崩御後、時勢に乗る(㊁賢木 18・20)　諒闇の年が明け、いよいよ専横(㊁賢木 43・45-46)　源氏と朧月夜君の密会を発見(㊁賢木 50-51)　源氏追放を画策(㊁賢木 52)　朧月夜君が許されるべく尽力(㊁須磨 27)　太政大臣まで上り、薨去(㊁明石 18)

右大臣[2]　鬚黒(ひげくろ)の父
既に娘の承香殿女御[2]が皇子(今上帝)を出産(㊁明石 25)

右大臣[3]　系図不詳〈それぞれ別人の可能性も〉
大原野行幸に供奉(ぐぶ)(㊃行幸 2)　夕霧を婿に望む(㊄梅枝 13)　女三宮[2]の裳着(もぎ)に列席(㊄若上 15)　二条院の精進落としの宴に列席(㊄若上 50)

右大臣[4]　→紅梅(こうばい)　→鬚黒(ひげくろ)　→夕霧(ゆうぎり)

右大弁[1](うだいべん)
源氏と鴻臚館(こうろかん)へ。高麗人と漢詩の応酬(㊀桐壺 15)　源氏元服の儀で献上品を調進(㊀桐壺 19)

右大弁[2]　鬚黒(ひげくろ)の四男。玉鬘腹の次男
玉鬘主催の賀で父が同伴(㊄若上 26)　朱雀院[1]五十賀に備え童殿上(わらわてんじょう)(㊄若下 18)　試楽で万歳楽を舞う(㊄若下 82)　既に父と死別(㊆竹河 1)　既に右中弁。夕霧の女三宮[2]訪問に随行(㊆竹河 5)　兄弟姉妹と父在世の頃を回顧(㊆竹河 10)　大君[2]の冷泉院参院に反対。春宮[1](とうぐう)入内を勧める(㊆竹河 11)　大君参院の準備(㊆竹河 18)　大君を参院させた母を非難(㊆竹河 23・31)　中君[4]出仕で夕霧に弁明(㊆竹河 29)　母の出家を諫止(㊆竹河 30)　右大弁となる(㊆竹河 35)

右大弁[3]　夕霧の子息
賭弓(のりゆみ)の後、六条院の還饗(かえりあるじ)に出席(㊆匂兵 12)　匂宮の初瀬詣でに随行(㊆椎本 1)

右大弁[4]　→紅梅(こうばい)

内の君(うちのきみ)　→中君[4](なかのきみ)

右中弁(うちゅうべん)　右大臣[1]の子
朧月夜君(おぼろづきよのきみ)らの退出を見送る(㊁花宴 6)

空蟬(うつせみ)　伊予介の妻。衛門督[1]の娘
継子紀伊守[1]の邸で源氏に逢う(㊀帚木 23-29)　源氏の文に応じない(㊀帚木 30-32)　源氏来訪。和歌贈答のみ(㊀帚木 33-34)　源氏への思いを断とうとするが、ながめがち(㊀空蟬 1)　源氏訪れ、垣間見(㊀空蟬 2-4)　寝所に忍ぶ源氏から逃れる(㊀空蟬 5-7)　源氏の手習風の文に歌を書き添える(㊀空蟬 9-10)　源氏と折々文通(㊀夕顔 7)　病の源氏と和歌贈答

(㊀夕顔 34)　伊予介下向に際し源氏と和歌贈答(㊀夕顔 38)　源氏、折々には想起(㊀末摘 1·18)　常陸から帰京途次、源氏と遭遇(㊂関屋 1-3)　源氏と消息を交わす(㊂関屋 5)　夫と死別後、出家(㊂関屋 6-7)　源氏が正月の晴着を配る女君の1人(㊃玉鬘 39)　二条東院に住んでいる(㊃初音 9)

内舎人(うどねり)
薫の荘園を管理(㊆椎本 25)　邸に薫が匂宮を案内(㊆総角 21)　薫が八宮邸の宿直人らの世話を命じる(㊇早蕨 6)　薫が八宮邸の寝殿の移築を命じる(㊇宿木 42)　破籠(わりご)を献じる(㊇宿木 59)　薫が弁尼上京の供を命じる(㊇東屋 41)　宇治に到着した薫を迎える(㊇東屋 46)　荘園に縁者多く、婿は右近大夫[2](㊇浮舟 50)　警備強化を右近[3]に伝言(㊇浮舟 52)　浮舟葬送について侍従の君[2]らに意見(㊈蜻蛉 6)

右兵衛督(うひょうえのかみ)　鬚黒(ひげくろ)の三男で玉鬘腹の長男
誕生(㊃真木 23)　玉鬘主催の賀で父が同伴(㊄若上 26)　朱雀院[1]五十賀に備え童殿上(わらわてんじょう)(㊄若下 18)　女楽(おんながく)の拍子合わせで笙を吹く(㊄若下 24-25·33)　試楽で陵王(りょうおう)を舞う(㊄若下 82)　既に父と死別(㊆竹河 1)　既に左近中将。夕霧の女三宮[2]訪問に随行(㊆竹河 5)　弟や妹と父在世の頃を回顧(㊆竹河 10)　大君[2]の冷泉院参院に反対。春宮[1](とうぐう)入内を勧める(㊆竹河 11·28)　大君参院の準備(㊆竹河 18)　大君の件で今上帝の不興を買い、母を非難(㊆竹河 23·31)　母の出家を諫止(㊆竹河 30)　右兵衛督となる(㊆竹河 35)　既に左兵衛督。藤壺の藤花の宴に出席(㊇宿木 54)

馬頭(うまのかみ)　宮の君の継母の兄弟
継母が宮の君との結婚を企図(㊈蜻蛉 31)

馬助(うまのすけ)
夕霧が手紙を託す(㊃野分 11)

梅壺(うめつぼ)　→秋好中宮(あきこのむちゅうぐう)

雲林院の律師(うりんいんのりし)　桐壺更衣の兄弟
源氏が訪問(㊁賢木 29)

え

衛門督[1](えもんのかみ)　空蝉や小君[1]の父
既に故人。空蝉の出仕を希望していた(㊀帚木 25·30)

衛門督[2]　夕霧の子息〈太郎[1]と同人か〉
賭弓(のりゆみ)の後、六条院の還饗(かえりあるじ)に出席(㊆匂兵 12)　明石中宮の命で匂宮の宇治の紅葉狩に随身を率いて参上(㊆総角 37-38)　今上帝に匂宮の忍び歩きを漏らす(㊆総角 40)

衛門督[3]　小野の妹尼の夫

既に故人(⑨手習 13·40 ⑨夢浮 2)

衛門督[4] →柏木(かしわぎ)

衛門督[3]の娘(えもんのかみのむすめ) 母は小野の妹尼

既に故人。母が浮舟をこの人の生まれ変わりの様に思う(⑨手習 4·26 ⑨夢浮 2) 中将[3]と結婚していた(⑨手習 13) 浮舟を見るにつけこの人を妹尼も女房も想起(⑨手習 17–18)

お

王女御(おうにょうご) 冷泉院女御。式部卿宮[1]の次女

紫上の幸運と比較される(②賢木 19) 父が冷泉帝入内を計画(③澪標 13·26 ③絵合 5) 入内、立后かなわず(③少女 10) 母が源氏の仕打を恨む(③少女 43 ④真木 12) 承香殿にいる。局が隣の玉鬘とは疎遠(④真木 14)

近江守(おうみのかみ) →良清(よしきよ)

近江君(おうみのきみ) 頭中将[1]の娘

内大臣(頭中将)の落胤引き取りが世間の噂に(④常夏 2·7) 内大臣、処遇に苦慮し弘徽殿女御に託す(④常夏 9) 無思慮で早口。父大臣をあきれさす(④常夏 10–11) 弘徽殿女御に珍妙な手紙(④常夏 12) 女御方も珍妙な返歌(④常夏 13) 世間の笑いぐさに(④篝火 1) 内大臣、この娘のことを大宮に憂う(④野分 13) 尚侍を望む(④行幸 18) 内大臣、愚弄する(④行幸 19) 夕霧に懸想(④真木 24) 双六の際「明石尼君」と唱えた(⑤若下 14)

近江君の母(おうみのきみのはは)

既に故人。娘の早口を常に注意(④常夏 11)

近江君の乳母(おうみのきみのめのと)

近江君を甘やかしていた(④常夏 11)

王命婦(おうみょうぶ) 藤壺中宮の侍女

藤壺の許へ源氏を手引き(①若紫 20) 藤壺懐妊に恐懼(①若紫 21–22) 源氏と対面(②紅葉 6) 源氏と和歌を贈答(②紅葉 12) 藤壺に源氏への返歌を勧める(②紅葉 14) 藤壺の源氏への挨拶を取り次ぐ(②葵 42) 源氏・兵部卿宮(式部卿宮[1])らと唱和(②賢木 15) 藤壺に迫る源氏に困惑(②賢木 23–25) 源氏を気の毒に思う(②賢木 27) 源氏から藤壺に紅葉(②賢木 33) 源氏へ藤壺の歌を取り次ぐ(②賢木 36) 源氏へ藤壺の言葉を取り次ぐ(②賢木 41) 藤壺の供に出家(②賢木 42) 藤壺の代理に春宮(とうぐう)(冷泉院)に伺候。源氏の挨拶を取り次ぐ(②須磨 16) 源氏を恋い泣く春宮を不憫に思う(②須磨 32) 秘密を知るのは他に夜居の僧都のみ(③薄雲 23) 冷泉帝は真相を尋ねようかと悩む(③薄雲 25) 御匣殿(みくしげどの)別当の後任となる。源氏に秘密の漏洩を問われ、否定(③薄雲

26)

大君[1] おおいぎみ　夕霧の長女

藤典侍腹([六]夕霧 49)　春宮[1](とうぐう)に入内。寵を独占([七]匂兵 2 [七]紅梅 2 [七]竹河 11)　春宮入内にもまして夕霧は六の君と匂宮の結婚に熱心。ここでは雲居雁(くもいのかり)腹とあり([四]宿木 24)

大君[2]　鬚黒(ひげくろ)の次女。玉鬘腹の長女

今上帝・冷泉院の求婚([七]竹河 2)　蔵人少将[3]の求婚([七]竹河 3)　妹(中君[4])と碁。兄たちと父在世の頃を回顧([七]竹河 9–12)　蔵人少将の垣間見([七]竹河 12)　賭物の桜を惜しみ妹らと唱和([七]竹河 13)　冷泉院に参院決定([七]竹河 14)　少将と贈答。参院([七]竹河 18–20)　懐妊([七]竹河 24)　男踏歌(おとこどうか)見物の後、合奏([七]竹河 25–26)　女宮(女二宮[1])を出産([七]竹河 27)　弘徽殿女御方との関係不穏([七]竹河 28)　参内した妹ばかりを訪ねる母に不満([七]竹河 30)　男児(今宮)出産、弘徽殿女御との関係悪化([七]竹河 31)　里がちに過ごす([七]竹河 32)　蔵人少将の執心([七]竹河 35)

大君[3]　八宮の長女

薫が宇治の姫君たちを心にとめている([七]竹河 33)　誕生。妹中君[3]を出産後母北の方死去、父八宮の愛育([七]橋姫 2)　父宮の出家の妨げとなる([七]橋姫 3)　父宮・中君と水鳥の歌を詠む。父宮に琵琶を習う([七]橋姫 4)　宮邸焼失、宇治に移住([七]橋姫 6)　宇治の阿闍梨、冷泉院の御前で姫君たちの弾琴をほめる([七]橋姫 8)　薫の垣間見([七]橋姫 14)　薫と対面([七]橋姫 15)　薫と詠歌([七]橋姫 18)　薫、匂宮に語る([七]橋姫 20)　薫来訪。八宮後事を託し、薫は快諾する([七]橋姫 22)　匂宮の文には応じず([七]椎本 6)　薫来訪。八宮再び後事を託し、薫は夫ではない形で姫君たちを後見することを約束する([七]椎本 8)　薫との相応な会話([七]椎本 10)　八宮、娘たちに訓戒([七]椎本 12)　八宮、山寺参籠。中君と慰め合う([七]椎本 13)　八宮、死去([七]椎本 14)　薫の弔問([七]椎本 15)　匂宮と文通([七]椎本 16)　薫来訪。歌を贈答([七]椎本 17–18)　悲嘆の日々([七]椎本 21)　阿闍梨の見舞。中君と歌を詠み合う([七]椎本 22)　薫来訪。匂宮にかこつけて慕情を訴えられ困惑([七]椎本 23–24)　阿闍梨の贈り物([七]椎本 26)　薫の垣間見([七]椎本 29)　八宮の一周忌を控え薫来訪。恋情を訴えられる([七]総角 1–2)　中君と薫の結婚を願う([七]総角 2–3)　薫に迫られるが、ことなく朝を迎える([七]総角 5–7)　自分ではなく中君を薫にと思う([七]総角 8)　中君に薫の移り香を疑われる([七]総角 9)　父宮の一周忌が終わり、

中君の美しさをうれしく思う(七総角 10) 薫が来訪するも対面せず(七総角 11) 中君に薫を勧めるが拒まれる(七総角 12) 対応に苦慮し弁と語らう(七総角 13-14) 薫が居室に忍び入るが、中君を残し逃れる(七総角 16) 翌朝、中君とは気まずい(七総角 18) 薫に返歌(七総角 19) 薫は中君に気持が移ったと見せかけながら匂宮を中君に逢わせ大君に迫るが、やはり実事なく朝を迎え和歌を詠み交わす(七総角 21-23) 中君をなだめ匂宮の後朝(きぬぎぬ)の文に返事を書かせる(七総角 24) 中君を慰め結婚第2夜の匂宮を迎えさせる(七総角 25) 3日目、薫から贈り物が届き、添えられた和歌に返歌(七総角 26) 第3夜、匂宮から文だけが届き落胆するが夜半の宮の来訪に安堵。女房たちの老醜にわが衰えを思う(七総角 29) 匂宮の途絶えにいよいよ自身の結婚は思い離れる(七総角 32) 匂宮とともに薫来訪。こまやかに語らうものの逢わず(七総角 33-34) 薫は大君を京に迎える心づもり(七総角 36) 匂宮、紅葉狩を口実に宇治を訪れるも事が大きくなり中君を訪ねられない。大君は結婚への不信感を強め己の運命を悲嘆(七総角 37-39) 大君の病を知り薫来訪、大君は自ら枕辺に招く(七総角 42-43) 匂宮の婚約を知る(七総角 44) 中君の夢に父宮が現れたことを聞き、恋しさ募る(七総角 45) 中君に匂宮への返事を促す(七総角 46) 薫、大君を見舞い看護する(七総角 49) 阿闍梨の夢に現れた父宮の様子を聞く(七総角 50) 受戒を望むも果たせず(七総角 52) 豊明(とよのあかり)の夜、薫に見守られながら死去(七総角 53-54) 中君、姉を忘れ得ず(八早蕨 1・4-5・12 八宿木 7・12-13・16・35-36・52 八東屋 19・21・31 八浮舟 3) 薫、大君を忘れ得ず(八早蕨 3・5 八宿木 6・9-10・12-14・22・29・36-38・41・43・51-53・56・58-60 八東屋 19・22・39・45-46・48-50 八浮舟 3・26 九蜻蛉 29・36) 浮舟にとり憑いていたもののけ、自分が大君を取り殺したと告げる(九手習 9) 世間は薫の妻と認識(九手習 5・47)

大君[4] →麗景殿女御[3](れいけいでんのにょうご)

大君[2]の侍女(おおいぎみのじじょ)

蔵人少将[3]を不憫に思う(七竹河 17) 薫と歌を贈答(七竹河 26)

大堰の宿守(おおいのやどもり)

明石入道が旧宅の修理を命じる(三松風 3)

大北の方(おおきたのかた) →式部卿宮[1]の大北の方(しきぶきょうのみやのおおきたのかた)

大蔵卿[1](おおくらきょう)

源氏元服の儀で理髪役(一桐壺 18)

大蔵卿[2] 左大臣[3]の子

藤壺女御[2]の異腹の兄弟(㈣宿木 2)　薫と女二宮[2]の露顕(ところあらわし)の宴に出席(㈣宿木 51)

大宮(おおみや)　桐壺院と同じ后腹の皇女

左大臣[1]の正妻。頭中将[1]・葵上の母(㈠桐壺 20)　頭中将よりも源氏に好意的な中務[1]に不満(㈠末摘 6)　葵上に斎院御禊の見物を勧める(㈡葵 6)　葵上出産の世話をする。夕霧誕生(㈡葵 20・22)　衰弱した葵上に付き添う(㈡葵 26)　葵上急逝の悲嘆で病床につく(㈡葵 31)　源氏と歌の贈答(㈡葵 36)　源氏が左大臣家を去るのを悲しむ。夕霧を養育(㈡葵 39)　源氏に新調の衣を贈る(㈡葵 53)　葵上をしのび源氏と歌を贈答(㈡須磨 6)　早世した葵上を追慕(㈢澪標 4)　源氏が婿であることを妹の女五宮が羨ましがる(㈢朝顔 2　㈢少女 2)　源氏の夕霧への教育方針に不満(㈢少女 4)　夕霧は二条東院の曹司に籠り、訪問が稀に(㈢少女 7)　内大臣(頭中将)の娘(雲居雁(くもいのかり))も養育(㈢少女 11)　内大臣と琴を弾きながら会話(㈢少女 13-14)　内大臣が雲居雁への放任主義を非難。既に尼姿(㈢少女 17-19・37)　雲居雁との件で、夕霧を諭す(㈢少女 20)　雲居雁と惜別。秘かに夕霧と逢わせる(㈢少女 25-26)　夕霧と嘆きあう(㈢少女 38)　雲居雁に会わせない内大臣を恨む(㈣常夏 8)　野分(のわき)におびえ、夕霧の見舞を喜ぶ(㈣野分 3)　内大臣来訪。雲居雁と会えない嘆きを訴える(㈣野分 13)　発病。夕霧が懸命に看護(㈣行幸 6)　見舞に参上した源氏から玉鬘の素性を明かされる(㈣行幸 7-8)　内大臣を招き、源氏と対面させる(㈣行幸 9-11)　葵上を思い涙する(㈣行幸 12)　玉鬘の裳着(もぎ)に贈り物(㈣行幸 14)　既に逝去(㈣藤袴 2)　3月20日に逝去したという(㈤藤裏 1)　夕霧・雲居雁・太政大臣(頭中将)、追悼の唱和(㈤藤裏 12)　かつて雲居雁に琴を教えていた(㈤若下 34)　かつて夕霧の修法につき小野の律師に依頼していた(㈥夕霧 12)

落葉宮(おちばのみや)　朱雀院[1]女二宮。母は一条御息所

出家した父院との別れを悲しむ(㈤若上 17)　柏木と結婚。更衣腹のため軽視される(㈤若下 44)　柏木が落葉にたとえる。箏の琴を弾く(㈤若下 52)　父院の五十賀を主催(㈤若下 76)　病気の柏木の退出を残念に思う(㈤若下 84-85)　柏木が夕霧に後事を依頼。対面かなわぬまま柏木と死別(㈥柏木 17-21)　夕霧が弔問(㈥柏木 27)　夕霧来訪。歌を贈答(㈥柏木 31)　柏木一周忌に夕霧が見舞う(㈥横笛 1)　夕霧来訪。夕霧の琵琶に箏で想夫恋を合奏(㈥横笛 7-

8) 小野に移住。夕霧に礼状([六]夕霧 1-2) 夕霧と歌の贈答([六]夕霧 5-6) 泊まった夕霧の恋情に困惑。ともかくことなく夕霧を帰す([六]夕霧 7-10) 夕霧の手紙を拒む([六]夕霧 11) 母御息所と対面。夕霧の手紙が届く([六]夕霧 14-16) 母への弁明に窮する([六]夕霧 20) 母の死に悲嘆([六]夕霧 21) 諸方より弔問([六]夕霧 22-23) 葬儀。小野に移住を考える([六]夕霧 24) 夕霧の慰問にも返事せず([六]夕霧 25) 少将[3]が夕霧への手紙に心やりの歌を同封([六]夕霧 31) 母の四十九日の法要。父院に出家を諫止される([六]夕霧 33-34) 夕霧と大和守の説得で自邸に戻る([六]夕霧 35-37) 夕霧を拒み塗籠に籠る([六]夕霧 38) 少将が夕霧を塗籠に導き、契りを交わす([六]夕霧 43-45) 蔵人少将[2]が訪問([六]夕霧 48) 六条院夏の町に迎えられ、夕霧は1日おきに通う([七]匂兵 3) 夕霧の六の君を養育する([七]匂兵 11) 六の君に代わり匂宮に後朝(きぬぎぬ)の返歌([八]宿木 19) 薫と女二宮[2]の結婚を、夕霧は自分と宮の関係に比較([八]宿木 51)

小野の妹尼 おののいもうとあま　横川僧都[2]の妹

初瀬詣での帰途、母尼が発病したため兄僧都と宇治院で看病([九]手習 1) 行き倒れの女(浮舟)を介抱、長谷観音が亡き娘の代わりに授けたものと信じる([九]手習 4) 小野に帰る([九]手習 6) 女を看病([九]手習 7) 僧都の下山を要請([九]手習 8) 意識を回復した女を介抱([九]手習 11) 女に素性を問うも答えず([九]手習 12) 妹尼の素性([九]手習 13) 浮舟を世話([九]手習 14-15) かつての娘婿中将[3]来訪([九]手習 16-18) 浮舟に代わり中将へ返歌([九]手習 20) 中将来訪、浮舟に苛立つ([九]手習 21-24) 翌朝、中将に返歌([九]手習 25) 浮舟を残し初瀬詣で([九]手習 26) 碁が強い([九]手習 27) 浮舟の出家に悲嘆([九]手習 38) 僧都を恨む([九]手習 41) 来訪した中将と語る([九]手習 42・44) 浮舟、以前よりも親しむ([九]手習 45) 浮舟と歌を贈答([九]手習 46) 紀伊守[2]来訪、京の噂。浮舟母の心を推察([九]手習 47-49) 薫一行を見る([九]夢浮 5) 薫の使で小君[2]来訪([九]夢浮 7-8) 妹尼は促すが、浮舟は小君に会わず薫への返事も拒む([九]夢浮 9-12)

小野の母尼 おののははあま　横川僧都[2]の母

初瀬詣での帰途発病([九]手習 1) 病状回復。小野へ帰る([九]手習 6) 和琴を演奏([九]手習 22-24) 老耄ぶりに浮舟が怯える([九]手習 29-30) 浮舟に食事を勧める([九]手習 31) 浮舟の出家の意志を僧都に

伝える(九手習 32)　孫の紀伊守[2]が訪問(九手習 47)　僧都と薫が噂(九夢浮 1-2)　小君の応対に出てくる(九夢浮 12)

小野の律師 おののりし
一条御息所が帰依(六夕霧 1)　夕霧と落葉宮の件を御息所に告げる(六夕霧 12)　御息所を懸命に加持(六夕霧 21)

朧月夜君 おぼろづきよのきみ　朱雀院[1]の尚侍。右大臣[1]の六女。弘徽殿大后の妹
南殿の花の宴後、源氏と出逢う(二花宴 3-4)　源氏、素性を探る。まもなく春宮(とうぐう)(朱雀院)のもとに入内するらしい(二花宴 5-6・9)　右大臣邸藤花の宴で源氏に再会(二花宴 10)　御匣殿(みくしげどの)として既に出仕。源氏との結婚を許す考えの父右大臣に姉弘徽殿大后は反対(二葵 50)　尚侍になり、弘徽殿に住む。朱雀帝、寵愛する(二賢木 17)　源氏と密会(二賢木 21)　帝、源氏との関係を知りつつも咎めず(二賢木 34)　源氏に消息、和歌贈答(二賢木 37)　源氏との密会を父右大臣に発見される(二賢木 50-52)　須磨出発前の源氏と文を交わす(二須磨 12)　須磨の源氏と文を交わす(二須磨 21・24)　参内許される。帝寵あついが源氏を慕う(二須磨 27)　源氏との密通の噂は、明石尼君も聞いている(二須磨 34)　退位近い朱雀帝、いよいよ執着(三澪標 2)　帰京した源氏の誘いに応えず、退位した朱雀院に従う(三澪標 11)　絵合(えあわせ)には弘徽殿女御方に加勢(三絵合 11)　源氏、紫上相手に評する(三朝顔 15)　折々には源氏から便り(三少女 41)　源氏、往事を想起(四真木 20)　源氏、当代の名筆に数える(五梅枝 7)　朱雀院、この人と源氏の仲を想起(五若上 7)　甥柏木の女三宮[2]求婚に協力(五若上 10-11)　朱雀院出家に思い沈む(五若上 17)　二条宮に住み、出家準備(五若上 39)　源氏と久しぶりに対面、その後も逢瀬(五若上 39-42・46)　出家。源氏より見舞(五若下 74-75)

おもと[1]　紀伊守[1]の老侍女
源氏を民部のおもとと誤認(一空蟬 8)

おもと[2]　→姉おもと あねおもと　→中将のおもと[1・2・3・4] ちゅうじょうのおもと　→弁のおもと[1・2] べんのおもと　→民部のおもと みんぶのおもと

女一宮[1] おんないちのみや　桐壺院の皇女。母は弘徽殿大后
源氏の美しさには及ばず(一桐壺 14)　祖父右大臣[1]家で生活(二花宴 9-10)　父院から拝領の名琴を太政大臣(頭中将[1])に下賜(五若上 28)

女一宮[2]　朱雀院の皇女
4人いる皇女の1人(五若上 1)

女一宮[3]　冷泉院の皇女。母は弘徽殿女御
院が鍾愛(〔七〕匂兵 5 〔七〕竹河 27・31)　匂宮が執心(〔七〕匂兵 9 〔七〕総角 41)　病気(〔七〕橋姫 25)

女一宮[4]　今上帝の皇女。母は明石中宮
紫上が養育(〔五〕若下 16)　病の紫上が、成長を見届けられないのを悲しんだのはこの宮か(〔五〕若下 43)　紫上、宮の養育に不安(〔五〕若下 75)　六条院で育つ(〔六〕横笛 4)　紫上、落葉宮の噂につけ女一宮を案じる(〔六〕夕霧 32)　死期迫る紫上、女一宮を思う(〔六〕御法 6)　六条院春の町の東対に住み、紫上を追慕(〔七〕匂兵 2)　薫、女一宮を想起(〔七〕椎本 29 〔七〕総角 28)　匂宮の戯れ(〔七〕総角 41)　世評高い(〔八〕宿木 1)　匂宮、浮舟を宮の侍女にとも考える(〔八〕浮舟 31)　匂宮は懸想人を女一宮に仕えさせている(〔八〕浮舟 47)　匂宮、女一宮方を慰め所に(〔九〕蜻蛉 23)　薫が垣間見る(〔九〕蜻蛉 25)　薫、妻女二宮[2]に女一宮と同じ装いをさせ、文通を勧める(〔九〕蜻蛉 26)　薫、明石中宮に女一宮からの消息を依頼(〔九〕蜻蛉 27)　女二宮に手紙(〔九〕蜻蛉 29)　宮の君が出仕(〔九〕蜻蛉 31)　もののけに悩み、横川僧都[2]が招請される(〔九〕手習 32・34)　僧都が癒す(〔九〕手習 39・41)

女五宮（おんなごのみや）　桐壺院・桃園宮の姉妹
朝顔姫君と桃園宮に住む。源氏が訪問(〔三〕朝顔 1-2・8-10)　源氏と朝顔姫君の結婚を願う(〔三〕朝顔 7)　朝顔姫君に源氏との結婚を勧める(〔三〕少女 2)

女三宮[1]（おんなさんのみや）　桐壺院の皇女。母は弘徽殿大后
源氏の美しさには及ばず(〔一〕桐壺 14)　祖父右大臣[1]邸で生活(〔二〕花宴 9-10)　斎院となる(〔二〕葵 5)　父院の死で斎院を退く(〔二〕賢木 20)　桐壺帝は前斎宮(秋好中宮)をこの皇女らと同列に扱おうとした(〔三〕澪標 24)

女三宮[2]　朱雀院[1]の皇女。母は藤壺女御[1]
父朱雀院は将来を憂慮。春宮(とうぐう)(今上帝)に後見を依頼(〔五〕若上 1-2)　父院は婿選びに苦慮(〔五〕若上 3-14)　裳着(もぎ)。腰結(こしゆい)役は太政大臣(頭中将[1])(〔五〕若上 15-17)　源氏が後見を承諾(〔五〕若上 18-20)　六条院へ輿入れ。春の町の寝殿に住む。西の放出(はなちいで)で儀式。3日間通った源氏はその幼さに失望(〔五〕若上 30-31)　源氏に幼い返歌(〔五〕若上 36-37)　紫上と対面。互いに文通(〔五〕若上 45・47-48)　源氏の表面的な待遇を明石君が見抜く(〔五〕若上 75)　夕霧が女三宮を批評(〔五〕若上 76-77)　柏木の執心(〔五〕若上 78)　六条院の蹴鞠の際、柏木が垣間見る(〔五〕若上 79-83)

源氏の待遇に柏木が同情(㊄若上84)　柏木の手紙で垣間見を知り、源氏の叱責を恐れる(㊄若上85-86)　春宮が猫を所望(㊄若下2-4)　今上帝の庇護あつい(㊄若下10)　二品に叙せられる(㊄若下15)　朱雀院五十賀のため源氏が琴を教習(㊄若下19)　源氏が琴について語る。21、2歳だが幼稚(㊄若下21)　女楽(おんながく)で琴を演奏。源氏は一応満足(㊄若下22-27)　源氏が青柳にたとえる(㊄若下28)　夕霧に禄、源氏に高麗笛を奉る。紫上と一夜語る(㊄若下33・35)　源氏が宿泊(㊄若下40)　柏木と契る。源氏を思って泣く(㊄若下45-49)　見舞に訪れた源氏を恐れる(㊄若下50-51)　源氏は紫上危篤の報に立ち去る(㊄若下53)　懐妊。良心の苛責に苦しむ(㊄若下61)　見舞った源氏は懐妊に不審。和歌の贈答(㊄若下63-65)　源氏に柏木の手紙を知られ驚愕(㊄若下66-69)　源氏の訪問絶える。紫上は心中を気遣う(㊄若下70)　源氏と父院を思い憚る(㊄若下71)　源氏、安産の祈禱(㊄若下72)　体調不良のため朱雀院五十賀はさらに延期(㊄若下76)　朱雀院から手紙(㊄若下77)　父院に心配をかけないよう源氏が訓戒(㊄若下78)　朱雀院五十賀に参上(㊄若下87)　柏木から最後の手紙。ひそかに歌を贈答(㊅柏木2-3・6)　不義の子(薫)を出産。産養(うぶやしない)。源氏に出家を願う(㊅柏木8-11)　心配した父院が下山。出家の志を訴え父の手で得度(㊅柏木12-15)　出家は六条御息所の死霊の所業だった(㊅柏木16)　柏木の死に泣く(㊅柏木21)　源氏と隔たり。柏木のことをほのめかされ返事できず(㊅柏木22-25)　父院から山菜に添え贈歌(㊅横笛2-3)　持仏開眼供養。源氏と歌の贈答(㊅鈴虫1-3)　源氏は別居のため三条宮を整備(㊅鈴虫4)　源氏の未練を厭う(㊅鈴虫5)　源氏と歌の贈答(㊅鈴虫6)　父院はこの宮の次に落葉宮を鍾愛(㊅夕霧33)　父院はこの宮に続き落葉宮も出家することを憂慮(㊅夕霧34)　来訪した源氏に心ない対応(㊅幻6)　源氏死後、三条宮で生活(㊆匂兵3)　仏道に専念(㊆匂兵5-6)　夕霧らが年賀に参上(㊆竹河5)　読経に専念する姿に薫は出生の秘密を聞き出せず(㊆橋姫26)　三条宮焼亡。六条院へ転居(㊆椎本28)

薫が中君[3]に贈る衣料を依頼(㊆総角36 ㊇宿木33)　音沙汰の無い薫を心配する(㊆総角60)　薫の出家を危惧(㊇宿木14)　薫を慕う女房が多い(㊇宿木23)　薫と女二宮[2]の結婚を喜ぶ。今上帝の庇護あつく、たびたび消息(㊇宿木51)　源氏自筆の楽譜、朱雀院

の楽器を薫に託し奏上(四宿木 54)　薫から消息(四東屋 47)　病気平癒のため薫が石山寺に参詣(九蜻蛉 8)　薫は、母が心配で出家を遂げられずにいるという(九夢浮 3)

女三宮[2]の乳母[1] おんなさんのみやのめのと
宮の降嫁につき兄弟の左中弁[2]、朱雀院[1]と相談(五若上 8)　宮への源氏の手紙に口頭で返事(五若上 35)　紫上に圧倒される宮を憂慮(五若上 37)　宮の懐妊を知る。源氏の稀な来訪を恨む(五若下 61)　宮の供に出家(六鈴虫 5)

女三宮[2]の乳母[2] →侍従の乳母 じじゅうのめのと　→中納言の乳母 ちゅうなごんのめのと

女四宮 おんなしのみや　朱雀院[1]の皇女 4 人いる皇女の 1 人(五若上 1)

女二宮[1] おんなにのみや　冷泉院の皇女。母は玉鬘の大君[2]
誕生。産養(うぶやしない)(七竹河 27)　父院が鍾愛、里下りさせず(七竹河 33)

女二宮[2]　今上帝の皇女。母は藤壺女御[2]
母藤壺女御が大切に養育(四宿木 1)　母と死別(四宿木 2)　父帝と碁。続いて薫が碁に召され、今上帝は薫への降嫁を企図(四宿木 3–4・22)　裳着(もぎ)の準備(四宿木 49)　裳着、薫に降嫁(四宿木 51)　かつて紅梅が降嫁を希望(四宿木 55)　三条宮へ移る(四宿木 56)
帝や女三宮[2]が庇護。薫も厚遇(四東屋 40)　薫から宇治逗留の手紙(四東屋 47)　薫の浮舟引き取りを承諾(四浮舟 36)　薫訪れず、手紙(九蜻蛉 9)　薫が女一宮[4]と同じ装束をさせる(九蜻蛉 26)
女一宮の絵の下賜を薫が明石中宮に依頼(九蜻蛉 27)　女一宮から手紙と絵(九蜻蛉 28)　宇治の里人は、薫は他の女に心を移さないと思う(九手習 5)　小野の尼君らの噂(九夢浮 5)

女二宮[3] →落葉宮 おちばのみや

陰陽師[1] おんようじ
源氏が上巳の祓を命じる(三須磨 36)

陰陽師[2]
柏木の病状を占う(六柏木 4)

か

薫 かおる　光源氏の次男。母は女三宮[2]。実は柏木の子
誕生(六柏木 8)　産養(うぶやしない)(六柏木 9)　五十日(いか)の祝(六柏木 22)　柏木に似る(六柏木 24–25)　這う(六柏木 33)　筍を齧る(六横笛 4–5)　夕霧、薫の実父は柏木かと疑う(六横笛 14)　匂宮と遊ぶ(六幻 6)　匂宮と並び称されている(七匂兵 1)　冷泉院に寵遇され、14 歳で侍従、そして中将に(七匂兵 5)　出生の秘密に苦慮(七匂兵 6)　光源氏を凌ぐ栄達(七匂兵 7)　身の芳香(七匂兵 8)　匂宮の対抗意識(七匂兵 9)　19 歳で宰相中将に。

道心深い([七]匂兵 10)　六条院の還饗(かえりあるじ)列席([七]匂兵 12)　琵琶の名手の1人([七]紅梅 5)　匂宮と並び、噂の的([七]紅梅 10)　玉鬘と懇意([七]竹河 4)　玉鬘邸に年始([七]竹河 6)　正月下旬、玉鬘邸再訪([七]竹河 7-8)　玉鬘の大君[2]の冷泉院参院に歌を贈る([七]竹河 15)　参院後も大君[2]を思う([七]竹河 21)　大君[2]の箏に心騒ぐ([七]竹河 24)　男踏歌(おとこどうか)の歌頭に([七]竹河 25)　冷泉院の愛顧([七]竹河 26)　宰相中将で「にほふや、かをるや」と騒がれる。玉鬘の後悔([七]竹河 32)　中納言に昇進、玉鬘の愚痴いなす。大君[2]や宇治の姫君たちのことが心にとまる([七]竹河 33)　紅梅大納言も目をとめる([七]竹河 34)　なお密かに大君[2]思慕([七]竹河 35)　八宮の噂聞く([七]橋姫 8)　宇治の阿闍梨、八宮に薫を語る([七]橋姫 10)　八宮と親交([七]橋姫 11)　晩秋、宇治に行く([七]橋姫 12-13)　姫君たちを垣間見([七]橋姫 14)　大君[3]と語り合う([七]橋姫 15)　老女房弁(弁尼)登場([七]橋姫 16)　弁の昔語り([七]橋姫 17)　大君と詠歌([七]橋姫 18)　宇治に手紙([七]橋姫 19)　匂宮に姫君たちの話をする([七]橋姫 20)　10月の宇治行き([七]橋姫 21)　姫君たちの後事依託される([七]橋姫 22)　弁、出生の秘密語る([七]橋姫 23-24)　実父柏木の形見の文を読み、衝撃([七]橋姫 25-26)　匂宮の宇治中宿りに同行([七]椎本 1)　八宮、密かに薫を婿に望む([七]椎本 2)　公達と八宮邸訪問([七]椎本 4)　中納言に昇進([七]椎本 7)　姫君たちの後事を再び承引([七]椎本 8-9)　姫君たちと語る([七]椎本 10)　帰京([七]椎本 11)　八宮の死、弔問([七]椎本 15)　宇治を訪問([七]椎本 17)　大君と詠歌([七]椎本 18)　弁と語る([七]椎本 19)　帰京、匂宮と語る([七]椎本 20)　年末、宇治訪問([七]椎本 23)　大君に匂宮を語り、自身の恋情を訴える([七]椎本 24)　帰京([七]椎本 25)　恋のしるべ役([七]椎本 27)　三条宮焼亡([七]椎本 28)　再び姫君たちを垣間見([七]椎本 29)　八宮の一周忌準備([七]総角 1)　大君に恋情訴える([七]総角 2)　弁と大君を語る([七]総角 3)　宇治に宿泊([七]総角 4)　大君に迫る([七]総角 5-6)　何ごともない暁の別れ([七]総角 7)　大君、薫と妹中君[3]の結婚望む([七]総角 8)　帰京([七]総角 9)　8月末、宇治訪問([七]総角 11)　大君、中君に薫との結婚勧める([七]総角 12)　宇治に宿泊([七]総角 13)　薫めぐり、大君と弁の会話([七]総角 14)　弁に手引き依頼([七]総角 15)　寝所侵入、大君逃げる([七]総角 16)　中君と気づく([七]総角 17)　不首尾に怒る([七]総角 18)　大君と詠歌([七]総角 19)　匂宮を

訪ねる(七総角 20)　匂宮を宇治に誘う(七総角 21)　大君を欺き、匂宮を中君に手引き(七総角 22)　大君と語り、暁の別れ(七総角 23)　匂宮の第2夜の宇治行き同行を拒む(七総角 25)　三日夜の御料を大君に贈り、婚儀の世話(七総角 26)　諫言に怯む匂宮を励まし、三日夜のため宇治へ立たせる(七総角 27)　匂宮に代わり明石中宮と対面(七総角 28)　匂宮の途絶えを憂慮(七総角 32)　9月、匂宮を連れて宇治へ(七総角 33)　大君と対面(七総角 34)　大君を三条宮に引き取るべく画策(七総角 36)　匂宮の宇治紅葉狩に同行(七総角 37)　八宮邸訪問できず、後悔(七総角 38)　匂宮禁足となり、手引きを後悔(七総角 40)　大君の病知り、宇治訪問(七総角 42)　大君の枕辺で対面(七総角 43)　再び大君を見舞う(七総角 48)　親しく看護(七総角 49)　阿闍梨から八宮の夢を見たと聞く(七総角 50)　中君と詠歌(七総角 51)　都の豊明節会(とよのあかりのせちえ)を思う(七総角 53)　大君の死(七総角 54)　忌籠りの日々(七総角 55–56)　大君しのび、独詠(七総角 57)　匂宮の来訪(七総角 58)　匂宮と対面(七総角 59)　歳末、帰京(七総角 60)　中君転居計画を聞く(七総角 61)　中君の女房、中君と薫の縁を残念がる(四早蕨 2)　匂宮を訪問(四早蕨 3)　中君を後見する(四早蕨 4)　宇治訪問(四早蕨 5)　春景の悲嘆、中君と詠歌(四早蕨 6)　出家した弁尼と対面、帰京(四早蕨 7)　中君上京の世話(四早蕨 9)　中君二条院到着を聞く(四早蕨 10)　夕霧、六の君との縁組望むも、薫は辞退(四早蕨 11)　中君と語らう、匂宮警戒(四早蕨 12–13)　今上帝、女二宮[2]降嫁企図(四宿木 3)　帝と碁、降嫁の示唆(四宿木 4)　女二宮喪明けなるも、婚儀に逡巡(四宿木 6)　中君に同情、後悔(四宿木 9)　大君追憶(四宿木 10)　中君を訪問、語り合う(四宿木 11–13)　中君が宇治行きを望むのを諫める(四宿木 14)　匂宮と六の君の露顕(ところあらわし)に出席(四宿木 21)　胸中の思い(四宿木 22)　按察使君[2]と会話(四宿木 23)　中君より手紙(四宿木 25)　中君を訪い、慰撫(四宿木 26)　中君に迫る(四宿木 27)　懐妊の帯に憚る(四宿木 28)　早朝中君に手紙、恋慕募る(四宿木 29)　匂宮、中君と薫の仲疑う(四宿木 31–32)　中君に衣料贈る(四宿木 33)　行き届いた後見ぶり(四宿木 34)　手紙で中君に恋情哀訴(四宿木 35)　中君を再訪、恋情愁訴(四宿木 36–37)　大君の人形(ひとかた)の望みを語り、中君から浮舟の話聞く(四宿木 38–39)　なおも中君に執

件を諷する(九蜻蛉 11-12)　匂宮と詠歌(九蜻蛉 13)　宇治訪問。浮舟が実は入水をほのめかして失踪したことを知る(九蜻蛉 16)　浮舟と匂宮の一件詳しく知る(九蜻蛉 17-18)　浮舟をしのぶ(九蜻蛉 19)　中将君を弔問(九蜻蛉 20)　浮舟の四十九日(九蜻蛉 22)　小宰相の君と語る(九蜻蛉 23)　女一宮[4]を垣間見(九蜻蛉 24-25)　女二宮に女一宮をしのぶ(九蜻蛉 26)　明石中宮に対面(九蜻蛉 27)　女一宮の手紙を見て恋情が募る(九蜻蛉 29)　明石中宮の御前に伺候(九蜻蛉 32)　弁のおもと[2]と戯れる(九蜻蛉 33)　匂宮を羨む(九蜻蛉 34)　中将のおもと[4]と会話(九蜻蛉 35)　宮の君と語り、憂愁深まる(九蜻蛉 36)　浮舟、小野で薫の噂を聞く(九手習 47-48)　浮舟の一周忌法要(九手習 49)　明石中宮と語る(九手習 50)　小宰相の君より浮舟生存を聞く(九手習 51)　明石中宮に対面(九手習 52)　横川に赴く(九手習 53 九夢浮 1)　横川僧都[2]いきさつを語り、驚く(九夢浮 2)　手紙を依託(九夢浮 3)　浮舟、薫一行を見る(九夢浮 5)　小君[2]を遣わす(九夢浮 6)　浮舟宛の手紙(九夢浮 10-11)　返事を拒まれ、男が隠しているのかと疑う(九夢浮 12)

薫の随身（かおるのずいじん）

薫の手紙を浮舟に届ける(八浮舟 33)　匂宮の使者を探索。薫に報告(八浮舟 42-43・45)　薫が道定について問う。浮舟に手紙を届ける(八浮舟 47)　薫が小君[2]とともに小野へ派遣(九夢浮 6)

薫の供人（かおるのともびと）

八宮邸の女房に匂宮の縁談を語る(七総角 44)　宇治と都を往来。それぞれの近況を伝える(八早蕨 2)　薫の宇治行きに随行(八宿木 57)

薫の乳母（かおるのめのと）

薫の五十日(いか)の儀で華やかにふるまう(六柏木 22)　源氏が薫の養育につき訓戒(六柏木 24)　薫の命で装束を調達(七総角 36)

蜻蛉宮（かげろうのみや）　桐壺院の皇子

かつて薫を婿に希望(八東屋 11)　死去(九蜻蛉 11)　かつて娘の宮の君の春宮[1](とうぐう)入内も考えた(九蜻蛉 31)

蜻蛉宮の今北の方（かげろうのみやのいまきたのかた）

継子の宮の君と兄弟の馬頭の結婚を画策(九蜻蛉 31)

蜻蛉宮の昔の北の方（かげろうのみやのむかしのきたのかた）　宮の君の母

既に故人(九蜻蛉 31)

柏木（かしわぎ）　頭中将[1]の長男。母は四の君[1]

このころ左少将(三少女 24)　男踏歌(おとこどうか)の一員となるか(四初音 12)　既に中将。玉鬘に懸想(四胡蝶 3・7)　玉鬘に贈歌。源氏が批評(四胡蝶 8-9)　ますます玉鬘に

熱中(四胡蝶 18)　夕霧に玉鬘との仲介を依頼(四蛍 13)　近江君を尋ね出し、都に連れて来る(四常夏 2)　玉鬘に源氏がその人柄を批評(四常夏 3)　六条院で和琴を弾く。父に劣らぬ名手(四篝火 3)　玉鬘の裳着(もぎ)に列席。玉鬘が異母姉と知る(四行幸 17)　弘徽殿女御の前で近江君を愚弄(四行幸 18)　父内大臣(頭中将)の使者として玉鬘を訪問(四藤袴 6–7)　鬚黒(ひげくろ)が玉鬘との仲介を依頼(四藤袴 8)　鬚黒の妻となった玉鬘の出産について、冷泉帝の皇子であればと残念がる(四真木 23)　六条院の管絃の遊びで和琴を演奏(五梅枝 4)　源氏が草子の執筆を依頼(五梅枝 8)　内大臣の使者として夕霧を藤花の宴に誘う(五藤裏 3–4)　夕霧を雲居雁(くもいのかり)の部屋に案内(五藤裏 5)　夕霧の後朝(きぬぎぬ)の文の使者に禄(五藤裏 6)　賀茂祭の勅使(五藤裏 8)　既に右衛門督。朧月夜君(おぼろづきよのきみ)を介して女三宮[2]降嫁を望む(五若上 10–11)　女三宮の源氏への降嫁を残念に思う(五若上 24)　玉鬘主催の源氏四十賀で和琴を演奏(五若上 28)　紫上主催の賀宴で夕霧と舞う(五若上 50)　女三宮を諦めず、小侍従[2]に仲介を依頼。源氏の出家を期待(五若上 78)　六条院の蹴鞠で女三宮を垣間見、恋慕募る。このころ宰相(五若上 79–83)　夕霧と宮について語る(五若上 84)　小侍従に消息。たしなめられる(五若上 85–86)　焦燥募る。六条院の競射に参加(五若下 1)　弘徽殿女御を訪問(五若下 2)　幼時から朱雀院[1]の信頼あつく、春宮(とうぐう)(今上帝)とも親交。春宮から女三宮の猫を預かり、撫で養う(五若下 2–4)　真木柱との縁談に無関心(五若下 6)　当代の和琴の名手(五若下 30)　中納言に昇進。今上帝の信任あつい。朱雀院の女二宮[3](落葉宮)と結婚したが不満(五若下 44)　小侍従に女三宮への手引きを依頼(五若下 45)　女三宮と契り、猫の夢を見る。源氏を恐れる(五若下 46–50)　女二宮を落葉にたとえる(五若下 52)　紫上死去の噂に二条院へ参上。夕霧の紫上への恋慕を察知。源氏との対面に動揺(五若下 57)　宮との密会を重ねる(五若下 61)　源氏の女三宮への見舞に嫉妬、手紙を送る(五若下 64)　源氏に密通を知られる(五若下 66・68)　小侍従から密事露見を知らされ、身の破滅を思う(五若下 71)　落葉宮主催の朱雀院五十賀に参院(五若下 76)　源氏主催の朱雀院五十賀の試楽に招かれ、舞の童の指導を依頼される(五若下 80–82)　源氏の皮肉に恐懼して退出(五若下 83)　病気になり、実家(太政大臣家)に引き取られる(五若下 84–

85)　病状悪化。今上帝・朱雀院・源氏・夕霧らの見舞([五]若下86)　死を前に半生を述懐。源氏の許しを願う([六]柏木1)　小侍従を介し女三宮に手紙([六]柏木2)　小侍従から宮の返事をうけ、最後の手紙を託す([六]柏木3–7)　女三宮の出産を知る。落葉宮との対面を希望するが許されず、弟の紅梅に後事を依頼。権大納言となる([六]柏木17)　夕霧と対面。源氏への釈明と落葉宮の後事を依頼([六]柏木18–20)　死去。父母の悲傷は深く、女三宮も涙([六]柏木21)　源氏は薫に柏木の面影を認め、慨嘆([六]柏木24–25)　夕霧の回想。父母の悲嘆。法事は弟たちが行う([六]柏木26)　その死を悼み、夕霧・一条御息所が歌を贈答。夕霧より5、6歳年長([六]柏木27–29)　父太政大臣・夕霧らがその死を惜しみ唱和([六]柏木30)「あはれ衛門督」と諸人が哀惜([六]柏木33)　一周忌([六]横笛1)　夕霧、遺愛の和琴を弾く([六]横笛7)　遺愛の笛が夕霧に贈られる([六]横笛9)　夕霧の夢に現れ笛を求める([六]横笛11)　夕霧も薫にその面影を認める([六]横笛14)　笛は源氏が預かる。その楽才を愛でた故式部卿宮[2]から贈られたものという([六]横笛16)　源氏の追懐([六]鈴虫7)　夕霧が柏木の人柄の良さを頑なな落葉宮に比べて思う([六]夕霧25)　玉鬘も薫と柏木が似通うと思う([七]竹河7)　弁(弁尼)、薫に会い、柏木の秘事をほのめかす([七]橋姫17)　弁、柏木の秘事を語り、形見の品と遺言の歌を薫に渡す([七]橋姫23–26)　薫は罪障消滅を願う([七]椎本7)　藤壺の藤花の宴で薫が柏木の遺愛の笛を吹く([八]宿木54)

柏木の乳母（かしわぎのめのと）　侍従の乳母の姉

柏木の幼時から女三宮[2]の美貌を噂([五]若下45)　柏木の病状を小侍従[2]に語り、号泣([六]柏木7)　娘は弁([七]橋姫17)　柏木死後、まもなく没([七]橋姫24)　夫は左中弁[3]([七]椎本19)

葛城の聖（かずらきのひじり）

柏木の病気を加持([六]柏木4)

門守（かどもり）

桃園宮の門守([三]朝顔9)

河内守（かわちのかみ）　→紀伊守[1]（きのかみ）

上野親王（かんつけのみこ）　系図不詳

殿上に伺候([八]宿木4)

尚侍君（かんのきみ）　→朧月夜君（おぼろづきよのきみ）　→玉鬘（たまかずら）　→中君[4]（なかのきみ）

き

后（きさき）　→明石中宮（あかしのちゅうぐう）　→秋好中宮（あきこのむちゅうぐう）　→弘徽殿大后（こうきでんのおおぎさき）　→先帝后（せんだいのきさき）　→藤壺中宮（ふじつぼのちゅうぐう）

北政所の別当（きたのまんどころのべとう）　紫上の家司

精進落としの宴で、楽人たちに禄(㊄若上 50)

北山の尼君 きたやまのあまぎみ 按察使大納言[2]の北の方
孫の若紫(紫上)を養育。光源氏が垣間見。女房と歌を贈答(㊀若紫 5-6) 源氏の若紫後見の申し出を謝絶(㊀若紫 10-11) 源氏と和歌の贈答(㊀若紫 14) 源氏の手紙に返事(㊀若紫 18-19) 帰京。源氏が見舞う。若紫の後見を依頼(㊀若紫 22-24) 源氏から手紙(㊀若紫 25) 死去(㊀若紫 26) 若紫が恋い泣く(㊀若紫 27・38) 若紫が恋慕(㊁紅葉 5) 少納言の乳母は紫上の幸運を尼君の祈願ゆえと思う(㊁紅葉 7 ㊁賢木 19)

北山の尼君の侍女 きたやまのあまぎみのじじょ
尼君と歌を贈答(㊀若紫 6)

北山の僧都 きたやまのそうず 北山の尼君の兄弟
北山の坊で修行(㊀若紫 2) 尼君と源氏の噂(㊀若紫 6) 源氏の若紫(紫上)後見の申し出を謝絶(㊀若紫 7-9) 法華三昧。源氏と歌を贈答(㊀若紫 12) 源氏と惜別の贈答。源氏を優曇華にたとえ、金剛子の数珠の玉を贈る(㊀若紫 13-15) 源氏の手紙に返事(㊀若紫 18-19) 尼君の死に悲嘆。源氏の手紙に返事(㊀若紫 26) 源氏の若紫後見を喜ぶ。尼君の法事を執行(㊁紅葉 5) 少納言の乳母の依頼で源氏と紫上の安全を祈願(㊁須磨 22) 既に死去(㊄若下 36)

北山の聖 きたやまのひじり
わらわ病の源氏を加持(㊀若紫 1) 陀羅尼を唱える(㊀若紫 12) 源氏と惜別の唱和。独鈷を贈る(㊀若紫 13-14) 源氏と桐壺帝が噂(㊀若紫 16)

紀伊守[1] きのかみ 伊予介の子
方違えに訪れた源氏を歓待。空蟬の素性を語る(㊀帚木 22-25) 源氏の依頼で小君[1]を参上させる(㊀帚木 30) 空蟬に懸想(㊀帚木 32) 源氏が来訪(㊀帚木 33) 任国に下向(㊀空蟬 2) 伊予介一行の帰京を迎える(㊂関屋 2) 既に河内守(㊂関屋 4) 父が空蟬について遺言(㊂関屋 6) 空蟬に言い寄る(㊂関屋 7)

紀伊守[2] 小野の母尼の孫
小野を訪問、薫について話し、浮舟の法要の装束を依頼(㊈手習 47-48)

桐壺院 きりつぼいん 光源氏・朱雀院[1]などの父
桐壺更衣を寵愛(㊀桐壺 1) 若宮(光源氏)誕生(㊀桐壺 2-3) 桐壺更衣と死別(㊀桐壺 4-13) 第一皇子(朱雀院)を皇太子に(㊀桐壺 14) 源氏の臣籍降下を決意(㊀桐壺 15) 藤壺を入内させる(㊀桐壺 16-17) 光源氏を元服・結婚させる(㊀桐壺 18-20) 源氏を常に召しまつわす(㊀桐壺 21 ㊁賢

木18 〔二〕須磨17 〔五〕若上6)　源氏も父帝を気にかける(〔一〕夕顔18・22 〔一〕末摘23)　病の源氏を案じる(〔一〕夕顔30 〔一〕若紫13・16)　藤壺懐妊(〔一〕若紫20–22)　朱雀院[2]へ行幸(〔一〕若紫25 〔一〕末摘11 〔二〕紅葉1・3)　源氏のことを堅すぎると案じる(〔一〕末摘4)　藤壺、第十皇子(冷泉院)を出産(〔二〕紅葉11–13)　源氏に葵上への態度を訓戒(〔二〕紅葉17)　すぐれた女官が多い(〔二〕紅葉18–19)　第十皇子を皇太子とするべく、まず生母の藤壺を立后(〔二〕紅葉24)　南殿の花の宴を催す(〔二〕花宴1–2)　源氏に右大臣[1]邸の藤花の宴出席を勧める(〔二〕花宴9)　既に譲位。春宮(とうぐう)は第十皇子(〔二〕葵1)　源氏に六条御息所との仲を訓戒(〔二〕葵2–3)　女三宮[1]、斎院となる(〔二〕葵5)　葵上の病・出産・急逝をとぶらう(〔二〕葵15・22・28)　御息所母娘を気遣う(〔二〕葵34 〔二〕賢木8)　服喪の源氏を案じる(〔二〕葵39・42)　病・遺言・崩御(〔二〕賢木2・11–13)　四十九日(〔二〕賢木14–15)　朱雀帝、遺言を守れず(〔二〕賢木20)　藤壺、故院の遺志を思う(〔二〕賢木27)　一周忌。まもなく藤壺出家(〔二〕賢木38–40)　源氏、故院の遺志を思う(〔二〕賢木42)　左大臣[1]を末長い国家の柱石に、と遺言(〔二〕賢木46)　源氏、麗景殿女御[2]と昔をしのぶ(〔二〕花散3)　左大臣、源氏に昔語り(〔二〕須磨4)　須磨に退く源氏、御陵参拝(〔二〕須磨13–15)　源氏の夢枕に立つ(〔二〕明石5)　朱雀院の夢枕に立つ(〔二〕明石18)　源氏、故院追善の法華八講を催す(〔二〕明石31 〔三〕澪標1 〔三〕蓬生8)　源氏に諸才芸を習わせたという(〔三〕絵合14)　藤壺、故院の遺言に従った源氏に感謝して死去(〔三〕薄雲19)　冷泉帝、故院は実父でないことを知る(〔三〕薄雲23)　源氏、故院の妹女五宮を訪う(〔三〕朝顔1–2・8–10)　朱雀院と源氏、遺言に言及(〔五〕若上4)　名琴を女一宮[1]に伝えたという(〔五〕若上28)　柏木の密通を知った源氏が回顧(〔五〕若下69)　八宮は父桐壺院に早く死別(〔七〕橋姫5)

桐壺院の乳母(きりつぼいんのめのと)
帝がたびたび若宮(源氏)の許へ派遣(〔一〕桐壺6)

桐壺の御方(きりつぼのおおんかた)　→明石中宮(あかしのちゅうぐう)

桐壺更衣(きりつぼのこうい)　按察使大納言[1]の娘。光源氏の母
帝が溺愛。他の妃たちが嫉妬(〔一〕桐壺1)　若宮(光源氏)を出産(〔一〕桐壺2)　周囲の迫害強まり重態。帝に歌を託し退出(〔一〕桐壺3–4)　死去。悲嘆の帝は三位追贈(〔一〕桐壺5)　父の強い遺志で出仕した(〔一〕桐壺9)　藤壺と容貌が酷似。藤壺の母后(先帝后)は更衣の横死を理由に入内に反対(〔一〕桐壺16)

容貌の似通う藤壺を源氏は母の様に慕う(㊀桐壺 17) 明石入道はいとこ(㊁須磨 34) 明石尼君は更衣を例にあげ、姫君を紫上に預けるよう、明石君にさとす(㊂薄雲 3)

桐壺更衣の母 きりつぼのこういのはは →按察使大納言[1]の北の方 あぜちのだいなごんのきたのかた

今上帝 きんじょうのみかど 朱雀院[1]の皇子。母は承香殿女御[2]
誕生、既に2歳(㊁明石 25) 皇太子に(㊂澪標 3) 梨壺に暮らす(㊂澪標 12) 元服が待たれる(㊂少女 14) 男踏歌(おとこどうか)が巡る(㊃真木 15) 元服。左大臣[3]三の君(藤壺女御[2])が入内、麗景殿に住む(㊄梅枝 1・6) 祭の使となった藤典侍を祝う(㊄藤裏 8) 明石姫君入内(㊄藤裏 9) 明石女御を愛する(㊄藤裏 10) 父朱雀院を見舞う(㊄若上 2) 女三宮[2]の婿に源氏を推す(㊄若上 13) 女三宮の裳着(もぎ)に贈物(㊄若上 15) 明石女御懐妊(㊄若上 44) 紫上主催の源氏四十賀に楽器を提供(㊄若上 50) 男御子(春宮[1](とうぐう))誕生(㊄若上 60) 母子の帰参を催促(㊄若上 69) 柏木に促され女三宮の猫を入手、柏木が猫を連れ去る(㊄若下 2-4) 即位、明石女御腹の皇子、皇太子に(㊄若下 9)
女三宮に配慮、二品に叙す(㊄若下 10・15・19) 明石女御懐妊(㊄若下 20) 父院五十賀を主催(㊄若下 21) 男皇子(匂宮か)誕生(㊄若下 80) 病む柏木に見舞を派遣(㊄若下 86) 女三宮男子(薫)出産、七日の産養(うぶやしない)を主催(㊅柏木 9) 重病の柏木を権大納言になす(㊅柏木 17) 柏木を信任(㊅柏木 30) 柏木を哀惜(㊅柏木 33) 女三宮の持仏開眼供養に布施(㊅鈴虫 3) 紫上の法華経千部供養に誦経・捧物。明石女御は既に中宮(㊅御法 2) 明石中宮の帰参を催促(㊅御法 7) 紫上死去、源氏を弔問(㊅御法 13) 匂宮を鍾愛(㊆匂兵 1 ㊆椎本 1) 薫を厚遇(㊆匂兵 5・7) 紅梅の大君(麗景殿女御[3])の入内を促すが、春宮へ参入(㊆紅梅 2) 鬚黒(ひげくろ)の大君[2]の入内を要請するも冷泉院に参院し不満(㊆竹河 2・23)
男踏歌見物(㊆竹河 25) 玉鬘の中君[4]、尚侍として参内(㊆竹河 28-29) 初瀬詣での匂宮を迎えに、紅梅を派遣(㊆椎本 5) 匂宮の素行を憂慮(㊆総角 27-28) 匂宮立太子を考慮(㊆総角 35・40) 匂宮を禁足、夕霧の六の君との縁談を決める(㊆総角 40) 大君[3]を追悼する薫を弔問(㊆総角 55) 藤壺女御死去、遺児女二宮[2]の将来を憂慮し薫を婿にと考え打診(㊇宿木 1-4) 自分の治世も残り少ないと口にする(㊇宿木 5) 女二宮の裳着準備(㊇宿木 49) 中君[3]匂宮の男子を出産、御佩刀(みはかし)を贈

る(八宿木 50)　女二宮裳着、翌日薫に降嫁、薫の母女三宮に女二宮のことを依頼(八宿木 51)　女二宮との別れに藤花の宴を催す(八宿木 54–55)　薫の母女三宮に女二宮のことを依頼(八東屋 40)内裏で詩会を催す(八浮舟 27)匂宮の様子を憂慮(八浮舟 32 九蜻蛉 11)　浮舟を迎えようとする薫、帝の意向を考慮(八浮舟 36)薫を気遣う(九蜻蛉 22)

今上帝の更衣 きんじょうのみかどのこうい
今上帝第四皇子(常陸宮[2])の母(七匂兵 12)

く

草の戸ざしの女 くさのとざしのおんな　源氏の忍び所の1つ
源氏の呼びかけに、返歌のみで会わず(一若紫 29)

宮内卿の宰相 くないきょうのさいしょう　宣旨[1]の娘(明石中宮の乳母)の父
既に故人(三澪標 6)

雲居雁 くもいのかり　頭中将[1]の外腹の娘。母は按察使大納言[3]の北の方
実母の再婚により大宮に育てられる。夕霧と幼い恋(三少女 11–12)春宮(とうぐう)(今上帝)入内を内大臣(頭中将)は期待(三少女 13–14)夕霧との仲を知った父は自邸に移そうとする(三少女 16–18)　夕霧との仲を裂かれ、嘆く(三少女 21–22)　内大臣邸へ引き取られる(三少女 23–25・28)　夕霧と対面(三少女 26)　ときおり夕霧と文通(三少女 42 四蛍 13)　入内失敗を父が嘆く(四蛍 14)　今も夕霧との仲は許されず(四常夏 7)　父に昼寝を戒められる。大宮とも会えず(四常夏 8)　夕霧から消息(四野分 11)　雲居雁と会えない大宮の嘆き(四野分 13)　夕霧との仲を大宮は憂慮(四行幸 8)　夕霧と中務宮[2]の姫の噂に煩悶。夕霧から消息(五梅枝 14)　苦悶が続く(五藤裏 1)　父に許され、夕霧と結ばれる(五藤裏 4–5)　後朝(きぬぎぬ)の返事書けず(五藤裏 6)　夫婦仲むつまじい。実母も喜ぶ(五藤裏 7)　亡き大宮の邸の三条殿に移る(五藤裏 12)　夕霧との幸福な生活(五若上 12)　既に子がある(五若上 26)　夕霧主催の源氏四十賀の準備(五若上 55)　何人か子がある(五若上 62)　才覚のなさを夕霧は感じる(五若上 77)　子供の世話をする姿に夕霧は幻滅(五若下 34)　柏木の病を悲嘆。死後、盛大に法要を行う(六柏木 21・30)　一条宮から帰邸した夕霧を冷遇。泣く子をあやす(六横笛 10–11)　一条御息所の手紙を奪い隠す。子供の世話(六夕霧 17–18)　落葉宮と夕霧の仲を疑う。夕霧と歌の贈答(六夕霧 26)　落葉宮と夕霧の仲を確信し、悲嘆(六夕霧 30)　激しく嫉妬。夕霧になだめられる(六夕霧 41)

外出する夕霧と歌の贈答(因夕霧42)　実家へ帰る。弘徽殿女御と対面(因夕霧46-47)　藤典侍から慰めの手紙。7人の子がある(因夕霧49)　落葉宮と一晩おきに夕霧が通う(匂兵3)　玉鬘に蔵人少将[3]と大君[2]の結婚を打診(竹河3・14)　大君の冷泉院参院の日、祝儀を贈る(竹河18)

雲居雁の乳母 くもいのかりのめのと　→大輔乳母 たいふのめのと

蔵人右近の将監 くろうどのうこんのぞう　浮舟の異父弟
浮舟、弟妹を思う(四浮舟58)
浮舟の死に惑う母(中将君[4])、他の子供たちのことを考えられず。
薫、遺族を引き立てようと思う(蜻蛉20)　薫、蔵人右近将監に任用する(手習50)

蔵人左衛門尉 くろうどのさえもんのじょう
大原野行幸の際、勅使として六条院へ(行幸4)

蔵人式部丞 くろうどのしきぶのぞう　中将君[4](浮舟母)の継子
宮中からの使者として匂宮邸へ(四東屋17)

蔵人少将[1] くろうどのしょうしょう
軒端荻(のきばのおぎ)に通う(夕顔35)

蔵人少将[2]　頭中将[1]の子
父の使で一条宮へ(因夕霧48)
紫上死後、父の使で源氏に弔問の歌を届ける(因御法14)　五節の日に六条院へ参上(因幻14)

蔵人少将[3]　夕霧の子。母は雲居雁(くもいのかり)〈五郎または六郎と同人か〉
既に蔵人少将、玉鬘の大君[2]に求婚(竹河3)　玉鬘邸での小宴、薫を羨む(竹河7-8)　碁に興じる玉鬘の娘姉妹を垣間見(竹河12)　大君の冷泉院参院決定を聞き悲嘆(竹河14)　薫の文を奪い読む(竹河15)　侍女の中将のおもと[3]に恨み言(竹河16)
大君に贈歌、女房からの返歌を得る(竹河17)　冷泉院参院に際し大君と歌を贈答(竹河19)
冷泉院に参上せず。思いは絶えない(竹河22)　男踏歌(おとことうか)に参加し冷泉院へ(竹河25)　玉鬘、娘の中君[4]に尚侍を譲るに際し少将のことを気にかける(竹河29)　三位中将に昇進。竹河左大臣の娘と結婚したが、大君への思慕はやまず(竹河32)　宰相に昇進。大饗の翌日玉鬘邸を訪れ嘆く(竹河35)　匂宮の初瀬詣でに参加し八宮邸を訪ねた1人か(椎本1・4)　宇治に紅葉狩に行く匂宮に従う。和歌を唱和(総角37-38)

蔵人少将[4]　→頭中将[1] とうのちゅうじょう

蔵人頭 くろうどのとう
大宮を訪ねる内大臣(頭中将[1])に従う(行幸10)

蔵人兵衛佐 くろうどのひょうえのすけ　夕霧の子
初瀬詣での匂宮に従う(椎本1)

蔵人弁[1] くろうどのべん　左大臣[1]の子で頭中将[1]の弟〈左衛門督[1]か権中納言[1]と同人か〉
夕顔急死の後、参内しない源氏を見舞う(㈠夕顔 25)　北山へ源氏を迎えに行き、花の下で催馬楽「葛城」を謡う(㈠若紫 15)　左大臣邸に来合わせ、源氏と奏楽(㈡花宴 8)

蔵人弁[2]
桂殿にいる源氏へ冷泉帝の消息を届ける(㈢松風 16)

け

下臈侍 げろうさぶらい　薫の家人
薫の命で弁尼を浮舟の隠れ家へ連れて行く(㈣東屋 41)

下臈女房 げろうにょうぼう　今上帝女一宮[4]の侍女
障子を開け放しにして、薫に女一宮垣間見の機会を作る(㈨蜻蛉 25)

下臈法師 げろうほうし　横川僧都[2]の弟子
宇治院を検分する阿闍梨らに従い、浮舟発見の場に居合わせる(㈨手習 2)

源氏 げんじ　→光源氏 ひかるげんじ

源侍従 げんじじゅう　→薫 かおる

源少将 げんしょうしょう　夕霧の子
玉鬘の大君[2]の冷泉院参院に際し父夕霧によりさし向けられる(㈦竹河 18)

源少納言 げんしょうなごん　常陸介[1]の先妻腹の娘の婿
常陸介邸に婿として通う(㈣東屋 5)　常陸介邸の東対で暮らす(㈣東屋 15)

源少納言の北の方 げんしょうなごんのきたのかた
常陸介[1]の先妻腹の娘
源少納言が通う(㈣東屋 5)

源中将[1] げんちゅうじょう　按察使君[1]の懸想人
女三宮[2]に近侍する按察使君を呼び出す(㈤若下 46)

源中将[2]　→薫 かおる　→夕霧 ゆうぎり

源中納言 げんちゅうなごん　→左兵衛督[1] さひょうえのかみ

源中納言の子 げんちゅうなごんのこ　式部卿宮[1]の孫で左兵衛督[1]の子
朱雀院[1]五十賀の試楽で皇麞(おうじょう)を舞う(㈤若下 82)

源典侍 げんないしのすけ　桐壺帝時代の典侍
既に老齢。戯れる源氏に本気で応じる(㈡紅葉 18-19)　頭中将[1]も懸想(㈡紅葉 20)　源氏との逢瀬を頭中将におどされる(㈡紅葉 20-21)　この件で、源氏・頭中将互いに応酬(㈡紅葉 22-23)　葵祭の日、源氏に詠みかける(㈡葵 13)　葵上を喪った三位中将(頭中将)と源氏が笑い慰める種に(㈡葵 35)　出家して住む女五宮邸で、源氏と再会(㈢朝顔 10)

こ

五位蔵人[1] ごいのくろうど

大宮を訪ねる内大臣(頭中将[1])に従う(四行幸 10)

五位蔵人[2]　匂宮の乳母子〈時方(ときかた)と同人か〉
宇治の浮舟のもとへ行く匂宮の供をする(四浮舟 9)

弘徽殿大后(こうきでんのおおぎさき)(こきでんのおおぎさき)
桐壺院の女御。朱雀院[1]の母。右大臣[1]の娘
二宮(光源氏)誕生に、わが子一宮(朱雀院)の立太子を危ぶむ(一桐壺 2)　桐壺更衣をその死後も容赦せず(一桐壺 6)　桐壺帝の悲傷をよそに管絃の遊び(一桐壺 12)　我が強く険のある性格(一桐壺 12)　一宮皇太子になり安堵(一桐壺 14)　桐壺更衣への迫害は周知の事実(一桐壺 16)　藤壺との仲も険悪(一桐壺 17)　源氏を憎む(一桐壺 17　二紅葉 1・3　二花宴 2)　藤壺出産遅延につき呪詛(二紅葉 11)　藤壺立后に心穏やかでない(二紅葉 24)　南殿の花の宴に列席(二花宴 1)　退出(二花宴 6)　桐壺帝譲位後も宮中に(二葵 1)　娘女三宮[1]が斎院となる(二葵 5)　妹朧月夜君(おぼろづきよのきみ)が帝寵を得るのを期待(二葵 50)　見舞わぬうちに桐壺院崩御。その後は里居がち(二賢木 13・17)　源氏・藤壺・左大臣[1]に報復(二賢木 17-18・20・27-28・35・46)　源氏と朧月夜君の密会を聞き、源氏追放を画策(二賢木 52)　右大臣、朧月夜君の赦免を懇願(二須磨 27)　須磨の源氏と文通する者を非難(二須磨 32)　父大臣の死、朱雀帝と自らの病にも、源氏召還を許さず(二明石 18)　この諌めに背き、帝ついに源氏を召還(二明石 25)　源氏を圧さえきれなかった無念を思う(三澪標 1)　病重い(三澪標 1-2)　突然の朱雀帝譲位に狼狽(三澪標 3)　源氏の心寄せがつらい(三澪標 12)　朱雀院行幸に際し、源氏と冷泉帝が見舞う(三少女 40)　ますますひがみっぽい(三少女 41)　男踏歌(おとことうか)が巡り来る(四初音 12)　源氏、弘徽殿大后との往事を想起(四真木 20)　既に薨去(五若上 1)　中納言君[3]、朧月夜君にまつわり往事を想起(五若上 42)　薨去は9月(五若下 76)　春宮(とうぐう)(冷泉院)を廃し八宮を擁立しようとした(七橋姫 5)

弘徽殿女御(こうきでんのにょうご)(こきでんのにょうご)　冷泉院の女御。頭中将[1]の娘。母は四の君[1]
后がねとして育てられる(三澪標 4)　冷泉帝に入内(三澪標 13)
祖父太政大臣(左大臣[1])が養父。帝のよき遊び相手(三澪標 26)
帝寵あつい(三絵合 4)　帝の心が斎宮女御(秋好中宮)に傾く(三絵合 6)　斎宮女御方と藤壺御前絵合(えあわせ)。勝敗決せず(三絵合 9-10)
内裏絵合で敗れる(三絵合 12-13)
立后かなわず(三少女 10)　実家

に一時退出(㊂少女 23)　父内大臣(頭中将)、立后失敗を嘆く(㊃蛍 14)　近江君を託される(㊃常夏 9)　近江君の手紙に中納言君[4]が代筆の返事(㊃常夏 12–13)　この女御と秋好中宮を憚って玉鬘の出仕が難航(㊃行幸 5 ㊃藤袴 1・4)　玉鬘と姉妹であるのを知る(㊃行幸 17)　近江君に尚侍にしてくれとせがまれる(㊃行幸 18)　男踏歌(おとこどうか)を見物(㊃真木 14)　近江君をもてあます。御前で管絃の宴(㊃真木 24)　夕霧と結婚した雲居雁(くもいのかり)の方が幸運であると父大臣は思う(㊄藤裏 7)　柏木が訪問(㊄若下 2)　柏木の死に悲嘆(㊅柏木 21)　実家で雲居雁と対面(㊅夕霧 46)　既に実父と死別。冷泉院との間に姫宮(女一宮[3])がある(㊆匂兵 5・9)　かつての立后失敗を弟の紅梅が想起(㊆紅梅 2)　玉鬘の大君[2]の冷泉院参院を勧める(㊆竹河 5・14)　大君参院の折、玉鬘と対面(㊆竹河 20)　左近中将(右兵衛督)らに大君との仲が危惧される(㊆竹河 23)　男踏歌を見物(㊆竹河 25)　女宮(女二宮[2])や男御子(今宮)を産んだ大君に嫉妬(㊆竹河 27・31)

紅梅(こうばい)　頭中将[1]の次男。母は四の君[1]　〈頭弁[2]と同人か〉

韻塞の負けわざで催馬楽「高砂」を謡う(㊁賢木 49)　元服(㊂澪標 4)　大宮を訪ねた少納言は同人か(㊂少女 24)　男踏歌(おとこどうか)に参加、弁少将(㊃初音 13)　玉鬘に関心(㊃胡蝶 7)　源氏に近江君を語る(㊃常夏 2)　父内大臣に報告(㊃常夏 7)　雲居雁(くもいのかり)の居室へ行く父の供(㊃常夏 8)　玉鬘方で唱歌(㊃篝火 3)　玉鬘の裳着(もぎ)に参列(㊃行幸 17)　近江君を嘲弄(㊃行幸 18)　薫物合(たきものあわせ)の後宴で「梅枝」を謡い、歌を唱和(㊄梅枝 4)　「葦垣」を謡う(㊄藤裏 4)　六条院行幸の宴で唱歌(㊄藤裏 14)　蹴鞠の際の頭弁は同人か(㊄若上 79)　紫上死去の噂に弔問する左大弁は同人か(㊄若下 57)　朱雀院[1]五十賀の試楽にも参加か(㊄若下 82)　柏木のため修験者を召す(㊅柏木 4)　柏木から後事を委託される(㊅柏木 17)　柏木の法要を差配する(㊅柏木 26)　落葉宮を時折訪問(㊅柏木 27)　父・夕霧と歌を唱和(㊅柏木 30)　中秋十五夜、冷泉院に伺候(㊅鈴虫 8)　落葉宮と疎遠(㊅夕霧 2)　一条御息所の四十九日に列席(㊅夕霧 33)　真木柱と再婚、按察使大納言(㊆紅梅 1)　先妻腹の大君[4](麗景殿女御[3])を春宮[1](とうぐう)に入内、中君[2]は匂宮にと望む(㊆紅梅 2)　真木柱の連れ子(宮の御方)への関心(㊆紅梅 4–5)　匂宮へ贈歌(㊆紅梅 6)　重ねて匂宮と贈答(㊆紅梅 9)　真木柱と匂宮について噂(㊆紅梅 10)　玉鬘・女三宮[2]

邸訪問(㈦竹河 5)　玉鬘の大君[2]の冷泉院参院に車を贈る(㈦竹河 18)　左大将兼右大臣。ただし㈦橋姫以降は大納言のまま(㈦竹河 33)　玉鬘邸の隣、大饗。匂宮・薫を婿に望む(㈦竹河 34)　勅命で匂宮を宇治まで迎える(㈦椎本 5)　薫への女二宮[2]降嫁の藤花の宴に参列。薫に嫉妬、腹を立てる。歌を唱和。名残の美声(㈣宿木 54-55)　薫を婿に希望(㈣東屋 11)

紅梅の御方こうばいのおんかた　→宮の御方みやのおんかた

紅梅の北の方こうばいのきたのかた　〈のちの北の方は真木柱〉

娘 2 人を遺し既に故人(㈦紅梅 1)

後涼殿の東廂を曹司とする更衣こうろうでんのひがしびさしをぞうしとするこうい

桐壺更衣の上御局に当てるため曹司を取り上げられ、深く恨む(㈠桐壺 3)

木枯らしの女こがらしのおんな

殿上人の笛に箏の琴で応じる(㈠帚木 15-16)

小君[1]こぎみ　衛門督[1]の末子。空蟬の弟

父と死別、姉の空蟬と暮らす。紀伊守[1]邸で源氏が目をとめる(㈠帚木 25-26)　源氏、小君を召し空蟬への文遣いとする(㈠帚木 30-32)　源氏紀伊守邸を再訪。空蟬に逢おうとする源氏と拒む姉との板挟みとなる(㈠帚木 33)　源氏、つれない空蟬の代わりにともにやすむ(㈠帚木 34 ㈠空蟬 1)　源氏に責められ手引き(㈠空蟬 2·5)　源氏を老女(おもと[1])に見咎められ困惑(㈠空蟬 8)　源氏に手引きの不首尾を責められる(㈠空蟬 9)　姉にも咎められる(㈠空蟬 10)　空蟬との再会を計るよう源氏に頼まれる(㈠夕顔 7)　源氏のもとに参上するが姉への言伝もない(㈠夕顔 34)　伊予介の任国に下る空蟬から源氏への返歌を届ける(㈠夕顔 38)　右衛門佐になっている。常陸介(伊予介)上洛の際逢坂山で源氏と行き逢い召される(㈢関屋 3)　源氏の須磨退居時には世間を憚り、姉の夫常陸介を頼り常陸へ下っていた(㈢関屋 4)　源氏から空蟬への消息を託される(㈢関屋 5)

小君[2]　常陸介[1]の子。浮舟と同腹

浮舟、死を前に肉親を思う(㈣浮舟 58)　薫、浮舟の兄弟を引き立てようと思う(㈨蜻蛉 20)　薫、小君を側近く使う(㈨手習 50)　横川に赴く薫の供をする(㈨手習 53 ㈨夢浮 3)　横川僧都[2]、小君をほめる(㈨夢浮 4)　薫、小君を浮舟のいる小野へ派遣(㈨夢浮 6)　小野を訪れ僧都の手紙を渡す(㈨夢浮 7-8)　浮舟、対面を拒む(㈨夢浮 9)　薫の手紙を渡す(㈨夢浮 10)　浮舟返事を拒み、小君むな

しく帰る(⑩夢浮 12)

小宰相の君 こざいしょうのきみ　今上帝女一宮[4]の侍女

薫の情愛を受けている。浮舟の死を悲しむ薫に歌を贈り、薫は局を訪ねて返歌(⑩蜻蛉 23)　薫の垣間見の際、女一宮に近侍(⑩蜻蛉 25)　明石中宮も薫との関係を知っている。宇治邸の下童が小宰相の里に来て語ったことで浮舟入水のいきさつが知られた(⑩蜻蛉 28)　横川僧都[2]が浮舟のことを語るのを聞き、思い合わせる(⑩手習 40)　明石中宮の命で薫に浮舟の生存を伝える(⑩手習 50-51)

五師 ごし

故大宰少弐と親しかった縁で玉鬘の石清水八幡宮参詣の案内をする(④玉鬘 15)

小侍従[1] こじじゅう　雲居雁(くもいのかり)の乳母(大輔乳母)の子か

夕霧と雲居雁が引き裂かれるまで、恋の仲立ちであったらしい(③少女 21-22)

小侍従[2]　女三宮[2]の乳母(侍従の乳母)の子で、柏木の乳母の姪

女三宮との接触を求める柏木に常に責められていた(⑤若上 78)

六条院の蹴鞠の後、柏木の文を託され女三宮に見せ、宮に代わって返歌(⑤若上 85-86)　柏木に説得され、斎院御禊の前日女三宮のもとに手引き(⑤若下 45-46)　女三宮の懐妊を知り不安(⑤若下 63)　柏木の文が源氏に発見されたことを知り、女三宮を責め、柏木にも報告(⑤若下 64·66-67·71)　臨終間際の柏木と語らい、女三宮との和歌の贈答を仲介(⑥柏木 3-7)

薫出生の真相を知るのは弁と小侍従のみ(⑦橋姫 17·24)　薫が 5、6 歳の頃、胸を病み死去(⑦橋姫 25)

小少将君 こしょうしょうのきみ　→少将[3] しょうしょう

五節[1] ごせち　按察使大納言[3]の外腹の娘

五節の舞姫になる(③少女 29)

容貌が評判となる(③少女 31)

他の舞姫とともに、宮仕えを求める冷泉帝の内意があり、父大納言は奉る由を奏上(③少女 33)

五節[2]　頭中将[1]の弟左衛門督[1]の娘

五節の舞姫になる(③少女 29)

無資格であったことを非難されるが、やはり宮仕えを要請される(③少女 33)

五節[3]　良清の娘

五節の舞姫になる(③少女 29)

宮仕えを求める冷泉帝の内意があり、一旦退出して祓えのため唐崎へ(③少女 33)

五節[4]　近江君の侍女

近江君と双六を打つ(④常夏 10)

近江君に言葉遣いをたしなめられる(④常夏 11)

五節[5]　→筑紫五節 つくしのごせち　→藤典侍 とうないしのすけ

故大将殿(こだいしょうどの)　→左近少将の父(さこんのしょうしょうのちち)

五の君[1](ごのきみ)　右大臣[1]の五女
源氏、弘徽殿の細殿で逢った女を、右大臣の五女か六女であろうと思う([二]花宴 5)

五の君[2]　夕霧の五女。母は雲居雁(くもいのかり)
数多い夕霧の子の1人([六]夕霧 49)

五宮(ごのみや)　今上帝の第五皇子。母は明石中宮
匂宮らとともに、夕霧から賭弓(のりゆみ)の還饗(かえりあるじ)に招かれ六条院へ行く([七]匂兵 12)

高麗人(こまうど)　〈高麗の相人と同人か〉
桐壺帝時代に綾・緋金錦などを献上([五]梅枝 1)

高麗の相人(こまのそうにん)
鴻臚館(こうろかん)にて源氏を観相し、将来を予言([一]桐壺 15)　源氏を「光る君」と名付ける([一]桐壺 21)

こもき　小野の妹尼の女童で浮舟付きに
浮舟付きとなる([九]手習 15)　妹尼の初瀬詣での際、小野に残る([九]手習 26)　中将[3]が訪れ浮舟が母尼の所に逃げた時、浮舟のもとを離れて中将の方へ行く([九]手習 30)　翌朝もなかなか浮舟の所に来ない([九]手習 31)　浮舟の受戒を少将の尼に告げる([九]手習 35)

惟光(これみつ)　大弐乳母の子
母大弐乳母を看病。源氏が見舞う([一]夕顔 1-3)　隣家の女の素性を源氏が尋ねる([一]夕顔 4)　源氏に女の素性を報告、手引き([一]夕顔 6・10-11)　某院へ参上([一]夕顔 18・20・22-23)　夕顔の遺体を右近[1]と東山へ([一]夕顔 24)　源氏を東山へ案内([一]夕顔 26-28)　憔悴した源氏を案内したことを後悔。二条院へ帰る源氏をいたわる([一]夕顔 29)　源氏の病状を心配。右近を世話([一]夕顔 30)　夕顔の件に無関係を装い、今も宿に通う([一]夕顔 37)　北山で、源氏とともに僧房を垣間見([一]若紫 5)　僧都と源氏の口上を取り次ぐ([一]若紫 7)
源氏の命で少納言の乳母と会見([一]若紫 19)　源氏の六条忍び歩きに従い、北山の尼君の家へ案内([一]若紫 23)　少納言の乳母から父宮(式部卿宮[1])の若紫(紫上)引き取りを知らされ、源氏に報告([一]若紫 31)　若紫を車に乗せた源氏の意外な行動に驚く([一]若紫 32-33)　若紫の素性を知る唯一の人物([二]紅葉 5)　源氏の命で有明の君(朧月夜君(おぼろづきよのきみ))の素性を探る([二]花宴 6)　源氏の祭見物の車を準備([二]葵 12)　源氏と紫上の三日夜餅(みかのよのもちい)を準備([二]葵 47-48)　源氏が中河の女への歌を託す([二]花散 2)　須磨にて源氏や良清らと望郷の唱和。このとき民部大輔([二]須磨 29)　源氏の琴、良

清の唱歌に横笛で合奏(㊁須磨33)　源氏の明石君訪問に随行(㊁明石20)　源氏の住吉参詣に随行。神の加護に感動し、源氏と和歌を贈答(㊂澪標16)　源氏の花散里訪問に随行。常陸宮[1]邸に源氏を案内(㊂蓬生12-15)　源氏が大堰に派遣。その風情を源氏に報告(㊂松風4)　源氏の命で娘(藤典侍)を五節の舞姫に奉る。このとき摂津守兼左京大夫(㊂少女29)　娘を典侍にと源氏に請願(㊂少女33)　娘への夕霧の懸想を喜ぶ(㊂少女35)　既に宰相。子の兵衛尉が源氏の調製した薫物(たきもの)を掘り出す(㊄梅枝3)

惟光の兄の阿闍梨 これみつのあにのあざり
病気の母(大弐乳母)のもとに集う(㊀夕顔3)　もののけに遭遇した源氏は祈禱を期待するが、既に帰山していた(㊀夕顔22-23)　夕顔の四十九日供養(㊀夕顔36)

惟光の父の乳母 これみつのちちのめのと
老いて尼となり東山に住む。夕顔の遺骸はここに運ばれた(㊀夕顔24・28)

惟光の妻 これみつのつま
惟光、夕霧から娘(藤典侍)への文を妻に見せる(㊂少女35)

五郎 ごろう　夕霧の五男。母は雲居雁(くもいのかり)　〈蔵人少将[3]と同人か〉
数多い夕霧の子の1人(㊅夕霧49)

権大納言 ごんだいなごん　→薫 かおる　→柏木 かしわぎ　→光源氏 ひかるげんじ

権中将 ごんちゅうじょう　夕霧の子
匂宮の初瀬詣でに従う(㊆椎本1)

権中納言[1] ごんちゅうなごん　左大臣[1]の子で頭中将[1]の異腹兄弟　〈蔵人弁[1]か左衛門督[1]と同人か〉
内大臣(頭中将)とともに大宮邸に行く(㊂少女24)　大宮を訪ねる内大臣に従う(㊃行幸10)

権中納言[2]　夕霧の子
賭弓(のりゆみ)の還饗(かえりあるじ)のため六条院へ行く(㊆匂兵12)

権中納言[3]　→頭中将[1] とうのちゅうじょう　→夕霧 ゆうぎり

さ

斎院[1] さいいん　桐壺帝時代の斎院
侍従の君[1]が仕える(㊀末摘15)　退下(㊁葵5)　死去(㊂蓬生5)

斎院[2]　今上帝時代の斎院
賀茂祭の御禊に女三宮[2]方から女房12人が奉仕(㊄若下46)

斎院[3]　→朝顔姫君 あさがおのひめぎみ　→女三宮[1] おんなさんのみや

斎宮 さいぐう　→秋好中宮 あきこのむちゅうぐう

斎宮女御 さいぐうのにょうご　→秋好中宮 あきこのむちゅうぐう

宰相[1] さいしょう　夕顔のおじ
娘(宰相の君[2])が玉鬘の侍女となる(㊃蛍2)

宰相[2]
娘が冷泉帝の更衣(㊃真木14)

宰相[3]　→薫 かおる　→柏木 かしわぎ　→宮内卿の宰相 くないきょうのさいしょう　→惟光 これみつ

→侍従宰相じじゅうのさいしょう　→修理宰相すりのさいしょう　→藤宰相[1·2]とうさいしょう　→頭中将[1]とうのちゅうじょう　→光源氏ひかるげんじ　→夕霧ゆうぎり

宰相中将さいしょうのちゅうじょう　→薫かおる　→蔵人少将[3]くろうどのしょうしょう　→頭中将[1]とうのちゅうじょう　→光源氏ひかるげんじ　→夕霧ゆうぎり

宰相の君[1]さいしょうのきみ　夕霧の乳母
葵上の死後、源氏の和歌を大宮に届ける（三葵 36）　須磨出立前の源氏と別れを惜しむ（三須磨 4）
大宮の消息を源氏に届ける（三須磨 6）　須磨の源氏より夕霧養育上の注意などを書き送られる（三須磨 21）　源氏帰京後、便宜を受ける（三澪標 4）　夕霧と雲居雁（くもいのかり）に対する内大臣（頭中将[1]）の処遇を批判（三少女 25）　夕霧と雲居雁を対面させる（三少女 26）
夕霧と雲居雁の結婚後、訪れた太政大臣（頭中将）に和歌を詠む（五藤裏 12）

宰相の君[2]　夕顔のおじ宰相[1]の娘　〈宰相の君[4]と同人か〉
玉鬘の侍女となり、恋文の返事の代筆などをする（四蛍 2）　蛍宮への応対にまごつく（四蛍 3）　来訪した柏木に玉鬘の言葉を伝える（四藤袴 6）

宰相の君[3]　秋好中宮の侍女
野分（のわき）見舞の夕霧と語らう（四野分 5）

宰相の君[4]　玉鬘邸の侍女
〈宰相の君[2]と同人か〉
来訪した薫に歌を詠みかける（七竹河 6）　賭碁に負けた大君[2]を励ます歌を詠む（七竹河 13）

宰相の君[5]　→小宰相の君こさいしょうのきみ

宰相[2]の娘さいしょうのむすめ
更衣として冷泉帝に仕える（四真木 14）

左衛門さえもん　小野の妹尼の侍女
妹尼の初瀬詣でに際し、小野に残る（九手習 26）　横川僧都[2]の供をして来た知人の応対をしていて浮舟の受戒に気づかない（九手習 35）

左衛門督[1]さえもんのかみ　左大臣[1]の子で頭中将[1]の異腹兄弟　〈蔵人弁[1]か権中納言[1]と同人か〉
夕霧と年近い子息がいる（三少女 4）　内大臣（頭中将）らと大宮邸に参集（三少女 24）　五節の舞姫を奉るが、無資格者を献じたとして咎められる（三少女 29·33）　内大臣に従い大宮邸へ（四行幸 10）

左衛門督[2]
源氏から明石姫君のための書を求められる（五梅枝 7·10）

左衛門督[3]　頭中将[1]の子
源氏に従い冷泉院へ参上（六鈴虫 9）

左衛門督[4]　頭中将[1]の子で雲居雁（くもいのかり）と同腹
夕霧の六の君と匂宮の三日夜の宴に参加（八宿木 21）

左衛門大夫さえもんのたいふ　→時方ときかた

左衛門の乳母さえもんのめのと　光源氏

の乳母で大輔命婦の母
大弐乳母に次ぐ乳母である(曰末摘 2)

左京大夫 さきょうのたいふ →惟光 これみつ

左近 さこん 落葉宮の侍女
落葉宮が一条宮帰邸をしぶるにつけて、大和守に責められる(因夕霧 35)

左近少将 さこんのしょうしょう 故大将の子、常陸介[1]の娘婿になる
常陸介の娘に求婚(四東屋 3) 浮舟の婿にと中将君[4](浮舟母)に見込まれる(四東屋 4) 浮舟が継娘と知り立腹(四東屋 5) 実の娘を望む(四東屋 6) 仲人、少将の意向を常陸介に告げ、少将をほめあげる(四東屋 7-8) 浮舟の妹にのりかえる(四東屋 9) 常陸介邸に通う(四東屋 12) 介の歓待に満足(四東屋 15) 匂宮に近侍、さえぬ風采(四東屋 18) 浮舟の乳母、少将の悪口(四東屋 29) 中将君に返歌(四東屋 35) 妻(常陸介娘)の出産近い(四浮舟 38・59) 妻、出産(九蜻蛉 20・22)

左近少将の北の方 さこんのしょうしょうのきたのかた
常陸介[1]の娘で浮舟には異父妹
姫君と呼ばれかしずかれる(四東屋 2) 仲人、左近少将に浮舟からののりかえを勧める(四東屋 6) 常陸介の愛娘で求婚者も多い(四東屋 7) 常陸介、左近少将を婿に望む(四東屋 9) 常陸介、左近少将ののりかえを妻中将君[4]に告知(四東屋 10) 常陸介結婚準備に奔走。可愛らしい容姿(四東屋 12) 常陸介邸の西対で少将を通わせ暮らす(四東屋 15) 匂宮邸の侍女、左近少将の結婚を揶揄(四東屋 18) 出産が近い(四浮舟 38・59) 出産(九蜻蛉 20・22)

左近少将の北の方の乳母 さこんのしょうしょうのきたのかたのめのと
常陸介[1]とともに左近少将の北の方の結婚を準備(四東屋 12)

左近少将の父 さこんのしょうしょうのちち
若い頃の常陸介[1]が仕えていた大将。既に故人(四東屋 7)

左近将監[1] さこんのぞう 夕霧の家人
夕霧の小野逗留の差配(因夕霧 6) 夕霧が小野へ派遣(因夕霧 19)

左近将監[2]
薫の文遣いで宇治に行く(七橋姫 19)

左近中将[1] さこんのちゅうじょう
朱雀院[1]が秋好中宮に年中行事絵巻を贈る使を務める(三絵合 11)

左近中将[2] →右兵衛督 うひょうえのかみ

左近命婦 さこんのみょうぶ 宮中の女房
肥後采女(うねべ)とともに赤鼻(曰末摘 21)

左少将[1] さしょうしょう
六条院行幸に参加。池の魚を獲る(国藤裏 13)

左少将[2] →柏木 かしわぎ

左大将[1] さだいしょう
朱雀院[2]行幸に参加。源氏の挿頭(かざし)を菊に替える(曰紅葉 3)

左大将[2]　→紅梅(こうばい)　→鬚黒(ひげくろ)　→夕霧(ゆうぎり)

左大臣[1](さだいじん)　頭中将[1]や葵上の父。正妻は大宮
源氏元服に加冠役(㈠桐壺 18)
春宮(とうぐう)(朱雀院[1])からの所望もあったが、娘葵上を源氏と結婚させる(㈠桐壺 19–20)　右大臣[1]家を凌ぐ勢い(㈠桐壺 20)　宮腹の蔵人少将(頭中将)を右大臣の四の君[1]と結婚させる(㈠桐壺 20)　源氏の来邸が少なく不満だが、親身に世話(㈠桐壺 21 ㈠帚木 1)　来邸の源氏と語る(㈠帚木 22)　病の源氏のため奔走(㈠夕顔 30)
北山から帰京した源氏を邸に迎える(㈠若紫 15–17)　源氏の来邸を歓迎(㈠末摘 6)　源氏を懸命に世話(㈡紅葉 10)　桐壺帝、この大臣を嘆かせる源氏を諌める(㈡紅葉 17)　南殿の花の宴で舞う源氏に感動(㈡花宴 1)　源氏を迎え、花の宴につき賞賛(㈡花宴 8)　葵上出産(㈡葵 20·24)　司召で参内(㈡葵 26)　葵上を喪い悲嘆(㈡葵 27–29)　侍女たちに葵上の形見分け(㈡葵 38)　中陰が過ぎ、源氏が邸を去るのを悲しむ(㈡葵 39–41)　元日、源氏来邸(㈡葵 52)
桐壺院崩御後、不遇。左大臣を辞任(㈡賢木 18·46)　弘徽殿大后、葵上を源氏と結婚させた大臣を恨む(㈡賢木 18·52)　源氏、右大臣と対照的なこの大臣を想起(㈡賢木 51)　須磨出発前の源氏、来訪(㈡須磨 4)　須磨の源氏から文(㈡須磨 21)　源氏、夕霧には大臣らがついていると思う(㈡須磨 21·24·35)　摂政太政大臣として返り咲く。63歳(㈢澪標 4)　夕霧の童殿上(わらわてんじょう)に、葵上をしのぶ(㈢澪標 4)　世の政を源氏と二分(㈢澪標 13)　孫弘徽殿女御を養女にして後援(㈢澪標 26)　薨去(㈢薄雲 16)　内大臣(頭中将)・大宮・夕霧、大臣が存命ならと思う(㈢少女 8·14·38)

左大臣[2]　〈それぞれ別人の可能性あり　一部あるいはすべて左大臣[3]と同人の可能性も〉
大原野行幸に供奉(ぐぶ)(㈣行幸 2)
娘が冷泉帝女御となっている(㈣真木 14)　女三宮の裳着(もぎ)に列席(㈤若上 15)　二条院の精進落としの宴に列席(㈤若上 50)

左大臣[3]　藤壺女御[2]の父
三女を春宮(とうぐう)(今上帝)に参入させる(㈤梅枝 6)　既に故人。遺産は多い(㈧宿木 1)

左大臣[4]　→竹河左大臣(たけかわのさだいじん)　→夕霧(ゆうぎり)

左大臣[2]の女御(さだいじんのにょうご)
冷泉帝の女御である(㈣真木 14)

左大弁[1](さだいべん)　〈以下の事蹟、同一人のものか〉
桂殿の宴に加わり、詠歌(㈢松風 16)　夕霧の寮試の予備試問に参加(㈢少女 8)

左大弁[2]　→紅梅（こうばい）

左中弁[1]（さちゅうべん）　〈以下の事蹟、同一人のものか〉
夕霧に字をつける儀式の後の詩宴で講師役(三少女 6)　夕霧の寮試の予備試問に参加(三少女 8)

左中弁[2]　女三宮[2]の乳母の兄弟
姉妹から女三宮と源氏の結婚について打診を受ける(五若上 8)　朱雀院[1]の内意を源氏に伝える(五若上 13–14)

左中弁[3]　弁尼の父
八宮の北の方の母方のおじ。左中弁で没した(七橋姫 24 七椎本 19)

左中弁[4]　→蔵人弁[1]（くろうどのべん）　→良清（よしきよ）

讃岐守（さぬきのかみ）
常陸介[1]先妻腹の娘の婿として常陸介邸に通う(八東屋 5)

讃岐守の北の方（さぬきのかみのきたのかた）　常陸介[1]の先妻腹の娘
讃岐守を通わす(八東屋 5)

左兵衛督[1]（さひょうえのかみ）　式部卿宮[1]の子で紫上の異母兄弟
玉鬘に懸想(四藤袴 9)　玉鬘と鬚黒(ひげくろ)が結婚し、姉妹(鬚黒の北の方)のことと併せ二重に苦しむ(四真木 2)　明石姫君のための書を源氏から依頼される(五梅枝 8・10)　中納言に昇進。朱雀院[1]五十賀の試楽に子息が皇麞(おうじょう)を舞う(五若下 82)

左兵衛督[2]　→右兵衛督（うひょうえのかみ）

三郎[1]（さぶろう）　大宰少弐の三男
少弐の遺言で玉鬘のことを託される(四玉鬘 5)　二郎[1]とともに大夫監の味方をし、玉鬘と監の結婚を母に勧める(四玉鬘 8–9)　長兄(豊後介)とは仲違い(四玉鬘 11)

三郎[2]　夕霧の子。母は雲居雁(くもいのかり)
朱雀院[1]五十賀の試楽に万歳楽を舞う(五若下 82)　母は雲居雁(六夕霧 49)

左馬頭（さまのかみ）　→左馬頭（ひだりのうまのかみ）

三条（さんじょう）　夕顔・玉鬘の侍女
椿市で右近[1]と邂逅(四玉鬘 16・18–19)　玉鬘を大宰大弐か大和守の北の方にと観音に願う(四玉鬘 23)　六条院の暮らしぶりに接し、わが願いの卑小さを知る(四玉鬘 38)

三の君（さんのきみ）　夕霧の三女。母は藤典侍
花散里が養育(五若下 17 六夕霧 49)

三位中将[1]（さんみのちゅうじょう）　夕顔の父
夕顔を愛育するが早世(一夕顔 31)　母を亡くした右近[1]を養育(一夕顔 33)

三位中将[2]　→頭中将[1]（とうのちゅうじょう）

し

四位少将[1]（しいのしょうしょう）　右大臣[1]の子　〈中将[1]と同人か〉
南殿の花の宴の翌日、朧月夜君(おぼろづきよのきみ)らの退出を見送る(二花宴

6)　右大臣[1]邸の藤花の宴に源氏を招く使者(㊁花宴 9)

四位少将[2]　夕霧の子
横川僧都[2]を宮中に請ずる使者(㊈手習 32)

式部(しきぶ)
春宮(とうぐう)(冷泉院)に仕える老女(㊁賢木 28)

式部卿宮[1](しきぶきょうのみや)　先帝の皇子。藤壺中宮の兄。紫上の父
母后没後、妹(藤壺)を入内させる。兵部卿である(㊀桐壺 16)　按察使大納言[2]の娘との間に一女(紫上)(㊀若紫 8)　若紫は父宮似でなく藤壺似(㊀若紫 18)　祖母(北山の尼君)亡き若紫の引き取りを急ぐ(㊀若紫 26-28・30-31)　若紫引き取りに訪れ、むなしく帰る(㊀若紫 37)　依然、若紫の行方を知らない(㊁紅葉 5)　藤壺を訪れた際、源氏と対面(㊁紅葉 6)　源氏、紫上のことを知らせる決心(㊁葵 51)　桐壺院崩御後藤壺退出の際、源氏と故院在世時をしのぶ(㊁賢木 15)　紫上と自由に文通(㊁賢木 19)　源氏接近ゆえに病む藤壺を見舞う(㊁賢木 23-24)　藤壺出家に動転(㊁賢木 40)　源氏と交流〈あるいは蛍宮か〉(㊁賢木 49)　世評を憚り、源氏・紫上と交流せず(㊁須磨 8)　源氏、冷遇。次女(王女御)の冷泉帝への入内難航(㊂澪標 13・26 ㊂絵合 5)　兵部卿から式部卿に。次女は入内(㊂少女 10)　紫上、父宮の五十賀を準備。源氏も協力(㊂少女 43)　婿髭黒(ひげくろ)と子息左兵衛督[1]、玉鬘に求婚(㊃藤袴 8-9)　長女(髭黒の北の方)と孫真木柱を髭黒の邸から引き取る(㊃真木 4-5・9)　源氏をののしる妻をたしなめる(㊃真木 12)　訪れた髭黒に会わない(㊃真木 13)　困惑。髭黒からは音沙汰なし(㊃真木 18)　玉鬘主催源氏四十賀にしぶしぶ参列(㊄若上 27)　紫上主催源氏四十賀に屏風を贈り、参列(㊄若上 50)　髭黒の真木柱引き取り希望を許さず(㊄若下 5)　真木柱を蛍宮と結婚させる(㊄若下 6-7)　彼らの冷たい夫婦仲を嘆く(㊄若下 8)　紫上死去の報に放心の体で駆けつける(㊄若下 57)　六条院での朱雀院[1]五十賀試楽に列席(㊄若下 82)

式部卿宮[2]　〈桃園宮あるいは式部卿宮[1]と同人か〉
既に故人。陽成院の笛を柏木に与えた(㊅横笛 16)

式部卿宮[3]　今上帝の第二皇子。母は明石中宮
数多い明石中宮腹の皇子女の１人(㊄若下 9)　源氏に楽才を期待される(㊄若下 31)　匂宮と夕霧を取りあう(㊅横笛 13)　六条院春の町の寝殿を退出先にする。夕霧の中君[1]と結婚。次の春宮(とうぐう)候補(㊆匂兵 2)　既に中務宮。薫らと

殿上に(㊇宿木4)　明石中宮病の際、参上(㊇東屋28)　式部卿になる(㊈蜻蛉23)

式部卿宮[4]　→蜻蛉宮（かげろうのみや）　→桃園宮（ももぞののみや）

式部卿宮[1]の大北の方（しきぶきょうのみやのおおきたのかた）　紫上の継母

夫が按察使大納言[2]の娘(紫上の母)に通うことに嫉妬(㊀若紫8)　紫上の行方不明を残念がる(㊀若紫37)　源氏に引き取られた紫上の幸運を妬む(㊁賢木19)　源氏と別れる紫上を傷つける発言(㊁須磨8)　六条院造営につけて紫上の幸運を不愉快に思い、娘王女御への源氏の冷遇に不満(㊂少女43)　娘(鬚黒（ひげくろ）の北の方)と孫を引き取り、源氏をののしる(㊃真木12)　女三宮[2]降嫁を告げられ世評を気にする紫上は大北の方を想起(㊄若上23)　孫の真木柱の婿蛍宮への悪口(㊄若下8)

式部少輔（しきぶのしょう）　→道定（みちさだ）

式部丞（しきぶのぞう）　→藤式部丞（とうしきぶのぞう）　→蔵人式部丞（くろうどのしきぶのぞう）

式部大輔[1]（しきぶのたいふ）

夕霧の寮試予備試問に召される(㊂少女8)

式部大輔[2]

宮中の月の宴が中止になった八月十五夜、冷泉院に参上(㊅鈴虫8)

侍従[1]（じじゅう）　式部卿宮[1]の子

鬚黒（ひげくろ）の北の方を迎えに行く(㊃真木9)

侍従[2]　蛍宮の子

父宮の命で、宮邸から『古万葉集』『古今和歌集』を六条院へ持参する(㊄梅枝11)

侍従[3]　蜻蛉宮の子で、宮の君の兄弟

宮の君の出仕を促す(㊈蜻蛉31)

侍従[4]　小野の妹尼の侍女

浮舟付きとなる(㊈手習15)

侍従[5]　→薫（かおる）　→藤侍従[1]（とうじじゅう）　→藤侍従[2]　→夕霧（ゆうぎり）

侍従の君[1]（じじゅうのきみ）　末摘花の乳母子

源氏訪問の折、末摘花に代わり返歌(㊀末摘10)　源氏の後朝（きぬぎぬ）の文への返歌を代作(㊀末摘12)　斎院[1]にも出仕(㊀末摘15)　斎院死去、末摘花のおば(大宰大弐[2]の北の方)に出仕(㊂蓬生5)　大宰大弐[2]の甥と結婚。末摘花にも大宰府下向を勧める(㊂蓬生7)　末摘花との別れを惜しみながらも、九州へ(㊂蓬生9-10)　末摘花邸の様子を探る惟光、侍従の君との対面を望む(㊂蓬生14)　自身のおば少将[1]はまだ末摘花に仕えていた(㊂蓬生15)　上京。末摘花の幸運を喜びつつも、浅慮を恥じる(㊂蓬生20)

侍従の君[2]　浮舟の侍女

浮舟が三条から宇治へ移される際、同車(㊇東屋43-45)　薫の朗詠に感激(㊇東屋49)　語り手に擬される(㊇東屋50)　匂宮の垣間見

の際にいたか(四浮舟 10)　右近[3]と協力し匂宮を迎える(四浮舟 28)　匂宮・浮舟の供として対岸の家へ(四浮舟 29)　時方(ときかた)と語らう(四浮舟 30)　浮舟に裳を譲る(四浮舟 31)　匂宮を高く評価(四浮舟 33)　浮舟に匂宮を推す(四浮舟 49)　文反故を焼く浮舟を止める(四浮舟 54)　宇治に忍ぶも近寄れない匂宮のため、時方に連れ出され、報告(四浮舟 56-57)　浮舟に匂宮の様子を語る(四浮舟 58)　浮舟失踪。入水を直感(五蜻蛉 1)　来訪した時方に真相をほのめかす(五蜻蛉 3-4)　中将君[4](浮舟母)に真相を明かし、葬儀を装う(五蜻蛉 6)　人々には真相を隠す(五蜻蛉 7)　時方と匂宮邸へ(五蜻蛉 14)　匂宮に報告。宇治に戻る(五蜻蛉 15)　明石中宮に出仕(五蜻蛉 30)　匂宮と薫を垣間見(五蜻蛉 32)

侍従宰相 じじゅうのさいしょう　夕霧の子
匂宮の初瀬詣でに従う(七椎本 1)

侍従内侍 じじゅうのないし
藤壺御前絵合(えあわせ)に参加(三絵合 9)

侍従の乳母 じじゅうのめのと　女三宮[2]の乳母[2]
小侍従[2]の母である(五若下 45)

侍従の乳母の姉 じじゅうのめのとのあね　→柏木の乳母 かしわぎのめのと

七郎 しちろう　夕霧の子
藤壺の藤花の宴で笛を吹く(四宿木 55)

四の君[1] しのきみ　右大臣[1]の娘で頭中将[1]の北の方
蔵人少将(頭中将)と結婚(一桐壺 20)　夫はあまり寄りつかず(一帚木 2)　夫の愛人(夕顔)に嫌がらせ(一帚木 17)　夕顔はこの人の嫉妬を恐れて隠れ住んだ(一夕顔 31)　美貌の評判が高い(二花宴 5)　右大臣全盛時にも夫の来訪は途絶えがち(二賢木 47)　童殿上(わらわてんじょう)する四の君腹の二郎(紅梅)の世評は高い(二賢木 49)　娘(弘徽殿女御)を冷泉帝に入内させるべく養育(三澪標 4)　夫は外腹の子雲居雁(くもいのかり)についての心配事を話さず(三少女 23)　夫に雲居雁の婿夕霧の姿を見るよう誘われる(五藤裏 3)　娘弘徽殿女御よりも幸福そうな雲居雁を恨めしく思う(五藤裏 7)　柏木への女三宮[2]降嫁願い出を妹朧月夜君(おぼろづきよのきみ)に依頼(五若上 11)　柏木の病に心痛し、自邸に引き取る(五若下 84)　柏木の重態に悲嘆(六柏木 1)　柏木を看病、落葉宮のことを頼まれるが泣くばかり(六柏木 17)　柏木の死を悲嘆(六柏木 21)　柏木が子供も残さなかったことを嘆く(六柏木 25)　なお悲嘆し、法要の準備もできず(六柏木 26)　夕霧が落葉宮をよく世話することを喜ぶ(六横笛 1)

四の君[2]　夕霧の四女。母は雲

居雁(くもいのかり)
数多い夕霧の子の1人(㊅夕霧49)

四の皇子(しのみこ)　桐壺帝第四皇子。母は承香殿女御[1]
朱雀院[2]行幸で秋風楽を舞う(㊁紅葉3)

新発意(しぼち)　→明石入道(あかしのにゅうどう)

承香殿女御[1](しょうきょうでんのにょうご)　桐壺帝の女御
所生の皇子(四の皇子)が朱雀院[2]行幸で秋風楽を舞う(㊁紅葉3)

承香殿女御[2]　朱雀帝の女御。右大臣[2]の娘
朱雀帝の女御。兄弟に藤少将(㊁賢木21)　皇子(今上帝)あり、2歳(㊁明石25)　皇子皇太子に(㊂澪標3)　朱雀帝退位後、春宮(とうぐう)と梨壺で暮らす(㊂澪標12)　鬚黒(ひげくろ)の姉妹である(㊃藤袴8)　華やかに装い、男踏歌(おとことうか)を見物(㊃真木15)　春宮と朱雀院を見舞い、女三宮[2]のことを頼まれる(㊄若上2)　春宮の即位を待たずに死去。后位を追贈される(㊄若下9)

少将[1](しょうしょう)　末摘花の侍女。侍従の君[1]のおば
「老い人」「ねびたる人」の1人か(㊀末摘花9・15・17・21)　侍従の君が九州へ下向した後も末摘花に仕え続け、案内を請うた惟光に応対(㊂蓬生14-15)

少将[2]　明石中宮の乳母
幼い姫君(明石中宮)に付き添い二条院へ(㊂薄雲8)

少将[3]　落葉宮の侍女
夕霧に落葉宮の歌を取り次ぐ(㊅柏木31)　小野を訪ねた夕霧に応対、落葉宮に返事を促す(㊅夕霧4)　夕霧が泊まったことを一条御息所に報告、御息所の命で落葉宮を迎えに行く(㊅夕霧13-14)　少将宛の夕霧から宮への文を御息所読む(㊅夕霧16)　母御息所の死を嘆く落葉宮を慰めた侍女の1人か(㊅夕霧21)　一条御息所の死後かけつけた夕霧に応対。急逝の事情を語る(㊅夕霧23)　来訪した夕霧に応対。大和守の姉妹で御息所に育てられた(㊅夕霧28)
夕霧に宮の様子を語り、和歌を贈答(㊅夕霧29)　宮の手すさびの和歌を盗み、夕霧に送る(㊅夕霧31)　大和守に責められ宮に帰京を勧める(㊅夕霧35-36)　一条宮で待ち構えていた夕霧から宮に手引きするよう責められる(㊅夕霧37-38)　宮の籠る塗籠に夕霧を導く(㊅夕霧43-44)

少将[4]　中君[3]の侍女
薫を警戒する中君、少将を召す(㊇宿木36)　匂宮に迫られた浮舟を気の毒がる(㊇東屋28-29)
浮舟からの文を匂宮が読んだことを中君と憂慮(㊇浮舟5)

少将[5]　→柏木(かしわぎ)　→蔵人少将[1・2・3](くろうどのしょうしょう)　→源少将(げんしょうしょう)

→紅梅 こうばい　→左近少将 さこんのしょうしょう　→四位少将[1·2] しいのしょうしょう　→藤少将 とうしょうしょう　→頭中将[1] とうのちゅうじょう

少将の尼 しょうしょうのあま　小野の妹尼の弟子
日頃、妹尼と合奏し琵琶を弾く(五手習 14)　来訪した中将[3]に浮舟のことを尋ねられる(五手習 18)　中将から浮舟への和歌を取り次ぐ(五手習 20)　中将に応対(五手習 21)　妹尼の初瀬詣での際、小野に残る(五手習 26)　浮舟と碁を打つ(五手習 27)　不意に中将が来訪、浮舟に返事を促す。かたくなな浮舟に不満(五手習 28–30)　横川僧都[2]に従ってきた兄弟の阿闍梨と対面、浮舟の出家を知り慌てる(五手習 35)　浮舟の手習の和歌を中将に送る(五手習 37)　中将に浮舟を垣間見させる(五手習 43)

少将の尼の兄弟の阿闍梨 しょうしょうのあまのきょうだいのあざり
横川僧都[2]に従って小野を訪れ少将の尼と対面(五手習 35)

少将命婦 しょうしょうのみょうぶ　〈大弐乳母の娘と同人か〉
藤壺御前絵合(えあわせ)に参加(三絵合 9)　内裏絵合後の宴で琵琶を弾く(三絵合 15)

少納言 しょうなごん　頭中将[1]の子〈紅梅か〉
大宮邸に行く内大臣(頭中将)に従う(三少女 24)

少納言の乳母 しょうなごんのめのと　紫上の乳母
雀を逃がしたいぬきを叱る(一若紫 5)　源氏の使で来た惟光と対面(一若紫 19)　北山の尼君に代わって源氏の消息に返事(一若紫 25)　尼君の死後、源氏の文に返事(一若紫 26)　来訪した源氏に応対。若紫(紫上)への振る舞いに困惑(一若紫 26–28)　来訪した父宮(式部卿宮[1])に応対(一若紫 30)　惟光に父宮の意向を語る(一若紫 31)　源氏の突然の若紫引き取りに同行(一若紫 33–35)　残った者たちに事態を口止め(一若紫 37)　若紫の幸運を、故尼君の勤行の利益かと思う(二紅葉 7)　雛遊びに興じる若紫をたしなめる(二紅葉 8)　賀茂祭の日、若紫の髪を梳く源氏を見てありがたく思う(二葵 12)　若紫の世話に行き届いた配慮(二葵 43)　三日夜餅(みかのよのもちい)の儀での源氏の配慮に感動。娘弁[1]もともに仕えている(二葵 48)　紫上の幸運を故尼君の祈りの効験と思う(二賢木 19)　須磨に退居する源氏から後事を託される(二須磨 11)　北山の僧都に祈禱を依頼(二須磨 22)

四郎 しろう　夕霧の四男。母は藤典侍
数多い夕霧の子息の1人(四夕霧 49)

二郎[1] じろう　大宰少弐の次男

少弐の遺言で玉鬘のことを託される(四玉鬘 5)　三郎[1]とともに大夫監の味方をし、玉鬘と監の結婚を母に勧める(四玉鬘 8)　みずから訪問した監に従う(四玉鬘 9)　母は二郎が監の味方となったことを恐ろしく思う。長兄(豊後介)とは仲違い(四玉鬘 11)

二郎[2]　鬚黒(ひげくろ)の次男。母は鬚黒の北の方
鬚黒と北の方の間に二男一女の子がある(四真木 9)　母に諭され、祖父式部卿宮[1]邸へ(四真木 10)　鬚黒に連れ戻される。真木柱に似る(四真木 13)　玉鬘になつく(四真木 22)　玉鬘主催の源氏四十賀に参加(五若上 27)　姉真木柱と結婚した蛍宮のもとに出入り(五若下 8)

二郎[3]　夕霧の次男。母は藤典侍
童殿上(わらわてんじょう)(五若下 18)　朱雀院[1]五十賀の試楽に皇麞(おうじょう)を舞う(五若下 82)　花散里が愛育(六夕霧 49)

す

随身(ずいじん)　→薫の随身(かおるのずいじん)　→光源氏の随身(ひかるげんじのずいじん)

末摘花(すえつむはな)　常陸宮[1]の娘
源氏、関心を寄せる(二末摘 2)　源氏、琴を聞く(二末摘 3-4)　源氏はその帰途、尾行の頭中将[1]に会う(二末摘 5)　源氏と頭中将、競って懸想(二末摘 6-7)　源氏に逢う(二末摘 8-10)　夕刻、源氏の後朝(きぬぎぬ)の文(二末摘 12)　源氏の無沙汰が続く(二末摘 13)　源氏、久しぶりに来訪(二末摘 14)　源氏、その容貌に驚く。以後、生活を援助(二末摘 15-18)　源氏に元日の晴着を贈る(二末摘 19-21)　正月 7 日、源氏来訪(二末摘 22)　三位中将(頭中将)と源氏が笑い慰む種に(三葵 35)　源氏の須磨退居以後、生活困窮(三蓬生 1)　故父宮の邸を守る(三蓬生 2-4)　おば(大宰大弐[2]の北の方)、報復を企てる(三蓬生 5)　ともに西国へというおばの誘いを拒む(三蓬生 6-7)　帰京した源氏の威勢を耳にする(三蓬生 7-8)　おば、乳母子侍従の君[1]を連れ去る(三蓬生 9-10)　寂寥の日々(三蓬生 11)　源氏と再会(三蓬生 12-17)　源氏の援助により宮邸復活(三蓬生 18-19)　後、二条東院へ(三蓬生 20)　玉鬘引き取りを考える源氏、末摘花を想起(四玉鬘 31)　源氏から正月の晴着を贈られ、返礼に陳腐な歌を詠む(四玉鬘 39-41)　正月、源氏来訪(四初音 8)　玉鬘裳着(もぎ)に祝儀を贈る(四行幸 15)　源氏、末摘花の病気見舞と称し朧月夜君(おぼろづきよのきみ)訪問(五若上 40)

末摘花の乳母(すえつむはなのめのと)
既に故人、娘侍従の君[1]に末摘花のことを遺言(三蓬生 10)　〈他に

「乳母だつ老い人」(㊀末摘9)がいる〉

朱雀院[1](すざくいん) 桐壺院第一皇子。母は弘徽殿大后
既に誕生(㊀桐壺2) 春宮(とうぐう)となる(㊀桐壺14) かつて葵上の入内を所望(㊀桐壺19) 朱雀院[2]行幸に桐壺帝と同行(㊁紅葉3) 南殿の花の宴で源氏に舞いを所望(㊁花宴1) 既に即位(㊁葵1) 源氏が年賀に参内(㊁葵52) 別れの櫛の儀で斎宮(秋好中宮)に恋慕(㊁賢木9) 重態の桐壺院を見舞い、源氏や春宮(冷泉帝)について遺言される(㊁賢木11) 母や外祖父(右大臣[1])を憚り、父院の遺言を履行できない(㊁賢木13・20) 源氏と対面。昔今を語り、共感(㊁賢木34) 左大臣[1]の辞表を受理(㊁賢木46) 朧月夜君(おぼろづきよのきみ)の帰参を許す。源氏を須磨に退居させたことを後悔(㊁須磨27) 源氏に御衣を与えたことが回想される(㊁須磨30) 須磨の源氏を恋しく思う(㊁須磨32) 桐壺院の霊ににらまれ、目を患う。源氏の召還を母弘徽殿大后に反対される(㊁明石18) 既に承香殿女御[2]との間に第一皇子(今上帝)がある。譲位を考える。眼病重く、源氏帰京の宣旨を下す(㊁明石25) 源氏を大納言に復し、往時を語る(㊁明石30-31) 眼病は快方へ。源氏を重用(㊂澪標1) 朧月夜君に源氏との仲について恨み言(㊂澪標2) 冷泉帝に譲位(㊂澪標3) 風流な生活を楽しむ(㊂澪標12) 前斎宮(秋好中宮)の参院を所望(㊂澪標24) 前斎宮の冷泉帝への入内を悲嘆しつつ豪華な贈り物をする(㊂絵合1) 源氏に前斎宮への執心を語る(㊂絵合5) 前斎宮に年中行事絵巻を贈る(㊂絵合11) 冷泉帝が院へ行幸。源氏らと南殿の花の宴を回想(㊂少女39) 不満の多い母大后をもてあます(㊂少女41) 男踏歌(おとこどうか)が巡ってくる(㊃初音11 ㊃真木15) 薫衣香(くのえこう)の調合法を前朱雀院(一院か)から継承したという(㊄梅枝3) 冷泉帝と六条院へ御幸。昔の紅葉賀をしのぶ(㊄藤裏13-14) 病重く、出家を決意(㊄若上1) 女三宮[2]の前途を憂慮。西山の御寺の造営完了(㊄若上1) 春宮(今上帝)と承香殿女御に女三宮の後見を依頼(㊄若上2) 病状悪化(㊄若上3) 見舞に参院した夕霧に、女三宮の後見をほのめかす(㊄若上4-6) 乳母たちと女三宮の婿を相談。婿選びに苦慮(㊄若上7-10) 朧月夜君を通じ太政大臣(頭中将[1])から柏木への女三宮降嫁を望まれる(㊄若上11) 春宮の賛意を得て源氏への降嫁を決意。左中弁[2]に意を伝えさせるが辞退される(㊄若上13-14) 女三宮の裳着(もぎ)に秋好中宮から櫛

を贈られ返歌(㊄若上 15-16) 出家(㊄若上 17) 見舞に参上した源氏が後見を引き受けたので安堵(㊄若上 18-19) 精進物の饗宴(㊄若上 20) 女三宮の六条院輿入れを盛大に催す(㊄若上 30) 西山の御寺に移る。源氏と紫上に消息(㊄若上 38) 朧月夜君の出家を諌止(㊄若上 39) 明石女御所生の皇子の七日の産養(うぶやしない)は冷泉帝が代わりに行う(㊄若上 61) 以前から柏木を愛顧(㊄若上 78 ㊄若下 3) 仏道に専念。今上帝に女三宮への心添えを依頼(㊄若下 15) 女三宮との対面を希望。五十賀では宮の琴を聞きたいと言う(㊄若下 18-19) 今上帝が五十賀を主催。女三宮主催の賀は延期(㊄若下 21) 女三宮主催の賀はさらに延期。病気の紫上にお見舞がある(㊄若下 41) 女三宮、父院を思い憚る(㊄若下 71) 五十賀はさらに延期。女二宮[3](落葉宮)が賀を主催(㊄若下 76) 女三宮と源氏の仲を憂慮。宮に消息を送る(㊄若下 77) 源氏と柏木の話題となる(㊄若下 81) 重態の柏木にお見舞がある(㊄若下 86) 女三宮主催の賀(㊄若下 87) 下山し六条院へ密かに行く。宮を受戒させる(㊅柏木 12-15) かつて太政大臣の懇願により落葉宮の柏木への降嫁を許した(㊅柏木 17) 落葉宮・女三宮の不運を嘆き、女三宮に贈歌(㊅横笛 2) 女三宮の持仏開眼供養に布施を贈る。宮の三条宮への移居を勧める(㊅鈴虫 3-4) 落葉宮の母御息所の逝去に弔問(㊅夕霧 22) 落葉宮の出家を諌止。夕霧のことには言及せず(㊅夕霧 34) かつての女三宮降嫁を冷泉院が想起(㊆橋姫 8) 既に崩御(㊇宿木 51) 宇治に院があった(㊈手習 1)

朱雀院[2] すざくいん →一院 いちのいん

修理大夫[1] すりのかみ 源典侍の懸想人

源氏は、源典侍と逢瀬の場に侵入してきた頭中将[1]を修理大夫かと思った(㊂紅葉 21)

修理大夫[2] 左大臣[3]の子で大蔵卿[2]の弟

女二宮[2]の母藤壺女御[2]の異腹の兄弟だが、宮の後見には力不足(㊇宿木 2) 〈女二宮と薫の三日夜の儀(㊇宿木 51)に参加した1人か〉

修理宰相 すりのさいしょう

前斎宮(秋好中宮)入内の際の実務について源氏に指示される(㊂絵合 3)

受領[1] ずりょう

末摘花邸を買い取ろうとする(㊂蓬生 2) 〈大宰大弐[2]もその1人か〉

受領[2] 匂宮の乳母の夫

遠くの任国へ下向、匂宮はその家に浮舟を移そうと計画(㊇浮舟 37・55)

せ

摂津守(せっつのかみ)　→摂津守(つのかみ)

前斎宮(ぜんさいぐう)　→秋好中宮(あきこのむちゅうぐう)

宣旨[1](せんじ)　桐壺院の侍女
娘が明石姫君の乳母に(三澪標 6)

宣旨[2]　朝顔姫君の侍女
朝顔姫君と源氏、この人を介して対話(三朝顔 4)　源氏、この人を二条院東対に呼び相談(三朝顔 6)　源氏、朝顔姫君除服の際、この人のもとに心遣いの品々を届ける(三少女 1)

宣旨[3]　→春宮宣旨(とうぐうのせんじ)

禅師君[1](ぜんじのきみ)　横川僧都[2]の弟子。中将[3]の弟
中将、この弟を訪ねる途中、小野の妹尼を訪れる(九手習 16)　中将、この弟に浮舟のことを尋ねる(九手習 19)

禅師君[2]　→醍醐阿闍梨(だいごのあざり)

宣旨[1]**の娘**(せんじのむすめ)　明石中宮の乳母
明石姫君の乳母に選ばれ明石へ(三澪標 6-7)　明石君と語らい心慰める(三澪標 9)　大堰で源氏に再会(三松風 10)　京へ帰る源氏を、姫君を抱いて見送る(三松風 13)　姫君とともに京へ行くことに。明石君を慰め和歌贈答(三薄雲 4-6)　二条院へ(三薄雲 9-10)　訪れた夕霧に姫君不在を告げる〈あるいは別人か〉(四野分 11)　住吉参詣の際、明石君・明石尼君の車に同乗(五若下 11)

先帝(せんだい)　藤壺中宮・式部卿宮[1]などの父
この人の四宮が桐壺帝に入内、藤壺と呼ばれる(一桐壺 16)　藤壺中宮主催法華八講初日はこの父帝のため(二賢木 39)　藤壺女御[1]もこの人の娘(五若上 1)

先大王(せんだいおう)
醍醐天皇、あるいは明石入道に醍醐天皇から伝わる箏の手法を伝授した親王(二明石 12)

先帝后(せんだいのきさき)　藤壺中宮・式部卿宮[1]の母
娘四宮(藤壺中宮)の桐壺帝入内を渋るうちに死去(一桐壺 16)　藤壺中宮主催法華八講第 2 日はこの母后のため(二賢木 39)

先帝更衣(せんだいのこうい)
藤壺女御[1]の母(五若上 1)

前坊(ぜんぼう(せんぼう))　桐壺院と同腹。秋好中宮の父
この人の六条御息所腹姫君(秋好中宮)が斎宮に(二葵 2)　御息所を寵遇したという(二葵 2)　桐壺帝に斎宮のことを頼んだという(二葵 34)　御息所はこの人に 16 歳で入内、20 歳で死別(二賢木 9)　忌月は 8 月(四野分 1)　秋好中宮、亡父への志も添えて源氏四十賀を催す(五若上 52-53)

そ

僧都 そうず →北山の僧都 きたやまのそうず →某僧都[1·2] なにがしそうず →夜居の僧都 よいのそうず →横川僧都[1·2] よかわのそうず

帥親王 そちのみこ 光源氏の弟
花散里、この人と対比して蛍宮を評する(㊃蛍 9)

帥宮 そちのみや →蛍宮 ほたるのみや

た

醍醐阿闍梨 だいごのあざり 常陸宮[1]の子で末摘花の兄
まれに末摘花を訪ねる兄は浮世離れした聖(㊂蓬生 3) 源氏主催御八講に参会、帰途末摘花を訪ね、その盛儀を語る(㊂蓬生 8) 末摘花はこの兄の世話に忙しい(㊃初音 8)

大将 だいしょう →右大将[1] うだいしょう →薫 かおる →左大将[1] さだいしょう →頭中将[1] とうのちゅうじょう →光源氏 ひかるげんじ →鬚黒 ひげくろ →夕霧 ゆうぎり

太政大臣 だいじょうだいじん →右大臣[1] うだいじん →左大臣[1] さだいじん →頭中将[1] とうのちゅうじょう →光源氏 ひかるげんじ →鬚黒 ひげくろ

大徳[1] だいとこ 惟光の父の乳母の子
夕顔の通夜に読経(㊀夕顔 28)

大徳[2] 長谷寺の僧
右近[1]の依頼で祈禱(㊃玉鬘 24)

大徳[3] 明石入道の弟子
入道の文を京に届け、明石尼君に入道入山の様子を語る(㊄若上 66)

大徳[4]
源氏、紫上の死後の出家をこの人に命じようとする。夕霧は諌止し、葬送の準備をさせる(㊅御法 9)

大徳[5] 宇治の阿闍梨の寺の僧
薫、八宮の念仏会の布施を贈る(㊆橋姫 19)

大徳[6] 浮舟の乳母子
浮舟の葬送を行う(㊈蜻蛉 6)

大徳[7] →北山の聖 きたやまのひじり →五師 ごし →妙法寺の別当 みょうほうじのべとう →横川僧都[2]の弟子たち よかわのそうずのでしたち

大徳[6]のおじの阿闍梨 だいとこのおじのあざり
浮舟の葬送を行う(㊈蜻蛉 6)

大内記[1] だいないき
源氏、この人に夕霧を預け学問させる(㊂少女 7) 源氏の前で、夕霧に寮試の予行試問(㊂少女 8) 寮試合格後、師弟はますます勉励(㊂少女 9)

大内記[2] →道定 みちさだ

大納言 だいなごん →按察使大納言[1·2·3] あぜちのだいなごん →薫 かおる →柏木 かしわぎ →紅梅 こうばい →頭中将[1] とうのちゅうじょう →光源氏 ひかるげんじ →別当大納言 べとうだいなごん →夕霧 ゆうぎり

大納言君 だいなごんのきみ 女一宮[4]の侍女
明石中宮に浮舟の事件を語る(㊈蜻蛉 28)

大弐[1] だいに 女三宮[2]の侍女
薫の命で女二宮[2]用の薄物の単衣

を縫う(九蜻蛉 26)

大弐[2]　→大宰大弐[1·2·3·4] (ださいのだいに)

大弐典侍 (だいにのないしのすけ)
藤壺御前絵合(えあわせ)に参加(三絵合 9–10)

大弐乳母 (だいにのめのと)　光源氏の乳母。惟光の母
源氏、見舞う(一夕顔 1·3)　源氏が最も重んじる乳母(一夕顔 3 一末摘 2)　惟光、母の看病をしながら夕顔の家を偵察(一夕顔 4·6)　源氏、この人に夕顔の事件を知られないよう気遣う(一夕顔 22·26)

大弐乳母の娘 (だいにのめのとのむすめ)　〈少将命婦と同人か〉
源氏が乳母を見舞ったとき、娘もその家に(一夕顔 3)　源氏、惟光に、夕顔の事件を少将命婦に聞かすなと口固め(一夕顔 26)

大弐乳母の宿守 (だいにのめのとのやどもり)
隣の夕顔の宿について報告(一夕顔 4)

大夫[1] (たいふ)　頭中将[1]の子息
大宮を訪れる孫は夕霧以外簾中を許されない(三少女 24)　六条院にて蹴鞠(五若上 79)

大夫[2]　紅梅の子息
真木柱腹(七紅梅 1)　匂宮、この若君を可愛がる(七紅梅 2)　紅梅と匂宮、若君を介して和歌贈答(七紅梅 6–9)　春宮[1]も若君を寵愛(七紅梅 7·10)　若君、宮の御方に心寄せ(七紅梅 8)　匂宮、若君に託し宮の御方に度々手紙(七紅梅 11)

大夫[3]　→右近将監[2] (うこんのぞう)　→右近大夫[1·2] (うこんのたいふ)　→惟光 (これみつ)　→時方 (ときかた)

大輔 (たいふ)　→惟光 (これみつ)　→式部大輔[1·2] (しきぶのたいふ)　→兵部大輔 (ひょうぶのたいふ)　→民部大輔[1·2] (みんぶのたいふ)

大夫 (だいぶ)　→権中納言[1] (ごんちゅうなごん)　→中宮大夫[1·2·3] (ちゅうぐうのだいぶ)

大輔君[1] (たいふのきみ)　弘徽殿女御の侍女
近江君の手紙を女御に取り次ぐ(四常夏 13)

大輔君[2]　中君[4]の侍女
玉鬘の姫君たち、桜を惜しみ、侍女らをまじえて詠歌(七竹河 13)

大輔君[3]　中君[3]の侍女、かつて中将君[4]と同僚。右近[2]の母
中君と同乗して京へ行く際、喜びの詠歌(八早蕨 9)　薫、中君や侍女たちの衣料をこの人のもとに届ける(八宿木 33)　弁尼は薫に、浮舟が父宮の墓参りに訪れる旨、大輔から連絡があったと語る(八宿木 44)　中将君の愁訴を受け、浮舟を預かるよう中君に取りなす(八東屋 14)　二条院を出る中将君の車を見咎めた匂宮に、中君は大輔の古い友達と説明(八東屋 25)　中君の洗髪中に来た匂宮を気の毒がる(八東屋 26)　娘の右近[2]、匂宮の浮舟接近を中君に急報(八東屋 27)　匂宮、宇治の浮舟・右近[3]から中君・大輔に宛て

た手紙を見る(四浮舟 4)

大夫監 たいふのげん　肥後国の豪族
玉鬘に求婚。玉鬘ら、この人を逃れ上京(四玉鬘 8-11・13)　この求婚を最悪の経験として思い出す(四玉鬘 38 四蛍 1・10)

大輔命婦 たいふのみょうぶ　光源氏の乳母子。兵部大輔の娘。母は左衛門の乳母
源氏に末摘花の話をし、その琴を聞かせる(一末摘 2-4)　源氏に懇願され、末摘花のもとへ手引き(一末摘 7-10)　源氏が末摘花を訪れないので心を痛める(一末摘 12-13)　源氏に末摘花からの元日の晴着を届ける(一末摘 19-21)

大輔乳母 たいふのめのと　雲居雁(くもいのかり)の乳母　〈小侍従[1]の母か〉
内大臣(頭中将[1])、夕霧・雲居雁の件で乳母らを非難する(三少女 18)　夜、襖障子を隔てる夕霧・雲居雁、近く臥す乳母らを憚り音も立てず(三少女 21)　雲居雁、乳母らに咎められ、夕霧と文通もできず(三少女 22)　夕霧を六位ふぜいとさげすむ(三少女 27)　夕霧、中納言に昇進してこの乳母らを見返したい(四蛍 13 五梅枝 12)　中納言になった夕霧、この乳母と和歌贈答(五藤裏 11)　夕霧、小野からの文を奪った雲居雁に、乳母がよからぬ話を吹き込んだかと言う(六夕霧 17)

平重経 たいらのしげつね　中宮職の役人
匂宮の浮舟接近時、明石中宮の病の報をもたらす(四東屋 28)

竹河左大臣 たけかわのさだいじん
三位中将(蔵人少将[3])、この人の娘と結婚(七竹河 32)　死去(七竹河 33)

竹河左大臣の娘 たけかわのさだいじんのむすめ
三位中将(蔵人少将[3])、この人と結婚するが心をとめず(七竹河 32)

大宰少弐 だざいのしょうに　夕顔の乳母[2]の夫
少弐になる。玉鬘を伴い筑紫へ(四玉鬘 2)　任期後も上京できず。息子らに玉鬘上京を遺言し死去(四玉鬘 5-6)　豊後介、故少弐懇意の大徳(五師)を呼び、玉鬘を石清水八幡宮に参詣させる(四玉鬘 15)　右近[1]、少弐の任官を知っていたと語る(四玉鬘 26)

大宰少弐の妻 だざいのしょうにのつま　夕顔の乳母
夕顔、頭中将[1]の北の方を怖れて、西の京の乳母の家へ(一夕顔 31)　夕顔の遺児(玉鬘)は西の京にいる(一夕顔 32)　娘は3人、その1人が夕顔の宿の主(一夕顔 37)　夕顔の行方を案じる(一夕顔 37 四玉鬘 3)　夫が少弐に。玉鬘を伴い筑紫へ(四玉鬘 2-4)　少弐の没後も上京できず(四玉鬘 6)　玉鬘の求婚者たちを拒み続ける(四玉鬘 7-8)　来訪の大夫監に応対(四玉鬘 9-10)　監を逃れ上京(四

音11（四胡蝶7） 蛍宮・柏木など懸想人が多い（四胡蝶3-4・7） 源氏、人々の懸想文を見て玉鬘に語る（四胡蝶8-11） 紫上、玉鬘に対する源氏の恋情を察知（四胡蝶12） 源氏に恋情を訴えられ、苦悩（四胡蝶13-18） 源氏の懸想に苦悩が続く（四蛍1） 蛍宮への返事を宰相君[2]が代筆（四蛍2） 源氏、蛍を放ち、蛍宮に玉鬘をほの見せる（四蛍3-4） 源氏・玉鬘、互いへの感動を抑える（四蛍5-6） 蛍宮への返事を自ら書く（四蛍7） 六条院の馬場の騎射、玉鬘方の女童たちも見物（四蛍8） 物語に熱中。源氏、物語論を説く（四蛍10-11） 内大臣（頭中将）、夕顔の遺児を見つけたいと思う（四蛍14） 源氏、内大臣に玉鬘を見せたらと想像（四常夏2） 源氏から実父のことを聞く（四常夏3-5） 源氏、玉鬘の処遇に悩む（四常夏6） 内大臣家では玉鬘の噂話（四常夏7） 近江君の悪評を聞き、源氏の温情に感謝（四篝火1） 源氏と篝火の歌を贈答（四篝火2） 実の兄弟の奏楽を聞き感慨深い（四篝火3） 夕霧、源氏と寄り添う玉鬘を見て驚く（四野分8-9） 行幸見物。冷泉帝の姿に惹かれ、尚侍就任に心動かす（四行幸1-3） 源氏、尚侍就任を勧める（四行幸5） 源氏、玉鬘裳着（もぎ）の準備（四行幸6） 源氏、内大臣に玉鬘のことを打ち明ける（四行幸7-11） 裳着。内大臣が腰結（こしゆい）役となり、玉鬘の実父として知られてゆく（四行幸13-17） 近江君、玉鬘を羨む（四行幸18-19） 尚侍として出仕した場合の不都合を案じる（四藤袴1） 夕霧、胸中を訴える（四藤袴2-4） 10月の出仕が決定（四藤袴5） 来訪の柏木、他人行儀な応対を恨む（四藤袴6-7） 懸想人たちから文（四藤袴8-9） 鬚黒（ひげくろ）と結婚するが、心とけず（四真木1-2） 内大臣はこの結婚に満足（四真木2） 源氏、胸中を訴える（四真木3） 鬚黒、玉鬘を自邸に迎えようと考える（四真木4） 灰騒動による鬚黒の夜離れを気にもとめない（四真木7） 鬚黒、玉鬘のもとに籠る（四真木8） 鬚黒邸からの北の方退去を聞き憂鬱に（四真木12） 参内。男踏歌を見物（四真木14-15） 蛍宮より文。帝、訪れて恨む（四真木15-17） 鬚黒邸へ退出（四真木18） 源氏・玉鬘、互いに旧交を恋いしのぶ（四真木19-20） 源氏からの文に鬚黒が返事を書く（四真木21） 鬚黒の子供たちと親密に（四真木22） 出産（四真木23） 源氏の四十賀を主催（五若上25-29） 夕霧と親しく交流（五若下5-6） 蛍宮・真木柱夫妻の不仲を聞き、昔を思う（五若下8） 気楽に六条院を訪れ、紫上とも交流（五若下

17）　女三宮[2]の密通を知った源氏、玉鬘の賢さを思う（㊄若下 73）
朱雀院[1]五十賀試楽見物に六条院へ（㊄若下 80）　病重い柏木のため祈禱など（㊅柏木 21）　鬚黒没後、世間と疎遠（㊆竹河 1）　今上帝・蔵人少将[3]ら娘を望む者多く、思い迷う（㊆竹河 2–3）　冷泉院は玉鬘への未練から大君[2]を懇望（㊆竹河 2・11）　薫を婿にとも考える（㊆竹河 4）　夕霧・薫ら年賀に訪れる（㊆竹河 5–6）　薫来訪。その和琴の音に亡父や柏木をしのぶ（㊆竹河 7–8）　大君の冷泉院参院決定（㊆竹河 5・14）　蔵人少将には中君[4]をと思うが拒まれる（㊆竹河 14・17）　大君参院（㊆竹河 18・20）　大君参院に帝不興、と息子たちが責める（㊆竹河 23）　大君、女二宮[1]出産。弘徽殿女御方の嫉妬を危惧（㊆竹河 27–28）　中君を尚侍として出仕させる（㊆竹河 28–29）　出家の志。息子たちが諫める（㊆竹河 30）　冷泉院には院の恋情を憚り行かない（㊆竹河 30）　大君、男宮（今宮）出産。周囲の嫉妬募る（㊆竹河 31–32）　薫に大君への助力を頼むが取りあってくれない（㊆竹河 33）　自邸の寂寥、わが子の不如意に世の変転を思う（㊆竹河 34–35）

玉鬘邸の侍女 たまかずらていのじじょ
蔵人少将[3]に返歌（㊆竹河 8）

玉鬘腹の子 たまかずらばらのこ　→右大弁[2] うだいべん　→右兵衛督 うひょうえのかみ　→大君[2] おおいぎみ　→藤侍従[2] とうじじゅう　→中君[4] なかのきみ

太郎[1] たろう　夕霧の子息。母は雲居雁（くもいのかり）〈衛門督[2]と同人か〉
女楽（おんながく）に横笛を吹く（㊄若下 24–25・33）　源氏主催朱雀院[1]五十賀試楽に落蹲（らくそん）を舞う（㊄若下 82）　母は雲居雁（㊅夕霧 49）

太郎[2]　→藤中納言[1] とうちゅうなごん

ち

筑前守[1] ちくぜんのかみ
左衛門の乳母の後夫（㊁末摘 2）

筑前守[2]　大宰大弐[1]の子。筑紫五節の兄弟
かつて源氏の推挙で蔵人に。大弐一行の上京途次、源氏を訪問（㊂須磨 31）

致仕大臣 ちじのおとど　→左大臣[1] さだいじん　→頭中将[1] とうのちゅうじょう

中宮 ちゅうぐう　→明石中宮 あかしのちゅうぐう　→秋好中宮 あきこのむちゅうぐう　→藤壺中宮 ふじつぼのちゅうぐう

中宮の権亮 ちゅうぐうのごんのすけ　秋好中宮の権亮。朱雀院[1]の殿上人でもある
女三宮[2]裳着（もぎ）に櫛を贈る秋好中宮の使（㊄若上 16）

中宮の亮 ちゅうぐうのすけ　秋好中宮の亮
中宮の季の御読経の際、禄を取り次ぐ（㊃胡蝶 6）

中宮大夫[1] ちゅうぐうのだいぶ　藤壺中宮

の大夫
藤壺が病と聞き参上(㊂賢木 23)

中宮大夫[2]　秋好中宮の大夫
中宮主催の薫の産養(うぶやしない)に参上(㊅柏木 9)

中宮大夫[3]　明石中宮の大夫
明石中宮、匂宮の宇治紅葉狩に、この人らを派遣(㊆総角 38)　中君[3]腹男児の中宮主催産養(うぶやしない)に参上(㊇宿木 50)　明石中宮の病の際、参上(㊇東屋 28)

中将[1] ちゅうじょう　右大臣[1]の子、朧月夜君(おぼろづきよのきみ)の兄弟
右大臣、朧月夜君に、雷雨時、中将たちが伺候したか聞く(㊂賢木 51)

中将[2]　式部卿宮[1]の子
鬚黒(ひげくろ)の北の方を迎えに行く(㊃真木 9)

中将[3]　小野の妹尼の娘婿
亡妻の母(妹尼)が住む小野を訪問、浮舟を垣間見(㊈手習 16-18)　横川で弟禅師君と語る(㊈手習 19)　浮舟に贈歌(㊈手習 20)　小野訪問(㊈手習 21-24)　翌朝、浮舟に贈歌(㊈手習 25)　浮舟に文(㊈手習 27)　妹尼の留守に小野訪問(㊈手習 28-30)　出家後の浮舟と歌を贈答(㊈手習 37)　小野訪問、尼姿の浮舟を垣間見(㊈手習 42-44)　浮舟に贈歌(㊈手習 45)

中将[4]　→右兵衛督 うひょうえのかみ　→薫 かおる　→柏木 かしわぎ　→蔵人少将[3] くろうどのしょうしょう　→頭中将[1·5] とうのちゅうじょう　→光源氏 ひかるげんじ　→夕霧 ゆうぎり

中将のおもと[1] ちゅうじょうのおもと　六条わたりの女の侍女
源氏と和歌贈答(㊀夕顔 8-9)

中将のおもと[2]　鬚黒(ひげくろ)の召人
玉鬘に熱中する鬚黒に心穏やかでない(㊃真木 5)　木工の君と男女の仲のはかなさを嘆く(㊃真木 7)　式部卿宮[1]邸へ。鬚黒邸に留まる木工の君と和歌贈答(㊃真木 11)

中将のおもと[3]　玉鬘の侍女
大君[2]の冷泉院参院が決まり、蔵人少将[3]は取り次ぎのこの人に恨み嘆く(㊆竹河 15-16)　少将への返歌を代作(㊆竹河 17)　参院の日、少将・大君の和歌贈答を仲介(㊆竹河 19)　和琴の上手。院、常に召し出し弾かせる(㊆竹河 24)

中将のおもと[4]　女一宮[4]の侍女
薫の詠みかけにそつなく返歌(㊈蜻蛉 33)　薫、この人の名を中宮方侍女から聞き出す匂宮を妬む(㊈蜻蛉 34)　薫と『遊仙窟』による問答(㊈蜻蛉 35)

中将君[1] ちゅうじょうのきみ　空蝉の侍女
空蝉、この人を召すが、湯浴み中(㊀帚木 26)　源氏が空蝉を連れ出すのをとめられず(㊀帚木 27-28)　暁、空蝉を迎えに源氏の寝所へ(㊀帚木 29)　空蝉、源氏再訪を知り中将君の局へ(㊀帚木

33)

中将君[2]　光源氏の、のちに紫上付きの侍女
葵上の服喪を終え帰邸した源氏、足をもませる(㊁葵 44)　源氏の召人。源氏須磨出発の際、紫上方へ(㊁須磨 11)　帰京の源氏、情をかける(㊂澪標 4)　紫上、大堰へ行く源氏に中将を介し詠みかける(㊂薄雲 12)　元日、紫上付き侍女ら祝い戯れる。顔を出した源氏に受け答え(㊃初音 1)　女三宮[2]に隔意なしとする紫上発言を聞き、中務[3]らと目くばせ(㊄若上 33)　源氏、侍女たち相手に述懐(㊅幻 3)　源氏、紫上お気に入りの中将を形見と見る(㊅幻 3)　葵祭の日、源氏と和歌贈答(㊅幻 9)　紫上の命日、源氏、中将の扇の歌を見て歌を書き添える(㊅幻 13)

中将君[3]　朝顔姫君の侍女
源氏、姫君が斎院になっても中将を媒に文(㊁賢木 20)　雲林院参籠の源氏と斎院の文通を仲介(㊁賢木 31)

中将君[4]　浮舟の母
中君[3]を訪問(㊇宿木 39)　中将君の素性(㊇宿木 44)　弁尼より、娘浮舟への薫の意向を聞く(㊇宿木 60)　薫の誠意を疑う(㊇東屋 1)　夫常陸介[1]の浮舟への冷淡さに不満(㊇東屋 2)　左近少将を浮舟の婿に選ぶ(㊇東屋 4)　仲人と相談(㊇東屋 5)　少将が介の実娘にのりかえたことを知る(㊇東屋 10)　堅実な結婚観により薫を憚る(㊇東屋 11)　介の奔走を傍観(㊇東屋 12・15)　中君に浮舟の庇護を依頼(㊇東屋 13–14)　浮舟を中君のもとへ(㊇東屋 16)　匂宮夫妻を垣間見、結婚観を翻す(㊇東屋 17)　左近少将に落胆(㊇東屋 18)　中君と会話(㊇東屋 19–20)　薫を垣間見て感嘆、浮舟との結婚を願う(㊇東屋 21・23–24)　匂宮の供人に嘲笑される(㊇東屋 25)　夫婦喧嘩(㊇東屋 29)　匂宮の接近を知り、浮舟を三条の小家に移す(㊇東屋 33–34)　左近少将と歌を贈答(㊇東屋 35)　薫を想起(㊇東屋 36)　浮舟に文(㊇東屋 37)　弁尼に文(㊇東屋 39)　薫により宇治に移された浮舟、母を思う(㊇東屋 46)　浮舟に石山詣での車を派遣(㊇浮舟 16)　匂宮来訪を隠す右近[3]、車を返す(㊇浮舟 17)　薫の浮舟への待遇に期待をかける(㊇浮舟 32)　宇治を訪問(㊇浮舟 38)　弁尼との会話中、匂宮と不祥事があれば絶縁すると発言、浮舟に衝撃を与える(㊇浮舟 39–40)　浮舟を心配しながら帰京(㊇浮舟 41)　死を決意した浮舟、母を思う(㊇浮舟 53・58)　浮舟を案じ、宇治へ文(㊇浮舟 59)　再び使を送るが、前夜浮舟は失踪(㊈蜻蛉 1)　宇治に急行(㊈蜻蛉 5)　侍従の君[2]らに浮舟

は入水と聞かされ、葬送を執行(㊈蜻蛉6)　帰京(㊈蜻蛉14)　薫の同情(㊈蜻蛉19)　薫の弔問の文に返事(㊈蜻蛉20)　夫に経緯を打ち明け泣く(㊈蜻蛉21)　四十九日法要(㊈蜻蛉22)　浮舟との親子関係を世間はあまり知らない(㊈蜻蛉28)　蘇生した浮舟、母を想起(㊈手習14・31)　浮舟、出家に際し母を思う(㊈手習32・35・38)　浮舟は自身の法要の衣を見、母を思い落涙(㊈手習49)　薫、浮舟生存をこの人に伝えず(㊈夢浮2)　浮舟は弟小君[2]の訪問にまず母を思う(㊈夢浮9)

中将命婦（ちゅうじょうのみょうぶ）
藤壺御前絵合(えあわせ)に参加(㊂絵合9)

中納言[1]（ちゅうなごん）
冷泉帝の更衣の父(㊃真木14)

中納言[2]　→衛門督[1]（えもんのかみ）　→薫（かおる）　→柏木（かしわぎ）　→左兵衛督[1]（さひょうえのかみ）　→藤中納言[1・2]（とうちゅうなごん）　→頭中将[1]（とうのちゅうじょう）　→夕霧（ゆうぎり）

中納言君[1]（ちゅうなごんのきみ）　葵上付きの侍女
源氏、冗談など言う(㊀帚木22)　服喪中の源氏、召人であるこの人を恋の相手とはせず(㊁葵38)　須磨出発前の源氏、左大臣邸を訪れこの人と一夜(㊁須磨5)

中納言君[2]　藤壺の侍女
三条宮で藤壺訪問の源氏を応対(㊁紅葉6)

中納言君[3]　朧月夜君(おぼろづきよのきみ)の侍女。和泉前守の姉妹
源氏・朧月夜君の密会を手引き(㊁賢木21)　須磨の源氏と朧月夜君の文通を仲介(㊁須磨21・24)　源氏、この人と和泉前守に朧月夜君への手引きを依頼(㊄若上39–40)　源氏を見送る(㊄若上42)

中納言君[4]　弘徽殿女御の侍女
近江君の手紙に、女御に代わり返事(㊃常夏13)

中納言君[5]　光源氏の侍女
〈中納言君[1]と同人か〉
源氏、侍女たち相手に述懐など(㊅幻3)

中納言[1]の娘（ちゅうなごんのむすめ）
冷泉帝の更衣(㊃真木14)

中納言の乳母（ちゅうなごんのめのと）　女三宮[2]の乳母
紫上、女三宮と初対面の折、召し出して話す(㊄若上47)

つ

筑紫五節（つくしのごせち）　大宰大弐[1]の娘
源氏、この人を想起(㊁花散2)　大弐一行の上京途次、須磨の源氏に贈歌(㊁須磨31)　帰京の源氏に贈歌(㊁明石32)　縁談に耳を貸さず。源氏、五節らを二条東院にと思う(㊂澪標11)　五節の日、昔を思う源氏と和歌贈答(㊂少女32)　五節の頃、源氏はこの人に逢った昔を想起(㊅幻14)

摂津守[1]（つのかみ）　光源氏の家人

須磨の源氏に忍んで心寄せ（㊁須磨 20）

摂津守[2]

住吉参詣の光源氏を饗応（㊂澪標 15）

摂津守[3]　→惟光（これみつ）

椿市の僧（つばいちのそう）

玉鬘一行の宿の主。右近[1]を泊めたくて当惑（㊃玉鬘 16-17）

て

殿上人（てんじょうびと）　雨夜の品定め体験談中の人物

木枯らしの女と合奏（㊀帚木 15-16）

と

春宮[1]（とうぐう）　今上帝第一皇子。母は明石中宮

誕生（㊄若上 60）　産養（うぶやしない）（㊄若上 60-61）　源氏・紫上、いつくしむ（㊄若上 62-63）　明石入道、皇子誕生を喜ぶ（㊄若上 64-65）　父春宮（今上帝）、しきりに召す（㊄若上 69）　源氏、皇子を見に来て入道の文を知る（㊄若上 71）　明石女御・皇子の内裏帰参後、六条院で蹴鞠（㊄若上 79）　立太子（㊄若下 9）　紫上の法華経供養に協力（㊅御法 2）　今上帝・明石中宮、春宮として尊ぶ（㊆匂兵 1）　夕霧の大君[1]が入内（㊆匂兵 2）　薫を遊び相手に（㊆匂兵 5）　紅梅の大君（麗景殿女御[3]）が入内（㊆紅梅 2）　紅梅の長男大夫[2]を可愛がる（㊆紅梅 7-8・10）　大君[2]の冷泉院参院を考える玉鬘に、子息たちは春宮入内を勧める（㊆竹河 11）　故蜻蛉宮は娘宮の君を春宮にと考えたことも（㊈蜻蛉 31）

春宮[2]　→今上帝（きんじょうのみかど）　→朱雀院[1]（すざくいん）　→冷泉院（れいぜいいん）

春宮宣旨（とうぐうのせんじ）　典侍

明石女御皇子の御湯殿の儀を行う（㊄若上 60）

春宮大夫（とうぐうのだいぶ）　→権中納言[1]（ごんちゅうなごん）

藤宰相[1]（とうさいしょう）　頭中将[1]の子息

兄柏木らと祭の帰さを見物、紫上死去の報に二条院へ（㊄若下 57）　時々一条宮を訪問（㊅柏木 27）　六条院の鈴虫の宴に参加、そこから冷泉院へ（㊅鈴虫 9）

藤宰相[2]　頭中将[1]の子息。雲居雁（くもいのかり）と同腹

匂宮・六の君の三日夜の宴に列席（㊇宿木 21）

導師[1]（どうし）

六条院の灌仏会に参加（㊃藤裏 6）

導師[2]

源氏邸の仏名会に参加。源氏と和歌贈答（㊅幻 16）

藤式部丞（とうしきぶのぞう）

雨夜の品定めに加わる（㊀帚木 3）　体験談を話す（㊀帚木 19-20）

藤式部丞の愛人（とうしきぶのぞうのあいじん）

→博士の娘（はかせのむすめ）

藤侍従[1]（とうじじゅう）　頭中将[1]の子息

大宮を訪れる孫は夕霧以外簾中を許されない(三少女 24)　近江君を話題にする源氏に苦い思い(四常夏 2)　源氏を送り玉鬘の所へ。玉鬘に心あり(四常夏 3)

藤侍従[2]　髭黒(ひげくろ)の五男、玉鬘腹の三男
父髭黒は既に亡い(七竹河 1)　既に元服(七竹河 2)　年賀に訪れた夕霧のお供(七竹河 5)　昇殿もまだ(七竹河 6)　年賀に訪れた薫に酒など勧める(七竹河 6)　正月下旬、来邸の薫・蔵人少将[3]と小宴(七竹河 7)　翌朝薫から文。母らに見せ返事(七竹河 8)　姫君たちの碁の審判。兄たちも来て語らう(七竹河 10)　兄たちと外出後、少将が来訪、垣間見(七竹河 12)　薫の文を少将に奪い見られる。返事を書こうと母の所へ(七竹河 15)　大君[2]冷泉院参院後、未練の薫と和歌贈答(七竹河 21)　頭中将に。母は人より昇進が遅いと嘆く(七竹河 35)

藤少将 とうしょうしょう　右大臣[2]の子。承香殿女御[2]の兄弟
朧月夜君(おぼろづきよのきみ)との密会から帰る源氏を目撃(三賢木 21)

藤大納言[1] とうだいなごん　右大臣[1]の長男か。弘徽殿大后の兄弟
娘は麗景殿女御[1]。子息の頭弁[1]、源氏を諷す(三賢木 35)

藤大納言[2]　→紅梅 こうばい　→左衛門督[1] さえもんのかみ　→別当大納言 べとうだいなごん

藤中納言[1] とうちゅうなごん　髭黒(ひげくろ)の長男。母は北の方。真木柱の兄弟
髭黒、灰騒動後は北の方を避け、子供らだけに会う(四真木 9)　髭黒邸を去る北の方、子供らに事情を告げる(四真木 10)　10歳。童殿上(わらわてんじょう)。髭黒、男君たちを式部卿宮[1]邸から連れ帰る(四真木 13)　玉鬘、男踏歌(おとことうか)一行中のこの君に目をとめる(四真木 15)　髭黒、男君たちを以前同様世話。男君たち、玉鬘になつく(四真木 22)　玉鬘主催の源氏四十賀に参加(五若上 27)　玉鬘の命で、真木柱の夫、蛍宮のもとへ親しく伺う(五若下 8)　既に中納言。年賀に玉鬘邸を訪問(七竹河 5)　玉鬘の大君[2]冷泉院参院の際、自ら来て手伝う(七竹河 18)　帝主催藤花の宴に列席(八宿木 54)

藤中納言[2]
中将[3]はこの人の娘に通うが心をとめないという(九手習 18)

藤典侍 とうないしのすけ　惟光の娘
源氏、五節の舞姫として奉る(三少女 29-31)　夕霧、懸想(三少女 30・32-34)　惟光、典侍の空席を娘にと望む(三少女 33)　惟光、夕霧の懸想を知り喜ぶ(三少女 35)　野分(のわき)の翌日、夕霧は雲居雁(くもいのかり)とこの人に文(四野分 11)　祭の使。夕霧、雲居雁との結婚後も忍び逢う(五藤裏 8)　花散里、夕霧の典侍腹の子を養育

(五若下 17) 源氏、朱雀院[1]五十賀に童舞を計画、夕霧の典侍腹の子など選ぶ(五若下 18) 御賀試楽の日、典侍腹の二郎、皇麞(おうじょう)を舞う(五若下 82) 夕霧・落葉宮の結婚を聞き、雲居雁と和歌贈答。夕霧との間に多くの子(六夕霧 49) 夕霧、典侍腹の六の君を落葉宮の養女に(七匂兵 11)

頭中将[1] とうのちゅうじょう 左大臣[1]の長男。母は大宮。葵上の兄弟
蔵人少将のとき、右大臣[1]の四の君[1]と結婚(一桐壺 20) 既に頭中将。妻と不和。源氏と親交、雨夜の品定め(一帚木 2-5・9-10・14・16) 撫子(常夏)の歌を寄越して消えた女(夕顔)を語る(一帚木 17-18)
夕顔の住む五条の家をそれと知らず通過(一夕顔 10) 源氏を見舞う(一夕顔 25) 源氏を迎えに北山へ。横笛を吹く(一若紫 15)
末摘花のもとへ忍び歩く源氏を尾行(一末摘 5) 源氏と左大臣邸へ行く(一末摘 6) 源氏と末摘花を競う(一末摘 7) 源氏とともに参内(一末摘 11) 朱雀院[2]行幸の試楽で源氏と青海波を舞う(二紅葉 1) 正四位下に昇進(二紅葉 3)
源氏と源典侍の逢瀬をおどす(二紅葉 20-21) 源典侍をめぐり源氏と応酬(二紅葉 22-23) 南殿の花の宴で詩作。柳花苑を舞う(二花宴 1) 妻と不仲(二花宴 5) 左大臣邸で源氏と合奏(二花宴 8) 葵上を哀悼、源氏と歌を贈答、既に三位中将(二葵 35) 右大臣家と疎遠。除目に漏れる。源氏と韻塞に興じる(二賢木 47-49) 左大臣邸で源氏と対面(二須磨 5) 二条院訪問。源氏と惜別(二須磨 9) 宰相に昇進。須磨の源氏を訪問(二須磨 35) 御世代わりに伴い、父は摂政太政大臣、自身も権中納言となる。四の君腹の姫君の冷泉帝入内を望む(三澪標 4) 姫君入内。弘徽殿女御と称す(三澪標 13・26) 源氏が後援する斎宮(秋好中宮)入内に不安(三絵合 4)
源氏方に対抗し絵を蒐集(三絵合 6・8) 内裏絵合(えあわせ)に参上。竟宴(きょうえん)で和琴を演奏(三絵合 12-15)
父太政大臣と死別(三薄雲 16)
大納言兼右大将に昇進。源氏は政務を託そうとする(三薄雲 26)
夕霧の元服の儀に出席(三少女 3)
源氏の夕霧への教育方針に不審(三少女 4) 夕霧の字をつける儀に列席(三少女 5) 寮試予行での夕霧の学才に感涙(三少女 8) 内大臣に昇進。太政大臣となった源氏は政務を委任(三少女 11) 夕霧と雲居雁(くもいのかり)を隔てる(三少女 12) 大宮邸で大宮、雲居雁と合奏。音楽談義。弘徽殿女御の立后失敗を嘆き、雲居雁に期待をかける(三少女 13-14) 夕霧と対面。雲居雁との仲を知る(三少女 15-16) 大宮の放任主義を非難。雲

居雁引き取りを計画(㊂少女 17-19)　雲居雁を引き取る(㊂少女 23-24・28)　朱雀院[1]行幸で和琴を演奏(㊂少女 39)　夕顔との間の娘(玉鬘)と生き別れになっていた(㊃玉鬘 3)　右近[1]と玉鬘一行がこの人を噂する(㊃玉鬘 23・25・27)　源氏は内大臣に知らせずに玉鬘を引き取ろうとする(㊃玉鬘 30)　源氏、玉鬘の件を知らすべきか悩む(㊃胡蝶 7)　娘たちの不運を嘆く。夕顔の遺児を想起。夢を占う(㊃蛍 14)　近江君を引き取る。源氏が近江君のことを噂の種にする(㊃常夏 2)　玉鬘に源氏は内大臣の人柄と和琴の才を語る(㊃常夏 3-4)　近江君引き取りを後悔。玉鬘と源氏の関係を邪推(㊃常夏 7)　雲居雁の昼寝を注意(㊃常夏 8)　近江君を弘徽殿女御に託す。近江君を愚弄(㊃常夏 9-11 ㊃行幸 19)　近江君の処遇を源氏が非難(㊃篝火 1)　大宮を見舞う(㊃野分 13)　大原野行幸に供奉(ぐぶ)。玉鬘に見られる(㊃行幸 2-3)　源氏に玉鬘の腰結(こしゆい)を依頼され、断る(㊃行幸 6)　源氏は大宮に仲介を依頼(㊃行幸 7-8)　大宮邸を訪問(㊃行幸 9-10)　源氏から玉鬘が夕顔の遺児だと知らされ、和解(㊃行幸 11-12)　源氏と玉鬘の仲を忖度(㊃行幸 13)　玉鬘の裳着(もぎ)で腰結役。玉鬘に贈歌。源氏から代理の返歌(㊃行幸 16)　弘徽殿女御に事情を明かす(㊃行幸 17)　源氏に遠慮して玉鬘を引き取ろうとしない(㊃藤袴 1)　源氏と玉鬘の仲を疑う(㊃藤袴 5)　柏木を玉鬘の許へ訪問させる(㊃藤袴 6-7)　鬚黒(ひげくろ)が玉鬘を懇望。処置は源氏に委任している(㊃藤袴 8)　玉鬘と鬚黒の結婚に内心安堵(㊃真木 2)　玉鬘の参内を世話(㊃真木 14)　玉鬘の退出に助力(㊃真木 17-18)　玉鬘の男子出産を喜ぶ(㊃真木 23)　雲居雁を憂慮。夕霧と中務宮[2]の姫君の縁談に涙(㊄梅枝 12・14)　極楽寺参詣。夕霧に譲歩を決意(㊄藤裏 1-2)　藤花の宴に夕霧を招待。雲居雁との仲を許す(㊄藤裏 3-5)　婿夕霧に満足(㊄藤裏 6-7)　太政大臣に昇進。雲居雁の幸福に満足(㊄藤裏 11)　三条殿の夕霧夫妻を訪問。宰相の乳母と歌を贈答(㊄藤裏 12)　六条院行幸に供奉。源氏と歌を贈答(㊄藤裏 13-14)　柏木への女三宮[2]降嫁を朧月夜君(おぼろづきよのきみ)に依頼(㊄若上 11)　女三宮の裳着で腰結役(㊄若上 15)　玉鬘主催の源氏四十賀に秘蔵の琴を持参(㊄若上 28)　夕霧主催の源氏四十賀で和琴を演奏(㊄若上 54)　蹴鞠の才を源氏が賞賛(㊄若上 83)　今上帝即位に伴い、太政大臣を辞任(㊄若下 9)　須磨訪問を源氏が回想(㊄若下 12)　和琴の評判(㊄若下 30)　落

葉宮主催の朱雀院五十賀を後援(五若下76)　柏木を朱雀院の賀の試楽に出席させる(五若下80)　病身の柏木を引き取り養生させる(五若下84-86)　柏木病臥に北の方とともに心痛(六柏木1)　柏木の加持に葛城の聖(ひじり)を招く(六柏木4・7)　かつて柏木への落葉宮の降嫁に奔走。柏木と宮の対面を許さず(六柏木17・28)　柏木の死に悲嘆(六柏木20-21・26)　弔問に訪れた夕霧と柏木を哀悼(六柏木30)　柏木一周忌。源氏や夕霧の厚志に感激(六横笛1)　柏木に子がないことを悔やむ(六横笛14)　一条御息所逝去。落葉宮を弔問(六夕霧22)　夕霧と落葉宮の噂を聞く(六夕霧32・39)　里帰りした雲居雁を気遣う。蔵人少将[2]を一条宮に派遣(六夕霧48)
紫上死去。源氏を弔問。葵上をしのぶ(六御法14)　既に薨去(七匂兵5)　かつての弘徽殿女御の立后失敗を紅梅が回想(七紅梅2)
和琴の音が薫のそれに似通う(七竹河7)　横笛の音が薫のそれに似通う(七椎本2)

頭中将[2]
大堰へ源氏を迎えに行き、桂院の饗宴に参加(三松風15-16)

頭中将[3]
勅命による夕霧の源氏四十賀宴に、宣旨を承り屯食などを調える(五若上54)

頭中将[4]　頭中将[1]の子息
五節の頃、夕霧の雲居雁腹の子らとともに、源氏のもとへ参上(六幻14)

頭中将[5]　夕霧の子息
初瀬詣での匂宮にお供(七椎本1)
夕霧、この人を遣わし、匂宮を六の君との婚儀に誘う(八宿木15)
匂宮・六の君の三日夜の宴で、宮に盃・祝膳を差し上げる(八宿木21)

頭中将[6]　→柏木(かしわぎ)　→藤侍従[2](とうじじゅう)

頭中将[1]の子息たち(とうのちゅうじょうのしそくたち)　〈柏木と紅梅を除き、序列や関係(同一人か否か)は不明〉　→柏木(かしわぎ)　→蔵人少将[2](くろうどのしょうしょう)　→紅梅(こうばい)　→左衛門督[3・4](さえもんのかみ)　→式部大輔[2](しきぶのたいふ)　→少納言(しょうなごん)　→大夫[1](たいふ)　→藤宰相[1・2](とうさいしょう)　→藤侍従[1](とうじじゅう)　→頭中将[4](とうのちゅうじょう)　→八郎(はちろう)　→兵衛佐[1](ひょうえのすけ)

頭中将[1]の随身(とうのちゅうじょうのずいじん)
北山の光源氏を迎える一行に供奉(ぐぶ)(一若紫15)

頭弁[1](とうのべん)　藤大納言[1]の子息。弘徽殿大后の甥
源氏を諷す。源氏、わずらわしくて朧月夜君(おぼろづきよのきみ)に無沙汰(二賢木35・37)

頭弁[2]　〈紅梅と同人か〉
冷泉帝主催の明石女御皇子産養(うぶやしない)に奉仕(五若上61)

頭弁[3]　→紅梅(こうばい)

時方ときかた　左衛門大夫兼出雲権守で匂宮の乳母子　〈五位蔵人[2]と同人か〉
匂宮の宇治行きに従う(四浮舟 9)　宇治に残る匂宮の命で京へ(四浮舟 14-15)　宇治に帰参し報告、宮の帰京に従う(四浮舟 19)　従者を宇治への使に出す(四浮舟 23)　匂宮の宇治再訪の際、対岸の小家を用意(四浮舟 29)　侍従の君[2]と語らう(四浮舟 30)　使の従者、薫の随身と鉢合わせ、秘密露見(四浮舟 42-43・45)　匂宮に従い宇治へ、厳重警戒のなか侍従の君を連れ出す(四浮舟 56-57)　浮舟の死の真偽を確かめるため宇治へ(五蜻蛉 2)　侍従の君に尋ねる(五蜻蛉 3-4)　匂宮の命で右近[3]を召すが応じず、侍従の君を連れ帰る(五蜻蛉 14)

時方の従者ときかたのずさ
匂宮の文を宇治へ届ける(四浮舟 23)　宇治で薫の随身と鉢合せ。薫が匂宮・浮舟の関係を知る端緒に(四浮舟 42-43・45)

宿直人とのいびと　→宇治の宿直人[1・2]

殿守とのもり　小野の母尼の侍女
母尼、和琴を取ってこさせ、中将[3]・妹尼の合奏に加わる(五手習 24)

な

内侍[1]ないし
光源氏元服の際、左大臣[1]を召す宣旨を伝える(一桐壺 19)

内侍[2]　秋好中宮の侍女
源氏、前斎宮(秋好中宮)には内侍ら優れた侍女が多く、入内しても大丈夫と思う(三澪標 23)　源氏の使者夕霧と語らう。気品高い暮らしぶり(四野分 5)

内侍[3]　秋好中宮の内侍
明石姫君裳着(もぎ)に髪上げ役(五梅枝 5)

内侍[4]　→源典侍げんないしのすけ　→藤典侍とうないしのすけ

尚侍[1]ないしのかみ　桐壺帝時代の尚侍
故桐壺院を慕い尼に(二賢木 17)

尚侍[2]　→朧月夜君おぼろづきよのきみ　→玉鬘たまかずら　→中君[4]なかのきみ

典侍[1]ないしのすけ　桐壺帝時代の典侍
桐壺帝、故桐壺更衣の里邸へ遣わす(一桐壺 7)

典侍[2]　桐壺帝時代の典侍
桐壺帝に先帝の四宮(藤壺中宮)のことを奏上(一桐壺 16)　源氏に、藤壺は母更衣によく似ていると語る(一桐壺 17)

典侍[3]　冷泉帝時代の典侍
古老の典侍2人、尚侍への任官希望を奏上。帝、適任とせず(四行幸 8)

典侍[4]　→源典侍げんないしのすけ　→大弐典侍だいにのないしのすけ　→春宮宣旨とうぐうのせんじ　→藤典侍とうないしのすけ　→平典侍へいないしのすけ

内大臣ないだいじん　→頭中将[1]とうのちゅうじょう　→光源氏ひかるげんじ

中河の女(なかがわのおんな)
源氏とかつて一度だけ逢瀬。久々再訪の源氏に逢わず(㊁花散 2)

仲人(なかだち)
中将君[4]、仲人を通じて左近少将に、浮舟は常陸介[1]の継子と伝える(㊃東屋 5)　左近少将に常陸介実娘への媒を申し出る(㊃東屋 6)　常陸介実娘・左近少将の縁談をまとめる(㊃東屋 7–9)　この人の言葉巧みさに中将君も常陸介もだまされる(㊃東屋 10·12)

仲人の姉妹(なかだちのしまい)　浮舟の侍女
仲人、この人を介し、左近少将の縁談を浮舟に取り次ぐ(㊃東屋 5·7)　仲人、この人に少将の縁談変更を話さない(㊃東屋 9)

中務[1](なかつかさ)　葵上の侍女
左大臣[1]邸来訪の源氏、冗談など言う(㊀帚木 22)　琵琶の上手。頭中将[1]の懸想を避け、源氏の召人に(㊀末摘 6)

中務[2]　藤壺中宮の侍女
三条宮で藤壺訪問の源氏を応対(㊁紅葉 6)

中務[3]　光源氏の、のちに紫上付きの侍女　〈中務[1]と同人か〉
源氏の召人。源氏須磨出発の際、紫上方へ(㊁須磨 11)　帰京の源氏、情をかける(㊂澪標 4)　女三宮[2]に隔意なしとする紫上発言を聞き、中将君[2]らと目くばせ(㊄若上 33)　住吉参詣の際、紫上・明石女御らと唱和(㊄若下 13)

中務宮[1](なかつかさのみや)　明石尼君の祖父
明石君たち、故宮の所領に住むことに(㊂松風 3)　大堰来訪の源氏、尼君に宮のことなど語らせる(㊂松風 11)

中務宮[2]
夕霧を婿に望む(㊄梅枝 13)　内大臣(頭中将[1])と雲居雁(くもいのかり)、夕霧と中務宮家の縁組の噂に心痛める(㊄梅枝 14 ㊄藤裏 1)

中務宮[3]　→式部卿宮[3](しきぶきょうのみや)

中君[1](なかのきみ)　夕霧の次女。母は雲居雁(くもいのかり)
数多い夕霧の子の1人(㊅夕霧 49)　今上帝第二皇子(式部卿宮[3])と結婚(㊆匂兵 2)

中君[2]　紅梅大納言の次女
紅梅の次女。母は故北の方(㊆紅梅 1)　裳着(もぎ)。紅梅は匂宮と結婚させたい(㊆紅梅 2)　紅梅、実娘たちも宮の御方にはかなわないかと思う(㊆紅梅 4)　紅梅によれば、琵琶を熱心に練習(㊆紅梅 5)

中君[3]　八宮の次女
匂宮、八宮の娘を恋慕(㊆紅梅 11)　薫が心にとめている(㊆竹河 33)　中君を出産後、母北の方死去。父八宮の愛育(㊆橋姫 2)　人柄はおっとりとして可憐(㊆橋姫 3)　父宮・姉大君[3]と水鳥の歌を詠む。父宮に箏の琴を習う(㊆橋姫 4)　宮邸焼失、宇治に移住(㊆

橋姫 6) 宇治の阿闍梨、冷泉院の御前で姫君たちの弾琴をほめる(㊂橋姫 8) 薫の垣間見(㊂橋姫 14) 薫、匂宮に語る(㊂橋姫 20) 薫来訪、八宮後事を託し、薫快諾する(㊂橋姫 22) 桜狩の遊覧で宇治を訪ねた匂宮に返歌する(㊂椎本 5-6) 薫来訪、八宮再び後事を託し、薫は夫ではない形で姫君たちを後見することを約束(㊂椎本 8) 薫との相応な会話(㊂椎本 10) 匂宮の手紙に時々返事を書く(㊂椎本 11) 八宮、姫君たちに訓戒(㊂椎本 12) 八宮が山寺参籠、姉と慰め合う(㊂椎本 13) 八宮死去(㊂椎本 14) 薫の弔問(㊂椎本 15) 匂宮の手紙に返事せず(㊂椎本 16) 悲嘆の日々(㊂椎本 21) 阿闍梨の見舞、姉と歌を詠み合う(㊂椎本 22) 姉大君を迎えたいとの薫の申し出を喜ぶ侍女たちを見苦しく思う(㊂椎本 25) 阿闍梨の贈り物(㊂椎本 26) 匂宮に返歌(㊂椎本 27) 薫の垣間見(㊂椎本 29) 大君、中君と薫の結婚を願う(㊂総角 2-3·8·14) 姉に薫の移り香を感じ、2人は深い仲と思う(㊂総角 9) 父宮の一周忌終わる。盛りの美しさ(㊂総角 10) 大君に薫との結婚を勧められるが承知せず(㊂総角 12) 結婚への関心は高くない(㊂総角 13) 薫が姉妹の寝所に忍び入る。大君は逃れ、中君は薫と語り明かす(㊂総角 16-17) 姉の仕打ちをつらく思う(㊂総角 18) 薫の計略により匂宮と契ることに(㊂総角 21-22) 姉のたくらみかと疑いつらく思う。むりやり匂宮の後朝(きぬぎぬ)の文に返事を書かされる(㊂総角 24) 姉に慰められ、新婚第2夜を迎える(㊂総角 25) 第3夜、来ないものと思われた匂宮が夜半に訪れ、ややうち解ける(㊂総角 29) 途絶えを予想しながらも愛情を誓う匂宮に、不安とともに恋情を抱く(㊂総角 30-31) 匂宮の途絶え。手紙は日々届く(㊂総角 32) 薫とともに匂宮来訪、宮は中君を重んじる(㊂総角 33·35) 匂宮、紅葉狩を口実に宇治を訪れるも事が大きくなり中君を訪ねられない。中君は匂宮を信じてはいるがやはり悲しい(㊂総角 37-39) 匂宮、中君を高く評価。途絶えは続く(㊂総角 41) 昼寝の夢に父宮を見る(㊂総角 44-45) 匂宮の文に返歌。途絶えは続く(㊂総角 46-47) 重病の姉を看護、薫来訪に席を外す(㊂総角 49) 薫と詠歌(㊂総角 51) 大君は受戒を望むが応じない(㊂総角 52) 大君死去、深い悲嘆。薫にも対面せず(㊂総角 54-56) 匂宮、万難を排して直接弔問に来るが、姉の心痛を思うと恨めしい。物越しの対面(㊂総角 58) 匂宮、中君を京に迎えよう

と思い準備(㊆総角 59・61)　大君を思う。宇治の阿闍梨から贈り物(㊇早蕨 1)　大君に似通う(㊇早蕨 2)　匂宮、中君移居の準備。薫、中君を大君の形見と思う(㊇早蕨 3)　除服(㊇早蕨 4)　薫来訪、大君をしのぶ(㊇早蕨 5-6)　弁尼と歌を贈答(㊇早蕨 8)　京の二条院へ移居(㊇早蕨 9-10)　薫来訪、匂宮の疑心(㊇早蕨 12-13)　匂宮と夕霧の六の君との結婚を聞く(㊇宿木 7-8)　懐妊(㊇宿木 8)　薫、中君を思う(㊇宿木 9-10)　薫来訪、宇治への思い(㊇宿木 11-14)　匂宮と六の君の婚儀に悲嘆(㊇宿木 15-16)　匂宮、二条院に帰邸、後朝の使者(㊇宿木 17-19)　結婚第 2 夜、独詠(㊇宿木 20)　匂宮、六の君と中君を比較(㊇宿木 24)　薫へ手紙(㊇宿木 25)　薫来訪。中君に迫るが、懐妊と知り、退く(㊇宿木 26-28)　薫からの文(㊇宿木 29)　匂宮帰邸、薫の移り香を疑う(㊇宿木 30-32)　薫、中君に衣料を贈る(㊇宿木 33-34)　薫との関係に苦慮(㊇宿木 35)　来訪した薫に異母妹浮舟の存在を告げる(㊇宿木 36-40)　薫の手紙に返事(㊇宿木 46)　匂宮と合奏(㊇宿木 47)　夕霧、匂宮を連れ出す。出産が近い(㊇宿木 48)　薫の配慮(㊇宿木 49)　男子出産。産養(うぶやしない)の盛儀(㊇宿木 50)　若君の五十日(いか)(㊇宿木 52)　薫来訪、若君を見る(㊇宿木 52-53)　浮舟母中将君[4]、浮舟の庇護を依頼(㊇東屋 13-14)　中将君と語り、浮舟の身柄を一任される(㊇東屋 19-20・24)　浮舟を観察(㊇東屋 21)　薫に浮舟を推す(㊇東屋 22)　匂宮、中将君の車につけて軽口(㊇東屋 25)　中君洗髪中、匂宮、誰とも知らないまま浮舟に言い寄る。報告を受け困惑(㊇東屋 26-27)　浮舟を不憫に思い慰める。大君によく似た浮舟に感動(㊇東屋 29・31-32)　中将君来て浮舟を連れ出す(㊇東屋 33)　匂宮に浮舟の素性を隠す(㊈浮舟 1)　薫との微妙な仲(㊈浮舟 3)　宇治からの便りを匂宮に追及される(㊈浮舟 4-5)　密かに浮舟と逢った匂宮は、薫との仲をあてこする。中君の困惑(㊈浮舟 20)　匂宮、再度の宇治訪問から帰京後病臥(㊈浮舟 32)　匂宮、浮舟との仲を告白(㊈蜻蛉 13)　浮舟の四十九日に誦経などを施す(㊈蜻蛉 22)

中君[4]　鬚黒(ひげくろ)の三女。玉鬘腹の次女

既に父と死別(㊆竹河 1)　母が婿選びに苦慮(㊆竹河 2-3)　姉(大君[2])と碁。兄たち父在世の頃を回顧(㊆竹河 9-12)　賭物の桜を惜しみ姉たちと唱和(㊆竹河 13)　母は蔵人少将[3]との結婚も考える(㊆竹河 14)　姉と惜別(㊆竹河

19)　姉の求婚者で心を移す者もある(㊆竹河22)　尚侍として出仕(㊆竹河28)　気楽な宮仕え(㊆竹河32)　里邸に退出(㊆竹河33)

中君[5]　→王女御 おうにょうご

中君[3]の侍女たち なかのきみのじじょたち
姫君たちに結婚を勧める(㊆総角3)　新婚の匂宮を迎え、老侍女たち、中君[3]にふさわしいと喜ぶ(㊆総角29)　大君[3]、老侍女たちの醜貌に、近い将来の己が姿を見る(㊆総角29)　古参の侍女、中君上京の際、喜びの歌を詠む(㊇早蕨9)　匂宮・六の君婚儀の夜、月を見る中君を、老侍女戒める(㊇宿木16)　薫の中君接近に、遠慮して退く(㊇宿木28)　薫、侍女たちにも衣料を贈る(㊇宿木33-34)　中君には相談できる侍女がいない(㊇宿木35)　匂宮・中君の合奏を聞き、中君を幸い人とする(㊇宿木47)　若い侍女、薫の芳香を賛美(㊇宿木53)

中君[3]の乳母 なかのきみのめのと
幼い中君を見捨てる(㊆橋姫2)

仲信 なかのぶ　薫の家司で大蔵大輔
匂宮、この人の婿道定から、浮舟の噂を聞き出す(㊇浮舟7)　薫を装う匂宮、この人の名を口にする(㊇浮舟12)　薫の命で、新邸に浮舟を迎える準備。その様子は匂宮に筒抜け(㊇浮舟37)　参籠中の薫、浮舟急死の報に接し、この人を宇治へ(㊈蜻蛉8)　薫、この人を使者として浮舟母(中将君[4])を弔問(㊈蜻蛉20)

某僧都[1] なにがしそうず　紫上が帰依していた僧都
紫上から曼陀羅・経の供養のことなど言い置かれる(㊅幻11)

某僧都[2]　→北山の僧都 きたやまのそうず　→横川僧都[2] よかわのそうず

某の朝臣 なにがしのあそん
小鷹狩をしていて桂院の饗宴に遅れて参上(㊂松風15)

某院の預り なにがしのいんのあずかり
源氏の到着に、忙しく奔走(㊀夕顔15)　源氏と昵懇の下家司。左大臣[1]家にも仕える(㊀夕顔16)
惟光、夕顔の死をこの人に知られてはならないと言う(㊀夕顔23)

某院の預りの子 なにがしのいんのあずかりのこ
源氏に近侍する滝口の武士
もののけ出現に、源氏はこの人を起こし様々に指示(㊀夕顔20-22)

なれき　玉鬘の大君[2]の女童
玉鬘の姫君たち、桜を惜しみ、侍女らをまじえて詠歌(㊆竹河13)

に

匂宮 におうみや　今上帝第三皇子。母は明石中宮
この時明石女御が懐妊中の子は匂宮か(㊄若下20・28・43)　既に誕生(㊄若下80)　夕霧に甘える(㊅横笛12-13)　紫上の歌を明石君に運ぶ(㊅御法3)　紫上から遺言される(㊅御法6)　紫上の遺愛の

住み、二条院に帰れず(四宿木 25) 二条院に帰邸(四宿木 30) 薫の移り香を発見(四宿木 31) 中君の美貌を再確認(四宿木 32) 行き届かない気遣い(四宿木 34) 薫から中君への手紙を見、疑う(四宿木 46) 中君に琵琶を聴かせる(四宿木 47) 夕霧に誘われ、六条院へ(四宿木 48) 中君男児出産(四宿木 50) 藤壺の藤花の宴(四宿木 54) 中将君[4]、匂宮を垣間見る(四東屋 17) 中宮の見舞に参内(四東屋 18) 帰邸(四東屋 25) 浮舟に言い寄る(四東屋 26) 乳母の邪魔(四東屋 27) 中宮発病、浮舟をあきらめて参内(四東屋 28) 浮舟を回想、中君を恨む(四浮舟 1) 宇治からの便り見る(四浮舟 4) 浮舟の行方察知(四浮舟 5) 大内記(道定)より薫の秘事を聞く(四浮舟 6–7) 宇治行きを相談(四浮舟 8) 宇治に赴く(四浮舟 9) 浮舟を覗き見(四浮舟 10–11) 薫装い、寝所に侵入(四浮舟 12–13) 翌朝も逗留、執心(四浮舟 14・18) 浮舟との別れ(四浮舟 19) 帰邸、中君を責める(四浮舟 20) 明石中宮より使者(四浮舟 21) 薫も中宮の見舞に(四浮舟 22) 浮舟に文送る(四浮舟 23) 宮中の詩会、薫の姿に動揺(四浮舟 27) 宇治を再訪(四浮舟 28) 対岸の隠れ家で浮舟と官能の日々(四浮舟 29–31) 帰京後、病臥(四浮舟 32) 浮舟に手紙(四浮舟 33) 浮舟の返歌(四浮舟 35) 薫の浮舟移居計画を知る(四浮舟 37) 薫の随身に密通を察知される(四浮舟 42–43) 浮舟の返事(四浮舟 44) 薫、匂宮の秘事を確信(四浮舟 45–46) 浮舟に引き取りを予告(四浮舟 55) 宇治へ(四浮舟 56) 浮舟に逢えず帰京(四浮舟 57) 浮舟より告別の歌(四浮舟 59) 浮舟の死を聞く(五蜻蛉 2) 時方(ときかた)を遣わし、真相探索(五蜻蛉 3–4) 浮舟の失踪に悲嘆(五蜻蛉 10) 薫の見舞、胸中を忖度(五蜻蛉 11–12) 薫と歌の贈答(五蜻蛉 13) 右近[3]に使者送る(五蜻蛉 14) 侍従の君[2]参上(五蜻蛉 15) 浮舟の四十九日(五蜻蛉 22) 小宰相の君に言い寄る(五蜻蛉 23) 明石中宮のもとに参内(五蜻蛉 27) 明石中宮に三角関係を知られる(五蜻蛉 28) 侍従の君を明石中宮に出仕させる(五蜻蛉 30) 宮の君に言い寄る(五蜻蛉 31) 明石中宮の御所に伺候(五蜻蛉 32) 浮舟意識回復(五手習 10) 浮舟、宮をしのぶ(五手習 31) 薫、明石中宮に宮の意向訊ねる(五手習 52)

匂宮の子 におうみやのこ 母は中君[3] 誕生、産養(うぶやしない)(四宿木 50) 五十日(いか)の祝(四宿木 52–53) 中将君[4]の垣間見(四東屋 17) 寝てい

る(四東屋 26)

匂宮の子の乳母 におうみやのこのめのと
五十日(いか)の祝に同席(四宿木 53)　中将君[4]の垣間見(四東屋 17)

匂宮の乳母 におうみやのめのと　複数の人物か
匂宮の中君[3]厚遇を批判(四宿木 34)　乳母の子(時方(ときかた)か)、浮舟への忍び歩きに随行(四浮舟 9)　受領の妻として下向(四浮舟 37)

匂宮の乳母の子 におうみやのめのとのこ　→五位蔵人[2] ごいのくろうど

二宮 にのみや　→式部卿宮[3] しきぶきょうのみや

女別当 にょべとう　→秋好中宮の女別当 あきこのむちゅうぐうのにょべとう

ね

ねび御達 ねびごたち　花散里の老侍女
裁縫中(四野分 10)

念仏僧 ねんぶつそう　〈以下4名、関係は不明〉
①葵上の死(二葵 29)　②一条御息所の死(六夕霧 25)　③八宮の死(七椎本 15)　④浮舟の死(九蜻蛉 14・19)

の

軒端荻 のきばのおぎ　伊予介の先妻の娘で紀伊守[1]の妹
源氏、垣間見る(一空蝉 2-4)　源氏と契る(一空蝉 6-7)　光源氏の手紙来ず(一空蝉 10)　なお連絡なし(一夕顔 7)　蔵人少将[1]通う。源氏の手紙(一夕顔 35)　折々源氏より手紙(一末摘 1)

は

博士 はかせ　文章博士
藤式部丞を婿に(一帚木 19)

博士の娘 はかせのむすめ
体験談中の人物。藤式部丞の愛人(一帚木 19-20)

八宮 はちのみや　桐壺帝第八皇子。母は大臣の娘という。大君[3]・中君[3]の父
匂宮が八宮の姫君たちにも心ざしが浅くない(七紅梅 11)　不遇の親王(七橋姫 1)　北の方死去、娘2人残る(七橋姫 2)　仏道に精進(七橋姫 3)　水鳥の歌唱和(七橋姫 4)　没落の半生(七橋姫 5)　邸炎上、宇治に移住(七橋姫 6)　宇治の阿闍梨に師事(七橋姫 7)　阿闍梨、冷泉院に八宮の噂をする(七橋姫 8)　冷泉院と贈答(七橋姫 9)　阿闍梨から薫を聞き知る(七橋姫 10)　薫と親交(七橋姫 11)　季の念仏、山寺参籠(七橋姫 12)　不在中の薫から大君への手紙を見る(七橋姫 20)　薫訪問、姫君たちの後事依託(七橋姫 21-22・25)　匂宮一行の楽を聞く(七椎本 2)　匂宮と歌の贈答(七椎本 3)　薫ら宮邸を訪問(七椎本 4)　姫君たちの将来を憂う(七椎本 6)　薫に再度依託(七椎本 8-9)　姫君たちに遺戒(七椎本 12)　女房ら

に訓戒(七椎本 13)　山寺で病み、死去(七椎本 14)　一周忌法要既に終了(七総角 10)　大君、父の遺戒を想起(七総角 2・6・12・14・39)　中君の夢に出現(七総角 45)　阿闍梨の夢に出現(七総角 50)　薫と阿闍梨、三年忌を行う(八宿木 14)　八宮の寝殿を寺に改築(八宿木 42)　浮舟の存在(八宿木 44)

八宮の北の方 はちのみやのきたのかた　大臣の娘
娘たちを残し死去(七橋姫 1-2)　八宮の恋慕(七橋姫 6)　弁は従姉妹(七椎本 19)　中将君[4]は姪(八宿木 44)

八宮の北の方の父大臣 はちのみやのきたのかたのちちおとど
八宮の失墜に無念(七橋姫 1)

八宮の母の女御 はちのみやのははのにょうご
大臣の娘で桐壺帝の女御
身分高い女御(七橋姫 1)　八宮の幼少時薨去(七橋姫 5)

八宮の母女御の父大臣 はちのみやのははにょうごのちちおとど
資産家だった(七橋姫 5)

八郎 はちろう　頭中将[1]の子息
玉鬘が垣間見る(四真木 15)　六条院で賀皇恩(かおうおん)を舞う(五藤裏 14)

花散里 はなちるさと　麗景殿女御[2]の妹
かつて宮中で源氏と逢瀬(二花散 1)　源氏来訪(二花散 4)　源氏の庇護に頼る生活。彼の須磨退居を嘆く(二須磨 2)　須磨出発前の源氏、来訪(二須磨 10)　須磨の源氏と文通(二須磨 26)　帰京した源氏からは文のみ(二明石 32)　源氏は二条東院に住まわせる心づもり(三澪標 4)　源氏、ようやく来訪(三澪標 10)　源氏、この人を訪れる途次、末摘花に再会(三蓬生 12・17)　二条東院に移る(三松風 1)　源氏の泊まりはないが、のどやかな日々(三薄雲 11・28)　源氏、紫上相手に評する(三朝顔 15)　源氏が五節を奉るにつき、装束調進(三少女 29)　夕霧を後見(三少女 36)　夕霧の花散里評(三少女 37-38)　式部卿宮[1]五十賀の準備を分担(三少女 43)　六条院夏の町に移る(三少女 44-45)　玉鬘を後見(四玉鬘 33・35)　源氏から正月の晴着が配られる(四玉鬘 39)　元日、源氏来訪(四初音 3)　夏の町の馬場で騎射(四蛍 8)　その夜、源氏と語らう(四蛍 9)　夕霧ら、夏の町の対で奏楽(四篝火 2-3)　夕霧、野分(のわき)見舞(四野分 4)　源氏も野分見舞。染色技術に優れる(四野分 10)　薫物合(たきものあわせ)に荷葉を調合(五梅枝 1・3)　出家を志す源氏、この人には夕霧がついていると思う(五藤裏 11)　夏の町で勅命による夕霧の源氏四十賀。装束など協力(五若上 54-55)　夏の町で夕霧ら蹴鞠(五若上 79)　夕霧の藤典侍腹の子を養育(五若下 17　六夕霧 49)

ひ

13-14)　某院に連れ出す(🈩夕顔15)　夕顔に耽溺(🈩夕顔16-18)　霊女出現(🈩夕顔19)　夕顔頓死、不安な一夜(🈩夕顔20-22)　ようやく惟光参上(🈩夕顔23)　夕顔の骸を山寺へ運ばせる(🈩夕顔24)　帰邸、頭中将の見舞、惟光と相談(🈩夕顔25-26)　東山へ夕顔の通夜に出立(🈩夕顔27-28)　帰邸、病臥(🈩夕顔29-30)　右近[1]より夕顔の素性聞く(🈩夕顔31)　遺児引き取りを望む(🈩夕顔32)　夕顔を追憶(🈩夕顔33)　空蟬と詠歌(🈩夕顔34)　軒端荻と詠歌(🈩夕顔35)　夕顔の四十九日(🈩夕顔36-37)　空蟬離京、詠歌(🈩夕顔38)　聖(ひじり)を訪ね北山へ(🈩若紫1)　北山の僧都の坊見る(🈩若紫2)　明石の人々の噂(🈩若紫3-4)　藤壺似の少女(紫上)垣間見(🈩若紫5-6)　僧都の坊へ(🈩若紫7)　少女は藤壺の姪(🈩若紫8)　後見を申し出る(🈩若紫9)　祖母の北山の尼君申し出断る(🈩若紫10-11)　一夜明け僧都と詠歌(🈩若紫12)　聖、僧都と別れの宴(🈩若紫13-14)　頭中将らの迎え(🈩若紫15)　参内、左大臣邸へ(🈩若紫16)　葵上と不和(🈩若紫17)　尼上(北山の尼君)へ手紙(🈩若紫18)　惟光派遣、進展なし(🈩若紫19)　藤壺との短夜(🈩若紫20)　藤壺懐妊(🈩若紫21)　予言の夢(🈩若紫22)　尼上を見舞う(🈩若紫23-24)　若紫を思う(🈩若紫25)　尼上死去、弔問(🈩若紫26)　若紫邸で宿直、夜深く退去(🈩若紫27-29)　惟光派遣、引き取り決意(🈩若紫31)　若紫を拉致、二条院へ(🈩若紫32-34)　若紫と睦ぶ(🈩若紫35-38)　夕顔追憶(🈩末摘1)　空蟬らを回顧(🈩末摘1)　常陸宮[1]の姫君(末摘花)の噂(🈩末摘2)　末摘花の琴(🈩末摘3-4)　頭中将の戯れ(🈩末摘5)　左大臣邸訪問(🈩末摘6)　頭中将と末摘花を競う(🈩末摘7)　大輔命婦に手引きさせ、末摘花と逢瀬(🈩末摘8-10)　頭中将と参内(🈩末摘11)　末摘花に後朝(きぬぎぬ)の文贈る(🈩末摘12)　朱雀院[2]行幸の準備(🈩末摘13)　常陸宮邸の貧窮(🈩末摘14・17)　末摘花の異様な風貌知る(🈩末摘15-16)　末摘花の暮らしを援助(🈩末摘18)　空蟬を回顧(🈩末摘18)　末摘花の珍歌に呆れつつ返歌(🈩末摘19-21)　常陸宮邸に宿泊(🈩末摘22)　若紫と戯れる(🈩末摘23)　朱雀院行幸試楽、清涼殿で青海波を舞う(🈔紅葉1)　藤壺と歌の贈答(🈔紅葉2)　朱雀院行幸での妙技、正三位に昇進(🈔紅葉3)　葵上と不仲(🈔紅葉4)　若紫、睦み慕う(🈔紅葉5)　三条宮に藤壺訪問(🈔紅葉6)　若紫と雛遊び(🈔紅葉8)　葵上との不和(🈔紅葉9-10)　三

賢木 29） 紫上と歌の贈答（㈡賢木 30） 朝顔斎院と消息（㈡賢木 31） 雲林院より帰邸（㈡賢木 32） 藤壺に紅葉贈る（㈡賢木 33） 参内、朱雀帝と対面（㈡賢木 34） 頭弁[1]の嫌味（㈡賢木 35） 藤壺と詠歌（㈡賢木 36） 朧月夜君の消息（㈡賢木 37） 桐壺院一周忌、藤壺出家（㈡賢木 38-41） 藤壺出家後の決意（㈡賢木 42） 藤壺宮邸に正月の参賀（㈡賢木 43-44） 藤壺・源氏への圧迫（㈡賢木 45） 三位中将と韻塞（㈡賢木 47-49） 朧月夜君と密会、露見（㈡賢木 50-52） 憂愁（㈡花散 1） 麗景殿女御[2]と花散里（㈡花散 1） 中河の女（㈡花散 2） 女御と語り、花散里に会う（㈡花散 3-4） 須磨下向決心（㈡須磨 1） 女たちへの未練（㈡須磨 2） 離京（㈡須磨 3） 左大臣邸に挨拶、既に無位無官（㈡須磨 4-6） 二条院の寂寥（㈡須磨 7） 紫上の悲嘆（㈡須磨 8-9） 花散里訪問（㈡須磨 10） 出立の手配（㈡須磨 11） 朧月夜君と詠歌（㈡須磨 12） 藤壺に挨拶（㈡須磨 13） 桐壺院の北山御陵参拝（㈡須磨 14-15） 春宮（とうぐう）（冷泉院）への挨拶（㈡須磨 16） 人々の嘆き（㈡須磨 17） 離京、道行き（㈡須磨 18-19） 須磨の住居（㈡須磨 20） 京への手紙（㈡須磨 21） 返事さまざま（㈡須磨 24） 御息所の手紙（㈡須磨 25） 花散里の返事（㈡須磨 26） 須磨の日々（㈡須磨 28-30） 筑紫五節と歌の贈答（㈡須磨 31） 源氏なき都（㈡須磨 32） 須磨の辛苦（㈡須磨 33） 明石入道に噂される（㈡須磨 34） 三位中将の訪問（㈡須磨 35） 上巳の祓から悪天候、不思議な夢（㈡須磨 36） 暴風雨続く（㈡明石 1） 紫上より使者（㈡明石 2） 神仏へ祈願（㈡明石 3） 暴風雨止む（㈡明石 4） 桐壺院、夢枕に立ち、住吉神の導きに従い明石へ去れと伝える（㈡明石 5） 明石入道の舟に乗り、明石へ（㈡明石 6-8） 京へ手紙（㈡明石 9） 入道とその娘（㈡明石 10） あはと見る淡路島（㈡明石 11） 入道と合奏、明石君の話（㈡明石 12-14） 前世の契りを思う（㈡明石 15） 明石君に懸想文（㈡明石 16-17） 京の情勢（㈡明石 18） 独り寝をかこつ（㈡明石 19） 明石君と新枕（㈡明石 20-21） 紫上に手紙（㈡明石 22） 須磨の絵日記（㈡明石 24） 帰京の宣旨（㈡明石 25） 明石君懐妊（㈡明石 26） 明石君らとの別れ（㈡明石 27-28） 帰京、参内。権大納言となる（㈡明石 30-31） 明石君らと消息（㈡明石 32） 復権、法華八講（㈢澪標 1） 冷泉帝即位、内大臣に就任（㈢澪標 3-4） 明石姫君誕生（㈢澪標 5） 乳母（宣旨[1]の娘）を明石へ派遣（㈢澪標 6-7） 明石姫君を紫上に語る（㈢澪標 8）

少女8)　斎宮女御立后(三少女10)　太政大臣就任(三少女11)　五節の舞姫奉る(三少女29)　筑紫五節と贈答(三少女32)　夕霧を花散里に預ける(三少女36)　正月の盛儀(三少女38)　朱雀院行幸に供奉(ぐぶ)(三少女39-40)　六条院造営(三少女43-44)　紫上・花散里の転居(三少女45)　秋好中宮の転居(三少女46)　紫上と中宮の春秋争いの詠歌(三少女47)　明石君転居(三少女47)　夕顔回想(四玉鬘1)　右近、源氏を語る(四玉鬘25)　右近より玉鬘の話を聞く(四玉鬘29-30)　玉鬘引き取り企図、消息(四玉鬘31-33)　紫上に夕顔を語る(四玉鬘34)　玉鬘六条院に入る。その美貌に感動(四玉鬘35-38)　歳末、晴着を贈る(四玉鬘39)　末摘花の返礼の歌(四玉鬘40-41)　六条院の新春(四初音1)　紫上周辺(四初音1)　明石姫君を訪問(四初音2)　花散里を訪ねる(四初音3)　玉鬘のもとへ(四初音4)　明石君を訪ね、泊る(四初音5)　2日、臨時客(四初音6)　二条東院の末摘花、空蟬らを巡訪(四初音7-10)　男踏歌(おとことうか)(四初音11-12)　女楽(おんながく)企図(四初音13)　秋好中宮方女房を招き、春の町の船楽(ふながく)(四胡蝶1-2)　蛍宮の玉鬘思慕(四胡蝶3-4)　秋好中宮、秋の町で季の御読経。紫上と中宮の春秋争いの詠歌(四胡蝶5-6)　玉鬘の求婚者たち(四胡蝶7)　懸想文を見、批評(四胡蝶8-10)　玉鬘と詠歌(四胡蝶11)　紫上に玉鬘を語る(四胡蝶12)　玉鬘を訪ね、思慕を告白(四胡蝶13-15)　玉鬘と歌の贈答(四胡蝶17)　折々玉鬘に愁訴(四蛍1)　蛍宮への返書促す(四蛍2)　蛍火で玉鬘を照らす(四蛍3)　玉鬘恋慕を自制(四蛍5)　玉鬘を訪ねる(四蛍6)　六条院の馬の騎射(四蛍8)　花散里と対話(四蛍9)　玉鬘相手に物語論じ、言い寄る(四蛍10-11)　紫上相手に物語論(四蛍12)　夕霧を女方と隔てる(四蛍13)　納涼、近江君の噂話(四常夏1-2)　玉鬘と語らう(四常夏3-5)　玉鬘の処遇に悩む(四常夏6)　玉鬘と語らう(四篝火2-3)　野分の朝、夕霧に垣間見られる(四野分2)　夕霧を三条宮に遣わす(四野分3)　再び夕霧の垣間見(四野分4)　夕霧を中宮に遣わす(四野分5)　中宮の秋の町へ(四野分6)　明石君へ(四野分7)　玉鬘を訪う(四野分8)　夕霧に垣間見られる(四野分9)　花散里へ(四野分10)　玉鬘につき思案(四行幸1)　大原野行幸欠席(四行幸4)　玉鬘に尚侍就任勧誘(四行幸5)　玉鬘裳着準備(四行幸6)　大宮と面談(四行幸7-9)　内大臣(頭中将)と対面、玉鬘の件打ち明ける(四行幸10-

20) 五十賀2月に決定(㊄若下21) 女楽(㊄若下22-33) 紫上と語る(㊄若下35-39) 紫上発病、五十賀延引(㊄若下41) 紫上を二条院に移す(㊄若下42-43) 女三宮密通、源氏を怖れる(㊄若下50) 女三宮を見舞う(㊄若下51) 紫上絶息、蘇生(㊄若下53-54) 六条御息所の死霊(㊄若下55) 死霊を忌む(㊄若下58) 紫上小康状態(㊄若下59-60) 紫上と唱和(㊄若下62) 女三宮を見舞う(㊄若下63-65) 女三宮の密通を知る(㊄若下66・68-69) 紫上との会話(㊄若下70) 柏木と女三宮の怖れ(㊄若下71) 女三宮と玉鬘を比較(㊄若下72-73) 朧月夜君出家(㊄若下74) 紫上に朧月夜君らを語る(㊄若下75) 女三宮の体調を憂慮(㊄若下76) 朱雀院の手紙に、女三宮を諭す(㊄若下77-78) 朱雀院五十賀12月に延引(㊄若下79) 試楽準備、柏木と対面(㊄若下80-82) 試楽当日、柏木に皮肉(㊄若下83-84) 五十賀当日(㊄若下87) 不義の子薫誕生、産養(㊅柏木8-9) 女三宮、出家を望む(㊅柏木10-11) 朱雀院の後押しで女三宮出家、源氏後悔(㊅柏木12-15) もののけ出現(㊅柏木16) 薫五十日(いか)祝に女三宮と語り、感慨様々(㊅柏木22-25) 柏木の死を悼む(㊅柏木33) 柏木一周忌に特別の志(㊅横笛1) 朱雀院の文に悲傷(㊅横笛2-3) 薫を抱き嘆息(㊅横笛4-5) 夕霧と語り、柏木の笛を預かる(㊅横笛15-16) 女三宮の持仏開眼供養の準備(㊅鈴虫1) 開眼供養当日(㊅鈴虫2-3) 三条宮を整備(㊅鈴虫4) 女三宮と鈴虫の対話(㊅鈴虫5-6) 蛍宮ら参集、鈴虫の宴(㊅鈴虫7) 冷泉院に参上、詩歌の宴(㊅鈴虫8-9) 秋好中宮と対話(㊅鈴虫10-12) 一条御息所の死去に弔問(㊅夕霧22) 夕霧の落葉宮への恋を憂慮(㊅夕霧32) 夕霧に諫言できない(㊅夕霧33・40) 紫上の出家を許せない(㊅御法1) 紫上の法華経供養に感心(㊅御法2) 紫上の小康に喜ぶ(㊅御法5) 明石中宮、紫上と唱和(㊅御法7) 紫上死去、悲嘆(㊅御法8-9) 紫上の死顔(㊅御法10) 紫上葬送、出家決意(㊅御法11) 悲嘆の日々(㊅御法13) 致仕大臣(頭中将)の弔問(㊅御法14) 秋好中宮の弔問(㊅御法15) 春、蛍宮の訪問(㊅幻1) 雪の朝帰り回想(㊅幻2) 女房らに述懐(㊅幻3) 春の寂しさ(㊅幻4-5) 女三宮と語る(㊅幻6) 明石君と語る(㊅幻7-8) 花散里、中将君[2]と語る(㊅幻9) 五月雨、夕霧と語る(㊅幻10-11) 暑きころ(㊅幻12) 紫上命日(㊅幻13) 悲嘆の日々(㊅幻14) 紫上の手紙焼却(㊅幻

15)　歳暮、独詠(［六］幻 16)　既に死去(［七］匂兵 1)　夕霧らの追慕(［七］匂兵 4)　薫を冷泉院に頼んでいた(［七］匂兵 5)　薫を明石中宮に頼んでいた(［七］匂兵 6)　紅梅大納言の追慕(［七］紅梅 5)　玉鬘に多くの遺産(［七］竹河 1)　玉鬘の追慕(［七］竹河 4)　八宮とは疎遠(［七］橋姫 5)　没後、嵯峨院や六条院荒廃(［八］宿木 13)　追善法華八講(［九］蜻蛉 24)

光源氏の忍び所の下仕 ひかるげんじのしのびどころのしもづかえ
草の戸ざしの女の歌を伝達(［一］若紫 29)

光源氏の随身 ひかるげんじのずいじん　〈末摘花巻、葵巻では、それぞれ別人か〉
夕顔の花を折る(［一］夕顔 2)　源氏の返歌を届ける(［一］夕顔 5)　夕顔への忍び歩きに随行(［一］夕顔 11・14・20)　東山の通夜に随行(［一］夕顔 27)　常陸宮[1]邸に随行(［一］末摘 17)　勅使光源氏に随行(［二］葵 9)

光源氏の乳母 ひかるげんじのめのと　→左衛門の乳母 さえもんのめのと　→大弐乳母 だいにのめのと

髭黒 ひげくろ　右大臣[2]の子
玉鬘に懸想文(［四］胡蝶 8・18)　玉鬘の婿に不相応と源氏は評価(［四］蛍 9)　源氏は玉鬘との結婚を許そうかとも考える(［四］常夏 6)　大原野行幸に供奉(ぐぶ)。玉鬘の目には好ましく映らず(［四］行幸 3)　柏木や弁のおもと[1]に仲介を依頼。北の方とは不仲(［四］藤袴 8)　玉鬘に消息。返事なし(［四］藤袴 9)　玉鬘を得る(［四］真木 1)　玉鬘のもとに入りびたる(［四］真木 2)　玉鬘を自邸に迎える準備(［四］真木 4)　北の方を慰め、説得(［四］真木 5)　北の方に灰をかけられる。玉鬘に消息。北の方の平癒を祈念(［四］真木 6-7)　玉鬘訪問の際、木工の君がいやみの贈歌。玉鬘方に籠る(［四］真木 8)　北の方との間に姫君と 2 人の男子(［四］真木 9)　北の方と子供が去ったのを知り自邸に戻る(［四］真木 12)　娘の真木柱の歌に涙。式部卿宮[1]家を訪れ冷遇される。2 人の男子(藤中納言[1]、二郎[2])のみ連れ帰る(［四］真木 13)
不承不承玉鬘を尚侍として参内させる(［四］真木 14)　玉鬘を自邸に退出させる(［四］真木 15-18)　玉鬘に代わり源氏の手紙に返歌(［四］真木 21)　男子を世話。真木柱には会えず(［四］真木 22)　玉鬘との間に男子(右兵衛督)誕生(［四］真木 23)　既に左大将となっている(［五］若上 11)　玉鬘主催の源氏四十賀に玉鬘腹の 2 人の男子が列席(［五］若上 26)　六条院の競射に列席(［五］若下 1)　北の方と完全に離縁。玉鬘を大切にする。真木柱の引き取りは許されず(［五］若下 5)　真木柱と蛍宮の結婚には不賛成(［五］若下 7)　右大臣就任(［五］若下 9)　源氏の住吉参詣には不参(［五］若下

11) 以前よりも源氏と親密になる(㊄若下 17) 朱雀院[1]五十賀の試楽に六条院に参上。玉鬘腹の四男(右大弁[2])が万歳楽を舞う(㊄若下 82) 太政大臣に昇進していた(㊆紅梅 1) 既に薨去(㊆竹河 1) 玉鬘や子供たちに回顧される(㊆竹河 10・17・30・35)

髭黒の北の方 ひげくろのきたのかた 式部卿宮[1]の長女。母は大北の方
紫上の幸運と比較される(㊂賢木 19) 既に髭黒と不仲(㊃胡蝶 10 ㊃藤袴 8) 玉鬘に夢中の髭黒に悩む(㊃真木 4) 髭黒の言い訳(㊃真木 5) 髭黒に灰をかける(㊃真木 6–7) 離婚を決意、父宮邸へ(㊃真木 9–11) 髭黒迎えに来るも逢わず(㊃真木 13) 悲嘆の日々(㊃真木 22) 父宮は娘の離縁に無念(㊄若下 6)

肥後采女 ひごのうねべ
赤鼻で有名(㊀末摘 21)

樋洗童 ひすましわらわ
近江君より弘徽殿女御への文遣い(㊃常夏 13)

常陸の北の方 ひたちのきたのかた 紀伊守[2]の姉妹
最近小野の妹尼に無沙汰(㊈手習 47)

常陸介[1] ひたちのすけ 浮舟の継父
陸奥守・常陸介を経て上京(㊇宿木 44) 子供たちを養育。浮舟には冷淡(㊇東屋 2) 風流を気取る(㊇東屋 3) わが娘を愛育(㊇東屋 4) 左近少将が実娘を望んでいると知り喜ぶ(㊇東屋 7–9) 少将ののりかえを妻(中将君[4])に告知(㊇東屋 10) 娘の結婚準備(㊇東屋 12) 左近少将を歓待(㊇東屋 15) 二条院に行った妻を呼び返す(㊇東屋 24) 夫婦喧嘩(㊇東屋 29) 妻の態度に不満(㊇東屋 35) 薫に武骨者と思われている(㊇東屋 39) 妻より浮舟の死と薫の厚志を聞き驚く(㊈蜻蛉 21) 四十九日法要に主人顔のふるまい、浮舟の高い宿世に想到(㊈蜻蛉 22) 薫、介の子供たちを引き立てる(㊈手習 50)

常陸介[2] →伊予介 いよのすけ

常陸介の故北の方 ひたちのすけのこきたのかた
子を残し既に他界(㊇東屋 2)

常陸介の娘たち ひたちのすけのむすめたち →源少納言の北の方 げんしょうなごんのきたのかた →左近少将の北の方 さこんのしょうしょうのきたのかた →讃岐守の北の方 さぬきのかみのきたのかた

常陸宮[1] ひたちのみや 末摘花や醍醐阿闍梨の父
鍾愛の末摘花を残し既に他界(㊀末摘 2 ㊂蓬生 1) 源氏と末摘花の縁を手引きか(㊀末摘 17) 生前、妻の姉妹と疎遠(㊂蓬生 9) 和歌の髄脳を書き残す(㊃玉鬘 41)

常陸宮[2] 今上帝第四皇子
六条院の還饗(かえりあるじ)に出席(㊆匂兵 12) 女二宮[2]の送別の藤花の宴に出席(㊇宿木 54)

常陸宮[1]の預りの翁(ひたちのみやのあずかりのおきな)
貧しい姿(㊀末摘 17)
常陸宮[1]の北の方(ひたちのみやのきたのかた)
末摘花の母
姉妹は受領の妻(㊂蓬生 5)
常陸宮[1]の姫君(ひたちのみやのひめぎみ)　→末摘花(すえつむはな)
左馬頭(ひだりのうまのかみ)
雨夜の品定めの論客(㊀帚木 3-10)　物怨じの女の話(㊀帚木 11-14)　木枯らしの女の話(㊀帚木 15-16)　結論を述べる(㊀帚木 21)
左馬頭の愛人[1](ひだりのうまのかみのあいじん)　→物怨じの女(ものえんじのおんな)
左馬頭の愛人[2]　→木枯らしの女(こがらしのおんな)
兵衛督[1](ひょうえのかみ)
大堰の山荘へ光源氏を迎えに行く(㊂松風 15)
兵衛督[2]　→右兵衛督(うひょうえのかみ)　→左兵衛督(さひょうえのかみ)
兵衛尉(ひょうえのじょう)　惟光の子
夕霧の恋文を姉(藤典侍)に仲立ち(㊂少女 34-35)　光源氏の雑用を仕る(㊄梅枝 3)
兵衛佐[1](ひょうえのすけ)　頭中将[1]の子息
大宮邸に参集(㊂少女 24)　六条院の蹴鞠に参加(㊄若上 79)
兵衛佐[2]　夕霧の子息
玉鬘の大君[2]の冷泉院参院に供奉(ぐぶ)(㊆竹河 18)
兵衛命婦(ひょうえのみょうぶ)
藤壺御前絵合(えあわせ)に参画(㊂絵合 9)
兵藤太(ひょうとうだ)　→豊後介(ぶごのすけ)
兵部卿宮(ひょうぶきょうのみや)　→式部卿宮[1](しきぶきょうのみや)　→匂宮(におうみや)　→蛍宮(ほたるのみや)
兵部君(ひょうぶのきみ)　大宰少弐の三女、母は夕顔の乳母。幼名はあてき
玉鬘らと筑紫へ(㊃玉鬘 2-4)　筑紫で結婚(㊃玉鬘 7)　大夫監の玉鬘求婚に苦慮(㊃玉鬘 8-10)　姉らと別れ玉鬘を奉じ上京(㊃玉鬘 11-13)　初瀬詣でに同行(㊃玉鬘 16)　右近[1]と再会(㊃玉鬘 19-20)　六条院の玉鬘の侍女に(㊃胡蝶 16)
兵部大輔(ひょうぶのたいふ)　大輔命婦の父。末摘花の異母兄弟か
王統で大輔命婦の父(㊀末摘 2)
命婦は末摘花の顚末を父に隠す(㊀末摘 8)
兵部大輔の後妻(ひょうぶのたいふのごさい)
大輔命婦は継母と疎遠(㊀末摘 2)

ふ

豊後介(ぶごのすけ)(ぶんごのすけ)　大宰少弐の長男。母は夕顔の乳母。幼名は兵藤太
父少弐、玉鬘上京を遺言(㊃玉鬘 5)　筑紫で結婚(㊃玉鬘 7)　大夫監の玉鬘求婚に際し、上京を決意(㊃玉鬘 8)　妻子を残し玉鬘らと上京(㊃玉鬘 11・13)　九条に仮住居(㊃玉鬘 14)　八幡宮に代参さ

せる(四玉鬘 15) 初瀬詣でに同行(四玉鬘 16) 右近[1]に垣間見られる(四玉鬘 18) 右近と再会(四玉鬘 20) 六条院の玉鬘の家司に(四玉鬘 38)

藤壺中宮(ふじつぼのちゅうぐう) 先帝の第四皇女。母は先帝后。桐壺院の中宮。冷泉院の母
入内、帝寵あつい(一桐壺 16) 光源氏と親近(一桐壺 17) 加冠後源氏に隔て(一桐壺 21) 源氏密かに藤壺思う(一帚木 21) 藤壺に似る少女(紫上)(一若紫 5) 源氏との逢瀬(一若紫 20) 懐妊。喜ぶ桐壺帝(一若紫 21) 参内。苦悩(一若紫 22) 源氏の青海波に感慨(二紅葉 1) 源氏と歌の贈答(二紅葉 2) 三条宮に退出(二紅葉 4) 光源氏の三条宮訪問(二紅葉 6) 光源氏の年賀(二紅葉 10) 不義の子の若宮(冷泉院)を出産(二紅葉 11) 桐壺帝に恐懼(二紅葉 13) 光源氏と詠歌(二紅葉 14) 立后(二紅葉 24) 光源氏の姿に独詠(二花宴 2) 常に戸口を閉ざす心用意(二花宴 3・5) 朱雀帝即位、若宮立太子。桐壺院と院御所へ移居(二葵 1) 源氏の葵上忌明け訪問(二葵 42) 桐壺院の春宮(とうぐう)(冷泉院)への遺言に同席(二賢木 12) 桐壺院崩御、悲嘆(二賢木 13–14) 三条宮へ退去(二賢木 15) 源氏の情熱に苦慮(二賢木 22) 源氏侵入。漸く逃れる(二賢木 23–25) 出家を決意(二賢木 27) 参内。春宮と対面(二賢木 28) 源氏より雲林院土産(二賢木 33) 源氏と詠歌(二賢木 36) 桐壺院一周忌(二賢木 38) 法華八講を営み、最終日に出家(二賢木 39–41) 新春の寂寥(二賢木 43–44) 源氏・藤壺への圧迫(二賢木 45) 源氏を気遣う(二須磨 2) 源氏離京の挨拶に訪れる(二須磨 13) 須磨に去った源氏への感慨(二須磨 23) 源氏をしのぶ(二須磨 32) 源氏帰京、対面(二明石 31) 女院宣下(三澪標 12) 前斎宮(秋好中宮)入内を推進(三澪標 25) 源氏と兄(式部卿宮[1])の不仲嘆く(三澪標 26) 前斎宮入内勧奨(三絵合 4) 御前にて絵合(えあわせ)を企画(三絵合 9–10) 内裏絵合にも参加(三絵合 13) 病臥、冷泉帝行幸(三薄雲 17) 述懐(三薄雲 18) 光源氏と対面、薨去(三薄雲 19–20) 源氏、藤壺を回想(三朝顔 10) 源氏の夢枕に立つ(三朝顔 17) 冷泉帝、藤壺の短命を惜しむ(三少女 40) 源氏、藤壺の筆跡を賛美(四梅枝 7) 源氏、女三宮[2]をめぐり藤壺を回想(五若上 14) 源氏、藤壺短命を哀惜(五若上 50) 源氏、藤壺を回想(六幻 8)

藤壺女御[1](ふじつぼのにょうご) 先帝の源氏宮、朱雀院[1]の女御。女三宮[2]の母

朱雀後宮に入内、早世(五若上 1)　春宮(とうぐう)(今上帝)母承香殿女御[2]と不和(五若上 2)　藤壺中宮の異腹の姉妹(五若上 14)　紫上のおば(五若上 22)

藤壺女御[2]　左大臣[3]の三女、今上帝の女御。女二宮[2]の母
入内。麗景殿と言う(五梅枝 6)　藤壺となっている。女二宮を残し死去(四宿木 1-2)　紅梅大納言、入内前より女御に恋慕(四宿木 55)

古大君女 ふるおおきみおんな
筑紫での玉鬘の琴の師(四常夏 4)

へ

平典侍 へいないしのすけ
藤壺御前絵合(えあわせ)に出席(三絵合 9)『伊勢物語』の方人(三絵合 10)

別当 べとう
二条東院の別当(三薄雲 11)

別当大納言 べとうだいなごん　朱雀院[1]の別当
女三宮[2]に求婚(五若上 10-11)　源氏の朱雀院見舞の饗宴に供奉(ぐぶ)(五若上 20)　女三宮六条院降嫁に無念(五若上 24·30)

弁[1] べん　少納言の乳母の娘、紫上の乳母子
惟光の命で三日夜餅(みかのよのもちい)を届ける(二葵 48)

弁[2]　藤壺中宮の乳母子
藤壺の懐妊を怪しむ(一若紫 21)　光源氏侵入に際し近侍(二賢木 23·27)

弁[3]　→右大弁[1·2·3] うだいべん　→蔵人弁[1·2] くろうどのべん　→紅梅 こうばい　→左大弁[1] さだいべん　→左中弁[1·2·3] さちゅうべん　→頭弁[1·2] とうのべん　→弁尼 べんのあま

弁尼 べんのあま　八宮家の侍女。柏木の乳母子
薫と対面、出生の秘密をほのめかす。弁の素性(七橋姫 16-17)　薫に出生の秘密を語り、柏木の文反故を渡す(七橋姫 23-25)　薫は常に弁を召す(七椎本 10·17)　薫と語る。弁の素性(七椎本 19)　大君[3]について薫と語る(七総角 3)　薫、弁を召す(七総角 9·11)　大君に薫の言葉を伝える(七総角 13)　大君と相談(七総角 14)　薫と計る(七総角 15)　薫を姉妹の寝所に導く(七総角 16)　大君が逃れたことを知る(七総角 18)　薫、弁に中君[3]との一夜を知られる不都合さを思う(七総角 19)　薫、弁を召す(七総角 21)　匂宮と知らず中君に導く(七総角 22)　薫、中君の結婚第 3 日に、弁宛てとして贈り物。匂宮の来訪を喜ぶ(七総角 26·29)　大君の病を見舞う薫、弁に修法などを指示(七総角 42)　薫に応対(七総角 48)　薫への中君の返歌を取り次ぐ(七総角 51)　大君の死後出家。薫と語る(四早蕨 7)　中君と歌を贈答、宇治に残る(四早蕨 8)　中君、弁

を羨む(八宿木 14)　薫の宇治来訪、弁を召す(八宿木 41・43)　薫に浮舟の素性を語る(八宿木 44)　薫の心遣い。宿木の歌を贈答(八宿木 45)　浮舟の母中将君[4]に薫の意向を伝える(八宿木 60 八東屋 1・19)　薫・浮舟宇治に来合わせる(八宿木 57–58)　浮舟と対面(八宿木 59)　浮舟に薫の言を伝える(八宿木 60)　薫に依頼され、浮舟を訪う(八東屋 39・41)　薫、不意に来訪。浮舟を宇治に連れ行くのに従う(八東屋 42–46)　薫に贈歌(八東屋 50)　匂宮と道定の密談の話題に上る(八浮舟 7)　匂宮が宇治に籠った日、とりつくろう右近[3]は弁にも言い訳(八浮舟 17)　中将君と語る(八浮舟 39–40)　浮舟と匂宮の関係を察知していた(九蜻蛉 16)　宇治を訪れた薫に会わず(九蜻蛉 19)

弁尼の夫(べんのあまのおっと)
騙して弁を九州に(七橋姫 24)

弁のおもと[1](べんのおもと)　玉鬘の侍女
鬚黒(ひげくろ)、玉鬘への手引きを懇願(四藤袴 8)　鬚黒と玉鬘を取り持つ(四真木 1)　光源氏、玉鬘の結婚のいきさつを回想(五若下 73)

弁のおもと[2]　今上帝の女一宮[4]の侍女
薫と戯れる(九蜻蛉 33)

弁少将(べんのしょうしょう)　→紅梅(こうばい)

ほ

蛍宮(ほたるのみや)　桐壺院の皇子
既に帥宮。北の方は右大臣[1]の娘(二花宴 5)　離京する源氏と惜別(二須磨 9)　内裏絵合(えあわせ)の判者となり、須磨の絵日記に感涙(三絵合 12–13)　絵合の竟宴(きょうえん)で源氏と才芸論。箏を弾く(三絵合 14–15)　既に兵部卿。朱雀院[1]行幸で琵琶を弾く(三少女 39)　源氏は玉鬘の魅力でその心を悩ませようと思う(四玉鬘 37)　六条院の船楽(ふながく)で「青柳」を謡う(四胡蝶 2)　既に北の方と死別。玉鬘に恋慕。源氏と歌の贈答(四胡蝶 4)　玉鬘に消息。その手紙を源氏が批評(四胡蝶 8–10)　玉鬘に消息(四胡蝶 18)　玉鬘を訪問。蛍火に玉鬘を見て惑乱。玉鬘と歌の贈答(四蛍 2–4)　玉鬘と歌の贈答(四蛍 7)　六条院の騎射に参加(四蛍 8)　その人柄を源氏が批評(四蛍 9)　源氏は玉鬘との結婚を許そうかとも思う(四常夏 6)　内大臣(頭中将[1])は宮が玉鬘を得ると予想(四常夏 7)　大原野行幸に供奉(ぐぶ)(四行幸 3)　玉鬘の裳着(もぎ)に列席。源氏に玉鬘を望む(四行幸 17)　玉鬘に消息。返歌を得る(四藤袴 9)　玉鬘を得られず落胆(四真木 2)　玉鬘の件で、源氏を一時恨んだ(四真木 13)　男踏歌(おとこどうか)の折、玉鬘に消息(四真木 15)

源氏を訪問。朝顔の源氏への手紙に関心。薫物合(たきものあわせ)の判者を依頼される(五梅枝 2-3)　宴に琵琶を弾く(五梅枝 4)　依頼されていた草子を持参。源氏と仮名を批評(五梅枝 7・9-10)　明石姫君のため『古万葉』や『古今集』を贈る(五梅枝 11)　朱雀院に女三宮[2]の婿には不適切と評価される(五若上 10)　女三宮の降嫁を切望(五若上 11)　女三宮を得られず嘆く(五若上 24)　玉鬘主催の源氏四十賀で名琴を弾く(五若上 28)　夕霧主催の源氏の賀宴で琵琶を弾く(五若上 54)　六条院の蹴鞠(五若上 79・83)　真木柱と結婚するが、不仲(五若下 7-8)　当代一の琵琶の名手(五若下 30)　朱雀院五十賀の試楽に2人の男子が万歳楽を舞う(五若下 82)　六条院の鈴虫の宴の後、源氏と冷泉院へ参上(六鈴虫 7-9)　源氏を訪問し、歌を贈答(六幻 1)　既に薨去。真木柱との間に姫君(宮の御方)がある(七紅梅 1　七竹河 34)

蛍宮の北の方(ほたるのみやのきたのかた)　右大臣[1]の次女または三女
既に蛍宮と結婚、美人と評判(三花宴 5)　3年前に死去(四胡蝶 4)　蛍宮亡妻を忘れ得ず(五若下 8)

蛍宮ののちの北の方(ほたるのみやののちのきたのかた)　→真木柱(まきばしら)

ま

真木柱(まきばしら)　鬚黒(ひげくろ)の娘。母は北の方
父鬚黒と玉鬘が結婚のころ 12、3歳(四真木 9)　父の家を去る際、柱に歌を残す(四真木 10-11)　鬚黒この娘を恋しく思う(四真木 13・22)　父や玉鬘に親しむ弟たちを羨む(四真木 22)　父は引き取りを希望。祖父(式部卿宮[1])、許さず(五若下 5)　祖父宮が婿にと思う柏木は無関心(五若下 6)　蛍宮と結婚。冷たい夫婦仲(五若下 7-8)　蛍宮と死別後、紅梅の北の方に。明朗で当世風の人柄(七紅梅 1)　紅梅の先妻腹大君(麗景殿女御[3])春宮[1](とうぐう)参入に付き添う(七紅梅 2)　蛍宮との間の実娘宮の御方の結婚には消極的(七紅梅 3)　宮の御方を望む匂宮に応諾しかねる(七紅梅 10-11)　継母かつ紅梅の姉である玉鬘とはさほど親しくない(七竹河 18)　紅梅邸で大饗。薫を婿にと思う(七竹河 34)

み

三河守(みかわのかみ)　大弐乳母の娘婿
大弐乳母の病を見舞う(一夕顔 3)

右の中将[1](みぎのちゅうじょう)
六条院行幸に供奉(ぐぶ)(五藤裏 13)

右の中将[2]　→薫(かおる)　→柏木(かしわぎ)

御匣殿 みくしげどの　→王命婦 おうみょうぶ　→朧月夜君 おぼろづきよのきみ

道定 みちさだ　大内記。薫の家司仲信の婿。匂宮に仕える
匂宮に浮舟の話をする(㊇浮舟 6–7)　匂宮の宇治行きを手伝う(㊇浮舟 8–9)　右近[3]になじられ困惑(㊇浮舟 15)　匂宮を守り帰京(㊇浮舟 19)　匂宮の再度の宇治行きに同行(㊇浮舟 28)　薫の浮舟移居準備を舅から聞き出す(㊇浮舟 37)　随身に目撃され、秘事を薫に知られる(㊇浮舟 45)　右近の迎えに時方(ときかた)と派遣される(㊈蜻蛉 14)

道定の妻 みちさだのつま
父仲信は薫の家司(㊇浮舟 37)

陸奥守 みちのくにのかみ　→常陸介[1] ひたちのすけ

御息所 みやすどころ　→明石中宮 あかしのちゅうぐう　→一条御息所 いちじょうのみやすどころ　→大君[2] おおいぎみ　→桐壺更衣 きりつぼのこうい　→六条御息所 ろくじょうのみやすどころ

宮の御方 みやのおんかた　蛍宮の姫宮。母は真木柱
紅梅大納言邸に連れ子として同居(㊆紅梅 1–2)　結婚には無関心(㊆紅梅 3)　大納言の好き心(㊆紅梅 4)　匂宮、御方に懸想(㊆紅梅 8)　異父弟大夫[2]の君、御方を慕う(㊆紅梅 8)　匂宮なおも執心(㊆紅梅 11 ㊇宿木 5)

宮の君 みやのきみ　蜻蛉宮の姫君
父宮は薫を婿に望むも拒否される(㊇東屋 11)　父の死後女一宮[4]に出仕(㊈蜻蛉 31)　薫の感慨(㊈蜻蛉 36)

宮の権亮 みやのごんのすけ　→中宮の権亮 ちゅうぐうのごんのすけ

宮の亮[1] みやのすけ　弘徽殿大后の亮
朧月夜君(おぼろづきよのきみ)方にも近侍(㊁賢木 51)

宮の亮[2]　→中宮の亮 ちゅうぐうのすけ

宮大夫 みやのだいぶ　→中宮大夫[3] ちゅうぐうのだいぶ

命婦 みょうぶ　→上の命婦 うえのみょうぶ　→王命婦 おうみょうぶ　→左近命婦 さこんのみょうぶ　→少将命婦 しょうしょうのみょうぶ　→大輔命婦 たいふのみょうぶ　→中将命婦 ちゅうじょうのみょうぶ　→兵衛命婦 ひょうえのみょうぶ　→靫負命婦 ゆけいのみょうぶ

妙法寺の別当 みょうほうじのべとう
近江君の出生時の祈禱僧、早口の理由(㊃常夏 11)

みるこ　玉鬘の女童
柏木の文遣い(㊃胡蝶 9)

民部卿 みんぶきょう
夕霧の字の儀式に列席(㊂少女 5)

民部のおもと みんぶのおもと　空蝉の侍女
背が高い(㊀空蝉 8)

民部大輔[1] みんぶのたいふ　〈明石尼君の父か〉
大堰山荘の持主(㊂松風 3)

民部大輔[2]　式部卿宮[1]の子
鬚黒(ひげくろ)の北の方を迎えに(㊃真木 9)

民部大輔[3]　→惟光 これみつ

む

紫上 むらさきのうえ　式部卿宮[1]の外腹の子。母は按察使大納言[2]の娘。光源氏の伴侶
源氏に垣間見られる。藤壺に酷似([一]若紫 5-6)　藤壺の姪と判明([一]若紫 8)　光源氏に好意([一]若紫 15)　稚純な姿([一]若紫 24)　祖母(北山の尼君)死去([一]若紫 26)　源氏の宿直に困惑([一]若紫 27-28)　父(式部卿宮)、本妻邸引き取りを計画([一]若紫 30)　源氏に二条院へ略取される。父宮は行方を知らない([一]若紫 33-34)　源氏に心を開く([一]若紫 35・38)　源氏と詠歌([一]若紫 36)　源氏に愛育される([一]末摘 14)　源氏と睦ぶ([一]末摘 23)　源氏に睦み、あとを慕う([二]紅葉 5)　雛遊びに興ずる([二]紅葉 8)　源氏の外出を断念させる([二]紅葉 15-16)　源氏、紫上を思う([二]花宴 6)　後追いから卒業([二]花宴 7)　源氏と葵祭見物([二]葵 12-13)　源氏、紫上を思う([二]葵 32)　大人びる([二]葵 44)　新枕([二]葵 45)　拗ねて後朝(きぬぎぬ)の歌に返歌しない([二]葵 46)　三日夜餅(みかのよのもちい)([二]葵 48)　源氏、父と再会させるために裳着(もぎ)を計画([二]葵 51)　幸運を世人羨む([二]賢木 19)　藤壺との容貌酷似を源氏が再認([二]賢木 24)　雲林院参籠中の源氏と詠歌([二]賢木 30)　光源氏雲林院より帰邸([二]賢木 32)　源氏の須磨行き決意に悲嘆([二]須磨 2・8)　源氏と鏡の影をめぐる詠歌([二]須磨 9)　源氏より女房や地券を依託される([二]須磨 11)　源氏出立、悲嘆([二]須磨 18)　源氏を恋い嘆く([二]須磨 22)　源氏への返書([二]須磨 24)　源氏付き女房たち紫上に心服する([二]須磨 32)　光源氏に使者派遣([二]明石 2)　源氏より返書([二]明石 9)　源氏、明石君につき告白([二]明石 22)　心やりに絵日記を作成([二]明石 24)　源氏帰京、再会([二]明石 30)　源氏、明石姫君誕生を告白([三]澪標 8)　源氏と明石君に嫉妬([三]澪標 9)　前斎宮(秋好中宮)の冷泉帝入内に協力([三]澪標 25)　源氏須磨退居中は頻繁に手紙の行き来をしていた([三]蓬生 1)　源氏帰京後は愛を独占([三]蓬生 10)　源氏、花散里を訪問([三]蓬生 12)　須磨の絵日記に感動([三]絵合 7)　源氏が明石君のいる大堰を訪問するのに嫉妬([三]松風 10)　源氏大堰から帰邸、拗ねる([三]松風 17)　明石姫君引き取りの相談を受け、快諾([三]松風 18 [三]薄雲 1)　明石姫君を愛育([三]薄雲 9-10)　妬心薄らぐ([三]薄雲 12-13)　源氏、斎宮女御との対話を語り、春秋争いを提案([三]薄雲 30)　源氏の朝顔姫君求婚を知り深刻に動揺([三]朝顔 7-8)　源氏、紫上への愛を再確認し、

朝顔の件を告白(㊂朝顔 13)　源氏の女君評(㊂朝顔 14-16)　夢にうなされる源氏を起こす(㊂朝顔 17)　父式部卿宮五十賀計画(㊂少女 43)　六条院春の町に転居(㊂少女 45)　秋好中宮と春秋争い(㊂少女 47)　女盛りの美貌(㊃玉鬘 28)　源氏と右近[1]の玉鬘邂逅の話を聞く(㊃玉鬘 29)　源氏、故夕顔と玉鬘の真相を告白(㊃玉鬘 34)　源氏、玉鬘の美貌報告(㊃玉鬘 37)　源氏の衣配りに立ち会う(㊃玉鬘 39-40)　源氏の末摘花をめぐる和歌談義(㊃玉鬘 41)　新春の華やぎ(㊃初音 1)　源氏、明石君に一泊の件を言い訳(㊃初音 5)　男踏歌(おとことうか)見物(㊃初音 11-13)　六条院春の町で船楽(ふながく)催す(㊃胡蝶 1-2)　秋好中宮と春秋争い(㊃胡蝶 6)　源氏、玉鬘につき語る(㊃胡蝶 12)　源氏の物語談義(㊃蛍 12)　源氏、紫上から夕霧を遠ざける(㊃蛍 13)　夕霧に垣間見られる(㊃野分 2-3)　夕霧、源氏との会話を推察(㊃野分 4)　源氏、夕霧に垣間見られたかを尋ねる(㊃野分 6)　源氏と玉鬘出仕につき会話(㊃行幸 5)　鬚黒(ひげくろ)と姉北の方の離婚に苦悩(㊃真木 13)　薫物(たきもの)の調合(㊄梅枝 1)　梅花の香の見事さ(㊄梅枝 3)　明石姫君裳着、秋好中宮と対面(㊄梅枝 5)　源氏の仮名談義(㊄梅枝 7)　賀茂社参詣(㊄藤裏 8)　明石姫君の後見役に明石君を推薦(㊄藤裏 9)　明石姫君春宮(とうぐう)(今上帝)に入内、明石君と対面(㊄藤裏 10)　女三宮[2]婿選びの件聞くも源氏を信頼(㊄若上 21)　源氏、女三宮降嫁を打ち明ける(㊄若上 22)　苦悩の心中(㊄若上 23)　女三宮の六条院降嫁に協力する(㊄若上 30-31)　独り寝の悲しさ(㊄若上 32-33)　光源氏の夢に出現(㊄若上 34)　光源氏のいたわり(㊄若上 35-36)　光源氏深く紫上に執心(㊄若上 37)　朱雀院[1]と歌の贈答(㊄若上 38)　源氏の朧月夜君(おぼろづきよのきみ)との浮気察知するも黙殺(㊄若上 40)　源氏、朧月夜君の件告白(㊄若上 43)　明石女御退出、女三宮に対面決意(㊄若上 45)　手習の歌の孤独(㊄若上 46)　女三宮と親密に交際(㊄若上 47-48)　源氏のため薬師仏供養と四十賀を催す(㊄若上 49-50)　明石女御の皇子(春宮[1])出産で親役(㊄若上 60)　明石君と融和(㊄若上 63)　春宮の明石女御帰参勧告に同調(㊄若上 69)　源氏、明石君相手に紫上を称揚(㊄若上 73-74)　明石君の紫上観(㊄若上 75)　夕霧の紫上賛美(㊄若上 77)　出家を願い出る(㊄若下 10)　住吉参詣に同行(㊄若下 11-13)　女一宮[4]養育に心を慰める。出家の動機(㊄若下 16)　源氏、女三宮の琴教授に集中(㊄

愛人
別れ話の時に指に食いつく(㊀帚木 11-14)

桃園宮 ももぞののみや　桐壺院の同腹の弟宮。朝顔姫君の父〈式部卿宮[2]と同人か〉
源氏が娘の朝顔姫君へ贈歌(㊀帚木 24)　源氏の姿に感嘆(㊁葵 10)　死去(㊁薄雲 24)　源氏を婿にできなかったのを残念に思っていた(㊁朝顔 2・11 ㊂少女 2)　女五宮の世話役(㊁朝顔 8)

文章博士[1] もんぞうはかせ
光源氏の師、夕顔の葬儀の願文作る(㊀夕顔 36)

文章博士[2]
夕霧の字つける儀式に出席(㊂少女 5-6)

や

宿守 やどもり　→因幡守の宿守 いなばのかみのやどもり　→宇治の院の宿守 うじのいんのやどもり　→大堰の宿守 おおいのやどもり　→大弐乳母の宿守 だいにのめのとのやどもり

大和守 やまとのかみ　一条御息所の甥
葬儀を主宰(㊅夕霧 22-23)　小少将君は姉妹(㊅夕霧 28)　四十九日も準備(㊅夕霧 33)　夕霧の命を受け落葉宮を説得(㊅夕霧 35)　一条宮邸の実務を采配(㊅夕霧 45)

大和守の北の方 やまとのかみのきたのかた
初瀬詣でで玉鬘一行に出会い、その威勢に三条が驚嘆(㊃玉鬘 23)

山の座主 やまのざす　延暦寺の天台座主〈各項の関連は不明〉
①葵上の安産祈禱(㊁葵 22)　葵上の容態急変、間に合わず(㊁葵 27)　②藤壺受戒の師主(㊁賢木 40)　③朱雀院[1]出家の師主(㊄若上 17)　④明石中宮の病の祈禱に招請(㊃浮舟 44)　女一宮[4]の病の祈禱(㊈手習 32)

ゆ

夕顔 ゆうがお　三位中将[1]の娘。玉鬘の母
頭中将[1]と撫子(常夏)の歌を贈答、娘(玉鬘)のことを訴えたのち、娘とともに行方不明に(㊀帚木 17-18)　五条の家にて源氏と夕顔の歌を贈答(㊀夕顔 1-2・4-5)　源氏、惟光に素性を探らせる(㊀夕顔 6・10)　源氏、通いはじめる。互いに身分を隠す(㊀夕顔 11-12)　源氏との八月十五夜(㊀夕顔 13-14)　翌朝、源氏に伴われ某院へ(㊀夕顔 15-18)　源氏、身分を明かす。夕顔は明かさず(㊀夕顔 17)　その夜、もののけに憑かれ急死(㊀夕顔 19-22)　惟光により亡骸は東山へ(㊀夕顔 23-24)　源氏、亡骸を見に東山へ(㊀夕顔 27-29)　右近[1]、源氏に亡き主人の素性を語る(㊀夕顔 31-33)　源氏により四十九日の法事(㊀夕顔 36)　乳母ら、行方を案じる(㊀夕顔 37 ㊃玉鬘 3)　法事のあくる夜、源

里・秋好中宮を見舞う(㊃野分 4-5)　源氏の秋好中宮・明石君訪問に従う(㊃野分 6-7)　源氏と玉鬘の睦みあう姿に驚く(㊃野分 8-9)　源氏の花散里訪問に従う(㊃野分 10)　明石姫君を訪問。雲居雁に手紙(㊃野分 11)　明石姫君を垣間見。女君たちを花にたとえる(㊃野分 12)　大宮を訪問(㊃野分 13)　大原野行幸に供奉(ぐぶ)(㊃行幸 2)　大宮を懸命に看病(㊃行幸 6-7)　玉鬘の素性を知り動揺するが抑制(㊃行幸 13)　既に宰相。大宮の喪に服す。玉鬘を訪問、恋情をほのめかす(㊃藤袴 2-3)　源氏に玉鬘との仲を詰問。玉鬘の世話に奔走(㊃藤袴 4-5)　近江君が懸想(㊃真木 24)　薫物合(たきものあわせ)の準備(㊄梅枝 2-3)　後宴で横笛を吹く(㊄梅枝 4)　明石姫君入内の料に葦手の草子を書く(㊄梅枝 8・10)　雲居雁の件では内大臣に譲歩せず(㊄梅枝 12)　雲居雁と文通。右大臣[3]や中務宮[2]の姫君との縁談には無関心(㊄梅枝 13-14)　雲居雁との恋に煩悶(㊄藤裏 1)　大宮の法事に極楽寺参詣(㊄藤裏 2)　内大臣家の藤花の宴に出席。雲居雁との結婚を許される(㊄藤裏 3-4)　雲居雁と結ばれる。後朝(きぬぎぬ)の文。源氏の教戒(㊄藤裏 5-6)　夫婦仲むつまじい(㊄藤裏 7)　藤典侍と贈答(㊄藤裏 8)　中納言に昇進。大輔乳母を見返す(㊄藤裏 11)　三条殿(昔の大宮邸)に転居。太政大臣(頭中将)と昔をしのぶ(㊄藤裏 12)　六条院行幸で笛を吹く。冷泉帝に酷似(㊄藤裏 14)　病気の朱雀院を見舞い、女三宮[2]の降嫁をほのめかされる(㊄若上 4-7)　女三宮の婿選びに関心(㊄若上 12)　源氏、宮の婿に適当と思う(㊄若上 14)　既に子がある(㊄若上 26)　玉鬘主催の源氏四十賀に籠物を献上(㊄若上 27)　紫上主催の精進落としの宴で柏木と舞う(㊄若上 50)　勅命で源氏の賀宴を主催。右大将に昇進(㊄若上 54)　既に数人の子がある(㊄若上 62)　女三宮と紫上を比較(㊄若上 76-77)　六条院の蹴鞠に参加(㊄若上 79)　女三宮の女房の不用意を咳ばらいで注意。柏木の様子に憂慮(㊄若上 82-83)　同車した柏木と女三宮を語る(㊄若上 84)　六条院の競射。物思いに沈む柏木を案じる(㊄若下 1)　大納言に昇進(㊄若下 9)　藤典侍腹の子を花散里が養育(㊄若下 17)　女楽(おんながく)の試楽で箏を調絃。唱歌(㊄若下 25-27)　紫上をゆかしく思う(㊄若下 29)　源氏と音楽論(㊄若下 30-31)　女三宮から禄。紫上と雲居雁を比較(㊄若下 33-34)　紫上の病状を憂慮(㊄若下 42)　紫上死去の噂に二条院参上。柏木に紫上への恋心を察知される(㊄若下

56-57)　柏木と源氏の疎遠を不審に思う。朱雀院五十賀の調楽(囯若下 80)　柏木と共に舞の童を指導。試楽で子供たちが舞う(囯若下 81-82)　柏木を見舞い、源氏へのとりなしと落葉宮の世話を依頼される(因柏木 18-20)　柏木を回想。女三宮との密通を推測(因柏木 26)　一条宮を弔問。御息所と故人を語る(因柏木 27-29)　致仕大臣(頭中将)を尋ね、柏木を哀悼(因柏木 30)　一条宮訪問。落葉宮と歌を贈答(因柏木 31-32)　柏木を哀悼(因柏木 33)　柏木一周忌。落葉宮に厚志(因横笛 1)　一条宮訪問。落葉宮と想夫恋を合奏。柏木の横笛を託される(因横笛 6-9)　夢に柏木が出現(因横笛 10-11)　柏木のため愛宕で誦経。六条院訪問、明石中宮の皇子と親しむ。薫に柏木の面影を認める(因横笛 12-14)　落葉宮との仲を源氏が訓戒(因横笛 15)　横笛を源氏に渡し、反応をうかがう(因横笛 16)　六条院の鈴虫の宴・冷泉院の月の宴に伺候(因鈴虫 7-9)　落葉宮を思慕。御息所の小野への転居を世話(因夕霧 1-2)　小野を訪問、宮に恋情を訴える(因夕霧 3-4)　霧を口実に小野に逗留(因夕霧 5-10)　雲居雁の目を逃れ、花散里の許から宮に消息(因夕霧 11)　御息所の返事を雲居雁が奪う(因夕霧 17-18)　返事を発見。結局、訪問できず宮に消息(因夕霧 19)　通ってこない夕霧に絶望しつつ御息所死去(因夕霧 20-21)　御息所の葬儀に弔問、助力(因夕霧 22-24)　慰問を重ねるが、冷淡な宮に焦燥(因夕霧 25)　雲居雁と歌の贈答(因夕霧 26)　小野を訪問。宮に拒まれ空しく帰る。雲居雁をよそに宮に手紙(因夕霧 27-30)　少将[3]から宮の歌を同封した手紙(因夕霧 31)　源氏と対面。宮との噂をはぐらかす。御息所の四十九日の法要を執行(因夕霧 32-33)　宮を一条宮へ移し、自分も住みつく(因夕霧 35-37)　宮に迫り、塗籠に逃げられる(因夕霧 38)　花散里へ弁明。源氏と対面(因夕霧 39-40)　雲居雁をなだめすかす(因夕霧 41-42)　少将に導かれ、塗籠に籠る宮と契る(因夕霧 43-45)　実家に戻った雲居雁を迎えに行き、冷遇される(因夕霧 46-47)　不機嫌な宮に苦悩。12 人の子がある(因夕霧 49)　紫上の法華経供養に奉仕(因御法 2)　源氏が紫上の落飾の準備を依頼。紫上の美しい死顔に感動(因御法 9-10)　紫上恋慕に涙し、独詠(因御法 12)　紫上の法事を行う(因御法 15)　悲嘆の源氏は簾越しに対面(因幻 4)　源氏と紫上をしのぶ。一周忌の相談(因幻 10-11)　五節の日に子供たちが童殿上(因幻 14)　既に右大臣。大

君[1]は春宮[1]に入内。中君[1]は二宮(式部卿宮[3])と結婚。匂宮との縁談も計画(七匂兵 2) 六条院夏の町に落葉宮を迎え、雲居雁と月に15日ずつ通う(七匂兵 3 八宿木 5・13) 源氏や紫上を追慕(七匂兵 4) 薫を厚遇(七匂兵 7) 藤典侍腹の六の君を薫か匂宮にと思い、落葉宮の養女とする(七匂兵 11) 六条院の賭弓(のりゆみ)の還饗(かえりあるじ)に薫や匂宮を招待(七匂兵 12) 父源氏に伝授された琵琶の名手(七紅梅 5) 玉鬘を訪問。玉鬘の大君[2]の縁談について相談。女三宮を訪問(七竹河 5) 大君[2]冷泉院参院に落胆の蔵人少将[3]をあわれむ(七竹河 17) 大君[2]冷泉院参院を援助(七竹河 18) 大君[2]に女二宮[1]誕生。産養(うぶやしない)をする(七竹河 27) 中君[4]の尚侍出仕で玉鬘が弁明(七竹河 29) 左大臣に昇進。ただし七橋姫以降は、七総角をのぞいて右大臣のまま(七竹河 33) 宇治山荘に匂宮を招待、夕霧その人は不参(七椎本 1) 六の君に無関心な匂宮を恨む(七椎本 28 七総角 47) 六条院に住み、なお匂宮を恨む(七総角 35) 六の君の縁談を取り決める(七総角 40) 中君[3]の二条院入りに不快感。六の君の裳着(もぎ)。薫にも縁談(八早蕨 11) 薫への女二宮[2]降嫁を知り、六の君と匂宮の婚儀を中宮に懇請(八宿木 5) 六の君と匂宮の婚儀決定(八宿木 7) 六条院夏の町に婿匂宮を迎える(八宿木 15) 三日夜の儀(八宿木 21) 匂宮を六条院に拉致(八宿木 48) 兼任の左大将を辞す(八宿木 49) 中君[3]、男子出産。九日の産養を主催(八宿木 50) 今上帝の婿となる薫の幸運を、自分や源氏と比較(八宿木 51) 藤壺の藤花の宴に出席(八宿木 54) かつて薫を婿取ろうとしたことが話題となる(八東屋 11) 薫の道心を批評(八浮舟 7) 匂宮の忍び歩きに立腹(八浮舟 19) 六条院に退出した中宮を見舞う(八浮舟 44–45) 匂宮を見舞う(九蜻蛉 13) 源氏在世中と変わらぬ六条院の繁栄(九蜻蛉 31 九手習 48)

夕霧の子息たち(ゆうぎりのしそくたち) 7名〈次のような呼称の人物がみられるが、その関係は不明〉右大弁[3]、衛門督[2]、蔵人少将[3]、蔵人兵衛佐、源少将、権中将、権中納言[2]、四位少将[2]、侍従宰相、頭中将[5]、兵衛佐[2]、太郎[1]、二郎[3]、三郎[2]、四郎、五郎、六郎、七郎。7歳以上の3名、同時に童殿上(わらわてんじょう)(五若下 18) 夕霧の子女たち(六夕霧 49) 2名童殿上し、六条院に参上(六幻 14) 夕霧の玉鬘邸年賀に6名供奉(ぐぶ)(七竹河 5)

夕霧の乳母(ゆうぎりのめのと) →宰相の君(さいしょうのきみ)

靫負命婦(ゆげいのみょうぶ) 桐壺帝付き

内裏女房
桐壺帝の命を受け桐壺更衣邸を弔問([一]桐壺 6-10)　帰参、母君の歌と形見の品を奉る([一]桐壺 11-12)

よ

夜居の僧都よいのそうず
藤壺中宮の母后の代からの祈禱僧([三]薄雲 22)　冷泉帝に出生の秘事密奏([三]薄雲 23)

揚名介ようめいのすけ
大弐乳母邸の隣の住人([一]夕顔 4)

揚名介の妻ようめいのすけのつま　夕顔の乳母[2]の長女
大弐乳母邸の隣の住人([一]夕顔 4)　夕顔の乳母の長女([一]夕顔 37)

横川僧都[1]よかわのそうず　藤壺中宮の母方のおじ
藤壺の髪を削ぐ([二]賢木 40)

横川僧都[2]　比叡山横川の高僧。小野の母尼の子で妹尼の兄
病の母尼を宇治院に移す([九]手習 1)　宇治院を検分([九]手習 2)　行き倒れの女(浮舟)を救出([九]手習 3-4)　宇治の姫君葬送の噂([九]手習 5)　横川に帰山([九]手習 6)　妹尼に請われ下山([九]手習 8)　浮舟を加持、もののけを調伏([九]手習 9)　帰山([九]手習 11)　中将[3]を歓待([九]手習 19)　母尼の弾琴を非難していた([九]手習 24)　碁を好む([九]手習 27)　女一宮[4]の修法のため下山。途中小野に立ち寄り、浮舟の願いを受け、出家させる([九]手習 32-35)　京で女一宮の修法([九]手習 39)　明石中宮に浮舟を語る([九]手習 40)　帰山の途中小野に立ち寄り、浮舟を励ます([九]手習 41-42)　薫、横川に来訪。浮舟の件を話す([九]夢浮 1-3)　浮舟に手紙を書き、小君[2]が届ける([九]夢浮 4·8)　別途、小野に連絡([九]夢浮 7)

横川僧都[2]の弟子たちよかわのそうずのでしたち　阿闍梨と大徳などがいるらしい
母尼たちの初瀬詣でに随行([九]手習 1)　宇治院にて女(浮舟)発見([九]手習 2-3)　女救命のため加持祈禱([九]手習 4-5·7)　横川僧都と共に祈禱の甲斐あり、もののけ調伏([九]手習 9)　浮舟出家に際し剃髪役([九]手習 34)

良清よしきよ　光源氏の側近
光源氏の北山行きに同行([二]若紫 1)　北山の僧都の坊を見下ろす([二]若紫 2)　播磨守[1]の子息である。父の任国の明石君の噂話をする([二]若紫 3-4)　朧月夜君(おぼろづきよのきみ)の素性を惟光と探索([二]花宴 6)　須磨の住居の手配([三]須磨 20)　源氏の侘び住まいに近侍([三]須磨 28)　源氏に一同唱和([三]須磨 29)　源氏の琴に合わせ謡う([三]須磨 33)　明石君に手紙送る([三]須磨 34)　良清、明石入道来訪に驚きつつ源氏に仲介([三]明石 6-7)　明

石君を我が物と思っている(二明石 17)　明石君の件につき、人々の蔭口(二明石 26)　明石君との別れ惜しむ源氏に嫉妬(二明石 27)　住吉参詣に供奉(くぶ)(三澪標 15)　近江守兼左中弁、娘(五節[3])を五節舞姫に奉る(三少女 29)　娘を唐崎で祓えさせる(三少女 33)

り

律師 りし　→宇治の阿闍梨 うじのあざり　→雲林院の律師 うりんいんのりし　→小野の律師 おののりし

れ

麗景殿女御[1] れいけいでんのにょうご　朱雀帝の女御。藤大納言[1]の娘
弘徽殿大后の姪(二賢木 35)

麗景殿女御[2]　桐壺院の女御。花散里の姉
妹は花散里(二花散 1)　源氏と昔語り(二花散 3)　源氏、須磨行きの挨拶(二須磨 10)　妹と共に源氏に手紙送る(二須磨 26)　源氏の訪問(三澪標 10)

麗景殿女御[3]　紅梅大納言の長女。春宮[1](とうぐう)の女御
入内(七紅梅 1-2・6)　異母弟と親交(七紅梅 8)

麗景殿女御[4]　→藤壺女御[2] ふじつぼのにょうご

冷泉院 れいぜいいん　桐壺院の第十皇子。母は藤壺中宮。実は光源氏の子
誕生(二紅葉 11)　桐壺帝の鍾愛(二紅葉 13)　桐壺帝は立太子を計画(二紅葉 24)　源氏に酷似(二紅葉 24)　朱雀帝即位、皇太子となる(二葵 1)　喪明けの源氏、挨拶に参上(二葵 42)　源氏が年賀に来訪(二葵 52)　桐壺院の遺言に母后、源氏と共に立ち会う(二賢木 12)　藤壺、密かに出家を決意し対面(二賢木 28・36)　朱雀帝、冷泉の処遇につき源氏に相談(二賢木 35)　出家した藤壺に使者(二賢木 41)　源氏より須磨退居の挨拶(二須磨 16)　源氏を恋い泣く(二須磨 32)　源氏帰京、対面(二明石 31)　元服、即位(三澪標 3)　弘徽殿女御入内(三澪標 4)　女御とは遊び友達(三澪標 26)　前斎宮(秋好中宮)入内(三絵合 1・4)　絵を好み、斎宮女御を寵愛(三絵合 6)　内裏絵合(えあわせ)開催(三絵合 12-15)　弘徽殿女御も寵愛(三絵合 16)　桂殿の源氏に勅使(三松風 16)　病臥の藤壺を見舞に行幸(三薄雲 17)　夜居の僧都より出生の秘事知る(三薄雲 22-23)　実父の源氏に譲位の内意(三薄雲 24)　先例を探る(三薄雲 25)　源氏に譲位を洩らし、諫止される(三薄雲 26)　斎宮女御を立后(三少女 10)　朱雀院[1]行幸(三少女 39-40)　男踏歌(おとことうか)(四初音 11)　野分(のわき)のため壺前栽の宴中止

(四野分 10)　大原野行幸(四行幸 2-4)　玉鬘尚侍就任を要請(四行幸 8·17)　夕霧を通じ玉鬘に出仕勧誘(四藤袴 2)　玉鬘、鬚黒(ひげくろ)と結婚するも出仕勧誘(四真木 2)　男踏歌(四真木 15)　出仕した玉鬘と対面、執心(四真木 16)　玉鬘鬚黒邸に退出、未練(四真木 17·20)　御子なきを嘆く(四真木 23)　源氏を准太上天皇に任ず(五藤裏 11)　六条院に行幸(五藤裏 13-14)　女三宮[2]の裳着(もぎ)に贈物(五若上 15)　女三宮降嫁先が六条院に決定したのを残念がる(五若上 24)　勅命にて夕霧に四十賀を主催させる(五若上 54)　明石女御腹の皇子(春宮[1])の七日の産養(うぶやしない)を主催(五若上 61)　おじの式部卿宮[1]を信頼(五若下 6)　皇嗣なきまま譲位(五若下 9)　紫上発病を憂慮(五若下 42)　薫第5夜の産養、秋好中宮を通じ援助(六柏木 9)　歌を贈り光源氏一行を冷泉院に招請(六鈴虫 8)　光源氏参上し詩歌の宴(六鈴虫 9)　秋好中宮と仲睦まじい(六鈴虫 12)　光源氏の遺命により薫厚遇(七匂兵 5·10)　玉鬘の大君[2]の参院切望(七竹河 2·11)　薫を厚遇(七竹河 4·21)　弘徽殿女御からも参院勧奨させる(七竹河 14)　大君参院、寵愛する(七竹河 20)　大君懐妊(七竹河 24)　男踏歌(七竹河 25-26)　大君、女二宮[1]出産(七竹河 27)　なお玉鬘に執心(七竹河 30)　大君、男宮(今宮)出産(七竹河 31)　周囲の嫉視のため里居がちの大君に不満(七竹河 33)　かつて弘徽殿大后方、冷泉院の廃太子を画策(七橋姫 5)　宇治の阿闍梨より八宮の話聞く。姫君たちに関心(七橋姫 8)　八宮に使者送る(七橋姫 9)　その後も八宮と親交(七橋姫 11)　薫、度々参上(七総角 25)

冷泉院の乳母 れいぜいいんのめのと
須磨の源氏をしのぶ春宮(とうぐう)に同情(三須磨 32)

ろ

六条院 ろくじょういん　→光源氏 ひかるげんじ

六条御息所 ろくじょうのみやすどころ　前坊の御息所。秋好中宮の母　〈六条わたりの女と同人か〉
前坊とのあいだの姫君、斎宮に卜定される。伊勢下向を思案(三葵 2)　源氏との関係を桐壺院、憂慮(三葵 3)　葵上懐妊により、源氏の途絶え(三葵 4)　斎院御禊の日、葵上と車争い(三葵 7-8)　車争いを知り訪れた源氏に気安く対面せず(三葵 11)　伊勢下向すべきか悩む(三葵 14)　源氏、病と聞いて来訪(三葵 16)　源氏と和歌贈答(三葵 17)　能筆である(三葵 17)　もののけは御息所と噂される。異様で恐しい夢を見る(三葵 18)　病臥(三葵 19)　源氏、もの

のけに対面([二]葵 20-21)　葵上出産を聞き、苦悩を深める([二]葵 23)　もののけ、葵上を殺す([二]葵 27)　源氏、弔問に対する返事にもののけのことをほのめかす([二]葵 33)　源氏の手紙に苦悩。ただし趣味の良さは名高い。野宮に移る([二]葵 34)　源氏、さすがに執着を断てない([二]葵 50)　伊勢下向を決意([二]賢木 1)　源氏、野宮訪問([二]賢木 2-6)　下向、近づく([二]賢木 7)　下向の日、参内。往事を回顧([二]賢木 9)　下向途次、源氏と和歌贈答([二]賢木 10)　須磨の源氏と文を交わす([二]須磨 25)　明石君は御息所に似ている([二]明石 20)　帰京後、発病、出家([三]澪標 19)　源氏に娘を託し逝去([三]澪標 19-21)　源氏、弔問([三]澪標 22-23)　前斎宮、亡き母を思う([三]澪標 23 [三]絵合 2 [三]薄雲 28-29 [五]若上 52)　生前、朱雀院[1]の前斎宮所望を断っていた([三]澪標 24)　源氏、趣味教養に優れた人柄を想起([三]絵合 3)　源氏、斎宮女御(秋好中宮)相手に回想([三]薄雲 28)　古宮のあとに六条院が建てられる([三]少女 44)　源氏、紫上相手に回想([五]梅枝 7)　葵上との確執が回想される([五]藤裏 8 [五]若上 55)　源氏、紫上相手に回想([五]若下 39)　紫上危篤の際、もののけとなって現れる([五]若下 55)　もののけ、容易に去らず([五]若下 60)　女三宮[2]受戒の夜、もののけ現れる([六]柏木 16)　秋好中宮と源氏、御息所の現世執着を思う([六]鈴虫 11-12)

六条御息所の父大臣（ろくじょうのみやすどころのちちおとど）　故人

葵上に御霊として憑いたとの噂([二]葵 18)　御息所の立后を期待していた([二]賢木 9)

六条わたりの女（ろくじょうわたりのおんな）　光源氏の通い所の1つの、高貴な女性

六条近辺に源氏の忍び歩き所がある([一]夕顔 1)　うちとけないありさま、源氏の朝帰り([一]夕顔 5)　秋になり、夜離れがちの源氏、来訪する([一]夕顔 8)　源氏、朝帰りに侍女の中将のおもと[1]と歌を詠みかわす([一]夕顔 9)　源氏、某院で夕顔と一緒にいるとき、六条の女を思い浮かべて両人を比較する([一]夕顔 18)　紫上養育に熱中する源氏、一層この人から夜離れがち([一]末摘 14)

六の君（ろくのきみ）　夕霧の六女。母は藤典侍

夕霧の六女、母は藤典侍([六]夕霧 49)　名高き美貌と才知([七]匂兵 2)　落葉宮の養女に([七]匂兵 11)　匂宮は無関心([七]椎本 28)　匂宮との縁談進む([七]総角 40)　宇治にも縁談の噂([七]総角 44)　夕霧は中君[3]の二条院入りを知り、薫との縁談進めるも、拒絶される

源氏物語（九）蜻蛉—夢浮橋／索引〔全9冊〕

2021年9月15日　第1刷発行
2024年2月15日　第3刷発行

校注者　柳井 滋　室伏信助　大朝雄二
鈴木日出男　藤井貞和　今西祐一郎

発行者　坂本政謙

発行所　株式会社 岩波書店
〒101-8002 東京都千代田区一ツ橋 2-5-5
案内 03-5210-4000　営業部 03-5210-4111
文庫編集部 03-5210-4051
https://www.iwanami.co.jp/

印刷・三陽社　カバー・精興社　製本・松岳社

ISBN 978-4-00-351023-0　Printed in Japan

読書子に寄す

――岩波文庫発刊に際して――

岩波茂雄

真理は万人によって求められることを自ら欲し、芸術は万人によって愛されることを自ら望む。かつては民を愚昧ならしめるために学芸が最も狭き堂宇に閉鎖されたことがあった。今や知識と美とを特権階級の独占より奪い返すことはつねに進取的なる民衆の切実なる要求である。岩波文庫はこの要求に応じそれに励まされて生まれた。それは生命ある不朽の書を少数者の書斎と研究室とより解放して街頭にくまなく立たしめ民衆に伍せしめるであろう。近時大量生産予約出版の流行を見る。その広告宣伝の狂態はしばらくおくも、後代にのこすと誇称する全集がその編集に万全の用意をなしたるか。千古の典籍の翻訳企図に敬虔の態度を欠かざりしか。さらに分売を許さず読者を繫縛して数十冊を強うるがごとき、はたしてその揚言する学芸解放のゆえんなりや。吾人は天下の名士の声に和してこれを推挙するに躊躇するものである。このときにあたって、岩波書店は自己の責務のいよいよ重大なるを思い、従来の方針の徹底を期するため、すでに十数年以前より志して来た計画を慎重審議この際断然実行することにした。吾人は範をかのレクラム文庫にとり、古今東西にわたって文芸・哲学・社会科学・自然科学等種類のいかんを問わず、いやしくも万人の必読すべき真に古典的価値ある書をきわめて簡易なる形式において逐次刊行し、あらゆる人間に須要なる生活向上の資料、生活批判の原理を提供せんと欲する。この文庫は予約出版の方法を排したるがゆえに、読者は自己の欲する時に自己の欲する書物を各個に自由に選択することができる。携帯に便にして価格の低きを最主とするがゆえに、外観を顧みざるも内容に至っては厳選最も力を尽くし、従来の岩波出版物の特色をますます発揮せしめようとする。この計画たるや世間の一時の投機的なるものと異なり、永遠の事業として吾人は微力を傾倒し、あらゆる犠牲を忍んで今後永久に継続発展せしめ、もって文庫の使命を遺憾なく果たさしめることを期する。芸術を愛し知識を求むる士の自ら進んでこの挙に参加し、希望と忠言とを寄せられることは吾人の熱望するところである。その性質上経済的には最も困難多きこの事業にあえて当たらんとする吾人の志を諒として、その達成のため世の読書子とのうるわしき共同を期待する。

昭和二年七月